台灣當代文學研究之探討

羅宗濤・張雙英　合著

感謝辭

這本兼具資料與論評的書，係結合多人的努力與多方的協助，經過一年半的煎熬才完成的，因此我們必須表達由衷的謝意，感謝陳全得、簡義明、黃郁博、蔡淑華、陳佳妏與曾秀萍等年青學者們從頭至尾的投入，也感謝各地文化中心、出版社、書局的提供資料與目錄，更感謝國科會的經費支持與萬卷樓圖書公司慨允出版這麼冷僻的學術性著作。當然，我們更願意這一辛勞的結晶，可爲我們當代的文學研究同仁稍盡棉薄。

羅宗濤・張雙英 于88.3.

目　次

緒　論

　　在人類的發展歷史上，由於有地方的碰觸和血緣的歧異，因此產生了許多不同的種族與國家，更發展出許多各自成爲完整系統的文明與文化傳承。但是，當我們在綜觀這一切現象之後，似乎可以立即從他們之中發現一個共通點，那就是在各個種族與國家中，都會有一股足以表現出他們的人性特色、理想圖繪以及種種實際生活樣態的「文學」脈絡。這一個情況顯然指出了「文學」的一大特質－它是沒有時間與空間界限的。

　　不過，接下來的問題就更直接了，那就是「文學是什麼呢？」這一問題，古今中外的各家說法並不一致。但若說它是一種「用形象來反映社會生活和表現人們思想與感情的語言藝術」當頗爲中肯。[1] 換言之，「文學」一方面具有「自主性」，因爲它允許「作家」自由地想抒寫什麼就抒寫什麼，想如何表達就如何表達。於是，我們說它擁有原創性的特質和獨立的生命當是有根據的。然而，從另一方面來看，由於「它」所抒寫或表達的，有極大部分是在「它」出現之前早就存在的事物－無論是事實或虛構，所以嚴格說來，它仍具有無法完全擺脫被所要抒寫或表達的對象拘限住的宿命。

　　由於這一潛在的矛盾性不但難以有效的解決，同時，即使解決了也沒有深刻的意義，所以乃使不少有心人將研究的中心課題轉到「文學應該是什麼？」或「文學應該做什麼？」等比較具有實用性的爭論上。也就是說，

---

[1] 請參考黃世瑜《文學理論新編》，頁11～263。華東師範大學出版社，西元1986年（民國75年）。

人們對「文學」的關注點已轉移到「文學」對「人」、「社會」甚至「文化」有何影響上了。

這種轉變，顯然是以「時間」縱軸為基而呈現出來的。因此，我們在此不妨也稍微停留一下，將台灣地區將近五十年來的中國文學系（所）在課程的開設上稍做介紹，基本上，早期大學中的中國文學系（所）所開的課程可謂包羅甚廣，幾乎把傳統的經、史、子、集等四部學問都涵蓋在內。然而，也正因此之故，而發生了跟哲學系、歷史系，甚至於政治系、圖書館學系、考古人類學系、語言學系……等所開設的課程以及研究專題相互重疊的現象。所以我們其實可以說，在這段期間中，所謂的「文學」仍泛指「一切的學問」。

這種情況，一直要到二十年前，才在時代潮流的強力衝擊之下逐漸改變；中文系（所）的「文學」課程，也是到了此時才成為核心課程。不過，即使如此，在這種比較新的、符合世界潮流的課程設計與安排中，卻又產生了「古典文學」與「現代文學」兩者間誰輕誰重的問題。而這一個問題之所以會在當時發生，其背後實會有下列幾個很難避免的因素：

一、五十年前發生了國府與共黨分別在兩岸主政的對峙局面，而台灣在國府極力爭取代表中華民族正統的政策下，乃全力提倡中華傳統文化；因而，毫無疑問的，「古典文學」課程的開設、和以它為對象的研究，當然比較能夠具有實用的意涵，並受到肯定。

二、自清末民初以來，「現代文學」的傑出作家與作品固然不能算少，但在當時一切均由政治掛帥的時空之中，想在台灣找到這方面的資料並不容易，因此，開設「現代文學」課程，或以它為研究專題，不但困難重重，而且甚至常會發生與政治思想上的禁忌衝突的情形。當然，「現代文學」便較乏人問津了。

三、在專業的學術領域上，以「現代文學」為研究範疇的學者原來就不多，而其中具有能在大學任教資格的人更少，因此，大學裡的中文系

（所），在早期的課程安排上，「現代文學」當然遠比「古典文學」少得多了。

　　但上述這種狀況，到了七〇年代末期，即因戒嚴令的解除，和威權體制隨之成為過眼雲煙而有了改變。尤其，更因為世界村的概念風行，國際化的潮流一波波湧入，外國的現代化資訊、方法和理論觀念不斷地在衝擊著這個風氣頗為保守的寶島，而終於造成了這裡的人們自我意識高漲和追求民主制度的風氣，於是本土化與國際化便成了這塊土地上大多數人認為未來應該發展的兩個主要平行線。在這種體認之下，中文系（所）遂與「不食人間煙火」逐漸掛勾，甚至還被若干人批評為「與社會脈動脫節」。這一個全國性的走向，終於促使中文系（所）有了明顯的改變，而開始積極的參與社會的活動，並逐漸增開有關「現代文學」的課程。事實上，除了上述的原因外，中文系（所）能夠在當時這麼做，實在是因為還有下面幾個漸漸成熟的條件來配合的：

　　一、「現代文學」在資料的取得上比以前容易得多。

　　二、其價值不但已無人懷疑和輕忽，相反的，已倍受各界的肯定與鼓勵。

　　三、有關這方面的師資已不成問題。

　　總而言之，「現代文學」已取得了應有的地位；而我們綜觀其根本的原因，乃是已有絕大多數的人認清了「文學」是具有深遠影響力的─不但是在社會上，而且也在政治上或文化上。

　　「文學」的影響力到底如何呢？自理論層次上而言，「文學」一方面不但提供管道讓作者抒發情感、思想，以及描繪想像等，而且可使作者利用它來與人聯絡、溝通，甚至因而獲得名聲、地位等實際的利益。在另一方面，「文學」也能使得讀者有機會涵泳性情、增廣見聞，以及使歷史的

記錄和意蘊更爲真實和深刻。[2]

不過，理論上固然如此，但綜觀中外歷史，無論是古或今，「文學」所擁有的這些功能似乎從來都沒有完全實現過，尤其在對「大社會」上。其原因當然非常複雜，但「受到實際環境的影響」則無疑的佔有最根本的位置。我們其實甚至可以說，「文學」受「社會」的影響要遠比它影響社會大得多了。

「文學」和「人」與「社會」的關係既然這麼密切，於是筆者乃想以中國文學系同仁的身份，藉實際的例子來了解在我們現代中「文學和社會」的關係究係如何？因此便選擇自西元1988年（民國77年）1月，到西元1996年（民國85年）12月的時段中，在台灣地區有關現代文學研究的情況和趨勢做爲研究的對象。而所以會選擇這一題目，基本的理由約可歸納出下列幾點：

一、台灣做爲華人匯萃的地區，在大陸推動堪稱史上最大的文化浩劫之文化大革命後，它顯然已成爲中華文化最紮實的堡壘。除此之外，它又曾受到日本統治，甚至推行過棄漢擁日的皇民文化政策，而形成了一種將日本文化融合入台灣本土文化的交雜不清的現象。因此，這三種「文化」融合之後，到底它所呈現的結果是怎樣的一種形貌和特質？這一現象當是值得我們關切的課題。

二、西元1987年（民國76年）8月，台灣解除了戒嚴法。這一大事，對於被嚴密禁錮達四十年之久的台灣，在政治走向和社會風氣的影響上已顯然易見，但到底它對「文學」的創作和研究是否也有影響呢？而若答案爲有，則影響有多大？毫無疑問的，這真是值得深入探討的問題。

三、「文學」既是與「人」和「社會」密切相關的，當然與上列兩項

---

[2] 請參考張雙英《中國歷代詩歌大要與作品選析》，上冊，頁73～106。

新文豐公司，西元1996年（民國85年）。

跟政治有關的事件也會產生關聯。我們可引用兩位在我們台灣甚獲肯定的
學者和專家的觀點來做為注腳。在西元1997年（民國86年）12月下旬，聯合
報社舉辦了《台灣現代小說史研討會》，並請齊邦媛教授和葉石濤先生發
表引言，齊教授在其〈霧漸漸散的時候〉一文中說：

> 一九八八年政治解嚴，十年來，言論自由，百無禁忌。

葉石濤先生則在其〈台灣文學的多種族課題〉說：

> 八〇年代末期的解嚴帶來給現代台灣文學一大衝擊，台灣社會
> 逐漸形成嶄新的民主自由社會，以前的異端思想不再是禁忌，台灣
> 人擁有多元化，自我發揮的廣大空間。[3]

事實上，自西元1987年（民國76年）8月解嚴以來，台灣地區已趨向
多元化，前述兩位文壇耆宿所說的「禁忌解除」和「言論、思想自由」，
當然是對這八、九年來台灣社會上各種聲音的喧嘩擾攘現象在深刻體會後
所做的貼切描述。做為與人們心靈緊密相連，與社會脈動息息相關，甚至
還被譽為「比歷史更真實」，「比表層更深入」的「文學」，在這些年中，
不但產生了許多比以往描寫更深刻，寫實性更強，以及想像力更豐富，氣
勢更磅礴的作品，連大陸地區自五四以來的傑出作家之作品也可以自由進
來了。但是，令人更值得注意的是，在這段期間中，台灣地區有關「現代
文學」和「當代文學」的論述與研究也逐漸增多，而且大陸地區有關現代、
當代文學的研究也蜂擁而入，這一情況使得這種趨勢不但可與素來被學院
所重視的「中國古典文學」的研究相比美，而且甚至獲得了更多社會人士
和政府部門的呼應與重視。有人因此甚而說，現代文學，尤其是台灣文學

---

[3] 兩位的引文，皆請見《聯合報》，86.12.24，副刊版。

在台灣地區已成爲文學研究領域中的顯學了。

不過，當我們細讀這些年來有關的這一領域中的研究與論述時，雖十分佩服它們的研究者所擁有的熱忱、學力與抱負，但仍難掩有一絲不足的感覺。因爲，它們大都屬於有關某一作家、作品和主題等專題的深入見解。換言之，我們尚未發現對這一領域有「全面性」的考察與研究，以致常覺得有見樹而未見林的遺憾。而這一個全面性不足的影響，其實是頗爲深廣的，最明顯的後果至少有下列三種：

一、因無法真正全盤掌握、並了解這些研究的實際情況，所以發生重複前人研究的情形並不少，而導致了學者們浪費不少功夫和時間的結果。

二、因缺少全面性的觀點，以致於無法抓住這一研究的趨勢，而難以切入關鍵點，因此，具有屬於開創性、並突破這類研究的共同瓶頸者並不多。

三、正因缺少這類的研究，我們也時常看到一個不必有的嚴重缺失，那就是有若干研究者，雖然了解學術性的研究每每會因切入角度和研究方法的不同，而產生不同的研究結論，但卻因與別人收集的資料有差別，也忽略了別人曾提出過的論證，因而乃與別人產生激烈的爭執，甚至於不必要的誤解。因此，如果能從嚴謹的學術觀點出發，而兼顧「全面性」和「真實性」兩大礎石來做全面性的研究，則我們台灣地區的現代文學研究必可能會有長足的進步。

本研究即基於此，從「學術性」出發，首先，將我們台灣地區有關現代文學的「學術性研究與論述」加以儘量收集，將它們的目錄全面存真，以供學界參考。其次，希望能更進一步，以「文學社會學」的觀點，綜合性地對這些研究的特色和意義，以及其影響做全面性的析論。最後，更希望能將它們串組成一個以「九年」爲時段的「現代文學批評史」，藉以勾勒出這些年來這一研究的大致趨勢。

至於要達到這些目的，則所採取的方法和步驟約有下列數項：

一、收集台灣地區在這段期間中有關這一範圍的博、碩士論文。

二、收集台灣地區各大學、學院、研究機構和出版社的學報、刊物中關於這一領域在這段期間中的學術性論文。

三、收集台灣地區各縣市文化中心在這段期間中所出版的有關這一領域的學術性論文。

四、收集台灣地區在這段期間中各種學術研討會所發表的有關這一領域的學術性論文。

五、收集台灣地區在這段期間中所出版的有關這一領域的學術專著。

六、將上列五項所收集到的資料，探取以下面兩種方式編目：

（一）以文類觀念將它們分成七類，每類均依發表先後列出九年的目錄。

（二）以一年爲度，將七項類別的研究先依其類分開，再於各類中依其出版發表的先後編成目錄。

七、根據以上收集、編目的資料，做綜合性的析論；而探取的架構，除緒論與結論之外，主要分爲上編與下編兩大部份。

八、在緒論部份，對「文學」、「現代文學」以及它們和國內近五十年來的大學裡中文系（所）的關係稍加描述，然後指出本書的寫作動機、方法與架構。

九、在上編的部份共有七章，即先以文類爲基而共歸納出七類，然後更進一步對每一類在這九年中的研究趨勢，以「文學批評史」的觀點爲基做一分析，以考察出每一類的研究趨勢。

十、在下編的部份則以「一年」爲範圍，而把九年分爲九章，在每一年的總目錄後（這些目錄包含該年各文類的資料），對該年的研究情況，如：共有那些文類？各類的數量多少？其內涵有無特別的重點……等，依「文學社會學」的觀念加以綜括式的分析。

十一、最後在結論的部份，除依據上編七章、下編九章的研究成果，

作一整合性的分析之外，並強調解嚴以來對台灣地區的「現代文學」研究極有貢獻的學術研討會、學位論文、學報刊物，以及出版單位等資料。

各類文學研究的發展趨勢

第一章 小說類

　　「現代小說」這個文類比起「現代散文」、「新詩」來說，不管是在名稱或是內容方面，它的爭議性都少得多。它既沒有「隨筆」、「漫談」、「小品」、「雜文」、「報導文學」、「手札」、「政論」、「譯述」、「評論」……等該不該納入「現代散文」範疇的困擾；也沒有關於「新詩」或「現代詩」這兩個名稱，何者較能代表二十世紀以來詩歌精神的論爭。「現代小說」與「古典小說」的分野，嚴格說來，只有使用「語言」的差別而已。在「五四運動」後，「現代小說」做為「現代文學」這個大家族的一員，自然也跟其他文類一樣，使用著「白話」來寫作。至於這個文類最基本的三要素：「人物」、「情節」、「環境」(或背景)卻是古今同然。只要具備了這三要素，不管是「按篇幅長短或規模大小分為大河小說、長篇小說、中篇小說、短篇小說、極短篇小說；按題材分，可分為愛情婚姻小說、武俠小說、歷史小說、神魔小說、戰爭小說、政治小說、商業小說、農業小說、科幻小說；按表現方法分，可分為現實主義小說、現代派小說、新古典派小說、魔幻現實主義小說、錄影小說等；按照語言文字的通俗程度和讀者對象分，可分為嚴肅小說、大眾小說、流行小說等。」[1]我們一概稱它為「小說」，只要它使用了「白話」來寫作，我們一概將它納入「現代小說」的範疇之中。就因為「現代小說」與「古典小說」的分野甚小，辨別容易，於是多數人就直接延用「小說」這個名稱，而不特別強調「現代」兩個字。

---

[1] 古繼堂：《臺灣小說發展史》，台北：文史哲出版社，頁8，西元1992年（民國81年）。

　　雖然「現代小說」與「古典小說」的主要區別是在「語言」上，但「小說」究竟是描寫「人」的藝術，當時空環境產生了變化，人所面臨的處境當然也會有所差別，因此，這項與「人」息息相關的藝術，當然也會跟著發生變化；再加上「五四」以來，西方思潮與文學的大量引進，也深深地影響了我國的「現代文學」，而其中，尤以「新詩」和「小說」受到的影響最大。我們若以「現代小說」來觀察，很明顯的，它在敘述觀點和反映的內容等方面，事實上已經跟「古典小說」有若干差異了。

　　換言之，台灣的小說從日據時期以來，已發展出在形貌與精神上多彩紛陳的現象，但卻都與台灣所處的特殊政治、人文、地理……等環境因素緊密相連，特別是政府遷台以後，到解嚴之前，兩岸的政治對峙、兩地的音訊阻隔，更牽動著小說創作的走向。除此之外，台灣做為地球村的一分子，台灣的現代小說自然也與世界政治、文學、哲學等思潮或環境的變遷，脫離不了關係，而這層層關係也在在都是構成台灣小說的創作動能。一般說來，台灣的「小說」從追風（原名謝春木）創作的第一篇小說《她要往何處去—給苦惱姊妹們》(西元1992年，民國81年)，開啓了台灣小說創作的第一頁後，一直到光復之前的這段時間中，因為處於日據時期，所以時空環境扭曲，現實條件嚴酷；然而，所折射出的，卻是作家們的不朽風骨，賴和、楊雲萍、楊守愚、楊逵、王詩琅、呂赫若、吳濁流、鍾理和、葉石濤……等傑出的作家，以如椽之筆，寫出了在帝國主義蹂躪下，人民的心靈反映：有哀哀無告的悲悽，有民族敗類罪行的揭露，有鄉土情懷的傾訴，也有著對封建婚姻的批判，可說聲聲扣人心弦，字字充滿血淚，深刻地展現了寫實主義的精髓，而這股精神，依然影響著此後的台灣小說。如果我們以十年為一個斷代，大致說來，在五〇年代，國民政府播遷來台後，隨即出現了反共小說；六〇年代，則有現代派小說及婚姻小說的大量出現；七〇年代，則是鄉土小說潮氣勢非凡；而自八〇年代至今，台灣小說已明顯走向多元化，其中尤以新女性主義、情色小說的發展最受人囑目。

　　綜觀台灣小說在上述數十年間的發展歷程，儘管繽紛多彩，但大致說來，除了六〇年代盛行的以瓊瑤、朱秀娟、曹又方、施叔青、李昂、蕭颯、蕭麗紅、廖輝英等為代表的愛情婚姻小說及高陽的歷史小說外，台灣小說的發展實有兩大方向：寫實主義及現代主義。這樣的發展概況，實與西方小說的發展趨勢一致：西方在「現代主義」小說大行其道的同時，寫實主義的傳統依然延續，從未斷絕。更具體地來說，西方自十九世紀末起，因有感於自商業革命、工業革命以來所產生的消費文明，固然帶給人們較為豐沛的物質享受，但在同時，機械文明、科技文明也帶給人災難：第一、二次世界大戰的慘痛經驗，使人深切反省，我們所面臨的世界環境，究竟是充滿愉悅的？還是充滿危機的？人與人之間是更靠近的？還是更疏離的？個人是更積極樂觀的？還是孤獨落寞的？在這樣的氛圍下，達達主義、超現實主義、存在主義、新小說派……等一一出現，而落實在小說創作上，則是從描寫人的「異化」方面步步深入，首先在超現實主義小說中，描寫的是人陷入了夢幻與現實之間，意識時而清醒，時而朦朧的狀態；接著是存在主義小說，將世界的「異化」與荒誕，清楚地描繪出來；到了新小說派，更將人當成物，他們徹底疏離社會，對社會問題不聞不問，不理不睬，純然客觀地描寫，表達了人的意志無法改變世界，人存在的永恆荒誕性。這種「現代主義」文學，在引進台灣後，不但在主題方面深深地影響著台灣小說，其新穎的表現手法也帶給台灣小說家極大的衝擊，於是有的小說中出現了時空倒置、現實描繪與過往回憶交互進行、主觀心境與客觀環境重疊並陳……等寫作手法的展現。

　　台灣小說的批評與研究，在五〇至七〇年代時期，主要以文學性雜誌為媒體，其中以「《文學雜誌》（1956～1960）、《現代文學》（1960～1973）、《中外文學》（1973～　）等三份文學性雜誌對於小說創作與批評的提倡功

不可沒。」[2]它們引進了當時正流行的西方文學批評的觀念，尤其是「新批評」，而使小說批評的焦點，轉向了正文和文類研究，擺脫了傳統的印象式批評，和過度關注的政治意識形態。然而，文學的批評與研究，是與文學創作的發展有著唇齒相依的關係的。台灣特殊的環境，造就了台灣小說風貌的特殊，除了有寫實主義與現代主義的分野之外，在八十年代以前更有著現代派小說與鄉土小說的不同發展路線，因而在西元1977年（民國66年）至西元1978年（民國67年）爆發了「鄉土文學論戰」，這次論戰主要由於政治與文化意識形態的差異而起，包括何欣、尉天驄、陳映真、唐文標……等作家兼評論家，對於現代派小說家西化傾向，以及作品內容脫離生活，遠離現實，流於空洞虛無，而提出嚴厲批判。他們和主張「臺灣中心論者」的鄉土小說家，同樣主張寫實主義，認為文學應該回歸民族、回歸鄉土。現代派則有彭歌、余光中、尹雪曼、王文興等人撰文指控提倡鄉土文學的人是民族本位主義，是義和團思想。王文興更批判鄉土文學的文學論調犯有四項缺點：「文學必須以服務為目的」、「文學力求簡化」、「公式化」、「排他性」。[3]這次的論爭，在西元1978年（民國67年）1月18、19日舉行的「國軍文藝大會」後，逐漸平息。在已進入「後現代」多元社會的今天，當我們回顧這段歷史時，不禁為台灣知識份子及作家那種因夾處在壓縮的空間與扭曲的歷史之中，而形成政治與文化等意識形態的兩極對立情況，感到無奈與同情，但也深深感佩他們對文學的堅持。他們的相互激盪，豐富了我們的視野，也刺激了我們去省思「小說是什麼？」、「小說應該是什麼？」等問題。我們特別想說的是，在論爭的過程中，雖然雙方激

---

[2] 鄭明娳：《當代台灣文學評論大系・小說批評》，台北：正中書局，頁25～26，西元1993年（民國82年）。

[3] 王文興：〈鄉土文學的功與過〉，《當代中國新文學大系・文學論爭集》，天視出版事業有限公司，頁496～503，西元1981年（民國70年）。

昂熱烈，但他們不斷對話的結果，也造成了在情緒平靜之後，產生了新的融合，新的局面。我們或者可以說，當今台灣社會各階層，幾乎無人反對「國際化」與「本土化」應該並行不悖，這或許也該歸功於這次的論爭。

八〇年代開始，諸如：社會主義寫實主義、結構主義、解構主義、接受美學、女性主義、後現代主義……等國外文學理論，被大量引介進來；再加上各專門領域的書籍，如詮釋學、語言學、記號學、心理學……等，亦被譯介於國人面前，雖然初期被應用在實際批評的並不多，但解嚴以後，則逐漸增加，並增添了許多面相，如神話學、宗教學、後殖民主義、都市文學、社會學、政治學、文化學……等等，這些，都被落實在小說的評論中，使得小說評論的園地，異彩紛陳、熱鬧非凡。

在性質上，和本研究呈現出某些類似的工作，過去其實已有若干成果，其中尤以鄭明娳《當代評論大系‧小說評論》的〈導論〉（西元1993年，民國82年，正中書局）最為精詳。不過，一來，它的年代只到民國八十年左右為止，未能涵蓋到以後的年代；二來，它的範圍只挑選若干研究「小說」的文章，再加以綜述而已。因此，與本研究在時代上的以近十年來為範圍，而在涵蓋面上又以絕大部分（因無法做到全面收羅完盡）的「小說研究」論著為領域，所以仍有相當的差異性。

底下，本部分將先列出西元1988年（民國77年）至西元1996年（民國85年）間具有學術性的「小說研究」論文和專著的目錄，然後再析論其特色與發展趨勢。

編號	日期	作者	專著·論文	出處	出版者	備註
1	1988/1	蔡源煌	〈從大陸小說看「眞實」的眞諦〉	《聯合文學》總39期		又收於《中華現代文學大系評論卷》
2	1988/1	侯健	〈中西武俠小說之比較〉	《聯合文學》總39期		
3	1988/5	張子樟	〈當代大陸小說的角色變遷〉	當前大陸文學研討會	台北：文訊雜誌社	
4	1988/6	齊藤道彦	〈論王拓的文學〉	第一屆當代中國文學國際學術會議		
5	1988/6	蔡碧華	〈從社會語言學之觀點剖析王禎和之小說「玫瑰、玫瑰、我愛你」〉		輔仁大學語言研究所碩士論文	許洪坤指導
6	1988/6	陳萬益	〈母親的形象和特徵—「寒夜三部曲」初探〉	第一屆當代中國文學國際學術會議	清華大學中研中語新地文學基金會	又收於《中華現代文學大系評論卷》
7	1988/6	施淑女	〈台灣的憂鬱—論陳映眞早期小說的藝術〉	第一屆當代中國文學國際學術會議	清華大學中研中語新地文學基金會	
8	1988/6	王德威	〈當代大陸歷史小說的方向〉	第一屆當代中國文學國際學術會議	清華大學中研中語新地文學基金會	
9	1988/9	王德威	〈當代大陸作家「寫」歷史—以戴厚英、馮驥才、阿城爲例〉	《眾聲喧嘩—三〇與八〇年代的中國小說》	台北：遠流出版社	
10	1988/9	王德威	〈「眞的惡聲」？—魯迅與大陸作家〉	《眾聲喧嘩—三〇與八〇年代的中國小說》	台北：遠流出版社	
11	1988/9	王德威	〈都是諾貝爾惹的禍—談錢鍾書的〈靈感〉〉	《眾聲喧嘩—三〇與八〇年代的中國小說》	台北：遠流出版社	
12	1988/9	王德威	〈重識〈狂人日記〉〉	《眾聲喧嘩—三〇與八〇年代的中國小說》	台北：遠流出版社	
13	1988/9	王德威	〈畸人行—當代大陸小說的眾生「怪」相〉	《眾聲喧嘩—三〇與八〇年代的中國小說》	台北：遠流出版社	又收於《中華現代文學大系評論卷》
14	1988/9	王德威	〈魯迅下凡記—評李歐梵著《來自鐵屋的呼聲》〉	《眾聲喧嘩—三〇與八〇年代的中國小說》	台北：遠流出版社	

15	1988/9	王德威	〈紙上「談」科技－以李伯元、茅盾、張系國為例〉	《眾聲喧嘩－三〇與八〇年代的中國小說》	台北：遠流出版社	
16	1988/9	王德威	〈老舍與哈姆雷特〉	《眾聲喧嘩－三〇與八〇年代的中國小說》	台北：遠流出版社	
17	1988/9	王德威	〈「母親」，妳在何方？－論巴金的一篇奇情小說〉	《眾聲喧嘩－三〇與八〇年代的中國小說》	台北：遠流出版社	
18	1988/9	王德威	〈初論沈從文－《邊城》的愛情傳奇與敘事特徵〉	《眾聲喧嘩－三〇與八〇年代的中國小說》	台北：遠流出版社	
19	1988/9	王德威	〈論王魯彥〉	《眾聲喧嘩－三〇與八〇年代的中國小說》	台北：遠流出版社	
20	1988/9	王德威	〈魯迅之後－五四小說傳統的繼承者〉	《眾聲喧嘩－三〇與八〇年代的中國小說》	台北：遠流出版社	
21	1988/9	王德威	〈「女」作家的現代「鬼」話－從張愛玲到蘇偉貞〉	《眾聲喧嘩－三〇與八〇年代的中國小說》	台北：遠流出版社	
22	1988/9	王德威	〈玫瑰，玫瑰，我怎麼愛你？－一種讀法的介紹〉	《眾聲喧嘩－三〇與八〇年代的中國小說》	台北：遠流出版社	
23	1988/9	王德威	〈學校「空間」、權威與權宜－論黃凡〈系統的多重關係〉〉	《眾聲喧嘩－三〇與八〇年代的中國小說》	台北：遠流出版社	
24	1988/9	王德威	〈棋王如何測量水溝的寬度〉	《眾聲喧嘩－三〇與八〇年代的中國小說》	台北：遠流出版社	
25	1988/9	王德威	〈里程碑下的沈思－當代台灣小說的神話性與歷史感〉	《眾聲喧嘩－三〇與八〇年代的中國小說》	台北：遠流出版社	
26	1988/9	王德威	〈評《公開的情書》〉	《眾聲喧嘩－三〇與八〇年代的中國小說》	台北：遠流出版社	
27	1988/11	龔顯宗	〈論「阿Q正論」與「蠕」〉	當代中國文學研討會	淡江大學	

28	1988/11	陳慶煌	〈試評黃凡的「大時代」〉	當代中國文學研討會	淡江大學	
29	1988/11	施淑女	〈論施叔青早期小說的幽默與顛覆〉	當代中國文學研討會	淡江大學	
30	1988/11	蔡源煌	〈韓少功的中篇小說「火宅」「女女女」「爸爸爸」〉	當代中國文學研討會	淡江大學	又刊於《中外文學》17卷8期
31	1988/12	莊信正	〈「未央歌」的童話世界〉	現代文學討論會	文建會、中央日報	
32	1988/12	王文進	〈南方有佳人，遺世而獨立—談鹿橋及其「人子」〉	現代文學討論會	文建會、中央日報	
33	1988/12	黃慶萱	〈信念與事實之間—漫談「從香檳來的」的主題、情節和人物〉	現代文學討論會	文建會、中央日報	
34	1988/12	王德威	〈鄉愁的困境與超越—朱西甯與司馬中原的鄉土小說〉	現代文學討論會	文建會、中央日報	又收於王德威著《小說中國：晚清到當代的中文小說》
35	1988/12	張大春	〈那個現在幾點鐘—朱西甯的新小說初探〉	現代文學討論會	文建會、中央日報	
36	1988/12	叢甦	〈長河與巨樹—淺論「靜靜的紅河」與「魔鬼樹」中的隱喻與寓言〉	現代文學討論會	文建會、中央日報	
37	1988/12	王德威	〈「蓮漪表妹」—五十年代的政治小說〉	現代文學討論會	文建會、中央日報	
38	1988/12	琦君	〈一顆堅韌的馬蘭草—談「馬蘭的故事」所顯示的道德情操〉	現代文學討論會	文建會、中央日報	
39	1989/1	賀安慰	《台灣當代短篇小說中的女性描寫》		台北：文史哲出版社	
40	1989/1	陳豐(譯)	〈筆下浸透了水意—沈從文的《邊城》和汪曾祺的《大淖記事》〉	《聯合文學》總51期		
41	1989/1	黃子平	〈汪曾祺的意義〉	《聯合文學》總51期		
42	1989/3	周英雄	《小說·歷史·心理·人物》		台北：東大出版社	
43	1989/4	嚴家炎	〈早期鄉土小說及其作家群—中國現代小說流派論之二〉	《論中國現代文學及其他》	台北：新學識文教出版中心	
44	1989/4	黃維樑	〈徐才叔夫人的婚外情—談錢鍾書的《紀念》〉	《聯合文學》總54期		

45	1989/4	王潤華	〈五四小說人物的「狂」與「死」和反傳統主題〉	五四文學與文化變遷學術研討會	中國古典文學會	
46	1989/4	鄭明娳	〈新感覺派小說中意識流特色〉	三十年代文學研討會	淡江大學中文系	台北：海風出版社
47	1989/4	黎活仁	〈郁達夫與私小說〉	三十年代文學研討會	淡江大學中文系	又收於《盧卡奇對中國文學的影響》
48	1989/4	嚴家炎	〈中國現代小說流派史漫筆〉	《論中國現代文學及其他》	台北：新學識文教出版中心	
49	1989/4	嚴家炎	〈五四時期的「問題小說」—中國現代小說流派論之一〉	《論中國現代文學及其他》	台北：新學識文教出版中心	
50	1989/4	嚴家炎	〈創造社前期小說與現代主義思潮—中國現代小說流派論之三〉	《論中國現代文學及其他》	台北：新學識文教出版中心	
51	1989/4	嚴家炎	〈現代文學史上的一樁舊案—重評丁玲小說《在醫院中》〉	《論中國現代文學及其他》	台北：新學識文教出版中心	
52	1989/4	嚴家炎	〈讀《綠化樹》隨筆〉	《論中國現代文學及其他》	台北：新學識文教出版中心	
53	1989/4	嚴家炎	〈氣壯山河的歷史大悲劇—《李自成》一、二、三卷悲劇藝術管窺〉	《論中國現代文學及其他》	台北：新學識文教出版中心	
54	1989/4	嚴家炎	〈現代小說流派鳥瞰〉	《論中國現代文學及其他》	台北：新學識文教出版中心	
55	1989/4	嚴家炎	〈漫談《李自成》的民族風格〉	《論中國現代文學及其他》	台北：新學識文教出版中心	
56	1989/4	嚴家炎	〈三十年代的現代小說—中國現代小說流派論之四〉	《論中國現代文學及其他》	台北：新學識文教出版中心	
57	1989/4	嚴家炎	〈論新感覺派小說〉	《論中國現代文學及其他》	台北：新學識文教出版中心	
58	1989/4	嚴家炎	〈論彭家煌的小說〉	《論中國現代文學及其他》	台北：新學識文教出版中心	
59	1989/4	嚴家炎	〈讀阿Q正傳札記〉	《論中國現代文學及其他》	台北：新學識文教出版中心	
60	1989/4	嚴家炎	〈論《狂人日記》的創作方法〉	《論中國現代文學及其他》	台北：新學識文教出版中心	

61	1989/4	嚴家炎	〈魯迅小說的歷史地位〉	《論中國現代文學及其他》	台北：新學識文教出版中心	
62	1989/6	張子樟	〈社會、自我與人性－淺析當前大陸小說中的疏離現實〉	《聯合文學》總56期		
63	1989/9	張惠娟	〈鍾曉陽作品淺論〉	《中外文學》17卷4期		
64	1989/10	林秀玲	〈中國革命和女性解放：茅盾小說中的兩大主題－從女性主義文學批評的觀點兼論茅盾及其批評家〉	《中外文學》18卷5期		
65	1989/10	陳炳良	〈水仙子人物再探：蘇偉貞、鍾玲等人作品析論〉	《中外文學》18卷5期		
66	1989/10	奚密	〈自我衝突與救贖意識：李黎小說研究〉	《中外文學》18卷5期		
67	1989/11	劉再復	〈摯愛到冷靜的精神審判評－王蒙的《活動變人形》〉	《尋找與呼喚》	台北：風雲時代出版社	
68	1989/11	劉再復	〈他把愛推向每一片綠葉－劉心武小說集《立體交叉稿》序〉	《尋找與呼喚》	台北：風雲時代出版社	
69	1989/11	劉再復	〈作家的良知和文學的懺悔意識／讀巴金的《隨想錄》〉	《尋找與呼喚》	台北：風雲時代出版社	
70	1989/12	郭玉雯	〈中國現代小說中基本主題之觀察〉	《台大中文學報》3期		
71	1989/12	陳信元	《從台灣看大陸當代文學》		台北：業強出版社	
72	1990/1	張寧	〈尋根一族與原鄉主題的變形－莫言、韓少功、劉桓的小說〉	《中外文學》18卷8期		
73	1990/4	施淑	〈歷史與現實－論路翎及其小說〉	《理想主義者的剪影》	台北：新地出版社	
74	1990/5	葉樨英	〈阿城《棋王》一系列小說之評介〉	《大陸當代文學掃描》	台北：東大出版社	
75	1990/5	林琇亭	《張愛玲小說風格研究》		東吳大學中文所碩士論文	柯慶明指導
76	1990/5	葉樨英	《大陸當代文學掃描》		台北：東大出版社	

77	1990/5	周錦選 (選編)	《兩岸文學互論第一集》		台北：智燕出版社	
78	1990/5	葉樨英	〈張賢亮文學作品的剖析〉	《大陸當代文學掃描》	台北：東大出版社	
79	1990/6	鍾明玉	〈棄貓、功狗、雞栖王〉	第二屆當代中國文學國際會議一九四九年以前之兩岸小說	清華大學中研中語新地文學基金會	
80	1990/6	姚榮松	〈當代小說中的方言詞彙－兼談閩南語的書面語〉	《國文學報》19期	台灣師文國文系	
81	1990/6	梅蕙華	〈艾蕪的早期小說〉	第二屆當代中國文學國際會議一九四九年以前之兩岸小說	清華大學中研中語新地文學基金會	
82	1990/6	呂正惠	〈論楊逵小說〉	第二屆當代中國文學國際會議一九四九年以前之兩岸小說	清華大學中研中語新地文學基金會	
83	1990/6	鄭明娳	〈施蟄存小說中的兩性關係〉	第二屆當代中國文學國際會議一九四九年以前之兩岸小說	清華大學中研中語新地文學基金會	
84	1990/6	廖淑芳	《七等生文體研究》		成功大學歷史語言所碩士論文	馬森指導
85	1990/6	余昭玟	〈台灣光復對葉石濤小說主題的影響〉	第二屆當代中國文學國際會議一九四九年以前之兩岸小說	清華大學中研中語新地文學基金會	
86	1990/6	葉笛	〈我對「五四」以後小說流派的一些理解〉	第二屆當代中國文學國際會議一九四九年以前之兩岸小說	清華大學中研中語新地文學基金會	
87	1990/6	羅夏美	《陳映真小說研究－以盧卡奇小說理論爲主要探討途徑》		成功大學歷史語言所碩士論文	馬森指導
88	1990/6	許達然	〈一九四九以前台灣大陸小說中的婦女形象〉	第二屆當代中國文學國際會議一九四九年以前之兩岸小說	清華大學中研中語新地文學基金會	
89	1990/6	龔顯宗	〈論二〇年代女作家的問題小說〉	第二屆當代中國文學國際會議一九四九年以前之兩岸小說	清華大學中研中語新地文學基金會	

90	1990/6	施　淑	〈日據時代小說中的知識份子形象〉	第二屆當代中國文學國際會議一九四九年以前之兩岸小說	清華大學中研中語新地文學基金會	
91	1990/6	高利克	〈茅盾小說中的神話視野〉	第二屆當代中國文學國際會議一九四九年以前之兩岸小說	清華大學中研中語新地文學基金會	
92	1990/6	李培榮	《兩部戰爭小說：朱西甯的《八二三注》與詩歌多·普里維爾的史達林格勒中的軍人形象》		輔仁大學德研所碩士論文	裴德指導
93	1990/6	余昭玟	《葉石濤及其小說研究》		成功大學歷史語言所碩士論文	吳達芸指導
94	1990/7	程德培	《當代小說藝術論》		上海：學林出版社	
95	1990/7	齊邦媛	〈時代的聲音〉	《千年之淚—當代小說論集》	台北：爾雅出版社	
96	1990/7	齊邦媛	〈千年之淚—反共懷鄉文學是傷痕文學的序曲〉	《千年之淚—當代小說論集》	台北：爾雅出版社	
97	1990/7	齊邦媛	〈閨怨之外—以實力論台灣女作家的小說〉	《千年之淚—當代小說論集》	台北：爾雅出版社	
98	1990/7	齊邦媛	〈人性尊嚴與天地不仁—李喬《寒夜三部曲》〉	《千年之淚—當代小說論集》	台北：爾雅出版社	
99	1990/7	齊邦媛	〈留學「生」文學—由非常心到平常心〉	《千年之淚—當代小說論集》	台北：爾雅出版社	
100	1990/8	王孝廉	〈沈淪與流轉—三十歲以前郁達夫的色、欲與性〉	《聯合文學》總70期		
101	1990/9	詹宏志	《閱讀的反叛》		台北：遠流出版社	
102	1990/9	張惠娟	〈台灣後設小說的發展〉	八〇年代台灣文學研討會	台北：時報文化出版公司 中國青年寫作協會	
103	1990/9	陳思和	〈台灣新世代小說家〉	八〇年代台灣文學研討會	台北：時報文化出版公司 中國青年寫作協會	
104	1990/9	呂正惠	〈八0年代台灣小說主流〉	八〇年代台灣文學研討會	台北：時報文化出版公司 中國青年寫作協會	
105	1990/10	何冠驥	〈《桃源夢》與《遠方有個女兒國》—當代中國反烏托邦文學的兩個路向〉	《中外文學》19卷5期		

106	1990/11	東　年	〈美國美國我愛你—鬧劇「玫瑰玫瑰我愛你」的荒謬寓意〉	王禎和作品研討會	文建會聯合文學雜誌社	另刊於《聯合文學》總74期
107	1990/11	林燿德	〈現實與意識之間的疊影—粗窺一九八〇年以前王禎和小說的創作〉	王禎和作品研討會	文建會聯合文學雜誌社	
108	1990/11	呂正惠	〈小說家的誕生—王禎和的第一篇小說及其相關問題〉	王禎和作品研討會	文建會聯合文學雜誌社	另刊於《聯合文學》總74期
109	1990/11	鄭恆雄	〈外來語／文化「逼死」（vs（對抗））本土語言／文化—解讀王禎和的「美人圖」〉	王禎和作品研討會	文建會聯合文學雜誌社	又收於張京媛編《後殖民主義與文化認同》
110	1990/11	張大春	〈人人愛讀喜劇—王禎和怎樣和小人物「呼吸著同樣的空氣」〉	王禎和作品研討會	文建會聯合文學雜誌社	另刊於《聯合文學》總74期
111	1990/11	曾慶瑞	《竹林小說論》		台北：智燕出版社	
112	1990/11	尉天聰	〈消費文明下的屈辱和憤怒—談王禎和的小林來台北〉	王禎和作品研討會	文建會聯合文學雜誌社	
113	1990/12	葉石濤	〈論鍾理和的「故鄉」連作〉	鍾理和文學研討會	高雄醫學院南杏社	
114	1990/12	劉春城	《王禎和的文學生涯》	《聯合文學》總74期		
115	1990/12	鍾鐵民	〈鍾理和文學中所展現的人性尊嚴〉	鍾理和文學研討會	高雄醫學院南杏社	
116	1990/12	吳錦發	〈鍾理和小說中的客家女性塑像〉	鍾理和文學研討會	高雄醫學院南杏社	
117	1990/12	彭瑞金	〈鍾理和的農民文學〉	鍾理和文學研討會	高雄醫學院南杏社	
118	1991/1	賴松輝	《李喬「寒夜三部曲」研究》		成功大學歷史語言所碩士論文	呂興昌指導
119	1991/2	黃維樑	〈文化的吃—錢鍾書《圍城》中的一頓飯〉	《中外文學》19卷9期		
120	1991/2	張子樟	《走出傷痕—大陸新時期小說探論》		台北：三民書局	
121	1991/2	吳燕娜	〈《浮生六記》與《幹校六記》敘述風格之比較〉	《中外文學》19卷9期		幹校六記楊絳著香港華書局1981
122	1991/2	鄭恆雄	〈論王禎和《美人圖》的意圖和文學效果〉	《中外文學》19卷9期		
123	1991/3	彭小妍	〈沈從文的烏托邦世界：苗族故事及鄉土故事研	《中國文哲研究集刊》1期	中央研究院中國文哲研究所籌備處	

			究〉		
124	1991/6	呂正惠	〈王安憶小説中的女性意識〉	第二屆當代大陸文學研討會	台北：文訊雜誌社	又收於《文訊雜誌》編《苦難與超越—當前大陸文學二輯》
125	1991/6	林明德	〈梁啓超與晚清小説界革命〉	《輔仁學誌》20期		
126	1991/6	魏美玲	《張恨水小説研究》		文化大學中文所碩士論文	王三慶指導
127	1991/6	蔡淑娟	《張愛玲小説的諷刺藝術》		文化大學中文所碩士論文	金榮華指導
128	1991/6	吳燕娜	〈辯証和想像—《男人的一半是女人》中蓄意的矛盾〉	《中外文學》20卷1期		
129	1991/6	許俊雅	《日據時期台灣小説研究》		師範大學國文所博士論文	李鍌、陳萬益指導又由台北：文史哲出版社出版（1994年12月）
130	1991/6	盧正珩	張愛玲小説的時代感研究		師範大學國文所碩士論文	楊昌年指導
131	1991/6	林燿德	〈台灣新世代小説家〉	《重組的星空》	台北：業強出版社	
132	1991/6	林燿德	〈現實與意識之間的屬影—初窺一九八0年代以前王禎和小説創作〉	《重組的星空》	台北：業強出版社	
133	1991/6	張郁琦	《龍瑛宗文學之研究》		文化大學日研所碩士論文	蔡華山指導
134	1991/6	張子樟	〈殘酷：新時期小説中的一個主題〉	第二屆當代大陸文學研討會	台北：文訊雜誌社	又收於《文訊雜誌》編《苦難與超越—當前大陸文學二輯》
135	1991/6	林燿德	〈慾愛無岸—談當代兩岸小説中的愛情〉	《重組的星空》	台北：業強出版社	
136	1991/8	星名宏修	〈日據時代的台灣小説—關於皇民文學〉	二十世紀中國文學研討會	中國古典文學研究會師範大學	
137	1991/8	盧瑋鑾	〈蕭紅「呼蘭河傳」的另一種讀法〉	二十世紀中國文學研討會	中國古典文學研究會師範大學	
138	1991/8	黎活仁	〈錢鍾書「上帝的夢」的分析〉	二十世紀中國文學研討會	中國古典文學研究會師範大學	
139	1991/8	張素貞	〈沈從文小説中的黑暗面〉	二十世紀中國文學研討會	中國古典文學研究會師範大學	

140	1991/8	蔣英豪	〈成也蕭何、敗也蕭何─論吳趼人「恨海」與梁啓超的小說觀〉	二十世紀中國文學研討會	中國古典文學研究會師範大學	
141	1991/9	王德威	〈現代中國小說研究在西方─新方向、新方法的探索〉	《中國文哲研究通訊》1卷3期	中央研究院、中國文哲研究所籌備處	演講記錄
142	1991/9	王德威	《閱讀當代小說》		台北：遠流出版社	
143	1991/10	蔡詩萍	〈小說族與都市浪漫小說〉	當代台灣通俗文學研討會	台北：時報文化出版公司 中國青年寫作協會	
144	1991/10	齊隆壬	〈一九六三～一九七九瓊瑤小說中的性別與歷史〉	當代台灣通俗文學研討會	台北：時報文化出版公司 中國青年寫作協會	
145	1991/10	陳思和	〈可讀性與創意─試論台灣當代科幻與通俗文類的關係〉	當代台灣通俗文學研討會	台北：時報文化出版公司 中國青年寫作協會	
146	1991/10	葉洪生	〈當代台灣武俠小說的成人童話世界〉	當代台灣通俗文學研討會	台北：時報文化出版公司 中國青年寫作協會	
147	1991/10	錢　虹	〈三毛的「故事」：閱讀的誤區─兼談讀者對三毛及其作品的接受反應〉	當代台灣通俗文學研討會	台北：時報文化出版公司 中國青年寫作協會	
148	1991/10	王溢嘉	〈論司馬中原的靈異小說〉	當代台灣通俗文學研討會	台北：時報文化出版公司 中國青年寫作協會	
149	1991/10	林佛兒	〈當代台灣推理小說之發展〉	當代台灣通俗文學研討會	台北：時報文化出版公司 中國青年寫作協會	
150	1991/10	顧曉鳴	〈瓊瑤小說的社會意義〉	當代台灣通俗文學研討會	台北：時報文化出版公司 中國青年寫作協會	
151	1991/10	黃子平	〈千古艱難唯一死─讀幾部寫老舍、傅雷之死的小說〉	《倖存者的文學》	台北：遠流出版社	
152	1991/10	黃子平	〈我讀《綠化樹》〉	《倖存者的文學》	台北：遠流出版社	
153	1991/10	黃子平	〈星光，從黑暗和血泊中升起─讀北島小說《波動》隨想錄〉	《倖存者的文學》	台北：遠流出版社	
154	1991/10	黃子平	〈語言洪水中的壩與碑─重讀中篇小說《小鮑莊》〉	《倖存者的文學》	台北：遠流出版社	

155	1991/10	黃子平	〈小說：「尋根」與「實驗」〉	《倖存者的文學》	台北：遠流出版社	
156	1991/10	黃子平	〈筆記人間—李慶西小說漫論〉	《倖存者的文學》	台北：遠流出版社	
157	1991/10	黃子平	〈論中國當代短篇小說的藝術發展〉	《倖存者的文學》	台北：遠流出版社	
158	1991/10	黃子平	〈小說與新聞：「真實」向話語的轉換〉	《倖存者的文學》	台北：遠流出版社	
159	1991/10	黃子平	〈「革命歷史小說」：時間與敘述〉	《倖存者的文學》	台北：遠流出版社	
160	1991/11	何冠驥	〈浪漫的反烏托邦式的「成長小說」—論張賢亮《綠化樹》與《男人的一半是女人》〉	《中外文學》20卷6期		
161	1991/12	馬 森	〈嘗試爲台灣小說定位〉	當前小說發展研討會	中國文藝協會	
162	1991/12	何寄澎	〈鄉土與女性—蕭虹筆下永遠的關懷〉	當前小說發展研討會	中國文藝協會	又刊於《中外文學》21卷3期
163	1991/12	呂正惠	〈不由自主的小說家—論朱天心的四篇「政治小說」〉	當前小說發展研討會	中國文藝協會	
164	1991/12	李 季	〈無涯的長路：論葉石濤的創作困境並簡析其小說特質〉	當前小說發展研討會	中國文藝協會	
165	1991/12	陳炳良	〈養龍人和大青馬——一個心理與文化的比較分析〉	《中外文學》20卷7期		
166	1991/12	邱貴芬	〈當代台灣女性小說裡的孤女現象〉	《文學台灣》1期		
167	1992/3	馬 森	〈「台灣文學」的中國結與台灣結—以小說爲例〉	《聯合文學》總89期		
168	1992/3	張 放	《大陸新時期小說論》		台北：三民書局	
169	1992/3	古繼堂	《台灣小說發展史》		台北：文史哲出版社	
170	1992/3	彭小妍	〈階級鬥爭與女性意識的覺醒—巴金《激流三部曲》中的無政府主義烏托邦理念〉	《中國文哲研究集刊》2期	中央研究院、中國文哲研究所籌備處	
171	1992/5	王德威	〈小說、清黨、大革命—茅盾、姜貴、安德烈馬婁與一九二七年政治風暴〉	《中外文學》20卷12期		又收於《小說中國：晚清到當代的中文小說》

172	1992/5	瘂弦等	《極短篇美學》		台北：爾雅出版社	
173	1992/6	宮以斯帖	《林語堂《京華煙雲》(張譯本)之研究》		文化大學中文所碩士論文	陳光憲指導
174	1992/6	李金梅	《從《雙鐲》的「姐妹夫妻」論有關女同性戀作品的閱讀與書寫》		台灣大學社會所碩士論文	黃毓秀指導
175	1992/6	廖淑芳	〈七等生作品中的個人觀、群體觀及其形成過程〉	《文學台灣》3期		
176	1992/6	趙天儀	〈少年小說的現實性與鄉土性〉	《文學台灣》3期		
177	1992/6	王悅眞	《蘇曼殊小說研究》		東海大學中文所碩士論文	李田意指導
178	1992/6	盧正珩	《張愛玲小說的時代感研究》		師範大學國文所碩士論文	楊昌年指導
179	1992/8	許素蘭	〈冷眼與熱腸—從「夾竹桃」、「故鄉」之比較看鍾理和的原鄉情與台灣愛〉	紀念鍾理和台灣文學學術研討會	高雄縣政府、台灣筆會、文學台灣雜誌社	
180	1992/8	黃重添	《台灣長篇小說論》		台北：稻禾出版社	
181	1992/8	葉石濤	〈新文學傳統的繼承者—鍾理和「笠山農場」裡的社會矛盾〉	紀念鍾理和台灣文學學術研討會	高雄縣政府、台灣筆會、文學台灣雜誌社	
182	1992/8	張恆豪	〈「奔流」與「道」的比較〉	紀念鍾理和台灣文學學術研討會	高雄縣政府、台灣筆會、文學台灣雜誌社	又刊於《文學台灣》4期
183	1992/8	鄭麗玲	〈橋與壁—戰後台灣小說的兩個面向〉	紀念鍾理和台灣文學學術研討會	高雄縣政府、台灣筆會、文學台灣雜誌社	
184	1992/11	黃維樑	〈「重新發現中國古代文化的作用」—用《文心雕龍》「六觀」法評析白先勇的〈骨灰〉〉	《中外文學》21卷6期		
185	1992/11	王潤華	《魯迅小說新論》		台北：東大出版社	
186	1992/12	羅賓遜著傅光明、梁剛譯	《兩刃之劍：基督教與二十世紀中國小說》		台北：業強出版社	
187	1992/12	張惠娟	〈直道相思了無益—當代台灣女性小說的覺醒與徬徨〉	當代台灣女性文學研討會	台北：時報文化出版公司	

					中國青年寫作協會	
188	1992/12	林幸謙	《生命情結的反思：白先勇小説主題思想之研究》		政治大學中文所碩士論文	陳鵬翔指導
189	1992/12	廖咸浩	〈在解構與解體之間徘徊—台灣現代小説中「中國身份」的轉變〉	《中外文學》21卷7期		又收於張京媛編《後殖民主義與文化認同》
190	1992/12	黃毓秀	〈「迷園」裡的性與政治〉	當代台灣女性文學研討會	台北：時報文化出版公司 中國青年寫作協會	
191	1993/1	楊 義	《廿世紀中國小説與文化》		台北：業強出版社	
192	1993/1	陳鵬翔	〈姚拓小説裡的三個世界〉	《中外文學》21卷8期		
193	1993/2	梁明雄	〈論黃春明的鄉土小説〉	《文化大學中文學報》1期	文化大學中文系中文所	
194	1993/2	魏美玲	〈藝術還是宣傳？—略論趙樹理的《小二黑結婚》、《李有才板話》、《李家莊的變遷》〉	《文化大學中文學報》1期	文化大學中文系中文所	
195	1993/3	張素貞	《續讀現代小説》		台北：東大圖書公司	
196	1993/3	彭小妍	〈企業烏托邦的幻滅—茅盾《子夜》中的階級鬥爭〉	《中國文哲研究集刊》3期	中央研究院、中國文哲研究所籌備處	
197	1993/4	黃秋芳	〈解讀鍾肇政「怒濤」〉	台灣地區區域文學會議	台北：文訊雜誌社	
198	1993/5	張子樟主編	《眞實與虛幻》		花蓮師範、人文教育中心	
199	1993/6	錢佩霞	《沈從文小説研究》		台灣大學中文所碩士論文	張健指導
200	1993/6	傅怡禎	《五〇年代台灣小説中的懷鄉意識》		文化大學中文所碩士論文	李瑞騰指導
201	1993/6	馬冬梅	《張愛玲小説中的女性世界》		政治大學中文所碩士論文	柯慶明指導
202	1993/6	徐照華	〈「我的帝王生活」析論〉	中國現代文學與教學研討會	文化大學中文系文藝組	
203	1993/6	劉寶珍	〈老舍在新加坡的生活與作品初探〉	中國現代文學與教學研討會	文化大學中文系文藝組	

204	1993/6	陳海鸞	〈丁玲短篇小說「莎菲女士的日記」的體會〉	中國現代文學與教學研討會	文化大學中文系文藝組	
205	1993/6	皮述民	〈五四以來現代小說概觀〉	中國現代文學與教學研討會	文化大學中文系文藝組	
206	1993/6	楊 照	〈歷史小說與歷史民族誌－高陽作品中的傳承與創新〉	高陽小說研討會	文建會、聯合文學雜誌社	
207	1993/6	林燿德	〈從「紅頂商人」看清末政商關係〉	高陽小說研討會	文建會、聯合文學雜誌社	
208	1993/6	彭瑞金	〈戰後台灣新文學運動的路標－吳濁流《亞細亞的孤兒》〉	黃恆秋編《客家台灣文學論》	苗栗縣立文化中心	
209	1993/6	龔鵬程	〈論高陽說詩〉	高陽小說研討會	文建會、聯合文學雜誌社	
210	1993/6	康來新	〈新世界的舊傳統－高陽紅學初探〉	高陽小說研討會	文建會、聯合文學雜誌社	
211	1993/6	張大春	〈以小說造史－論高陽小說重塑歷史之企圖〉	高陽小說研討會	文建會、聯合文學雜誌社	
212	1993/6	蔡詩萍	〈「古為今用」的現實反諷－高陽筆下「紅頂商人」的政治處境〉	高陽小說研討會	文建會、聯合文學雜誌社	
213	1993/6	羅德湛	〈邁出小說課程教學的困境〉	中國現代文學與教學研討會	文化大學中文系文藝組	
214	1993/6	王德威	〈原鄉神話的追逐者－沈從文、宋澤萊、莫言、李永平〉	《小說中國：晚清到當代的中文小說》	台北：麥田出版社	
215	1993/6	王德威	〈從頭談起－魯迅、沈從文與砍頭〉	《小說中國：晚清到當代的中文小說》	台北：麥田出版社	
216	1993/6	王德威	〈蓮漪表妹－兼論三○到五○年代的政治小說〉	《小說中國：晚清到當代的中文小說》	台北：麥田出版社	
217	1993/6	王德威	〈華麗的世紀末－台灣‧女作家‧邊緣詩學〉	《小說中國：晚清到當代的中文小說》	台北：麥田出版社	
218	1993/6	德利士	《郁達夫的小說研究》		台灣大學中文所碩士論文	張健指導
219	1993/6	王德威	〈出國‧歸國‧去國－五四與三、四○年代的留學生小說〉	《小說中國：晚清到當代的中文小說》	台北：麥田出版社	
220	1993/6	王德威	〈現代中國小說研究在西方〉	《小說中國：晚清到當代的中文小說》	台北：麥田出版社	

221	1993/6	王德威	〈被遺忘的繆思—五四及三、四〇年代女作家鉤沈錄〉	《小說中國：晚清到當代的中文小說》	台北：麥田出版社	
222	1993/6	鄭明娳	《當代台灣文學評論大系3—小說批評》		台北：正中書局	
223	1993/6	胡馨丹	《林語堂長篇小說研究》		東海大學中文所碩士論文	李田意指導
224	1993/6	王德威	〈世紀末的中文小說—預言四則〉	《小說中國：晚清到當代的中文小說》	台北：麥田出版社	
225	1993/6	閔惠貞	〈趙樹理及其小說之研究〉		文化大學中文所碩士論文	金榮華指導
226	1993/6	吳婉茹	《八〇年代台灣女作家小說中女性意識之研究》		淡江大學中文所碩士論文	李瑞騰指導
227	1993/6	王德威	〈想像中國的方法—海外學者看現、當代中國小說與電影〉	《小說中國：晚清到當代的中文小說》	台北：麥田出版社	
228	1993/7	許俊雅	〈日據時代台灣小說中的愛情與婚姻〉	《文學台灣》7期		
229	1993/7	張寶琴主編	《高陽小說研究》		台北：聯合文學出版社	
230	1993/7	徐進榮	〈李喬《寒夜三部曲》中「燈妹」的涵意〉	《文學台灣》7期		
231	1993/8	邱貴芬	〈想我（自我）放逐的兄弟（姐妹）們—閱讀第二代「外省」（女）作家朱天心〉	《中外文學》22卷3期		
232	1993/8	林瑞明	〈《富戶人的歷史》導言〉	《台灣文學與時代精神賴和研究論集》	台北：允晨出版社	
233	1993/10	陳萬益	〈吾土與吾民—初論洪醒夫小說〉	洪醒夫小說學術研討會	台灣磺溪文化學會	
234	1993/10	康原	〈卑微人物的高貴心靈—淺談洪醒夫的小說人物〉	洪醒夫小說學術研討會	台灣磺溪文化學會	
235	1993/10	呂興昌	〈悲憫與超越—論洪醒夫小說的人道關懷〉	洪醒夫小說學術研討會	台灣磺溪文化學會	
236	1993/10	羊子喬	〈歷史的悲劇、認同的盲點—讀周金波《水癌》、〈「尺」的誕生〉有感〉	《文學台灣》8期		

237	1993/11	龔鵬程	〈商戰歷史演義的社會思想史解析〉	近代台灣與社會研討會	中正大學歷史系	
238	1993/11	林燿德	〈八〇年代台灣政治小說〉	近代台灣與社會研討會	中正大學歷史系	
239	1993/11	陳長房	〈八〇年代台灣小說風貌與外國文學〉	近代台灣與社會研討會	中正大學歷史系	
240	1993/11	游　喚	〈政治小說策略及其解讀－有關台灣主體之論述〉	近代台灣與社會研討會	中正大學歷史系	
241	1993/11	李豐楙	〈台灣鄉土小說中的社會變遷意識－60、70年代鄉土小說的主題：貧窮、命運與人性〉	近代台灣與社會研討會	中正大學歷史系	
242	1993/11	周慶華	〈台灣後設小說中的社會批判－一個本體論和方法論的反省〉	近代台灣與社會研討會	中正大學歷史系	
243	1993/11	李瑞騰	〈黃春明小說中的「廣告」分析〉	近代台灣與社會研討會	中正大學歷史系	
244	1993/11	彭小妍	〈陳映真作品中的跨國性企業－第三世界的後殖民論述〉	近代台灣與社會研討會	中正大學歷史系	
245	1993/11	施懿琳	〈白先勇小說中的死亡意識及其分析〉	近代台灣與社會研討會	中正大學歷史系	
246	1993/11	翁聖峰	〈下層社會的見證－試論宋澤萊的《蓬萊誌異》〉	近代台灣與社會研討會	中正大學歷史系	
247	1993/11	江寶釵	〈敘事實驗、失落感與宿命感－論李昂的《迷園》〉	近代台灣與社會研討會	中正大學歷史系	
248	1993/11	許俊雅	〈冷筆寫熱腸－論呂赫若的小說〉	近代台灣與社會研討會	中正大學歷史系	
249	1993/11	黃錦樹	〈從大觀園到咖啡館－閱讀／書寫朱天心〉	近代台灣與社會研討會	中正大學歷史系	
250	1993/12	林瑞明	〈不為人知的龍瑛宗－以女性角色的堅持和反抗〉	中國現代文學國際研討會	中研院文哲所籌備處	又刊於《文學台灣》12期
251	1993/12	許俊雅	〈楊守愚小說的風貌及其相關問題〉	中國現代文學國際研討會	中研院文哲所籌備處	
252	1993/12	陳長房	〈後現代主義與當代台灣小說創作〉	四十年來中國文學會議	聯合報系文學基金會	
253	1993/12	黃子平	〈革命歷史小說〉	四十年來中國文學會議	聯合報系文學基金會	

254	1993/12	楊　照	〈歷史小說中的悲情〉	四十年來中國文學會議	聯合報系文學基金會	
255	1993/12	江建文	《詩筆寫人生―徐志摩小說、戲劇作品評析》		台北：開今文化公司	
256	1993/12	鍾　玲	〈女性主義與台灣女性作家小說〉	四十年來中國文學會議	聯合報系文學基金會	
257	1993/12	張啓疆	〈擁護李登輝？打倒蔣經國？―「無政府」政治小說的萌芽與發展〉	當代台灣政治文學研討會	台北：時報文化出版公司 中國青年寫作協會	
258	1993/12	是永駿	〈論《虹》―試探茅盾作品的「非寫實」因素〉	中國現代文學國際研討會	中研院文哲所籌備處	
259	1993/12	林燿德	〈八〇年代台灣政治小說中的意識型態光譜〉	當代台灣政治文學研討會	台北：時報文化出版公司 中國青年寫作協會	
260	1993/12	林明德	〈梁啓超與《新小說》〉	中國現代文學國際研討會	中研院文哲所籌備處	
261	1993/12	裴元領	〈權力運作與敘事功能―試析台灣九〇年代中期以後的小說現象〉	當代台灣政治文學研討會	台北：時報文化出版公司 中國青年寫作協會	
262	1993/12	陳萬益	〈于無聲處聽驚雷―析論台灣小說第一篇〈可怕的沈默〉〉	中國現代文學國際研討會	中研院文哲所籌備處	
263	1993/12	克拉兒	〈吳組緗的風格與結構〉	中國現代文學國際研討會	中研院文哲所籌備處	
264	1993/12	彭小妍	〈張資平的戀愛小說〉	中國現代文學國際研討會	中研院文哲所籌備處	
265	1994/1	陳瑤華	〈王文興與七等生的成長小說比較〉		清華大學語言所中文組碩士論文	呂正惠指導
266	1994/3	柯慶明導讀、湯芝萱記錄	〈迷途的兩代―情談王文興《家變》〉	《喂!你是那一派》	台北：幼獅文化公司	
267	1994/3	康來新、林水福主編	《喂!你是那一派》	幼獅文藝四十年大系・文學評論／世界文學卷	台北：幼獅文化公司	
268	1994/3	彭小妍	〈無聲之惡:沈從文的〈神巫之愛〉〉	《中國文哲研究集刊》4期	中央研究院中國文哲研究所籌備處	

269	1994/3	藤井省三著、張季琳譯	〈日本版《殺夫》解說〉	《中國文哲研究通訊》4卷1期	中央研究院中國文哲研究所籌備處	
270	1994/3	周素鳳	〈林海音小說中的婚姻與禁錮主題〉	《台北工專學報》27卷1期		
271	1994/3	編輯委員會	《[台灣作家全集]短篇小說卷別冊》		台北：前衛出版社	
272	1994/4	游　喚	〈政治小說策略及其解讀－有關台灣主體之論述〉	《文學台灣》10期		
273	1994/5	鍾　玲	〈香港女性小說筆下的時空和感性〉	陳炳良編《香港文學探賞》	台北：書林出版社	
274	1994/5	阮桃園	〈當原鄉人遇上阿Q〉	台灣文學中的歷史經驗研討會	東海大學中文系	
275	1994/5	趙天儀	〈太平洋戰爭的歷史經驗〉	台灣文學中的歷史經驗研討會	東海大學中文系	
276	1994/5	張錦忠	〈黃凡與未來：兼註台灣科幻小說〉	《中外文學》22卷12期		
277	1994/5	羅貴祥	〈幾篇香港小說中表現的大眾文化觀念〉	陳炳良編《香港文學探賞》	台北：書林出版社	
278	1994/5	梁秉鈞	〈香港小說與西方現代文學的關係〉	陳炳良編《香港文學探賞》	台北：書林出版社	
279	1994/5	陳芳明	〈王詩琅小說與台灣抗日左翼〉	台灣文學中的歷史經驗研討會	東海大學中文系	又刊於《文學台灣》12期
280	1994/6	江　心	《《廢都》之謎》		台北：風雲時代出版社	
281	1994/6	林素娥	〈文本、閱讀與再現：魯迅〈藥〉的五種讀法〉	《中外文學》23卷1期		
282	1994/6	吳慧婷	《記實與虛構－陳千武自傳性小說「台灣特別志願兵的回憶」系列作品研究》		清華大學中文所碩士論文	呂興昌指導
283	1994/6	褚昱志	《吳濁流小說之研究》		淡江大學中文所碩士論文	李瑞騰指導
284	1994/6	魏福康	《郁達夫小說研究》		師範大學國文所碩士論文	楊昌年指導
285	1994/6	江寶釵	《論《現代文學》女性小說家－從一個女性經驗的觀點出發》		師範大學國文所博士論文	楊昌年、陳鵬翔指導

286	1994/6	楊淑雯	〈蕭紅小說的美學風格〉	《輔大中文所學刊》3期		
287	1994/7	陳彬彬	《瓊瑤的夢─瓊瑤小說研究》		台北：皇冠文化公司	
288	1994/7	黃惠禎	《楊逵及其作品研究》		台北：麥田出版社	
289	1994/7	李瑞騰	《情愛掙扎─柏陽小說析論》		台北：漢光文化公司	
290	1994/7	王淑雯	《大河小說與族群認同─以《台灣人三部曲》《寒夜三部曲》《浪淘沙》爲焦點的分析》		台灣大學社會所碩士論文	蕭新煌指導
291	1994/7	盧正珩	〈張愛玲小說的時代感〉			《台灣師範大學國文研究所集刊》37期
292	1994/7	呂興昌	〈賴和《富戶人的歷史》初探〉	《文學台灣》11期		
293	1994/8	林芳玫	《解讀瓊瑤愛情王國》		台北：時報文化出版公司	
294	1994/8	彭瑞金	〈鍾理和文學的生活經驗和生命體驗〉	1994年台灣文化會議：南台灣文學景觀	高雄縣政府、民進黨中央黨部	
295	1994/8	林瑞明	〈葉石濤早期小說之探討〉	1994年台灣文化會議：南台灣文學景觀	高雄縣政府、民進黨中央黨部	
296	1994/8	余昭玟	〈從淪落到昇華論葉石濤小說中的象徵〉	1994年台灣文化會議：南台灣文學景觀	高雄縣政府、民進黨中央黨部	
297	1994/8	李元貞	〈論葉石濤小說中的「台灣女人」〉	1994年台灣文化會議：南台灣文學景觀	高雄縣政府、民進黨中央黨部	又刊於《文學台灣》12期
298	1994/8	李瑞騰	〈盛開在苦難的土地上─葉石濤近期小說劄記〉	1994年台灣文化會議：南台灣文學景觀	高雄縣政府、民進黨中央黨部	
299	1994/9	傅林統	《少年小說初探》		台北：富春文化事業股份有限公司	
300	1994/10	李鏡明	〈關於李榮春的短篇小說〉	《文學台灣》12期		
301	1994/10	陳碧月	《白先勇小說的人物及其刻劃》		文化大學中文所碩士論文	唐翼明指導
302	1994/11	黃靖雅	《鍾肇政小說研究》		東吳大學中文所碩士論文	施淑女指導
303	1994/11	岡崎郁子	〈孕育文學的土壤─在台灣文學史上的邱永漢和西川滿的地位〉	賴和及其同時代的作家：日據時期台灣文學國際學術研討會	文建會、清華大學中語系	

304	1994/11	張良澤	〈《亞細亞的孤兒》的版本與譯文之研究〉	賴和及其同時代的作家：日據時期台灣文學國際學術研討會	文建會、清華大學中語系	
305	1994/11	楊小濱	〈《酒國》盛大的衰頹〉	《中外文學》23卷6期		
306	1994/11	許俊雅	〈日據時代台灣小說中的婦女問題〉	賴和及其同時代的作家：日據時期台灣文學國際學術研討會	文建會、清華大學中語系	
307	1994/11	林明德	〈日據時代的台灣小說現象─以〈送報伕〉〈牛車〉〈植有木瓜樹的小鎮〉三篇為例〉	賴和及其同時代的作家：日據時期台灣文學國際學術研討會	文建會、清華大學中語系	
308	1994/11	林至潔	〈呂赫若最後作品─〈冬夜〉之剖析〉	賴和及其同時代的作家：日據時期台灣文學國際學術研討會	文建會、清華大學中語系	
309	1994/11	垂水千惠	〈論〈清秋〉之遲延結構─呂赫若論〉	賴和及其同時代的作家：日據時期台灣文學國際學術研討會	文建會、清華大學中語系	
310	1994/11	馬漢茂	〈從賴和日據時代台灣小說的孤島狀態─兼論方才起步的西方研究和翻譯〉	賴和及其同時代的作家：日據時期台灣文學國際學術研討會	文建會、清華大學中語系	
311	1994/11	陳萬益	〈夢境與現實─重探〈奔流〉〉	賴和及其同時代的作家：日據時期台灣文學國際學術研討會	文建會、清華大學中語系	
312	1994/11	河原功	〈楊逵送報伕的成長背景從楊逵的處女作自由勞動者的生活剖面和義藤永之介總督府模範〉	賴和及其同時代的作家：日據時期台灣文學國際學術研討會	文建會、清華大學中語系	
313	1994/11	呂正惠	〈賴和三篇小說析論─兼論賴和作品的社會性格〉	賴和及其同時代的作家：日據時期台灣文學國際學術研討會	文建會、清華大學中語系	
314	1994/11	山田敬三	〈龍瑛宗論〉	賴和及其同時代的作家：日據時期台灣文學國際學術研討會	文建會、清華大學中語系	
315	1994/11	施　淑	〈書齋、城市與鄉村─日據時代小說中的左翼知識份子〉	賴和及其同時代的作家：日據時期台灣文學國際學術研討會	文建會、清華大學中語系	

316	1994/11	野間信幸	〈論張文環的〈父親的要求〉〉	賴和及其同時代的作家：日據時期台灣文學國際學術研討會	文建會、清華大學中語系	
317	1994/11	星名宏修	〈再論周金波—以〈氣候與信仰與老病〉爲主〉	賴和及其同時代的作家：日據時期台灣文學國際學術研討會	文建會、清華大學中語系	
318	1994/11	鍾美芳	〈呂赫若創作歷程初探—從〈柘榴〉到〈清秋〉〉	賴和及其同時代的作家：日據時期台灣文學國際學術研討會	文建會、清華大學中語系	
319	1994/11	張恆豪	〈蒼茫深遠的「時代之眼」—比較賴和〈歸家〉與魯迅〈故鄉〉〉	賴和及其同時代的作家：日據時期台灣文學國際學術研討會	文建會、清華大學中語系	
320	1994/11	塚本照和	〈談楊逵的〈田園小景〉和〈模範村〉〉	賴和及其同時代的作家：日據時期台灣文學國際學術研討會	文建會、清華大學中語系	
321	1994/12	王建元	〈當代台灣科幻小說中的都市空間〉	當代台灣都市文學研討會	台北：時報文化出版公司 中國青年寫作協會	
322	1994/12	馬 森	〈城市之罪—論現當代小說的書寫心態〉	當代台灣都市文學研討會	台北：時報文化出版公司 中國青年寫作協會	
323	1994/12	高天生	《台灣小說與小說家》		台北：前衛出版社	
324	1994/12	吳怡萍	《北伐前後婦女解放觀的轉變—以魯迅、茅盾、丁玲小說爲中心的探討》		政治大學中文所碩士論文	呂芳上指導
325	1994/12	洪凌、紀大偉	〈當代台灣科幻小說的都會冷酷異境〉	當代台灣都市文學研討會	台北：時報文化出版公司 中國青年寫作協會	
326	1994/12	林燿德	〈空間剪貼簿—漫遊晚近台灣都市小說的建築空間〉	當代台灣都市文學研討會	台北：時報文化出版公司 中國青年寫作協會	
327	1994/12	陳崇祺	《傳統與原始大陸尋根小說的批評與省思》		台灣大學中文所碩士論文	蔡源煌葉慶炳指導
328	1994/12	張啓疆	〈當代台灣小說中的都市「負負空間」〉	當代台灣都市文學研討會	台北：時報文化出版公司 中國青年寫作協會	又刊於《中外文學》24卷1期
329	1994/12	夏志清	〈評析「靜靜的紅河」〉	現代文學討論會	文建會、中央日報	
330	1994/12	張素貞	〈李潼的《屏東姑丈》——一位新世代本土小說家的文學觀察〉	第一屆台灣本土文化國際學術研討會	台灣師範大學文學院・人文中心	

331	1994/12	許俊雅	〈文化傳統與歷史選擇一談日據時期台灣小說中的文化內涵〉	第一屆台灣本土文化國際學術研討會	台灣師範大學文學院・人文中心	
332	1995/1	林明德	〈台灣文學作品中的歷史經驗一以吳晟的作品為例〉	《文學台灣》13期		
333	1995/1	劉玟玲	〈從同名人物談王禎和的系列小說〉	《文學台灣》13期		
334	1995/1	朱雙一	〈現代人的焦慮和生存競爭一東年論〉	《聯合文學》總123期		
335	1995/2	朱雙一	〈廣角鏡對準台灣都市叢林一黃凡論〉	《聯合文學》總124期		
336	1995/2	梅家玲	〈眾聲喧嘩中的《我妹妹》一論張大春《我妹妹》的多重解讀策略及其美學趣味〉	《聯合文學》總124期		
337	1995/2	王潤華	《老舍小說新論》		台北：三民書局	
338	1995/3	蘇麗明	〈冰心與廬隱的問題小說比較〉	《輔大中研所學刊》4期		
339	1995/3	朱雙一	〈吉陵和海東：墮落世界的合影一李永平論〉	《聯合文學》總125期		
340	1995/3	黃武忠	〈論洪醒夫的小說〉	《親近台灣文學》	台北：九歌出版社	
341	1995/3	黃武忠	〈日據下的小民悲歌一賴和新文學作品析論〉	《親近台灣文學》	台北：九歌出版社	
342	1995/3	黃武忠	〈心緒茫然蕭瑟裡一初探楊守愚的小說世界〉	《親近台灣文學》	台北：九歌出版社	
343	1995/4	王建元著張錦忠譯	〈從美學到批判教育理論：後現代台灣小說與啟蒙小說嬗變〉	《中外文學》23卷11期		
344	1995/4	陳芳明	〈賴和與台灣左翼文學系譜一殖民地作家的抵抗與挫折〉	《聯合文學》總126期		
345	1995/4	津留信代作、陳千武譯	〈張文環作品裡的女性觀（下）一日本舊殖民地下的台灣〉	《文學台灣》14期		
346	1995/4	津留信代作、陳千武譯	〈張文環作品裡的女性觀（上）一日本舊殖民地下的台灣〉	《文學台灣》13期		

347	1995/5	林明德	〈日據時代台灣人在日本文壇—以楊逵送報伕呂赫若牛車龍瑛琮宗植有木瓜樹的小鎮爲例〉	《聯合文學》總127期		
348	1995/6	劉亮雅	〈擺盪在現代與後現代之間—朱天文近期作品中的國族、性別、情欲問題〉	《中外文學》24卷1期		
349	1995/6	簡政珍	〈張系國：放逐者的存在探問〉	《中外文學》24卷1期		
350	1995/6	劉介民	〈《沈默之島》的嘉年華文體與「雌雄同體」的象徵〉	《中外文學》24卷1期		
351	1995/6	朱雙一	〈語言陷阱的顛覆—張大春論〉	《聯合文學》總128期		
352	1995/6	周　昆	〈維納斯的回聲—試論陳映眞小說的無意識〉	《聯合文學》總128期		
353	1995/6	廖品眉	《湯婷婷小說中後殖民文化誌的問題》		台灣大學外文所碩士論文	蔡源煌指導
354	1995/6	黃錦樹	〈新／後殖民：漂泊經驗、族群關係與閩閩美感—論潘雨桐的小說〉	《中外文學》24卷1期		
355	1995/6	金仁詰	《巴金《激流三部曲》研究》		文化大學中文所碩士論文	金榮華指導
356	1995/6	黃慧芬	《西西小說研究》		台灣大學中文所碩士論文	何寄澎指導
357	1995/6	楊丕丞	《金庸小說《鹿鼎記》之研究》		東海大學中文所碩士論文	胡萬川指導
358	1995/6	李圭禧	《「五四」小說中所反映的女性意識》		文化大學中文所碩士論文	唐翼明指導
359	1995/6	李宜靜	《王禎和小說研究》		東吳大學中文所碩士論文	李瑞騰指導
360	1995/6	鄭伊雯	《女性主義觀點的語藝批評—以幻想主題分析希代「言情小說」系列》		輔大大學大傳碩士論文	林靜伶指導
361	1995/6	張韶筠	《日本統治時期戰時體制下有關台灣文學之考察—以陳火泉的「道」爲中心》		東吳大學日本文化所碩士論文	蜂矢宣朗指導

362	1995/6	許琇禎	《沈雁冰(茅盾)及其文學研究》		師範大學國文所碩士論文	黃慶萱指導
363	1995/6	曾恆源	《蘇童小說文本研究》		淡江大學中文研究所碩士論文	施淑女指導
364	1995/6	李玉馨	《當代台灣女性小說七家論》		台灣大學中文所碩士論文	何寄澎指導
365	1995/6	吳秀鳳	《中文報紙倡導文類之研究:以聯合報副刊「極短篇」為例》		輔仁大學大傳碩士論文	李瑞騰、關紹箕指導
366	1995/6	朱芳玲	《論六、七〇年代灣留學生文學的典型》		中正大學中文研究所碩士論文	謝大寧指導
367	1995/7	孟 悅	〈記憶與遺忘的置換─評張潔的《只有一個太陽》〉	張京媛編《後殖民主義與文化認同》	台北:麥田出版社	
368	1995/7	林靜茉	〈婦人真的殺夫了嗎─解構李昂《殺夫《中的女性主義》〉	《文學台灣》15期		
369	1995/7	沈乃慧	〈日據時代台灣小說中的女性議題探析(上)〉	《文學台灣》15期		
370	1995/7	施 淑	〈書齋城市與鄉村日據時代的左翼文學運動及小說中的知識份子〉	《文學台灣》15期		
371	1995/8	紀大偉	〈帶餓思潑辣::《荒人手記》的酷兒關係〉	《中外文學》24卷3期		
372	1995/8	朱偉誠	〈受困主流的同志荒人─朱天文《荒人手記》的同志關係〉	《中外文學》24卷3期		
373	1995/9	謝瑤玲	〈《說服》與〈妻妾成群〉─社會規範與女性自覺的衝突〉	《中外文學》24卷4期		
374	1995/10	楊 照	〈歷史大河中的悲情─論台灣的「大河小說」〉	《文學、社會與歷史想像─戰後文學史散論》	台北:聯合文學出版社	
375	1995/10	張大春	《文學不安─張大春的小說意見》		台北:聯合文學出版社	
376	1995/10	楊 照	〈歷史小說與歷史民族誌─論高陽小說〉	《文學、社會與歷史想像─戰後文學史散論》	台北:聯合文學出版社	
377	1995/10	廖炳惠	〈近五十年來的台灣小說〉	《聯合文學》總132期		

378	1995/10	沈乃慧	〈日據時代台灣小說中的女性議題探析（下）〉	《文學台灣》16期		
379	1995/10	彭小妍	〈女作家的情慾書寫與政治─解讀《迷園》〉	《中外文學》24卷5期		
380	1995/10	林幸謙	〈張愛玲的臨界點閨閣話語與女性主體的邊緣化〉	《中外文學》24卷5期		
381	1995/10	應鳳凰	〈葉石濤的台灣意識與文學論述〉	《文學台灣》16期		
382	1995/11	周慶華	〈同情批判─八十年代小說中的街頭運動〉	50年來台灣文學研討會之二「台灣文學中的社會」	文建會、靜宜大學中文系	
383	1995/11	陳　凌	〈論《寒夜三部曲─荒村》抗日運動與精神之本質〉	台灣文學研討會	淡水工商管理學院台灣文學系籌備處	
384	1995/11	游勝冠	〈台灣命運的深情凝視─論張文環的小說及其藝術〉	台灣文學研討會	淡水工商管理學院台灣文學系籌備處	
385	1995/11	張恆豪	〈比較楊逵與呂赫若的決戰小說〉	台灣文學研討會	淡水工商管理學院台灣文學系籌備處	
386	1995/11	陳偉智	〈混音多姿的台灣文學─賴和《一個同志的批信》的閱讀與詮釋〉	台灣文學研討會	淡水工商管理學院台灣文學系籌備處	
387	1995/11	林燿德	〈台灣小說中的上班族／企業文化〉	50年來台灣文學研討會之二「台灣文學中的社會」	文建會、靜宜大學中文系	
388	1995/11	許俊雅	〈戰前台灣小說的中國形象〉	台灣文學研討會	淡水工商管理學院台灣文學系籌備處	
389	1995/11	林至潔	〈呂赫若文學與志賀直哉文學之比較─試論《逃跑的男人》與《到網走》之作品探討〉	台灣文學研討會	淡水工商管理學院台灣文學系籌備處	
390	1995/11	鍾美芳	〈呂赫若的創作歷程再探〉	台灣文學研討會	淡水工商管理學院台灣文學系籌備處	
391	1995/11	李瑞騰	〈家的變與不變〉	50年來台灣文學研討會之二「台灣文學中的社會」	文建會、靜宜大學中文系	
392	1995/11	張啓疆	〈當代台灣小說裡的都市現象〉	50年來台灣文學研討會之二「台灣文學中的社會」	文建會、靜宜大學中文系	

393	1995/11	李豐楙	〈命與罪－六十年代台灣小說中的宗教意識〉	50年來台灣文學研討會之二「台灣文學中的社會」	文建會、靜宜大學中文系	
394	1995/11	黃元興	〈台語章回小說《彰化媽祖》之難題與解決〉	台灣文學研討會	淡水工商管理學院台灣文學系籌備處	
395	1995/11	楊澤	〈盜火者魯迅其人其文〉	《評論十家》	台北：爾雅出版社	原刊於魯迅小說集序台北洪範出版社
396	1995/11	許素蘭	〈無聲的訊息－鄭清文小說的《靜默》的情節設計〉	台灣文學研討會	淡水工商管理學院台灣文學系籌備處	
397	1995/11	陳義芝	〈小說一九九三－台灣短篇小說年度觀察報告〉	《評論十家》	台北：爾雅出版社	非論文
398	1995/12	林秀玲	〈李昂〈殺夫〉中性別角色的相互關係和人格呈現〉	婦女文學學術會議	東海大學中文系	又刊於《東海學報》
399	1995/12	岡崎郁子著、鄭清文等譯	《台灣文學－異端的系譜》		台北：前衛出版社	
400	1995/12	葉德宣	〈陰魂不散的家庭主義魅魅：對詮譯孽子諸文的論述分析〉	《中外文學》24卷7期		
401	1995/12	馬森	〈邊陲的反撲－評三本「新感官小說」〉	《中外文學》24卷7期		紀大偉《感官世界》、洪凌《異端吸血鬼列傳》、陳雪《惡女書》
402	1995/12	張瓊惠	〈誰怕趙健秀？－談莘美作家趙健秀的女性觀〉	婦女文學學術會議	東海大學中文系	
403	1995/12	劉浚	〈悲憫情懷－白先勇評傳〉		台北：爾雅出版社	
404	1995/12	胡錦媛	〈多層折疊反轉的書信－《捕諜人》〉	婦女文學學術會議	東海大學中文系	
405	1995/12	林芳玫	〈《迷園》解析－性別認同與國族認同的弔詭〉	婦女文學學術會議	東海大學中文系	
406	1995/12	周芬伶	〈張愛玲小說的女性敘述〉	婦女文學學術會議	東海大學中文系	
407	1995/12	許俊雅	〈戰後台灣小說的階段性變化〉	50年來台灣文學研討會之三「台灣文學發展現象」	文建會、靜宜大學中文系	
408	1995/12	彭小妍	〈李昂小說中的語言－由〈花季〉到《迷園》〉	婦女文學學術會議	東海大學中文系	

409	1995/12	游勝冠	〈《春光關不住》的啓示〉	50年來台灣文學研討會之三「台灣文學發展現象」	文建會、靜宜大學中文系	
410	1995/12	楊　照	〈從「鄉土寫實」到「超越寫實」—八0年代的台灣小說〉	50年來台灣文學研討會之三「台灣文學發展現象」	文建會、靜宜大學中文系	
411	1995/12	江寶釵	〈台灣現代派女性小說的創作特色〉	50年來台灣文學研討會之三「台灣文學發展現象」	文建會、靜宜大學中文系	
412	1995/12	郭士行	〈從語用談李昂的《殺夫》〉	婦女文學學術會議	東海大學中文系	
413	1996/1	彭瑞金	〈人、妖交纏，佛法解不開的人間情慾—解讀李喬的《情天無恨》〉	當代台灣情色文學研討會	台北：時報文化出版公司　中國青年寫作協會	
414	1996/1	王溢嘉	〈新感官小說的情色認知網路〉	當代台灣情色文學研討會	台北：時報文化出版公司　中國青年寫作協會	
415	1996/1	張啓疆	〈說不出的情話—晚近台灣小說裡的「愛情私語」〉	當代台灣情色文學研討會	台北：時報文化出版公司　中國青年寫作協會	
416	1996/1	紀大偉	〈台灣小說中男性戀的情慾與流放〉	當代台灣情色文學研討會	台北：時報文化出版公司　中國青年寫作協會	
417	1996/1	平　路	〈情色與死亡的抵死纏綿〉	當代台灣情色文學研討會	台北：時報文化出版公司　中國青年寫作協會	
418	1996/1	楊麗玲	〈性意識型態權力情色的邪現曲式—以九〇年代前期台灣文學媒體小說徵獎得獎作品爲例〉	當代台灣情色文學研討會	台北：時報文化出版公司　中國青年寫作協會	
419	1996/1	洪　凌	〈蕾絲與鞭子的交歡—從當代台灣小說詮釋女同性戀的慾望流動〉	當代台灣情色文學研討會	台北：時報文化出版公司　中國青年寫作協會	
420	1996/2	王　寧	〈先鋒小說中的後現代性〉	《比較文學與中國文學闡釋》	台北：淑馨出版社	
421	1996/3	蔡鳳儀編	《華麗與蒼涼—張愛玲紀念文集》		台北：皇冠出版社	
422	1996/3	皮述民	〈小說裡的誇張與誇張型短篇小說〉	《中國現代文學理論季刊》1期		

423	1996/4	呂正惠	〈龍瑛宗小說中的小知識份子形象〉	第二屆台灣本土文化國際學術研討會:「台灣文學與社會」	台灣師範大學國文系‧人文中心	
424	1996/4	陳藻香	〈西川滿台灣時代作品之河洛話〉	第二屆台灣本土文化國際學術研討會:「台灣文學與社會」	台灣師範大學國文系‧人文中心	
425	1996/4	柳書琴	〈謎一樣的張文環一日治末期張文環小說中的民俗風〉	第二屆台灣本土文化國際學術研討會:「台灣文學與社會」	台灣師範大學國文系‧人文中心	
426	1996/4	楊千鶴	〈呂赫若及其日文小說之剖析〉	第二屆台灣本土文化國際學術研討會:「台灣文學與社會」	台灣師範大學國文系‧人文中心	
427	1996/4	下村作次郎	〈關於龍瑛宗的〈宵月〉一從《文藝首都》同人、金史良的信談起〉	第二屆台灣本土文化國際學術研討會:「台灣文學與社會」	台灣師範大學國文系‧人文中心	
428	1996/4	陳芳明	〈紅色青年呂赫若一以戰後四篇中文小說爲中心〉	第二屆台灣本土文化國際學術研討會:「台灣文學與社會」	台灣師範大學國文系‧人文中心	
429	1996/4	李瑞騰	〈老者安之?一黃春明小說中的老人處境〉	第二屆台灣本土文化國際學術研討會:「台灣文學與社會」	台灣師範大學國文系‧人文中心	
430	1996/4	江寶釵	〈論《紅樓夢》對當代台灣兩位小說家的影響及其所啓示的意義一白先勇與瓊瑤〉	第二屆台灣本土文化國際學術研討會:「台灣文學與社會」	台灣師範大學國文系‧人文中心	
431	1996/4	黃琪椿	〈社會變遷與小說創作一楊守愚作品析論〉	第二屆台灣本土文化國際學術研討會:「台灣文學與社會」	台灣師範大學國文系‧人文中心	
432	1996/4	彭瑞金	〈歷史文學的掙扎與蛻變一拒絕在虛構、真實間擺盪的《埋冤‧一九四七埋冤》〉	第二屆台灣本土文化國際學術研討會:「台灣文學與社會」	台灣師範大學國文系‧人文中心	
433	1996/4	李喬	〈當代台灣小說的「解救」表現〉	第二屆台灣本土文化國際學術研討會:「台灣文學與社會」	台灣師範大學國文系‧人文中心	
434	1996/4	張恆豪	〈二二八的文學詮釋一比較〈泰姆山記〉與〈月印〉的主題意識〉	第二屆台灣本土文化國際學術研討會:「台灣文學與社會」	台灣師範大學國文系‧人文中心	

435	1996/5	李仕芬	《愛情與婚姻：台灣當代女作家小說研究》		台北：文史哲出版社	
436	1996/5	羅然	〈對「民族形式」小說的初步探討〉	第七屆中國社會與文化國際學術研討會：近現代中國文學與文化變遷	淡江大學中文系	
437	1996/5	呂正惠	〈日據時代的台灣小說〉	第七屆中國社會與文化國際學術研討會：近現代中國文學與文化變遷	淡江大學中文系	
438	1996/5	施淑女	〈感覺世界－三〇年代台灣另類小說〉	第七屆中國社會與文化國際學術研討會：近現代中國文學與文化變遷	淡江大學中文系	
439	1996/5	梁麗芳	〈重看紅衛兵小說〉	第七屆中國社會與文化國際學術研討會：近現代中國文學與文化變遷	淡江大學中文系	
440	1996/5	郭玉雯	〈《紅樓夢魘》與紅學〉	張愛玲國際研討會	文建會、中國時報人間副刊	
441	1996/5	康來新	〈對照記－張愛玲與《紅樓夢》〉	張愛玲國際研討會	文建會、中國時報人間副刊	
442	1996/5	吳達芸	《南台灣文學(二)台南市籍作家作品集女性閱讀與小說評論》		台南市立文化中心	
443	1996/5	吳達芸	〈審視現代心靈－談小說與電影教學〉	現代文學教學研討會	台灣大學中文系	
444	1996/5	江寶釵	〈台灣當代小說中所呈現的環境及其變遷〉	台灣的文學與環境研討會	中正大學中文系	
445	1996/5	李漢偉	《台灣小說的三種悲情》		台南市立文化中心	
446	1996/5	王潤華	〈沈從文小說創作的理論架構〉	第七屆中國社會與文化國際學術研討會：近現代中國文學與文化變遷	淡江大學中文系	
447	1996/5	陳思和	〈民間和現代都市文化－兼論張愛玲現象〉	張愛玲國際研討會	文建會、中國時報人間副刊	

448	1996/5	池上貞子	〈張愛玲和日本─談談她的散文中的幾個事實〉	張愛玲國際研討會	文建會、中國時報人間副刊	
449	1996/5	周芬伶	〈在豔異的空氣中─張愛玲的散文魅力〉	張愛玲國際研討會	文建會、中國時報人間副刊	
450	1996/5	羅久蓉	〈張愛玲與她成名的年代（1943-1945）〉	張愛玲國際研討會	文建會、中國時報人間副刊	
451	1996/5	王德威	〈重讀張愛玲的《秧歌》和《赤地之戀》〉	張愛玲國際研討會	文建會、中國時報人間副刊	
452	1996/5	周蕾	〈技巧、美學時空、女性作家─從張愛玲的〈封鎖〉談起〉	張愛玲國際研討會	文建會、中國時報人間副刊	
453	1996/5	張小虹	〈戀物張愛玲：性、商品與殖民迷魅〉	張愛玲國際研討會	文建會、中國時報人間副刊	
454	1996/5	平路	〈傷逝的周期─張愛玲作品與經驗的母女關係〉	張愛玲國際研討會	文建會、中國時報人間副刊	
455	1996/5	胡錦媛	〈母親，妳在何方？張愛玲作品中的母親／兒女關係〉	張愛玲國際研討會	文建會、中國時報人間副刊	
456	1996/5	梅家玲	〈雌雄同體／女同志的文本解讀─從安卓珍妮談當代小說教學時的理論應用及其相關問題〉	現代文學教學研討會	台灣大學中文系	
457	1996/5	陳芳明	〈張愛玲與台灣文學史的撰寫〉	張愛玲國際研討會	文建會、中國時報人間副刊	
458	1996/5	金凱筠	〈張愛玲的「參差的對照」與歐亞文化的呈現〉	張愛玲國際研討會	文建會、中國時報人間副刊	
459	1996/5	蔡源煌	〈從後殖民主義的觀點看張愛玲〉	張愛玲國際研討會	文建會、中國時報人間副刊	
460	1996/5	廖朝陽	〈文明的野蠻：本外同體與張愛玲評論裡的壓抑說〉	張愛玲國際研討會	文建會、中國時報人間副刊	
461	1996/5	彭秀貞	〈殖民都會與現代敘述：張愛玲的細節描寫藝術〉	張愛玲國際研討會	文建會、中國時報人間副刊	
462	1996/5	李歐梵	〈不了情─張愛玲和電影〉	張愛玲國際研討會	文建會、中國時報人間副刊	
463	1996/5	陳傳興	〈子夜私語〉	張愛玲國際研討會	文建會、中國時報人間副刊	

464	1996/5	邱貴芬	〈從張愛玲談台灣女性文學傳統的建構〉	張愛玲國際研討會	文建會、中國時報人間副刊	
465	1996/5	廖炳惠	〈台灣的香港傳奇:從張愛玲到施叔青〉	張愛玲國際研討會	文建會、中國時報人間副刊	
466	1996/5	楊　照	〈透過張愛玲看人間:八〇年代前期台灣小說的浪漫轉向〉	張愛玲國際研討會	文建會、中國時報人間副刊	
467	1996/5	黃惠禎	〈楊逵小說中的土地與生活〉	台灣的文學與環境研討會	中正大學中文系	
468	1996/5	梅家玲	〈烽火佳人的出走與回歸:〈傾城之戀〉中參差對照的蒼涼美學〉	張愛玲國際研討會	文建會、中國時報人間副刊	
469	1996/6	楊政源	《家,太遠—朱西甯懷鄉小說研究》		成功大學中文所碩士論文	馬森指導
470	1996/6	許俊雅	〈自焚的女人—袁瓊瓊的〈微笑〉〉	《中國現代文學理論季刊》2期		
471	1996/6	姜雲生	〈科普・人生觀照・宇宙全史—影響中國科幻創作的三種觀念〉	百年來中國文學學術研討會	中央日報社	
472	1996/6	林積萍	《《現代文學》研究—文學雜誌的向量新探索》		淡江大學中文所碩士論文	李瑞騰指導
473	1996/6	羅尤利	《鍾理和文學中的原鄉和鄉土》		東海大學中文所碩士論文	陳萬益指導
474	1996/6	童淑蔭	《姜貴長篇小說《旋風》與《重陽》研究》		東吳大學中文所碩士論文	李瑞騰指導
475	1996/6	劉叔慧	《華麗的修行:朱天文的文學實踐》		淡江大學中文所碩士論文	施淑女指導
476	1996/6	鍾怡雯	《莫言小說書:「歷史」的重構》		師範大學國文所碩士論文	陳鵬翔、邱燮友指導
477	1996/6	黃千芳	《台灣當代女性小說中的女性處境》		清華大學中文所碩士論文	呂正惠指導
478	1996/6	許珮馨	《錢鍾書小說《圍城》與《人獸鬼》研究》		東吳大學中文所碩士論文	柯慶明指導
479	1996/6	林秀麗	《戰後台灣政治小說與政治文化》		政治大學中山人文社會科學研究所碩士論文	陳鴻瑜指導

480	1996/6	丁鳳珍	《台灣日據時期短篇小說中的女性角色》		成功大學中文所碩士論文	吳達芸、林瑞明指導
481	1996/6	梁明雄	《日據時期台灣新文學運動研究》		文化大學中文所博士論文	金榮華指導
482	1996/6	許彙敏	《金庸武俠小說敘事模式研究》		中正大學中文所碩士論文	龔鵬程指導
483	1996/6	鄭宜芬	《五四時期（1917-1927）的女性小說研究》		政治大學中文所碩士論文	何寄澎指導
484	1996/6	陳錦玉	《紮根泥土的青年作家—洪醒夫及其文學研究》		成功大學中文所碩士論文	林瑞明、陳昌明指導
485	1996/6	大藪久枝	《戰前日本文壇重視的三篇台灣小說研究》		東吳大學中文所碩士論文	林明德指導
486	1996/6	鄭 穎	《五四新文學時期的小品文研究》		文化大學中文所碩士論文	金榮華指導
487	1996/6	范伯群	〈都市通俗小說流派生存權與發展態勢〉	百年來中國文學學術研討會	中央日報社	
488	1996/6	康正果	〈在主流之外戲寫人生—論楊絳的小說及其他〉	百年來中國文學學術研討會	中央日報社	
489	1996/6	陳丹橘	《戰後台灣農民小說的類型演變》		清華大學中文所碩士論文	呂興昌指導
490	1996/6	陳萬益	〈一個殖民地少年的啟蒙之旅—析論張文環的小說〉	百年來中國文學學術研討會	中央日報社	
491	1996/6	顧曉鳴	〈新時期大陸小說文學性的重建〉	百年來中國文學學術研討會	中央日報社	
492	1996/6	金恆杰	〈中國文學中的父子關係—談王文興的「家變」和奚淞的「哪吒」〉	百年來中國文學學術研討會	中央日報社	
493	1996/6	黃子平	〈「革命歷史小說」中的宗教修辭〉	百年來中國文學學術研討會	中央日報社	
494	1996/6	張謙繼	《鍾肇政台灣人三部曲研究》		文化大學中文所碩士論文	陳愛麗指導
495	1996/6	無名氏	〈烽火狼煙中的玫瑰—論抗戰時期的小說〉	百年來中國文學學術研討會	中央日報社	
496	1996/6	鄭恆雄	〈林燿德的台灣歷史神話小說《1947—高砂百合》〉	百年來中國文學學術研討會	中央日報社	

497	1996/6	許子東	〈中國當代文學中的「紅衛兵心態」－從張承志的《金牧場》和《金草地》談起〉	百年來中國文學學術研討會	中央日報社	
498	1996/6	王德威	〈罪與罰：現代中國小說的正義論述〉	百年來中國文學學術研討會	中央日報社	
499	1996/6	許俊雅	〈日據時期台灣小說家筆下的民俗風情〉	百年來中國文學學術研討會	中央日報社	
500	1996/7	冉 然	〈中國現代文學與心理分析小說〉	《中外文學》24卷2期		
501	1996/7	林瑞明	〈戰爭的變調－論鍾肇政的《插天山之歌》〉	《台灣文學的本土觀察》	台北：允晨出版社	
502	1996/7	林瑞明	〈且看鷹隼出風塵－論鍾肇政的《沈淪》〉	《台灣文學的本土觀察》	台北：允晨出版社	
503	1996/7	林瑞明	〈人間的條件－論鍾肇政的《滄浪行》〉	《台灣文學的本土觀察》	台北：允晨出版社	
504	1996/7	林瑞明	〈越戰後遺症－論陳映真的兩篇小說〉	《台灣文學的本土觀察》	台北：允晨出版社	
505	1996/7	林瑞明	〈悲憫與同情－鄭清文的小說主題〉	《台灣文學的本土觀察》	台北：允晨出版社	
506	1996/8	王德威	〈叫父親，太沈重－父權論述與現代中國小說戲劇〉	《聯合文學》總142期		
507	1996/9	林燿德	〈「她」的媒體與「她的媒體」－李元貞《愛情私語》實例探〉	《敏感地帶：探索小說的意識真象》	台北：駱駝出版社	
508	1996/9	黎活仁	〈小說〈祝福〉與魯迅的地獄思想〉	《盧卡奇對中國文學的影響》	台北：文史哲出版社	
509	1996/9	唐翼明	大陸「新寫實小說」〉		台北：三民書局	
510	1996/9	林燿德	〈小說迷宮中的政治迴路－「八0年代台灣政治小說」的內涵與相關課題〉	《敏感地帶：探索小說的意識真象》	台北：駱駝出版社	
511	1996/9	林燿德	〈當代台灣小說中的上班族／企業文化〉	《敏感地帶：探索小說的意識真象》	台北：駱駝出版社	
512	1996/9	許璧瑞	〈從人物性格與文學傳承話金庸〉	《中國現代文學理論季刊》3期		
513	1996/9	葉子銘	〈茅盾塑造的人物形象〉	《中國現代文學理論季刊》3期		

514	1996/9	皮述民	〈文化革命前的大陸現代小說（一九四九～一九六六）〉	《中國現代文學理論季刊》3期	
515	1996/9	林燿德	〈空間剪貼簿－漫遊晚近台灣都市小說的建築空間〉	《敏感地帶：探索小說的意識真象》	台北：駱駝出版社
516	1996/10	陳玉珍	〈琉兒的傷痕－吳濁流的台灣悲情〉	吳濁流學術研討會	新竹縣政府、台灣客家公共事務協會
517	1996/10	王德威	〈腐朽的期待－鍾曉陽小說的死亡美學〉		台北：麥田出版社	鍾曉陽著《遺恨傳奇》
518	1996/10	王德威	〈海派作家，又見傳人－論王安憶〉		台北：麥田出版社	王安憶著《紀實與虛構》
519	1996/10	王德威	〈以愛欲興亡為己任，置個人死生於度外－試讀蘇偉貞的小說〉		台北：麥田出版社	蘇偉貞著《封閉的島嶼》
520	1996/10	張國慶	〈殖民主義的異化與自我－吳濁流小說的歷史觀〉	吳濁流學術研討會	新竹縣政府、台灣客家公共事務協會
521	1996/10	黃錦樹	〈神姬之舞－後四十回？（後）現代啟示錄？〉		台北：麥田出版社	朱天文著《花憶前身》
522	1996/10	許俊雅	〈小說／歷史／自傳－談《無花果》、《台灣連翹》及禁書現象〉	吳濁流學術研討會	新竹縣政府、台灣客家公共事務協會
523	1996/10	盧斯飛	〈吳濁流的知識份子體材小說〉	吳濁流學術研討會	新竹縣政府、台灣客家公共事務協會
524	1996/10	張新穎	〈堅硬的河岸流動的水－《紀實與虛構》與王安憶寫作的理想〉		台北：麥田出版社	王安憶著《紀實與虛構》
525	1996/10	王德威	〈從〈狂人日記〉到《荒人手記》－論朱天文兼及胡蘭成與張愛玲〉		台北：麥田出版社	朱天文著《花憶前身》
526	1996/11	野間信幸	〈關於呂赫若作品〈一根球拍〉〉	呂赫若文學研討會	文建會、聯合文學出版社
527	1996/11	施淑	〈首與體－日據時代台灣小說中頹廢意識的起源〉	呂赫若文學研討會	文建會、聯合文學出版社
528	1996/11	陳芳明	〈殖民地與女性－以日據時期呂赫若小說為中心〉	呂赫若文學研討會	文建會、聯合文學出版社
529	1996/11	陳萬益	〈蕭條異代不同時－從〈清秋〉到〈冬夜〉〉	呂赫若文學研討會	文建會、聯合文學出版社

530	1996/11	陳映真	〈激越的青春—論呂赫若的小說〈牛車〉和〈暴風雨的故事〉〉	呂赫若文學研討會	文建會、聯合文學出版社		
531	1996/11	林明德	〈呂赫若的短篇小說藝術〉	呂赫若文學研討會	文建會、聯合文學出版社		
532	1996/11	呂正惠	〈「皇民化」與「決戰」下的追索—呂赫若決戰時期的小說〉	呂赫若文學研討會	文建會、聯合文學出版社		
533	1996/11	林載爵	〈呂赫若小說的社會構圖〉	呂赫若文學研討會	文建會、聯合文學出版社		
534	1996/11	柳書琴	〈再剝〈石榴〉—決戰時期呂赫若小說的創作母題（1942-1945）〉	呂赫若文學研討會	文建會、聯合文學出版社		
535	1996/11	張恆豪	〈日據末期的三對童眼—以〈感情〉、〈論語與雞〉、〈玉蘭花〉為論析重點〉	呂赫若文學研討會	文建會、聯合文學出版社		
536	1996/11	林瑞明	〈呂赫若的「台灣家族史」與寫實風格〉	呂赫若文學研討會	文建會、聯合文學出版社		
537	1996/12	丁旭輝	〈張愛玲《傾城之戀》的意象設計〉	《中國現代文學理論季刊》4期			
538	1996/12	黃子平	《革命・歷史・小說》		香港：牛津大學出版社		
539	1996/12	皮述民	〈抗戰與內戰時期的現代小說（一九三七～一九四八）〉	《中國現代文學理論季刊》4期			

一、西元1988年（民國77年）的研究成果

西元1988年（民國77年）是解除戒嚴之後的次年，有關小說的學術性研究成果計有1本專書、37篇發表論文（包括王德威《眾聲喧嘩—三〇與八〇年代的中國小說》一書中的18篇）與1篇碩士學位論文，較諸往後幾年，這個數量可以說是偏少的。

其中的專書即是王德威的《眾聲喧嘩—三〇與八〇年代的中國小說》，作者在序言中說道，該書是意圖突破一般對三、四〇年代小說「濃縮」式描述的慣性，「重為大師、經典定位，找尋主題、風格、意識型態所歧生的意義，追溯作者『始』料未及的創作動機等」；並且在歷史情境丕變的八〇年代小說作品與作家間，尋繹出其「與前輩間若斷若續的傳承關係」，使文學的詮釋角度不再拘於極端的兩面，而能在具時空縱深度的背景下，激化出更豐富的對話空間。

至於在這37篇論文中，討論大陸地區的小說佔了10篇，而在性質上，有綜論性的探討，包括了針對大陸小說中的「真實」內涵、人物角色的變遷、歷史小說的發展與人物共相等；亦有專論性的，譬如對阿城、韓少功、張賢亮等專人專書的細密分析。我們由此可以推論，其實早自解嚴之前，已有不少學者已經關注到大陸小說的發展了。此外，隨著台灣、大陸兩地交流的日益熱絡，研究範疇也慢慢的擴向對岸。只是比較兩岸小說研究的趨向後，大致可以獲知對於大陸作家作品的討論，仍較偏於綜論與評介的性質。或許，相較於現實社會環境氛圍的遽然改變，包括小說創作與評論在內的台灣文學文化界，是需要一段更長的時期，來消化「另一個」文學、文化環境的「出現」。

反觀來看，有關在台作家作品的討論就顯得較專題化且多樣性。其中，在這年12月由文建會與中央日報主辦的「現代文學討論會」會中，潘人木、鹿橋、朱西甯等人皆不約而同的被論述，足見在六、七〇年代具代表性的

幾位主流小說家與其創作成果，仍是台灣地區這個時期普遍受重視的研究對象。除此之外，陳映真、李喬、黃春明與施叔青等人，也在陳萬益與施淑女等幾位評論家的專門討論下，使其作品中的藝術形式、風格特色與人物塑造等層面，有了較深刻的呈現。

在本年中，就研究者而言，有三位較活躍的現代小說評論家：蔡源煌、王德威與施淑女，當然，他們的研究乃各自有其特別關注的對象與詮解面向。譬如蔡源煌的2篇論文皆是對大陸小說作出討論；王德威的1部專書與3篇文章，則或及於大陸小說的發展與特色，或建構三〇與八〇年代間的文學傳統；而施淑女則是深入作品本身，評析陳映真與施叔青的小說藝術成就。他們或者可以彰顯台灣小說批評的幾個傾向。

這年所提出的惟一一篇以現代小說為研究對象的碩士學位論文，是由輔仁大學語言研究所蔡碧華所撰寫的《從社會語言學之觀點剖析王禎和之小說「玫瑰玫瑰我愛你」》（許洪坤指導）。該論文是從語言學的基點出發，以《玫》書裡華洋夾雜、南腔北調的特殊文學語言為檢視對象，而作出的社會交際語研究，因此，在性質上實具有其獨樹一幟的切入觀點可供參考。只是相形之下，大學中與文學相關的系所在這一年竟沒有出現現代小說的專門研究成果。

二、西元1989年（民國78年）的研究成果

到了西元1989年（民國78年），則出現了4本較集中研究華文現代小說的專書，以及30篇論文（其中包括嚴家炎《論中國現代文學及其他》一書中的15篇與劉再復《尋找與呼喚》一書中的3篇），只是，反而不見相關學位論文的提出。

這4本專書分別是賀安慰的《台灣當代短篇小說中的女性描寫》、周英雄的《小說‧歷史‧心理‧人物》、嚴家炎的《論中國現代文學及其他》與陳信元的《從台灣看大陸當代文學》。其中賀書論及了多位向來即被認

爲是台灣文學界一大資產的女性小說家與其作品，如廖輝英、施叔青、蘇偉貞等人；嚴書則由中國現代小說的流派論起，而廣及早期鄉土小說、創造社、現代派、新感覺派與魯迅等人的作品，不過其主要論述的範圍乃是二、三〇年代，尤其在中國小說受西方現代主義思潮的薰染上較多著墨。至於周書則以西方文學理論爲論述理據；陳書則堪稱是較早觸及大陸當代文學的著作之一。因此，可說都各有所重。

　　與西元1988年（民國77年）相對照，五四時期與三〇年代的小說，是這年備受矚目的兩個文學時期，而這情況則與此年所舉辦的「五四文學與文化變遷研討會」與「三十年代文學研討會」又有不小的相互激化與聯繫關係。除了前述嚴家炎的《論中國現代文學及其他》一書是以這兩者爲其討論重點，王潤華的〈五四小說人物的「狂」與「死」和反傳統主題〉、黎活仁與鄭明娳各自發表的〈郁達夫與私小說〉、〈新感覺派小說中意識流特色〉等文，亦皆將關注焦點置於此。另外，與《台灣當代短篇小說中的女性描寫》一書相呼應的，則是鍾曉陽、蘇偉貞與鍾玲等中生代女性小說家的廣受關注，不論是在台的張惠娟、在美的奚密，還是在港的陳炳良，都不約而同的以她們爲研究對象。反觀大陸地區的女性小說家與評論家，除了西元1988年（民國77年）王德威曾提及靳凡的《公開的情書》外，她們在這兩年的研究成果呈現上，都是缺席難見的。

　　而若再深入尋繹，又可以發現「主題研究」是上述幾類小說評論較普遍從事的方式。其中直接以主題研究爲名的，除了王潤華對五四反傳統小說的論述外，尚有林秀玲的〈中國革命和女性解放：茅盾小說中的兩大主題─從女性主義批評的觀點兼論茅盾及其批評家〉、郭玉雯的〈中國現代小說基本主題之觀察〉等文；而類似的討論尚有張子樟的〈社會、自我與人性─淺析當前大陸小說中的疏離現實〉、奚密的〈自我衝突與救贖意識：李黎小說研究〉等等，均努力於針對小說家與其作品的內容，作提綱挈領式的旨意摘取。

三、西元1990年（民國79年）的研究成果

　　開始邁進九〇年代的西元1990年（民國79年），在華文小說的討論研究上，比起前兩年，成果又要豐厚些，計有5部專書與36篇論文發表（包括葉樨英《大陸當代文學掃描》一書中的2篇與齊邦媛《千年之淚—當代小說論集》一書中的5篇），此外，還出現了以5本現代小說爲其主要探討對象的學位論文。

　　而尤其引人注意的是在5部專書中，有3部是以大陸作家作品爲主要的研究對象，分別是周錦選編的《兩岸文學互論》、程德培的《當代小說藝術論》與曾慶瑞的《竹林小說論》。至於齊邦媛的《千年之淚—當代小說論集》，則以西元1949年（民國38年）以來的台灣文學爲研究範疇，其特色是選擇站在數十年來擾攘動盪的政治社會等歷史脈絡中去詮解文學，對於反共、女性、鄉土、留學生等小說皆有專文觸及，因此在近年來新奇多元的研究浪潮中自有其沈鬱姿態。另一部專著是詹宏志的《閱讀的反叛》，亦展現了作者個人鮮明的閱讀趣味與精闢見解，尤其與《千年之淚》並置，更可讓人聽見文學評論的另一種聲音。

　　「焦點集中」是這年所舉辦的四場學術討論會的共同特色。清華大學中研中語所與新地文學基金會主辦的「第二屆當代中國文學國際會議：西元1494年以前之兩岸小說」，是以西元1949年（民國38年）前的文學爲討論斷限，會中發表的論文研究對象及於五四、日據與二〇、三〇年代小說，綜論與專人專書的細究討論兼有而之。此外，日據時期的作家鍾理和、活躍於七、八〇年代的王禎和，也都各有文學討論會以他們爲討論的對象，而在會議中所發表的論文亦多顯現了小說家的個人特色，如鍾理和的鄉土關懷，王禎和作品中的現實反應與特殊文學語言等。而從這年的「八〇年代台灣文學研討會」起，由中國青年寫作協會與時報文化公司主辦、林燿德與鄭明娳等人企劃執行的一系列以世紀末台灣文學爲研究專題的研討

會，包括日後的通俗、女性、政治、都市、情色等類型化、主題性文學的討論會，其意涵不惟標幟出台灣小說發展的階段性流變，且會中所發表的論文，如這年呂正惠的〈八〇年代台灣小說主流〉、陳思和的〈台灣新世代小說家〉以及張惠娟的〈台灣後設小說的發展〉等，亦都是以廣闊的視野，意圖去勾勒爬梳出八〇年代某些重要的小說走向，以及其間的侷限與開拓。

　　在這年中較活躍的評論者是呂正惠，共有3篇論文在研討會上發表，分別是對楊逵、王禎和與八〇年代小說主流提出討論。除呂正惠外，綜觀這年的小說研究特色，與主題性文學研討會共生並顯的，乃是小說評論家，以及由他們隱約形成的評論群間彼此對應而輝映出的研究偏向。如葉石濤、彭瑞金等既異於鄭恆雄、張大春等人，而他們又都不同於齊邦媛、尉天驄乃至於詹宏志。不容諱言的，評論家的性格喜好與立場態度，不惟可在討論會中彰顯出來；從台灣近年來的小說研究趨勢看來，其與小說潮流、典律建構等文學論題的聯繫尤其緊密，值得再作深入剖析。

　　頗堪探索的是，在這年寫就的5本碩士論文中，只有1本是出自於中文研究所，即東吳大學林琇亭的《張愛玲小說風格研究》（柯慶明指導）；而有3本是來自於成功大學歷史語言研究所，即羅夏美的《陳映真小說研究—以盧卡奇小說理論爲主要探討途徑》、廖淑芳的《七等生文體研究》（二者皆馬森指導）與余昭玫的《葉石濤及其小說研究》（吳達芸指導）；另外一本則是比較文學性質的、由李培榮撰寫的《兩部戰爭小說：朱西甯的《八二三注》與詩歌多·普里維爾的《史達林格勒》中的軍人形象》（裴德指導），是輔仁大學德研所的畢業論文。

四、西元1991年（民國80年）的研究成果

　　西元1991年（民國80年）的小說研究成果，計有2本專書和41篇單篇論文（包括黃子平《倖存者的文學》一書中的9篇、林燿德《重組的星空》

一書中的3篇），以及1本博士論文、4本碩士論文。

其中的2本專書分別是張子樟的《走出傷痕—大陸新時期小說探論》與王德威的《閱讀當代小說—台灣・大陸・香港・海外》。前者是大陸近年來小說趨向的大觀，後者則是結集了作者在報刊所發表的諸多短評，其中尤其側重八、九〇年代兩岸三地與海外的多位作家作品。

在本年中，通俗小說的被標舉出來並集中討論，也是這年小說研究的另一項顯著特色。在十月舉辦的「當代台灣通俗文學研討會」中，靈異、武俠、推理、科幻、浪漫等大眾類型小說，均有專文提出討論。而其中除了瓊瑤、三毛與司馬中原等通俗小說名家被特意提舉外，關於類型小說公式化的敘事結構、其與讀者間的緊密互動與默契，乃至於這類作品所蘊含的社會現象、時代意義等等，都是評者深入追究的重點核心。而在這年完成的碩士論文《張恨水小說研究》，也是對早期通俗文學代表「鴛鴦蝴蝶派」的一次細部探討。

這年在華文現代小說的研究對象上，有幾位是重覆被提出的，如張賢亮、梁啓超、沈從文、錢鍾書與蕭紅等人，其中張賢亮則出現有三次之多。同時，若再追究近年的大陸小說研究，張賢亮也是最常被討論的作家之一，其中，《綠化樹》、《男人的一半是女人》等作品更常被討論到。另外，在研究者方面，除了林燿德《重組的星光》裡的三篇論文、黃子平《倖存者的文學》裡的9篇論文，王德威、呂正惠、吳燕娜與張子樟等評論家也都提出了兩篇以上的學術論文，因此在個人成果上還算豐富。

在學位論文方面，除了4部碩士論文：成功大學歷史語言所賴松輝的《李喬「寒夜三部曲」研究》（呂興昌指導）、文化大學日文所張郁琦的《龍瑛宗文學之研究》（蔡華山指導）、文化大學中文所蔡淑娟的《張愛玲小說的諷刺藝術》（金榮華指導）與前述魏美玲的《張恨水小說研究》（王三慶指導）外，還出現了少有的以現代小說為探討對象的博士論文，此即台灣師範大學國文研究所許俊雅的《日據時期台灣小說研究》（李鍌、陳萬益

指導）。這部解嚴後甚具份量的、以日據時期文學作品為其研究範疇的學位論文，不僅隱約透顯出台灣文學／小說研究對本土文化益趨重視的時代趨勢，對研究生許俊雅個人而言，應也是繼其關於日據時期古典詩歌探討的碩士論文後，對於日後不斷深掘的研究領域的一大基石。

五、西元1992年（民國81年）的研究成果

西元1992年（民國81年）有關華文小說的研究成果，共有6本專著、13篇論文，以及5本碩士論文。就歷年來看，這年所發表論文數量是最少的。大陸地區的小說評論家顯然對於台灣的現代小說亦多所注意,古繼堂的《台灣小說發展史》與黃重添的《台灣長篇小說論》，均是大陸學者對台灣小說的觀察與整理成果。而王潤華的《魯迅小說新論》則是試圖橫越一般閱讀魯迅作品時的政治框架，從主題、結構、文學語言等層面解析小說，熟用資料且討論細密，具有不少突破之處。而張放的《大陸新時期小說論》與西元1991年（民國80年）張子樟的《走出傷痕—大陸新時期小說探論》，都是對被稱為「新時期小說」的大陸八〇年代文學作出全面性的綜論。張放一書並且以大篇幅對多位小說家作品作出一一的評介。傅光明與梁剛翻譯的《兩刃之劍—基督教與二十世紀中國小說》，是美國漢學家路易斯・羅賓遜的著作，該書意圖聯繫起西方基督教與五四以降郁達夫、許地山等曾寫作相關宗教題材的小說家，討論面向特殊。至於　弦等著的《極短篇美學》，則是專對西元1978年（民國67年）以降，經由報刊有意推廣的極短篇這個次文類所逐漸發展出的成果與特色作出檢視。書中收錄有多篇針對極短篇與特定作家作品所作的小評，亦有鄭樹森〈極短篇的文類考察〉與柏谷〈小說的極限和極限小說—附羅蘭・巴特作品及俳句改寫〉等稍具份量的討論。

這年共舉辦了兩場學術研討會，一是年度系列的「當代台灣女性文學研討會」，一是繼西元1990年（民國79年）「鍾理和文學研討會」後所舉辦

的「紀念鍾理和台灣文學學術研討會」。比較其研究現象，鍾理和是惟一
被重覆標舉、並成爲研討會會議主題的小說家；不過，前後兩場鍾理和文
學討論會的特色之一，乃是都由地域性明顯的高雄醫院南杏社與高雄縣政
府、文學台灣雜誌社等推動。此一現象的出現，除了可以透露出小說家個
人的文學特色與代表性外，也可以呈現出一種文學風潮在形成過程中，參
與其中的質素與外在力量。

　　此外，在西元1992年（民國81年）中，國族、身份的認同，在所有小
說研究中似是頗具吸引力的。馬森的〈「台灣文學」的中國結與台灣結—
以小說爲例〉與廖咸浩的〈在解構與解體之間徘徊—台灣現代小說中「中
國身份」的轉變〉，均直接剖析八、九〇年代小說中所傳達出來的認同論
題。而這也隱約透露出華文現代小說研究的一個特色，亦即近年來，特別
是自八〇年代中國／台灣爭議益見白熱化以降，部份的評論者不時以國族
立場與認同問題來檢視小說作品，甚至作家，這使得小說研究形成了一種
文學的形式等內部藝術性，比不上其外緣政治性的趨向。

　　至於在學院方面，共有5篇碩士論文討論華文現代小說，而且多著重
在單一小說家與其作品的深入探析，如東海大學中文所王悅真的《蘇曼殊
小說研究》（李田意指導）、文化大學中文所宮以斯帖的《林語堂《京華煙
雲》（張譯本）之研究》（陳光憲指導）、台灣師範大學國文所盧正珩的《張
愛玲小說的時代感》（楊昌年指導），以及政治大學中文所林幸謙的《白先
勇小說主題思想之研究》（陳鵬翔指導）。惟有一篇由台灣大學社會所李金
梅撰寫、黃毓秀指導的《從《雙鐲》的「姐妹夫妻」論有關女同性戀作品
的閱讀與書寫》，是以同志書寫的角度進入小說作品。而由以上的研究趨
向可以約略窺探出，針對某一特定小說家與其作品做較內緣、脈絡化的分
析討論，是這些文學研究預備生最常運用的方式，也因此，幾位較具份量
與探索空間的小說家，便容易被重覆提出。

六、西元1993年（民國82年）的研究成果

在西元1993年（民國82年），小說的研究成果是專著7本、論文61篇（包括王德威《小說中國：晚清到當代的中文小說》收錄的12篇）、與碩士論文7本。

這7本專著分別是楊義的《二十世紀中國小說與文化》、張素貞的《續讀現代小說》、張子樟編的《真實與虛幻》、鄭明娳編的《當代台灣文學評論大系3—小說批評》、王德威的《小說中國：晚清到當代的中文小說》、張寶琴編的《高陽小說研究》與江建文的《詩筆寫人生—徐志摩小說、戲劇作品評析》。其中，《二十世紀中國小說與文化》的作者在前序中自道該書是要「從小說文本去考察文化心理，或從文化的角度考察審美的歷史」，因此，其書中各文便皆觸及小說流派、現當代小說與小說家的文化意涵等。《當代台灣文學評論大系3—小說批評》則收錄西元1949年（民國38年）以迄西元1992年（民國81年）間明顯呈現不同層次的小說批評文章，其內容包括對都市小說、基本主題與小說史建構等論題所作的分析；以及張愛玲、陳映真與王文興等人的專論，編者在編選的過程力求多元、豐富，因此除了學院派的批評，也同時收納了其它不同評論種類的聲音。《小說中國》明言意圖結合小說與國家想像，其論述斷限廣及晚清到當代的的中文小說，除了討論了小說與歷史、政治間的錯綜糾葛外，也細究了某些小說彼此間隱而未顯的脈絡傳承關係等等。《高陽小說研究》則是「高陽小說研討會」的論文結集。

文學研討會的紛紛舉辦，是這年中相當蓬勃突出的一項特色，總共有8場，合計有42篇論文發表。大致說來，有兩場是屬於貫時、綜論性的會議：「近代台灣與社會研討會」與「四十年來中國文學會議」；其它6場則是專對特定主題與地區的會議：「台灣地區區域文學會議」、「中國現代文學與教學研討會」、「高陽小說研討會」、「洪醒夫小說學術研討會」、「中國

現代文學國際研討會」與「當代台灣政治文學研討會」，討論的題材多樣
而範圍廣泛。

　　西方思潮與文學理論的援用與影響，在西元1993年（民國82年）的小
說研究中是頗爲突出的一項特色。除了較早引入台灣的女性主義外，陳長
房發表的兩篇論文分別討論外國文學、後現代主義與台灣小說間的對應關
係。而近年來一些論述正熱的議題如後殖民思想等，也被一些評論者引爲
詮解作家作品的切入角度，如邱貴芬〈想我（自我）放逐的兄弟（姐妹）
們—閱讀第二代「外省」（女）作家朱天心〉與彭小妍〈陳映真作品中的
跨國企業—第三世界的後殖民論述〉等。

　　對「政治小說」這一文類的關注亦是這年的另一特徵，從《紅頂商人》、
《蓮漪表妹》的政治意涵，到林燿德對八〇年代政治小說的縱橫談與光譜
排列，再到游喚、裴元領諸人對九〇年代以降的政治小說寫作策略與權力
運作的剖析，均透露了當代台灣小說創作與研究中，小說的外部政治性已
成爲一個熱門的論題。

　　這一年，專對華文現代小說的研究計有7本碩士論文問世，其中有2本
爲綜論性質的台灣小說研究，即淡江大學中文所吳婉茹的《八〇年代台灣
女作家小說中女性意識之研究》與文化大學中文所傅怡禎的《五〇年代台
灣小說中的懷鄉意識》（均由李瑞騰指導），它們都是以特定時期爲斷限，
討論該時期具代表性小說的共同徵象與關懷主題；另外5本則是對小說家
的專題論述，即東海大學中文所胡馨丹的《林語堂長篇小說研究》（李田
意指導）、文化大學中文所閔惠貞的《趙樹理及其小說之研究》（金榮華指
導）、政治大學中文所馬多梅的《張愛玲小說中的女性世界》（柯慶明指
導）、台灣大學錢佩霞的《沈從文小說研究》與德利士的《郁達夫的小說
研究》（均由張健指導）。從這些研究成果亦可以突顯出早期一些重要小說
家，如林語堂、郁達夫、沈從文、張愛玲等人仍是持續被關注與著墨的對
象。

七、西元1994年（民國83年）的研究成果

西元1994年（民國83年），小說研究在數量上甚為突出，總共有多達11本的專書出版，此外，還有46篇論文（包含陳炳良編《香港文學探賞》所收的3篇相關討論）、9本碩士論文與1本博士論文。

頗堪玩味的是這11本專書中，陳彬彬的《瓊瑤的夢—瓊瑤小說研究》與林芳玫的《解讀瓊瑤愛情王國》都是以台灣言情小說家瓊瑤為其探究對象。其中，後者特別值得注意，因為它是從社會學與女性主義的角度，來對瓊瑤的小說作深入的觀察與剖析，可說是一次在文學社會學、大眾通俗小說、文化工業等各層面皆見研究深度的實際批評演練。另外有4本著作也是就特定小說家與其作品作較細緻的專論，如賈平凹的《廢都》、張愛玲、柏陽與楊逵等。

在專題方面，台灣本土的作家和作品，很顯然的，是西元1994年（民國83年）最被深入墾掘探索的對象群，這同時也凸顯了近幾年來，我們社會時代氛圍與文化文學論述主流的轉變。首先，從研討會的舉辦即可窺見一二，在這年的六場學術會議中，東海大學中文系主辦的「台灣文學中的歷史經驗研討會」、高雄縣政府與民進黨中央黨部主辦的「1994年台灣文化會議：南台灣文學景觀研討會」、文建會與清華大學中語系主辦的「賴和及其同時代的作家：日據時期台灣文學國際學術會議」與台灣師範大學文學院人文中心主辦的「第一屆台灣本土文化國際學術研討會」四場，儘管舉辦的單位性質與色彩互異，卻都同樣以本土文學為討論重點。另外尚有3部專書：前衛出版社的《〔台灣作家全集〕短篇小說卷別冊》、黃惠禎的《楊逵及其作品研究》與許俊雅《日據時期台灣小說研究》；與4部碩士論文：褚昱志《吳濁流小說之研究》（淡江大學中文所，李瑞騰指導）、吳慧婷《記實與虛構—陳千武自傳性小說「台灣特別志願兵的回憶」系列》（清華大學中文所，呂興昌指導）、黃靖雅《鍾肇政小說研究》（東吳大學

中文所，施淑女指導）與王淑雯《大河小說與族群認同—以《台灣人三部曲》《寒夜三部曲》《浪淘沙》為焦點的分析》（台灣大學社會所，蕭新煌指導）也都將研究對象指自台灣，尤其是台灣早期的本土作家。在這年所蒐羅的67筆資料中，討論本土作家作品的共佔了35篇強，比例可說是極高的，其中又以賴和、葉石濤、楊逵與呂赫若等人被討論了三次以上為最。台灣本土作家的個人背景、創作內容與土地、人民、現實社會間有極密切的互動聯屬，而這也明顯表現在研究者在討論時的切入面向；同時，也有許多文章是以作家個人為中心內容，綜論其大部份作品。

在研究者方面，似乎是為了因應討論台灣早期作家作品的熱切情況，這一年的資料中出現了7位日本籍的評論家，其中有6位是在「賴和及其同時代的作家：日據時期台灣文學國際學術會議」上發表論文的，另外一篇則是對李昂小說《殺夫》日譯本的解說。同時承繼了前一年的特徵，許俊雅在西元1994年（民國83年）持續以1本專書與2篇文章的研究成果，在數量上領先其他評論家。除此之外，這年評論者的「群性」是較個人表現來得突出的。

兩相對照，這年的另一場會議「當代台灣都市文學研討會」則將論述領域移往八、九〇年代的都市。在所發表的5篇論文中，有4篇是討論台灣小說中都市空間的冷酷與畸零面貌，而馬森的〈城市之罪—論現當代小說的書寫心態〉則是從都市小說的書寫反觀現當人的心理意念。

許俊雅與彭小妍是這年較突出的小說研究者，她們都各自有3篇文章發表。其中許俊雅延續其博士論文的研究路向，是以日據時期的台灣作家為主要探討對象；而彭小妍則廣及茅盾、張資平與陳映真等人。

9本碩士論文與1本博士論文的成績，顯然比起之前幾年的華文現代小說研究成果又豐饒得多。而其中的博士論文，也是出自台灣師範大學的國文所，即江寶釵所撰述的《論《現代文學》女性小說家—從一個女性經驗的觀點出發》（楊昌年、陳鵬翔指導）。

八、西元1995年（民國84年）的研究成果

　　發表於西元1995年（民國84年）的華文現代小說研究成果，計有4本專門著作：王潤華的《老舍小說新論》、張大春的《文學不安—張大春的小說意見》、劉浚的《悲憫情懷—白先勇評傳》與岡崎郁子的《台灣文學—異端的系譜》等；62篇單篇文章（涵括黃武忠《親近台灣文學》裡的3篇與楊照《文學、社會與歷史想像—戰後文學史散論》裡的2篇。此外，在文學性雜誌上分次刊載的論文以1篇計）以及13部碩士論文。

　　在被研究的對象上，延續前幾年的發展趨勢，這年對台灣本土作家作品的研究仍然很熱絡。在這年所舉辦的4場學術研討會中，迻以本土性小說為主要討論對象的即占了兩場，分別是「台灣文學研討會」（淡水工商管理學院台灣文學系籌辦）與「50年來台灣文學研討會之三『台灣文學發展現象』」（文建會與靜宜大學中文系籌辦）。而其中，尤其以呂赫若被討論了4次之多，在數量上超越了其他作家；其次則是賴和與楊逵，各出現了3次。

　　此外，這年在研究對象上有一較特殊的現象是，以寫就《殺夫》、《迷園》等小說而備受矚目的李昂，在這年共有6篇論文是以她為研究對象，4篇是宣讀於由東海大學中文系主辦的「婦女文學學術會議」（該會議關於女性小說家的評論有7篇），其中亦有4篇是以性別觀點立論。再回顧前幾年的批評成果，可以發現自西元1992年（民國81年）以降，每年均至少有1篇是關涉她的討論篇章，可見李昂確然是近年來最常被標舉的台灣女性作家之一，同時也是女性主義批評者的一大關切焦點。而包括李昂在內，在這一年以性別議題、同志論述、情慾書寫等為研究面向的論文，多達23篇以上，當中又以朱天文與其百萬小說得獎作品《荒人手記》佔有3篇之多，居次於李昂。同時在學位論文方面，李玉馨的《當代台灣女性小說七家論》（台灣大學中文所，何寄澎指導）、李圭禧的《「五四」小說中所反

映的女性意識》（文化大學中文所，唐翼明指導），也都是對女性書寫與其自覺意識的討論。這充份反應出近幾年在台灣小說界，性別、情慾等課題的眾口多聲與方興未艾。

　　此外，女性小說家作品中所表現出來的族群意識與國族認同，亦是幾位評論家深入探索的面向。如李昂、朱天文與潘雨桐等身份特徵顯著，並且曾寫作關於政治與性別間相互頡頏關係作品的小說家，均有專文加以討論。而由此亦可以看出女性小說研究的發展路向，已經由對形象塑造與自覺意識的分析，轉進到聯結起性別議題與國族論述，從而看女性作家如何以其另類姿態介入國家敘述的大脈絡中。

　　在研究者上，朱雙一是這年較突出的批評家，他在《聯合文學》上一系列討論了4位台灣當代作家：東年、黃凡、李永平與張大春，堪謂是在一片日據時期、認同與性別的討論聲浪中別出其意，尤其是他論及了東年、李永平等較少被提及的小說家，突顯了近年來的小說研究，其實常忽略了某些值得作深入探討的作家作品，其他如簡政珍對張系國、劉浚與葉德宣對白先勇的評論，也都表現了這種別具眼光的研究傾向。除此之外，楊照、許俊雅與游勝冠等人在這一年也都有2篇以上的論文問世。

　　西元1995年（民國84年）在學位論文方面也有令人驚豔的成績，在13本研究現代小說的碩士論文中，其研究對象可稱多元。除了上述的女性意識外，近年來文學社會學也是一個時被研究者援用的切入面向。同樣出自輔仁大學大眾傳播所的2部論文：吳秀鳳的《中文報紙倡導文類之研究：以聯合報副刊「極短篇」為例》（李瑞騰、關紹箕指導）與鄭伊雯的《女性主義觀點的語藝批評—以幻想主題分析希代「言情小說」系列》（林靜伶指導），即橫跨文學與副刊學、社會學、大眾傳播等多重領域，而呈現出科際整合的研究新面貌。

九、西元1996年（民國85年）的研究成果

在西元1996年（民國85年），符合學術性的小說批評與研究，共搜羅到7本專著和102篇單篇論文（包括林瑞明《台灣文學的本土觀察》中的 5 篇與林燿德《敏感地帶：探索小說的意識真象》中的3篇），以及截至資料收集末期所能尋出的1本博士論文與17部碩士論文。在這空前的103篇單篇論文中，有77篇是在這年所舉辦的9場大小學術研討會上發表的，可見類似的文學討論會，不惟可從中透析出華文現代小說（創作與）批評的整個時代面貌與趨向；就另一積極層面言，也直接間接促發了小說研究的勃興。

其中較值得一提的是這年五月，為紀念西元1995年（民國84年）中逝世的張愛玲，文建會與中國時報人間副刊主辦了一場「張愛玲國際研討會」，會中共宣讀了周蕾、蔡源煌、陳芳明與郭玉雯等人的22篇論文，探討範域廣及張愛玲的創作美學、小說與散文特色、時代背景以及其在台灣文壇所形成的深遠風潮等等，可謂是近年來較大規模的國際學術研討會。另外「第二屆台灣本土文化國際學術研討會：台灣文學與社會」（12篇宣讀論文）、「百年來中國文學學術研討會」（12篇宣讀論文）等較大型的研討會，也都提出了豐富多元的論文。

在這一年，台灣本土作家與作品仍然是一個獲得頗為熱烈討論的對象群。由新竹縣政府、台灣客家公共事務協會主辦的「吳濁流學術研討會」，以及由文建會、聯合文學出版社主辦的「呂赫若文學研討會」，均是針對特定小說家作各個角度的分析討論。此外，由前幾年「台灣地區區域文學會議」（西元1993年，民國82年）、「台灣文化會議：南台灣文學景觀」（西元1994年，民國83年）等會議的籌辦，以及這年專書《南台灣文學（二）台南籍作家作品集：女性閱讀與小說評論》的出版，可以發現對本土文學與文化的重視，有朝落實於區域，並且挖掘現當代作家作品的一個趨向。另外一場專題學術會議—「當代台灣情色文學研討會」，則沿襲了同系列會議與當代文學風潮密切呼應的特色，以寫作情慾、官能等主題內容的文學作品為討論重點。會中所發表的論文，除了如彭瑞金的〈人、妖交纏，

佛法解不開的人間情慾—解讀李喬的《情天無恨》〉等是對小說文本的探討外，尚有如楊麗玲的〈性／意識型態／權力／情／色的邪現曲式—以九〇年代前期台灣文學媒體小說徵獎得獎作品為例〉與王溢嘉的〈新感官小說的情色認知網路〉等論文是從文學媒體與認知心理學等角度剖析情色文學。此不僅呈現了現今文學評論的益趨開放與多元；同時，也可讓我們從中窺探出近年來相關性別論述的發展情勢。

這年較值得提及的研究者是王德威，他仍繼續保持其研究路徑，而在這年中發表9篇論文（其中包括收錄在由他所主編的麥田「當代小說家」系列中的4篇論文），俱有可觀之處。此外，陳芳明、皮述民與許俊雅等人也都各有3篇論文發表，成果可謂豐實。尤其是許俊雅，其自西元1993年（民國82年）起，每年均有兩篇以上的文章發表，可說是新進評論家中最具有持續力的一位。

在這年的1本博士論文與17本碩士論文中，我們不難發現一個共同特色，即研究生所擇定的批評對象越來越趨近於當代小說家。除了東吳大學中文所童淑蔭的《姜貴長篇小說《旋風》與《重陽》研究》（李瑞騰指導）外，成功大學中文所陳錦玉的《紮根泥土的青年作家—洪醒夫及其文學研究》（林瑞明、陳昌明指導）、文化大學中文所張謙繼的《鍾肇政《台灣人三部曲》研究》（陳愛麗指導）、成功大學中文所楊政源的《家，太遠—朱西甯懷鄉小說研究》（馬森指導）、中正大學許彙敏的《金庸武俠小說敘事模式研究》（龔鵬程指導）、淡江大學中文所劉叔慧的《華麗的修行：朱天文的文學實踐》（施淑女指導）與台灣師範大學國文所鍾怡雯的《莫言小說：「歷史」的重構》（陳鵬翔、邱燮友指導）等，皆分別論及當代兩岸仍務力於創作的小說家，縮短了作品創作與批評間的時間距離。此外，五四與日據時期都分別有兩篇論文是以其為研究斷限；而以女性書寫或女性角色的塑造為討論主題的則有3篇論文，它們所綜觀述及的時期則分別是五四、日據與台灣當代。

十、綜合分析

　　綜觀西元1988年（民國77年）到西元1996年（民國85年）這九年之間的華文現代小說研究的趨勢，我們可以總結幾項較顯著的特色，茲分述如下：

（一）就研究對象言：

　　1、對大陸小說的討論，是解嚴以降一個具有明顯階段性的研究現象。我們可以發現自西元1988年（民國77年）到西元1991年（民國80年）間，關於大陸作家作品的論述曾在所有的研究成果中佔有相當的比例，但在西元1992年（民國81年）時，其研究數量迅即減少為1筆，並在隨後的幾年間僅維持在3筆左右。由此可見，解除戒嚴和開放兩岸交流，在初期中對於現代小說的研究確然有一定的刺激效應，但其後卻呈現滯緩的狀況，並未形成一個穩定發展的研究路向。

　　2、相形之下，對台灣本土小說的研究則以益形熱絡的趨勢在發展著。特別是自西元1990年（民國79年）第一場「鍾理和文學研討會」之後，以日據時期為主要斷限的本土小說論述，在所有研究成果的數量與比重上一直逐年增加。

　　3、女性小說研究是一個持續在發展的領域，同時隨著研究方法與相關議題的影響，從西元1988年（民國77年）到西元1996年（民國85年）間，它所呈現出來的面貌有變，亦有其不變。其中，針對特定時期如五四、日據、二、三〇年代與當代等作橫面的觀察討論，即是在這九年中一個持續被從事的研究方式。至於在其整個發展流變上，誠如前面曾經述及的，承接對小說女性角色塑造與自覺意識的討論，將女性書寫與情慾、弱勢、族群、國家認同等時代議題作聯繫，則是近年來一個值得注意的研究新方向。

　　4、通俗、政治、都市、歷史、情色小說等，也都是近幾年來不容忽視的幾個研究領域。而其彼此間的依倚消長與交替，也昭示出小說（創作

與）評論的潮流與階段性。

　　5、若就個別作家作品言，張愛玲無疑是被討論最多的一位，不僅在西元1995年（民國84年）有一場歷年來發表論文數量最多的「張愛玲國際研討會」，在學位論文上亦有4本碩士論文以她爲研究對象。其次則是同樣被做爲專門性研討會主題的呂赫若與王禎和等人。

　　（二）就研究者言：

　　1、純粹就發表數量來看，在這九年中，發表小說評論超過5筆以上的計有17位：王德威42筆；嚴家炎16筆；林燿德14筆；黃子平12筆；許俊雅11筆；呂正惠與林瑞明9筆；施淑與彭小妍8筆；齊邦媛、林明德、陳萬益與楊照6筆；江寶釵、李瑞騰、張恆豪與陳芳明5筆等等。可見王德威不論就專書或單篇論文方面，都在研究數量上表現相當突出；其次，如嚴家炎、林燿德、黃子平、許俊雅、齊邦媛，江寶釵、李瑞騰等人也都有專書或學位論文發表，頗值得肯定。

　　2、再進一步觀察評論者的學養背景，則會發現相較於其它文類，尤其是現代詩的研究者情況，從事現代小說研究的仍大多出自學院，而且以任教於中文、外文等相關系所者佔有最多的數量。相較之下，幾位身跨創作與評論的研究者，如林燿德、彭小妍、楊照、張啓疆乃至於更新世代的洪凌、紀大偉等人，都是屬於較年輕一輩的新進。

　　（三）就發表媒介言：

　　1、此可以分爲學術刊物與研討會議兩方面來談。首先，回顧這九年的幾份較重要的文學性雜誌，我們可以發現緣於刊物本身的性質取向、研究者的習慣與考量，乃至於整個時代潮流的影響，各個刊物雜誌間不僅展現了迴異的風格面貌，即便是每個刊物自身，也都在這九年間呈現了量與質上的流變。其中較具特色的，如《中外文學》以專題的方式集中討論具時代性的議題，而促使華文現代小說研究與西方文學理論、思潮有更進一步的對話空間。《文學台灣》則本土色彩鮮明，從其西元1991年（民國80

年）創刊迄西元1996年（民國85年）爲止，學術性文章日益增加，這不但透露出本土作家作品的廣受討論，另一方面也展現了研究縱深度的累進等等。

2、除了學術性刊物外，學術研討會顯然是另一個更具指標性、更能看出從西元1988年（民國77年）到西元1996年（民國85年）間小說研究整個發展脈絡的角度。統括來看，可以發現歷年來的學術會議大致分爲兩種類型：一種是貫時、一般性的會議，這類研討會以較平均的場數出現在每一年中；而另一種則是焦點集中、主題式的研討會，此類的研討會在數量上有逐年增加的現象，尤其是針對某一特定小說家所籌辦的討論會，更是在近幾年間頻繁出現。我們可以做一簡表來呈現這一現象：

	小說史研討會	主題性研討會	總　計
1988	3	1	4
1989		2	2
1990		4	4
1991	1	3	4
1992		2	2
1993	2	6	8
1994	1	5	6
1995	2	2	4
1996	2	7	9

（四）就學位論文言：

1、以現代小說爲研究對象的學位論文，在這九年間也是呈現一種數量逐年遞增的趨勢。但是頗值得注意的是，中文或國文研究所雖然在研究總量上明顯超過其它的系所，並且以一直保持逐年增加的態勢，然而往前回顧西元1988年（民國77年）到西元1990年（民國79年）間的情形，卻發

現它其實是比語言所、史語所稍晚關注到現代小說研究的。兩相比較，曾在西元1990年（民國79年）與西元1991年（民國80年）間出現4本碩士論文的成功大學歷史語言所，卻自西元1992年後即未見相關的學位論文提出。

　　2、就學位論文的研究對象來看，最常被探索的主題有二，一是台灣本土性的作家作品，共有15篇以上的博碩士論文是以其為研究範域；另一則是小說中的女性意識，有7本博碩士論文是分別以不同時期的女性小說為討論重心。而最常被專門研究的小說家則是張愛玲，出現了4本碩士論文，各自從不同的面向切入其作品。就此看來，學位論文與其它的現代小說研究，仍具有某種程度的契合度。

　　3、學位論文的指導教授，儘管在研究趨勢上並不具有顯著的指標意義，但卻是一個可以觀照出學院中推展現代小說研究現況的參考角度。在所有的指導教授中，李瑞騰是最為突出的一位，由他指導寫就的學位論文有7本之多，其次是金榮華的5本，而柯慶明、施淑女、馬森、何寄澎與呂興昌等人也都各有3本。若以研究所為單位，我們可以做成一簡表如下，以勾勒其大致面貌：

	語言所	中文所	史語所	德文所	日文所	社會所	外文所	大傳所	中山所	總　計
1988	1									1
1989										0
1990		1	3	1						5
1991		3	1		1					5
1992		4				1				5
1993		7								7
1994	1	8				1				10
1995		9			1		1	2		13
1996		17							1	18
總　計	2	49	4	1	2	2	1	2	1	64

第二章 新詩類

　　「新詩」這個名稱，從西元1919年（民國8年）胡適發表了〈談新詩〉一文後，就被用來指稱胡適所謂自《詩經》三百篇以來，中國詩歌史上「第四次詩體大革新」的那種：「打破五言七言的詩體，並且推翻詞調曲譜的種種束縛，不拘格律，不拘平仄，不拘長短；有什麼題目，做什麼詩；詩該怎樣做，就怎樣做」[1]的「白話自由詩」。但後來又出現了「現代詩」(modern poetry)一詞，有時它也被用來泛稱白話自由詩，而大多數人用它來指稱「一九四九年政府遷台以來台灣詩壇所發展的新詩」。

　　「新詩」或「現代詩」這兩個名稱，就內涵而言，「新」乃「舊」的相對字，因此「新詩」可輕易理解為：在內容上反映新時代、新事物；在形式上拋棄舊格式，運用新格式的一種新體詩。而「現代」固然也可當做「古代」的相對詞，但當它被賦予「現代化」的意義時，它就被貼上反「傳統」的標幟，因此容易被曲解為「現代詩」乃是基於反對傳統詩歌而興起的詩體，再加上某些「現代主義」支持者「反傳統」的旗幟鮮明，較偏激者甚至主張「全盤西化」，反對「中國文化傳統」，於是引起了詩壇的一些論爭與亂象，最後連「現代詩社」的創立者—紀弦都要公開申明「現代詩」一詞有廣義的和狹義的兩種解釋，廣義上的「現代詩」，所指的是「今日(即「現代」)我們所寫的「自由詩」，而狹義上的「現代詩」，它是專指奉行紀弦所提倡的「新現代主義」、「中國的現代主義」者所寫的詩。因此，並

---

[1] 胡適：〈談新詩〉，載於《中國新文藝大系‧文學論戰一集》，頁372～392。
　　台北：大漢出版社，西元1977年（民國66年）。

不是所有現代人所寫的詩，都可以稱之為「現代詩」。但是這樣的解釋是
無補於事的，一些紀弦所謂的「偽現代詩」的創作者，仍然以為既是「反
傳統」，那麼「現代詩」就「不應該有主題」、「必須是無所表現的」，最後
逼使紀弦斷然地說：

> 針對著「新形式主義」與「新虛無主義」兩大邪惡傾向，為了
> 維護文學上的真理，詩的正道，我提出了「中國新詩之正名」這一
> 嚴正的主張，主張把作崇於詩壇的「現代詩」這一名稱乾脆取消拉
> 倒。[2]

　　其實若執意用「現代詩」一詞來泛指「白話自由詩」，不但在詩的內
涵上容易引起爭議，就時間意指方面來說，也有含混籠統之嫌，羅青就曾
經在〈論白話詩〉一文中指出：如果「現代詩」是指最近的、離現在不遠
的這段時間的話，那二、三十年前的「新詩」也應當包括在內。隨著時日
的推移，百年以後的詩，也應包括在內。這樣一來「現代詩」就成了一個
大而無當的名詞了。如果僅是指台灣近二十年來所發展出來的詩體，則應
稱之為「當代」而非「現代」了。若我們硬是要稱近二十年來的詩歌為「現
代詩」，那五四以來的詩歌又該如何稱呼？若稱為「新詩」，則「現代詩」
亦可包括在內，若以「現代詩」為「新詩」的通稱，那「新詩」又包括在
「現代詩」內，其中糾纏不清相互矛盾的地方很多，說來說去，都不太適
宜。[3]職是之故，如果我們必得要在「新詩」與「現代詩」中，擇一以代
稱從五四以來，一直到當代中國所發展出的新的「白話自由詩」，無疑地，

---

[2] 紀弦：〈談「現代化」與「反傳統」〉，《現代》創刊號，頁74～75，西元1967
　　年（民國56年）。

[3] 羅青：《從徐志摩到余光中》，台北：爾雅出版社，頁7，西元1978年（民國67
　　年）。

「新詩」這個名稱顯然要比「現代詩」來得適宜。

其次,就文類的觀點來看,「新詩」這種文類,自西元1917年(民國6年)胡適發表了〈文學改良芻議〉一文以來,在形式上與古典詩歌就有了截然不同的劃分,首先它打破了傳統詩歌的格律和韻腳,再加上詩的迴行極其自由,強調「詩無定行,行無定字,詩句長短不齊」,這樣一來,就造成「新詩」與「散文」兩種文類,從外表的形式上難以截然劃分,甚至有了「散文詩」的產生,而對於所謂的「散文詩」,它究竟是不是「詩」,也引起很大爭論,有人把「散文詩」納入「詩」的行列,有人將它歸為「散文」的範疇,有人乾脆把它視為一種獨立文類。瘂弦就說:

> 其實散文與詩的分野重要的是在實質上,比如散文詩,它絕非散文與詩的雞尾酒,而是借散文的形式寫成的詩,本質上仍是詩。一如借劇的形式寫的詩,是劇詩,而非詩劇。[4]

瘂弦的看法得到向明的認同,他說:

> 如果就字面去解釋,散文詩應該還是屬於詩的一類。它是用散文的形式寫出來的詩,雖披著散文的外衣,卻仍應具有詩的本質,和圖畫詩,視覺詩,十四行詩一樣,不過是詩解放後,多元形式中的一式而已。[5]

瘂弦與向明都主張將「散文詩」那入「詩」的隊伍之中;相反的,楊昌年就認為「散文詩」只是形式上分行排列的散文而已,他說:

> 有一種散文化的詩,是詩如散文,形式雖是分行得像詩,而因

---

[4] 瘂弦:《中國新詩研究》,台北:洪範出版社,頁53,西元1981年(民國70年)。
[5] 向明:《新詩50問》,台北:爾雅出版社,頁16,西元1997年(民國86年)。

　　缺乏詩質，表現的仍是散文的敘述，而不是詩。[6]

　　楊氏完全將「散文詩」排斥於「詩」的行列之外，將之全數納入「散文」的範疇之中。對於這個問題，紀弦處理的態度亦較嚴格，他說：

　　　　詩與散文之分，在質不在形。……至於被稱爲「散文詩」的，我認爲，形式上把它當作「韻文詩」的對稱則可；本質上把它看做介乎詩與散文之間的一種文學則不可。這應該加以個別的審核：如果它的本質是詩，就教它歸隊於詩；如果它的本質是散文，就教它歸隊於散文。這個名稱太灰色了，爲了處理上的方便，我的意思是：乾脆把它取消拉倒。[7]

　　紀弦不同意「詩」與「散文」之間有灰色地帶，也不希望有「散文詩」這個名稱，他主張依「文學本質」來審視作品，並各自歸入「詩」或「散文」的行列。與紀弦意見完全相左的則爲林以亮，他說：

　　　　至於散文詩本身這種形式，仍有它存在的理由和價值。在藝術中，正如同在大自然中一樣，有很多地方並不是界限分得清清楚楚的。文學作品，從其內容上說，大體可以分爲散文和詩，而介乎這二者之間，卻又並非嚴格地屬於其中任何一個，存在著散文詩。在形式上說，它近於散文，在訴諸於讀者的想像和美感的能力上說，它近於詩。就好像白日與黑夜之間，存在著黃昏，黑夜與白日之間，存在著黎明一樣，散文詩也是一種矇矓的、半明半暗的狀態。[8]

---

[6] 楊昌年：《新詩品賞》，台北：牧童出版社，頁33，西元1978年（民國67年）。

[7] 紀弦：〈新現代主義之全貌〉，《當代中國新文學大系‧文學論爭集》，天視出版事業有限公司，頁137，西元1981年（民國70年）。

　　從以上五位詩評家的看法，統合起來可看出：瘂弦與向明主張把「散文詩」歸入「詩」的行列，而楊昌年認為「散文詩」應歸入「散文」的行列。紀弦則不贊成「散文詩」這個名稱，認為應當從「本質」方面著手，嚴格劃歸為「詩」或「散文」，林以亮則主張另立「散文詩」這個文類。表面上看來意見紛歧，莫衷一是，但當我們細究其贊成或反對（除林以亮之外）的原因時，卻發現存在其中的共同關注點，那就是對於「詩的本質」有否存在於「散文詩」的問題。而這個問題，其實也是劃分「新詩」與「現代散文」最關鍵的所在。至於什麼是「詩的本質」呢？瘂弦在比較考察了「新詩」與「現代散文」的區別後說：

　　　　散文缺乏詩的絕對性，詩有著比散文更多的限制，更大的壓縮和更高的密度，更嚴格的提煉和更嚴酷的可能。……在我們流行的思想和日常言語中，散文的侵蝕性是很嚴重的。現代詩人的藝術之一，或者就是在於排斥此種侵蝕和保持作品的「張力」上。[9]

　　瘂弦這段話提出了許多詩人與詩評家，都強調的「密度」與「張力」這兩個其實是二而一的詞。而「密度」與「張力」的有無，就成了「詩質」有無的充要條件，但究竟什麼是「密度」或「張力」呢？李英豪有較精闢詳盡的論述，他說：

　　　　一首詩的整個存在，有賴於詩之張力。詩之張力就是我們在詩中所能找到一切外延力及內涵力的完整有機體。缺乏張力的詩，僅

---

[8] 林以亮：《林以亮詩話》，台北：洪範書店，頁45，西元1981年（民國70年）三版。

[9] 同註5，瘂弦：《中國新詩研究》，台北：洪範出版社，頁52～53，西元1981年（民國70年）。

是散文的演繹：那是毫無「強度」而詩質稀薄和結構不嚴密的。……
詩之張力不但在意象與意象之間，詩行之間，而在整首詩部分和整
體無間的關聯和結合中，負起關聯和結合的，即張力。[10]

李氏認為「張力」包涵了「詩的表現，詩的感性，詩的語言，詩的動
向和詩的濃度」等等，它是詩的內容與形式兩者完美結合後所表現出來的
「強度」。後來潘麗珠在其所著《現代詩學》就特別提出「詩質」、「詩意」、
「詩韻」、「詩形」、「詩境」五項，做為現代詩創作與欣賞的指導原則。而
這五項，除了「詩韻」之外，其實都與李英豪所指的「張力」有關；其次，
我們從潘氏的論述中，要特別指出潘氏認為「新詩」與「現代散文」的主
要不同點主要在於：

詩句的文字密度較（散文）高；……因為詩的篇幅不比散文，唯
有講究文字精鍊才能寓少數的文字而有豐富的義涵。……相較於散
文（或小說），現代詩的主題不能直陳，必須轉化，寓於弦外之音，
因此特別重視意象的經營。[11]

但這樣的說法是否能釐清「詩」與「散文」的分界，恐怕仍存疑問，
難道「散文」就不注意文字的精鍊嗎？難道「散文」就不講究意象的經營
嗎？我們不否認在相對性方面，「詩」是要比「散文」重視這兩者，但其
間的分際實難拿捏，實難作為判準之依據。其實從瘂弦、李英豪、到潘
麗珠，甚至到朱光潛、余光中、洛夫、李瑞騰、楊昌年等等，都試圖從「詩」

---

[10] 李英豪：〈論現代詩之張力〉，收於張漢良、蕭蕭編《現代詩導讀‧理論、史
料篇》，台北：故鄉出版社，頁103～104，西元1979年（民國68年）。

[11] 潘麗珠：《現代詩學》，台北：五南圖書出版公司，頁240～248，西元1997年
（民國86年）。

與「散文」的比較中企圖建構「新詩」這個文類的特色，但迄今仍未能形成一致的共識。或許就如林以亮所言，我們只能從反面給「新詩」下個定義：

一、它沒有固定的結構；

二、它沒有固定的節奏(我們不能說它沒有節奏，因爲即使散文也有節奏)；

三、它沒有韻。[12]

林以亮認爲這種沒有固定形式的自由詩，對創作者來說，「並沒有替詩人爭得自由，反而加重了詩人的負擔，……在從前，詩寫得不好，只是壞詩，在現在，詩寫得不好，非但是壞詩，而且是壞散文。」對讀者來說，「也不能對新詩產生信心」，林氏的話正點出爲什麼直到今日「新詩」還只能是「小眾文學」的原因所在。

在性質上，和本研究呈現出某些類似的工作，過去已有若干成果，譬如：何欣《當代新文學大系‧文學論爭集》中的〈導言〉(西元1981年，民國70年，天視出版事業有限公司)、孟樊《當代評論大系‧新詩評論》的〈導論〉(西元1993年，民國82年，正中書局)……等。不過，一來，它們的年代只到國八〇年左右爲止，未能涵蓋到九〇年代；二來，它們的重點或只在「新詩作品」的研究和分析，或只挑選若干研究「新詩」的文章，再加以綜述。因此，與本研究在時代上的以近十年來爲範圍，而在涵蓋面上又以絕大部分(因無法做到全面收羅完盡)的「新詩研究」論著爲領域，所以仍有相當的差異性。

底下，本部分將先列出西元1988年（民國77年）至西元1996年（民國85年）間具有學術性的「新詩研究」論文和專著，然後再析論其發展趨勢。

---

[12] 同注9。

編號	日期	作者	專著・論文	出　處	出　版　者	備　註
1	1988/1	高準	《中國大陸新詩評（1916-1979）》		台北：文史哲出版社	
2	1988/2	鍾玲	〈夏宇的時代風格〉	《現代詩》復刊13期		
3	1988/5	張錯	〈大陸新詩的動向〉	當代大陸文學研討會	台北：文訊雜誌社	
4	1988/6	奚密	〈星月爭輝：現代「詩原質」初探〉	《中外文學》17卷1期		
5	1988/6	李豐楙	〈民國六十年前後新詩社的興起和演變〉	第一屆當代中國文學國際會議	清華大學中研所、中語所、新地文學基金會主辦	
6	1988/6	杜國清	〈大陸當代詩探討〉	第一屆當代中國文學國際會議	清華大學中研所、中語所、新地文學基金會主辦	
7	1988/6	謝晃	〈斷裂與傾斜：蛻變期的投影－論新詩潮〉	第一屆當代中國文學國際會議	清華大學中研所、中語所、新地文學基金會主辦	
8	1988/7	李焯雄	〈中心與迷宮之間，一種讀法的追尋－顧城、北島詩作〉	《現代詩》復刊第12期		
9	1988/7	奚密	〈從靈問到無岸之間－洛夫早期風格論〉	《現代詩》復刊第12期		
10	1988/8	鍾玲	〈都市女性與大地之母：論蓉子詩歌〉	《中外文學》17卷3期		
11	1988/10	古添洪	〈論桓夫的「泛」政治詩〉	《中外文學》17卷5期		
12	1988/11	李瑞騰	〈洛夫詩中的「古典詩」〉	當代中國文學（一九四九以後）研討會	淡江大學	
13	1988/11	林燿德	〈由這一代的詩論詩的本體〉	當代中國文學（一九四九以後）研討會	淡江大學	
14	1988/11	李元貞	〈台灣現代女詩人的自我觀〉	當代中國文學（一九四九以後）研討會	淡江大學	
15	1988/11	陳鵬翔	〈寫實與寫意－論王潤華與淡瑩的詩〉	當代中國文學（一九四九以後）研討會	淡江大學	
16	1988/11	李豐楙	〈葉維廉近期風格及其轉變〉	當代中國文學（一九四九以後）研討會	淡江大學	
17	1988/12	林燿德	〈永遠的人子－論趙衛民的詩〉	《不安海域－台灣新世代詩人試探》	台北：師大書苑	
18	1988/12	林燿德	〈不安海域－八〇年代前葉台灣現代詩風潮試論〉	《不安海域－台灣新世代詩人試探》	台北：師大書苑	
19	1988/12	林則良	〈美麗與生命的權輿－曾淑美詩集《墜入花叢的女子》〉	《現代詩》復刊第13期		
20	1988/12	秀瓊	〈曲中濃情－析鄭愁予「雨說」〉	《現代詩》復刊第13期		

21	1988/12	林燿德	〈試管魔鬼－論赫胥氏的詩〉	《不安海域－台灣新世代詩人試探》	台北：師大書苑	
22	1988/12	林燿德	〈在高速公路飄移的座標－論王浩威的詩〉	《不安海域－台灣新世代詩人試探》	台北：師大書苑	
23	1988/12	林燿德	〈種種的頭顱－論柯順隆的詩〉	《不安海域－台灣新世代詩人試探》	台北：師大書苑	
24	1988/12	林燿德	〈一棵雪香蘭－論陳義芝的詩〉	《不安海域－台灣新世代詩人試探》	台北：師大書苑	
25	1988/12	林燿德	〈誰在屬羊－論黃智溶詩集《今夜；你莫要踏入我的夢境》〉	《不安海域－台灣新世代詩人試探》	台北：師大書苑	
26	1988/12	林燿德	〈海洋姓氏－論張啓疆的海洋主題〉	《不安海域－台灣新世代詩人試探》	台北：師大書苑	
27	1988/12	林燿德	〈八〇年代的淑世精神與資訊思考－論向陽詩集《四季》〉	《不安海域－台灣新世代詩人試探》	台北：師大書苑	
28	1988/12	林燿德	〈藍色輸送業－論李昌憲詩集《加工區詩抄》〉	《不安海域－台灣新世代詩人試探》	台北：師大書苑	
29	1988/12	林燿德	〈詩是最苦的糖衣－論王添源詩集《如果愛情像口香糖》〉	《不安海域－台灣新世代詩人試探》	台北：師大書苑	
30	1988/12	黃維樑	〈禮讚木棉樹和控訴大煙囪－論余光中八〇年代的社會詩〉	《中外文學》17卷7期		
31	1988/12	林燿德	〈潺潺流水－論連水淼詩集《台北‧台北》〉	《不安海域－台灣新世代詩人試探》	台北：師大書苑	
32	1988/12	林燿德	〈砌骨之景－論陳明台詩集《風景畫》〉	《不安海域－台灣新世代詩人試探》	台北：師大書苑	
33	1988/12	林燿德	〈鐵窗之花－論李敏勇詩集《暗房》〉	《不安海域－台灣新世代詩人試探》	台北：師大書苑	
34	1988/12	林燿德	〈星火彩約－論《陳建宇詩集》〉	《不安海域－台灣新世代詩人試探》	台北：師大書苑	
35	1989/3	李元貞	〈現代女詩人的自我觀〉	《中外文學》17卷10期		
36	1989/4	吳鳴	〈五四時期的民歌採集與詩經研究〉	五四文學與文化變遷學術研討會	中國古典文學會	
37	1989/4	黎活仁	〈小詩運動（1921-1923）〉	五四文學與文化變遷學術研討會	中國古典文學會	
38	1989/4	簡錦松	〈五四與台灣詩壇〉	五四文學與文化變遷學術研討會	中國古典文學會	
39	1989/4	林明德	〈「嘗試集」的詩史定位〉	五四文學與文化變遷學術研討會	中國古典文學會	
40	1989/7	古繼堂	《台灣新詩發展史》		台北：文史哲出版社	
41	1989/7	李元貞	〈論舒婷詩中的女性思維〉	《聯合文學》總57期		

42	1989/8	鍾　玲	〈試探女性文體與傳統文化之關係：兼論台灣及美國女詩人作品之特徵〉	《中外文學》18卷3期		
43	1989/9	貝嶺、孟狼	〈回顧與展望：中國新詩潮〉	《現代詩》復刊14期		
44	1989/9	白　靈	〈極光流舞磁浮南北─評林群盛《聖紀豎琴座奧義傳說》〉	《現代詩》復刊14期		
45	1989/9	藍　菱	〈詩的和聲─林泠詩集讀後感〉	《現代詩》復刊14期		
46	1989/12	鄭炯明編	〈台灣精神的崛起：笠詩刊評論選集〉	《文學界雜誌》		
47	1989/12	鍾　玲	《現代中國繆司─台灣女詩人作品析論》		台北：聯經出版公司	
48	1990/2	簡政珍	〈由這一代的詩論詩的本體〉	《中外文學》18卷9期		
49	1990/6	駱以軍	〈飄移在小城街道裡的囈語─試評楊澤《1979年記事》〉	《現代詩》復刊15期		
50	1990/6	孟　樊	〈詩人、招貼和害蟲─中空的後現代詩人〉	《現代詩》復刊15期		
51	1990/6	鄭愁予	〈詩人在詩中的自我位置〉	《現代詩》復刊15期		
52	1990/6	奚　密	〈冷酷的想像─芒客詩賞析〉	《現代詩》復刊15期		
53	1990/6	瘂　弦	〈詩是一種生活方式─鴻鴻作品聯想〉	《現代詩》復刊15期		
54	1990/9	林亨泰	〈八〇年代台灣詩潮宏觀〉	八〇年代台灣文學研討會	台北：時報文化出版公司 中國青年寫作協會	
55	1990/9	孟　樊	〈後現代詩在台灣〉	八〇年代台灣文學研討會	台北：時報文化出版公司 中國青年寫作協會	
56	1990/10	游　喚	〈黃智溶論〉	《台灣新世代詩人大系（上、下）》	台北：書林出版社	
57	1990/10	簡政珍	〈夏宇論〉	《台灣新世代詩人大系（上、下）》	台北：書林出版社	
58	1990/10	林燿德	〈初安民論〉	《台灣新世代詩人大系（上、下）》	台北：書林出版社	
59	1990/10	林燿德	〈苦苓論〉	《台灣新世代詩人大系（上、下）》	台北：書林出版社	
60	1990/10	林燿德	〈徐雁影論〉	《台灣新世代詩人大系（上、下）》	台北：書林出版社	
61	1990/10	簡政珍	〈向陽論〉	《台灣新世代詩人大	台北：書林出版社	

				系（上、下）》		
62	1990/10	林燿德	〈陳黎論〉	《台灣新世代詩人大系（上、下）》	台北：書林出版社	
63	1990/10	林燿德	〈羅智成論〉	《台灣新世代詩人大系（上、下）》	台北：書林出版社	
64	1990/10	簡政珍	〈林彧論〉	《台灣新世代詩人大系（上、下）》	台北：書林出版社	
65	1990/10	林燿德	〈許悔之論〉	《台灣新世代詩人大系（上、下）》	台北：書林出版社	
66	1990/10	簡政珍	〈陳克華論〉	《台灣新世代詩人大系（上、下）》	台北：書林出版社	
67	1990/10	鄭明娳	〈溫瑞安論〉	《台灣新世代詩人大系（上、下）》	台北：書林出版社	
68	1990/10	簡政珍	〈楊澤論〉	《台灣新世代詩人大系（上、下）》	台北：書林出版社	
69	1990/10	林燿德	〈序：由這一代的詩論詩的本體〉	《台灣新世代詩人大系（上、下）》	台北：書林出版社	
70	1990/10	林燿德	〈編後：新世代星空〉	《台灣新世代詩人大系（上、下）》	台北：書林出版社	
71	1990/10	鄭明娳	〈林燿德論〉	《台灣新世代詩人大系（上、下）》	台北：書林出版社	
72	1990/10	簡政珍	〈劉克襄論〉	《台灣新世代詩人大系（上、下）》	台北：書林出版社	
73	1990/10	簡政珍	〈蘇紹連論〉	《台灣新世代詩人大系（上、下）》	台北：書林出版社	
74	1990/10	游喚	〈王添源論〉	《台灣新世代詩人大系（上、下）》	台北：書林出版社	
75	1990/10	徐望雲	〈與時間決戰：台灣新詩刊四十年奮鬥述路〉	《中外文學》19卷5期		
76	1990/10	鄭明娳	〈簡政珍論〉	《台灣新世代詩人大系（上、下）》	台北：書林出版社	
77	1990/10	林燿德	〈馮青論〉	《台灣新世代詩人大系（上、下）》	台北：書林出版社	
78	1990/10	簡政珍	〈杜十三論〉	《台灣新世代詩人大系（上、下）》	台北：書林出版社	
79	1990/10	游喚	〈白靈論〉	《台灣新世代詩人大系（上、下）》	台北：書林出版社	
80	1990/10	林燿德	〈渡也論〉	《台灣新世代詩人大系（上、下）》	台北：書林出版社	
81	1990/10	游喚	〈陳義芝論〉	《台灣新世代詩人大系（上、下）》	台北：書林出版社	
82	1990/10	鄭明娳	〈方娥真論〉	《台灣新世代詩人大系（上、下）》	台北：書林出版社	
83	1990/12	陳昌明	〈談新詩中鏡子的意象〉	《中國現代文學理論》季刊第4期		

84	1991/1	余翠如	《楊喚其人及其詩研究》		台灣師範大學國文研究所	王熙元指導
85	1991/1	李勇吉	《中國新詩論史》		台中縣立文化中心	
86	1991/1	林燿德	《羅門論》		台北：師大書苑	
87	1991/2	周偉民唐玲玲	《日月的雙軌—羅門、蓉子創作世界評介》		台北：文史哲出版社	
88	1991/4	潘亞暾	〈探茄者的足跡—洛夫詩集《愛的辯證》賞析〉	蕭蕭編《詩魔的蛻變—洛夫作品評論選集》	台北：詩之華出版社	
89	1991/4	張春榮	〈姜夔《念奴嬌》與洛夫《眾荷喧嘩》的比較〉	蕭蕭編《詩魔的蛻變—洛夫作品評論選集》	台北：詩之華出版社	
90	1991/4	李英豪	〈論《石室之死亡》〉	蕭蕭編《詩魔的蛻變—洛夫作品評論選集》	台北：詩之華出版社	
91	1991/4	龍彼德	〈大風起於深潭—論洛夫的詩歌藝術〉	蕭蕭編《詩魔的蛻變—洛夫作品評論選集》	台北：詩之華出版社	
92	1991/4	蕭　蕭	〈那麼寂靜的鼓聲—《靈河》時期的洛夫〉	蕭蕭編《詩魔的蛻變—洛夫作品評論選集》	台北：詩之華出版社	
93	1991/4	張春榮	〈洛夫詩中的色調：黑與白〉	蕭蕭編《詩魔的蛻變—洛夫作品評論選集》	台北：詩之華出版社	
94	1991/4	崔滔焜	〈論《石室之死亡》詩的思想〉	蕭蕭編《詩魔的蛻變—洛夫作品評論選集》	台北：詩之華出版社	
95	1991/4	許悔之	〈石室內的賦格—初探《石室之死亡》兼論洛夫的黑色時期〉	蕭蕭編《詩魔的蛻變—洛夫作品評論選集》	台北：詩之華出版社	
96	1991/4	蕭　蕭	〈商略黃昏雨—初論《無岸之河》〉	蕭蕭編《詩魔的蛻變—洛夫作品評論選集》	台北：詩之華出版社	
97	1991/4	李瑞騰	〈試探洛夫詩中的古典詩〉	蕭蕭編《詩魔的蛻變—洛夫作品評論選集》	台北：詩之華出版社	
98	1991/4	劉　菲	〈洛夫的《長恨歌》與幾首古詩的比較〉	蕭蕭編《詩魔的蛻變—洛夫作品評論選集》	台北：詩之華出版社	
99	1991/4	王　灝	〈變貌—洛夫詩情初探〉	蕭蕭編《詩魔的蛻變—洛夫作品評論選集》	台北：詩之華出版社	
100	1991/4	翁光宇	〈《舞者》小評〉	蕭蕭編《詩魔的蛻變—洛夫作品評論選集》	台北：詩之華出版社	
101	1991/4	李元洛	〈想的也妙，寫的也妙—讀洛夫的與《與李賀共飲》〉	蕭蕭編《詩魔的蛻變—洛夫作品評論選集》	台北：詩之華出版社	
102	1991/4	張　默	〈我那黃銅色的皮膚—略談洛夫的《時間之傷》〉	蕭蕭編《詩魔的蛻變—洛夫作品評論選集》	台北：詩之華出版社	
103	1991/4	掌　杉	〈綜論洛夫的《長恨歌》〉	蕭蕭編《詩魔的蛻變—洛夫作品評論選集》	台北：詩之華出版社	
104	1991/4	任洪淵	〈洛夫的詩與現代創世紀的悲劇〉	蕭蕭編《詩魔的蛻變—洛夫作品評論選集》	台北：詩之華出版社	
105	1991/4	李元洛	〈中西詩美的聯姻〉	蕭蕭編《詩魔的蛻變—洛夫作品評論選集》	台北：詩之華出版社	

106	1991/4	張漢良	〈論洛夫後期風格的演變〉	蕭蕭編《詩魔的蛻變—洛夫作品評論選集》	台北：詩之華出版社	
107	1991/4	余光中	〈用傷口唱歌的詩人〉	蕭蕭編《詩魔的蛻變—洛夫作品評論選集》	台北：詩之華出版社	
108	1991/4	簡政珍	〈洛夫作品的意象世界〉	蕭蕭編《詩魔的蛻變—洛夫作品評論選集》	台北：詩之華出版社	
109	1991/4	葉維廉	〈洛夫論〉	蕭蕭編《詩魔的蛻變—洛夫作品評論選集》	台北：詩之華出版社	
110	1991/4	楊光治	〈奇異、鮮活、準確—淺論洛夫的詩歌語言〉	蕭蕭編《詩魔的蛻變—洛夫作品評論選集》	台北：詩之華出版社	
111	1991/6	李正西	《不滅的紗燈—梁實秋詩歌創作論》		台北：貫雅文化公司	
112	1991/6	趙天儀	〈新舊詩論爭的重點及其意義〉	現代詩研討會	南投縣立文化中心、中國文藝協會、笠詩刊	
113	1991/6	陳明台	〈新詩精神的提倡與實踐〉	現代詩研討會	南投縣立文化中心、中國文藝協會、笠詩刊	
114	1991/6	向　陽	〈從泥土中翻醒的聲音（新詩）〉	現代詩研討會	南投縣立文化中心、中國文藝協會、笠詩刊	
115	1991/6	林亨泰	〈現代派運動的實質及影響〉	現代詩研討會	南投縣立文化中心、中國文藝協會、笠詩刊	
116	1991/6	李敏勇	〈戰後詩的惡地形〉	現代詩研討會	南投縣立文化中心、中國文藝協會、笠詩刊	
117	1991/6	陳千武	〈台灣新文學新詩的發軔〉	現代詩研討會	南投縣立文化中心、中國文藝協會、笠詩刊	
118	1991/6	羊子喬	〈戰前台灣新詩的特性〉	現代詩研討會	南投縣立文化中心、中國文藝協會、笠詩刊	
119	1991/6	陳玉玲	〈現代與現實融合的笠新詩精神活動及其影響〉	現代詩研討會	南投縣立文化中心、中國文藝協會、笠詩刊	
120	1991/8	游　喚	〈台灣新世代詩學批判〉	二十世紀中國文學研討會	中國古典文學研究會台灣師範大學	
121	1991/8	張大春	〈台灣的大眾詩學〉	當代台灣通俗文學研討會	台北：時報文化出版公司 中國青年寫作協會	
122	1991/8	松浦恆雄	〈關於廢名的詩〉	二十世紀中國文學研討會	中國古典文學研究會台灣師範大學	
123	1991/9	簡政珍	〈論朱湘的詩〉	《詩的瞬間狂喜》	台北：時報文化出版公司	

124	1991/9	簡政珍	〈由這一代的詩論詩的本體〉	《詩的瞬間狂喜》	台北：時報文化出版公司	
125	1991/9	簡政珍	〈詩和蒙太奇〉	《詩的瞬間狂喜》	台北：時報文化出版公司	
126	1991/9	簡政珍	〈洛夫作品的意象世界〉	《詩的瞬間狂喜》	台北：時報文化出版公司	
127	1991/11	簡政珍	〈放逐詩學－台灣放逐文學初探〉	《中外文學》20卷6期		
128	1991/12	羅　青	〈羅門的「流浪人」〉	《門羅天下－當代名家論羅門》	台北：文史哲出版社	
129	1991/12	張漢良	〈分析羅門的一首都市詩〉	《門羅天下－當代名家論羅門》	台北：文史哲出版社	
130	1991/12	林文義	〈文字的藝術家〉	《門羅天下－當代名家論羅門》	台北：文史哲出版社	
131	1991/12	張　健	〈評三首「麥堅利堡」〉	《門羅天下－當代名家論羅門》	台北：文史哲出版社	
132	1991/12	張　健	〈評羅門的「都市之死」〉	《門羅天下－當代名家論羅門》	台北：文史哲出版社	
133	1991/12	陳瑞山	〈意象層次剖析法－試解羅門的超現實詩之謎〉	《門羅天下－當代名家論羅門》	台北：文史哲出版社	
134	1991/12	蕭　蕭	〈論羅門的意象世界〉	《門羅天下－當代名家論羅門》	台北：文史哲出版社	
135	1991/12	林燿德	〈世界的心靈彰顯－羅門的時空與主題初探〉	《門羅天下－當代名家論羅門》	台北：文史哲出版社	
136	1991/12	鄭明娳	〈比日月走的更遠〉	《門羅天下－當代名家論羅門》	台北：文史哲出版社	
137	1991/12	古添洪	〈胡適白話詩運動－一個影響研究的案例〉	陳鵬祥、張靜二編《從影響研究到中國文學》	台北：書林出版社	
138	1991/12	蔡源煌	〈從類型到原始基型－論羅門的詩〉	《門羅天下－當代名家論羅門》	台北：文史哲出版社	
139	1991/12	蔡源煌	〈捕捉光的行蹤－《門羅天下－當代名家論羅門》代序〉	《門羅天下－當代名家論羅門》	台北：文史哲出版社	
140	1991/12	簡政珍	〈詩的哲學內涵〉	當前新詩、散文發展研討會	中國文藝協會	
141	1991/12	李豐楙	〈民國六十年前後新詩社的興起及其意義－兼談相關的一些現代評論〉	陳鵬祥、張靜二編《從影響研究到中國文學》	台北：書林出版社	
142	1991/12	丁善雄	〈美國投射與中國現代詩〉	陳鵬祥、張靜二編《從影響研究到中國文學》	台北：書林出版社	
143	1991/12	林燿德	〈火焚乾坤獵－讀羅門	《門羅天下－當代名	台北：文史哲出版社	

			的時空奏鳴曲〉	家論羅門》		
144	1991/12	王振科	〈超越與回歸：從心靈到現實—對羅門都市詩的再認識〉	《門羅天下—當代名家論羅門》	台北：文史哲出版社	
145	1991/12	陳 煌	〈「曠野」的演出〉	《門羅天下—當代名家論羅門》	台北：文史哲出版社	
146	1991/12	李瑞騰	〈「曠野」精神〉	《門羅天下—當代名家論羅門》	台北：文史哲出版社	
147	1991/12	蕭 蕭	〈尋找「人」的位置〉	《門羅天下—當代名家論羅門》	台北：文史哲出版社	
148	1991/12	陳寧貴	〈向精神困境突圍〉	《門羅天下—當代名家論羅門》	台北：文史哲出版社	
149	1991/12	林 野	〈回顧茫茫的「曠野」〉	《門羅天下—當代名家論羅門》	台北：文史哲出版社	
150	1991/12	張雪映	〈透過美感—談羅門的悲劇感〉	《門羅天下—當代名家論羅門》	台北：文史哲出版社	
151	1991/12	洛 楓	〈羅門的悲劇意識〉	《門羅天下—當代名家論羅門》	台北：文史哲出版社	
152	1991/12	翁光宇	〈羅門的「流浪人」〉	《門羅天下—當代名家論羅門》	台北：文史哲出版社	
153	1991/12	和 權	〈迷人的光輝〉	《門羅天下—當代名家論羅門》	台北：文史哲出版社	
154	1991/12	蕭 蕭	〈略論現代詩人自我生命鑑照與顯影〉	當前新詩、散文發展研討會	中國文藝協會	
155	1991/12	李 弦	〈評介「曠野」〉	《門羅天下—當代名家論羅門》	台北：文史哲出版社	
156	1991/12	潘亞暾	〈向心靈世界掘進〉	《門羅天下—當代名家論羅門》	台北：文史哲出版社	
157	1991/12	古繼堂	〈靜聽那心底的旋律〉	《門羅天下—當代名家論羅門》	台北：文史哲出版社	
158	1991/12	王春煜	〈美的求索者〉	《門羅天下—當代名家論羅門》	台北：文史哲出版社	
159	1991/12	汪 智	〈飛成一幅幅的風景—羅門詩歌生命主題論析〉	《門羅天下—當代名家論羅門》	台北：文史哲出版社	
160	1991/12	古遠清	〈都市人深重孤寂感的生動展示—羅門三首詩賞析〉	《門羅天下—當代名家論羅門》	台北：文史哲出版社	
161	1991/12	古遠清	〈刻畫都市人生的聖手羅門詩作賞析〉	《門羅天下—當代名家論羅門》	台北：文史哲出版社	
162	1991/12	周 燦	〈詩人競技〉	《門羅天下—當代名家論羅門》	台北：文史哲出版社	
163	1991/12	鹿 翎	〈二十世紀末的東方騎士〉	《門羅天下—當代名家論羅門》	台北：文史哲出版社	
164	1991/12	紀少雄	〈山海浪與風雲鳥的對	《門羅天下—當代名	台北：文史哲出版社	

			話〉	家論羅門》		
165	1991/12	俞兆平	〈歷史的悖論悲劇的趨升—「麥堅利論」〉	《門羅天下—當代名家論羅門》	台北：文史哲出版社	
166	1991/12	丁　平	〈細聽羅門的「歲月的琴聲」〉	《門羅天下—當代名家論羅門》	台北：文史哲出版社	
167	1991/12	徐望雲	〈與時間決戰：台灣新詩刊四十年奮鬥述路〉	《帶詩蹺課去—詩學初步》	台北：三民書局	
168	1991/12	葉立誠	〈以美學建築藝術殿堂的詩人〉	《門羅天下—當代名家論羅門》	台北：文史哲出版社	
169	1991/12	劉龍勳	〈羅門詩兩首賞析〉	《門羅天下—當代名家論羅門》	台北：文史哲出版社	
170	1991/12	陳寧貴	〈現代詩的新視野—羅門「麥當勞午餐時間」〉	《門羅天下—當代名家論羅門》	台北：文史哲出版社	
171	1991/12	陳寧貴	〈爬這座大山—讀羅門的「週末旅途事件」〉	《門羅天下—當代名家論羅門》	台北：文史哲出版社	
172	1991/12	陳寧貴	〈讀羅門的「窗」與「傘」〉	《門羅天下—當代名家論羅門》	台北：文史哲出版社	
173	1991/12	陳　煌	〈戰爭之路—談羅門詩中的戰爭表現〉	《門羅天下—當代名家論羅門》	台北：文史哲出版社	
174	1991/12	陳　煌	〈城市詩國的發言人—讀「羅門詩選」〉	《門羅天下—當代名家論羅門》	台北：文史哲出版社	
175	1991/12	陳寧貴	〈羅門如何觀海〉	《門羅天下—當代名家論羅門》	台北：文史哲出版社	
176	1991/12	陳寧貴	〈「曠野」中的羅門〉	《門羅天下—當代名家論羅門》	台北：文史哲出版社	
177	1991/12	陳寧貴	〈月湧大江流—評介「羅門詩選」〉	《門羅天下—當代名家論羅門》	台北：文史哲出版社	
178	1991/12	和　權	〈試論羅門的「週末旅途事件」〉	《門羅天下—當代名家論羅門》	台北：文史哲出版社	
179	1991/12	陳慧樺	〈談羅門的三首詩〉	《門羅天下—當代名家論羅門》	台北：文史哲出版社	
180	1991/12	陳寧貴	〈評余光中羅門的「漂水花」〉	《門羅天下—當代名家論羅門》	台北：文史哲出版社	
181	1991/12	賀少陽	〈羅門詩的哲思〉	《門羅天下—當代名家論羅門》	台北：文史哲出版社	
182	1991/12	林興華	〈向現代人內心世界探索的詩人—羅門〉	《門羅天下—當代名家論羅門》	台北：文史哲出版社	
183	1991/12	周伯乃	〈錢，並非盆景—試論羅門的精神面貌及其創作動向〉	《門羅天下—當代名家論羅門》	台北：文史哲出版社	
184	1991/12	周伯乃	〈論詩的境界〉	《門羅天下—當代名家論羅門》	台北：文史哲出版社	
185	1991/12	呂錦堂	〈詩的三重奏—評介羅門的詩〉	《門羅天下—當代名家論羅門》	台北：文史哲出版社	

186	1991/12	張 默	〈羅門及其「都市之死」〉	《門羅天下一當代名家論羅門》	台北：文史哲出版社	
187	1991/12	苦 苓	〈羅門的「彈片・TRON的斷腿」〉	《門羅天下一當代名家論羅門》	台北：文史哲出版社	
188	1991/12	方 明	〈超時空的呼喚一讀羅門的詩集「曠野」有感〉	《門羅天下一當代名家論羅門》	台北：文史哲出版社	
189	1991/12	季 紅	〈詩人羅門一他的詩觀、表現觀與他的語言〉	《門羅天下一當代名家論羅門》	台北：文史哲出版社	
190	1991/12	呂興昌	〈桓夫生平及其日據時期新詩研究〉	《文學台灣》1期		
191	1992/3	莫 渝	〈陳秀喜的詩世界〉	《文學台灣》2期		
192	1992/3	奚 密	〈中國現代詩十四行初探〉	《中外文學》20卷10期		
193	1992/6	張芬齡	〈地上的戀歌一陳黎詩集《動物搖籃曲》試論〉	《現代詩啓示錄》	台北：書林出版社	
194	1992/6	張芬齡	〈管窺管管的《荒蕪之臉》〉	《現代詩啓示錄》	台北：書林出版社	
195	1992/6	李魁賢	〈台灣詩人的反抗精神〉	《詩的反抗一李魁賢詩論》	台北：新地文學出版社	
196	1992/6	張芬齡	〈夐虹詩中的情緒經驗〉	《現代詩啓示錄》	台北：書林出版社	
197	1992/6	張芬齡	〈賞析楊喚的四首詩〉	《現代詩啓示錄》	台北：書林出版社	
198	1992/6	張芬齡	〈論白萩的詩〉	《現代詩啓示錄》	台北：書林出版社	
199	1992/6	張芬齡	〈諷刺的藝術一以現代詩爲例〉	《現代詩啓示錄》	台北：書林出版社	
200	1992/6	李魁賢	〈觀鳥的種種方式〉	《詩的反抗一李魁賢詩論》	台北：新地文學出版社	
201	1992/6	張芬齡	〈台灣現代詩評論〉	《現代詩啓示錄》	台北：書林出版社	
202	1992/6	張芬齡	〈賞析羅青的兩首詩〉	《現代詩啓示錄》	台北：書林出版社	
203	1992/6	張芬齡	〈在時間的對面一陳黎、楊澤的兩首詩〉	《現代詩啓示錄》	台北：書林出版社	
204	1992/6	李元貞	〈詩思深刻迷人的女詩人一杜潘芳格〉	《文學台灣》3期		
205	1992/6	張芬齡	〈開闢一個蘋果園一論《傳說》以來楊牧的愛情詩〉	《現代詩啓示錄》	台北：書林出版社	
206	1992/7	羅 青	〈詩人之燈一詩的欣賞與評析〉		台北：三民書局	1988年2月曾於光復書局出版
207	1992/8	龔顯宗	〈現代文學研究論集一詩與小說〉		台北：前程出版社	
208	1992/8	呂興昌	〈四〇年代的林亨泰〉	紀念鍾理和台灣文學學術研討會	高雄縣政府、台灣筆會、文學台灣雜誌社	
209	1992/9	李敏勇	〈台灣座標的新視野一評非馬選編《台灣現代	《文學台灣》4期		

			詩選》〉		
210	1992/12	鍾 玲	〈台灣女詩人作品中的女性主義思想，1986-1992〉	當代台灣女性文學研討會	台北：時報文化出版公司 中國青年寫作協會
211	1992/12	廖咸浩	〈女性氣質的迷思：以當代女詩人為例〉	當代台灣女性文學研討會	台北：時報文化出版公司 中國青年寫作協會
212	1992/12	蕭 蕭	〈略論現代詩人自我生命的鑑照與顯影〉	《台灣詩學季刊》1期	
213	1992/12	孟 樊	〈當代台灣女性主義詩學〉	當代台灣女性文學研討會	台北：時報文化出版公司 中國青年寫作協會
214	1992/12	白 靈	〈隔海選詩－小評「台港百家詩選」〉	大陸的台灣詩學研討會	另收於《台灣詩學季刊》1期
215	1992/12	向 明	〈不朦朧也朦朧－評古遠清的「台灣朦朧詩選析」〉	大陸的台灣詩學研討會	另收於《台灣詩學季刊》1期
216	1992/12	游 喚	〈有問題的台灣新詩發展史〉	大陸的台灣詩學研討會	另收於《台灣詩學季刊》1期
217	1992/12	蕭 蕭	〈隔著海峽搔癢－以「台灣現代詩歌賞析」談大陸學者對台灣詩壇的有心與無識〉	大陸的台灣詩學研討會	另收於《台灣詩學季刊》1期
218	1993/1	費 勇	〈洛夫詩中的莊與禪〉	《中外文學》21卷8期	
219	1993/2	陳啓佑	〈新詩形式設計的美學：排比篇〉	《中外文學》21卷9期	
220	1993/3	陳建民	〈詩的心相導向：論簡政珍的《歷史的騷味》〉	《中外文學》21卷10期	
221	1993/3	陳啓佑	〈論對偶〉	《台灣詩學季刊》2期	
222	1993/3	游 喚	〈大陸有關台灣詩詮釋手法之商榷〉	《台灣詩學季刊》2期	
223	1993/4	趙天儀	〈白萩論－試論白萩的詩與詩論〉	台灣地區區域文學會議	台北：文訊雜誌社
224	1993/4	吳潛誠	〈政治陰影籠罩下的詩之景色－評介李敏勇詩集《傾斜的島》〉	《文學台灣》6期	
225	1993/4	張芬齡	〈山風海雨詩鄉－花蓮三詩人楊牧、陳黎、陳克華〉	台灣地區區域文學會議	台北：文訊雜誌社
226	1993/4	孟 樊	〈當代台灣地緣詩學初論〉	台灣地區區域文學會議	台北：文訊雜誌社
227	1993/4	張星寰	〈在雨絲滋潤下的花朵－兼談幾篇與雨港有關的詩文〉	台灣地區區域文學會議	台北：文訊雜誌社

228	1993/5	莫 渝	〈法國詩與台灣詩人（一九五〇～九〇年）〉	現代詩學研討會	彰師大國文系、台中縣立文化中心	另收於《台灣詩學季刊》3期
229	1993/5	孟 樊	〈《當代台灣文學批評大系：新詩批評》導論〉	《當代台灣文學評論大系：新詩批評》	台北：正中書局	
230	1993/5	王溢嘉	〈集體潛意識之憂－林燿德詩集《都市之甕》的空間結構〉	《當代台灣文學評論大系：新詩批評》	台北：正中書局	
231	1993/5	林燿德	〈前衛海域的旗艦－有關羅青及其錄影詩學〉	《當代台灣文學評論大系：新詩批評》	台北：正中書局	
232	1993/5	蔡源煌	〈論探源式批評－兼評爾雅版《七十二年詩選》〉	《當代台灣文學評論大系：新詩批評》	台北：正中書局	
233	1993/5	陳啓佑	〈聲韻學在新詩上的一項試驗－〈無調之歌〉的節奏〉	《當代台灣文學評論大系：新詩批評》	台北：正中書局	
234	1993/5	張漢良	〈分析羅門的一首都市詩〉	《當代台灣文學評論大系：新詩批評》	台北：正中書局	
235	1993/5	顏元叔	〈梅新的「風景」〉	《當代台灣文學評論大系：新詩批評》	台北：正中書局	
236	1993/5	王 灝	〈不只是鄉音－試論向陽的方言詩〉	《當代台灣文學評論大系：新詩批評》	台北：正中書局	
237	1993/5	石計生	〈布爾喬亞詩學論楊牧〉	《當代台灣文學評論大系：新詩批評》	台北：正中書局	
238	1993/5	簡政珍	〈余光中：放逐的現象世界〉	《當代台灣文學評論大系：新詩批評》	台北：正中書局	
239	1993/5	林燿德	〈環繞現代詩史的若干意見〉	現代詩學研討會	彰師大國文系、台中縣立文化中心	另收於《台灣詩學季刊》3期
240	1993/5	白 靈	〈九歌版藍星詩刊的歷史意義－間談「詩刊的迷思」〉	現代詩學研討會	彰師大國文系、台中縣立文化中心	另收於《台灣詩學季刊》3期
241	1993/5	李豐楙	〈中國純粹詩學與現代詩學、詩作的關係－以七十年代葉維廉、洛夫、瘂弦為主的考察〉	現代詩學研討會	彰師大國文系、台中縣立文化中心	另收於《台灣詩學季刊》3期
242	1993/5	也 斯	〈台灣與香港現代詩的關係－從個人的體驗說起〉	現代詩學研討會	彰師大國文系、台中縣立文化中心	另收於《台灣詩學季刊》3期
243	1993/5	盧斯飛	《愛的靈感－徐志摩詩歌評析》		台北：開今文化事業有限公司	
244	1993/5	陳慧樺	〈從神話的觀點看現代詩〉	《當代台灣文學評論大系：新詩批評》	台北：正中書局	
245	1993/5	張漢良	〈論台灣的具體詩〉	《當代台灣文學評論大系：新詩批評》	台北：正中書局	
246	1993/5	古添洪	〈論桓夫的「泛政治詩」〉	《當代台灣文學評論大系：新詩批評》	台北：正中書局	

247	1993/5	孟樊	〈台灣後現代詩的理論與實際〉	《當代台灣文學評論大系：新詩批評》	台北：正中書局	
248	1993/5	鍾玲	〈試探女性文體與文化傳統之間的關係－兼論台灣及美國女詩人作品之特徵〉	《當代台灣文學評論大系：新詩批評》	台北：正中書局	
249	1993/5	張漢良	〈都市詩言談－台灣的例子〉	《當代台灣文學評論大系：新詩批評》	台北：正中書局	
250	1993/5	李瑞騰	〈說鏡－現代詩中的一個原型意象的試探〉	《當代台灣文學評論大系：新詩批評》	台北：正中書局	
251	1993/5	楊文雄	〈「龍族詩社」在七〇年代現代詩史的地位〉	現代詩學研討會	彰師大國文系、台中縣立文化中心	另收於《台灣詩學季刊》3期
252	1993/5	焦桐	〈八〇年代詩刊的考察〉	現代詩學研討會	彰師大國文系、台中縣立文化中心	另收於《台灣詩學季刊》3期
253	1993/5	孟樊編	《當代台灣文學評論大系：新詩批評》		台北：正中書局	
254	1993/5	莊柔玉	〈中國當代朦朧詩研究〉		台北：大安出版社	
255	1993/6	呂正惠	〈四〇年代的現代詩人穆旦〉	中國現代文學與教學研討會	文化大學中文系文藝組	
256	1993/6	許世旭	〈延伸與多樣－台灣五〇年代新詩的重估〉	中國現代文學與教學研討會	文化大學中文系文藝組	
257	1993/6	林明德	〈新詩中的台灣圖像－試以吳晟為例〉	中國現代文學與教學研討會	文化大學中文系文藝組	
258	1993/6	黃恆秋	〈客家文學裡的客語詩〉	黃恆秋編《客家台灣文學論》	苗栗縣立文化中心	
259	1993/6	何金蘭	〈洛夫詩試論〉	中國現代文學與教學研討會	文化大學中文系文藝組	
260	1993/6	翁文嫻	〈「難懂的詩」解讀方法示例－黃荷生作品析論〉	中國現代文學與教學研討會	文化大學中文系文藝組	
261	1993/6	陳啟佑	〈如何教學生寫詩〉	中國現代文學與教學研討會	文化大學中文系文藝組	
262	1993/6	邱燮友	〈新詩概觀〉	中國現代文學與教學研討會	文化大學中文系文藝組	
263	1993/7	黃錦樹	〈神州：文化鄉愁與內在中國〉	《中外文學》22卷2期		
264	1993/7	陳秀貞	《余光中詩的語言風格研究》		中正大學中研所碩士論文	竺家寧指導
265	1993/7	王志健	《中國新詩淵藪》		台北：正中書局	
266	1993/9	王浩威	〈一場未完成的革命－關於現代詩與現代主義的幾點想像〉	《台灣詩學季刊》4期		
267	1993/9	徐望雲	〈悠悠飛越太平洋的愁予風－鄭愁予詩風初	《台灣詩學季刊》4期		

			探〉			
268	1993/9	孟 樊	〈當代台灣地緣詩學初論〉	《台灣詩學季刊》4期		
269	1993/9	張 健	〈由純詩到現代主義—彰化師大「現代詩學研討會」觀察報告〉	《台灣詩學季刊》4期		
270	1993/10	莫 渝	〈熱血在我胸中沸騰—試析覃子豪的戰爭詩歌〉	詩人覃子豪先生作品研討會	台北：文訊雜誌社	
271	1993/10	蕭 蕭	〈覃子豪的詩風與詩觀〉	詩人覃子豪先生作品研討會	台北：文訊雜誌社	
272	1993/12	何金蘭	〈洛夫〈清明〉詩析論—高德曼結構主義詩歌分析方法之應用〉	《台灣詩學季刊》5期		
273	1993/12	游 喚	〈台灣俳句理論介紹—精神與意象（中）〉	《台灣詩學季刊》5期		
274	1993/12	吳潛誠	〈台灣在地詩人的本土意識及其政治涵義—以「混聲合唱—『笠』詩選」爲討論對象〉	當代台灣政治文學研討會	台北：時報文化出版公司 中國青年寫作協會	
275	1993/12	孟 樊	〈當代台灣政治詩學初探〉	當代台灣政治文學研討會	台北：時報文化出版公司 中國青年寫作協會	
276	1993/12	游 喚	〈八〇年代台灣政治詩調查報告〉	當代台灣政治文學研討會	台北：時報文化出版公司 中國青年寫作協會	另刊於《台灣詩學季刊》5期
277	1993/12	蕭 蕭	〈論羅門的人文關懷〉	《台灣詩學季刊》5期		
278	1994/1	李子玲	《聞一多詩學論稿》		台北：文史哲出版社	
279	1994/1	朱 徽	《羅門詩一百首賞析》		台北：文史哲出版社	
280	1994/1	吳潛誠	〈台灣在地詩人的本土意識及其政治涵義—以《混聲合唱—「笠」詩選》爲討論對象〉	《文學台灣》9期		
281	1994/3	王鎮庚	〈詩壇風雲四十年—簡論「現代主義」在台灣〉	《台灣詩學季刊》6期		
282	1994/3	沈 奇	〈誤接之誤—談兩岸詩界的交流與對接〉	《台灣詩學季刊》6期		
283	1994/3	葛乃福	〈我們期待怎樣的交流—海峽兩岸詩歌交流之檢討〉	《台灣詩學季刊》6期		
284	1994/4	李春生	《唐突集》		屏東縣立文化中心	
285	1994/5	葉維廉	〈自覺之旅：由裸靈到死—初論昆南〉	陳炳良編《香港文學探賞》	台北：書林出版社	
286	1994/5	陳明台	〈論戰後台灣本土詩的	台灣學中的歷史經驗	東海大學中文系	

			發展和特質）	研討會		
287	1994/5	陳少紅	〈香港詩人的城市觀照〉	陳炳良編《香港文學探賞》	台北：書林出版社	
288	1994/5	王建元	〈戰勝隔絕—馬博良與葉維廉的放逐詩〉	陳炳良編《香港文學探賞》	台北：書林出版社	
289	1994/6	鄭慧如	《現代詩的古典觀照—一九四九～一九八九》		政大中研所博士論文	余光中指導
290	1994/6	金葉明	《中國新文學運動與俄國啟蒙運動下浪漫詩發展的比較》		政大中研所碩士論文	余光中指導
291	1994/6	丁旭輝	《徐志摩新詩研究》		台灣師範國文研究所碩士論文	楊昌年指導
292	1994/6	湯玉琦	《詩人的自我與外在世界—論洛夫、余光中、簡政珍的詩語言》		清華大學文學研究所外文組碩士論文	鄭恆雄指導
293	1994/6	費勇	《洛夫與中國現代詩》		台北：三民書局	
294	1994/8	陳芳明	〈台灣左翼詩學的掌旗者—吳新榮作品試探〉	1994年台灣文化會議：南台灣文學景觀	高雄縣政府 民進黨中央黨部	
295	1994/8	呂興昌	〈巧妙的社會縮圖—郭水潭戰前新詩析述〉	1994年台灣文化會議：南台灣文學景觀	高雄縣政府 民進黨中央黨部	
296	1994/8	陳鵬翔	〈論羅門的詩歌理論〉	《中外文學》23卷3期		
297	1994/8	張健	〈小論當代詩與當代文學問題〉	《中外文學》23卷3期		
298	1994/8	古洪添	〈理論、應用、「解」的詩想〉	《中外文學》23卷3期		評簡政珍「當代詩的當代性考察」
299	1994/8	吳潛誠	〈詩與土地—詩與山水平原景觀：〉	1994年台灣文化會議：南台灣文學景觀	高雄縣政府 民進黨中央黨部	
300	1994/8	葉維廉	〈在記憶的文化空間裡歌唱—論瘂弦記憶塑像的藝術〉	《中外文學》23卷3期		
301	1994/8	蔡振興	〈「作者已死」—信不信由你〉	《中外文學》23卷3期		評簡政珍「當代詩的當代性考察」
302	1994/8	簡政珍	〈當代詩的當代性省思〉	《中外文學》23卷3期		
303	1994/8	施懿琳	〈周定山《一吼劫前集》中的大陸經驗與感時情懷〉	1994年台灣文化會議：南台灣文學景觀	高雄縣政府 民進黨中央黨部	
304	1994/8	羅青	〈詩的照明禪〉	《從徐志摩到余光中·第二冊》	台北：爾雅出版社	
305	1994/8	羅青	〈詩的風向球〉	《從徐志摩到余光中·第三冊》	台北：爾雅出版社	
306	1994/9	瘂弦、簡	《創世紀四十年評論		台北：創世紀雜誌社	

			政珍主編	選：一九五四～一九九四》			
307	1994/10	沈奇	〈對存在的開放和對語言的再創造—瘂弦詩歌藝術論〉	《幼獅文藝》80卷4期		又收於《中國現代文學理論季刊》2期
308	1994/11	沈奇	〈對存在的開放和對語言的再創造—瘂弦詩歌藝術論〉	《幼獅文藝》80卷5期		又收於《中國現代文學理論季刊》2期
309	1994/12	沈奇	〈對存在的開放和對語言的再創造—瘂弦詩歌藝術論〉	《幼獅文藝》80卷6期		又收於《中國現代文學理論季刊》2期
310	1994/11	梁景峰	〈台灣現代詩的起步—論賴和與楊華的新詩〉	賴和及其同時代的作家：日據時期台灣文學國際研討會	文建會、清華大學中語系	
311	1994/11	呂興昌	〈吳新榮《振瀛詩集》初探〉	賴和及其同時代的作家：日據時期台灣文學國際研討會	文建會、清華大學中語系	
312	1994/11	陳明台	〈楊熾昌、風車詩社和日本思潮—戰前台灣新詩現代主義之考察〉	賴和及其同時代的作家：日據時期台灣文學國際研討會	文建會、清華大學中語系	
313	1994/11	葉笛	〈日據時期「外地文學」概念下的台灣新詩人〉	賴和及其同時代的作家：日據時期台灣文學國際研討會	文建會、清華大學中語系	
314	1994/11	趙天儀	〈論賴和的新詩〉	賴和及其同時代的作家：日據時期台灣文學國際研討會	文建會、清華大學中語系	
315	1994/12	林綠	〈文明與都市詩—論羅門的都市詩〉	當代台灣都市文學研討會	台北：時報文化出版公司 中國青年寫作協會	
316	1994/12	羅門	〈都市與都市詩〉	當代台灣都市文學研討會	台北：時報文化出版公司 中國青年寫作協會	
317	1995/1	林燿德	《世紀末現代詩論集》		羚傑出版社	
318	1995/1	黃錦樹	〈內／外：錯位的歸返者—王潤華和他的（鄉土）山水〉	《中外文學》23卷8期		
319	1995/1	陳啓佑	《新詩形式設計美學》		行政院國科會科資中心	
320	1995/3	葉笛	〈日據時代台灣詩壇的超現實主義運動—風車詩社的詩運動〉	台灣現代詩史研討會	文建會、文訊出版社主辦	另收於《台灣現代詩論—台灣現代詩史研討會論文集》台北：文訊出版社
321	1995/3	陳啓佑	〈五十年代現代派中的古典〉	台灣現代詩史研討會	文建會、文訊出版社主辦	另收於《台灣現代詩論—台灣現代詩史研討會

					論文集》台北：文訊出版社
322	1995/3	梁景峰	〈現代詩中的「橫的移植」—比較文學中的一個案例〉	台灣現代詩史研討會	文建會、文訊出版社主辦	另收於《台灣現代詩史論—台灣現代詩史研討會論文集》台北：文訊出版社
323	1995/3	游　喚	〈大陸學者如何詮釋五十年代台灣詩〉	台灣現代詩史研討會	文建會、文訊出版社主辦	另收於《台灣現代詩史論—台灣現代詩史研討會論文集》台北：文訊出版社
324	1995/3	鴻　鴻	〈家園與世界—試論五十年代台灣詩壇語言環境〉	台灣現代詩史研討會	文建會、文訊出版社主辦	另收於《台灣現代詩史論—台灣現代詩史研討會論文集》台北：文訊出版社
325	1995/3	蕭　蕭	〈五十年代新詩論戰述評〉	台灣現代詩史研討會	文建會、文訊出版社主辦	另收於《台灣現代詩史論—台灣現代詩史研討會論文集》台北：文訊出版社
326	1995/3	林亨泰	〈台灣詩史上的一次大融合（前期）——一九五〇年代後半期的台灣詩壇〉	台灣現代詩史研討會	文建會、文訊出版社主辦	另收於《台灣現代詩史論—台灣現代詩史研討會論文集》台北：文訊出版社
327	1995/3	羊子喬	〈日據時代的台語詩〉	台灣現代詩史研討會	文建會、文訊出版社主辦	另收於《台灣現代詩史論—台灣現代詩史研討會論文集》台北：文訊出版社
328	1995/3	許俊雅	〈日治時期台灣白話詩的起步〉	台灣現代詩史研討會	文建會、文訊出版社主辦	另收於《台灣現代詩史論—台灣現代詩史研討會論文集》台北：文訊出版社
329	1995/3	陳明台	〈日據時代台灣民眾詩之研究〉	台灣現代詩史研討會	文建會、文訊出版社主辦	另收於《台灣現代詩史論—台灣現代詩史研討會論文集》台北：文訊出版社
330	1995/3	李瑞騰	〈詩的總體經驗，史的斷代敘述〉	台灣現代詩史研討會	文建會、文訊出版社主辦	另收於《台灣現代詩史論—台灣現代詩史研討會論文集》台北：文訊出版社
331	1995/3	鄭慧如	〈從敘事詩看七十待	台灣現代詩史研討會	文建會、文訊出版社主辦	另收於《台灣現

			現代詩的回歸風潮〉		主辦	代詩史論—台灣現代詩史研討會論文集》台北：文訊出版社
332	1995/3	莫 渝	〈六十年代的台灣鄉土詩〉	台灣現代詩史研討會	文建會、文訊出版社主辦	另收於《台灣現代詩史論—台灣現代詩史研討會論文集》台北：文訊出版社
333	1995/3	趙天儀	〈台灣新詩的出發—試論張我軍與王白淵的詩及風格〉	台灣現代詩史研討會	文建會、文訊出版社主辦	另收於《台灣現代詩史論—台灣現代詩史研討會論文集》台北：文訊出版社
334	1995/3	向 陽	〈微弱但是有力的堅持—七十年代台灣現代詩壇本土論述初探〉	台灣現代詩史研討會	文建會、文訊出版社主辦	另收於《台灣現代詩史論—台灣現代詩史研討會論文集》台北：文訊出版社
335	1995/3	李豐楙	〈七十年帶新詩社的集團性格及其城鄉意識〉	台灣現代詩史研討會	文建會、文訊出版社主辦	另收於《台灣現代詩史論—台灣現代詩史研討會論文集》台北：文訊出版社
336	1995/3	徐望雲	〈渾「蛋」—多元而奇特的九十年代台灣現代詩壇〉	台灣現代詩史研討會	文建會、文訊出版社主辦	另收於《台灣現代詩史論—台灣現代詩史研討會論文集》台北：文訊出版社
337	1995/3	王浩威	〈肉身菩薩—九十年代台灣現代詩裡的性與宗教〉	台灣現代詩史研討會	文建會、文訊出版社主辦	另收於《台灣現代詩史論—台灣現代詩史研討會論文集》台北：文訊出版社
338	1995/3	陳健民	〈九十年代詩美學—語言與心境〉	台灣現代詩史研討會	文建會、文訊出版社主辦	另收於《台灣現代詩史論—台灣現代詩史研討會論文集》台北：文訊出版社
339	1995/3	杜十三	〈詩的「第三波」—從宏觀角度論詩的未來〉	台灣現代詩史研討會	文建會、文訊出版社主辦	另收於《台灣現代詩史論—台灣現代詩史研討會論文集》台北：文訊出版社
340	1995/3	吳潛誠	〈九十年代台灣詩（人）的國際視野〉	台灣現代詩史研討會	文建會、文訊出版社主辦	另收於《台灣現代詩史論—台灣現代詩史研討會論文集》台北：

					文訊出版社
341	1995/3	簡政珍	〈八十年代詩美學—詩和現實的辯證〉	台灣現代詩史研討會	文建會、文訊出版社主辦	另收於《台灣現代詩史論—台灣現代詩史研討會論文集》台北：文訊出版社
342	1995/3	葉振富	〈一場現代詩的街頭運動—試論台灣八十年代的政治詩〉	台灣現代詩史研討會	文建會、文訊出版社主辦	另收於《台灣現代詩史論—台灣現代詩史研討會論文集》台北：文訊出版社
343	1995/3	廖咸浩	〈離散與聚焦之間—八十年代後現代詩與本土詩〉	台灣現代詩史研討會	文建會、文訊出版社主辦	另收於《台灣現代詩史論—台灣現代詩史研討會論文集》台北：文訊出版社
344	1995/3	林燿德	〈八十年代現代詩世代交替現象〉	台灣現代詩史研討會	文建會、文訊出版社主辦	另收於《台灣現代詩史論—台灣現代詩史研討會論文集》台北：文訊出版社
345	1995/3	鍾玲	〈追隨太陽的步伐—六十年代台灣女詩人的作品風貌〉	台灣現代詩史研討會	文建會、文訊出版社主辦	另收於《台灣現代詩史論—台灣現代詩史研討會論文集》台北：文訊出版社
346	1995/3	張錯	〈抒情繼承：八十年代詩歌的延續與丕變〉	台灣現代詩史研討會	文建會、文訊出版社主辦	另收於《台灣現代詩史論—台灣現代詩史研討會論文集》台北：文訊出版社
347	1995/3	奚密	〈邊緣、前衛、超現實：對台灣五、六十年代現代主義的反思〉	台灣現代詩史研討會	文建會、文訊出版社主辦	另收於《台灣現代詩史論—台灣現代詩史研討會論文集》台北：文訊出版社
348	1995/3	胡錦媛	〈主體、女性書寫與陰性書寫—七、八十年代女詩人的作品〉	台灣現代詩史研討會	文建會、文訊出版社主辦	另收於《台灣現代詩史論—台灣現代詩史研討會論文集》台北：文訊出版社
349	1995/3	楊文雄	〈風雨中的一絲陽光—試論「陽光小集」在七、八十年代台灣詩壇的意義〉	台灣現代詩史研討會	文建會、文訊出版社主辦	另收於《台灣現代詩史論—台灣現代詩史研討會論文集》台北：文訊出版社
350	1995/3	李瑞騰	〈六十年代台灣現代詩評略述〉	台灣現代詩史研討會	文建會、文訊出版社主辦	另收於《台灣現代詩史論—台灣

						現代詩史研討會論文集》台北：文訊出版社
351	1995/4	陳明台	〈日據時期台灣民眾詩之研究〉	《台灣詩學季刊》14期		
352	1995/4	非 馬	〈詩人與後現代〉	《文學台灣》14期		
353	1995/6	黃郁婷	《現代詩論中「詩語言」的探討》		文化中研所碩士論文	翁文嫻指導
354	1995/6	尹 玲	〈剖析向明〈門外的樹〉之意涵建構〉	《台灣詩學季刊》11期		
355	1995/6	孟 樊	《當代台灣新詩理論》		台北：揚智出版社	
356	1995/6	劉淑玲	《論現代詩中的工業化意象》		輔大中研所碩士論文	羅青哲指導
357	1995/6	羅 門	〈詩眼中的宗教與靈思〉	《台灣詩學季刊》11期		
358	1995/6	蕭 蕭	〈向明的詩與生活美學〉	《台灣詩學季刊》11期		
359	1995/6	劉紀蕙	〈超現實的視覺翻譯：重探台灣現代詩「橫的移植」〉	《中外文學》24卷8期		
360	1995/6	王鎮庚	〈說中國文化的宗教觀與詩〉	《台灣詩學季刊》11期		
361	1995/6	沈 奇	〈向明愈明—評向明和他的詩集《隨身的糾纏》〉	《台灣詩學季刊》11期		
362	1995/6	翁文嫻	〈詩與宗教〉	《台灣詩學季刊》11期		
363	1995/6	王浩威	〈肉身菩薩—九十年代台灣現代詩裡的性與宗教〉	《台灣詩學季刊》11期		
364	1995/6	游 喚	〈試用語言詩派解讀向明的詩〉	《台灣詩學季刊》11期		
365	1995/6	劉淑玲	《論現代詩中的工業化意象》		輔仁大學中研所碩士論文	羅青哲指導
366	1995/7	廖炳蕙	〈比較文學與現代詩篇：試論台灣的「後現代詩」〉	《中外文學》24卷2期		
367	1995/7	洛 楓	〈香港現代詩的殖民地主義與本土意識〉	張京媛著《後殖民理論與文化理論》	麥田出版社	
368	1995/7	陳玉玲	〈瘖啞的情節：《混聲合唱—「笠」詩選【趙天儀等編】的不平之鳴》〉	《台灣詩學季刊》15期		
369	1995/10	廖咸浩	〈逃離國族—五十年來的台灣現代詩〉	《聯合文學》11卷132期		

370	1995/11	陳芳明	〈日治時期台灣新詩運動之研究〉	台灣文學研討會	淡水工商管理學院台灣文學系籌備處	
371	1995/11	施懿琳	〈從晦澀到清朝─試析施繼善的詩路歷程〉	台灣文學研討會	淡水工商管理學院台灣文學系籌備處	
372	1995/11	林良雅	〈台灣散文詩形式的探討〉	台灣文學研討會	淡水工商管理學院台灣文學系籌備處	
373	1995/11	李東慶	〈台灣詩歌的新草葉─走尋土地與人民的聲音〉	台灣文學研討會	淡水工商管理學院台灣文學系籌備處	
374	1995/11	杜十三	〈詩的第三波─從宏觀的角度談詩的演變與未來〉	《台灣詩學季刊》12期		
375	1995/11	蕭 蕭	〈現代詩的情色美學與性愛描寫〉	《評論十家》	台北：爾雅出版社	
376	1995/11	呂興昌	〈王白淵《荊棘之路》詩集研究〉	台灣文學研討會	淡水工商管理學院台灣文學系籌備處	
377	1995/11	廖瑞銘	〈論陳明仁詩作的三個面向〉	台灣文學研討會	淡水工商管理學院台灣文學系籌備處	
378	1995/11	張崇實	〈紀弦論─但開風氣不為師〉	《評論十家》	台北：爾雅出版社	
379	1995/11	李敏勇	〈戰後台灣詩的縱座標與橫座標〉	台灣文學研討會	淡水工商管理學院台灣文學系籌備處	
380	1995/11	葉寄民	〈燃燒的詩星─論鄭炯明〉	台灣文學研討會	淡水工商管理學院台灣文學系籌備處	
381	1995/11	王振義	〈台語詩的回顧與前瞻〉	台灣文學研討會	淡水工商管理學院台灣文學系籌備處	
382	1995/11	陳義芝	〈台灣戰後世代女詩人的兩性觀〉	50年來台灣文學研討會之二：「台灣文學中的社會」	文建會、中央大學中文系	
383	1995/12	周世箴	〈由語言的魔鏡窺探女詩人作品研究：兼談古今、中西、性別的困惑〉	婦女文學學術會議	東海大學中文系	
384	1995/12	呂興昌	〈張我軍新詩創作的再探討〉	張我軍學術研討會	中央研究院文哲所	
385	1996/1	沈 奇	《台灣詩人散論》		台北：爾雅出版社	
386	1996/1	李勤岸	《台灣詩神》		台北：台笠出版社	
387	1996/1	古繼堂	《台灣青年詩人論》		台北：人間出版社	
388	1996/1	張 默	〈新詩集自費出版的研究〉	50年來台灣文學研討會之四：「台灣文學出版」	文建會、文訊雜誌社	
389	1996/1	陳義芝	〈從半裸到全開─台灣戰後世代女詩人的情慾表現〉	當代台灣情色文學研討會	中國青年寫作協會、中國時報、輔仁大學外語學院	
390	1996/1	焦 桐	〈身體的叛逆─試論當代台灣的情色詩〉	當代台灣情色文學研討會	中國青年寫作協會、中國時報、輔仁大學	

					外語學院	
391	1996/2	戴寶珠	《「笠詩社」詩作集團性之研究》		政治大學中研所碩士論文	李豐楙指導
392	1996/3	張 默	〈偏頗、錯置、不實？—古繼堂著《台灣新詩發展史》初探筆記〉	《台灣詩學季刊》14期		
393	1996/3	王志健	〈徐志摩的短詩及其生平〉	《中國現代文學理論季刊》1期		
394	1996/3	龔顯宗	〈聞一多詩論初探〉	《中國現代文學理論》1期		
395	1996/3	楊宗瀚	〈擺盪：論楊牧近期的詩創作〉	《台灣詩學季刊》14期		
396	1996/3	邱燮友	〈新詩：理論之建立及其發展〉	《中國現代文學理論季刊》1期		
397	1996/3	夏明釗	《魯迅文學中的象徵詩學》	《中國文哲研究集刊》7期	中央研究院中國文哲研究所籌備處	
398	1996/3	沈 謙	〈從何其芳到鄭愁予—比較評析〈花環〉與〈錯誤〉〉	《中國現代文學理論季刊》1期		
399	1996/4	呂興忠	〈吳慶堂戰後初期的五首新詩遺稿初探〉	《台灣新文學》4期		
400	1996/4	許俊雅	〈從困境、求索到新生—談台灣新詩中的二二八〉	第二屆台灣本文化國際學術研討會：「台灣文學與社會」	台灣師範大學國文系·人文教育中心	
401	1996/4	趙天儀	〈個人意識與社會意識—試論九〇年代李魁賢的詩與詩論〉	第二屆台灣本文化國際學術研討會：「台灣文學與社會」	台灣師範大學國文系·人文教育中心	
402	1996/4	洪銘水	〈日據初期台灣的社會詩人〉	第二屆台灣本文化國際學術研討會：「台灣文學與社會」	台灣師範大學國文系·人文教育中心	
403	1996/5	游 喚	〈台灣現代詩中的土地河流與海洋—七〇年代以前的現象考察〉	台灣的文學與環境研討會	中正大學中文系	
404	1996/5	施懿琳	〈稻作文化的孕育下的農民詩人—試析吳晟新詩的性格特質與批判精神〉	台灣的文學與環境研討會	中正大學中文系	
405	1996/5	李元貞	〈從「性別敘事」的觀點論台灣現代女詩人作品中「我」之敘事方式〉	第七屆中國社會與文化國際學術研討會：近現代中國文學與文化變遷	淡江大學中國文學系	
406	1996/5	許世旭	〈從兩岸現代詩比較中國傳統文化〉	第七屆中國社會與文化國際學術研討會：近現代中國文學與文化變遷	淡江大學中國文學系	
407	1996/6	洛 夫	《當代大陸新詩發展研		台北：文建會	

		張　默	究》			
408	1996/6	焦　桐	〈台灣現代詩裡的鄉愁〉	百年來中國文學學術研討會	台北：中央日報社	
409	1996/6	羅　青	〈從浪漫、現代到後現代─中國新詩八十年〉	百年來中國文學學術研討會	台北：中央日報社	
410	1996/6	奚　密	〈跨越文化界域─論二十世紀中文詩的文化屬性〉	百年來中國文學學術研討會	台北：中央日報社	
411	1996/6	劉登翰	〈中國新詩的「現代」潮流〉	百年來中國文學學術研討會	台北：中央日報社	
412	1996/6	邱燮友	〈新詩的面貌及其類型〉	《中國現代文學理論季刊》2期		
413	1996/6	王志健	〈朱湘詩中的古典意境與音韻〉	《中國現代文學理論季刊》2期		
414	1996/6	沈　謙	〈有限語言的無窮奧秘─論朦朧詩人顧城的〈一代人〉〉	《中國現代文學理論季刊》2期		
415	1996/6	游　喚	〈台灣當代山水詩論〉	百年來中國文學學術研討會	台北：中央日報社	
416	1996/9	陳啓佑	〈詩的批評與欣賞〉	《中國現代文學理論季刊》3期		
417	1996/9	龔顯宗	〈聞一多的詩律與創作〉	《中國現代文學理論》3期		
418	1996/9	沈　奇	〈對存在的開放和對語言的再創造─瘂弦詩歌藝術論〉	《中國現代文學理論季刊》2期		
419	1996/9	黎活仁	〈小詩運動〉	《盧卡其對中國文學的影響》	台北：文史哲出版社	
420	1996/12	王志健	〈胡適的新詩〉	《中國現代文學理論季刊》4期		
421	1997/1	黃　梁	《想像的對話：新詩評論集》		台北：唐山出版社	
422	1997/6	林　綠	〈都市與後現代─林燿德詩論〉	《林燿德與新世代作家文學論》	文建會出版	
423	1997/6	楊宗翰	〈書寫與消解─閱讀詩・人・林燿德〉	《林燿德與新世代作家文學論》	文建會出版	
424	1997/6	須文蔚	〈台灣新世代詩人的處境〉	《林燿德與新世代作家文學論》	文建會出版	
425	1997/6	王浩威	〈重組的星空？─林燿德的後現代論述〉	《林燿德與新世代作家文學論》	文建會出版	
426	1997/6	羅　門	〈立體掃瞄林燿德詩的創作世界─兼談他後現代創作的潛在生命〉	《林燿德與新世代作家文學論》	文建會出版	

在西元1993年（民國82年）出版的《當代台灣文學評論大系：新詩批評》一書的〈導論〉中，孟樊將新詩批評及研究分為三種，而具有學術性的批評則屬以下這兩類：「一是具有宏觀巨視的詩學理論。這類詩學理論主要在作詩學的全面性觀照，真正要探討根源性、本質性的問題。二是詮釋性的批評。這類批評主要以解析、評價，說出詩意為重點，因而它近乎實際批評，屬於作品鑑賞的層次。這一層次最能看出新詩批評的具體成績及其批評路向。」孟樊透過對台灣新詩研究的分析，認為：「……關於文學理論的引介、研究、運用及爭論極端之不足。」而在詩學理論的缺乏之下，有志於新詩研究的評論家亦為數不多，並且：「詩壇始終缺乏一份長期性的詩學研究刊物。」我們若以西元1988年（民國77年）至西元1996年（民國85年）新詩研究為範圍，似乎可以進一步檢覈其中有多少特色是符合或逸出孟樊的觀察之處？

一、西元1988年（民國77年）的研究成果

西元1988年（民國77年）一來臨，台灣地區即已解嚴了半年，而「解嚴」此一政治事件，對於新詩研究是否造成了哪些影響呢？從資料上來看，本年度的新詩研究成果約由32篇單篇論文和2本專書所構成，而其特色大致可歸納為以下幾點：

（一）在研究性質上而言：

1、專書分別是高準的《中國大陸新詩論評》和林燿德所著《不安海域—台灣新世代詩人試探》兩本書，而尤以高準的《中國大陸新詩論評》最為值得注意：雖然本書的內容僅是對大陸新詩詩人及作品的簡單介紹，並不具備嚴格學術性的標準，然而，在西元1987年（民國76年）以前，大陸新詩在台灣地區乃是被禁絕的研究對象，因此在解嚴之後才一年後時間內便將過去所禁絕的研究累積出一本專書的份量，似可見出民間的研究力量。

　　2、本年度的三場研討會分別是「第一屆當代中國文學國際會議」、「當代中國文學（一九四九以後）研討會」及「當代大陸文學研討會」，前兩場研討會的主辦單位是以大學院校為主，而「當代大陸文學研討會」則為文訊雜誌社所主辦。從研討會所討論的主題來看，三場研討會的名稱涵蓋範圍都相當廣泛，「新詩」僅為其中探討的一個環節而已，可見得新詩批評並未獲得學界足夠的關注與討論。

　　3、本年並無任何有關於新詩批評的學位論文，而學院裡的學術刊物—學報亦未有任何相關的論文，這更證明了新詩批評並未受到學院足夠的關注與討論。

　　（二）在被研究對象上：

　　在被研究對象上，大致以「大陸詩」、「新世代詩人」、「女詩人」三種最為熱門與顯著；大陸詩的研究成果共有1本專書及3篇論文，研究內容大都以大陸詩潮為主；對個別詩人的研究方面，僅有顧城與北島受到專文討論，這恰可反映出台灣學界對於大陸新詩亟欲整理爬梳的趨勢。「新世代詩人」的研究主要以林燿德的專書為主，新世代詩人一般乃指西元1949年（民國38年）之後出生的台灣詩人，而林燿德的專書中即在研究八〇年代詩人的創作。另外，值得注意的是「女詩人」成為被研究對象，本年度即有兩篇相關論文：鍾玲的〈都市女性與大地之母：論蓉子詩歌〉及李元貞的〈台灣現代女詩人的自我觀〉，都將關注焦點放在「女詩人」詩作的特質之上。

　　二、西元1989年（民國78年）的研究成果

　　西元1989年（民國78年）的新詩研究成果比較單薄，只有11篇單篇論文、2本專書和1場研討會，其特色如下：

　　（一）在研究的性質上：

　　1、這一年的兩本專書，分別是大陸學者古繼堂的《台灣新詩發展史》

及鍾玲的《現代中國繆司—台灣女詩人作品析論》。前者以台灣的新詩發展史爲其觀察角度，而與台灣學者對於大陸新詩發展的整理與爬梳相映成趣，然而，古繼堂的處理顯然較爲全面一些（雖然其中有不少疏漏、誤失之處）。由於是在解嚴兩年後在台灣出版，所以具有開啓兩岸新詩論評交流的象徵性意義。然而，此書也成爲日後台灣詩壇對於大陸學者新詩批評觀點的爭議之起因。另外，鍾玲的專書評論了台灣「女詩人」群的作品，並以一本專書的份量結集出版，它代表了鍾玲對此議題長久關心的成果。

2、本年僅有一場研討會「五四文學與文化變遷學術研討會」，研討會的重點在於整理並探討五四時期的新文學運動之於文學史的意義；而其中關於新詩批評的論文則有3篇，惟其性質多屬於綜論性，故討論的深度亦有限。

3、今年度的學位論文及學報的相關論文亦付諸闕如。

（二）在被研究對象及研究者上：

1、這一年的被研究者以「女詩人」的成果最爲顯著，鍾玲的專書《現代中國繆司—台灣女詩人作品析論》即爲此議題的重要成果；另外，李元貞的〈論舒婷詩中的女性思維〉亦持續其對於此議題的關注。大致而言，「女詩人」的新詩批評大致是這兩位學者長久持續關注的焦點；然而，有趣的是，在這兩年中：對這個議題的撰文討論學者也僅有鍾玲、李元貞兩位女學者而已，男性新詩批評家並未對這個議題提出文章論述，可見這個議題仍未受到普遍的重視。

2、綜觀本年度研究對象，大都集中於對台灣新詩發展的整理上，較少更細緻的去處理各個細部的新詩史研究問題。可見新詩批評仍有極大的發展空間。

三、西元1990年（民國79年）的研究成果

西元1990年（民國79年）新詩研究的成果共計有36筆單篇論文及1本專

書，其特色如下：

（一）在資料的性質上：

1、這一年的一本專書爲林燿德所主編的《台灣新世代詩人大系（上、下）》，內容則結集了多位新詩研究者的研究文章，綜合地呈現出新世代詩人的作品風格，可說是新詩研究界的一次較大的集結。

2、本年唯一一場研討會「八〇年代台灣文學研討會」，此研討會以八〇年代的台灣文學發展作爲關注焦點」，而其中關於新詩研究的論文僅有兩篇而已。

（二）在被研究對象上：

1、「新世代詩人」的研究可說是這一年的焦點，主要是因爲林燿德主編的《台灣新世代詩人大系（上、下）》之故，在此書的序中，簡政珍談到新世代詩人的生長背景及從這個背景延伸出來的新詩創作風貌；有別於西元1949年（民國38年）前出生的詩人，新世代詩人面對的是國土分裂的現實，甚至於是認同的問題，從這個觀點出發，簡政珍試圖探究新世代詩人的詩作中「詩的本體」爲何？我們觀察此書對於新世代詩人的評析及作品選介後，似可將它說是新詩批評界對於台灣新世代詩人一次全面性的分析，也是新詩批評家的一次大集結，而對於這個議題發表專文較多的，當推游喚、鄭明娳、林燿德、簡政珍等人。

2、另外，值得注意的是孟樊於今年度發表了兩篇關於「後現代詩」的論文，將西方的理論拿來與台灣八〇年代以後新興的詩風潮作一分析，反映出新詩研究的一個趨勢。

若以十年爲一個單位，則進入九〇年代的新詩研究大致呈現出對於新詩發展的整理與回顧的趨勢；尤其八〇年代的新詩發展最爲討論的焦點。相較於前兩年對於大陸新詩的關注，今年卻無這方面較有學術性的論文產生，此一現象值得玩味。此外，學院對於新詩研究的貢獻也明顯不足，不但相關學位論文尙未產生，學報的相關文章亦未出現，可見學院對新詩批

評的關注相當不足。

四、西元1991年（民國80年）的研究成果

西元1991年（民國80年），新詩研究的成果則顯然豐富許多，共計有1篇學位論文、8本專書，共計有105篇單篇論文。這一年的特色如下：

（一）在資料的性質上：

1、今年出現解嚴後第一篇關於新詩研究的學位論文：余翠如之《楊喚其人及其詩研究》，由台灣師範大學國文研究所王熙元教授指導，這是首次有學院中的研究生對於一位詩人的生平及作品作一面性的探討，而它的出現實代表了學院對於新詩的研究開始重視。

2、本年的專書計有8本，其中詩人專論類型的專書有：周偉民編《門羅天下—當代名家論羅門》、蕭蕭編《詩魔的蛻變—洛夫作品評論選集》、李正西的《不滅的紗燈—梁實秋詩歌創作論》三本，這種詩人專論以成書的方式來處理，顯然對於此三位詩人的創作面貌有較細緻的分析。詩學理論的著作有：簡政珍的《詩的瞬間狂喜》、徐望雲的《帶詩蹺課去—詩學初步》兩本，尤其《詩的瞬間狂喜》一書，更是簡政珍欲建立個人詩學理論的專書，而且也代表解嚴之後新詩批評朝向理論建構發展的開始；另外，詩史的論述亦有李勇吉的《中國新詩論史》一書。綜觀本年度的專書不論是數量及內容上都要比前幾年豐富許多，意義頗為重大。

3、此外，這一年出現了自解嚴以來第一場以「現代詩」為會議名稱的「現代詩研討會」，這當然有別於過去附庸的地位，使新詩的各種面向得以獲得較充分的討論，因此這場研討會的意義頗為重大。

（二）在被研究的對象上：

1、本年度最受矚目的研究成果，當是對於楊喚、梁實秋、羅門、洛夫4位詩人的研究，總計有1本學位論文、及3本專書，在研究成果的質與量上，都是前幾年的新詩批評難望向背的，但是，除了李正西及余翠如的

研究是有計畫及系統性的學術論著外，其他兩本則是將發表於報章雜誌的單篇論文結集而成的書，這種結集方式當然也會或多或少地呈現出台灣新詩研究的一種面向。而從被研究對象的選取上來看，由於梁實秋、楊喚、洛夫、羅門等人，在台灣的新詩發展脈絡上已皆有一定程度的影響力，故本年度所呈顯出的是一種整理回顧的特色。

2、另外，簡政珍的《詩的瞬間狂喜》一書則企圖建構新詩的創作、閱讀理論，並討論台灣新詩的各種面向，所以也特別值得注意。

3、在研討會的論文方面，從上述這場研討會的主辦單位（南投縣立文化中心、中國文藝協會、笠詩社）及發表人（多為笠詩刊集團的學者及詩人）的組成來看，由於發表人多具有本土色彩，所以發表的論文也多能以本土觀點作為詮釋的角度，發展出台灣新詩批評的另一個面向；而發掘並重建台灣新詩的傳統，便成為這場研討會中一個相當重要的焦點，故在本場研討會中，日據時期的新詩發展乃受到突顯地重視，如羊子喬的〈戰前台灣新詩的特性〉、趙天儀的〈新舊詩論戰的重點及其意義〉、陳千武的〈台灣新文學的發軔〉等文，便企圖連接台灣戰前與戰後新詩發展的傳承關係，並依此對於戰後台灣新詩與本土經驗脫節的發展提出批判，進一步肯定具有本土觀點的新詩創作：如李敏勇的〈戰後詩的惡地形〉、林亨泰的〈現代派運動的實質及其影響〉及向陽的〈從泥土中翻醒的聲音（新詩）〉與陳玉玲的〈現實融合的笠新詩精神活動及其影響〉。總而言之，這場研討會不論是在觀點或者質、量上，都是台灣新詩批評的一個重大突破。

4、另外一個值得注意的研討會是「當代台灣通俗文學研討會」，在這場研討會中，張大春發表了〈台灣的大眾詩學〉一文，提出「大眾詩學」一詞，並討論現代詩的菁英性格與通俗文化的落差之間，如何去調和及發展的問題。而從這篇論文中，張大春顯然是試圖拓展新詩批評的疆域，以擴大到大眾通俗的範疇。可惜的是，在這場以通俗為名的研討會中，對於新詩與通俗之間的討論卻僅有此一篇，因此，研究成果尚顯單薄。

五、西元1992年（民國81年）的研究成果

西元1992年（民國81年），新詩研究有4本專書及3場研討會，共27篇論文所組成，特色如下：

（一）在研究的性質上：

1、這一年的4本專書，分別是李魁賢的《詩的反抗—李魁賢詩論》、張芬齡的《現代詩啓示錄》、羅青的《詩人之燈—詩的欣賞與評析》及龔顯宗《現代文學研究論集—詩與小說》，而大致呈顯出來的共通點是對於在詩壇上已有成就的詩人的研究。

2、研討的議題集中，是今年3場研討會的共同特色：「當代台灣女性文學研討會」、「大陸的台灣詩學研討會」及「紀念鍾理和文學學術研討會」皆是就一個較明確的範疇來討論，這樣的設計很高明地避免了研討會的論文產生焦點過於分散而達不到討論效果的弊病。然而，除了「大陸的台灣詩學研討會」之外，其他兩場研討會的焦點並不專注於新詩研究，而是擴及於其他文類的研究之上。

（二）在研究者及被研究者上：

1、這一年的研究對象的特色是本土觀點的建構：從新詩發展史的觀點來看，李魁賢突出了台灣新詩的「反抗精神」作爲新詩批評及發展的傳統，並希望進一步透過這個傳統建構出台灣新詩的政治性格。另外，「紀念鍾理和文學學術研討會」雖然並不以新詩批評作爲研討會的重點，但〈探討四〇年代的林亨泰〉此篇論文則延續了新詩批評的本土觀點，試圖爲台灣新詩找出在地的發展脈絡。

2、女性新詩批評也是這一年度相當有成就的研究成果，尤其首次舉辦的「當代台灣女性文學研討會」，更將關懷的面相擴及其他文類，而其中廖咸浩、鍾玲及孟樊分別發表了關於女性新詩研究的論文；從這個論題的研究者上來看，除了鍾玲對於這個議題早有長久的關注之外，廖咸浩及

孟樊的加入討論，也可視為「女性詩學」逐漸受到其他批評家重視的象徵。而就其發表的論文來看，此三篇論文有一共同的特性—皆是從女性主義的理論角度出發，從而探討台灣女詩人的「氣質」、「思想」及「詩學」。

3、另外，「大陸的台灣詩學研討會」的舉辦實相當值得注意。自解嚴以來，兩岸的學術交流日漸頻繁，而大陸學者所出版的台灣新詩批評的論著亦日漸增多，但由於政治立場、意識型態及時空的隔閡，大陸學者的詮釋觀點或資料常有謬誤，因此乃引發了這場研討會。而這場研討會所討論的議題實相當集中，大致都環繞著大陸的學者「台灣詩選」而發，如：白靈的〈隔海選詩—小評「台海百家詩選」〉、向明的〈不朦朧也朦朧—評古遠清的「台灣朦朧詩選析」〉及蕭蕭的〈隔著海峽搔癢—以「台灣現代詩歌賞析」談大陸學者對台灣詩壇的有心與無識〉等等，這一個現象整體反映出了台灣詩壇對於大陸學者觀點的批判，而兩岸學者對於台灣新詩的詮釋觀點之爭，自此已然浮上檯面，其將成為未來重要的論題，似乎已是一個無可避免的趨勢。

六、西元1993年（民國82年）的研究成果

西元1993年（民國82年）的新詩研究成果有4本專書、1篇碩士論文，共60篇單篇論文，其主要的特色如下：

（一）在研究的性質上：

1、繼西元1990年（民國79年）之後，這一年出現了解嚴以來第二篇以現代詩為研究對象的學位論文—陳秀貞的《余光中詩的語言風格研究》，由中正大學竺家寧教授指導。然而，解嚴至今才有兩篇學位論文，似可說明新詩的研究在學院中仍不十分熱絡。

2、這一年的專書共有4本，有的偏向新詩史的研究如：王志健的《中國新詩淵藪》，也有側重在類型研究：莊柔玉的《中國當代朦朧詩研究—從困境到求索》，也有對於新詩大家如徐志摩的研究。然而，最為特別的

是由孟樊所主編的《當代台灣文學評論大系：新詩批評》一書的出版，它可說是繼西元1990年（民國79年）《台灣新世代詩人大系（上、下）》一書以來，另一次台灣新詩研究的重要集結。

3、另外，本年的研討會可說十分熱鬧，共計有：「現代詩學研討會」、「台灣地區區域文學會議」、「詩人覃子豪先生作品研討會」、「當代台灣政治文學研討會」及「中國現代文學及教學研討會」等五場性質皆不相同的研討會。而專以新詩做為會議主題者，除了「現代詩學研討會」以外，更有研究單一詩人的「詩人覃子豪先生作品研討會」。而在主辦單位方面，大致是以學術單位或民間學術機構為主，而各縣市文化中心亦是經常舉辦研討會的單位。今年度的狀況則以文訊雜誌社舉辦了兩場研討會最受矚目，而彰師大國文系與台中縣立文化中心合辦的「現代詩學研討會」則是本年度新詩批評界的重頭戲。

（二）在研究者及被研究對象上：

1、詩人詩刊詩社：這一年的詩人研究大都集中於早已於文壇中蔚然成家者，如：徐志摩、穆旦、楊牧、余光中、洛夫、白萩、羅青等人。而詩人集團方面，如龍族詩社及詩刊、神州詩社及詩刊、籃星詩刊、笠詩社及詩刊等等，一般說來論文大致以探究其新詩史上的意義為重心。

2、詩學理論的探討：本年中對於這個議題有較以往為多的著墨，尤其運用西方文學理論分析詩作，及論述西方文學思潮對於台灣新詩的影響為最多，如：孟樊的〈台灣後現代詩的理論與實際〉、王浩威的〈一場未完成的革命─關於現代詩與現代主義的幾點想像〉等文

3、詩類各論：這一年對探討的新詩類型有：地緣詩與本土意識、政治詩、錄影詩學、客語詩等等，從各種詩類的提出及討論中，新詩批評的細緻度亦較以往增加。

4、這一年的新詩研究範圍，並不僅限於現代華文文學，也有對於古典文學與現代詩合論的，有李豐楙討論中國純粹詩學與現代詩學、陳啓佑

探討聲韻學在新詩上的試驗等兩篇論文。另外，本年度不僅有本土觀點的討論，對於國際詩壇與台灣詩壇的關係亦有關注，如：莫渝討論法國詩與台灣詩、也斯論及台灣與香港詩壇的關係。

　　大致而言，這一年的新詩研究的在論題上相當豐富，包括對於新詩史的整理、詩學理論的探討；而討論的層面亦能觸及本土觀點及國際視野，分析的角度可說十分多樣。而新詩批評亦日漸受到學院的重視，不但有學位論文的發表，對於舉辦學術研討會的舉辦亦日漸增多。但大致而言，只有一篇學位論文的確是太少了些。

七、西元1994年（民國83年）的研究成果

　　西元1994年（民國83年），新詩研究的資料共有36筆，包括4本學位論文、4本專書及4場研討會。本年度的資料特色如下：

（一）在研究的性質上：

　　1、本年度的學位論文研究論題及篇數皆頗豐富：除了台灣師範大學丁旭輝的碩士論文《徐志摩新詩研究》與前年的幾篇論文較為相同，皆是以蔚然成家的詩人做為論文的研究對象以外，其他三篇論文皆從各種面向來分析新詩：有新詩發展的比較研究（政大中研所葉金明的碩士論文《中國新文學運動與俄國啓蒙運動下浪漫詩發展的比較》）、新詩語言的探討（清華文學研究所湯玉琦的《詩人的自我與外在世界—論洛夫、余光中、簡政珍的詩語言》）。而解嚴以來的第一篇新詩研究的博士論文（政治大學中研所鄭慧如《現代詩的古典觀照—一九四九～一九八九》），則企圖集中探討西元1949年（民國38年）～西元1989年（民國78年）發表的現代詩如何融化古典意象，可說嘗試將現代詩與古典傳統作一連結。

　　2、在專書方面，四本專書的性質頗為一致，大多是以詩人專論的方式做為編輯的重點，如：李子玲的《聞一多詩學論稿》、朱徽所編的《羅門詩一百首賞析》、及費勇的《洛夫與中國現代詩》等等。而其中《創世

紀四十年評論選：一九五四～一九九四》一書則選輯了《創世紀詩刊》四十年的評論文章，對於詩派觀點的整理有相當大的幫助。

3、在研討會的論文上，這一年研討會的主辦單位增加了新面孔，除了有幾場仍舊是以學院、或政府機關（文建會、縣立文化中心）、民間學術機構（如中國青年寫作協會）、雜誌社或出版公司（文訊雜誌社、中國時報）之外，政黨組織（民進黨）亦加入舉辦會的行列。

（二）在研究對象及研究者上：

1、學院對於新詩研究逐漸重視：本年度的學位論文及由學院所舉辦的研討會論文數量皆增加了不少。

2、本土觀點的新詩批評正逐步嘗試建構出一套史觀，並爲當代台灣的本土詩找尋日據時期新詩發展史上的脈絡，這部份研究已有初步的成果，呂興昌、陳芳明、陳明台、梁景峰、葉笛、趙天儀等人的論文，大致皆可從這個角度來觀察。

3、都市詩類型的研究雖然於前幾年即不斷被提出，但發展至本年度才正式出現以「都市」爲名的研討會，雖然其中關於新詩研究的論文僅有兩篇，但「都市詩」儼然已成爲新詩研究的一個重要類型。

4、大陸學界與台灣新詩界的交流問題，雖於西元1989年（民國78年）曾舉辦了一場研討會專就這個問題加以研討，但本年度的資料當中，《台灣詩學季刊》仍有兩篇論文持續關切這個議題。

八、西元1995年（民國84年）的研究成果

西元1995年（民國84年）的新詩研究共有68筆，包含2篇學位論文、3本專書及5場研討會。特色如下：

（一）在研究的性質上：

1、今年的2篇學位論文是以新詩的意象及語言爲研究重點，劉淑玲的論文主線在討論中國原有之思考模式於歷經社會變遷中所呈顯的特徵，並

配合了社會背景去分析工業化社會的類型及其所隱含的思考模式為何？最後再從這個脈絡去找尋現代詩中工業意象的意義。黃郁婷則以聲音、意象與語法三者做為探討詩語言的研究切入點，而以實際詩例來作檢證和分析，試圖討論詩論家的看法和準據，並進而企圖達到分辨詩語言藝術優劣的判斷標準。

2、這一年專書的特色在於：兩本專書皆以詩學理論的建構為重心，如孟樊的《當代台灣新詩理論》及林燿德的《世紀末現代詩論集》二書，都可看出詩學理論的建立探討已逐步成為新詩批評的一個發展趨勢。

3、這一年新詩批評界的首要大事，當為文建會及文訊雜誌社所舉辦的「台灣現代詩史研討會」。顧名思義，這場研討會乃是以「史」為其探討的主軸，故其發表的論文橫跨日據及九○年代，並就各年代的特色及問題加以分析探討，可說是台灣新詩批評界的另一次大集結。

（二）在研究者及被研究對象上：

1、本年的「性別」議題的論述，已有別於前幾年單就女詩人的新詩創作等為首要的論題，而更進一步地擴及現代詩中的「陰性書寫」、「情色美學」的範疇，如周世箴的〈由語言的魔鏡窺探女詩人作品研究：兼談古今、中西、性別的困惑〉、蕭蕭的〈現代詩的情色美學與性愛描寫〉、王浩威的〈肉身菩薩—九十年代台灣現代詩裡的性與宗教〉。而隨著性別議題的受到重視，在研討會的論文中，對於性別議題的討論文章也逐漸增多，而研究者亦不再侷限於幾位長久以來持續關心的學者。

2、研討會的企畫性功能的加強，主要是今年度「台灣現代詩史研討會」的召開，此研討會跟以往不同的地方是它在議題的設計與發表、講評等型態上都有著明顯的突破。

九、西元1996年（民國85年）的研究成果

西元1996年（民國85年）的新詩批評共有36筆，包含1篇碩士論文、4

本專書及6場研討會。其特色如下：

（一）在研究的性質上：

1、這一年的學位論文只有一篇：即政大中文研究所戴寶珠的碩士論文《「笠詩社」詩作集團性之研究》，它則採用詩人集團研究的方式，探討「笠詩社」詩作集團的集團性格及時代意義。

2、這一年的專書幾乎完全集中於詩人專論之上，如沈奇的《台灣詩人散論》、古繼堂的《台灣青年詩人論》等書，但亦是採取單篇論文集結成書的方式。

（二）在研究者及被研究者上：

1、從「性別」議題來研究新詩的趨勢，在本年中依舊明顯地發展，但不同的是，本年度更爲著重「情慾」主題的探討。

2、三〇年代的新詩有較多的研究成果，如聞一多、徐志摩、何其芳、朱湘和胡適等人皆是研究者所關注的作家。

3、令一個值得注意的研究對象 是大陸詩的研究，這一年出現了一本專書：洛夫、張默的《當代大陸新詩發展研究》，值得注意的是這一本對於大陸新詩的研究專書，是台灣學界另一本較爲專門的大陸新詩發展研究，自解嚴以來至西元1996年（民國85年）已有一段時間，台灣學界對大陸新詩的研究並沒有成爲相當熱門的學術研究論題，而這本專書的出現稍可彌補這個研究空白之處。但大致說來，台灣學界對大陸新詩的研究仍是相當不足的。

十、綜合分析

綜觀西元1988年（民國77年）至西元1996年（民國85年）台灣新詩研究的發展趨勢，大致可以從下列面向來勾勒出這九年的新詩研究特色：

（一）學位論文的趨勢：

1、論文方向：早期的學位論文幾乎皆爲詩人作品專論，而研究對象

大多為詩壇上的幾位大家如：徐志摩、楊喚、余光中等人為主；後期則逐步有議題取向的趨勢，如：詩語言、意象的探討及詩人集團研究等等。然而，大致而言，論文數量並不多，而且僅出現一篇博士論文，因此，做為現代文學相當重要的一種文類，新詩的批評實在仍未受到學院應有的重視。

2、發表系所：新詩論文的發表系所在這九年中皆為文學研究所或語文學系，而僅有一篇碩士論文出自清華大學文學研究所外文組，其他皆為中文研究所或國文研究所。而在這9篇碩士論文及1篇博士論文中，以政治大學中國文學研究所發表的3篇學位論文（包含1篇博士論文）為最多，其次則為台灣師範大學國文研究所及輔仁大學中國文學研究所，都分別提出了2篇學位論文。

（二）研討會的發展趨勢

1、議題設定的趨勢：在這段期間中，早期並沒有專以新詩為會議重點的研討會，新詩研究的論文大多發表於一個相當大的會議名稱之下，如：「當代中國文學（一九四九以後）研討會」(西元1988年，民國77年)或「八○年代台灣文學研討會」（西元1990年，民國79年）之下，這情況到西元1992年（民國81年）的「現代詩研討會」之後才有所改變，研討會的議題設定逐漸聚焦於一特定議題，如：「大陸台灣詩學研討會」（西元1992年，民國81年）、「台灣現代詩史研討會」(西元1995年，民國84年)、「當代台灣女性文學研討會」(西元1992年，民國81年)等等，這種會議議題集中的設計，實有助於更細緻的討論；而不論是專為新詩批評所舉辦的研討會，或是涵蓋各個文類的綜合性研討會，皆有議題設定逐漸集中的趨勢。

2、主辦單位：研討會的主辦單位性質各異，一般說來，文訊雜誌社、時報文化出版公司、中國青年寫作協會、中國古典文學會、笠詩刊、台灣詩學季刊等等為主辦常客；學院則以淡江大學、文化中文文藝組、彰師大國文系、清華大學中語系為主；而各地的文化中心：如台中縣及南投縣立

文化中心等，亦曾與其他單位合辦。大致看來，研討會的主辦單位仍是以民間團體為主（如文訊雜誌社、中國青年寫作協會等等）。

（三）研究論題的趨勢：

1、大陸新詩、大陸學界與台灣新詩界的交流問題：有關這個議題的討論共有二本專書及六篇單篇論文，然而有趣的是，對於大陸詩的評介，實以解嚴後的幾年（集中於西元1988、89兩年）為多，而大抵是概略式的評介。只是，對於大陸新詩的研究並未持續深掘下去，甚至於到西元1996年（民國85年）洛夫與張默所著的《當代大陸新詩發展研究》一書出版時，台灣新詩批評界對大陸新詩實仍未有更細緻的發展，因此，對於大陸較著名詩人或詩派等的研究仍嫌不足。另外，更由於政治因素的影響，兩岸新詩批評的交流常暗含有詮釋權的爭奪問題，而也正因此之故，乃有「大陸的台灣詩學研討會」的舉辦，及陸續發表於《台灣詩學季刊》的幾篇單篇論文。

2、性別論題的開發：有關台灣女性詩人的討論，早期當以鍾玲、李元貞兩位學者為主力，她們的研究進路，常是配合女性主義批評理論的闡述，而對台灣女詩人的作品做主題式的分析。到西元1992年（民國81年）之後，終於有更多的批評者加入，對這個議題做更深入的探討，並擴及現代詩中的情慾、性及情色的語言、意象的討論。

3、政治論題及本土詩、本土觀點的發展趨勢：有關政治詩的提出及探討，大致是於西元1993年（民國82年）之後成為一個重要的議題，有趣的是，對於這個論題的討論，似多與「本土觀點」有著一定程度的關係，如：吳潛誠的〈台灣在地詩人的本土意識及其政治涵義—以《混聲合唱—「笠」詩選》為討論對象〉或〈政治陰影籠罩下的詩之景色—評介李敏勇詩集《傾斜的島》〉等論文；另外一個值得觀察的研究對象是對於「本土詩」、「鄉土詩」的討論，如：廖咸浩的〈離散與聚焦之間—八十年代後現代詩與本土詩〉、陳明台的〈論戰後台灣本土詩的發展和特質〉與莫渝的

〈六十年代的台灣鄉土詩〉等文，便是從政治詩的討論中延伸出來的另一個重要論題。

4、都市詩：學者專家對這個議題的討論，大多以羅門與林燿德的詩作為討論的焦點，而研究的論文篇數，則於西元1991年（民國80年）到達最大量，而細觀其論文的發表出處，實與羅門研究有相當密切的關係。但觀察西元1994年（民國83年）「台灣都市文學研討會」中發表的論文，僅有兩篇論文討論這個議題，雖然西元1995年（民國84年）劉淑玲的碩士論文《論現代詩中的工業化意象》亦可說是都市詩研究的一個取向，但大致而言，關於都市詩的研究並未有更進一步的開發，可說呈現凝滯狀態。

5、散文詩：有關這個文類的討論，雖在商禽、蘇紹連、渡也等人的創作及討論之後，於詩壇上引起不少討論，但由於嚴肅的學術性論文並不多，故並未成為一個研究的趨勢。

6、在詩人研究上，實以三〇年代新文學初始時期的詩人研究之成果較為豐碩，而其中尤以徐志摩最受學院研究者的青睞，因此產生了1篇學位論文（丁旭輝《徐志摩新詩研究》）及1本專書（盧斯飛《愛的靈感—徐志摩詩歌評析》）的份量；再其次則為胡適、聞一多及朱湘；而台灣日據時期的詩人研究，則以賴和、張我軍、吳新榮等人為主；另外，楊熾昌及風車詩社由於風格的特殊，在台灣日據時期的新詩研究上，亦是一個十分受到注意的研究對象；此外，戰後的詩人研究以楊喚、余光中、洛夫、羅門、楊牧等人的研究為最多，其中楊喚、余光中已有學位論文作專門的研究，而洛夫、羅門則有評論專書的結集；除此之外，對於新世代詩人的研究，大多以詩人的作品或詩集為研究單位，其中以羅青、林燿德、楊澤、陳克華、陳黎、夏宇等新世代詩人受到的討論較多。至於有關大陸詩人的研究，成果並不多，其中以顧城與北島討論的篇章較多。

（四）較為突出的研究者：

1、林燿德：

　　林燿德無疑是新詩批評界中一位相當重要的評論家,自西元1988年(民國77年)至西元1995年(民國84年)止,林燿德共計發表了3本新詩批評的專書及16篇單篇論文,不論數量及質量皆上十分可觀。大致而言其關注的焦點主要於「新世代詩人」及「羅門都市詩」的研究之上,透過對於這兩個議題的研究分析,林燿德試圖找尋後現代或者是世紀末的台灣新詩發展趨勢。

　　2、簡政珍:

　　發表的論文數量亦不少,其關懷角度則大致與林燿德相近,但值得注意的是,其所著《詩的瞬間狂喜》一書,以詩的美學及哲學思考兼重爲理論的基石,企圖建構出其個人的詩學理論。

　　3、鍾玲及李元貞:

　　兩位批評家的關心焦點頗爲相近,亦即皆以「女詩人」,做爲切入的角度來研究台灣的新詩。經由這兩位批評家持續性的論文發表,「性別議題」亦逐漸受到台灣新詩批評界的重視,此一趨勢的形成,二者可說應居首功。

　　4、孟樊:

　　孟樊於此九年中,不但著有1本專書《當代台灣新詩理論》,而且也編輯了《當代台灣文學評論大系:新詩批評》一書。其關注的焦點在新詩批評的理論建構,而內容則觸及了女性主義詩學、政治詩學、地緣詩學及後現代主義詩學等各個面向。

　　5、陳明台、趙天儀、呂興昌:

　　三位研究者的關懷面都集中在日據時期台灣新詩的發展及詩人和作品的探討,因此,他們對於日據時期新詩發展的挖掘描述,讓讀者獲得一相當大的助力去瞭解它們。而陳明台更特別提出「日據時期的民眾詩」這個研究議題,可說相當特殊。

　　6、游喚:

發表的論文大多集中於研究「大陸的台灣詩學」及「新世代詩人、詩學」及「八〇年代台灣新詩發展現象」之上。

7、奚密：

發表的論文多集中於現代主義時期的作品或詩人研究上，近幾年所發表的文章則多從國際觀點探討華文現代詩的特質。

8、陳啓佑：

曾發表專著《新詩形式設計美學》一書，而批評的焦點在於探討新詩的形式與技巧問題，並涉及新詩的教學與鑑賞。

9、蕭蕭：

於西元1987年（民國76年）曾出版《現代詩學》一書，從現象論、方法論、人物論三個面向探討台灣現代詩。解嚴之後大抵以詩人專論爲其研究重點。

10、李瑞騰：

其所策畫的「台灣現代詩史研討會」可說是台灣新詩批評界的一次大集結，不論是在會議的規模或是規畫上，皆可說對台灣新詩研究有著重要的貢獻。

11、鄭明娳：

所著大多集中於討論新世代詩人及其詩作專論。

12、李敏勇、施懿琳：

此兩位研究者著力較多的是本土詩人及詩作。

13、龔顯宗：

對聞一多的詩論有較多的討論。

14、邱燮友：

主要研究的方向在於新詩理論、類型的討論之上。

當然尚有許多研究者對於新詩研究的貢獻亦不可小覰，如：王志建、王浩威、古遠清、古繼堂、李豐楙、杜十三、吳潛誠、林亨泰、李魁賢、

葉維廉、張健、陳寧貴、焦桐、沈奇、蔡源煌等人，但由於其發表的論文數量較少，無法以依「趨勢」的觀點加以討論，或是較不具備嚴肅的學術論文要求，故不在本計畫的資料收集範圍之內，在此則不予以討論。

第三章　散文類

　　對許多人而言，「散文乃是一種文類」這一說法似乎無可置疑。但是，如果我們再更進一步來追求以下的問題，則疑惑便會逐漸出現了。譬如說：「散文的共同形式是什麼呢？」、或「其主要的內容為何？」甚至是「其寫作上的主要特色何在？」等，這些問題歷來的散文學者都曾觸及到，但答案若非模稜含混，就是全然忽略。我們在底下即舉兩個現代學者的說法，來稍做管窺：

　　一、「散文是一種歷史悠久的文學體裁。較之詩歌對韻律、想像力、句法變異等的要求，散文來得更加隨便、自然；較之小說技巧性要求、頗高的想像世界的複雜營造，散文的文體運作更為簡潔精當。從文學文體學的角度來說，更為重要的一點是，散文的語言運作不必像詩歌那樣十分凝練，並在凝練中求得句式的新穎與變異，而且自由活絡，在特定情感或思想意旨的導引下，既可對場景進行洋洋灑灑的渲染性描寫，又可對某些事物一筆帶過。因而，從總體角度上說，散文是一種抒情達意的語言藝術，也是一種文體的語言運作自由的藝術。」[1]

　　二、「散文可以說是以現實生活感思為基礎，以切身體驗或閱歷所得為素材，重新組織而成『創作』，並且可以揉融詩、小說、戲劇等寫作技巧的一種獨特文類。其中既可以出自生活，復回歸生活；也可以自生活出發，抵達幻想與虛構的時空；更能純粹進行理念上的論辯，單就觀念本身

---

[1] 張毅《文學文體概說》，頁238。北京：中國人民大學，西元1993年（民國82年）。

迴旋收放。因此，以獨特的藝術觀念或美學原則匯入散文的創作內涵，發掘日常生活所隱藏的多種隱喻及內在的物象，應該是促使散文內容深化的重要途徑。」[2]

　　上面這兩段分別摘自大陸和台灣的散文研究者的論點，當然各有見地；不過，其內容不僅各有側重，而且甚至包含了一些頗為顯目的差異性。在相同處上，首先前者認為「散文」是一種「文學體裁」，而後者則將「散文」稱為「一種獨特的文類」。兩者名稱雖不同，但依大陸學者習慣把「文學體裁」視同「文類」[3]的觀點為據，則兩者的說法在這一點上固無差別。其次是，兩者都從比較的基礎出發，將「散文」與其他文類，如詩歌、小說等拿來對照，以顯示出「散文」的特色。

　　至於在相異處上，首先是兩段論點各有偏重。如前者明顯的重在說明「散文」的「語言藝術」，而指出其「運作自由」的特色；後者則比較全面，先是以較為全面性的「寫作技巧」來包籠「語言藝術」，並進而指出其特色是「揉融其他文類的寫作技巧於一爐」。其次，在「散文」的「內容」上，前者雖非以此為重點，但也明白指出「散文」的「語言」是由「情感或思想」所引導的；後者則指出，「散文」的內容乃是「現實生活的感思與切身體驗的結合」，因而「包括了寫實、虛構和論辯。」

　　上述的釐析並不是想評量出該兩段說法誰優誰劣，而僅只想將它們拿來做為個人推論的例證。它們兩者的確顯現出歷來「散文研究」的困境，也就是在描述「散文」的定義時，都會不自覺的表現出這種倚輕倚重的現象。不過，筆者在此倒想特別強調，其中最大的特色為：絕大部分的「散文」研究者都不曾設法去刻畫出「散文」的「內在結構」或「外在形式」

---

[2] 鄭明娳〈當代散文的兩種「怪誕」〉，收在其所編之《當代都市文學論叢》，頁134。台北：時報文化出版公司，西元1995年（民國84年）。

[3] 褚斌杰《中國古代文體學》，頁1，台北：學生書局，西元1991年（民國80年）。

的共同特色─而這兩項，卻正是其他文類，如詩歌、小說甚至戲劇的最基本特色所在。這原因不難理解，因為在絕大多數的研究者心中，「散文」的重點即在其「形貌」的「靈活多變」─也就是「散」字的意思。然而，也正因此之故，「散文」的內容，或是說其包含的範圍，乃越來越廣，越來越大，但也因而使其含意越來越模糊，甚至到了將所有的「文章」─只要它們不屬於「詩歌」、「小說」、「戲劇」等明確的「文類」，即都列入「散文」類；同時，不但「隨筆」、「漫談」、「小品」、「雜文」是「散文」，相關「文類」的書中，都不約而同的把近來出現的「報導文學」、「傳記文學」等文類也畫入散文的範疇中，「遊記」、「手札」、「寓言」、「日記」也是「散文」，甚至連「回憶錄」、「政論」、「譯述」、「評論」也都是「散文」了。[4]

　　「散文」之所以會發生這種定義含混的現象，其原因固然很多，但大抵上應可歸納出下列兩個最根本的「來源」：一是我國「文章」的傳統觀念，二是本世紀傳入的西方「散文」觀念中，就把它們都劃歸到「散文」的領域裡。首先，讓我們來看我國自古以來的「文章」傳統。論者大都認為在我國先秦時期，以「文章」形式來呈現的文學約可分為二種：一是「哲思式散文」，它們的內容是諸子百家所提出的有關治世、處事和修身等主張，它們通常思想卓絕、想像豐富，而文字則條暢明晰，且結構嚴密。二是「史傳式散文」，它們以歷史上的人、事、物為描述對象，而以記述史事深刻動人、描繪人物細膩鮮活為文字上的特色。其後的兩漢，內容和規模大抵承襲此一傳統，而以政論式、思辨式和史傳式三種文章最受推崇。到六朝，「文章」式的文學出現了「文」、「筆」之分，前者大致指吟詠性

---

[4] 凡此，請參見：向錦江、張建業《文學概論新編》，頁57～63，北京師範大學出版社，西元1988年（民國77年）。 楊昌年《現代散文新風貌》，全書，台北：東大圖書公司，西元1988年（民國77年）。鄭明娳《現代散文縱橫論》，頁3～15，台北：長安出版社，西元1986年（民國75年）。

情而文辭華麗的作品，又因其文章以文句押韻且駢儷成對而逐漸稱爲「駢文」。後者則相反，內容重實用，且文句既不押韻，也不對仗，所以被後代稱爲「散文」。不過，由於「駢文」不但受到喜好舞文弄墨的文人喜好，也成爲各官方通用的文體，所以乃成爲影響力大、且普及度廣的「文章」主流了。這一情形，一直要到中唐時，才由韓愈、柳宗元等出來主張「文章」應以秦、漢時期的「古文」爲圭臬，而不必拘執於文句的聲律和駢儷後，才稍稍有些改觀。到了宋朝，唐朝這一個尙未完全成功的「古文運動」終於在歐陽修所領軍倡導下，以理論和作品同樣具有份量的方式取得「文章」正宗的地位，而一直延續到清朝末年—除了在晚明時期曾出現過一波以抒發性靈爲主調的「小品文」的波瀾外。

在前面提到過的名稱中除了「駢文」、「韻文」因與「散文」對立而清楚地被一般讀者視爲一類外，其餘的「古文」、「小品文」，其實乃和「散文」統視爲一類了。只不過，這種處理方式顯然也不太嚴謹，因爲，我們難道能將所有的「有韻之文」都排除在「散文」之外嗎？或者說，我們是否可以把所有的「文章」都稱爲「散文」呢？因此，我們既然要討論「現代散文」，一方面固然不能完全抛棄過去的傳統史實和觀念，但也不必完全承繼它過去的所有疏漏處。換言之，我們必須對「現代散文」再重新做一個比較有系統的描述。

再來是有關「西方散文」觀念的傳入和影響。在西方，與「散文」相對應的字大概有兩個：prose 和 essay。prose 通常是指相對於「詩」(即 verse，或稱爲有韻之文)的文體，它是一種不必講究韻律(meter)，但亦頗具藝術性創作技巧的文學作品。至於 essay，則大概是指於西元1580年（民國69年）由法國散文家蒙田(Montain)定型，繼由英國作家培根(Bacon)發揚光大的作品。它們的特色是作品乃針對大眾，而非特定個人或對象而作，且具有豐富的想像或深刻的見解，以及能夠引發讀者深緻的趣味，或者成功地說服別人；同時，不但形式自由，且篇幅也頗簡短的作品。要而言之，prose

在範圍上可說幾乎與「文章」相侔，而 essay 則以擁有特殊的見解為最大的特色。因此，如果我們從範圍上來為這兩者稍做釐析的話，則 essay 便是一種屬於prose範圍之內的文體了。

我國的「現代散文」若以梁啓超所創的「報章體」——即語文上文言白話兼括、行文自然流暢，且用詞深刻犀利、見解鞭辟入裡的文體——為起點，並以二〇年代時期各種文學刊物上紛紛出現的那種形式自由、篇幅簡短，卻都必然言之有物的「小品散文」為定型的話，那麼，它顯然與前述的「我國晚明小品」與「西方現代 essay」頗為相類的。

不過，經過了數十年的發展，二〇年代那種「小品散文」顯然已無法周延地來涵蓋、或指稱我們「現代的全部散文」了。我們姑且以下列三本散文著作為例，來加以說明：

一、楊牧《中國近代散文選》，內收七類現代散文：小品、記述、寓言、抒情、議論、說理、雜文。(西元1981年，民國70年)

二、鄭明娳《現代散文縱橫論》，將現代散文分為八種：小品、雜記、隨筆、遊記、日記、尺牘、序跋、報告文學、傳記。(西元1984年，民國75年)

三、楊昌年《現代散文新風貌》，將現代散文分為十種：詩化散文、意識流散文、寓言體散文、揉合式散文、連綴式散文、新釀式散文、靜觀式散文、手記式散文、小說體散文、譯述散文、論評散文。(西元1988年，民國77年)

上列三位學者在他們的專著中對「現代散文」所做的分類，其差異性實在非常大；而會產生這種現象的原因當然很多，但仍可分為「無法避免的」，與「認知上的」不同兩種。在「無法避免的原因」上，譬如有以散文作品的材題來分類的，也有從寫作的方法來分類的。——這是他們分類工作所依據的立足點不同；也有以散文作品的特色為分類的標準，也有以觀照面的或大或小為基礎——這是他們的著眼點不同。由於這種情形乃是因為

觀察的角度不同，標準有別，以及目的有異所引起的，所以任何人都會與別人有差別，換言之，這是很正常的現象。然而，更關鍵的是，學者們對「現代散文」的「認知和解釋」顯然也有所不同，譬如：楊牧和楊昌年皆列有「寓言」，而鄭明娳便無；楊牧與鄭明娳皆列有「小品」，而楊昌年則無；鄭明娳列有「日記」、「尺牘」、「序跋」、「報告文學」，而楊牧與楊昌年則無；楊牧列有「抒情」、「議論」、「說理」、「記述」，而鄭明娳與楊昌年則無；楊昌年列有「意識流散文」、「揉合式散文」、「連綴式散文」、「新釀式散文」、「小說體散文」、「譯述散文」等，而楊牧與鄭明娳則無。

細究上述這種現象，可說在現代的散文研究中甚為普遍。而若我們歸納其根本原因，則誠如上述，既有因是源於我國「文章」傳統之故外，也有受到西方 prose 和 essay 的影響。於是，「散文」，或者說我國的「現代散文」，便是一種與「詩歌」、「小說」、「戲劇」相對應的「文類」。因此，我們現在或可將它的特色歸納如下：

一、題材上：

無所不包。若以「人」為基，則舉凡「人們」內在的心靈、情感、想像、思想以及外貌、舉止和生活點滴等，以及外在環境，如人們互動、社會現象、時代潮流、甚至於自然界的灰塵花木、日月江山，和漫長的歷史、浩杳的宇宙等，都可包括在內。

二、在外形上：

自由而多樣。因任何作品，都是作者用它來「表達」某(些)內容的，而其「表達的方式」—也就是作品的「結構」了。「現代散文」在結構上的最大特色，便是「不拘一格」；因為作者寫作的起因、動機和目的不同，他可藉散文作品來抒發或記錄內在心靈世界的活動，或描寫外在的人情事物，於是乃將題材和表達方式綜合而成：「抒情」、「說理」、「描寫」、「記述」……等。不同形體的散文作品，—即散文中的「次文類」。要而言之，「現代散文」乃是以「作者」為基，以他的情感和思想活動為發展主線—

行其所當行，止於所該止，而成的作品。因此，它並不像小說、詩歌、戲劇一樣，它是沒有固定形體的，而且篇幅也不會太長。

三、在語文上：

以自然生動為主。相對於其他大文類在整體上的特色，譬如「戲劇」需有情節、和衝突、「小說」需有敘述觀點和故事、「詩歌」需有節奏和意象等，「散文」似乎沒什麼獨樹一格的特色。然而，「散文」既因作者的目的和表達方式而形成許多「次文類」，則「散文」的最重要特色也應該就是它的「表達方式」了。換言之，「散文」的作者在書寫時是以他的「語文」能夠讓他自由發揮為基本要求。舉一些比較具體的描述語來說，若他想表達興緻時，則語文必須隨他的興之所至，而呈現如行雲流水的流利；若他想表達見解時，則語文必須順他的意之所至，而呈現出縱橫捭闔的氣勢；若他想表達複雜的心情時，則語文必須依他的情緒之流動而高低起伏，並呈現錯落有致的波動；若他想表達他豐富的情愛時，則語文必須隨著他的情絲婉轉流動，而呈現出深刻動人的氣氛。總之，「散文」在語文上，最講究的是能全文自然流暢，毫無滯礙，且文詞凝鍊而不冗雜，主題明確而不歧出。

散文，尤其是現代散文，若以上列三項特色為基本成分，則大概可以與「詩歌」、「小說」和「戲劇」在外形、結構、甚至寫作方法頗有定型的文類來加以區分了。不過，有一個現象必須加以說明的是，自民國以來，出現一些新的文學體裁，如報導文學與兒童文學等，在本研究中，卻把它們排除在「現代散文」之外，原因有二：一是因它們已有特定的「顯型名稱」，以顯示出它們獨有的特色，二是它們不但在形式上廣，內容上的包含也頗廣，譬如說，「兒童文學」中除了包括具有崇高、想像的兒童神話故事外，也包括有兒童詩、兒童散文、甚至兒童戲劇等其他文類在內；又如「報導文學」中，有不少作品的呈現方式是以小說類的結構或手法來呈現等。

　　然而，前已述及，「現代散文」在範圍上最大的困擾可說就是包羅太廣，從「次文類」的角度來看，小品文、寓言、和抒情文、隨筆、遊記等是散文，這些都比較沒有爭議，但「議論文」呢？「序跋文」呢？「譯述文」呢？為了釐清這些，我們認為最好的方法是將它們放入「文學」範圍中，以是否具有「美學特質」為衡量的標準，如果具有「美學特質」—即動人，不論是感動或是撼動人心—則它們都可算是「散文」，否則就應將它們排除。我們當然不否定它們是「文章」，更不否定它們是「好文章」，但它們既非「文學作品」，當然就不收了。換言之，本研究中所稱的「散文」，可用西方 prose、或我國的「文章」來稱呼，但前題必須它們是「文學」作品。

　　在性質上，和本研究呈現出某些類似的工作，過去已有若干成果，譬如：楊牧《中國近代散文選》(西元1981年，民國70年，洪範出版社)中的〈前言〉、李豐楙《中國現代散文選析》的〈緒論〉(西元1985年，民國74年，長安出版社)、和何寄澎《當近台灣文學評論大系‧散文批評》的〈導論〉(西元1993年，民國82年，正中書局)等。它們大多是採取綜論某個時期之內我國「現代散文」的現象、特色與發展。不過，一來，它們的年代只到八〇年左右為止，未能涵蓋到九〇年代；二來，它們的重點或只在「散文作品」的選輯和分析，或只挑選若干研究「現代散文」的文章，再加以綜述。因此，與本研究在時代上以九年為範圍，而在涵蓋面上又以絕大部分(因無法做到全面收羅完盡)的「散文研究」論著為領域，有相當大的差異性。底下，即先列出西元1988年（民國77年）至西元1996年（民國85年）間具有學術性的「散文研究」論文和專著，然後再析論其發展趨勢。

編號	日期	作者	專著・論文	出　處	出　版　者	備　註
1	1988/1	鄭明娳	《現代散文縱橫論》		台北：大安出版社	
2	1988/1	楊昌年	《現代散文新風貌》		台北：三民書局	
3	1988/6	郭楓	〈繁華一季盡得風騷─論余光中的抒情散文〉	第一屆當代中國文學國際研討會	清華大學中研所	
4	1988/11	何寄澎	〈永遠的搜索者─論楊牧的散文〉	當代中國文學（一九四九以後）研討會	淡江大學	
5	1988/11	鄭明娳	〈一九四九年以後現代散文技巧理論〉	當代中國文學（一九四九以後）研討會	淡江大學	
6	1988/11	楊昌年	〈十線新道─淺談現代散文新風貌〉	當代中國文學（一九四九以後）研討會	淡江大學	
7	1988/12	夏志清	〈母女連心忍痛楚─琦君回憶錄評賞〉	現代文學討論會	文建會、中央日報	
8	1988/12	張曉風	〈日色中亦冷亦暖的青松─論陳之藩的散文〉	現代文學討論會	文建會、中央日報	
9	1989/3	鄭明娳	《現代散文構成論》		台北：大安出版社	
10	1989/4	盧瑋鑾	〈一場小品文論戰的前奏〉	三十年代文學研討會	淡江大學中文系、台北：海風出版社	
11	1989/4	盧瑋鑾	〈那裡走─從幾個散文家的惶惑看五四後知識份子的出路〉	五四文學與文化變遷學術研討會	中國古典文學會	
12	1989/11	劉再復	〈論魯迅雜感文學中的「社會相」類型形象〉	《生命精神與文學道路》	台北：東大圖書公司	
13	1989/12	李奭學	〈另一種浪漫主義─梁遇春與英法散文傳統〉	《中外文學》18卷7期		又收於《中西文學因緣》
14	1990/1	陳信元	《中國現代散文初探》		台中縣立文化中心	
15	1990/2	游喚	〈現代散文研究的問題及其解決途徑示例〉	《中外文學》18卷9期		
16	1990/9	鄭明娳	〈八○年代台灣散文現象〉	八○年代台灣文學研討會	台北：時報文化出版公司　中國青年寫作協會	
17	1991/6	李奭學	〈老舍倫敦書簡及其他〉	李奭學著《中西文學因緣》	台北：聯經出版社	又收於《當代》20期
18	1991/6	陳信元	〈文革後的大陸散文〉	第二屆當代大陸文學研討會	台北：文訊雜誌社	
19	1991/6	何寄澎	〈永遠的搜索者─論楊牧散文的求變與求新〉	《台大中文學報》4期		
20	1991/8	鄭明娳	〈台灣的散文研究〉	二十世紀中國文學研討會	中國古典文學研究會　台灣師範大學	
21	1991/8	黃坤堯	〈余光中詩文集的序跋〉	二十世紀中國文學研討會	中國古典文學研究會　台灣師範大學	
22	1991/12	鄭明娳	〈當代台灣女作家散文中的父親形象〉	當前新詩、散文發展研討會	中國文藝協會	

23	1991/12	陳信元	〈「文革」後的大陸散文〉	《苦難與超越－當前大陸文學二輯》	台北：文訊雜誌社	
24	1991/12	張曼娟	〈民國七八－八〇年暢銷散文析論〉	當前新詩、散文發展研討會	中國文藝協會	
25	1992/1	鄭明娳	《現代散文欣賞》		台北：三民書局	
26	1992/1	鄭明娳	《現代散文類型論》		台北：大安出版社	
27	1992/6	吳敏嘉	〈亦秀亦豪的健筆：張曉風抒情散文之翻譯與討論〉		輔仁大學翻譯所碩士論文	康士林指導
28	1992/8	鄭明娳	〈當代台灣女作家散文中的父親形象〉	《人文及社會學科教學通訊》3卷2期		
29	1992/8	陳萬益	〈囚禁的歲月－論陳列的「無怨」與施明德的「囚室之春」〉	紀念鍾理和台灣文學學術研討會	高雄縣政府、台灣筆會、文學台灣雜誌社	
30	1992/8	鄭明娳	《現代散文現象論》		台北：大安出版社	
31	1992/12	何寄澎	〈當代台灣散文中的女性形象〉	當代台灣女性文學研討會	台北：時報文化出版公司 中國青年寫作協會	
32	1992/12	鄭明娳	〈一個女性作家的中性文體－徐鍾佩散文論〉	當代台灣女性文學研討會	台北：時報文化出版公司 中國青年寫作協會	
33	1993/2	盧斯飛	《春光與火焰－徐志摩散文評析》		台北：開今文化事業有限公司	
34	1993/4	范培松	《散文瞭望角》		台北：業強出版社	
35	1993/5	何寄澎	《當代台灣文學評論大系－散文批評卷》		台北：正中書局	
36	1993/5	何寄澎	〈當代台灣文學評論大系－散文批評卷：導論〉	《當代台灣文學評論大系－散文批評卷》	台北：正中書局	
37	1993/6	鄭明娳	〈六十年來的現代散文〉	中國現代文學與教學研討會	文化大學中文系文藝組	
38	1993/6	陳玉芬	〈余光中散文研究〉		台灣大學中研所碩士論文	梁榮茂指導
39	1993/6	洪順隆	〈郁達夫作品中的感情世界〉	中國現代文學與教學研討會	文化大學中文系文藝組	
40	1993/6	沈　謙	〈現代散文中的反諷〉	中國現代文學與教學研討會	文化大學中文系文藝組	
41	1993/6	賴玲華	〈周作人前期散文之研究〉		文化大學中國文學研究所碩士論文	李瑞騰指導
42	1993/12	徐　學	〈八〇年代台灣政治文化與台灣散文〉	當代台灣政治文學研討會	台北：時報文化出版公司 中國青年寫作協會	
43	1994/6	鄭明娳	〈從懷鄉到返鄉－台灣現代散文中的大陸意識〉	《中華文學的現在和未來》	香港：鑪峰學會	
44	1994/6	亮　軒	〈從散文解讀人生〉		台北：台灣新生報出	

					版部	
45	1994/6	徐　學	〈當代台灣散文中的遊戲精神〉	《中華文學的現在和未來》	香港：鑪峰學會	
46	1994/6	沈　謙	〈眞誠關愛與粉飾自欺─評白樺的散文《我想問那月亮》〉	《中華文學的現在和未來》	香港：鑪峰學會	
47	1994/11	許達然	〈日據時期台灣散文〉	賴和及其同時代的作家：日據時期台灣文學國際學術研討會	文建會、清華大學中語系	
48	1994/12	陳萬益	〈原住民的世界─楊牧、黃春明與陳列散文的觀點〉	第一屆台灣本土文化國際學術研討會	台灣師範大學文學院・人文中心	
49	1994/12	鄭明娳	〈當代散文的兩種「怪誕」〉	當代台灣都市文學研討會	台北：時報文化出版公司 中國青年寫作協會	
50	1995/3	黃武忠	〈文學領域的拓寬者─子敏散文析論〉	收於黃武忠著《親近台灣文學》	台北：九歌出版社	
51	1995/3	黃武忠	〈人生的說理者─王鼎鈞的散文風貌〉	收於黃武忠著《親近台灣文學》	台北：九歌出版社	
52	1995/3	黃武忠	〈有個性而不耍個性─羅蘭的散文風貌〉	收於黃武忠著《親近台灣文學》	台北：九歌出版社	
53	1995/6	石曉楓	〈豐子愷散文研究〉		台灣師範大學國文研究所碩士論文	何寄澎指導
54	1995/11	季　兮	〈善與美的象徵─論琦君散文〉	收於《評論十家》	台北：爾雅出版社	
55	1996/4	陳萬益	〈隨風飄零的蒲公英─台灣散文的老兵思維〉	第二屆台灣本土文化國際學術研討會：「台灣文學與社會」	台灣師範大學國文系・人文中心	
56	1996/6	方祖燊	〈中國散文小史─兼論古今作家的散文觀〉	《中國現代文學理論季刊》2期		
57	1996/6	鹿憶鹿	〈情痴與理悟─談李黎的《悲懷書簡》〉	《中國現代文學理論季刊》2期		
58	1996/6	亮　軒	〈業餘散文初探─以九歌版年度散文選爲例〉	百年來中國文學學術研討會	台北：中央日報社	
59	1996/9	方祖燊	〈現代作家的散文觀〉	《中國現代文學理論季刊》3期		
60	1996/9	潘麗珠	〈《文化苦旅》的人物美學探索〉	《中國現代文學理論季刊》3期		
61	1996/9	鹿憶鹿	〈海峽兩岸的現代散文研究〉	《中國現代文學理論季刊》3期		

　　西元1988年(民國77年)元月，台灣地區已解嚴了半年，因此，在西元1988年(民國77年)的整年中，解嚴後的各種反應當已有足夠的時間來呈現。在文學的創作和研究上應該也是如此。本部分要考察的對象爲「散文研究」的狀況。

　　在「散文研究」的成果上，誠如何寄澎先生在《當代台灣文學評論大系‧散文批評》中的〈導論〉所言，台灣現代散文的批評，不但比小說和新詩的成果稍微遜色而已，而且甚至可用「薄弱」兩字來形容。[5]這一感慨式的描述，不但是針對「散文研究」的「質」而發，更是包括了「量」在內。何先生指出其原因有二：（1）因「新散文」具有「封閉性格」，所以未接觸和接受新的理論(西洋和日本)，以致於缺少了對研究者的吸引力；（2）文學的重心乃「小說」和「詩」，「散文」並非主要的文類。

　　何氏的說法，我們可用前列自西元1988年(民國77年)～西元1996年(民國85年)的散文研究目錄來印證。事實上，如果依本研究的基本認知來衡量，而將被何氏選入該批評論集中的「報導文學」類排除的話，「散文研究」的數量將更爲單薄了。底下，即將西元1988年(民國77年)至1996年(民國85年)間，台灣地區的「當代華文散文研究」狀況做一趨向式的考察。

一、西元1988年（民國77年）的研究成果

　　從學術上來看，在西元1988年(民國77年)，「當代華文」的「散文研究」，我們僅找到2本書和6篇論文。其數量雖不算太稀少，但「不夠厚重」則顯然可以算是頗爲恰當的形容詞。在這些專著和論文中，值得一提的特色如下：

　　（一）散文的「次文類」分析。在鄭明娳的《現代散文縱橫論》中，

---

[5] 何寄澎：《當代台灣文學評論大系‧散文批評》，頁22。台北：正中書局，西元1993年（民國82年）。

如將現代散文分為小品、雜記、隨筆、遊記、日記、尺牘、序跋、報告文學、傳記等八種。而在楊昌年的《現代散文新風貌》中，他則將現代散文歸納為十種「新的風貌」：詩化散文、意識流散文、寓言體散文、揉合式散文、連綴式散文、新釀式散文、靜觀式散文、手記式散文、小說體散文、譯述散文、論評散文。雖然他們都是依據作品來分析、歸納才得到上述結果，但顯然所根據來分析的理論和標準並不一，也未成系統，譬如有依形體來分類的，如日記、序跋、尺牘、詩化、寓言體、揉合式、連綴式……等；也有依內容來分類的，如遊記、日記、靜觀、論評……等。不過，他們都指出了一個散文的關鍵問題─形體未定、內容駁雜、定義難下。而這也是值得我們研究者審慎思考的地方。

（二）綜合眾多作品的研究方式。「散文研究」，通常因「散文」的篇幅太短，所以除了少數篇幅較長的作品外，很難像小說和戲劇的研究一樣，就一篇作品來分析。因此，比較常見的研究題目便是某某人或甚至擴大到某個時期的「散文風格」和「散文技巧」了。何寄澎的〈論楊牧的散文〉、張曉風的〈論陳之藩的散文〉、郭楓的〈論余光中的抒情散文〉屬於對某個作家的「散文研究」，鄭明娳的〈一九四九年以後現代散文技巧理論〉則屬於長時段間某一特定領域的研究。當然，夏志清的〈琦君回憶錄評賞〉則是因「回憶錄」的篇幅較長，所以能夠單獨做為研究的對象。

（三）在被研究的對象上，陳之藩和琦君是名符其實的散文名家，歷來已倍受肯定。余光中和楊牧則是有名的「詩人」，也以「詩」的創作量和質較受矚目，他們之所以受到學者的青睞，可能與他們兼具「詩人」和「散文家」的雙重身分有關。但事實上，鄭明娳的《現代散文縱橫論》一書中，其實也分論了9位散文作家。換言之，散文作家其實並不少，散文的作品絕對多於小說的數量。只是他們和他們的作品未受到批評家或學者的注意而已。

（四）上述所列的目錄，除了兩本專著外，所有的論文都是為研討會

而寫。換言之，研討會對「散文研究」實有推動之功。在學報和刊物上都未見有此類的研究論文出現。

二、西元1989年（民國78年）的研究成果

在西元1989年（民國78年）裡，合乎學術性的「散文研究」之成果只有1本專書和4篇論文，質和量都可用「單薄」兩字來形容。我們可以用下列三點來描述本年中「散文研究」的特色：

（一）鄭明娳努力建構「現代散文的理論體系」。本年，鄭氏出版了《現代散文構成論》，書中，她提出「現代散文」的理論體系為現代散文的「類型論」、「構成論」和「思潮論」，以「構成論」為基礎。本書即為其中的「構成論」專著。而「構成論」是由「敘述—描寫—意象—修辭」等四個層層相因，且迴環互見的功夫連鎖而成的。鄭氏的觀念固然未必成為定論，但其努力則是有目共睹，其成果也是值得喝采的。而鄭氏此書，不但使得本年中的「散文研究」不致成為一片空白，而且反成值得矚目的一年。

（二）本年的「散文研究」，除了鄭氏的努力建構理論體系外，盧瑋鑾發表了2篇，一篇屬於「五四時期」，一篇屬於「三〇年代」，若再加上劉再復的「魯迅雜文」，則本年的「散文」研究對象可說是「大陸地區」，而且是五四到三〇年代的散文。

（三）除專著外，其餘三篇論文是在研討會中所發表，而李奭學的〈另一種浪漫主義—梁遇春與英法散文傳統〉則是在《中外文學》雜誌上發表。

三、西元1990年（民國79年）的研究成果

在西元1990年（民國79年）中，「現代散文」的學術性研究，只出現1本專書和2篇論文，份量上實在非常單薄。而在研究的對象上，顯然重在「綜論」的方事。陳信元的《中國現代散文初探》以我國的現代散文為範圍，游喚的〈現代散文研究的問題及其解決途徑〉一文雖比較集中在「散

文研究」的「問題」上，但仍以所有的現代散文爲對象。相較之下，鄭明娳的〈八〇年代台灣散文現象〉一文，則在時間上縮小爲八〇年代，在地域上也限定「台灣」，不過，基本性質仍屬於泛論整個散文的現象。這種綜論廣泛範圍的研究方式，雖然無法在專門性的關鍵點上獲得鞭辟入裏的創見，但對於勾勒大輪廓、或摘出重點方面，則也有無法抹殺的貢獻。

四、西元1991年（民國80年）的研究成果

在西元1991年（民國80年）中，「散文研究」的學術性論文計有8篇。這8篇散文研究的特色約可歸納出下列四點：

（一）在研究對象上，仍是楊牧和余光中這兩位以「詩」著名的詩人。

（二）在地區上，研究「大陸散文」的有3篇；而研究「台灣散文」的則有5篇。

（三）在研究內容上，則有：

1、綜論性的，如陳信元的〈文革後的大陸散文〉、張曼娟的〈民國78～80年暢銷散文析論〉，和鄭明娳的〈當代台灣女作家散文中的父親形象〉。

2、專論性的，如何寄澎的〈論楊牧散文的求變與求新〉、李奭學的〈老舍倫敦書簡及其他〉，和黃坤堯的〈余光中詩文的序跋〉。

（四）這8篇論文中，有5篇是應研討會而寫，只有何氏一篇刊載於學報上－不過，初稿也曾於研討會發表過。

五、西元1992年（民國81年）的研究成果

在西元1992年（民國81年）中，學術性的「散文研究」計有3本專著及5篇論文；其中論文之一爲學位論文。因此，成果尚稱不惡。本年中在這方面的研究也可歸納出下列四點特色：

（一）三本專著皆鄭明娳所作，一是《現代散文欣賞》，二是《現代散文類型論》，三是《現代散文現象論》，同時，在其他五篇論文中，也有〈當代台灣女作家散文中的父親形象〉與〈一個女性作家中的性文體〉二

篇爲鄭氏所作。這一連串的「散文研究」，已可看出鄭氏已逐步在實現她建立散文體系的理想，而且，也使得她在台灣地區「現代散文」研究領域內的貢獻和地位實至名歸。

（二）出現了第一本以「現代散文」爲研究對象的碩士學位論文，那就是吳敏嘉〈亦秀亦豪的健筆：張曉風抒情散文之翻譯與討論〉。由康士林教授所指導。由於該論文是爲符合輔仁大學的「翻譯研究所」畢業的要求條件而寫，所以重點在張曉風抒情散文之「翻譯」上，所以文學性便並非惟一的重點了。而它的意義，則在於：

1、非中國文學研究所也能以現代散文爲研究對象。

2、「現代文學」尙未獲得中國文學研究所的師生應有的重視。

（三）鄭明娳的2篇論文與何寄澎的〈當代台灣散文中的女性形象〉一文，不但同時在開發一個新的散文研究之領域－女性文學，更重要的是於無形中指出了台灣現代散文的關鍵性特色：散文因內涵無所不包，所以很容易快速吸收外來的思潮和理論－此處就是女性主義的滲入散文創作和研究中的例證。換言之，散文和社會脈動是息息相關的，也因此，不可能具有「封閉的性格」。

（四）相對於「女性」類型的散文之研究，陳萬益的研究〈囚禁的歲月－論陳列的「無怨」與施明德的「囚室之春」〉則顯現出另一類型的散文之特色：男性－理想－政治－囚犯，我們或可用「陽剛」型來指稱它們。

六、西元1993年（民國82年）的研究成果

在西元1993年（民國82年）中，學術性的「散文研究」計有3本專著和7篇論文，成果算是比較豐碩的。它們的特色也可用下列四點來描述：

（一）在研究的對象上，計有徐志摩、余光中、郁達夫、周作人等四人的散文，其中盧斯飛《春光與火焰－徐志摩散文評析》、陳玉芬〈余光中散文研究〉、與賴玲華〈周作人前期散文研究〉，前者屬專書，後二者屬

學位論文,所以不但內容完整而詳贍、立論也頗精確。惟若從地域性和時間性來比較,則重點似乎在大陸五四到三〇年代。

(二)除論述上列作家的散文者外,尚有屬於泛論性的,如范培松的《散文瞭望角》、鄭明娳的〈六十年來的現代散文〉和徐學的〈八〇年代台灣政治文化與台灣散文〉都是。此外,沈謙先生則以其專長「修辭學」為基,發表了〈現代散文的反諷〉一文,對散文的寫作技巧—反諷,提出了不少洞見。

(三)本年中最值得一提的是正中書局出版的《當代台灣文學批評大系—散文批評卷》一書,由何寄澎選編若干重要的散文研究或論述而成;何氏並於前附有一篇〈導讀〉。這本書不但可讓人大致了解前此的「散文批評和研究」之範圍、方法與成績,而且何氏的導讀也對其「成績」和「特色」提出不少評斷和建議。

(四)此外,2篇分由台大中研所和文化中研所畢業的碩士論文,也展示了國內的中國文學研究所已開始注意到「現代散文」的重要性並已獲得若干初步成果了。

七、西元1994年(民國83年)的研究成果

在西元1994年(民國83年)裡,學術性的「散文研究」計有1本專著和6篇論文。它們的特色大致可分下列三點來呈現:

(一)在被研究的對象上,綜論的有徐學的〈當代台灣散文中的遊戲精神〉、鄭明娳的〈從懷鄉到返鄉—台灣現代散文中的大陸意識〉與〈當代散文的兩種怪誕〉、以及許達然的〈日據時期台灣散文〉等。至於專論,則有沈謙的〈真誠關愛與粉飾自欺—評白樺的散文《我想問那月亮》〉和陳萬益的〈原住民的世界—楊牧、黃春明與陳列散文的觀點〉。當然,不管是綜論或是專論,這些論述其實都表現出或針對作品的內容、風格或是寫作技巧等不同的關注點。不過,綜觀起來,研究焦點的更為濃縮和明確

似為「散文研究」的走向之一。

（二）在被關注的作家與作品的地域上，「台灣地區的作家和作品」似已漸成焦點；或許，這也是一種文學研究轉向的表現。

（三）研究者除許達然和亮軒外，徐學、沈謙、鄭明娳、陳萬益等可說都是老面孔，而這是否表示關注散文而從事研究的人並未大量增加呢？事實上，許氏和亮軒也都是有名的散文作家和評論家─只是比較少發表性質嚴肅而富推理、或歸納性，以及全文主題、結構完整且具有創見的學術性論文而已；亮軒的《從散文解讀人生》一書其實就是重體悟而少論證的具體例子，但因為成書，所以乃將其列入。

八、西元1995年（民國84年）的研究成果

在西元1995年（民國84年）中，具有學術性的「散文研究」有1篇碩士論文：石曉楓的〈豐子愷散文研究〉，和4篇比較短的論文。值得一提的是，這4篇文章中，有3篇是黃武忠先生所寫，關於子敏、王鼎鈞和羅蘭的散文研究，是今年度中比較突出的研究者。

九、西元1996年（民國85年）的研究成果

到了西元1996年（民國85年），學術性的「散文研究」則有7篇。陳萬益的〈隨風飄零的蒲公英─台灣散文的老兵思維〉若配合他的其他散文研究來看，則已可呈現出陳氏努力的方向─挖掘「台灣散文」中某一類型題材與主題─要而言之，即「政治和原鄉」觀念，甚有意義；至於亮軒的〈業餘散文初探─以九歌版年度散文選為例〉則仍為其特色─以評論方式為之，但亦常有深邃的洞見潛藏於其中；本年度值得一提的研究者還有兩位，分別是方祖燊和鹿憶鹿，他們各發表了兩篇文章，可說是新的散文研究的推動者。

十、綜合分析

　　總之，綜觀西元1988年（民國77年）至西元1996年（民國85年）的九年間，「散文研究」的成績只能算是差強人意，因為研究者不多，被研究的對象，包括作家、作品、風格、內容、主題、技巧等，尚待開發和掘深的地方仍有很多。不過，從上述逐年摘出之特色看，散文研究的趨勢雖然很難勾勒出來，但仍可大致描述如下：

　　在西元1988年（民國77年），也許是湊巧，但也可能是受到解嚴的影響，「散文研究」主要在探討其「文類」的特性，但結果是莫衷一是：散文仍然難以取得一致的明確定義。此外，也針對當時在台灣地區早就享有盛名的散文作家做了些研究。到了西元1989年（民國78年），則更進一步產生了對「散文」形成一套理論體系的計畫；同時，大陸地區五四到三〇年代的散文也成了被研究的對象。而於西元1990年（民國79年），「綜論長時期和大地區」的散文論述成了主流，而呈現出一種鳥瞰和回顧的風尚。西元1991年（民國80年），研究重點又回到台灣。西元1992年（民國81年），出現了第一本散文研究的碩士學位論文，不過卻出自翻譯研究所，而非中文研究所，但也已標誌出學院開始重視散文研究了。另外則是研究重點勿但更為明確，而且更與時代風氣、社會脈動相關—即「女性」作家、和作品中的女性隨著女性主義的風行而成研究重點。到了西元1993年（民國82年），出現了二本大學裡中文研究所的碩士論文，同時，也出版了「散文研究」的編選集。前者標示出中文研究所不但已開始重視散文研究，而且也有了初步成果；後者則可視為一個階段的「散文研究」之水準和成績。西元1994年（民國83年），可說是研究焦點最為顯目的一年：一反過去論大事件、或作家的習慣，而專注到原住民的世界、怪誕的風格、懷鄉和返鄉的主題，與遊戲的精神、關愛與自欺的對比內容等。西元1995年（民國84年）只有1篇學位論文和4篇短論，成果最為單薄。而到了西元1996年（民國85年），情況稍見好轉，有7篇論文，然而比起小說和新詩的研究數量而言，散文研究確實是被多數的研究者給忽略了。但亮軒針對「年度散文選」

提出評論，則在隱約中顯現出「散文研究」的變相：只重選、編，再附上導讀或緒論，可說是一針見血的做法。「研究」比選、編雖然辛苦，但卻更有深度。

此外，這九年中的「散文研究」現象，仍有二點不能不提：

其一，是鄭明娳教授的努力。她嘗試建構一套完整的「現代散文」理論體系，不但規模宏大，且已依計畫逐步實踐中。然而，令人惋惜的是，一來，並未有人對其理論體系提出評論，二來，也未見有人依其理論體系去從事散文作品的實際批評。因此，此套理論的「影響」似乎尚未彰顯，有心之士似可朝此做更進一步的努力。

其二，是解嚴之後，不但以往被禁的大陸和台灣作品已可重見天日，因此，使得我們可以研究的對象大為增加；同時，外國各種有關散文的理論和大陸有關的譯述和研究也不少，這些，也都值得我們去研究和參考的。

第四章 戲劇類

　　本世紀初，在西方科技與文化強力的東進之下，「詩歌」、「散文」、「小說」、和「戲劇」成了一般共認的文學中的四大文類。這種說法的目的，當然是在勾勒文學的形式特色，但其缺乏精密性和周延性則是顯而易見的事實；譬如在面對「劇詩」、「散文詩」等這類具有「跨文類」性質的文學體裁時，我們即很難將這些名詞加以明確和清晰的定義。又如當面對「報導文學」、「自然寫作」等這類新名詞時，它也很難讓我們以十足的把握將上述名詞放入前列四種文類中的任何一種內。這種情況，一方面凸顯了「文類」的不確定和不周延性。（或者說是具有靈活的變異性），但同時更告訴我們：在大家對某些作品，甚至是文類已習慣地認爲它（們）是「文學」時，若能再以超越「文類」，甚或是超越「文學」的宏觀視野去了解它們的話，則許多在一般定義中未能見到的含義，便常會因而被挖掘出來了。「戲劇」這一文類，就是一個非常適合讓我們拿來用這個角度加以仔細觀察的例子。

　　「戲劇」是否屬於「文學」呢？在大學和學院的文學系、所中，與「戲劇」有關的科目都是不可或缺的課程。而且，在不少大學校院中，也常在文學系、所之外，還設有戲劇系或戲劇研究所。因此，這到底是怎麼一回事便有加以仔細釐清的必要了。

　　一般說來，組成「戲劇」的重要因素通常被認爲有三項，即：「演員」、「劇本」、和「觀眾」，而且它們的關係乃是彼此依存，互爲一體的。事實上，如果要讓「戲劇」能夠呈現在觀眾面前，則它必需要具備第四個要素—「劇場」才行。所謂「劇場」，即是讓戲劇呈現出來的場所，而在該場

所中，若要使戲劇能夠正式演出，則尚需有下列配合條件才成，如：舞台、佈景、燈光（含建築、美術）、音樂……等。因此，就最表層的意思來看，「戲劇」常被視爲「一種以表演爲主的綜合性藝術」。據此，它當然與以「語文」爲傳達媒介的「文學」並不相同，或者我們甚至可以說，它們兩者之間其實有很大的差異性。

不過，「戲劇」被認爲是「文學」卻也是源遠流長的；而其最根本的原因，即在它的要素之一的「劇本」上。我們當然知道，戲劇的生命在演出，因爲沒有演出，戲劇就無法算是真正存在。但是，由於在表演的實際情形是，即使是同一齣戲的演出，也會因時間、地點、演員和設備等的改變，而造成不同的表演結果—即戲劇所呈現出來的面貌，是每一場均與其它場不同的。所以才會有人把「戲劇」說成：「當幕一拉開,該場戲的生命即開始；幕一落，該場戲的生命即結束。」

上述說法固然有其道理，但若依此來決定「戲劇」的價值和意義，便有降低戲劇的地位，和窄化戲劇的內含和影響力的缺失了。事實上，任何一齣戲都會有其永恆的生命，那就是「劇本」。因它擁有劇本，所以能夠使同一齣戲突破時間、空間、演員和設備的限制—不論在何時、何地、由何人在何種物質條件之下演出，它們都是屬於同一齣戲。而我們也由此可見，「劇本」對「戲劇」的重要性是多深遠了。但是因「劇本」乃是以「語文」書寫下來的，所以也常是供人閱讀和品賞的對象，於是，它被視爲「文學」的一種形式也是其來有自的。

我國的傳統戲劇雖然要到元朝時才算有了較全面的開展，但如果我們採用比較寬鬆的眼光來看的話,它的起源其實可以上溯到漢朝以前;因此，當然也可以說是源遠流長的。在這數千年的歷史中，各朝代、各時期的戲劇在題材、內容、以及演出形式上，當然有絕大的差別，但它讓人印象深刻的地方之一，毫無疑問的是以兩條路線在發展：一是偏重文學欣賞的劇本文學（含劇曲在內）路線，而以文彩華美和悅耳動聽爲特色；二是以實

際演出爲主的實用路線，以和民間社會的相連爲特色。顯然，前者主要是流行於文人階層，而後者則流傳於庶民階層中。當然，這種粗略的描述頗有疏漏之處，但以它們爲基來觀察本世紀中我們的「戲劇」狀況，似可讓人產生依稀彷彿的感覺。

　　清末民初時期，在列強爭相侵吞我們的國土和收刮我們的財富之下，逼使我國當時不少知識分子跳脫傳統的束縛，認識到若想避免亡國滅種之禍，使家國得以繼續生存，最有效的方法乃在批判傳統觀念和習俗，學習西方科技文明，而且以實用者爲宜。這種風氣，到了五四以後已成爲社會的主要潮流。而也正是在此時期的風潮下，使我國的「戲劇」一窩蜂的以西方的「寫實劇場」爲模仿對象，而造成了「話劇」的普遍風行。於是，以最簡單、甚至是抽象式的演出條件，透過深刻而有力的表演方式，讓觀眾很快能感染到愛國熱忱，並鄙夷舊傳統，而投入社會改革活動的「話劇」，一時之間，乃成了「戲劇」界最富實用效果的一類了。[1]

　　當然，在「話劇」流行的時期，原有的舊劇和地方戲也都各有愛好者，並也多在題材內容和表演方式上有了若干的改變，只不過比不上「話劇」那麼受到矚目而已。這個情況，到八〇年代台灣地區，才有了改變。當時，西方反寫實戲劇的風潮在一些年輕劇家的認同下被引進國內，並與一些同好組成了許多「實驗性」極強的「小劇場」—它們不重視「劇本」，尤其不喜歡「舊有的劇本」，而鼓勵演員們發揮自我的體會，即興的演出。這種情況直到現在仍然延續著。因此，我們可以說，由於近百年來的戲劇史上，一直存在著不十分重視「劇本」而一味強調「演出」的傾向，使我們雖在這段期間中也看到若干傑出的新「劇本」，但數量實在有限。而這一個事實，也造成了本研究所突顯的結果，那就是若從「文學」的觀點來考

---

[1] 馬森，《中國戲劇的兩度西潮》（台南：文化生活新知出版，西元 1991 年，民國 80 年），頁11～15 以及頁161～180。

察近百年來的「劇本」的研究的話，其表現在量上的成績實在令人汗顏。
當然，我們也了解到，這一事實並非在指出討論「戲劇」的論著不多，而
是因有關這方面的探討重點以偏向「表演」和「劇場」上，以至於與本研
究有了區隔所致。

　　由於本研究的對象性質屬於「文學」的領域，所以在戲劇研究的範圍
上便嚴格地限定在「戲劇文學」─即「劇本」上，而不包括「表演藝術」
和「劇場」兩個「戲劇」的重要項目。底下，即先列出西元1988至1996年
間具有學術性的「戲劇文學」論文和專著，然後再析論其發展趨勢：

編號	日期	作者	專著・論文	出處	出版者	備註
1	1989/6	葉振富	《台灣光復初期的戲劇》		文化大學藝術研究所碩士論文	閻振瀛指導
2	1990/6	焦桐	《台灣戰後初期的戲劇》		台北：台原出版社	
3	1990/8	葛聰敏	《「五四」話劇的美學特徵》		台北：智燕出版社	
4	1990/10	馬森	〈演員與作家劇場：論二時代的現代劇作〉	《中外文學》19卷5期		
5	1991/4	馬森	《當代戲劇》		台北：時報文化出版公司	
6	1991/7	馬森	《中國現代戲劇的兩度西潮》		台南：文化生活新知出版社	
7	1991/8	馬森	〈中國現代舞臺上的悲劇典範—曹禺的「雷雨」〉	二十世紀中國文學研討會	中國古典文學研究會、師範大學	
8	1992/9	馬森	《東方戲劇、西方戲劇》		台南：文化生活新知出版社	
9	1993/2	姚一葦	《戲劇原理》		台北：書林出版有限公司	
10	1993/6	馬森	〈五四以來中國現代戲劇概觀〉	中國現代文學與教學研討會	文化大學中文系文藝組	
11	1993/12	馬森	〈哈哈鏡中的映象—三十年代中國話劇的擬寫實與不寫實：以曹禺的《日出》為例〉	百年來中國文學學術研討會	中央日報社	
12	1993/12	胡耀恆	〈半世紀來戲劇政策的回顧與前瞻〉	百年來中國文學學術研討會	中央日報社	
13	1993/12	高行健	〈中國現代戲劇的回顧與展望〉	百年來中國文學學術研討會	中央日報社	
14	1994/6	李皇良	《李曼瑰和台灣戲劇發展之研究》		文化大學藝術研究所碩士論文	鍾明德指導
15	1994/7	石宛舜	〈嘎然弦斷—林博秋與新劇〉	《文學台灣》11期		
16	1994/7	李慧薇	《曹禺：《北京人》研究—從主要人物看其戲劇藝術》		文化藝術研究所碩士論文	黃美原指導
17	1994/8	楊渡	《日據時期台灣新劇運動（1923—1936）》		台北：時報文化公司	
18	1994/10	馬森	《西潮下的中國現代戲劇》		台北：書林出版有限公司	
19	1994/12	葉長海	《中國戲劇學史》		台北：駱駝出版社	
20	1995/7	申正浩	《老舍劇作《茶館》研究》		成功大學歷史語言所	馬森指導

			究》		碩士論文	
21	1995/10	馬　森	〈台灣現代戲劇五十年〉	《聯合文學》132期		
22	1996/4	馬　森	〈鄉土VS.西潮—八〇年以來的台灣現代戲劇〉	中國現代文學與教學研討會	文化大學中文系文藝組主辦	
23	1996/6	周美鳳	《易卜生戲劇作品中虛偽與眞實之探討並討論台灣文學中相同主題之作品》		輔大德國語文研究所碩士論文	裴德指導
24	1996/6	吳祖光	〈《鳳凰城始末》—三十年代寫的頭一個劇本〉	百年來中國文學學術研討會	中央日報社	
25	1996/6	楊松年	〈講授新馬抗戰救亡時期戲劇的體會〉	中國現代文學與教學研討會	文化大學中文系文藝組	
26	1996/12	姜龍昭	〈反推理據「黑夜白賊」評介〉	《中國現代文學理論》4期		

一、西元1988年（民國77年）的研究成果

依據上列的目錄，令人驚訝的實況是，西元1988年（民國77年）並沒有任何戲劇文學的學術論著。

二、西元1989年（民國78年）的研究成果

到了西元1989年（民國78年），則有1本出於文化大學的研究所碩士論文，即葉振富的《台灣光復初期的戲劇》。由嚴振瀛教授指導的這本論文，討論台灣從戰後（西元1945年，民國34年）到五十年代末期的戲劇，它指出由於社會結構和政經環境是戲劇的養成土壤，因此，在這期間的戲劇內涵可說與「時代」緊緊相連。換言之，本論文將戲劇活動的研究放入大環境中理解。於是，所討論的對象便以文學性質較重的話劇為主，輔以地方戲劇作研究，考察其律動，檢視當前戲劇發展的體質。

三、西元1990年（民國79年）的研究成果

西元1990年（民國79年）則有2本專著，分別是焦桐的《台灣戰後初期的戲劇》和葛聰敏的《「五四」話劇的美學特徵》。葛聰敏為大陸學者，其研究在台灣的出版似可視為兩岸學術交流的象徵。此書從中國傳統與國外思潮兩大方面探討它們對「五四」話劇的影響，並介紹各個不同流派及其美學上的發展。本年度唯一的論文為馬森的〈演員與作家劇場：論二〇年代的現代劇作〉，主要內容是：論述西元1924（民國13年）到1930年（民國19年）間的「劇本」。

四、西元1991年（民國80年）的研究成果

西元1991年（民國80年）的研究成果有2書1文,都是出於馬森之手：2本專書分別是《當代戲劇》、《中國現代戲劇的兩度思潮》，1文則為〈中國現代舞台上的悲劇典範—曹禺的「雷雨」〉；後者析論〈雷雨〉轟動的原因，乃故事並非虛構，而且呈現反封建家庭的潮流。《當代戲劇》乃論文集，

分爲「論當代戲劇」與「評當代演出」，並附錄「當代劇場發展的方向」座談會內容。其中，只有第一部份屬戲劇文學；論文〈演員劇場與作家劇場〉也收在此書的第一部份中，文中檢討文學性劇本在台灣當代劇場中受忽略的情形，而對劇場的發展感到憂心。而在《中國現代戲劇的兩度思潮》中，馬森「視戲劇爲整體社會活動及文化變遷之一環。認爲中國現代戲劇的產生及發展乃與近代中國整體文化接受西潮之衝擊而走上西化或現代化的道路同一方向」[2]。故書中先討論第一度西潮東漸及新劇的誕生、發展、成果與問題，並述及台灣早期的新劇運動，然後再討論第二度西潮的背景與二度西潮下的台灣與大陸當代劇場。

五、西元1992年（民國81年）的研究成果

西元1992年（民國81年）的戲劇研究僅有馬森《東方戲劇、西方戲劇》一書，是作者的論文集，分爲「中國古典戲劇」、「中國現代戲劇」、「西方戲劇」三部份，此書的主要特色在以中西方戲劇的對照、古典與現代戲劇相交融上。他曾在西元1991年（民國80年）發表的〈中國現代舞臺上的悲劇典範—論曹禺的《雷雨》〉，也收入本書的第二部份中。

六、西元1993年（民國82年）的研究成果

西元1993年（民國82年）的戲劇研究共有1本專書和3篇論文，分別是姚一葦的《戲劇原理》、馬森的〈五四以來中國現代戲劇概觀〉和〈哈哈鏡中的映象—三十年代中國話劇的擬寫實與不寫實〉、以及楊松年的〈講授新馬抗戰救亡時期戲劇的體會〉，總括來看，本年的研究內涵有三：戲劇的理論、五四和三〇年代的戲劇，以及海外華人劇作。值得一提的是，因3篇論文俱出於研討會，可見研討會的舉辦，的確對文學研究成果的累

---

[2] 馬森，《中國現代戲劇的兩度西潮》之〈緒論〉（台南：文化生活新知出版社，西元1991年，民國80年）。

積，有頗大的貢獻。

七、西元1994年（民國83年）的研究成果

西元1994年（民國83年）的研究成果則可謂豐富，共計有5本專著及1篇論文。其中李皇良的《李曼瑰和台灣戲劇發展之研究》與李慧薇的《曹禺：《北京人》研究—從主要人物看其戲劇藝術》，兩者均是文化大學藝術研究所碩士論文。前者從李曼瑰的生平談起，討論李曼瑰推動的劇場運動與台灣戲劇發展的關係與貢獻。後者主要討論曹禺《北京人》劇中人物的「雙層行為」表現。這兩篇學位論文距離上一篇（西元1989年，民國78年）葉振富的碩士論文《台灣光復初期的戲劇》有五年之久，可見在學院中從事戲劇研究的研究生仍相當少。其餘的3書1文，在研究的主題上，以「新劇」的提出與論述最值得注意。

八、西元1995年（民國84年）的研究成果

在西元1995年（民國84年）中，研究成果計有 1 本專著與 1 篇論文。論文是馬森所寫的〈台灣現代戲劇五十年〉，對戲劇史的勾勒頗為精要。至於專著則為申正浩的碩士論文《老舍劇作《茶館》研究》，他對《茶館》作了頗為全面的討論，諸如：版本問題、創作背景、結構、人物、語言、主題、思想分析等等，作者認為老舍的《茶館》是民族化話劇成功的先例。

九、西元1996年（民國85年）的研究成果

西元1996年（民國85年）共有5篇論文與1本專書。專著為周美鳳《易卜生戲劇作品中虛偽與真實之探討並兼論台灣文學中相同主題之作品》，作者嘗試將台灣文學中與易卜生作品相比較，分析台灣作家對環境的觀察及真偽的觀點是否與易卜生有相同之處。而馬森仍然繼續針對西潮對現代戲劇的影響發表論文—〈鄉土 VS.西潮—八○年以來的台灣現代戲劇〉。另外，現代戲劇的發展也已快一個世紀了，因此，歷時性從縱向回顧的文

章有2篇，分別是胡耀恆的〈半世紀來戲劇政策的回顧與前瞻〉與高行建的〈中國現代戲劇的回顧與展望〉。

十、綜合分析

綜觀九年來的華文現代戲劇研究，針對戲劇文學性或劇本所做的研究在數量上並不多，共計有專書14本（包括5本碩士論文）與12篇單篇論文而已，其中，馬森個人就發表了4本書與6篇論文，並指導1篇碩士論文，而且幾乎年年都有著作發表，他近十年來筆耕不輟的努力，對現代戲劇研究的貢獻可謂良多。至於撰寫現代戲劇論文的研究生則以文化大學藝術研究所學生最多（3位），另外2位則是成功大學歷史語言所與輔大德國語文研究所研究生。

至於在研討會上發表的論文則有7篇，佔了所有相關研究的近三分之一。因此，研討會的舉辦對研究實有長足的貢獻，它們不僅提供研究者論文發表的園地，也讓研究者們有對話討論的機會。

最後，在研究主題上，三〇年代作家—曹禺的劇作、台灣光復初期的戲劇與西潮東漸下的中國戲劇發展，乃是兩個最受研究者持續關心與分析研討的焦點。在戲劇方面，總的來說，戲劇研究上值得開拓的主題仍然很多，希望在未來有更多研究者加入戲劇研究的行列。

第五章 其他文類

　　在前面的緒論中，我們曾經指出，由於受到西方文學觀念的影響，近百年來的我國文學研究，若以「文學作品」爲對象的話，有以小說、詩歌、散文、戲劇爲四大文類的趨向。而所謂「文類」，大致而言，是指有一群頗大數量的文學作品，在表現方式上因所採取的基本策略甚爲類似，於是乃造成這些作品的形式體裁或內部結構可以被劃歸爲同一類群的結果。換言之，「文類」必須具備底下兩個基本要件：一是這些作品的基本寫作策略和作品的形式結構相近似；二是這一群作品的數量多到可以被劃歸爲同一類型。

　　由於「文類」的知識不但可以讓我們對個別的文學作品之了解擁有方便且深刻的切入點，甚至於對整個文壇也能掌握較全面的理解能力，所以很受重視。不過，「文類」卻也隱含著兩個基本特性：一是它具有隨時變動的性質，二是它的界限常有一灰色地帶，不易截然劃清，所以底下三個要點便是值得我們研究者注意之處了：

　　一、次文類：上述的四大文類之間，彼此當然是很容易區別的，譬如「詩歌」，由於講究文字的節奏和押韻，便與小說、戲劇和散文很容易判別。其它三類的情形也是如此。然而，我們卻也常常可以看到諸如以下的名稱：「山水詩」、「田園詩」、「邊塞詩」、「閨怨詩」，或「愛情小說」、「偵探小說」、「神怪小說」、「武俠小說」等，前四者都是「詩歌」類，後四者也都屬「小說」類。而有這些名稱的原因，是我們爲了能夠更進一步地去了解它們，所以才在各文類的範圍之內，再更從其他角度去分析它們—而上面八者即都是從「題材」上再加以細分的。當然，我們

也可以從「形式」上來，再加以區分上述的四大文類，於是「詩歌」中便有「五言詩」、「七言詩」、「古體詩」、「歌行」、「近體詩」；而「小說」也有「長篇」、「中篇」、「短篇」的區別了。因為它們都在原「文類」之下區分出來的，所以我們稱它們為「次文類」。

二、跨文類：文類最基本的特色，不但是在表面上可以形成不同的樣貌，而且在實質上也都隱含有各種功能的。換句話說，它們包含了寫作的企圖、策略和結果在內。但我們更應該體認到的是，「文類」和「文類」之間卻也絕不是可以完全判然劃開，難以跨越的。因為所謂四大文類本身，其涵蓋面即有不夠周延的大缺陷，何況「文學作品」既然首重「創作」，則「作家」想如何去創作自己的作品，又怎麼可能會有不可以違背的規章出現？因此，「跨文類」的情形不但可以，而且也頗有意義，而我們也因此可看到「散文詩」、「劇詩」、「歌劇」、「寓言小說」等這些「跨文類」的名詞。

三、已有人使用，但在嚴謹度和普遍度上均尚不足以被稱為「文類」的類別名稱，如：「鄉土文學」、「都市文學」、「大眾文學」、「客家文學」、「傳記文學」，甚至於「銀髮族文學」、「滑稽文學」等。由於這些名稱的指涉不明確，而且範圍也過於廣泛，所以當然無法用「文類」來說明它們的特色與屬性。不過，在意義上，它們的存在，事實上也已擁有豐富文學現象和內涵的價值了。所以，我們的認知應是，既然已有此等現象，我們就無法不去正視它們；或者即使在某些條件，如時間、人力、物力等都尚無法配合我們去加以仔細探究，但從存實的立場來將它們記錄下來，似乎也是必需的。由於它們的內容博雜，形式各異，所以很難仔細地一一加以論述。因此，為配合本研究的性質，底下便選擇在數量和意義上都仍可加以論述的兩個「類」來稍做析論：一是兒童文學，二是報導文學。底下先列出我們蒐集到的關於這兩個文類的研究資料，然後再加以分析。

編號	日 期	作者	專著‧論文	出 處	出 版 者	備 註
1	1988/6	馮永敏	〈中國兒童的內容與取材〉	《台北市師範學院學報》19期		
2	1988/6	呂正惠	〈「人的解放」與社會主義制度的矛盾—論劉賓雁的報告文學〉	第一屆當代中國文學國際學術會議	清大中研所、中語系、新地文學基金會	
3	1988/7	林守為編	《兒童文學》		台北:五南圖書出版公司	
4	1988/9	雷僑雲	《中國兒童文學研究》		台北:學生書局	
5	1989/5	徐紹林	〈神話故事的分析〉	林文寶編《兒童文學論述選集》	台北:幼獅文化事業公司	
6	1989/5	馬景賢	〈兒童劇之寫作研究〉	林文寶編《兒童文學論述選集》	台北:幼獅文化事業公司	
7	1989/5	黃 海	〈兒童科幻小說的寫作〉	林文寶編《兒童文學論述選集》	台北:幼獅文化事業公司	
8	1989/5	柯華葳	〈寫少年小說給少年看〉	林文寶編《兒童文學論述選集》	台北:幼獅文化事業公司	
9	1989/5	洪文瓊	〈少年小說的界域問題〉	林文寶編《兒童文學論述選集》	台北:幼獅文化事業公司	
10	1989/5	野 渡	〈重組童話的訣竅〉	林文寶編《兒童文學論述選集》	台北:幼獅文化事業公司	
11	1989/5	林 良	〈童話的特質〉	林文寶編《兒童文學論述選集》	台北:幼獅文化事業公司	
12	1989/5	蘇尚耀	〈試談「寓言」〉	林文寶編《兒童文學論述選集》	台北:幼獅文化事業公司	
13	1989/5	林鐘隆	〈寓言、神話、傳說和民間故事〉	林文寶編《兒童文學論述選集》	台北:幼獅文化事業公司	
14	1989/5	葉詠琍	〈寓言、神話與史詩〉	林文寶編《兒童文學論述選集》	台北:幼獅文化事業公司	
15	1989/5	林鐘隆	〈兒童需要現代寓言〉	林文寶編《兒童文學論述選集》	台北:幼獅文化事業公司	
16	1989/5	許義宗	〈兒童劇初探〉	林文寶編《兒童文學論述選集》	台北:幼獅文化事業公司	
17	1989/5	林 桐	〈神話的改寫〉	林文寶編《兒童文學論述選集》	台北:幼獅文化事業公司	
18	1989/5	楊思諶	〈談少年小說的寫作〉	林文寶編《兒童文學論述選集》	台北:幼獅文化事業公司	
19	1989/5	曹俊彥	〈圖畫:兒童讀物的先頭部隊〉	林文寶編《兒童文學論述選集》	台北:幼獅文化事業公司	
20	1989/5	鄭明進	〈談圖畫書的教育價值〉	林文寶編《兒童文學論述選集》	台北:幼獅文化事業公司	
21	1989/5	吳英長	〈故事化的處理技巧〉	林文寶編《兒童文學論述選集》	台北:幼獅文化事業公司	
22	1989/5	洪文瓊	〈國內外兒童讀物發展	林文寶編《兒童文學	台北:幼獅文化事業	

			概況〉	論述選集〉	公司	
23	1989/5	楊爲榮	〈兒童文學的社會功能〉	林文寶編《兒童文學論述選集》	台北：幼獅文化事業公司	
24	1989/5	林 良	〈兒童文學—淺語的藝術〉	林文寶編《兒童文學論述選集》	台北：幼獅文化事業公司	
25	1989/5	林守爲	〈談兒童讀物〉	林文寶編《兒童文學論述選集》	台北：幼獅文化事業公司	
26	1989/5	林文寶編	《兒童文學論述選集》		台北：幼獅文化事業公司	
27	1989/5	李漢偉	〈珍惜人類藝術發展的童年—談兒童神話傳說的讀與寫〉	林文寶編《兒童文學論述選集》	台北：幼獅文化事業公司	
28	1989/5	洪文珍	〈談兒童讀物的評鑑〉	林文寶編《兒童文學論述選集》	台北：幼獅文化事業公司	
29	1989/5	尹世英	〈兒童劇發展的省思〉	林文寶編《兒童文學論述選集》	台北：幼獅文化事業公司	
30	1989/5	陳正治	〈談童話的寫作〉	林文寶編《兒童文學論述選集》	台北：幼獅文化事業公司	
31	1989/5	林 良	〈尋找一個故事—談兒童文學「故事」的誕生〉	林文寶編《兒童文學論述選集》	台北：幼獅文化事業公司	
32	1989/5	林武憲	〈兒童讀物的改寫〉	林文寶編《兒童文學論述選集》	台北：幼獅文化事業公司	
33	1989/5	邱阿塗	〈是論知識性讀物的寫作技巧〉	林文寶編《兒童文學論述選集》	台北：幼獅文化事業公司	
34	1989/5	朱傳譽	〈童話的演進〉	林文寶編《兒童文學論述選集》	台北：幼獅文化事業公司	
35	1989/5	趙天儀	〈抄襲、模仿與創作〉	林文寶編《兒童文學論述選集》	台北：幼獅文化事業公司	
36	1989/5	馮輝岳	〈童謠、兒歌、兒童詩〉	林文寶編《兒童文學論述選集》	台北：幼獅文化事業公司	
37	1989/5	王玉川	〈兒童詩歌寫作研究〉	林文寶編《兒童文學論述選集》	台北：幼獅文化事業公司	
38	1989/5	陳亞南	〈我對兒童戲劇的看法〉	林文寶編《兒童文學論述選集》	台北：幼獅文化事業公司	
39	1989/5	馬景賢	〈讀兒童傳記讀物〉	林文寶編《兒童文學論述選集》	台北：幼獅文化事業公司	
40	1989/9	宋筱蕙	《兒童詩歌的原理與教學》		台北：五南圖書出版公司	
41	1990/3	雷僑雲	〈中國兒童文學的教育性〉	《銘傳學報》27期		
42	1990/5	葉詠琍	《兒童成長與文學—兼論兒童文學創作原理》		台北：東大圖書公司	
43	1990/6	陳正治	《童話寫作研究》		台北：五南圖書出版公司	

44	1990/7	傅林統	《兒童文學的思想與技巧》		台北：富春文化事業股份有限公司	
45	1990/8	邱各容	《兒童文學史料初稿（1945—1989）》		台北：富春文化事業股份有限公司	
46	1990/11	蔡尚志	《論兒童文學「淺語」的應用》	《嘉義師院學報》4期		
47	1991/6	林燿德	《台灣報導文學的成長與危機》	《重組的星空》	台北：業強出版社	
48	1991/9	張倩榮	《兒童文學創作論》		台北：富春文化事業股份有限公司	
49	1992/8	湯哲聲	《中國現代滑稽文學史略》		台北：文津出版社	
50	1992/9	蔡尚志	《兒童故事寫作研究》		台北：五南圖書出版公司	
51	1992/10	趙天儀	《兒童詩初探》		台北：富春文化事業股份有限公司	
52	1993/5	杜 萱	《童詩廣角鏡》		台北：正中書局	
53	1993/9	季慕如	《兒童文學綜論》		高雄：復文圖書公司	
54	1994/6	林文寶	《楊喚與兒童文學》		台東師範學院語文教育系	後由台北：萬卷樓圖書有限公司出版
55	1995/6	張子樟	《閱讀與詮釋之間—少年兒童文學評論集》		花蓮縣立文化中心	
56	1995/6	陳正治	《童詩的外型排列研究》	《台北市立師範學院學報》26期		
57	1995/6	林淑娟	《童詩語言研究—語意學角度的探討》		東海中文研究所碩士論文	周世箴指導
58	1995/10	張大春	《逃家/回家的孩子—童話中所蘊藏的禁制與渴望》	《文學不安—張大春的小說意見》	台北：聯合文學雜誌社	
59	1995/11	林文寶	《兒童詩歌論集》		台北：富春文化事業股份有限公司	
60	1995/11	蔡尚志	《童話題材的擷取與運用》	《嘉義師院學報》9期		
61	1996/3	方祖燊	《論「報告文學」》	《中國現代文學理論》1期		
62	1996/6	陳信元 文 鈺	《大陸新時期報告文學概況》		文建會	
63	1996/6	陳信元	《兩岸環保文學的初步考察》	百年來中國文學學術研討會	中央日報社	
64	1996/6	林煥彰	《大陸新時期兒童文學》		文建會	
65	1996/6	吳宜婷	《台灣當代兒歌研究（1945—1995）》		文化大學中文研究說碩士論文	許瑞容指導
66	1996/6	傅林統	《美麗的水鏡—從多方位探究童話的創作和改寫》		桃園縣立文化中心	

一、兒童文學

（一）西元1988年（民國77年）的研究成果

在西元1988年（民國77年）中，有1篇論文與3篇專著，多是兒童文學綜論。林守為編《兒童文學》便帶有介紹的用意，其書分為十多章，分別討論各類的兒童文學，如：童話、神話、寓言、小說、傳記、遊記、詩歌、笑話、謎語、戲劇等，並探討兒童文學對兒童的意義與重要性，以及寫作兒童文學的要點。雷僑雲《中國兒童文學研究》的分類與前者大類相似，並加入兒童字書、家訓文學。由以上二書之分類可以看出兒童文學包羅萬象，但由於收集的論文篇章多半採縱論的方式，故在此筆者不再細分各類作論述。

（二）西元1989年（民國78年）的研究成果

西元1989年（民國78年）的研究成果頗為豐碩，共有2本專書出版。林文寶編《兒童文學論述選集》收入了如表所列的34篇論文，探討面向廣泛，從綜論兒童文學基本定義、意義、功能價值的釐清、發展概況（如：洪文瓊〈少年小說的界域問題〉、楊為榮〈兒童文學的社會功能〉、林守為〈談兒童文學〉等），兒童文學創作技巧（如：林桐〈神話的改寫〉、黃海〈兒童科幻小說的寫作〉、野渡〈重組童話的訣竅〉、趙天儀〈抄襲、模仿與創作〉、邱阿塗〈試論知識性讀物的寫作技巧〉等），到兒童文學的評鑑、省思（如：洪文珍〈談兒童讀物的改寫〉、尹世英〈兒童劇發展的省思〉），探討對象包含詩歌、小說、戲劇、神話改寫、寓言等，兼及了深度與廣度的研究，可說是八○年代兒童文學研究成果的具體展現。而宋筱惠《兒童詩歌的原理與教學》則是資料中首部兒童詩歌的專著。

（三）西元1990年（民國79年）的研究成果

西元1990年（民國79年）共有2篇論文與4本專書。專書部份多屬創作研究，值得注意的是邱各容《兒童文學史料初稿（1945～1989）》，整理日

治時期以後的兒童文學史料，爲研究者提供了重要的參考資料。另外，兒童文學與教育的問題也是研究者所關注，本年有雷僑雲〈中國兒童文學的教育性〉一文作探討。

（四）西元1991年（民國80年）的研究成果

西元1991年（民國80年）的研究只有張倩榮《兒童文學創作論》一書。創作一直是兒童文學研究者探討最多的一環，此書是西元1988年（民國77年）來首部關於兒童文學創作的專著。

（五）西元1992年（民國81年）的研究成果

西元1992年（民國81年）共有2本專書，分別是蔡尙志《兒童故事寫作研究》與趙天儀《兒童詩初探》，承續以往研究的方向就兒童故事寫作與詩歌作分析。

（六）西元1993年（民國82年）的研究成果

西元1993年（民國82年）有杜宣《童詩廣角鏡》與季慕如《兒童文學綜論》，亦延續傳統研究的面向作分析討論。

（七）西元1994年（民國83年）的研究成果

西元1994年（民國83年）的研究只有林文寶的《楊喚與兒童文學》，不過，值得注意的是出版者爲台東師範學院語文教育系，而西元1997年（民國86年）台東師範學院設立兒童文學研究所並正式招生，所長便是由林文寶出任。

（八）西元1995年（民國84年）的研究成果

西元1995年（民國84年）的成果較爲豐碩，共有3篇論文與3本專書。兒童詩歌佔了一半，計有陳正浩〈童詩的外型排列研究〉、林文寶《兒童詩歌論集》與林淑娟《童詩語言研究─語意學角度的探討》，後者爲資料中，首部以兒童文學爲研究對象的學位論文。

（九）西元1996年（民國85年）的研究成果

西元1996年（民國85年）的研究有承續亦有開創，傅林統《美麗的水

鏡一從多方爲探究童話的創作和改寫》關注於創作的問題，林煥彰則在文建會的支持下出版《大陸新時期兒童文學》，爲台灣第一本介紹大陸兒童文學的專著，雖然只是概論性的介紹，但仍可說是解嚴後兒童文學研究的重要突破。

（十）綜合分析

1、西元1988～1996年兒童文學的研究者共計有44位，其中發表2篇以上論文者有雷僑雲、林文寶、林良、林鐘隆、洪文瓊、林守爲、趙天儀、馬景賢、葉詠琍、陳正治、傅林統、蔡尙志等。

2、綜論式的論文較多，專論者以探討兒童詩歌居多。

3、兒童文學與兒童教育相關性強，如何聯繫也是研究者關注的焦點。

4、由兒童文學研究所的設立、研究者的投入與學位論文的選裁，可以發現兒童文學的研究已逐漸獲得重視並有初步的開展，這是個寬廣的天地，可探討的面向仍十分豐富，值得更多學者投入研究。

二、報導文學

「報導文學」在台灣興起的年代約略是西元1970年（民國59年）晚期，和媒體（尤其是新聞媒體）以及專業化雜誌的成長有密切關係，再配合「報導文學」的提倡者和執行者、財團法人和社團的推波助瀾，進而形成廣泛的文學運動。從文學界的脈動觀察，「報導文學」實是由副刊與人文雜誌所催生，大眾傳播媒體一方面設立了許多知名度高的獎項，另一方面，不但在文學獎中媒體設置提供了高額的獎金，更提供了許多工作機會，給有志於此的文字工作者。於是一時之間，在「報導文學」的大纛下，副刊與人文雜誌強而有力地引導文學界的創作方向。

在報紙方面，自七〇年代中期起，前後曾有《聯合報‧聯合副刊》、《台灣時報副刊》、《民生報‧天地版》……等園地，大量刊登並報導「報導文學」作品，其中尤以《中國時報‧人間副刊》對於「報導文學」的苗

壯有不可抹滅的功績。雜誌方面如《綜合月刊》、《戶外生活月刊》、《皇冠雜誌》、《時報周刊》、《漢聲雜誌》、《人間》等，也均刊載了若干被視為「報導文學」的作品。

雖然直到當前，兩大報文學獎仍舊設立了「報導文學」這個獎項，但可惜的是，以學術性的角度來從事研究的論文與專著卻相當的稀少，在本研究所蒐集的斷代中（西元1988至1996年），九年來共只有5篇論文與1本專著，且有4篇是西元1996年（民國85年）所出版或發表。大多數的篇章都是綜論，僅有呂正惠〈「人的解放」與社會主義制度的矛盾—論劉賓雁的報告文學〉一篇是對特定的作家進行討論。在綜論性的文章當中，比較重要的是林燿德的〈台灣報導文學的成長與危機〉和須文蔚的〈報導文學在台灣 1949～1994〉，林燿德的文章的貢獻主要在「反省」的方面，藉由歷史回顧，指出當前「報導文學」的諸多限制與問題，並以此提出「報導文學」未來可能的發展方向，而須文蔚之論文的主要貢獻在於從「新聞學」的專業角度提出「報導文學」的發展脈絡與相關問題。

另外，值得一提的是，陳信元、文鈺合著的《大陸新時期報告文學概況》是台灣初步對大陸報告文學所做的研究成果。此外，值得注意的是「環保文學」、「自然寫作」此類名詞的出現，廣義的來說，此類作品亦屬於「報導文學」的一支，只是其描寫的焦點更加著重於人與自然的相處關係上，這類作品在近年來的書市上相當活躍，其後續發展值得密切觀察。

總之，「報導文學」的意義莫過於，促成了一批憂民淑世的新生代知識份子紛紛走出學院，成為文化界的尖兵，他們的熱情與理想匯聚成一股道德勇氣，以一切可能的形式投射在他們所生存的空間。對文學工作者而言，透過這種服務於現實人生的良心作業，文字工作已經不是純粹的創作，更包含了追求真實與推動變遷的目的性了。可惜的是，目前對此文類的研究成果不甚豐碩，相信研究者如能多著力於此，日後當有不錯的發展潛力。

第六章　文學批評（含理論）與文學史類

　　我們這裡所指的「文學批評與文學史」，是採取一個較為廣泛的定義，內容包括有一般通行的「文學批評」、「文學理論」和「文學史」等的文學現象之研究討論；此外，單一批評家或研究者所出版其論文總集亦歸類於此。我們希望藉此呈現一個在華文文學研究中的「文學觀」的思考。

　　這裡所處理的文學批評，是區隔於特定文類（如小說、散文與新詩）的批評文獻，也就是說，這些研究論文所處理的題目，大半是跨文類的文學現象與主題，而理論部份的文章似乎較為罕見，因為台灣的文學批評界迄今為止多半還是在作引介的工作，具有高度自覺性的，建構在地的文學理論的工作相當罕見，如果台灣的文學批評要朝向「國際化」的路向邁進，那麼，除了藉由譯介理論藉以吸取他人的長處之外，「在地性」的文學理論建構工作仍須有心人士戮力以赴。至於「文學史」的部份（這裡討論的是綜合性的文學史，不包括特定類的文學史），在台灣目前僅有的只有兩三部，一是葉石濤的《台灣文學史綱》、二是彭瑞金的《台灣新文學運動40年》、三是馬森等著的《二十世紀中國文學史》，這些文學史著作以目前繁複多變的作品與研究論文的標準來看，可能在成績上略嫌單薄，可是「文學史」的寫作成績又往往代表著一個文化傳統文學的整體成果，因此，面對這樣貧瘠的現代文學史的寫作成績，我們當然不甚滿意，希望有心的研究者（甚或研究群）能多用力於此。

　　本章雖然題為「文學批評（含理論）與文學史」，但實質上處理最多的文獻應是第一類，而理論和文學史方面的材料太過稀薄，在底下只能稍作論述。

　　吳潛誠在一篇題爲〈八〇年代台灣文學批評的衍變趨勢〉[1]中，用觀點和作法，標點出了文學批評之所以無史的困境，他在文中提到文學批評在台灣老是被擺在邊陲位置，被看作是作品的附庸，缺乏獨立自主的合法性，而且流行的批評策略總是只是在忠實地複製、反映西方當紅的種種理論與現象。吳潛誠這段意見我們大抵是同意的，而且認爲這樣的情況在目前雖然稍有改善，但仍是台灣的文學批評界的一大隱憂，或許我們再回到歷史的脈絡中，用些許的篇幅來重塑這段戰後的台灣文學批評歷史，以做爲我們理解、詮釋西元1988年（民國77年）至1996年（民國85年）這九年之中文學批評演變趨勢的基礎。

　　西元1949年（民國38年）政府遷台之後，反共戰鬥的意識型態籠罩全台，這時候文學創作與文學批評同樣都附屬於政治權力之下，文學創作必須迎合「戰鬥文藝」的需要，而文學批評的任務則是檢查作品與政治作戰要求之間的符合程度。

　　進入六〇年代之後，現代主義式的作品取得了獨立於政治之外的小空間，他們的指導者與養分提供者是外國作品的翻譯介紹，加上此時流行的批評基本上屬於強調作品完整性、強調作品內在邏輯不受「外力」干擾的「新批評」學派，在這種情況下，學院的文學研究者逐漸在台灣文學批評界中取得了主導性的地位。

　　到了七〇年代，由「現代詩論戰」開始，要求作品的社會性的呼聲此起彼落，進而演變成各方政治、經濟力量複雜輻輳的「鄉土文學論戰」，作品慢慢地被從藝術的殿堂上拉下來，進行種種非藝術性的解剖，在這種環境底下，批評、論戰的方向當然會影響到作者創作時的終極關懷，於是，自此之後，台灣文學的作品與批評之間產生了更爲緊密的互動關係。

　　八〇年代以後，文學批評界最爲醒目的發展就是新一代的「學院派」的崛起，以及批評的日漸專業化、術語化，不過「學院派」興起的時機，正當台灣社會逐漸從威權走向多元的轉型時期，學院的舊權威在社會上日漸沒落，因此，從八〇

---

[1] 收於孟樊、林燿德編《世紀末偏航─八〇年代台灣文學論》（台北：時報文化出版公司，西元1990年，民國79年）。

年代以迄於今的台灣文學批評界，雖然表面上看起來是百家齊放、繽紛絢麗，但在文學市場被資本主義商業機制的運轉給操縱的情況之下，這些批評的聲音始終找不到一個更大的格局，與更為有力的表現方式。

此外，一個更嚴重的問題是我們對西方文學理論的吸收與融會，似乎還停留在複製的階段，而落實在實際文本的解讀之時，這些理論和作品之間的縫隙一直尚未得到很好的填補，這或許跟文學理論的引介者多為外文系這個系統出身有著密切的關係，這些現象充分且具體的表現在我們底下所要分析的西元1988年（民國77年）至1996年（民國85年）這九年的研究文獻當中。

另外一個必須交待的環節是當前的文學批評與「意識型態」的糾結關係，這當然跟戰後以來台灣特殊的政治情勢與文化機制的運作有著密切的關係，另外，這也跟目前西方的文學批評理論中，強調「政治」、「權力」這些概念的傾向息息相關，此外，目前的文學批評有逐漸朝向「跨學科」、「跨領域」的傾向，這個傾向也反映在底下這些研究文獻當中（尤其是後幾年的論文），由此看來，當我們對這九年的文學批評提出觀察時，我們看到的不僅是台灣文學批評界的興衰起伏與發展動向，更看到了台灣社會與文化從一元朝向多元的變動情形。

底下，本部分將先列出西元1988年（民國77年）至1996年（民國85年）間具有學術性的「文學批評與文學史」論文和專著的目錄，然後再析論其特色與發展趨勢。

編號	日期	作者	專著·論文	出處	出版者	備註
1	1988/1	邵玉銘	《文學、政治、知識份子》		台北：聯合文學出版社	
2	1988/3	葉維廉	《歷史整體性與中國現代文學研究之省思》	《歷史、傳釋與美學》	台北：東大圖書股份有限公司	
3	1988/5	葉樨英	《當前大陸文學思潮試論》	當前大陸文學研討會	台北：文訊雜誌社	
4	1988/5	呂正惠	《小說與社會》		台北：聯經出版事業公司	
5	1988/5	文曉村	《橫看成嶺側成峰》		台北：東大圖書股份有限公司	
6	1988/6	劉再復	《大陸新時期文學的宏觀描述》	第一屆當代中國文學國際學術會議	清華大學中研所、中語系、新地文學基金會	
7	1988/6	許達然	《台灣的文學與歷史》	第一屆當代中國文學國際學術會議	清華大學中研所、中語系、新地文學基金會	
8	1988/6	松永正義	《台灣新文學運動研究的新階段》	第一屆當代中國文學國際學術會議	清華大學中研所、中語系、新地文學基金會	
9	1988/7	王志健	《文學四論》（上：新詩、戲劇）		台北：文史哲出版社	
10	1988/7	王志健	《文學四論》（下：小說、散文）		台北：文史哲出版社	
11	1988/9	劉再復	《性格組合論》（上、下）		台北：新地出版社	
12	1988/11	康來新	《筆和十字架——一九四九年以後台灣文學與宗教的互動》	當代中國文學（一九四九以後）研討會	淡江大學	
13	1988/11	李正治 編	《政府遷台以來文學研究理論及方法之探索》		台北：學生書局	
14	1988/11	呂正惠	《八十年代台灣寫實文學的道路》	當代中國文學（一九四九以後）研討會	淡江大學	
15	1988/11	周玉山	《一九四九年以後的中共文藝政策》	當代中國文學（一九四九以後）研討會	淡江大學	
16	1988/12	呂正惠	《現代主義在台灣—從文藝社會學的角度來考察》	《台灣社會研究季刊》1卷4期		又收於《戰後台灣文學經驗》
17	1988/12	孟樊	《辯解些什麼？》	《現代詩》復刊13期		
18	1989/2	簡政珍	《語言與文學空間》		台北：漢光文化事業公司	
19	1989/3	陳幸蕙	《七十七年文學評論選》		台北：爾雅出版社	
20	1989/4	陳慶煌	《五四以後傳統文學的維繫及其困境》	五四文學與文化變遷學術研討會	中國古典文學會	
21	1989/4	簡恩定	《揮刀可以斷流嗎—五四新文學理論的省察》	五四文學與文化變遷學術研討會	中國古典文學會	
22	1989/4	鄭志明	《五四思潮對文學史觀的影響》	五四文學與文化變遷學術研討會	中國古典文學會	
23	1989/4	蔡源煌	《重探三十年代文學的神話》	三十年代文學研討會	淡江大學中文系、海風出版社	

24	1989/4	呂正惠	〈三十年代文學傳統與當代台灣文學〉	三十年代文學研討會	淡江大學中文系、海風出版社	
25	1989/4	楊松年	〈五四前後的星馬文壇〉	五四文學與文化變遷學術研討會	中國古典文學會	
26	1989/4	陳器文	〈論五四之「解放」思潮與文學之「解禁」現象〉	五四文學與文化變遷學術研討會	中國古典文學會	
27	1989/4	陳國球	〈論胡適的文學史觀〉	五四文學與文化變遷學術研討會	中國古典文學會	
28	1989/5	林燿德	〈我們書寫當代也創造當代〉	《新世代小說大系・總序》	台北：希代出版公司	又收於《重組的星空》
29	1989/5	余光中	〈中華現代文學大系・總序〉	《中華現代文學大系》	台北：九歌出版社	
30	1989/5	李瑞騰	〈中華現代文學大系・評論卷序〉	《中華現代文學大系》	台北：九歌出版社	
31	1989/5	李瑞騰主編	〈中華現代文學大系・評論卷〉		台北：九歌出版社	
32	1989/6	葉櫺英	〈大陸當前文學作品中的知識份子受難形象〉	《聯合文學》56期		
33	1989/6	葉維廉	〈從跨文化網路看現代主義〉	《聯合文學》56期		
34	1989/7	陳信元	《從台灣看大陸當代文學》		台北：業強出版社	
35	1989/9	林燿德	〈都市：文學變遷的新座標〉	《自由青年》721期		又收於《重組的星空》
36	1989/10	李子雲	《淨化人的心靈》		台北：新地文學出版社	
37	1989/11	劉再復	〈近十年的中國文學精神與文學道路－爲法國出版的《中國當代作家作品選》所作的序言〉	《尋找與呼喚》	台北：風雲時代出版社	
38	1989/11	劉再復	《尋找與呼喚》		台北：風雲時代出版社	
39	1989/11	劉再復	〈中國現代文學史上對人的三次發現〉	《尋找與呼喚》	台北：風雲時代出版社	
40	1989/12	張錯	《從莎士比亞到上田秋成－東西文學批評研究》		台北：聯經出版事業公司	
41	1989/12	姚一葦	《欣賞與批評》		台北：聯經出版事業公司	
42	1990/1	葉石濤	《台灣文學的悲情》		台北：派色文化出版社	
43	1990/3	林燿德	〈文學新人類與新人類文學〉	《聯合文學》65期		又收於《重組的星空》
44	1990/3	陳思和	《中國新文學整體觀》		台北：業強出版社	
45	1990/3	周玉山	《大陸文學論衡》		台北：三民書局	
46	1990/3	周玉山	〈中共「台港文學研究」的非文學意義〉	《大陸文學論衡》	台北：三民書局	
47	1990/3	周玉山	〈一九四九年以後中共的文	《大陸文學論衡》	台北：三民書局	

			藝政策〉			
48	1990/3	周玉山	〈三十年代的文學保衛戰〉	《大陸文學論衡》	台北：三民書局	
49	1990/3	周玉山	〈抗戰時期中共的文藝政策〉	《大陸文學論衡》	台北：三民書局	
50	1990/4	施 淑	〈理想主義者的剪影－青年胡風〉	《理想主義者的剪影》	台北：新地出版社	
51	1990/4	中國古典文學研究會 編	《五四文學與文化變遷》		台北：學生書局	
52	1990/4	施 淑	〈中國社會主義文藝理論的發展（1923-32）〉	《理想主義者的剪影》	台北：新地出版社	
53	1990/4	施 淑	〈中國社會主義文藝理論的發展〉	《理想主義者的剪影》	台北：新地出版社	
54	1990/4	施 淑	〈歷史與現實－論路翎及其小說〉	《理想主義者的剪影》	台北：新地出版社	
55	1990/4	呂正惠	〈中國新文學傳統與現代台灣文學〉	《新地文學》1卷1期		又收於《戰後台灣文學經驗》
56	1990/5	葉樨英	〈論大陸當代「女性文學」裡的「女性意識」〉	《大陸當代文學掃描》	台北：東大圖書股份有限公司	
57	1990/5	葉樨英	《大陸當代文學掃描》		台北：東大圖書股份有限公司	
58	1990/5	葉樨英	〈中國大陸「尋根文學」的探討〉	《大陸當代文學掃描》	台北：東大圖書股份有限公司	
59	1990/5	葉樨英	〈「傷痕文學」和「反思文學」淺探〉	《大陸當代文學掃描》	台北：東大圖書股份有限公司	
60	1990/5	葉樨英	〈由文學作品看大陸知識份子的歷史命運〉	《大陸當代文學掃描》	台北：東大圖書股份有限公司	
61	1990/5	李 牧	《疏離的文學》		台北：黎明文化事業公司	
62	1990/6	張文智	《從族類(ethnicity)的角度分析當代本土文學的「台灣意識」現象》		清華大學社人所碩士論文	胡台麗指導
63	1990/6	廖祺正	《三十年代台灣鄉土話文運動》		成功大學歷史語言研究所碩士論文	梁華璜指導
64	1990/6	呂正惠	〈七、八〇年代台灣現實主義文學的道路〉	《新地文學》1卷2期		又收於《戰後台灣文學經驗》
65	1990/7	彭瑞金	〈台灣客家文學的可能性及其以女性為主導的特質〉	《現代學術研究》3期		
66	1990/9	曾慶瑞	《中國現代文學史》學科論		台北：智燕出版社	
67	1990/9	蔡詩萍	〈八十年代台灣文學媒體與文化生態〉	八十年代台灣文學研討會	台北：時報文化出版公司 中國青年寫作協會	
68	1990/9	陳信元	〈八十年代大陸文學對台灣的影響〉	八十年代台灣文學研討會	台北：時報文化出版公司	

					中國青年寫作協會	
69	1990/9	吳潛誠	〈八十年代文學理論與實踐批評之變革〉	八十年代台灣文學研討會	台北：時報文化出版公司 中國青年寫作協會	
70	1990/9	林燿德	〈八十年代台灣都市文學〉	八十年代台灣文學研討會	台北：時報文化出版公司 中國青年寫作協會	
71	1990/10	廖炳惠	〈評呂正惠著《小說與社會》—作品裡是否有社會〉	《形式與意識型態》	台北：聯經出版事業公司	原載《台灣社會研究季刊》1卷4期
72	1990/10	陳炳良	《中國現代文學新貌》		台北：學生書局	
73	1990/10	解志熙	《存在主義與中國現代文學》		台北：智燕出版社	
74	1990/12	孟樊、林燿德 編	《世紀末偏航》		台北：時報文化出版公司	
75	1990/12	孟樊	〈從醜的詩學到冷的詩學〉	《現代詩》復刊16期		
76	1990/12	林燿德	〈八〇年代台灣都市文學論〉	《香港文學》		又收於《重組的星空》
77	1991/1	陳思和	《筆走龍蛇》		台北：業強出版社	
78	1991/1	陳思和	〈「五四」與當代—對一種學術萎縮現象的斷想〉	《筆走龍蛇》	台北：業強出版社	
79	1991/1	陳思和	〈啟蒙與純美—中國新文學的兩種文學觀念〉	《筆走龍蛇》	台北：業強出版社	
80	1991/1	陳思和	〈當代文學中的文化尋根意識〉	《筆走龍蛇》	台北：業強出版社	
81	1991/1	陳思和	〈當代文學中的現代戰鬥意識〉	《筆走龍蛇》	台北：業強出版社	
82	1991/3	彭瑞金	《台灣新文學運動四十年》		台北：自立晚報文化出版部	
83	1991/3	林燿德	〈當代大陸文學中的女性意識—以五〇年代出生的女作家為例〉	《中國論壇》31卷6期		又收於《重組的星空》
84	1991/4	黎活仁	〈盧卡契對中國文學的影響〉	文學與美學研討會	淡江大學	又收於《盧卡契對中國文學的影響》
85	1991/4	葉櫓英	《中國大陸「尋根文學」（1983-86）之研究—傳統文化之失落與復歸》			
86	1991/5	李敏勇	〈檢視戰後文學的歷程與軌跡〉	《現代學術研究》4期		
87	1991/5	張錦忠	〈馬華文學：離心與隱匿的書寫人〉	《中外文學》19卷12期		
88	1991/5	高天生	〈多元社會的豐饒與貧瘠—八十年代台灣文學脈動和發展芻論〉	《現代學術研究》4期		
89	1991/5	彭瑞金	〈肅殺政治氣候中燃亮的台	《現代學術研究》4期		

			灣文學香火—戰後二十年間影響台灣文學發展的主要因素探討〉			
90	1991/5	李瑞騰	《台灣文學風貌》		台北:三民書局	
91	1991/5	陳芳明	〈七〇年代台灣文學史導論—一個史觀的開展〉	《現代學術研究》4期		
92	1991/6	周玉山	〈大陸文學作品中的政治〉	第二屆當代大陸文學研討會	台北:文訊雜誌社	
93	1991/6	游勝冠	《台灣文學本土論的興起與發展》		東吳大學中研所碩士論文	呂正惠指導
94	1991/6	洪鵬程	《戰前台灣文學所反映的農業社會》		文化大學中研所碩士論文	李瑞騰指導
95	1991/6	黃德偉	〈兩年來中國大陸文學的變貌〉	第二屆當代大陸文學研討會	台北:文訊雜誌社	又收於《苦難與超越—當前大陸文學二輯》
96	1991/6	林燿德	《重組的星空—林燿德評論選》		台北:業強出版社	
97	1991/6	李奭學	《中西文學因緣》		台北:聯經出版公司	
98	1991/6	李奭學	〈台灣比較文學與西方理論〉	《中西文學因緣》	台北:聯經出版公司	原刊於《當代》29期（1988年9月）
99	1991/6	李奭學	〈托爾斯泰與中國左翼文人〉	《中西文學因緣》	台北:聯經出版公司	原刊於《當代》37期（1989年5月）
100	1991/6	李奭學	〈從啟示文學到中國左翼文人—中國文人眼中的蕭伯納〉	《中西文學因緣》	台北:聯經出版公司	原刊於《當代》37期（1989年5月）
101	1991/8	龔鵬程	〈「二十世紀中國文學」概念之解析〉	二十世紀中國文學研討會	中國古典文學研究會、台灣師範大學	
102	1991/8	太田進	〈淪陷期上海的文學—特別是關於陶晶孫〉	二十世紀中國文學研討會	中國古典文學研究會、台灣師範大學	
103	1991/8	游勝冠	〈日據時代台灣新文學本土論的建構〉	二十世紀中國文學研討會	中國古典文學研究會、台灣師範大學	
104	1991/8	下村作次郎	〈台灣文學研究在日本〉	二十世紀中國文學研討會	中國古典文學研究會、台灣師範大學	
105	1991/8	孟樊	〈台灣的新批評詩學〉	《現代詩》副刊17期		
106	1991/9	徐訏	《現代中國文學過眼錄》		台北:時報文化出版公司	
107	1991/10	林燿德	〈「鳥瞰」文學副刊〉	當代台灣通俗文學研討會	台北:時報文化出版公司 中國青年寫作協會	
108	1991/10	黃子平	《倖存者的文學》		台北:遠流出版公司	
109	1991/10	鄭明娳	〈通俗文學與純文學〉	當代台灣通俗文學研討會	台北:時報文化出版公司 中國青年寫作協會	
110	1991/11	周玉明	《大陸當代文學界》		台北:博遠出版社	
111	1991/12	周玉山	〈大陸文學作品中政治的顯	《苦難與超越—當前大	台北:文訊雜誌社	

			與隱〉	陸文學二輯》		
112	1991/12	葉石濤	《台灣文學史綱》		高雄：文學界雜誌社出版	
113	1991/12	呂正惠	〈台灣文學的語言問題〉	《台灣社會研究季刊》12期		又收於《戰後台灣文學經驗》
114	1991/12	陳慧樺	〈校園文學、小刊物、文壇─以《星座》和《大地》爲例〉	陳鵬翔、張鏡二編《從影響研究到中國文學》	台北：書林出版公司	
115	1991/12	河原功作葉石濤譯	〈台灣新文學運動的展開（上）〉	《文學台灣》1期		
116	1991/12	文訊雜誌主編	《苦難與超越─當前大陸文學二輯》		台北：文訊雜誌社	
117	1991/12	葉維廉	〈有效的歷史意識與中國現代文學〉	《中國文哲研究通訊》1卷4期		
118	1992/1	李正治	〈四十年來台灣研究理論之探討〉	當前文藝評論發展研討會	中國文藝協會	
119	1992/1	孟樊、林耀德 編	《流行天下─當代台灣文學通俗論》		台北：時報文化出版公司	
120	1992/1	蔡源煌	〈文學評論何去何從？〉	當前文藝評論發展研討會	中國文藝協會	
121	1992/1	中國古典文學研究會 主編	《二十世紀中國文學》		台北：學生書局	
122	1992/1	潘向黎	《閱讀大地的女人》		台北：業強出版社	
123	1992/1	李瑞騰	〈一年來台灣出版的現代文學評論集〉	當前文藝評論發展研討會	中國文藝協會	
124	1992/1	游 喚	〈八十年代台灣文學論述之變質〉	當前文藝評論發展研討會	中國文藝協會	
125	1992/2	洪惟仁	《台語文學與台語文字》		台北：前衛出版社	
126	1992/3	游勝冠	〈日據時代台灣文學本土論的興起〉	《文學台灣》2期		
127	1992/3	河原功作葉石濤譯	〈台灣新文學運動的展開（中）〉	《文學台灣》2期		
128	1992/3	黃重添、朱雙一等著	《台灣新文學概觀》		台北：稻禾出版社	
129	1992/4	樂梅健	《二十世紀中國文學發生論》		台北：業強出版社	
130	1992/5	呂正惠	〈從方言和普通話的辯證關係看台灣文學的語言問題〉	《台灣社會研究季刊》12期		
131	1992/5	張大春	《張大春的文學意見》		台北：遠流出版事業股份有限公司	
132	1992/5	呂正惠	〈台灣文學研究在台灣〉	《文訊》40期		又收於《戰後台灣文學經驗》
133	1992/6	莊淑芝	《台灣新文學觀念的萌芽與		清華大學語言所碩士論	施淑女指導

			實踐》		文	
134	1992/6	河原功 作 葉石濤 譯	〈台灣新文學運動的展開（下）〉	《文學台灣》3期		
135	1992/6	黃勁連 主編	南瀛文學選（九）—評論卷二		台南縣立文化中心	
136	1992/6	林瑞明	〈現階段台語文學之發展及其意義〉	《文學台灣》3期		
137	1992/6	周永芳	《七十年代台灣鄉土文學研究》		文化大學中研所碩士論文	尉天驄指導
138	1992/6	藍博堂	《台灣鄉土文學論戰及其餘波》		台灣師範大學歷史所碩士論文	張玉法、尉天驄指導
139	1992/7	鄭清文	《台灣文學的基點》		高雄：派色文化出版公司	
140	1992/7	劉春城	《台灣文學的兩個世界》		高雄：派色文化出版公司	
141	1992/7	葉石濤	《台灣文學的困境—葉石濤作品集（2）評論》		高雄：派色文化出版公司	
142	1992/8	彭瑞金	〈當前台灣文學本土化與多元化—兼論有關台灣文學本土化的界說〉	紀念鍾理和台灣文學學術研討會	高雄縣政府、台灣筆會、文學台灣雜誌社	
143	1992/8	陳芳明	〈白色歷史與白色文學—葉石濤和藍博洲筆下的台灣50年代〉	紀念鍾理和台灣文學學術研討會	高雄縣政府、台灣筆會、文學台灣雜誌社	又收於《文學台灣》4期
144	1992/9	陳芳明	〈白色文學與白色歷史—葉石濤與藍博洲筆下的台灣50年代〉	《文學台灣》4期		
145	1992/9	彭瑞金	〈當前台灣文學本土化與多元化〉	《文學台灣》4期		
146	1992/10	向 陽	〈副刊學的理論建構基礎—以台灣報紙副刊之發展過程及其時代背景為場域〉	《聯合文學》96期		
147	1992/10	陳子善	《遺落的明珠》		台北：業強出版社	
148	1992/10	龔鵬程	〈區域特性與文學傳統〉	《聯合文學》96期		
149	1992/10	李瑞騰	《文學關懷》		台北：三民書局	
150	1992/11	張漢良	《文學的迷思》		台北：正中書局	
151	1992/11	陳啓佑	《台灣民意與文學》		台中縣立文化中心	
152	1992/12	張啓疆	〈副刊裡的婦女版—一份「副刊如何面對女性文學」的抽樣報告〉	當前台灣女性文學研討會	台北：時報文化出版公司 中國青年寫作協會	
153	1992/12	呂正惠	《戰後台灣文學經驗》		台北：新地文學出版社	
154	1992/12	李瑞騰	〈當代台灣女性的文學論述〉	當前台灣女性文學研討會	台北：時報文化出版公司 中國青年寫作協會	

155	1992/12	柯慶明	《現代中國文學批評述論》		台北：大安出版社	
156	1992/12	葉石濤	《台灣文學的悲情》		高雄：派色文化出版公司	
157	1992/12	李永熾	《歷史、文學與台灣—第三屆台中縣文學家作品集》		台中縣立文化中心	
158	1992/12	林燿德	《文學副刊與女性作家生態》	當前台灣女性文學研討會	台北：時報文化出版公司 中國青年寫作協會	
159	1992/12	邱貴芬	《性別/權力/殖民論述：鄉土文學中的去勢男人》	當前台灣女性文學研討會	台北：時報文化出版公司 中國青年寫作協會	
160	1992/12	李喬	《台灣文學造型》		台北：前衛出版社	
161	1993/2	黎活仁	《現代中國文學的時間觀與空間觀》		台北：業強出版社	
162	1993/2	宋如珊	《試論中共的文藝政策》	《文化大學中文學報》1期		
163	1993/3	王建生	《建生文藝散論》		台北：桂冠圖書公司	
164	1993/4	楊子澗	《沒有文化的泥土，那有文學的花樹—雲林區域文學的過去、現在和未來》	台灣地區區域文學會議	台北：文訊雜誌社	
165	1993/4	李瑞騰	《台北：一個文學中心的形成》	台灣地區區域文學會議	台北：文訊雜誌社	
166	1993/4	黃子堯	《台灣客家文學及其客籍作家「身份」特質》	台灣地區區域文學會議	台北：文訊雜誌社	
167	1993/4	曾仕良	《後農業時代邊緣地帶文學效應探討—南投地區文學環境總檢》	台灣地區區域文學會議	台北：文訊雜誌社	
168	1993/4	呂興忠	《從賴和到洪醒夫—台灣新文學的原鄉》	台灣地區區域文學會議	台北：文訊雜誌社	
169	1993/4	羊子喬	《從鹽分地帶文學看台灣農村的變遷》	台灣地區區域文學會議	台北：文訊雜誌社	
170	1993/4	賴瑩蓉	《企待拓荒的有情天地—淺談澎湖的文學因緣》	台灣地區區域文學會議	台北：文訊雜誌社	
171	1993/4	王浩威	《地方文學與地方社群認同—以花蓮文學為例》	台灣地區區域文學會議	台北：文訊雜誌社	
172	1993/4	徐惠隆	《蘭地文學的特質與開展》	台灣地區區域文學會議	台北：文訊雜誌社	
173	1993/5	鄭明娳	《通俗文學》		台北：揚智文化公司	
174	1993/5	簡政珍編	《當代台灣文學評論大系1—文學評論》		台北：正中書局	
175	1993/5	黃娟	《政治與文學之間》		台北：前衛出版社	
176	1993/5	鄭明娳編	《當代台灣女性文學論》		台北：時報文化出版公司	
177	1993/5	梁麗芳	《從紅衛兵到作家》		台北：萬象圖書公司	

178	1993/5	林燿德 編	《當代台灣文學評論大系2—文學現象》		台北：正中書局	
179	1993/6	林燿德	〈現行大學中文系現代文學教學方針之反思〉	中國現代文學與教學研討會	文化大學中文系文藝組	
180	1993/6	賴永忠	《台灣地區雜誌發展之研究—從日據時期到民國八十年》		政治大學新聞研究所碩士論文	李瞻指導
181	1993/6	楊昌年	〈國內中（國）文學系中國現代文學教學之檢討〉	中國現代文學與教學研討會	文化大學中文系文藝組	
182	1993/6	王潤華	〈中國現代文學研究與教學困境與危機〉	中國現代文學與教學研討會	文化大學中文系文藝組	
183	1993/6	金榮華	〈中國文化大學中文系文藝組課程規劃的歷程與理想〉	中國現代文學與教學研討會	文化大學中文系文藝組	
184	1993/6	張 鑫	〈中國現代文學在法國的教學〉	中國現代文學與教學研討會	文化大學中文系文藝組	
185	1993/6	李福清	〈中國現代文學在俄國：翻譯、出版、研究〉	中國現代文學與教學研討會	文化大學中文系文藝組	
186	1993/6	唐翼明	〈文學的反叛—大陸新時期的三段主要思潮〉	中國現代文學與教學研討會	文化大學中文系文藝組	
187	1993/6	陳愛麗	〈文化認同的追尋：論七〇年代台灣鄉土文學〉	中國現代文學與教學研討會	文化大學中文系文藝組	
188	1993/6	陳萬益	〈台灣文學教學芻議〉	中國現代文學與教學研討會	文化大學中文系文藝組	
189	1993/6	應裕康	〈五四以來現代文學社團概觀〉	中國現代文學與教學研討會	文化大學中文系文藝組	
190	1993/6	施懿琳鍾美芳楊翠	《台中縣文學發展史—田野調查報告書》		台中縣立文化中心	
191	1993/6	石美玲	《閩南方言在光復前台灣文學作品中的運用》		台灣師範大學國文研究所碩士論文	姚榮松指導
192	1993/6	舒 坦	《對比與象徵》		台中市立文化中心	
193	1993/6	張文智	《當代文學的台灣意識》		台北：自立晚報社文化出版部	
194	1993/6	陳明柔	《日據時期台灣知識份子的思想風格及其文學表現之研究》		淡江大學中研所碩士論文	施淑女指導
195	1993/6	林淇瀁	《文學傳播與社會變遷之關聯性研究—以七〇年代台灣報紙副刊的媒介運作爲例》		文化大學新聞研究所碩士論文	關紹基指導
196	1993/6	李權洪	《三〇年代革命文學論爭之研究》		政治大學中研所碩士論文	尉天驄指導
197	1993/6	黃得時	《北台灣文學第一輯（5）評論輯》		台北縣立文化中心	
198	1993/6	游 喚	《文學批評的實踐與反思》		台中縣立文化中心	

199	1993/6	黃碧端	《書香長短調》		台北：三民書局	
200	1993/6	秦賢次	《北台灣文學第一輯（4）評論輯》		台北縣立文化中心	
201	1993/7	林瑞明	《國家認同衝突下的台灣文學》	《文學台灣》7期		
202	1993/7	廖炳惠	《寫實文學觀的洞見與不見—簡評《戰後台灣文學經驗》》	《文學台灣》7期		
203	1993/8	林瑞明	《台灣文學與時代精神》		台北：允晨文化出版公司	
204	1993/9	廖炳惠	《母語運動與國家文藝體制》	《中外文學》22卷4期		又收於《回顧現代—後現代與後殖民論文集》
205	1993/9	孟悅、戴錦華	《浮出歷史地表：中國現代女性文學研究》		台北：時報文化出版公司	
206	1993/10	呂興昌	《台灣文學資料的蒐集整理及翻譯》	《文學台灣》8期		
207	1993/10	林瑞明	《台灣文學與時代精神—賴和研究論集自序》	《文學台灣》8期		
208	1993/11	彭小妍	《超越寫實》		台北：聯經出版公司	
209	1993/11	向 陽	《迎向眾聲—八〇年代台灣文化情境》		台北：三民書局	
210	1993/11	呂正惠	《日據時代「台灣話文」運動平議》	近代台灣小說與社會研討會	中正大學歷史系	
211	1993/12	單德興	《試論華裔美國文學中的中國形象》	四十年來中國文學會議	聯合報系文化基金會	
212	1993/12	余秋雨	《世紀性的文化鄉愁—「台北人」出版二十年重新評價》	《評論十家》	台北：爾雅出版社	
213	1993/12	蘇 煒	《略論「社會主義現實主義」與文革前十七年大陸文學》	四十年來中國文學會議	聯合報系文化基金會	
214	1993/12	高行健	《沒有主義》	四十年來中國文學會議	聯合報系文化基金會	
215	1993/12	向 陽	《打開意識型態地圖—回看戰後台灣副刊的媒介運作》	當代台灣政治文學研討會	台北：時報文化出版公司 中國青年寫作協會	
216	1993/12	鄭明娳	《當代台灣文藝政策的發展、影響與沒落》	當代台灣政治文學研討會	台北：時報文化出版公司 中國青年寫作協會	
217	1993/12	王幼華	《政治與文學的分類詮釋—以中國與台灣爲例》	當代台灣政治文學研討會	台北：時報文化出版公司 中國青年寫作協會	
218	1993/12	劉介民	《政治互動下的海峽兩岸文學》	當代台灣政治文學研討會	台北：時報文化出版公司	

					中國青年寫作協會	
219	1993/12	林燿德	《期待的視野：林燿德文學評論集》		台北：幼獅文化出版公司	
220	1993/12	李歐梵	〈四十年來的海外文學〉	四十年來中國文學會議	聯合報系文化基金會	
221	1993/12	齊邦媛	〈二度漂流的文學〉	《評論十家》	台北：爾雅出版社	
222	1993/12	齊邦媛	〈四十年來的台灣文學〉	四十年來中國文學會議	聯合報系文化基金會	
223	1993/12	尉天驄	〈談「自由文藝論辯」〉	中國現代文學國際研討會	中央研究院文哲所	
224	1993/12	陳清僑	〈論都市的文化想像〉	四十年來中國文學會議	聯合報系文化基金會	
225	1993/12	張系國	〈遊子文學的背棄與救贖〉	四十年來中國文學會議	聯合報系文化基金會	
226	1993/12	梁錫華	〈香港文學中的地域色彩〉	四十年來中國文學會議	聯合報系文化基金會	
227	1993/12	黃繼持	〈香港文學主體性的發展〉	四十年來中國文學會議	聯合報系文化基金會	
228	1993/12	李 陀	〈對現代性的對抗〉	四十年來中國文學會議	聯合報系文化基金會	
229	1993/12	劉再復	〈絕對大眾原則與現代文學諸流派的困境〉	中國現代文學國際研討會	中央研究院文哲所	
230	1993/12	鄭樹森	〈四十年來的香港文學〉	四十年來中國文學會議	聯合報系文化基金會	
231	1993/12	王德威	〈一種逝去的文學？〉	四十年來中國文學會議	聯合報系文化基金會	
232	1993/12	張芬齡、陳黎	《四方的聲音》		花蓮縣立文化中心	
233	1993/12	劉再復	〈四十年來的大陸文學〉	四十年來中國文學會議	聯合報系文化基金會	
234	1993/12	程德培	〈消費文學〉	四十年來中國文學會議	聯合報系文化基金會	
235	1993/12	吳 亮	〈回顧先鋒文學〉	四十年來中國文學會議	聯合報系文化基金會	
236	1993/12	張大春	〈當代台灣都市文學興起〉	四十年來中國文學會議	聯合報系文化基金會	
237	1993/12	李子雲	〈女性話語的消失與復歸〉	四十年來中國文學會議	聯合報系文化基金會	
238	1993/12	李慶西	〈尋根：八十年代的反文化回歸〉	四十年來中國文學會議	聯合報系文化基金會	
239	1993/12	柯慶明	〈六十年代現代主義文學〉	四十年來中國文學會議	聯合報系文化基金會聯合報系文化基金會	
240	1993/12	李歐梵	〈現代性與中國現代文學〉	中國現代文學國際研討會	中央研究院文哲所	
241	1993/12	渡 也	〈文學在當代台灣選舉上的運用〉	當代台灣政治文學研討會	台北：時報文化出版公司 中國青年寫作協會	
242	1993/12	游 喚	《文學符號學及其實踐》		台中縣立文化中心	
243	1993/12	呂正惠	〈七、八十年代鄉土文學的源流與變遷〉	四十年來中國文學會議	聯合報系文化基金會	
244	1993/12	齊邦媛編	《評論十家》		台北：爾雅出版社	
245	1994/1	魏貽君	〈反記憶、敘述與少數論述〉	《文學台灣》8期		
246	1994/1	黃祺椿	〈區域特性與土地認同—龔鵬程先生〈區域特性與文學	《文學台灣》9期		

			傳統〉商榷〉			
247	1994/1	彭瑞金	〈台灣文學定位的過去與未來〉	《文學台灣》9期		
248	1994/2	陳芳明	《典範的追求》		台北：聯合文學出版社	
249	1994/2	吳東權	《文學境界》		台北：躍昇文化公司	
250	1994/2	余光中	《從徐霞客到梵谷》		台北：九歌出版社	
251	1994/2	鄭樹森	《從現代到當代》		台北：三民書局	
252	1994/2	周英雄	《文學與閱讀之間》		台北：允晨文化出版公司	
253	1994/3	文訊雜誌主編	《鄉土與文學—「台灣地區區域文學會議」實錄》		台北：文訊雜誌社	
254	1994/3	文訊雜誌主編	《藝文與環境》		台北：文訊雜誌社	
255	1994/3	張誦聖 高志仁 黃素	〈朱天文與台灣文化及文學新動向〉	《中外文學》22卷10期		
256	1994/4	蕭毅虹	《蕭毅虹散文評論》		台北：絲路出版社	
257	1994/5	林明德	〈台灣文學中的歷史經驗〉	台灣文學中的歷史經驗研討會	東海大學中文系	
258	1994/5	陳炳良 編	《中國現當代文學探析》		台北：書林出版公司	
259	1994/5	陳炳良 編	《香港文學探賞》	台北：書林出版公司		
260	1994/5	劉以鬯	〈五十年代初期的香港文學—1985年4月27日在「香港文學研討會」上的發言〉	陳炳良編《香港文學探賞》	台北：書林出版公司	
261	1994/6	柳書琴	《戰爭與文壇—日據末期台灣的文學活動（1937.7-1945.8）》		台灣大學歷史研究所碩士論文	吳密察指導
262	1994/6	慎錫讚	《中國大陸「傷痕文學」之研究》		文化大學中研所碩士論文	唐翼明指導
263	1994/6	林倖妃	《日據時代台灣新文學運動中的台灣意識與中國意識》		東吳社會研究所碩士論文	張炎憲指導
264	1994/6	沈靜嵐	《當西風走過—六〇年代《現代文學》派的論述與考察》		成功大學歷史研究所碩士論文	林瑞明指導
265	1994/6	古遠清 章亞昕	《心靈的故鄉》		台北：業強出版社	
266	1994/6	葉維廉	《從現象到表象》		台北：東大圖書公司	
267	1994/6	李敏勇	《戰後台灣文學反思》		台北：自立晚報社文化出版部	
268	1994/7	李瑞騰	《文學尖端對話》		台北：九歌出版社	
269	1994/7	鄭炯明	〈穿越八〇年代的台灣文學—從《文學界》到《文學台灣》〉	《文學台灣》11期		

270	1994/7	莊淑芝	《台灣新文學觀念的萌芽與實踐》		台北：麥田出版公司	
271	1994/7	鄭明娳 編	《當代台灣政治文學論》		台北：時報文化出版公司	
272	1994/7	黃祺椿	《日治時期台灣新文學運動與社會主義思潮之關係初探（1927-1937）》		清華大學中研所碩士論文	呂興昌指導
273	1994/8	吳潛誠	《感性定位》		台北：允晨文化出版公司	
274	1994/8	葉石濤	《展望台灣文學》		台北：九歌出版社	
275	1994/8	楊照	〈「失語震撼」後的掙扎、尋覓—論葉石濤的文學觀〉	1994年台灣文化會議：南台灣文學景觀	高雄縣政府、民進黨中央黨部	
276	1994/8	游勝冠	〈台灣本土殊性的彰揚—葉石濤的「台灣的鄉土文學」及「本省作家」〉	1994年台灣文化會議：南台灣文學景觀	高雄縣政府、民進黨中央黨部	
277	1994/9	廖炳惠	《回顧現代—後現代與後殖民論文集》		台北：麥田出版公司	
278	1994/9	廖炳惠	〈新歷史主義與後殖民論述〉	《回顧現代—後現代與後殖民論文集》	台北：麥田出版公司	
279	1994/9	李瑞騰	《文學的出路》		台北：九歌出版社	
280	1994/9	王宏志	《文學與政治之間—魯迅、新月、文學史》		台北：東大圖書公司	
281	1994/10	孟樊	《台灣文學輕批評》		台北：揚智文化公司	
282	1994/10	安煥然	〈殖民統治下所形成的兩個文字特區—論台灣文學和馬華文學的源起發展與中國新文學運動〉	《文學台灣》12期		
283	1994/10	黃維樑	《璀璨的五彩筆》		台北：九歌出版社	
284	1994/10	黃國彬	《文學札記》		台北：三民書局	
285	1994/11	許俊雅	《台灣文學散論》		台北：文史哲出版社	
286	1994/11	楊澤	〈在台灣讀魯迅的國族文學〉	《中外文學》23卷6期		
287	1994/11	楊澤 編	《從四〇年代到九〇年代—兩岸三邊華文小說研討會論文集》		台北：時報文化出版公司	
288	1994/11	周慶華	《秩序的探索—當代台灣文學論述的考察》		台北：東大圖書公司	
289	1994/11	黃祺椿	〈日治時期社會主義思潮下之鄉土文學論爭與台灣話文運動〉	賴和及其同時代的作家：日據時期台灣文學國際學術研討會	文建會、清華大學中語系	
290	1994/11	柳書琴	〈大正義贊運動與日治末期台灣文學運動之復甦〉	賴和及其同時代的作家：日據時期台灣文學國際學術研討會	文建會、清華大學中語系	
291	1994/11	藤井省三	〈「大東亞戰爭」時期台灣	賴和及其同時代的作	文建會、清華大學中語	

			讀書市場的成熟與文壇的成立—從皇民化運動到台灣國家主義之	家：日據時期台灣文學國際學術研討會	系	
292	1994/11	彭瑞金	〈日據台灣社會運動的勃發與新文學運動的興起〉	賴和及其同時代的作家：日據時期台灣文學國際學術研討會	文建會、清華大學中語系	
293	1994/11	中島利郎	〈在殖民地台灣的日本作家—西川滿的文學觀〉	賴和及其同時代的作家：日據時期台灣文學國際學術研討會	文建會、清華大學中語系	
294	1994/11	胡民祥	〈賴和的文學語言〉	賴和及其同時代的作家：日據時期台灣文學國際學術研討會	文建會、清華大學中語系	
295	1994/11	鄭穗影	〈賴和文學的現實與理想—台灣文學語言和精神之根源的思索〉	賴和及其同時代的作家：日據時期台灣文學國際學術研討會	文建會、清華大學中語系	
296	1994/12	向 陽	〈「台北的」與「台灣的」—初論台灣現代文學的「城鄉差距」〉	當代台灣都市文學研討會	台北：時報文化出版公司 中國青年寫作協會	
297	1994/12	黃英哲 編 涂翠花 譯	《台灣文學研究在日本》		台北：前衛出版社	
298	1994/12	王曉明	〈一份雜誌和一個「社團」—論「五四」文學傳統〉	《中國文學史的省思》	台北：書林出版公司	
299	1994/12	平 路	〈都會中沈淪的「女」〉	當代台灣都市文學研討會	台北：時報文化出版公司 中國青年寫作協會	
300	1994/12	呂興昌	〈白話字中的台灣文學資料〉	第一屆台灣本土文化國際學術研討會	台灣師範大學人文學院・人文中心	
301	1994/12	王潤華	〈從沈從文的「都市文明」到林燿德的「終端機文化」〉	當代台灣都市文學研討會	台北：時報文化出版公司 中國青年寫作協會	
302	1994/12	林以青	〈文學經驗中的都會情境—以七〇年代的台北為例〉	當代台灣都市文學研討會	台北：時報文化出版公司 中國青年寫作協會	
303	1994/12	王宏志	〈主觀願望與客觀環境之間—唐弢的文學史觀和他主編的《中國現代文學史》〉	《中國文學史的省思》	台北：書林出版公司	
304	1994/12	楊昌年	《有一種沁涼》		台北：幼獅文化公司	
305	1994/12	林淇瀁	〈戰後台灣文學的傳播困境初探〉	第一屆台灣本土文化國際學術研討會	台灣師範大學人文學院・人文中心	
306	1994/12	陳國球	《中國文學史的省思》		台北：書林出版公司	
307	1994/12	古繼堂	《台灣新文學理論批評史》		台北：文史哲出版社	
308	1994/12	陳思和	〈一本文學史的構想—《差圖本20世紀中國文學史》總序〉	《中國文學史的省思》	台北：書林出版公司	
309	1994/12	龔鵬程	〈「二十世紀中國文學」概	《中國文學史的省思》	台北：書林出版公司	

			念之解析〉			
310	1994/12	陳平原	〈小說史研究方法散論〉	《中國文學史的省思》	台北：書林出版公司	
311	1995/1	楊　義 中井政喜 張　申	《二十世紀中國文學圖志》 （上、下）		台北：業強出版社	
312	1995/1	李魁賢	〈我所知道的中國「台灣文學研究」簡報〉	《文學台灣》13期		
313	1995/2	陳芳明	〈百年來的台灣文學與台灣風格—台灣新文學運動史導論〉	《中外文學》23卷9期		
314	1995/2	陳昭瑛	〈論台灣的本土化運動—一個文化史的考察〉	《中外文學》23卷9期		
315	1995/2	黃祺椿	〈日治時期社會主義思潮下之鄉土文學論爭與台灣話文運動〉	《中外文學》23卷9期		
316	1995/3	黃武忠	〈日據時代台灣新文學運動的情感〉	《親近台灣文學》	台北：九歌出版社	
317	1995/3	黃武忠	〈抗戰時期台灣地區的文學活動〉	《親近台灣文學》	台北：九歌出版社	
318	1995/3	黃武忠	〈日據時代台灣重要的文學社團〉	《親近台灣文學》	台北：九歌出版社	
319	1995/3	黃武忠	《親近台灣文學》		台北：九歌出版社	
320	1995/3	笠　征	〈九十年代大陸文學的基本態勢〉	《中國文哲研究通訊》5卷1期		
321	1995/3	黃慶萱	〈文學義界的探索—歷史、現象、理論的整合〉	《中國文哲研究集刊》5期		
322	1995/3	黃武忠	〈日據時代台灣新文學的特性—兼談研讀應有的認識〉	《親近台灣文學》	台北：九歌出版社	
323	1995/3	黃武忠	〈剪不斷的文化臍帶—五四運動與日據下台灣新文學的發展〉	《親近台灣文學》	台北：九歌出版社	
324	1995/4	呂正惠	〈七、八十年代台灣鄉土文學的源流與變遷—政治、社會及思想背景的探討〉	《文學經典與文化認同》	台北：九歌出版社	
325	1995/4	李麗玲	〈創造新文藝·發掘新作家—初探五〇年代初期的《野風》〉	《文學台灣》14期		
326	1995/4	呂正惠	〈「人的解放」？—論劉賓雁的報告文學〉	《文學經典與文化認同》	台北：九歌出版社	
327	1995/4	呂正惠	〈台灣文學與中國文學—台灣文學「主體性」平議〉	《文學經典與文化認同》	台北：九歌出版社	
328	1995/4	葉　笛	《台灣文學巡禮—南台灣文學（一）台南市籍作家作品集》		台南市立文化中心	
329	1995/4	呂正惠	《文學經典與文化認同》		台北：九歌出版社	

330	1995/4	呂正惠	〈戰後台灣知識份子與台灣文學〉	《文學經典與文化認同》	台北：九歌出版社	
331	1995/4	呂正惠	〈王安憶小說中的女性意識〉	《文學經典與文化認同》	台北：九歌出版社	
332	1995/5	陳芳明	〈殖民歷史與台灣文學研究－談陳昭瑛〈論台灣的本土化運動〉〉	《中外文學》23卷12期		
333	1995/5	楊照	《文學的原像》		台北：聯合文學出版社	
334	1995/6	羊子喬	《神秘的觸鬚－羊子喬文學評論集》		台南縣立文化中心	
335	1995/6	施懿琳 許俊雅 楊翠	《台中縣文學發展史》		台中縣立文化中心	
336	1995/6	李麗玲	《五〇年代國家文藝體制下台籍作家的處境及創作研究》		清華大學中研所碩士論文	呂正惠指導
337	1995/6	邱茂生	《中國新文學現代主義思潮研究》		文化大學中研所碩士論文	金榮華指導
338	1995/6	蘇裕玲	《社群社區與族群書寫－當代台灣客家意識展現的兩個面向》		台灣大學人類學研究所碩士論文	謝世忠指導
339	1995/6	劉再復	《放逐諸神－文論提綱和文學史重評》		台北：風雲時代	
340	1995/6	邵玉銘 等	《四十年來中國文學》		台北：聯合文學出版社	
341	1995/6	郭紅丹	《一九七〇年代台灣左翼啓蒙運動－《夏潮》雜誌研究》		東海大學歷史語言研究所碩士論文	林瑞明指導
342	1995/6	梁明雄	《日據時期台灣新文學運動研究》		文化大學中研所碩士論文	金榮華指導
343	1995/6	周慶華	《台灣光復以來文學理論研究》		文化大學中研所博士論文	金榮華指導
344	1995/6	何永慶	《七〇年代台灣鄉土文學論戰研究》		文化大學中研所碩士論文	陳愛麗指導
345	1995/6	林積萍	《《現代文學》研究－文學雜誌的向量新探索》		淡江大學中研所碩士論文	李瑞騰指導
346	1995/6	李歐梵	《鐵屋中的吶喊》		台北：風雲時代出版公司	
347	1995/6	梁景峰	〈日據時期台灣小說中的殖民者和被殖民者〉		台北縣立文化中心	
348	1995/6	林志旭	《知識遊戲場的誕生－從台灣文學論戰到台灣文化主體的探討》		輔仁大學大傳所碩士論文	陳儒修指導
349	1995/6	梁景峰	《鄉土與現代－台灣文學的片斷》		台北縣立文化中心	
350	1995/6	邱茂生	《中國新文學現代主義思潮》		文化大學中研所博士論文	金榮華指導

351	1995/7	廖炳惠	〈在台灣談後現代與後殖民論述〉	張京媛編《後殖民主義與文化認同》	台北：麥田出版公司	又收於《回顧現代─後現代與後殖民論文集》
352	1995/7	陳曉明	〈「後東方」視點─穿越後殖民的歷史表象〉	張京媛編《後殖民主義與文化認同》	台北：麥田出版公司	
353	1995/7	張京媛 編	《後殖民理論與文化認同》		台北：麥田出版公司	
354	1995/7	梁秉鈞	〈都市文化與香港文學〉	張京媛編《後殖民主義與文化認同》	台北：麥田出版公司	
355	1995/7	莊麗莉	《文學出版事業產銷結構變遷之研究─文學商品化現象觀察》		政治大學新聞研究所碩士論文	林芳玫指導
356	1995/7	邱貴芬	〈「發現台灣」─建構台灣後殖民論述〉	張京媛編《後殖民主義與文化認同》	台北：麥田出版公司	
357	1995/7	張小虹	《性別的美學/政治：西方女性主義文學批評與當代台灣文學研究》		台北：國科會科資中心	
358	1995/7	張頤武	〈「人民記憶」與文化的命運〉	張京媛編《後殖民主義與文化認同》	台北：麥田出版公司	
359	1995/9	陳萬益	〈台灣文學是什麼？〉	五〇年來台灣文學研討會之一「面對台灣文學」	文建會、文訊雜誌社	
360	1995/9	平 路	〈我對「台灣文學」的看法〉	五〇年來台灣文學研討會之一「面對台灣文學」	文建會、文訊雜誌社	
361	1995/9	柯慶明	〈台灣文學的未來發展〉	五〇年來台灣文學研討會之一「面對台灣文學」	文建會、文訊雜誌社	
362	1995/9	游 喚	〈台灣文學史怎麼寫？〉	五〇年來台灣文學研討會之一「面對台灣文學」	文建會、文訊雜誌社	
363	1995/9	張錦郎	〈台灣文學需要什麼樣的工具書？〉	五〇年來台灣文學研討會之一「面對台灣文學」	文建會、文訊雜誌社	
364	1995/9	張 健	〈台灣文學研究的問題〉	五〇年來台灣文學研討會之一「面對台灣文學」	文建會、文訊雜誌社	
365	1995/10	楊 照	〈歷史大河中的悲情─論台灣的「大河小說」〉	《文學、社會與歷史想像─戰後文學散論》	台北：聯合文學出版社	
366	1995/10	楊 照	〈歷史小說與歷史民族誌─論高陽小說〉	《文學、社會與歷史想像─戰後文學散論》	台北：聯合文學出版社	
367	1995/10	楊 照	《文學、社會與歷史想像─戰後文學散論》		台北：聯合文學出版社	
368	1995/10	張誦聖	〈當代台灣文學與文化場域的變遷〉	《中外文學》24卷5期		
369	1995/10	張大春	《文學不安》		台北：聯合文學出版社	
370	1995/10	廖咸浩	《愛與解構─當代台灣文學評論與文化觀察》		台北：聯合文學出版社	
371	1995/11	向 陽	〈台語文學傳播的意識型態建構：以日治時期台灣話文運動為例〉	台灣文學研討會	淡水工商管理學院台灣文學系籌備處	
372	1995/11	鄭良偉	〈台語文學的可讀性及台華	台灣文學研討會	淡水工商管理學院台灣	

			對譯〉		文學系籌備處	
373	1995/11	林盛彬	〈二〇年代的台灣文藝思潮〉	台灣文學研討會	淡水工商管理學院台灣文學系籌備處	
374	1995/11	周 蕾	〈愛(人的)女人—被虐狂、狂想和母親的理想化〉	《婦女與中國現代性—東西方之間閱讀記》	台北：麥田出版公司	
375	1995/11	周 蕾	〈現代性和敘事—女性的細節描述〉	《婦女與中國現代性—東西方之間閱讀記》	台北：麥田出版公司	
376	1995/11	周 蕾	〈鴛鴦蝴蝶派—通俗文學的一種解讀〉	《婦女與中國現代性—東西方之間閱讀記》	台北：麥田出版公司	
377	1995/11	周 蕾	〈看現代中國—如何建立一個種族觀眾的理論〉	《婦女與中國現代性—東西方之間閱讀記》	台北：麥田出版公司	
378	1995/11	周 蕾	《婦女與中國現代性—東西方之間閱讀記》		台北：麥田出版公司	
379	1995/11	陳德錦	〈文學，文學史，香港文學〉	《中外文學》24卷6期		
380	1995/11	陳恆嘉	〈台灣作家的語言困境〉	台灣文學研討會	淡水工商管理學院台灣文學系籌備處	
381	1995/11	呂正惠	〈戰後台灣社會與台灣文學〉	五〇年來台灣文學研討會之二「台灣文學中的社會」	文建會、中央大學中文系	
382	1995/11	鄭明娳 編	《當代台灣都市文學論—以世紀末視角透視文學書寫中的都市現象》		台北：時報文化出版公司	
383	1995/11	康來新	〈感時憂國中的基督宗教—側談張系國、陳映真的關心文學〉	五〇年來台灣文學研討會之二「台灣文學中的社會」	文建會、中央大學中文系	
384	1995/11	陳藻香	〈戰前台灣文學史初探〉	台灣文學研討會	淡水工商管理學院台灣文學系籌備處	
385	1995/11	陳明仁	〈台語文學的口語與書面語〉	台灣文學研討會	淡水工商管理學院台灣文學系籌備處	
386	1995/11	陳萬益	〈台灣文學系課程設計與規畫之研究〉	台灣文學研討會	淡水工商管理學院台灣文學系籌備處	
387	1995/11	梁明雄	〈由日據時期新舊文學之爭論看開創期的台灣新文學〉	台灣文學研討會	淡水工商管理學院台灣文學系籌備處	
388	1995/11	莊萬壽	〈中國的台灣文學史觀〉	台灣文學研討會	淡水工商管理學院台灣文學系籌備處	
389	1995/11	洪惟仁	〈台語文學之分期〉	台灣文學研討會	淡水工商管理學院台灣文學系籌備處	
390	1995/11	施炳華	〈台語文學的過去、現在與未來〉	台灣文學研討會	淡水工商管理學院台灣文學系籌備處	
391	1995/11	沈奇、席慕蓉 等著	《評論十家》（第二集）		台北：爾雅出版社	
392	1995/11	林央敏	〈台灣文學的兩條脈流—兼論台語文學的地位〉	台灣文學研討會	淡水工商管理學院台灣文學系籌備處	
393	1995/11	王若萍	〈一個反支配論述的形成—七〇年代台灣鄉土文學的論	台灣文學研討會	淡水工商管理學院台灣文學系籌備處	

			述與形構〉		
394	1995/11	張堂錡	〈台灣客家文學中所反映的社會關係〉	五〇年來台灣文學研討會之二「台灣文學中的社會」	文建會、中央大學中文系
395	1995/12	陳明柔	〈新與舊的變革:「祖國意象」內在意涵的轉化—是以張我軍文學理論為中心的探索〉	張我軍學術研討會	中央研究院文哲所
396	1995/12	馬　森	〈台灣文學的地位〉		台北:國科會科資中心
397	1995/12	張小虹	〈性別的美學/政治:當代台灣女性主以文學研究〉	婦女文學學術會議	東海大學中文系
398	1995/12	黃英哲	〈試論戰後台灣文學研究之成立與現階段日據時期台灣文學研究問題點〉	五〇年來台灣文學研討會之三「台灣文學發展現象」	文建會、靜宜大學中文系
399	1995/12	林瑞明	〈戰後台灣文學的再編成〉	五〇年來台灣文學研討會之三「台灣文學發展現象」	文建會、靜宜大學中文系
400	1995/12	陳芳明	〈台灣文學史分期的一個檢討〉	五〇年來台灣文學研討會之三「台灣文學發展現象」	文建會、靜宜大學中文系
401	1995/12	林明德	〈文學奇蹟—《現代文學》的歷史意義〉	五〇年來台灣文學研討會之三「台灣文學發展現象」	文建會、靜宜大學中文系
402	1995/12	彭小妍	〈「寫實」與政治寓言〉	五〇年來台灣文學研討會之三「台灣文學發展現象」	文建會、靜宜大學中文系
403	1995/12	陶　潔	〈新時期大陸女作家與女性文學〉	婦女文學學術會議	東海大學中文系
404	1995/12	彭小妍	〈文學典律、種族階級與鄉土書寫—張我軍與台灣新文學的起源〉	張我軍學術研討會	中央研究院文哲所
405	1995/12	林瑞明	〈張我軍的文學理論與小說創作〉	張我軍學術研討會	中央研究院文哲所
406	1995/12	彭瑞金	〈從《台灣文藝》、《文學界》、《文學台灣》看戰後台灣文學理論的再建構〉	五〇年來台灣文學研討會之三「台灣文學發展現象」	文建會、靜宜大學中文系
407	1996/1	陳信元	〈解嚴後大陸文學在台灣出版狀況〉	五〇年來台灣文學研討之四「台灣文學出版」	文建會、文訊雜誌社
408	1996/1	封德屏	〈試論文學雜誌的專題設計〉	五〇年來台灣文學研討之四「台灣文學出版」	文建會、文訊雜誌社
409	1996/1	鍾麗慧	〈「五小」的崛起—文學出版社的個案研究〉	五〇年來台灣文學研討之四「台灣文學出版」	文建會、文訊雜誌社
410	1996/1	呂正惠	〈西方文學翻譯在台灣〉	五〇年來台灣文學研討之四「台灣文學出版」	文建會、文訊雜誌社
411	1996/1	沈　謙	〈台灣書評雜誌的發展〉	五〇年來台灣文學研討之四「台灣文學出版」	文建會、文訊雜誌社

412	1996/1	邱炯友	〈從著作權糾紛看台灣的文學出版〉	五〇年來台灣文學研討之四「台灣文學出版」	文建會、文訊雜誌社
413	1996/1	林慶彰	〈當代文學禁書研究〉	五〇年來台灣文學研討之四「台灣文學出版」	文建會、文訊雜誌社
414	1996/1	吳興文	〈從暢銷書排行榜看台灣的文學出版〉	五〇年來台灣文學研討之四「台灣文學出版」	文建會、文訊雜誌社
415	1996/1	王士朝	〈文學圖書印刷設計之演變〉	五〇年來台灣文學研討之四「台灣文學出版」	文建會、文訊雜誌社
416	1996/1	應鳳凰	〈五十年代台灣文藝雜誌與文化資本〉	五〇年來台灣文學研討之四「台灣文學出版」	文建會、文訊雜誌社
417	1996/1	林訓民	〈文學圖書的廣告與行銷〉	五〇年來台灣文學研討之四「台灣文學出版」	文建會、文訊雜誌社
418	1996/2	王寧	《比較文學與中國文學闡釋》		台北：淑馨出版社
419	1996/3	樊洛平	〈中國大陸現當代文學史的著作〉	《中國現代文學理論季刊》2期	
420	1996/3	蔡宗陽	〈思想與文學批評〉	《中國現代文學理論季刊》1期	
421	1996/3	周慶華	《文學圖繪》		台北：東大圖書公司
422	1996/3	黃麗貞	〈「移覺」和「通感」的區別〉	《中國現代文學理論季刊》1期	
423	1996/3	許俊雅	〈再議三十年代台灣的鄉土文學論爭〉	《中國現代文學理論季刊》1期	
424	1996/4	馬漢茂	〈激進文學話語：本土評論家彭瑞金〉	第二屆台灣本土文化國際學術研討會：「台灣文學與社會」	台灣師範大學國文系‧人文中心
425	1996/4	余光中	〈論者的不休〉	《聯合文學》總138期	
426	1996/4	周慶華	〈反映現實/批判現實？—八〇年代文學文本的建構與解構觀點〉	第二屆台灣本土文化國際學術研討會：「台灣文學與社會」	台灣師範大學國文系‧人文中心
427	1996/4	陳玉玲	〈父權制的家園〉	第二屆台灣本土文化國際學術研討會：「台灣文學與社會」	台灣師範大學國文系‧人文中心
428	1996/4	林淇瀁	〈文學、社會與意識型態—以七〇年代「鄉土文學」論戰中的副刊媒介運作爲例〉	第二屆台灣本土文化國際學術研討會：「台灣文學與社會」	台灣師範大學國文系‧人文中心
429	1996/4	呂興昌	〈頭戴台灣天‧腳踏台灣地—論黃石輝台語文學分觀念與實踐〉	第二屆台灣本土文化國際學術研討會：「台灣文學與社會」	台灣師範大學國文系‧人文中心
430	1996/4	梁明雄	〈從日據初期的文學結社論台灣新文學的發展〉	第二屆台灣本土文化國際學術研討會：「台灣文學與社會」	台灣師範大學國文系‧人文中心
431	1996/4	龔鵬程	〈本土化的迷思：文學與社會〉	第二屆台灣本土文化國際學術研討會：「台灣文學與社會」	台灣師範大學國文系‧人文中心

432	1996/4	杜國清	〈台灣文學研究的國際視野〉	第二屆台灣本土文化國際學術研討會：「台灣文學與社會」	台灣師範大學國文系・人文中心	
433	1996/4	鄭良偉	〈台語文學的可讀性及台華對譯人腦及電腦之間〉	第二屆台灣本土文化國際學術研討會：「台灣文學與社會」	台灣師範大學國文系・人文中心	
434	1996/5	羅鳳珠	〈牽引台灣文學的藤蔓上全球資訊網〉	台灣文學與環境研討會	中正大學中文系	
435	1996/5	吳達芸	《女性閱讀與小說評論》		台南市立文化中心	
436	1996/5	陳萬益	《於無聲處　驚雷—南台灣文學（二）台南市籍作家作品集》		台南市立文化中心	
437	1996/5	黎活仁	〈外地學者於台灣文學史研究的發言空間〉	台灣文學與環境研討會	中正大學中文系	
438	1996/5	楊昌年	〈精緻文學的再現—戰後台灣文學的特色〉	台灣文學與環境研討會	中正大學中文系	
439	1996/5	王德威	〈沒有晚清，何來五四？—被壓抑的現代性〉	《聯合文學》總139期		
440	1996/5	曾珍珍	〈楊牧作品中的海洋意象〉	台灣文學與環境研討會	中正大學中文系	
441	1996/5	葉石濤	〈台灣文學五十年以後的新方向〉	台灣文學與環境研討會	中正大學中文系	
442	1996/5	王德威	〈如何現代，怎樣文學？—中國現代文學史教學的省思〉	現代文學教學研討會	台灣大學中文系	
443	1996/5	林載爵	《台灣文學的兩種精神—南台灣文學（二）台南市籍作家作品集》		台南市立文化中心	
444	1996/5	彭小妍	〈認同、族群與女性—台灣文學七十年〉	第七屆中國社會與文化國際學術研討會：近現代中國文學與文話變邊	淡江大學中文系	
445	1996/5	黎活仁	〈樹的聯想—席慕蓉、尹玲、洪素麗、零雨和簡媜等的想像力研究〉	台灣文學與環境研討會	中正大學中文系	
446	1996/5	林載爵	〈五四與台灣新文化運動〉	《台灣文學的兩種精神—南台灣文學（二）台南市籍作家作品集》		
447	1996/5	林載爵	〈忍看蒼生含辱—賴和先生的文學〉	《台灣文學的兩種精神—南台灣文學（二）台南市籍作家作品集》		
448	1996/5	沈謙	〈戰後台灣文壇主流之遞嬗〉	台灣文學與環境研討會	中正大學中文系	
449	1996/5	笠征	〈傳統文化與當代大陸文學—新時期文學的回歸傳統傾向與傳統文化在大陸的消長〉	第七屆中國社會與文化國際學術研討會：近現代中國文學與文話變邊	淡江大學中文系	

450	1996/6	唐翼明	《大陸新時期的文學理論與批評》		文建會	
451	1996/6	施　淑	《大陸新時期文學概況》		文建會	
452	1996/6	應鳳凰	《大陸新時期文學概況史料卷》		文建會	
453	1996/6	陳昭瑛	《文學的原住民與原住民的文學》	百年來中國文學學術研討會	中央日報社	
454	1996/6	沈　謙	《中國現代文學史的著作（台港）》	《中國現代文學理論季刊》2期		
455	1996/6	陳志堅	《佐藤春夫之閩南文學》		文化大學日本研究所碩士論文	劉崇稜指導
456	1996/6	黃麗貞	《意義豐瞻雋永的「轉品」修辭》	《中國現代文學理論季刊》2期		
457	1996/6	周慶華	《台灣光復以來文學理論研究》	文化中研所博士論文		金榮華指導
458	1996/6	陳思和	《共名與無名：百年中國文學發展管窺》	百年來中國文學學術研討會	中央日報社	
459	1996/6	呂正惠	《台灣鄉土文學綜論》	百年來中國文學學術研討會	中央日報社	
460	1996/6	劉再復	《中國現代文學的整體維度及其侷限》	百年來中國文學學術研討會	中央日報社	
461	1996/6	謝　冕	《文學滄桑一百年》	百年來中國文學學術研討會	中央日報社	
462	1996/6	李瑞騰	《二十世紀中文文學的空間分佈》	百年來中國文學學術研討會	中央日報社	
463	1996/6	唐翼明	《從反叛異化到回歸本體—論大陸文學從「新時期」到「後新時期」的演變》	百年來中國文學學術研討會	中央日報社	
464	1996/6	尼　洛	《中國近代文學的糾纏—淺析「共」文學與「反共」文學》	百年來中國文學學術研討會	中央日報社	
465	1996/6	彭小妍	《認同、族群與女性—台灣文學七十年》	百年來中國文學學術研討會	中央日報社	
466	1996/6	葉石濤	《四十年代的台灣文學》	百年來中國文學學術研討會	中央日報社	
467	1996/6	趙毅衡	《中國現當代文學中的文化批判》	百年來中國文學學術研討會	中央日報社	
468	1996/6	沈　謙	《中國現代文學史的分期》	百年來中國文學學術研討會	中央日報社	
469	1996/6	劉樹森	《清末民初的外國文學翻譯對中國近現代文學的初始影像》	百年來中國文學學術研討會	中央日報社	
470	1996/6	平　路	《想像她，否定他，要她不說話—中文女作家筆下的母親形象》	百年來中國文學學術研討會	中央日報社	

471	1996/6	林　崗	〈二十世紀「現實傾向」文學的歷史回顧〉	百年來中國文學學術研討會	中央日報社	
472	1996/6	賈植芳	〈中國近現代留日學生與中國文學運動〉	百年來中國文學學術研討會	中央日報社	
473	1996/6	古　華	〈我所認知的中國新鄉土文學〉	百年來中國文學學術研討會	中央日報社	
474	1996/6	蔡其昌	《戰後（1945-1959）台灣文學發展與國家角色》		東海大學歷史研究所碩士論文	吳文星指導
475	1996/6	江寶釵施懿琳曾珍	《台灣文學與環境》（論文集）		高雄：麗文文化公司	
476	1996/6	文訊雜誌社編	《五十年來台灣文學研討會論文集》（三本）		台北：行政院文化建設委員會	
477	1996/6	張　錯	〈自強與啓蒙：前五四文學轉型心態與現象〉	百年來中國文學學術研討會	中央日報社	
478	1996/6	龔鵬程	〈啓蒙之旅—從國民教育到國民文學〉	百年來中國文學學術研討會	中央日報社	
479	1996/6	李細梅	《一九四九年到一九九二年台灣文學的發展》	文化東方與文學系碩士論文		卜洛夫指導
480	1996/7	林瑞明	〈日據時期的台灣文學精神〉	《台灣文學的本土觀察》	台北：允晨文化出版公司	
481	1996/7	張良澤著廖爲智譯	《台灣文學・語文論集》		彰化縣立文化中心	
482	1996/7	游勝冠	《台灣文學本土論的興起與發展》		台北：前衛出版社	
483	1996/7	林瑞明	〈日本統治下的台灣新文學精神—文學結社及其精神〉	《台灣文學的本土觀察》	台北：允晨文化出版公司	
484	1996/7	張小虹	《性與認同政治：台灣的同性戀論述（I）》		台北：國科會科資中心	
485	1996/8	周慶華	《台灣當代文學理論》		台北：揚智文化公司	
486	1996/9	黎活仁	《盧卡契對中國文學的影響》		台北：文史哲出版社	
487	1996/9	李歐梵	〈現代中國文學中的浪漫個人主義〉	《現代性的追求》	台北：麥田出版公司	
488	1996/9	譚汝爲	〈論比喻型成語〉	《中國現代文學理論季刊》3期		
489	1996/9	古遠清	〈評《中華民國作家・作品目錄》〉	《中國現代文學理論季刊》3期		
490	1996/9	李歐梵	《現代性的追求》		台北：麥田出版公司	
491	1996/9	李歐梵	〈「批評空間」的開創—從《申報》「自由談」談起〉	《現代性的追求》	台北：麥田出版公司	
492	1996/9	李歐梵	〈來自鐵屋子的聲音〉	《現代性的追求》	台北：麥田出版公司	
493	1996/9	李歐梵	〈在中國話語的邊緣—關於邊界的文化意義〉	《現代性的追求》	台北：麥田出版公司	

494	1996/9	李歐梵	〈中國馬克思主義文學批評的幾個問題〉	《現代性的追求》	台北：麥田出版公司	
495	1996/9	李歐梵	〈文化的危機〉	《現代性的追求》	台北：麥田出版公司	
496	1996/9	李歐梵	〈孤獨的旅行者—中國現代文學中自我的形象〉	《現代性的追求》	台北：麥田出版公司	
497	1996/9	李歐梵	〈情感的歷程〉	《現代性的追求》	台北：麥田出版公司	
498	1996/9	李歐梵	〈中國現代小說的先驅者—施蟄存、穆時英、劉吶鷗〉	《現代性的追求》	台北：麥田出版公司	
499	1996/9	李歐梵	〈台灣文學中的「現代主義」和「浪漫主義」〉	《現代性的追求》	台北：麥田出版公司	
500	1996/9	李歐梵	〈漫談中國現代文學中的「頹廢」〉	《現代性的追求》	台北：麥田出版公司	
501	1996/9	李歐梵	〈追求現代性（一八九五—一九二七）〉	《現代性的追求》	台北：麥田出版公司	
502	1996/9	李歐梵	〈走上革命之路（一九二七—一九四九）〉	《現代性的追求》	台北：麥田出版公司	
503	1996/9	李歐梵	〈中國當代文化、文學和知識份子的堅韌面〉	《現代性的追求》	台北：麥田出版公司	
504	1996/9	李歐梵	〈技巧的政治—中國當代小說中之文學異議〉	《現代性的追求》	台北：麥田出版公司	
505	1996/10	簡義明	〈吳濁流研究現況的評介與反思〉	吳濁流學術研討會	新竹縣政府、台灣客家公共事務協會	
506	1996/12	尹雪曼	〈七十年來的台灣文學界〉	《中國現代文學理論季刊》4期		
507	1996/12	邱燮友	〈把握現在‧創造明天—迎接新世紀的來臨〉	《中國現代文學理論季刊》4期		
508	1996/12	黃麗貞	〈神奇妙變的「數字修辭」〉	《中國現代文學理論季刊》4期		

ヽ

一、西元1988年（民國77年）的研究成果

西元1988年（民國77年）值得注意的研究者是呂正惠，有《小說與社會》1本專著出版和2篇論文的發表。而大陸學者劉再復的《性格組合論》（上、下）也在此年進入台灣，他也有一篇〈大陸新時期文學的宏觀描述〉，發表於此年清華大學中研所主辦的「第一屆當代中國文學國際學術會議」，這應算是解嚴後第一位受到台灣文學研究領域重視的大陸重要文評家。

在研討會方面，此年恰好舉辦了2場以「當代中國文學」為主題的學術研討會，分別是清華大學中研所主辦的「第一屆當代中國文學國際學術會議」和淡江大學主辦的「當代中國文學（一九四九以後）研討會」，兩者看來區隔並不大。不過，在會議名稱上雖然是針對「時間」面向來擬定的，但在論文上卻已有側重「空間」上的區隔，即區分「台灣」和「大陸」分別討論各自的文學現象。

另外值得一提的是由李正治主編的《政府遷台以來文學研究理論及方法之探索》，是第一本將不同學者針對近代「文學理論及研究方法」的諸多不同論文彙輯而成的論文集。

二、西元1989年（民國78年）的研究成果

在西元1989年（民國78年），有關文學批評或文學史的研究者並未有出現超過三次相同者。倒是在此年舉辦的「五四文學與文化變遷學術研討會」中，共有6篇是關於「文學批評（含理論）與文學史」的論文。「五四文學」之被作為一個主題而提出，在於其對於中國（新）文學史具有一定重要的指標地位，它標誌著新文學的誕生，故重點便是在相對於「傳統文學」這個文學概念所具有的內涵來進行反省。在這6篇論文中，我們可以見到「對文學史觀的影響」、「解放思潮與文學解禁」、「對傳統文學的維繫與困境」，以及包括「對新文學理論的省察」等；換言之，「五四文學」被視為是一個「新、舊」間的重要分界。而藉著對這一個具有「歷史指標意義」「文學史」來探討，也開啓了對「文學史觀」這個課題的提出、討論與反省，如陳國球〈論胡適的文學史觀〉與鄭志明〈五四思潮對文學

史觀的影響〉即是。

另外，也值得注意的是劉再復，他代表了此時來自大陸華文文學研究的聲音。從西元1988年（民國77年）以來，劉再復已有2本專書在台灣出版（《性格組合論》和《尋找與呼喚》），他在關於文學理論與現象的研究成績，可說已持續受到重視與注意。

三、西元1990年（民國79年）的研究成果

在西元1990年（民國79年）的文學批評與文學史的研究上，最值的注意的研究者有周玉山（一書四文）、林燿德（三文）和葉櫳英（一書四文）。不過，在研究內容上，這一年中，則應以2本「大陸文學」研究之專著：周玉山《大陸文學論衡》和葉櫳英《大陸當代文學掃瞄》最得矚目；而它們的作者也正是西元1990年（民國79年）在發表數量上最可觀的作者。在研究性質上，前者著重「文藝政策」之研究，後者則著重於「文類」的觀察（包括了「傷痕」、「反思」、「尋根」、「女性」文學等），可說各有專擅。另外，陳信元的〈八十年代大陸文學對台灣的影響〉，更觸及到對台灣文學影響的議題，而使得此年的「大陸文學」研究，可說兼顧了深度及廣度。

此外，「學位論文」在西元1990年（民國79年）也出現有關於此領域的聲音，分別是廖祺正的《三十年代台灣鄉土話文運動》（成功大學歷史語言所）與張文智的《從族類（ethnicity）的角度分析本土文學的「台灣意識」現象》（清華大學社人所），兩本皆是碩士論文。只是數量並不算多，而且，也尚未見到應該是文學研究主力的中文所呈現出任何的成績。

在研究主題上，則以「八十年代」的斷代考察最受到重視。除了「八十年代台灣文學研討會」有4篇論文外，加上呂正惠也有一文涉及八十年代（〈七、八十年代台灣現實主義文學的道路〉），因此共計有5篇。在初進入九十年代之初，即能對之前八十年代的文學做出整體的審視之成績，文學研究對「當代」的重視及理論反省的能力，實值得肯定。

四、西元1991年（民國80年）的研究成果

在西元1991年（民國80年）裡，承續去年對「大陸文學」研究的關心，出現1本專書（周王明《大陸當代文學界》）和3篇論文（林燿德〈當代大陸文學中的女性意識—以五〇年代出生的女作家為例〉、黃德偉〈兩年來中國大陸文學的變貌〉、周玉山〈大陸文學作品中的政治〉）。除周玉山外，其餘三位皆是國內對此課題的新研究者，可見這一課題受到注意的程度。而黃德偉、周玉山兩篇論文皆發表於「第二屆當代大陸文學研討會」，也顯示了此一研究的焦點所在。

此外，值的注意的是《現代學術研究》這本期刊，在此年共收入4篇關於台灣文學理論與批評的研究論文，成為現代文學研究一個主要的發表園地。

值得一提的是，向來以中國文學研究為中心的中文研究所，終於在此年出現了對現代文學理論與批評研究的聲音，分別是游勝冠的《台灣文學本土論的興起與發展》（東吳大學中研所碩士論文）和洪鵬程的《戰前台灣文學所反映的農業社會》（文化大學中研所碩士論文）。

五、西元1992年（民國81年）的研究成果

在西元1992年（民國81年）值得注意的文學批評與文學史研究者有李瑞騰（《文學關懷》1本專著與2篇文章）、呂正惠（《戰後台灣文學經驗》和2篇論文）以及葉石濤（《台灣文學的困境—葉石濤作品集（2）評論》、《台灣文學的悲情》2本專著）前兩者都是學院裡中文系的教授，後者則是民間學者。

此年召開了「當前文藝評論發展研討會」，共有4篇論文針對在台灣所發展的「後設」角度的文學評論提出討論。另外「當前台灣女性文學研討會」的召開，也有4篇論文是對「女性文學」開拓了新的研究視野。這兩個議題，在此年之前只有少數的論文曾探討過，但到了這一年，藉著研討會的召開而有集中研究焦點的趨勢。

另外「副刊」研究也開始吸引不少研究者的目光，在此之前這一項目的研究成績只有西元1991年（民國80年）林燿德曾發表〈鳥瞰文學副刊〉一文，西元1992

年（民國81年）則出現了3篇論文，其中，向陽更提出了「副刊學」的建構（向陽〈副刊學的理論建構基礎－以台灣報紙副刊之發展過程及其時代背景爲場域〉），足見「副刊研究」已進入文學理論的領域。

至於「鄉土文學」這一個屬於台灣文學史上的重要運動，其研究也在這一年出現，並且一開始就有了不錯的成績。此年一共有3篇論文談到了「鄉土文學」，其中就有兩篇學位論文，分別是周永芳的《七十年代台灣鄉土文學研究》（文化大學中研所碩士論文）和藍博堂的《台灣鄉土文學論戰及其餘波》（台灣師範大學歷史所碩士論文），它們來自中文、歷史兩個不同學科領域的青睞，似可見出此課題的重要與受關注的程度。

另外《文學台灣》這本期刊在此年也刊載了6篇關於「文學批評（含理論）與文學史」的論文，它可說是一個新的現代文學研究的重要發表園地。

六、西元1993年（民國82年）的研究成果

在西元1993年（民國82年），值得注意的研究者有三位，一是林燿德，他出版了《期待的視野：林燿德文學評論集》1本專著和1篇論文，另外並主編《當代台灣文學評論大系2—文學現象》。二是鄭明娳，她出版了《通俗文學》1本專著及1篇論文，同時也主編《當代台灣女性文學論》以及林瑞明，他也有《台灣文學與時代精神》1本專著的出版和發表了2篇論文。

此外，這一年最應受到注意的，乃是幾個研討會的召開，在「文學批評（含理論）與文學史」上都有了極突出的成績。其中「台灣地區區域文學會議」中以9篇論文的份量使「區域文學」成爲新的關注焦點，也使台北、客家、南投、鹽分、雲林、澎湖、花蓮、蘭地8個地方率先獲得討論。值的一併注意的是，在這一年中，「地方文化中心」一共出版了7本關於文學研究的專書，這在西元1993年（民國82年）之前總共只有3本而已。尤其令人矚目的是出現了第一本「地方文學史」的雛形（《田野報告書》），即施懿琳、鍾美芳和楊翠編的《台中縣文學發展史—田野調查報告書》（台中縣立文化中心出版）。

　　在「中國現代文學與教學會議」中，有10篇論文發表，其內容包括了現代文學（教學）內涵的研究（應裕康的〈五四以來現代文學社團概觀〉；陳愛麗的〈文化認同的追尋：論七〇年代台灣鄉土文學〉；唐翼明的〈文學的反叛－大陸新時期的三段主要思潮〉）；教學現況的分析，從國內到國外皆含括在內（李福清的〈中國現代文學在俄國：翻譯、出版、研究〉；張鑫的〈中國現代文學在法國的教學〉；王潤華的〈中國現代文學研究與教學困境與危機〉）；現代文學教學方針之討論（楊昌年的〈國內中（國）文學系中國現代文學教學之檢討〉；林燿德的〈現行大學中文系現代文學教學方針之反思〉；金榮華的〈中國文化大學中文系文藝組課程規劃的歷程與理想〉）。它的深意是，不但討論的層面非常廣闊，而且也是首次注意到「現代文學與教學」這個重要的課題，這在西元1993年（民國82年）之前是未曾出現過的。

　　在「四十年來中國文學會議」上，則有20篇論文發表，從文學理論與批評範圍來看，這是一個在數量上十分具有份量的一次討論會。這些論文的發表者多以「文類」的角度去說明四十年來的中國文學現象；仔細來說，則有以地域為劃分的文類特色，如：「遊子文學」、「香港文學」、「大陸文學」、「海外文學」；也有以本身特質所作的區分的，如：「遊子文學」、「消費文學」、「先鋒文學」；更有對文學史本身再作建構與討論的，如：〈尋根：八十年代的反文化回歸〉、〈略論「社會主義現實主義」與文革前十七年大陸文學〉、〈七、八十年代鄉土文學的源流與變遷〉、〈六十年代現代主義文學〉等。由於研討會本身所擬定的時間範域頗大，這些論文便多以宏觀的的視野來審視中國文學，而使得「中國現代文學發展」這項主題有了相當程度的縱向與橫向的探討。

　　「當代台灣政治文學研討會」提出了4篇論文討論「政治」和文學關係，而在這一年中同一性質的尚有1本專書（黃娟《政治與文學之間》）和4篇文章（宋如珊，〈試論中共的文藝政策〉、林瑞明，〈國家認同衝突下的台灣文學〉、尉天驄，〈談「自由文藝論辯」〉、廖炳惠〈母語運動與國家文藝體制〉）等，因此從數量上看來，「政治」與文學的關係可算是在西元1993年（民國82年）內一個十分受到

重視的課題。

另外「女性」主題亦有2本專書與1篇論文，其中除了鄭明娳編的《當代台灣女性文學論》為結集去年同名研討會的論文集外，另外尚有孟悅、戴錦華合著的《浮出歷史地表：中國現代女性文學研究》與李子雲的〈女性話語的消失與復歸〉，皆是延續去年開啟的「女性文學」討論而做的持續性深入探討。

至於有關「傳媒」的主題，亦有林淇瀁的《文學傳播與社會變遷之關聯性研究—以七○年代台灣報紙副刊的媒介運作為例》和賴永忠的《台灣地區雜誌發展之研究—從日據時期到民國八十年》兩本論文，以及向陽〈打開意識型態地圖—回看戰後台灣副刊的媒介運作〉，這裡所顯示的是大眾傳播研究者也注意到文學研究與其傳播媒體有關，即成為文學研究的另一支新學科的回應。

在這一年內，文學研究領域中另一個受到關心的議題當屬「語言」，計出現了3篇論文，分別是石美玲的《閩南方言在光復前台灣文學作品中的運用》（台灣師範大學國文所）的碩士論文，以及呂正惠的〈日據時代「台灣話文」運動平議〉和廖炳惠〈母語運動與國家文藝體制〉兩篇論文，它們所討論的都是「方言」和文學間的關係。

而「香港文學」這個主題也很巧，在這一年有3篇論文：梁錫華〈香港文學中的地域色彩〉、黃繼持〈香港文學主體性的發展〉和鄭樹森〈四十年來的香港文學〉，這是「香港文學」第一次進入台灣地區內的「華文文學」研究視域，而且是一開始便不約而同地受到不少學者的重視，值的注意。

另外，《文學台灣》雜誌在此年也有4篇論文的發表，和去年的成績相當，可說仍為這方面文章發表的重要刊物。

此外，這一年值的一提的是有一套「當代台灣文學評論大系」的出版，它是自西元1988年（民國77年）李正治編《政府遷台以來文學研究理論及方法之探索》，以及西元1989年（民國78年）李瑞騰主編《中華現代文學大系·評論卷》以來，針對「文學評論」的主題的另一次具有指標性意義的「總集」，該套書由鄭明娳教授主編，共分5冊，而「文學批評（含理論）與文學史」一類則佔了2冊，分別

是林燿德編的《文學現象》卷和簡政珍編的《文學理論》卷，兩卷合計共收入 31 篇論文；其中《文學現象》卷還再細分成「文學史觀」、「文學潮流」和「文學媒體」三部份，也恰好涵蓋了這幾年台灣的文學評論界所關心的華文文學研究的諸領域。

七、西元1994年（民國83年）的研究成果

西元1994年（民國83年）值得注意的研究者只有一位：李瑞騰，他有2本專書出版：《文學尖端對話》和《文學的出路》。

在「研討會」方面值得注意的有「賴和及其同時代的作家：日據時期台灣文學國際學術研討會」，會中提出了7篇關於「文學批評（含理論）與文學史」的論文。「當代台灣都市文學研討會」則提出了4篇。尤其是後者，這一類型的研討會更是延續前年與去年的「當前台灣女性文學」、「當代台灣政治文學」的系列主題式探討，而將視角再延展到了「都市」。從發表的4篇關於「文學批評（含理論）與文學史」範圍的論文，我們可發現這三個主題其實是彼此相涉和交織的。至於前者，則以「日據」時期為關心的重點，它也透露出不少學者企圖對這個時期的文學運動與文學環境作宏觀式的鳥瞰，以呼應整個華文文學研究中重建「台灣文學史」主題的溯流。值得對照來看的是這年中關於「日據時期」的論文，除了前面提到的7篇外，尚有3本學位論文：黃祺椿的《日治時期台灣新文學運動與社會主義思潮之關係初探（1927～1937）》（清大中研碩士論文）；柳書琴的《戰爭與文壇—日據末期台灣的文學活動（1937.7～1945.8）》（台大歷史所碩士論文）；林倖妃的《日據時代台灣新文學運動中的台灣意識與中國意識》（東吳社研所碩士論文）。與其性質相同的還有1篇小型論文：安煥然的〈殖民統治下所形成的兩個文字特區—論台灣文學和馬華文學的源起發展與中國新文學運動〉，其中，柳書琴和黃祺椿在「賴和及其同時代的作家：日據時期台灣文學國際學術研討會」發表的，即與其學位論文相關。總計11篇的成績，加上此年的5本學位論文裡頭就有3本以這個時期為考察對象，且研究者分佈中文、歷史與社會三個性質不同的領

域等等，都足以見出這個議題在此年乃是一個特殊的研究焦點。

關於「出版社」在此年的表現，則以九歌和東大較爲突出，前者有5本，後者則有3本。而在雜誌上，仍以《文學台灣》爲主，此年有5篇發表成果。

八、西元1995年（民國84年）的研究成果

在西元1995年（民國84年），值得注意的研究者是楊照和陳芳明，前者共有《文學的原像》和《文學、社會與歷史想像－戰後文學散論》2本專著出版；而後者也在此年發表3篇論文。另外黃武忠有《親近台灣文學》1本專著及5篇論文（收於前書中）；呂正惠（《文學經典與文化認同》1本專著及6篇論文（5篇收於前書，另有1篇〈戰後台灣社會與台灣文學〉發表於研討會）；周蕾有《婦女與中國現代性－東西方之間閱讀記》1本專著及4篇論文（亦收於前書）。

在「文學批評（含理論）與文學史」這個範圍中，本年亦有多個研討會的舉辦，而提出不少論文。最具規模的當屬由文建會主辦的三場學術研討會：「五〇年來台灣文學研討會之一『面對台灣文學』」、「五〇年來台灣文學研討會之二『台灣文學中的社會』」和「五〇年來台灣文學研討會之三『台灣文學發展現象』」，分別有6篇、3篇以及5篇關於「文學批評（含理論）與文學史」的論文。在這14篇中，以「台灣文學」直接作爲一個主題來探討的論文，共佔了11篇，十分具有對自前以來的當代文學研究作總體檢討、兼具前瞻與回顧的性質。而由台灣第一個成立「台灣文學系」的淡水工商管理學院所主辦的「台灣文學研討會」中，也有13篇論文發表；尤其值得一提的是此次研討會中出現了另一種以「台語文學」作爲主題來考察的聲音，它在上述的13篇中就佔了6篇，這凸顯了在台灣文學的研究中，有一個以「語言」現象爲主要研究對象的傾向。另外，由中央研究院文哲所主辦的「張我軍學術研討會」是繼西元1994年（民國83年）以「賴和」爲研討會主題後，另一個以台灣早期作家爲對象的同類型研討會，計有3篇論文發表，其中有2篇都試圖建立、尋繹出張我軍「文學理論」的主張（林瑞明〈張我軍的文學理論與小說創作〉和陳明柔〈新與舊的變革：「祖國意象」內在意涵的轉化－

以張我軍文學理論為中心的探索〉)。

在出版社方面,「聯合文學」在本年有5本專著出版,包含一本西元1993年(民國82年)研討會之論文集。其中又以5本一套的「當代觀點」系列研究叢書最受到注目,其著者皆為當代文藝評論界中的年青一代的研究者(張大春、楊照、廖咸浩、蔡詩萍和王浩威;本研究在書目上只收其中的3本和「文學研究」有直接關係者),是另一種以研究者個人觀點意見為主要導向的文學評論「總集」,這也是歷年來少見的出版成績。

在學位論文方面,西元1995年(民國84年)值得一提的有11本學位論文,而其中文化大學中文研究所就佔了5本,且5本中即有2本是博士論文(其中4本由金榮華教授所指導),因此可說最具有分量。

在研究主題上,「日據」時期的文學活動在本年再度受到了重視,經初步統計,關於此時期的研究即有9筆;(包括以「戰前」為題的一筆)關於「戰後」的研究,計有6筆;關於「鄉土文學」(包含「鄉土」)的研究,計有6筆;關於「七〇年代」的研究,計有3筆,這一情況所突出的是研究面的擴大。

九、西元1996年(民國85年)的研究成果

在西元1996年(民國85年)中,值得注意的研究者是周慶華,他在西元1995年(民國84年)拿到博士學位(《台灣光復以來文學理論研究》,文化中研所博士論文)後在隔年即出版了2本專著《文學圖繪》和《台灣當代文學理論》及1篇論文〈反映現實/批判現實?一八〇年代文學文本的建構與解構觀點〉。另外,李歐梵有《現代性的追求》1本專著及15篇論文(亦見於前書));林載爵有《台灣文學的兩種精神—南台灣文學(二)台南市籍作家作品集》1本專著及2篇論文(亦見於前書);黃麗貞、沈謙皆有3篇論文,研究成果皆甚豐。

在研討會方面,「五〇年來台灣文學研討之四『台灣文學出版』」乃延續去年文建會主辦的三場系列研討會而來,集中討論「文學出版」的主題,計有11篇論文。而中央日報社主辦的「百年來中國文學學術研討會」,則將討論的時間範域

擴大至百年之中的文學，計發表了19篇論文；台灣師範大學國文系主辦的「第二屆台灣本土文化國際學術研討會：『台灣文學與社會』」，提出了9篇論文；中正大學中文系主辦「台灣文學與環境研討會」，提出了7篇論文。後三個研討會由於研討對象之時間、空間或概念的涵蓋面甚大，所以討論焦點也就眾聲喧嘩，很難在該個研討會中看到一個共同或是集中的議題。

值得一提的是此年出版了第一本以「文學理論」為題的刊物，即《中國現代文學理論季刊》，此年共出刊4期，計收11篇論文。其未來的成績值得注目。

而文建會也在此年出版了3本關於「大陸新時期文學」的研究專著，由應鳳凰、施淑及唐翼明三位教授執筆，分別為《大陸新時期文學概況史料卷》、《大陸新時期文學概況》和《大陸新時期的文學理論與批評》，兼顧史料、文學概況和理論批評各層面。

十、綜合分析

綜觀這九年來的研究狀況和成果，有下列幾點值得我們觀察：

首先，在「文學批評（含理論）與文學史」這一項目中這九年最值得肯定的研究者有呂正惠（3專著、18篇論文）、李歐梵（3專著、17篇論文）、林燿德（編3書、1專著、11篇論文）、李瑞騰（編1書、4專著、6篇論文）。（註：我們的統計數字是以出現於資料表中的次數為主，故專著和論文均算是各佔有一筆資料。）其中，除了林燿德已過世外，其餘三人現時在此領域中仍都有著持續展延的成績。

此外，在「文學批評（含理論）與文學史」這一項目中，我們可發現「學術研討會」的舉辦，乃是一個主要的推動力。研討會論文共計有177筆，佔總資料筆數（515）的三分之一。除了以「現代文學」、「台灣文學」為主題外，其中又有以單一作家、特殊焦點（都市、女性、政治、通俗、區域等）、年代區分為主題的研討會，這些種類研討會的出現，也透露出當代華文文學的研究中，學者專家，甚至所有的關心人士對「文學」是採取怎樣的角度去觀照。而研討會的主辦單位則以學校機構為主力，民間團體亦有參與。這自然是學校本身不但具備有人

力與場地的優勢，而且相關專業科系也有意願積極去配合與投入。民間團體以報系（中國時報三次，聯合報、中央日報各一次）、雜誌（《文訊》雜誌四次）和民間學會組織（中國古典文學研究會、中國文藝協會、中國青年寫作協會、台灣筆會等）為主力。

若我們以「學位論文」作為一項指標之觀察來看：解嚴後第一本有關「文學批評（含理論）與文學史」的學位論文（廖祺正的《三十年代台灣鄉土話文運動》，台南：成功大學歷史語言研究所碩士論文）於西元1990年（民國79年）出現。此後，每年的數量分別如下：

1990	2
1991	2
1992	3
1993	5
1994	5
1995	11
1996	3

顯然從西元1990到1995年所呈現出的是逐年遞增之趨勢，足見此領域之問題有愈來愈受到學院關心的傾向，值得注意的倒是在西元1996年（民國85年）又減為3篇，在數量上呈現一個逆向的情況，這在台灣文學逐漸受到重視與注目的同時，「理論與批評」的探討這種冷卻的趨勢，是否僅為一偶發現象，尚待持續觀察。

至於在學位論文的系所出處方面，我們可依下列發現其分佈情形：

	中文所	歷史所	新聞、大傳所	社會所	語言所	人類學所	東方語文所	日本所
1990		1		1				
1991	2							
1992	1	1			1			
1993	3		2					
1994	2	2		1				
1995	7		2			1		
1996		1					1	1
合計	15	6	4	2	1	1	1	1

　　這裡凸顯的是，有關文學理論與批評的研究，實以傳統中文系為主力，計有15篇，佔全數的48％，但我們亦可反觀此一現象，而將之視為「文學」之研究已不再侷限於傳統的中文所，各種學系都曾進入這個領域共同進行探索，換言之，就「文學批評（含理論）與文學史」之範圍而言，其他學系的論文總和數量，已與中文所平起平坐，其中尤其以歷史所（6篇，佔19.35％）為台灣文學研究領域中的一支生力軍。而學系總類多達七種的情況，更讓我們以預見未來的文學理論研究，將是「眾聲喧嘩」的局面，而「科際整合」也更將是文學理論與批評研究的未來趨勢。

　　再就論文的執筆者「研究生」來看：在31篇論文之中，只有2篇是「博士論文」，皆來自文化大學中文所（周慶華：《台灣光復以來文學理論研究》，1995；邱茂生：《中國新文學現代主義思潮》，1995），其餘29篇皆是碩士論文。

　　又若從「論文題目」的方向來看：首先讓人注意的是以「年代」區分作為研究對象的總計有8篇，佔25％，表列如下：

三〇年代	2
四〇年代	0
五〇年代	1
六〇年代	1
七〇年代	4
八〇年代	0

　　顯然，其中又以七〇年代最受大家注目，而佔有此方面研究的50%。七〇年代正是戰後台灣文學蓬勃發展的年代，吸引眾研究生之目光並不令人意外。不過我們在此同時，也可發現到四〇年代是被跳過的，而距離我們最近的八〇年代也尚未有研究生予以注意到。相對於學院的忽視，我們其實可發現在西元1990年（民國79年）時報文化公司和中國青年寫作協會已主辦過「八十年代台灣文學研討會」，而這九年中重要的研究者呂正惠教授，更早在西元1988年（民國77年）已提出一篇對於八〇年代文學的考察論文，所以對文學市場更形蓬勃與變化的八〇年代，似乎研究生尚未能取得一個適當的距離予以觀照。

　　另外較受到重視的主題上，大致的特色是：以「新文學」為研究對象的有5篇（其中「台灣新文學」有4篇，「中國新文學」有1篇）；關於「鄉土文學論戰」的研究有3篇；關於「文學與社會」的研究有3篇；關於「文學媒介」研究有5篇（其中「雜誌」研究有4篇─「《現代文學》」2篇，「《夏潮》」1篇，「雜誌發展」1篇；「報紙副刊」1篇）。

　　在觀察過學位論文的現象之後，我們再來審視這九年裡關於「文學史」的討論。在這九年裡共出現43筆資料是以「年代」作為研究主題者，其中絕大部份是以單篇論文形式來探討，其次便是學位論文，而這九年裡只出現了向陽的《迎向眾聲─八〇年代台灣文化情境》（台北：三民書局）一本專著而已。但這一本恰好彌補了學位論文尚未碰觸的「八〇年代」。而且包含此書在內，六有16筆資料是討論關於「八〇年代」的，佔了超過三分之一的比例。其中於西元1990年（民

國78年）更以「八〇年代」爲主題舉辦研討會，而且從西元1988年（民國77年）開始到西元1996年（民國85年），幾乎每年都有針對「八〇年代」所作的研究與討論（僅西元1989年除外）。由上可見，「八〇年代」已成爲解嚴後華文「文學史」研究最有成績的部份。至於在學位論文中亦是缺席的「四〇年代」，在單篇論文方面則有台灣文學研究前輩葉石濤對其進行討論，分別是〈接續祖國臍帶之後—從四〇年代台灣文學來看「中國意識」和「台灣意識」的消長〉和〈四〇年代的台灣文學〉二文。接續了學位論文的一個空白，而未使其成爲共同的「遺忘的記憶」。至於其他「年代」研究的論文，則依序是「七〇年代」12篇；「六〇年代」8篇；「三〇年代」7篇；「四〇年代」和「六〇年代」則同爲2篇和「二〇年代」1篇（其中亦有交疊者，如以「七、八〇年代」合觀之研究）。不過最接近現實的「九〇年代」，在資料中除了楊澤於西元1994年（民國83年）編有《從四〇年代到九〇年代—兩岸三邊華文小說研討會論文集》外，就是笠征於西元1995年（民國84年）發表於《中國文哲研究通訊》的〈九十年代大陸文學的基本態勢〉了，台灣文學部份則尚未見到有初步的研究與觀察，值此九十年代末，未來的研究值得重視。

此外，在「文學史」研究上最值得注意的研究學者爲呂正惠（5篇），他的重心是在「七、八十年代」的研究（4篇）。其餘除了林燿德、葉石濤、陳芳明、林淇瀁等人有2篇的成績外，其餘諸研究者皆只有1篇的成果（其中8篇爲學位論文），可見得多數研究者皆具有對「文學史」範疇的關心與注意。

其他值得注意的焦點尚有二，一是對彼岸大陸文學的考察，自西元1988年（民國77年）開始便很少缺席（只有西元1992年此項資料爲0）。二是「女性」角度的研究自西元1990年（民國79年）開啓後，亦只有西元1994年（民國83年）是空白的。

第七章 作家及其集團研究類

在文學的研究上，不論古今中外，都有以「作家」─包括某位作家、某些相關作家，甚至是某些文學集團與派別─為研究對象的情形。這些研究之所以能被歸入到「文學研究」的領域內，絕非只是因為這些被研究的人物具有「作家」的身分而已，而是因為它們所研究的主要內容乃是這些作家的「文學活動」或相關課題所致。否則，它們將與研究「人」為主的「歷史研究」難以區分了。

在西方的文學界裡，近代曾流行過一個「作者已死」的口號。主張這一說法的批評家們─尤其是流行於三○～五○年代的美國新批評家們，對於將「作品」視為用來說明「作家」生活情況的主要材料之觀念，非常不滿，所以乃大力提倡：「作品」才是文學批評的惟一研究對象。換言之，對他們而言，「作家」在創造作品之後，即與「該作品」無關；而且，若有讀者想要去理解某作品時，卻因他對該作品的作者早有某一程度的了解的話，那麼，他對該作品的了解，反而常會產生誤判的情況。

當然，這一個極端重視「作品」的「藝術價值」之風潮，自五○年代末期起，即已逐漸因弊端的叢生而沒落了。其最淺顯的道理，即在於「作品」的意涵實非常廣闊、難以侷限，是無法只依靠作品的文字即可全盤、且深入地了解的。事實上，更重要的是，我們絕對無法否認，在任何「作品」中，其實都已隱含了許多「作家」的風格、甚至企圖在內。因此，若我們願意的話，甚至可以因而推衍出：如果沒有了「作家」，那麼「作品」又從何而來的結論。在我國，自古以來即有一種肯定「作家」的傳統，因此，在歷來的許多史書中，都會闢有「文苑傳」或「藝文志」的篇幅，以記載這些在文學上卓有貢獻和著有成就的人。這一個觀念的不絕如縷，我們可由到了民國以後，仍有類似《中國文學家大辭典》的編纂來

證明。不過，在此必須再加強調的是，上述這類肯定作家貢獻的傳統作法，在方式上似乎都有一個共同的特色，即簡要的記述作家們的籍里、生平與重要作品的簡目。因此，若以較嚴格的觀念來看，它們實在尚不足以視爲「文學研究」，因爲文學領域中的「作家的研究」，必須要以能夠挖掘出作家之所以願創造出作品，而且會寫作偉大作品的原因才行。而這種原因，在以「作家」爲核心的基礎上，又大略可粗分爲三個面向的研究：

一、是探討他(們)的天生秉賦，和心理活動，如：才華、個性、動機、目的……等。這一類研究，我國古代即有「詩言志」和「詩緣情」等傳統。而在現代文學研究中，則或專注於作家心路歷程，或專注在作家與其作品的關係上；前者如〈徐志摩的文學觀〉、〈吳濁流的民族認同〉等，後者如〈林海音及其作品研究〉、〈楊逵及其作品研究〉等。

二、是闡明作家個人的遭遇與經驗，諸如：家庭背景、生長過程、婚姻狀況、親戚師友的交往、爲人處事的方式、事業的順逆、工作的性質、與活動的範圍等等。這一類研究，可說甚爲普遍；以這幾年中的現代文學研究爲例，如〈魯迅與五四運動〉、〈賴和與台灣左翼作家系譜〉、〈吳濁流的大陸經驗〉、〈台灣客家文學及其客籍作家〉等。

三、是論述作家一生的特色或某作家集團與派別的，如〈白先勇論〉、〈賈平凹論〉、〈台灣新世代詩人論〉、〈大陸新生代現代派作家綜論〉等。

底下即基於這些理由，以「作家及其集團」爲一類，先將西元1988年（民國77年）～西元1996年（民國85年）這九年中的研究目錄收集起來，再分析其研究趨勢。

編號	日期	作者	專著・論文	出處	出版者	備註
1	1988/6	蔡源煌	〈大陸新生代現代派作家綜論〉	第一屆當代中國文學國際會議	清華大學中研所、中語系、新地文學基金會主辦	
2	1988/11	李祖琛	〈當代台灣作家定位問題的幾點探索〉	當代中國文學（1949以後）研討會	淡江大學主辦	
3	1989/4	李元洛	〈卷裡詩裁白雪高—略論錢鍾書對「好詩」的看法〉	《聯合文學》54期		
4	1989/4	莫渝	〈賈穆和戴望舒—戴望舒研究之一〉	《中外文學》17卷11期		
5	1989/4	周玉山	〈魯迅與五四運動〉	五四文學與文化變遷學術研討會	中國古典文學會、中華經濟研究院	
6	1989/6	林文寶	〈楊喚研究〉	《台東師院學報》2期		
7	1989/10	黃子平	〈汪曾祺的意義〉	《倖存者的文學》	台北：遠流出版社	
8	1990/5	葉穉英	〈劉賓雁生平、作品及其思想之評述〉	《大陸當代文學掃瞄》	台北：東大出版社	
9	1990/5	葉穉英	〈「新三家屯」的王若望〉	《大陸當代文學掃瞄》	台北：東大出版社	
10	1990/6	陳明娟	〈日治時期文學作品所呈現的台灣社會—賴和、楊逵、吳濁流的作品分析〉		東吳大學社會學研究所碩士論文	張炎憲指導
11	1990/11	劉春城	〈王禎和的文學生涯〉	王禎和作品研討會	文建會、聯合文學雜誌社主辦	
12	1990/12	鄭清文	〈鍾理和戰前戰後思想的探索〉	鍾理和文學研討會	高雄醫學院南杏社主辦	
13	1990/12	曾貴海	〈鍾理和對生與死的體驗〉	鍾理和文學研討會	高雄醫學院南杏社主辦	
14	1991/3	范伯群	〈通俗文壇上一顆早殘的星—畢倚虹評論〉	《中外文學》19卷10期		畢倚虹（1892—1926）清末民初小說家，著有《人間地獄》
15	1991/4	黎活仁	〈福本主義對魯迅的影響〉	文學與美學研討會	淡江大學中文系	
16	1991/4	施淑	〈理想主義者的剪影—青年胡風〉	《理想主義者的剪影》	台北：新地出版社	
17	1991/5	陳明台	〈戰後台灣本土詩運動的發展與成熟—以笠詩社為中心來考察〉	《現代學術研究》4期	現代學術研究基金會	
18	1991/6	李奭學	〈在東西方的夾縫中思考—傅斯年「西學為用」的五四文學觀〉	《中西文學因緣》	台北：聯經出版社	原刊於《當代》25期（1986年5月）
19	1991/6	陳姿夙	〈林海音及其作品研究〉		政治大學中研所碩士論文	李豐楙指導
20	1991/6	袁良駿	〈白先勇論〉		台北：爾雅出版社	

21	1991/6	張郁琦	《龍瑛宗文學之研究》		文化大學日研所碩士論文	蔡華山指導
22	1991/6	葉瓊霞	《王詩琅研究》		成功大學歷史研究所碩士論文	林瑞明指導
23	1991/7	王昭文	《日治末期台灣的知識社群（1940—1945）—《文藝台灣》《台灣文學》及《民俗台灣》》		清大歷研所碩士論文	張炎憲、陳華指導
24	1991/8	周行之	《魯迅與「左聯」》		台北：文史哲出版社	
25	1991/8	阪口直樹	〈「戰國派」雷海宗和雜誌「當代評論」〉	二十世紀中國文學研討會	中國古典文學研究會、師範大學主辦	
26	1991/8	王友琴	《魯迅與中國現代文化震動》		台北：水牛圖書公司	
27	1991/9	王宏志	《思想激流下的中國命運：魯迅與左聯》		台北：風雲時代出版公司	
28	1991/12	彭瑞金	《瞄準台灣作家》		高雄：派色文化出版	被研究者：賴和、鍾理和、施明正、林方年、鍾延豪、龍瑛宗、鍾肇政、陳千武、廖清秀、鄭煥、張彥勳、李篤恭、張良澤、鍾鐵民、東方白、鄭炳明、許振江、李敏勇、王幼華、吳錦發、廖清山、陌上塵、雪眸、拓跋斯等。
29	1992/6	張志相	《張深切及其著作研究》		成功大學歷研所碩士論文	林瑞明指導
30	1992/6	黃惠禎	《楊逵及其作品研究》		政治大學中研所碩士論文	李豐楙指導
31	1992/7	周質平	《胡適叢論》		台北：三民書局	
32	1992/8	費秉勳	《賈平凹論》		台北：木牛出版社	
33	1993/1	許俊雅	〈「薄命詩人」楊華及其作品〉	《文學台灣》5期		
34	1993/1	陳芳明	〈魯迅在台灣〉	《文學台灣》5期		
35	1993/3	宋永毅	《老舍與中國文化觀念》		台北：博遠出版社	
36	1993/3	陳淑渝	〈關於評價魯迅的若干問題〉	《中國文哲研究所通訊》3卷1期	中央研究院中國文哲研究所籌備處	
37	1993/4	林柏燕	〈吳濁流的大陸經驗〉	台灣地區區域文學會議	文訊雜誌社主辦	
38	1993/4	彭瑞金	〈台灣社會轉型時期出現的工人作家〉	台灣地區區域文學會議	文訊雜誌社主辦	
39	1993/6	黃恆秋	〈台灣客家文學及其客籍作家「身份」特質〉	《客家台灣文學論》	苗栗：苗栗縣立文化中心	

40	1993/6	莊明萱	〈「倒在血泊裡的筆耕者」鍾理和〉	《客家台灣文學論》	苗栗：苗栗縣立文化中心	
41	1993/6	鍾肇政	〈時代脈動裡的台灣客籍作家〉	《客家台灣文學論》	苗栗：苗栗縣立文化中心	
42	1993/8	林瑞明	《台灣文學與時代精神─賴和研究論集》		台北：允晨文化公司	
43	1993/8	林瑞明	〈賴和與台灣新文學運動〉	《台灣文學與時代精神─賴和研究論集》	台北：允晨文化公司	
44	1993/8	林瑞明	〈賴和與台灣文化協會（1921─1931）〉	《台灣文學與時代精神─賴和研究論集》	台北：允晨文化公司	
45	1993/8	林瑞明	〈重讀王詩琅〈賴懶雲論〉〉	《台灣文學與時代精神─賴和研究論集》	台北：允晨文化公司	
46	1993/8	林瑞明	〈賴和的文學及其精神〉	《台灣文學與時代精神─賴和研究論集》	台北：允晨文化公司	
47	1993/8	林瑞明	〈石在，火種是不會絕的─魯迅與賴和〉	《台灣文學與時代精神─賴和研究論集》	台北：允晨文化公司	
48	1993/8	林瑞明	〈賴和〈獄中日記〉及其晚年情境〉	《台灣文學與時代精神─賴和研究論集》	台北：允晨文化公司	
49	1993/10	迷義男作 柳書琴譯	〈周金波論─以系列作品爲中心〉	《文學台灣》8期		
50	1993/12	楊澤	〈邊緣的抵抗─試論魯迅的現代性與否定性〉	中國現代文學國際研討會	中央研究院文哲所主辦	
51	1993/12	平路	〈留美作家的創作新路〉	四十年來中國文學會議	聯合報系文化基金會主辦	
52	1993/12	張琢	《中國文明與魯迅的批評》		台北：桂冠圖書公司	
53	1993/12	藤井省三	〈鉛筆的戀愛、汽車的共和國─胡適的留美經驗與《終身大事》〉	中國現代文學國際研討會	中央研究院文哲所主辦	
54	1993/12	黎活仁	〈海、母愛與自戀─關冰心的「前俄狄浦斯階段」〉	中國現代文學國際研討會	中央研究院文哲所主辦	
55	1993/12	盧瑋鑾	〈「南來作家」淺說〉	四十年來中國文學會議		
56	1994/1	錢理群	《周作人論》		台北：萬象圖書公司	
57	1994/4	羊子喬	〈橫看成嶺側成峰─試爲郭水潭造像〉	《文學台灣》10期		
58	1994/6	李奭學	〈周作人/布雷克/神秘主義〉	《中西文學因緣》	台北：聯經出版社	原刊於《當代》36期 1989年4月
59	1994/7	下村作次郎 葉石濤譯	〈王詩琅的回顧錄〉	《文學台灣》11期		
60	1994/7	季篤恭	《磺溪一完人》		台北：前衛出版社	
61	1994/11	澤井律之	〈論在大陸時代的鍾理和〉	賴和及其同時代的作家：日據時期台灣文學國際學術研討	文建會、清華大學中語系主辦	

62	1994/11	岡田英樹	〈在淪陷時期北京文壇的概況—關於台灣作家的三劍客〉	賴和及其同時代的作家：日據時期台灣文學國際學術研討會	文建會、清華大學中語系主辦	研究對象：張我軍、洪炎秋、張深切
63	1994/11	下村作次郎	〈日本人印象中的台灣作家賴和—從戰前台灣文學的歷史性記述中思考起〉	賴和及其同時代的作家：日據時期台灣文學國際學術研討會	文建會、清華大學中語系主辦	
64	1994/11	陳芳明	〈賴和與台灣左翼作家系譜〉	賴和及其同時代的作家：日據時期台灣文學國際學術研討會	文建會、清華大學中語系主辦	
65	1994/11	費德廉	〈徵募之作家與被迫之言？決戰時期的報導文學與台灣作家〉	賴和及其同時代作家：日據時期台灣文學國際學術研討會	文建會、清華大學中語系主辦	
66	1994/12	陳炳良 編	《魯迅研究平議》			
67	1995/5	孫乃修	《佛洛伊德與中國現代作家》		台北：業強出版社	
68	1995/6	林春蘭	《楊雲萍的文化活動及其精神歷程》		成功大學歷史語言研究所碩士論文	林瑞明指導
69	1995/10	宋田水	〈吟誦見風雲—論李敏勇〉	《文學台灣》16期		
70	1995/10	張大春	〈搖落深知宋玉悲—悼高陽兼其人其書其幽憤〉	《文學不安—張大春的小說意見》	台北：聯合文學出版社	
71	1995/11	陳恆嘉	〈台灣作家的語言困境〉	台灣文學研討會	淡水工商管理學院台灣文學系籌備處主辦	
72	1995/12	秦賢次	〈張我軍及其同時代的北京台灣留學生〉	張我軍學術研討會	中央研究院文哲所主辦	
73	1995/12	張光正	〈張我軍與中日文化交流〉	張我軍學術研討會	中央研究院文哲所主辦	
74	1995/12	林耀椿	〈錢鍾書在台灣〉	《中國文哲研究所通訊》5卷4期	中央研究院中國文哲研究所籌備處	
75	1995/12	呂興昌	〈日治時代台灣作家在戰後的活動〉	五十年來台灣文學研討會之三「台灣文學發展現象」	文建會、靜宜大學中文系主辦	
76	1995/12	彭小妍	〈張我軍的漂泊與鄉土〉	張我軍學術研討會	中央研究院文哲所主辦	
77	1996/1	徐嘉陽	〈情色內外：初探新人類作家的文學空間〉	當代台灣情色文學研討會	中國青年寫作協會、時報文化出版公司、輔仁大學外語學院主辦	研究對象：紀大偉、洪凌、陳雪、曾陽晴
78	1996/5	廖咸浩	〈迷蝶：張愛玲傳奇在台灣〉	張愛玲國際研討會	文建會主辦、中時人間副刊承辦	
79	1996/6	常小菁	《周作人研究—「叛徒」與「隱士」二重風貌》	中正大學中文研究所碩士論文		李立信指導
80	1996/6	虹 影	〈女性作家與女「性」作家〉	百年來中國文學學術研討會	中央日報社主辦	
81	1996/6	王瑞達	《魯迅與五四反傳統精神》	輔仁大學西班牙語文研究所碩士論文		白安茂指導

82	1996/6	莊信正	〈沈從文、張愛玲與生命的玄密〉	百年來中國文學學術研討會	中央日報社主辦	
83	1996/10	葉 笛	〈吳濁流創辦《台灣文藝》之意義與影響〉	吳濁流學術研討會	新竹縣政府、台灣客家公共事務協會主辦	
84	1996/10	施正鋒	〈吳濁流的民族認同〉	吳濁流學術研討會	新竹縣政府、台灣客家公共事務協會主辦	
85	1996/10	范振乾	〈吳濁流與其筆下的台灣人〉	吳濁流學術研討會	新竹縣政府、台灣客家公共事務協會主辦	
86	1996/11	藤井省三	〈呂赫若與東寶國民劇——自入學東京聲專音樂學校到演出「大東亞歌舞劇」〉	呂赫若文學研討會	文建會、聯合文學雜誌社主辦	
87	1996/11	垂水千惠	〈初期呂赫若的足跡——以一九三〇年代日本文學為背景〉	呂赫若文學研討會	文建會、聯合文學雜誌社主辦	
88	1996/11	藍博洲	〈呂赫若的黨人生涯〉	呂赫若文學研討會	文建會、聯合文學雜誌社主辦	
89	1996/12	龔顯宗	〈徐志摩的文學觀〉	《中國現代文學理論》4期		
90	1996/12	王明仁	〈辛亥革命時期的魯迅〉	《中國現代文學理論》4期		

一、西元1988年（民國77年）的研究成果

西元1988年（民國77年）關於作家個人或文學集團的研究論文，只有蔡源煌〈大陸新生代現代派作家綜論〉與李祖琛〈當代台灣作家定位問題的幾點探索〉2篇，且多是綜論式的文章。但，在解嚴後一年已有對大陸作家的專論，可見研究者已對大陸文學界觀察多時，故在解嚴後這方面的論文便應運而生。而在此期，研究者也以開始思考台灣作家的定位，換句話說，研究者乃關注作家筆下台灣文學的定位，這個問題頗值得注意，看看在十年後的今天是否已經沈澱，而逐漸形成共識。

另一個值得注意的現象是：在解嚴後的第一年，便有2場以「當代中國文學」為主題的學術研討會，分別由清華大學與淡江大學主辦。可見當代文學的研究，已隨解嚴而逐漸開展。

二、西元1989年（民國78年）的研究成果

西元1989年（民國78年）的研究論文也不多，共有4篇，而在諸篇論文之中，討論詩人的有莫渝的〈賈穆和戴望舒─戴望舒研究之一〉、林文寶〈楊喚研究〉2篇。另外，以大陸作家的研究較多（戴望舒、魯迅、汪曾祺）。

三、西元1990年（民國79年）的研究成果

西元1990年（民國79年）的論文稍多，共計6篇，其中葉樨英有2篇大陸當代文學的研究，均出自其《大陸當代文學掃瞄》專書，可見其沈潛於大陸文學研究已有頗長的時間，獲致豐富的成果。而由於「鍾理和文學研討會」的舉辦，本年度作家研究中，有關鍾理和的論文便有3篇，分別就其文學、思想、體驗等層面作探討。另外，陳明娟的碩士論文《日治時期文學作品所呈現的台灣社會─賴和、楊逵、吳濁流的作品分析》，將三位作家作品合觀考察，頗能展現時代與作家及作品間的互動關係與相互影響，而其作為社會學研究所的學位論文，也可看出文學研究已是跨領域的研究，能挖掘文學更多的面向。

由本年度收集到的論文觀之，學術研討會依然扮演著「催生」論文的要角，6篇論文中有3篇文章是出自研討會。而且，以一位作家爲主的研討會便有2場（討論作家分別是王禎和與鍾理和），可見台灣作家的地位已獲得注目與肯定。

四、西元1991年（民國80年）的研究成果

西元1991年（民國80年）的論文數量較豐，計有9篇論文與5本專書。值得注意的是，學位論文有3篇，研究者包含了中文、歷史等系所越來越多領域的研究者投入文學研究，從各種不同的面向探討文學，質量均爲可觀。

在被研究者方面，本年度關於魯迅的研究成果是非常突出的，共有3本相關著作出版：周行之《魯迅與「左聯」》、王友琴《魯迅與中國現代文化震動》與王宏志《思想激流下的中國命運：魯迅與左聯》，魯迅這位因戒嚴而作品流通不易、卻對華文現代文學有重大影響的大作家，在解嚴之後，受研究者所矚目是必然的趨勢。而在其他的專書中，有分論、綜論（如：彭瑞金的《瞄準台灣作家》），亦有專論一位作家的，如：大陸學者袁良駿的論文集《白先勇論》，一方面顯示了彼岸學者對台灣文學、作家的關注，另一方面其著作得以在台灣出版，顯示台灣與大陸的出版、文化界、學界的交流。還值得一提的是，本年度的四篇學位論文不約而同的將焦點集中於台灣文學作家、作品，且以日治時期作家爲多，計有3篇：張郁琦的《龍瑛宗文學之研究》、葉瓊霞的《王詩琅研究》與王昭文的《日治末期台灣的知識社群》，蓋因時間相距較遠，資料、考察、討論、政治與社會環境等等已有了某些程度上的沈澱與開放的空間，再加上學者有心的挖掘與開展，使得研究成果日益豐富。

另外，本年度的文學研討會有2場：「二十世紀中國文學研討會」與「當代台灣通俗文學研討會」，後者的舉辦結合學界、文化界、媒體、出版界的力量，標示著「通俗文學」逐受重視，其後續發展如何，值得觀察。

五、西元1992年（民國81年）的研究成果

西元1992年（民國81年）的作家研究雖然只有2篇學位論文與2本書，數量較

少，但俱是份量頗重的專著。本年度學位論文與去年有相似之處，均是日治時期
作家的研究，分別是黃惠禎《楊逵及其作品研究》、張至相《張深切及其著作研
究》。

六、西元1993年（民國82年）的研究成果

西元1993年（民國82年）的研究不論在數量或探討的面向，均有豐富的成果，
共計有21篇論文與3本專書，其中由於林瑞明的論文集《台灣文學與時代精神—
賴和研究論集》出版，所以本年度收錄的論文，有6篇出自林瑞明的論文集。

由於林瑞明的研究以台灣文學之父—賴和爲主，故本年度關於賴和研究的文
章便有6篇之多，賴和的成就與影響能廣爲人知，並激發更多的研究討論，林瑞
明長期的投入，實貢獻良多。除了賴和之外，日治時期的作家如鍾理和、詩人楊
華、與跨越日治與國府時期的吳濁流也有專文的討論；更值得注意的是，皇民文
學作家周金波的討論，一向評價負面的皇民文學，經由學者的討論，激發不同面
向、層次的對話，後續發展值得注意。而魯迅依舊是評論界討論的焦點，本年度
關於魯迅的研究有一書三文，魯迅在文學史上的定位及其影響，依舊是評論者交
鋒的場域。此外，本年度論文討論的面向較以往寬廣，除了皇民文學的討論外，
彭瑞金〈台灣社會轉型時期出現的工人作家〉、平路的〈留美作家的創作新路〉、
盧瑋鑾的〈「南來」作家淺說〉等，提出特定作家社群的討論，豐富了現代文學、
作家討論關注的內容。值得注意的是「客家文學」、「客籍作家」等名詞的提出
與討論，標試著客家族群、運動的興起與開展。羅肇錦在〈何謂客家文學？〉中
表示：「舉凡創作時用客家思維（包括全用客家話寫作，或部份客家特定特有詞
使用客家話其他用國語，都是用客家話思維的創作），而寫作時情感根源不離客
家社會文化，這樣的作品就是客家文學」[1]。包括散文、小說、詩、歌謠等等，
時空亦跨越古今。而「客籍作家」一詞，鍾肇政與黃恆秋之文中多有討論，並企

---

[1] 見此文頁九，收於黃恆秋編：《客家台灣文學論》，苗栗縣立文化中心1993年（民國
　82年）6月出版。

圖在籍貫之外，找尋其他共同特質，嘗試下一些基本定義，然也如同羅肇錦所言，客家文學尚是個模糊的名詞，需要大家共同努力灌漑這片園地，使其更為欣欣向榮。此外，黎活仁〈海、母愛與自戀—關於冰心的「前俄狄浦斯階段」〉藉助西方理論，剖析文學作品與作家的不同面向。

　　本年度舉辦的文學會議有三：「台灣地區區域文學會議」、「四十年來中國文學會議」、「中國現代文學國際會議」，會議的舉行，提供了研究者發表論文的空間（本年度在研討會上發表的論文收入於此的即有7篇），也提供的彼此對話的可能，對文學的研討扮演著重要的角色。

七、西元1994年（民國83年）的研究成果

　　西元1994年（民國83年）計有8篇論文與2本專書，賴和研究佔多數，計有一書二文：李篤恭的《磺溪一完人》、下村作次郎的〈日本人印象中的台灣作家賴和—從戰前台灣文學的歷史性記述中思考起〉、陳芳明〈賴和與台灣左翼作家系譜〉，此外，郭水潭、王詩琅、決戰時期的作家、居大陸的台灣作家等日治時期的文學作品與作家處境也充分於本年度開展，這些討論的篇章，除了在期刊發表或結集出版之外，得力於「賴和及其同時代作家：日據時期台灣文學國際學術研討會」的召開。除了日治時期作家的討論外，魯迅研究論文集的出版與李奭學〈周作人／布雷克／神秘主義〉均是早期大陸作家的研討。

八、西元1995年（民國84年）的研究成果

　　西元1995年（民國84年）有八文一書，討論對象依然集中於日治時期的作家，如張我軍的討論有3篇，分別考察其生活、文化交流與思想面向，並有呂興昌的〈日治時代台灣作家在戰後的活動〉討論同時代作家群的處境與活動，另外，陳恆嘉〈台灣作家的語言困境〉也是討論台灣特殊的被殖民與統治經驗下的作家困境。而孫乃修的《佛洛伊德與中國現代作家》以佛洛伊德的學說為焦點，挖掘作家群的共同與不同之處，足見以西方理論探討華文文學已成為主要研究方法之一。

本年度的研討會計有2場：分別是「台灣文學研討會」與「張我軍學術研討會」，因此本年度的論文也以在此發表者爲多。

九、西元1996年（民國85年）的研究成果

西元1996年（民國85年）關於作家的研討論文共有12篇，仍舊以日據時期作家爲主，如吳濁流、呂赫若等作家的討論便有6篇，佔了一半，此外論文以討論三〇年代作家居多，如徐志摩、魯迅、沈從文等，值得注意的是張愛玲這位對台灣文壇影響深遠的作家，亦有2篇專文討論；值得一提的是，女性作家、新人類作家等以作家社群的研究，也已逐漸展現。

論文研討會依舊扮演重要的角色，且數量更勝以往，共有「當代台灣情色文學研討會」、「張愛玲國際研討會」、「百年來中國文學學術研討會」、「吳濁流學術研討會」、「呂赫若文學研討會」等共五場。

十、綜合分析

總計九年來，在「作家及其集團」的研究中，共有72篇論文，14本專書。研究者爲數頗多，重複者少，僅有林瑞明由於論文集的出版，在此收有其7篇論文，爲數最多。次爲葉樨英、李奭學、陳芳明、黎活仁等各有2篇。

九年來，以作家或其文學集團爲主的學位論文共有7篇（均是碩士論文），值得注意的是，研究對象除了陳姿夙的《林海音及其作品研究》是以當代作家爲主外，其餘6篇均是以日治時期作家、作品爲主。研究生涵蓋了中文、社會、歷史等系所。若以學校觀之，則東吳、成功、政治大學各有2篇，清華大學1篇。指導教授亦多重疊，張炎憲、林瑞明、李豐楙各指導了2篇學位論文。

以研討會的舉行而言，爲數頗多，不但提供了研究者發表的園地以及和其他研究者對話的空間與機會。值得注意的是，研討會的主題由綜論式到專論式，且目前被列爲討論對象的作家，計有：鍾理和、賴和、張我軍、吳濁流、呂赫若、王禎和等，以日治時期作家爲主，討論甚爲踴躍。而主辦單位跨政府部門（如文

建會）、文化團體（基金會）、雜誌社、社團、大專院校、中研院、研究院等學術團體等等，眾多單位共襄盛舉。

各年文學研究的特色

第八章 1988 年的特色

　　西元1987年（民國76年）8月，台灣地區解除了戒嚴，整個社會隨著呈現出活力四射的景象，尤其是在政治和文化活動上更是明顯。本研究選擇自隔年（西元1988年，民國77年）1月開始，即認爲半年應是一段足以沉澱影響，形成反應的時間長度。在西元1988年（民國77年），有關台灣地區當代文學研究的目錄如下：

編號	日期	作者	專著・論文	出處	出版者	備註	種類
1	1988/1	蔡源煌	《從大陸小説看「眞實」的眞諦》	《聯合文學》總39期		又收於《中華現代文學大系評論卷》	小説
2	1988/1	侯健	《中西武俠小説之比較》	《聯合文學》總39期			小説
3	1988/5	張子樟	《當代大陸小説的角色變邊》	當前大陸文學研討會	台北：文訊雜誌社		小説
4	1988/6	齊藤道彥	《論王拓的文學》	第一屆當代中國文學國際學術會議			小説
5	1988/6	蔡碧華	《從社會語言學之觀點剖析王禎和之小説「玫瑰、玫瑰、我愛你」》		輔仁大學語言研究所碩士論文	許洪坤指導	小説
6	1988/6	陳萬益	《母親的形象和特徵—「寒夜三部曲」初探》	第一屆當代中國文學國際學術會議	清華大學中研中語新地文學基金會	又收於《中華現代文學大系評論卷》	小説
7	1988/6	施淑女	《台灣的憂鬱—論陳映眞早期小説的藝術》	第一屆當代中國文學國際學術會議	清華大學中研中語新地文學基金會		小説
8	1988/6	王德威	《當代大陸歷史小説的方向》	第一屆當代中國文學國際學術會議	清華大學中研中語新地文學基金會		小説
9	1988/9	王德威	《當代大陸作家「寫」歷史—以戴厚英、馮驥才、阿城爲例》	《眾聲喧嘩—三〇與八〇年代的中國小説》	台北：遠流出版社		小説
10	1988/9	王德威	《「眞的惡聲」？—魯迅與大陸作家》	《眾聲喧嘩—三〇與八〇年代的中國小説》	台北：遠流出版社		小説
11	1988/9	王德威	《都是諾貝爾惹的禍—談錢鍾書的〈靈感〉》	《眾聲喧嘩—三〇與八〇年代的中國小説》	台北：遠流出版社		小説
12	1988/9	王德威	《重識〈狂人日記〉》	《眾聲喧嘩—三〇與八〇年代的中國小	台北：遠流出版社		小説

				說》			
13	1988/9	王德威	〈畸人行—當代大陸小說的眾生「怪」相〉	《眾聲喧嘩—三〇與八〇年代的中國小說》	台北：遠流出版社	又收於《中華現代文學大系評論卷》	小說
14	1988/9	王德威	〈魯迅下凡記—評李歐梵著《來自鐵屋的呼聲》〉	《眾聲喧嘩—三〇與八〇年代的中國小說》	台北：遠流出版社		小說
15	1988/9	王德威	〈紙上「談」科技—以李伯元、茅盾、張系國為例〉	《眾聲喧嘩—三〇與八〇年代的中國小說》	台北：遠流出版社		小說
16	1988/9	王德威	〈老舍與哈姆雷特〉	《眾聲喧嘩—三〇與八〇年代的中國小說》	台北：遠流出版社		小說
17	1988/9	王德威	〈「母親」，妳在何方？—論巴金的一篇奇情小說〉	《眾聲喧嘩—三〇與八〇年代的中國小說》	台北：遠流出版社		小說
18	1988/9	王德威	〈初論沈從文—《邊城》的愛情傳奇與敘事特徵〉	《眾聲喧嘩—三〇與八〇年代的中國小說》	台北：遠流出版社		小說
19	1988/9	王德威	〈論王魯彥〉	《眾聲喧嘩—三〇與八〇年代的中國小說》	台北：遠流出版社		小說
20	1988/9	王德威	〈魯迅之後—五四小說傳統的繼承者〉	《眾聲喧嘩—三〇與八〇年代的中國小說》	台北：遠流出版社		小說
21	1988/9	王德威	《眾聲喧嘩—三〇與八〇年代的中國小說》		台北：遠流出版社		小說
22	1988/9	王德威	〈「女」作家的現代「鬼」話—從張愛玲到蘇偉貞〉	《眾聲喧嘩—三〇與八〇年代的中國小說》	台北：遠流出版社		小說
23	1988/9	王德威	〈玫瑰，玫瑰，我怎麼愛你？—一種讀法的介紹〉	《眾聲喧嘩—三〇與八〇年代的中國小說》	台北：遠流出版社		小說
24	1988/9	王德威	〈學校「空間」、權威與、權宜—論黃凡《系統的多重關係》〉	《眾聲喧嘩—三〇與八〇年代的中國小說》	台北：遠流出版社		小說
25	1988/9	王德威	〈棋王如何測量水溝的寬度〉	《眾聲喧嘩—三〇與八〇年代的中國小說》	台北：遠流出版社		小說
26	1988/9	王德威	〈里程碑下的沈思—當代台灣小說的神話性與歷史感〉	《眾聲喧嘩—三〇與八〇年代的中國小說》	台北：遠流出版社		小說
27	1988/9	王德威	〈評《公開的情書》〉	《眾聲喧嘩—三〇與八〇年代的中國小說》	台北：遠流出版社		小說
28	1988/11	龔顯宗	〈論「阿Q正論」與「鑼」〉	當代中國文學研討會	淡江大學		小說

29	1988/11	陳慶煌	〈試評黃凡的「大時代」〉	當代中國文學研討會	淡江大學		小説
30	1988/11	施淑女	〈論施叔青早期小説的幽默與顛覆〉	當代中國文學研討會	淡江大學		小説
31	1988/11	蔡源煌	〈韓少功的中篇小説「火宅」「女女女」「爸爸爸」〉	當代中國文學研討會	淡江大學	又刊於《中外文學》17卷8期	小説
32	1988/12	莊信正	〈「未央歌」的童話世界〉	現代文學討論會	文建會・中央日報		小説
33	1988/12	王文進	〈南方有佳人，遺世而獨立－談鹿橋及其「人子」〉	現代文學討論會	文建會・中央日報		小説
34	1988/12	黃慶萱	〈信念與事實之間－漫談「從香檳來的」的主題、情節和人物〉	現代文學討論會	文建會・中央日報		小説
35	1988/12	王德威	〈鄉愁的困境與超越－朱西甯與司馬中原的鄉土小説〉	現代文學討論會	文建會・中央日報	又收於王德威著《小説中國：晚清到當代的中文小説》	小説
36	1988/12	張大春	〈那個現在幾點鐘－朱西甯的新小説初探〉	現代文學討論會	文建會・中央日報		小説
37	1988/12	叢甦	〈長河與巨樹－淺論「靜靜的紅河」與「魔鬼樹」中的隱喻與寓言〉	現代文學討論會	文建會・中央日報		小説
38	1988/12	王德威	〈「蓮漪表妹」－五十年代的政治小説〉	現代文學討論會	文建會・中央日報		小説
39	1988/12	琦君	〈一顆堅韌的馬蘭草－談「馬蘭的故事」所顯示的道德情操〉	現代文學討論會	文建會・中央日報		小説
40	1988/1	鄭明娳	《現代散文縱橫論》		台北：大安出版社		散文
41	1988/1	楊昌年	《現代散文新風貌》		台北：三民書局		散文
42	1988/6	郭楓	〈繁華一季盡得風騷－論余光中的抒情散文〉	第一屆當代中國文學國際研討會	清華大學中研所		散文
43	1988/11	何寄澎	〈永遠的搜索者－論楊牧的散文〉	當代中國文學（一九四九以後）研討會	淡江大學		散文
44	1988/11	鄭明娳	〈一九四九年以後現代散文技巧理論〉	當代中國文學（一九四九以後）研討會	淡江大學		散文
45	1988/11	楊昌平	〈十線新道－淺談現代散文新風貌〉	當代中國文學（一九四九以後）研討會	淡江大學		散文
46	1988/12	夏志清	〈母女連心忍痛楚－琦君回憶錄評賞〉	現代文學討論會	文建會、中央日報		散文
47	1988/12	張曉風	〈日色中亦冷亦暖的青松－論陳之藩的散文〉	現代文學討論會	文建會、中央日報		散文
48	1988/1	高準	《中國大陸新詩評（1916-1979）》		台北：文史哲出版社		新詩
49	1988/2	鍾玲	〈夏宇的時代風格〉	《現代詩》復刊13期			新詩
50	1988/5	張錯	〈大陸新詩的動向〉	當代大陸文學研討會	台北：文訊雜誌社		新詩
51	1988/6	奚密	〈星月爭輝：現代「詩原	《中外文學》17卷1			新詩

			質」初探〉	期			
52	1988/6	李豐楙	〈民國六十年前後新詩社的興起和演變〉	第一屆當代中國文學國際會議	清華大學中研所、中語所、新地文學基金會		新詩
53	1988/6	杜國清	〈大陸當代詩探討〉	第一屆當代中國文學國際會議	清華大學中研所、中語所、新地文學基金會		新詩
54	1988/6	謝 冕	〈斷裂與傾斜：蛻變期的投影─論新詩潮〉	第一屆當代中國文學國際會議	清華大學中研所、中語所、新地文學基金會		新詩
55	1988/7	李焯雄	〈中心與迷宮之間，一種讀法的追尋─顧城、北島詩作〉	《現代詩》復刊12期			新詩
56	1988/7	奚 密	〈從霽問到無岸之間─洛夫早期風格論〉	《現代詩》復刊12期			新詩
57	1988/8	鍾 玲	〈都市女性與大地之母：論蓉子詩歌〉	《中外文學》17卷3期			新詩
58	1988/10	古添洪	〈論桓夫的「泛」政治詩〉	《中外文學》17卷5期			新詩
59	1988/11	李瑞騰	〈洛夫詩中的「古典詩」〉	當代中國文學（一九四九以後）研討會	淡江大學		新詩
60	1988/11	林燿德	〈由這一代的詩論詩的本體〉	當代中國文學（一九四九以後）研討會	淡江大學		新詩
61	1988/11	李元貞	〈台灣現代女詩人的自我觀〉	當代中國文學（一九四九以後）研討會	淡江大學		新詩
62	1988/11	陳鵬翔	〈寫實與寫意─論王潤華與淡瑩的詩〉	當代中國文學（一九四九以後）研討會	淡江大學		新詩
63	1988/11	李豐楙	〈葉維廉近期風格及其轉變〉	當代中國文學（一九四九以後）研討會	淡江大學		新詩
64	1988/12	林燿德	〈永遠的人子─論趙衛民的詩〉	《不安海域─台灣新世代詩人試探》	台北：師大書苑		新詩
65	1988/12	林燿德	〈不安海域─八○年代前葉台灣現代詩風潮試論〉	《不安海域─台灣新世代詩人試探》	台北：師大書苑		新詩
66	1988/12	林則良	〈美麗與生命的權輿─曾淑美詩集《墜入花叢的女子》〉	《現代詩》復刊13期			新詩
67	1988/12	秀 瓊	〈曲中濃情─析鄭愁予「雨說」〉	《現代詩》復刊13期			新詩
68	1988/12	林燿德	〈試管魔鬼─論赫胥氏的詩〉	《不安海域─台灣新世代詩人試探》	台北：師大書苑		新詩
69	1988/11	林燿德	〈在高速公路飄移的座標─論王浩威的詩〉	《不安海域─台灣新世代詩人試探》	台北：師大書苑		新詩
70	1988/12	林燿德	〈種種的頭顱─論柯順隆的詩〉	《不安海域─台灣新世代詩人試探》	台北：師大書苑		新詩
71	1988/12	林燿德	〈一棵雪香蘭─論陳義芝的詩〉	《不安海域─台灣新世代詩人試探》	台北：師大書苑		新詩
72	1988/12	林燿德	〈誰在屬羊─論黃智溶詩集《今夜；你莫要踏入我世代詩人試探》	《不安海域─台灣新世代詩人試探》	台北：師大書苑		新詩

			的夢境》）			
73	1988/12	林燿德	〈海洋姓氏─論張啟疆的海洋主題〉	《不安海域─台灣新世代詩人試探》	台北：師大書苑	新詩
74	1988/12	林燿德	〈八○年代的淑世精神與資訊思考─論向陽詩集《四季》〉	《不安海域─台灣新世代詩人試探》	台北：師大書苑	新詩
75	1988/12	林燿德	〈藍色輸送業─論李昌憲詩集《加工區詩抄》〉	《不安海域─台灣新世代詩人試探》	台北：師大書苑	新詩
76	1988/12	林燿德	〈詩是最苦的糖衣─論王添源詩集《如果愛情像口香糖》〉	《不安海域─台灣新世代詩人試探》	台北：師大書苑	新詩
77	1988/12	黃維樑	〈禮讚木棉樹和控訴大煙囪─論余光中八○年代的社會詩〉	《中外文學》17卷7期		新詩
78	1988/12	林燿德	〈潺潺流水─論連水淼詩集《台北·台北》〉	《不安海域─台灣新世代詩人試探》	台北：師大書苑	新詩
79	1988/12	林燿德	〈砌骨之景─論陳明台詩集《風景畫》〉	《不安海域─台灣新世代詩人試探》	台北：師大書苑	新詩
80	1988/12	林燿德	〈鐵窗之花─論李敏勇詩集《暗房》〉	《不安海域─台灣新世代詩人試探》	台北：師大書苑	新詩
81	1988/12	林燿德	〈星火彩約─論《陳建宇詩集》〉	《不安海域─台灣新世代詩人試探》	台北：師大書苑	新詩
82	1988/1	劭玉銘	《文學、政治、知識份子》		台北：聯合文學出版社	理論批評
83	1988/3	葉維廉	〈歷史整體性與中國現代文學研究之省思〉	《歷史、傳釋與美學》	台北：東大圖書股份有限公司	理論批評
84	1988/5	葉樨英	〈當前大陸文學思潮試論〉	當前大陸文學研討會	台北：文訊雜誌社	理論批評
85	1988/5	呂正惠	《小說與社會》		台北：聯經出版事業公司	理論批評
86	1988/5	文曉村	《橫看成嶺側成峰》		台北：東大圖書股份有限公司	理論批評
87	1988/6	劉再復	〈大陸新時期文學的宏觀描述〉	第一屆當代中國文學國際學術會議	清華大學中研所、中語系、新地文學基金會	理論批評
88	1988/6	許達然	〈台灣的文學與歷史〉	第一屆當代中國文學國際學術會議	清華大學中研所、中語系、新地文學基金會	理論批評
89	1988/6	松永正義	〈台灣新文學運動研究的新階段〉	第一屆當代中國文學國際學術會議	清華大學中研所、中語系、新地文學基金會	理論批評
90	1988/7	王志健	《文學四論》（上：新詩、戲劇）		台北：文史哲出版社	理論批評
91	1988/7	王志健	《文學四論》（下：小說、散文）		台北：文史哲出版社	理論批評
92	1988/9	劉再復	《性格組合論》（上、下）		台北：新地出版社	理論批評
93	1988/11	康來新	〈筆和十字架──一九四九年以後台灣文學與宗教的互動〉	當代中國文學（一九四九以後）研討會	淡江大學	理論批評

94	1988/11	李正治 編	《政府遷台以來文學研究理論及方法之探索》		台北：學生書局		理論批評
95	1988/11	呂正惠	《八十年代台灣寫實文學的道路》	當代中國文學（一九四九以後）研討會	淡江大學		理論批評
96	1988/11	周玉山	《一九四九年以後的中共文藝政策》	當代中國文學（一九四九以後）研討會	淡江大學		理論批評
97	1988/12	呂正惠	《現代主義在台灣—從文藝社會學的角度來考察》	《台灣社會研究季刊》1卷4期		又收於《戰後台灣文學經驗》	理論批評
98	1988/12	孟樊	《辯解些什麼？》	《現代詩》復刊13期			理論批評
99	1988/6	蔡源煌	《大陸新生代現代派作家綜論》	第一屆當代中國文學國際會議	清華大學中研所、中語系、新地文學基金會		作家集團
100	1988/11	李祖琛	《當代台灣作家定位問題的幾點探索》	當代中國文學（一九四九以後）研討會	淡江大學		作家集團
101	1988/6	馮永敏	《中國兒童的內容與取材》	《台北市師範學院學報》19期			其他
102	1988/6	呂正惠	《「人的解放」與社會主義制度的矛盾—論劉賓雁的報告文學》	第一屆當代中國文學國際學術會議	清大中研所、中語系、新地文學基金會		其他
103	1988/1	林守為 編	《兒童文學》		台北：五南圖書出版公司		其他
104	1988/9	雷僑雲	《中國兒童文學研究》		台北：學生書局		其他

依據前述目錄，西元1987年（民國77年）台灣地區的「當代華文文學」活動，若從比較學術性的角度來觀察，至少有以下的數項特色值得注意和探討：

一、在具有學術性的文學研究論述上，計有專書16本，論文90篇。為使其便於分析起見，茲將其依「文類」為主要原則，表列如下：

	專書（含學位論文）	論文
新詩	1(+1)	33
小說	2	37
散文	2	6
戲劇	0	0
其他文類	2	2
文學批評（含理論）與文學史	7(+1)	10
作家及其集團	0	2
合計	14(+2)	90

依據上面圖表所示，在數量上，這一年於台灣地區出版和發表的有關當代華文文學的研究和論述上，計有專書16種，論文90篇，因此，在成果上應可算差強人意。不過，必須一提的是「新詩」類和「文學批評與理論」類中，各有一本專著實屬合輯了15篇論文而成。

若從「分類」的角度來觀察，則在本年中，「新詩」、「小說」和「文學批評與理論」類的份量最重。然而，如前所述，這三者的數量乃是彙集各該類前此的研究成果而成，所以嚴格來說，並非研究真正的成果；但儘管如此，它們仍可意味著這一年中，學者對它們的重視情況。換言之，它們也都是甚受關注的。其次為「散文」和「作家及其集團」。但最應該注意的是戲劇類竟然沒有任何嚴肅的學術性研究，這或許是因本研究認為「劇場」乃「表演藝術」，而非「文學」，所以將「劇場」的研究排除在「文學」的範疇之外所致。

　　二、至於在推動當代華文文學研究的主力上，則以「學術會議」和「刊物」最為重要。在這一年中，有關這主題的會議和主辦的機構為：

	研討會名稱	主辦單位
5 月	第一屆當代中國文學國際會議	清華大學中文所
5 月	當代大陸文學研討會	文訊雜誌社
11 月	當代中國文學研討會	淡江大學中文所
12 月	現代文學討論會	中央日報、文建會

　　至於在刊物上，則有《文訊》、《中外文學》、《現代詩》（復刊）、《台灣社會研究季刊》等。通常，台灣地區的學術研究，學校（各大學）的學報和中文研究所學位論文，乃是不可忽視的重鎮，但在這一年中，這兩者可說都缺席了，最可能的理由當是這一主題仍未引起它們足夠的關注。

　　三、在有關研究的對象上，本年似呈現出以下的特色：

　　（一）綜合性的論述佔有頗大的分量，譬如以「大陸當代詩」、「大陸新詩」、「當代大陸小說」、「大陸新時期文學」、「大陸新生代現代派作家」、「台灣新文學運動」、「當代台灣作家」、「八十年代台灣寫實文學的道路」等。上述這類研究的特色，即是其涵蓋面為綜括方式的。雖然，它們也都有頗具深度的探討，但其性質則顯然以描繪輪廓為基，因此，可說具有強烈的介紹性。這是否與文化思想的開放有必然的關係呢？如果我們把「文學理論和批評」視為當代學人亟想找出一些可澄清文學觀念的依據，能深刻而有條理地探討文學的方法之渴望來做輔證，則李正治編輯的《政府遷台以來文學研究理論及方法之探索》毫無問題的可做為有力的註腳。

　　此外在內容的主題上，則以「兒童文學」、「鄉土文學」、「政治小說」被明白提出做為研究對象和焦點，最值得注意。其中，尤以向被忽視的「兒童文學」一口氣有兩本書出現，應受到肯定和注意。顯然，這是一個亟需開發的領域。

（二）若再從文類來區分，這一年中最受到關注的前三種文類為新詩、小說和散文。這情況和一般人眼中的散文和小說乃是大眾關注的焦點頗為吻合。不過，卻也突顯出「新詩」才是學者和專家最為關注的對象；或許，因為這一文類乃是一項嶄新的創造，在形式、內容和表達方法上都有甚大的探討空間之故吧。而這一現象，似也指出了一個事實：學者專家和一般大眾所關注的對象顯然有所差別。

被專注研討的對象，在這一年中並不少。其中以詩人最多。有25家；這當然是因林燿德在他的書《不安海域—台灣新世代詩人試探》中一口氣即論述了15位詩人之故。而詩人中，則以洛夫被2篇論文做為探討對象較為突出。其次為散文家有4位，而若加上鄭明娳的《現代散文縱橫論》中所論及的8位未重出的散文家，則共有12位。小說家有3位。而在此也值得一提的是，余光中的詩和散文都有專文論述，而顯示出其詩文都頗受重視。

（三）至於在被討論的作品上，因「新詩」和「散文」篇幅較短，所以沒有任何一篇獲得一整篇論文的研究。相對的，對作品的專注研究都偏重在小說上。在本年中，被專注研究的小說有：《大時代》、《寒夜三部曲》、《靜靜的紅河》、《蓮漪表妹》、《馬蘭的故事》、《未央歌》、《人子》、《從香檳來的人》等，而被合論的則有《靜靜的紅河》、《魔鬼樹》、《阿Q正傳》、《鑼》、《火宅》、《女女女》、《爸爸爸》。這些小說中受到專篇論述者，可說都是屬於篇幅較長、內容較豐富，以及寓意較深遠的作品。而合論的小說，或篇幅較短，如最後三篇《火宅》、《女女女》、《爸爸爸》，或小說間有可比較或共通處，如《阿Q正傳》與《鑼》、《靜靜的紅河》與《魔鬼樹》等。其中，當然以《靜靜的紅河》最顯突出了。

第九章　1989年的特色

　　台灣地區在西元1989年（民國78年）內，有關當代文學的研究論文與專著，其目錄如下：

編號	日期	作者	專著・論文	出處	出版者	備註	種類
1	1989/1	賀安慰	《台灣當代短篇小說中的女性描寫》		台北：文史哲出版社		小說
2	1989/1	陳豐(譯)	〈筆下浸透了水意一次從文的《邊城》和汪曾祺的《大淖記事》〉	《聯合文學》總51期			小說
3	1989/1	黃子平	〈汪曾祺的意義〉	《聯合文學》總51期			小說
4	1989/3	周英雄	《小說・歷史・心理・人物》		台北：東大出版社		小說
5	1989/4	嚴家炎	〈早期鄉土小說及其作家群一中國現代小說流派論之二〉	《論中國現代文學及其他》	台北：新學識文教出版中心		小說
6	1989/4	黃維樑	〈徐才叔夫人的婚外情一談錢鍾書的《紀念》〉	《聯合文學》總54期			小說
7	1989/4	王潤華	〈五四小說人物的「狂」與「死」和反傳統主題〉	五四文學與文化變遷學術研討會	中國古典文學會		小說
8	1989/4	鄭明娳	〈新感覺派小說中意識流特色〉	三十年代文學研討會	淡江大學中文系	台北：海風出版社	小說
9	1989/4	黎活仁	〈郁達夫與私小說〉	三十年代文學研討會	淡江大學中文系	又收於《盧卡奇對中國文學的影響》	小說
10	1989/4	嚴家炎	《論中國現代文學及其他》		台北：新學識文教出版中心		小說
11	1989/4	嚴家炎	〈中國現代小說流派史漫筆〉	《論中國現代文學及其他》	台北：新學識文教出版中心		小說
12	1989/4	嚴家炎	〈五四時期的「問題小說」一中國現代小說流派論之一〉	《論中國現代文學及其他》	台北：新學識文教出版中心		小說
13	1989/4	嚴家炎	〈創造社前期小說與現代主義思潮一中國現代小說流派論之三〉	《論中國現代文學及其他》	台北：新學識文教出版中心		小說
14	1989/4	嚴家炎	〈現代文學史上的一樁舊案一重評丁玲小說《在醫	《論中國現代文學及其他》	台北：新學識文教出版中心		小說

			院中》》				
15	1989/4	嚴家炎	〈讀《綠化樹》隨筆〉	《論中國現代文學及其他》	台北：新學識文教出版中心		小說
16	1989/4	嚴家炎	〈氣壯山河的歷史大悲劇—《李自成》一、二、三卷悲劇藝術管窺〉	《論中國現代文學及其他》	台北：新學識文教出版中心		小說
17	1989/4	嚴家炎	〈現代小說流派鳥瞰〉	《論中國現代文學及其他》	台北：新學識文教出版中心		小說
18	1989/4	嚴家炎	〈漫談《李自成》的民族風格〉	《論中國現代文學及其他》	台北：新學識文教出版中心		小說
19	1989/4	嚴家炎	〈三十年代的現代小說—中國現代小說流派論之四〉	《論中國現代文學及其他》	台北：新學識文教出版中心		小說
20	1989/4	嚴家炎	〈論新感覺派小說〉	《論中國現代文學及其他》	台北：新學識文教出版中心		小說
21	1989/4	嚴家炎	〈論彭家煌的小說〉	《論中國現代文學及其他》	台北：新學識文教出版中心		小說
22	1989/4	嚴家炎	〈讀阿Q正傳札記〉	《論中國現代文學及其他》	台北：新學識文教出版中心		小說
23	1989/4	嚴家炎	〈論《狂人日記》的創作方法〉	《論中國現代文學及其他》	台北：新學識文教出版中心		小說
24	1989/4	嚴家炎	〈魯迅小說的歷史地位〉	《論中國現代文學及其他》	台北：新學識文教出版中心		小說
25	1989/6	張子樟	〈社會、自我與人性—淺析當前大陸小說中的疏離現實〉	《聯合文學》總56期			小說
26	1989/9	張惠娟	〈鍾曉陽作品淺論〉	《中外文學》17卷4期			小說
27	1989/10	林秀玲	〈中國革命和女性解放：茅盾小說中的兩大主題—從女性主義文學批評的觀點兼論茅盾及其批評家〉	《中外文學》18卷5期			小說
28	1989/10	陳炳良	〈水仙子人物再探：蘇偉貞、鍾玲等人作品析論〉	《中外文學》18卷5期			小說
29	1989/10	吳 密	〈自我衝突與救贖意識：李黎小說研究〉	《中外文學》18卷5期			小說
30	1989/11	劉再復	〈摯愛到冷靜的精神審判評—王蒙的《活動變人形》〉	《尋找與呼喚》	台北：風雲時代出版社		小說
31	1989/11	劉再復	〈他把愛推向每一片綠葉—劉心武小說集《立體交叉稿》序〉	《尋找與呼喚》	台北：風雲時代出版社		小說
32	1989/11	劉再復	〈作家的良知和文學的懺悔意識—讀巴金的《隨想錄》〉	《尋找與呼喚》	台北：風雲時代出版社		小說

33	1989/12	郭玉雯	〈中國現代小說中基本主題之觀察〉	《台大中文學報》3期			小說
34	1989/12	陳信元	《從台灣看大陸當代文學》		台北：業強出版社		小說
35	1989/3	鄭明娳	《現代散文構成論》		台北：大安出版社		散文
36	1989/4	盧瑋鑾	〈一場小品文論戰的前奏〉	三十年代文學研討會	淡江大學中文系、台北：海風出版社		散文
37	1989/4	盧瑋鑾	〈那裡走—從幾個散文家的惶惑看五四後知識份子的出路〉	五四文學與文化變遷學術研討會	中國古典文學會		散文
38	1989/11	劉再復	〈論魯迅雜感文學中的「社會相」類型形象〉	《生命精神與文學道路》	台北：東大圖書公司		散文
39	1989/12	李奭學	〈另一種浪漫主義—梁遇春與英法散文傳統〉	《中外文學》18卷7期		又收於《中西文學因緣》	散文
40	1989/3	李元貞	〈現代女詩人的自我觀〉	《中外文學》17卷10期			新詩
41	1989/4	吳鳴	〈五四時期的民歌採集與詩經研究〉	五四文學與文化變遷學術研討會	中國古典文學會		新詩
42	1989/4	黎活仁	〈小詩運動（1921-1923）〉	五四文學與文化變遷學術研討會	中國古典文學會		新詩
43	1989/4	簡錦松	〈五四與台灣詩壇〉	五四文學與文化變遷學術研討會	中國古典文學會		新詩
44	1989/4	林明德	〈「嘗試集」的詩史定位〉	五四文學與文化變遷學術研討會	中國古典文學會		新詩
45	1989/7	古繼堂	《台灣新詩發展史》		台北：文史哲出版社		新詩
46	1989/7	李元貞	〈論舒婷詩中的女性思維〉	《聯合文學》57期			新詩
47	1989/8	鍾玲	〈試探女性文體與傳統文化之關係：兼論台灣及美國女詩人作品之特徵〉	《中外文學》18卷3期			新詩
48	1989/9	貝嶺、孟浪	〈回顧與展望：中國新詩潮〉	《現代詩》復刊14期			新詩
49	1989/9	白靈	〈極光流舞磁浮南北—評林群盛《聖紀暨琴座奧義傳說》〉	《現代詩》復刊14期			新詩
50	1989/9	藍菱	〈詩的和聲—林泠詩集讀後感〉	《現代詩》復刊14期			新詩
51	1989/12	鄭炯明 編	〈台灣精神的崛起：笠詩刊評論選集〉	《文學界雜誌》			新詩
52	1989/12	鍾玲	《現代中國繆司—台灣女詩人作品析論》		台北：聯經出版公司		新詩
53	1989/6	葉振富	《台灣光復初期的戲劇》		文化大學藝術研究所碩士論文	閻振瀛指導	戲劇
54	1989/2	簡政珍	《語言與文學空間》		台北：漢光文化事業公		理論批評

					司		
55	1989/3	陳幸蕙	《七十七年文學評論選》		台北：爾雅出版社		理論批評
56	1989/4	陳慶煌	〈五四以後傳統文學的維繫及其困境〉	五四文學與文化變遷學術研討會	中國古典文學會		理論批評
57	1989/4	簡恩定	〈揮刀可以斷流嗎—五四新文學理論的省察〉	五四文學與文化變遷學術研討會	中國古典文學會		理論批評
58	1989/4	鄭志明	〈五四思潮對文學史觀的影響〉	五四文學與文化變遷學術研討會	中國古典文學會		理論批評
59	1989/4	蔡源煌	〈重探三十年代文學的神話〉	三十年代文學研討會	淡江大學中文系、海風出版社		理論批評
60	1989/4	呂正惠	〈三十年代文學傳統與當代台灣文學〉	三十年代文學研討會	淡江大學中文系、海風出版社		理論批評
61	1989/4	楊松年	〈五四前後的星馬文壇〉	五四文學與文化變遷學術研討會	中國古典文學會		理論批評
62	1989/4	陳器文	〈論五四之「解放」思潮與文學之「解禁」現象〉	五四文學與文化變遷學術研討會	中國古典文學會		理論批評
63	1989/4	陳國球	〈論胡適的文學史觀〉	五四文學與文化變遷學術研討會	中國古典文學會		理論批評
64	1989/5	林燿德	〈我們書寫當代也創造當代〉	《新世代小說大系·總序》	台北：希代出版公司	又收於《重組的星空》	理論批評
65	1989/5	余光中	〈中華現代文學大系·總序〉	《中華現代文學大系》	台北：九歌出版社		理論批評
66	1989/5	李瑞騰	〈中華現代文學大系·評論卷序〉	《中華現代文學大系》	台北：九歌出版社		理論批評
67	1989/5	李瑞騰主編	《中華現代文學大系·評論卷》		台北：九歌出版社		理論批評
68	1989/6	葉樨英	〈大陸當前文學作品中的知識份子受難形象〉	《聯合文學》56期			理論批評
69	1989/6	葉維廉	〈從跨文化網路看現代主義〉	《聯合文學》56期			理論批評
70	1989/7	陳信元	〈從台灣看大陸當代文學〉		台北：業強出版社		理論批評
71	1989/9	林燿德	〈都市：文學變遷的新座標〉	《自由青年》721期		又收於《重組的星空》	理論批評
72	1989/10	李子雲	《淨化人的心靈》		台北：新地文學出版社		理論批評
73	1989/11	劉再復	〈近十年的中國文學精神與文學道路—為法國出版的《中國當代作家作品選》所作的序言〉	《尋找與呼喚》	台北：風雲時代出版社		理論批評
74	1989/11	劉再復	〈尋找與呼喚〉	《尋找與呼喚》	台北：風雲時代出版社		理論批評
75	1989/11	劉再復	〈中國現代文學史上對人的三次發現〉	《尋找與呼喚》	台北：風雲時代出版社		理論批評
76.	1989/12	張錯	《從莎士比亞到上田秋成—東西文學批評研究》		台北：聯經出版事業公司		理論批評

77	1989/12	姚一葦	《欣賞與批評》		台北：聯經出版事業公司		理論批評
78	1989/4	李元洛	〈卷裡詩裁白雪高—略論錢鍾書對「好詩」的看法〉	《聯合文學》54期			作家集團
79	1989/4	莫 渝	〈賈穆和戴望舒—戴望舒研究之一〉	《中外文學》17卷11期			作家集團
80	1989/4	周玉山	〈魯迅與五四運動〉	五四文學與文化變邊學術研討會		中國古典文學會 中華經濟研究院	作家集團
81	1989/6	林文寶	〈楊喚研究〉	《台東師院學報》2期			作家集團
82	1989/10	黃子平	〈汪曾祺的意義〉	《倖存者的文學》	台北：遠流出版社		作家集團
83	1989/5	徐紹林	〈神話故事的分析〉	林文寶編：《兒童文學論述選集》	台北：幼獅文化事業公司		其他
84	1989/5	馬景賢	〈兒童劇之寫作研究〉	林文寶編：《兒童文學論述選集》	台北：幼獅文化事業公司		其他
85	1989/5	黃 海	〈兒童科幻小說的寫作〉	林文寶編：《兒童文學論述選集》	台北：幼獅文化事業公司		其他
86	1989/5	柯華葳	〈寫少年小說給少年看〉	林文寶編：《兒童文學論述選集》	台北：幼獅文化事業公司		其他
87	1989/5	洪文瓊	〈少年小說的界域問題〉	林文寶編：《兒童文學論述選集》	台北：幼獅文化事業公司		其他
88	1989/5	野 渡	〈重組童話的訣竅〉	林文寶編：《兒童文學論述選集》	台北：幼獅文化事業公司		其他
89	1989/5	林 良	〈童話的特質〉	林文寶編：《兒童文學論述選集》	台北：幼獅文化事業公司		其他
90	1989/5	蘇尚耀	〈試談「寓言」〉	林文寶編：《兒童文學論述選集》	台北：幼獅文化事業公司		其他
91	1989/5	林鐘隆	〈寓言、神話、傳說和民間故事〉	林文寶編：《兒童文學論述選集》	台北：幼獅文化事業公司		其他
92	1989/5	葉詠琍	〈寓言、神話與史詩〉	林文寶編：《兒童文學論述選集》	台北：幼獅文化事業公司		其他
93	1989/5	林鐘隆	〈兒童需要現代寓言〉	林文寶編：《兒童文學論述選集》	台北：幼獅文化事業公司		其他
94	1989/5	許義宗	〈兒童劇初探〉	林文寶編：《兒童文學論述選集》	台北：幼獅文化事業公司		其他
95	1989/5	林 桐	〈神話的改寫〉	林文寶編：《兒童文學論述選集》	台北：幼獅文化事業公司		其他
96	1989/5	楊思諶	〈談少年小說的寫作〉	林文寶編：《兒童文學論述選集》	台北：幼獅文化事業公司		其他
97	1989/5	曹俊彥	〈圖畫：兒童讀物的先頭部隊〉	林文寶編：《兒童文學論述選集》	台北：幼獅文化事業公司		其他
98	1989/5	鄭明進	〈談圖畫書的教育價值〉	林文寶編：《兒童文學論述選集》	台北：幼獅文化事業公司		其他
99	1989/5	吳英長	〈故事化的處理技巧〉	林文寶編：《兒童文	台北：幼獅文化事業公		其他

				學論述選集》	司		
100	1989/5	洪文瓊	〈國內外兒童讀物發展概況〉	林文寶編：《兒童文學論述選集》	台北：幼獅文化事業公司		其他
101	1989/5	楊爲榮	〈兒童文學的社會功能〉	林文寶編：《兒童文學論述選集》	台北：幼獅文化事業公司		其他
102	1989/5	林　良	〈兒童文學—淺語的藝術〉	林文寶編：《兒童文學論述選集》	台北：幼獅文化事業公司		其他
103	1989/5	林守爲	〈談兒童讀物〉	林文寶編：《兒童文學論述選集》	台北：幼獅文化事業公司		其他
104	1989/5	林文寶編	《兒童文學論述選集》	林文寶編：《兒童文學論述選集》	台北：幼獅文化事業公司		其他
105	1989/5	李漢偉	〈珍惜人類藝術發展的童年—談兒童神話傳說的讀與寫〉	林文寶編：《兒童文學論述選集》	台北：幼獅文化事業公司		其他
106	1989/5	洪文珍	〈談兒童讀物的評鑑〉	林文寶編：《兒童文學論述選集》	台北：幼獅文化事業公司		其他
107	1989/5	尹世英	〈兒童劇發展的省思〉	林文寶編：《兒童文學論述選集》	台北：幼獅文化事業公司		其他
108	1989/5	陳正治	〈談童話的寫作〉	林文寶編：《兒童文學論述選集》	台北：幼獅文化事業公司		其他
109	1989/5	林　良	〈尋找一個故事—談兒童文學「故事」的誕生〉	林文寶編：《兒童文學論述選集》	台北：幼獅文化事業公司		其他
110	1989/5	林武憲	〈兒童讀物的改寫〉	林文寶編：《兒童文學論述選集》	台北：幼獅文化事業公司		其他
111	1989/5	邱阿塗	〈是論知識性讀物的寫作技巧〉	林文寶編：《兒童文學論述選集》	台北：幼獅文化事業公司		其他
112	1989/5	朱傳譽	〈童話的演進〉	林文寶編：《兒童文學論述選集》	台北：幼獅文化事業公司		其他
113	1989/5	趙天儀	〈抄襲、模仿與創作〉	林文寶編：《兒童文學論述選集》	台北：幼獅文化事業公司		其他
114	1989/5	馮輝岳	〈童謠、兒歌、兒童詩〉	林文寶編：《兒童文學論述選集》	台北：幼獅文化事業公司		其他
115	1989/5	王玉川	〈兒童詩歌寫作研究〉	林文寶編：《兒童文學論述選集》	台北：幼獅文化事業公司		其他
116	1989/5	陳亞南	〈我對兒童戲劇的看法〉	林文寶編：《兒童文學論述選集》	台北：幼獅文化事業公司		其他
117	1989/5	馬景賢	〈讀兒童傳記讀物〉	林文寶編：《兒童文學論述選集》	台北：幼獅文化事業公司		其他
118	1989/9	宋筱惠	《兒童詩歌的原理與教學》		台北：五南圖書出版公司		其他

在西元1989年（民國78年）中，華文現代文學研究的發展與特色，可以約略分爲下列數點：

一、在具有學術性的文學研究論述上，計有專書（含學位論文）18本、論文99篇，茲依文類列表如下：

	專書（含學位論文）	論文
小說	4	30
新詩	2	11
散文	1	3
戲劇	0(+1)	0
其他文類	2	34
文學批評（含理論）與文學史	8	17
作家及其集團	0	4
合計	17(+1)	99

就數量上來看，這年的研究成果較諸西元1988年（民國77年）是有所成長的。而且，如果就文類的角度加以觀察，又以「其他文類」、「小說」、「文學批評（含理論）與文學史」三者在數量上的表現較爲突出。然而針對這樣量化的統計結果，有兩點是必須加以說明的，亦即由林文寶所編的《兒童文學論述選集》，共收有34篇論文；而小說文類中，嚴家炎所著的《論中國現代文學及其他》也收有5篇論文，這是在解讀「其他文類」與「小說」兩者看似超越許多的研究數量時，所不能忽略的。如此權衡之下，出現8本專書與17篇論文的「文學批評（含理論）與文學史」一類，就在量與質兩方面呈現不遑多讓的態勢。

在上列三類之後的，依次是「新詩」、「作家及其集團」、「散文」三類。而「戲劇」類仍是以一筆資料，在所有研究成果中敬陪末座。惟這本由文化大學藝術史

研究所葉振富所撰寫的碩士論文—《台灣光復初期的戲劇》（閻振瀛指導），不但已突破了前一年（西元1988年，民國77年）在戲劇研究上繳交白卷的局面；且是少數以戲劇爲研究主題的學位論文，因此甚具意義。同時，這也彰顯了戲劇研究在歸屬上的問題，其究竟是應該劃歸爲文學研究，或是（表演）藝術，恐怕是難以在現階段完全釐正的。

　　二、在研究者方面，在這年近90位的研究者中，計有17位研究者呈現了1本專書以上的研究成績；24位研究者發表了2篇以上的論文（含前述專書）。除此之外，這年有兩位研究者明顯身跨不同的批評領域，一是鄭明娳著有《現代散文構成論》與〈新感覺派小說中的意識流特色〉；另一則是林文寶編有《兒童文學論述選集》並發表〈楊喚研究〉，均展現了多方面的學學術研究專長。

　　三、在推動當代華文文學研究的主力上，延續西元1988年（民國77年）的特色，仍以「學術會議」與「刊物」爲最重要的論文發表媒體。這一年，相關的學術研討會與其主辦單位爲：

	研討會名稱	主辦單位
4月	五四文學與文化變遷學術研討會	中國古典文學會
4月	三十年代文學研討會	淡江大學中文系
6月	第三屆文學與美學學術研討會	淡江大學中文系

　　其中尤其以「五四文學與文化變遷學術研討會」中所發表的論文，廣及層面，是一次就特定主題作出各角度、各文類深入討論的會議，頗具意義與份量。而淡江大學中文系則是這年最顯眼的學術單位，在所見的三場文學會議中即有兩場是由其主辦。

　　另外在刊物方面，《聯合文學》、《中外文學》與《現代詩》（復刊）爲最主要的幾份發表媒介，其在小說、新詩、作家及其集團等研究上都有推助之功。相形之下，能突顯學院研究現況的學報，在這年僅有《台大中文學報》與《台東師院

學報》各刊載了1篇有關現代文學的論文,在數量上可以說是極少的。

　　四、至於在研究的對象上,誠如前述,學術研討會是促發文學研究的一大動力,因此,這年分別有關五四與三十年代的兩場學術研討會,就帶動了相當程度的研究趨向。而其中尤其以五四時期的新詩發萌、文學理論與其對文學傳統的影響為最被討論的幾個面向;此外嚴家炎與劉再復等人,也都不約而同的針對五四的時代背景、文學特色等論題加以探索,足見五四的代表性與特殊性,一直在文學研究上佔有相當的份量。

　　女性書寫是華文現代文學不能漠視的一個重點。而在這年中,小說與新詩兩種文類的研究成果,尤其表現了對於女性創作的關注。其中有綜論質的論文,如關於女詩人的自我觀照、台灣女詩人與女小說家作品析論等;亦有針對特定作家與作品作深入的討論,如舒婷、林泠、鍾曉陽、蘇偉貞等人均有專文提及。

　　再就文類觀點言,這年的研究狀況除了向來即較受青睞的小說與新詩,以及前述難得的戲劇研究外,「兒童文學」接續了前一年的發展,仍是一個頗觀察與挖掘的領域。《兒童文學論述選集》裡的論文觸及寓言、童謠、圖畫書、兒童戲劇與少年小說等範疇;《兒童詩歌的原理與教學》則是兼及創作與教學,均頗有份量。

第十章 1990 年的特色

　　台灣地區在西元1990年（民國79年）內，有關當代文學的研究論文與專著，其目錄如下：

編號	日期	作者	專著・論文	出　處	出　版　者	備　註	種類
1	1990/1	張　寧	〈尋根一族與原鄉主題的變形—莫言、韓少功、劉桓的小說〉	《中外文學》18卷8期			小說
2	1990/4	施　淑	〈歷史與現實—論路翎及其小說〉	《理想主義者的剪影》	台北：新地出版社		小說
3	1990/5	葉樨英	〈阿城《棋王》一系列小說之評介〉	《大陸當代文學掃描》	台北：東大出版社		小說
4	1990/5	林琇亭	《張愛玲小說風格研究》		東吳大學中文所碩士論文	柯慶明指導	小說
5	1990/5	葉樨英	《大陸當代文學掃描》		台北：東大出版社		小說
6	1990/5	周錦選（選編）	《兩岸文學互論第一集》		台北：智燕出版社		小說
7	1990/5	葉樨英	〈張賢亮文學作品的剖析〉	《大陸當代文學掃描》	台北：東大出版社		小說
8	1990/6	鍾明玉	〈棄貓、功狗、雞栖王〉	第二屆當代中國文學國際會議一九四九年以前之兩岸小說	清華大學中研中語新地文學基金會		小說
9	1990/6	姚榮松	〈當代小說中的方言詞彙—兼談閩南語的書面語〉	《國文學報》19期	台灣師大國文系印行		小說
10	1990/6	梅蕙華	〈艾蕪的早期小說〉	第二屆當代中國文學國際會議一九四九年以前之兩岸小說	清華大學中研中語新地文學基金會		小說
11	1990/6	呂正惠	〈論楊逵小說〉	第二屆當代中國文學國際會議一九四九年以前之兩岸小說	清華大學中研中語新地文學基金會		小說
12	1990/6	鄭明娳	〈施蟄存小說中的兩性關係〉	第二屆當代中國文學國際會議一九四九年以前之兩岸小說	清華大學中研中語新地文學基金會		小說

13	1990/6	廖淑芳	《七等生文體研究》		成功大學歷史語言所碩士論文	馬森指導	小説
14	1990/6	余昭玟	〈台灣光復對葉石濤小説主題的影響〉	第二屆當代中國文學國際會議一九四九年以前之兩岸小説	清華大學中研中語新地文學基金會		小説
15	1990/6	葉笛	〈我對「五四」以後小説流派的一些理解〉	第二屆當代中國文學國際會議一九四九年以前之兩岸小説	清華大學中研中語新地文學基金會		小説
16	1990/6	羅夏美	《陳映眞小説研究—以盧卡奇小説理論爲主要探討途徑》		成功大學歷史語言所碩士論文	馬森指導	小説
17	1990/6	許達然	〈一九四九以前台灣大陸小説中的婦女形象〉	第二屆當代中國文學國際會議一九四九年以前之兩岸小説	清華大學中研中語新地文學基金會		小説
18	1990/6	龔顯宗	〈論二〇年代女作家的問題小説〉	第二屆當代中國文學國際會議一九四九年以前之兩岸小説	清華大學中研中語新地文學基金會		小説
19	1990/6	施淑	〈日據時代小説中的知識份子形象〉	第二屆當代中國文學國際會議一九四九年以前之兩岸小説	清華大學中研中語新地文學基金會		小説
20	1990/6	高利克	〈茅盾小説中的神話視野〉	第二屆當代中國文學國際會議一九四九年以前之兩岸小説	清華大學中研中語新地文學基金會		小説
21	1990/6	李培榮	《兩部戰爭小説：朱西甯的《八二三注》與詩歌多·普里維爾的史達林格勒中的軍人形象》		輔仁大學德研所碩士論文	裴德指導	小説
22	1990/6	余昭玟	《葉石濤及其小説研究》		成功大學歷史語言所碩士論文	吳達芸指導	小説
23	1990/7	程德培	《當代小説藝術論》		上海：學林出版社		小説
24	1990/7	齊邦媛	《千年之淚—當代小説論集》		台北：爾雅出版社		小説
25	1990/7	齊邦媛	〈時代的聲音〉	《千年之淚—當代小説論集》	台北：爾雅出版社		小説
26	1990/7	齊邦媛	〈千年之淚—反共懷鄉文學是傷痕文學的序曲〉	《千年之淚—當代小説論集》	台北：爾雅出版社		小説
27	1990/7	齊邦媛	〈閨怨之外—以實力論台灣女作家的小説〉	《千年之淚—當代小説論集》	台北：爾雅出版社		小説
28	1990/7	齊邦媛	〈人性尊嚴與天地不仁—李喬《寒夜三部曲》〉	《千年之淚—當代小説論集》	台北：爾雅出版社		小説
29	1990/7	齊邦媛	〈留學「生」文學—由非常心到平常心〉	《千年之淚—當代小説論集》	台北：爾雅出版社		小説
30	1990/8	王孝廉	〈沈淪與流轉—三十歲以前郁達夫的色、欲與性〉	《聯合文學》總70期			小説
31	1990/9	詹宏志	《閱讀的反叛》		台北：遠流出版社		小説

32	1990/9	張惠娟	〈台灣後設小說的發展〉	八〇年代台灣文學研討會	台北：時報文化出版公司 中國青年寫作協會		小說
33	1990/9	陳思和	〈台灣新世代小說家〉	八〇年代台灣文學研討會	台北：時報文化出版公司 中國青年寫作協會		小說
34	1990/9	呂正惠	〈八〇年代台灣小說主流〉	八〇年代台灣文學研討會	台北：時報文化出版公司 中國青年寫作協會		小說
35	1990/10	何冠驥	〈《桃源夢》與《遠方有個女兒國》—當代中國反烏托邦文學的兩個路向〉	《中外文學》19卷5期			小說
36	1990/11	東 年	〈美國美國我愛你—鬧劇「玫瑰玫瑰我愛你」的荒謬寓意〉	王禎和作品研討會	文建會 聯合文學雜誌社	另刊於《聯合文學》總74期	小說
37	1990/11	林燿德	〈現實與意識之間的蜃影—粗窺一九八〇年以前王禎和小說的創作〉	王禎和作品研討會	文建會 聯合文學雜誌社		小說
38	1990/11	呂正惠	〈小說家的誕生—王禎和的第一篇小說及其相關問題〉	王禎和作品研討會	文建會 聯合文學雜誌社	另刊於《聯合文學》總74期	小說
39	1990/11	鄭恆雄	〈外來語／文化「逼死」（vs（對抗））本土語言／文化—解讀王禎和的「美人圖」〉	王禎和作品研討會	文建會 聯合文學雜誌社	又收於張京媛編《後殖民主義與文化認同》	小說
40	1990/11	張大春	〈人人愛讀喜劇—王禎和怎樣和小人物「呼吸著同樣的空氣」〉	王禎和作品研討會	文建會 聯合文學雜誌社	另刊於《聯合文學》總74期	小說
41	1990/11	曾慶瑞	《竹林小說論》		台北：智燕出版社		小說
42	1990/11	尉天驄	〈消費文明下的屈辱和憤怒—談王禎和的小林來台北〉	王禎和作品研討會	文建會聯合文學雜誌社		小說
43	1990/12	葉石濤	〈論鍾理和的「故鄉」連作〉	鍾理和文學研討會	高雄醫學院南杏社		小說
44	1990/12	劉春城	〈王禎和的文學生涯〉	《聯合文學》總74期			小說
45	1990/12	鍾鐵民	〈鍾理和文學中所展現的人性尊嚴〉	鍾理和文學研討會	高雄醫學院南杏社		小說
46	1990/12	吳錦發	〈鍾理和小說中的客家女性塑像〉	鍾理和文學研討會	高雄醫學院南杏社		小說
47	1990/12	彭瑞金	〈鍾理和的農民文學〉	鍾理和文學研討會	高雄醫學院南杏社		小說
48	1990/1	陳信元	《中國現代散文初探》		台中縣立文化中心		散文
49	1990/2	游 喚	〈現代散文研究的問題及其解決途徑示例〉	《中外文學》18卷9期			散文
50	1990/9	鄭明娳	〈八〇年代台灣散文現象〉	八〇年代台灣文學研討會	台北：時報文化出版公司		散文

					中國青年寫作協會		
51	1990/2	簡政珍	〈由這一代的詩論詩的本體〉	《中外文學》18卷9期			新詩
52	1990/6	駱以軍	〈飄移在小城街道裡的囈語─試評楊澤《1979年記事》〉	《現代詩》復刊15期			新詩
53	1990/6	孟 樊	〈詩人、招貼和害蟲─中空的後現代詩人〉	《現代詩》復刊15期			新詩
54	1990/6	鄭愁予	〈詩人在詩中的自我位置〉	《現代詩》復刊15期			新詩
55	1990/6	奚 密	〈冷酷的想像─芒客詩賞析〉	《現代詩》復刊15期			新詩
56	1990/6	瘂 弦	〈詩是一種生活方式─鴻鴻作品聯想〉	《現代詩》復刊15期			新詩
57	1990/9	林亨泰	〈八〇年代台灣詩潮宏觀〉	八〇年代台灣文學研討會	台北：時報文化出版公司　中國青年寫作協會		新詩
58	1990/9	孟 樊	〈後現代詩在台灣〉	八〇年代台灣文學研討會	台北：時報文化出版公司　中國青年寫作協會		新詩
59	1990/10	游 喚	〈黃智溶論〉	《台灣新世代詩人大系（上、下）》	台北：書林出版社		新詩
60	1990/10	簡政珍	〈夏宇論〉	《台灣新世代詩人大系（上、下）》	台北：書林出版社		新詩
61	1990/10	林燿德	〈初安民論〉	《台灣新世代詩人大系（上、下）》	台北：書林出版社		新詩
62	1990/10	林燿德	〈苦苓論〉	《台灣新世代詩人大系（上、下）》	台北：書林出版社		新詩
63	1990/10	林燿德	〈徐雁影論〉	《台灣新世代詩人大系（上、下）》	台北：書林出版社		新詩
64	1990/10	簡政珍	〈向陽論〉	《台灣新世代詩人大系（上、下）》	台北：書林出版社		新詩
65	1990/10	林燿德	〈陳黎論〉	《台灣新世代詩人大系（上、下）》	台北：書林出版社		新詩
66	1990/10	林燿德	〈羅智成論〉	《台灣新世代詩人大系（上、下）》	台北：書林出版社		新詩
67	1990/10	簡政珍	〈林彧論〉	《台灣新世代詩人大系（上、下）》	台北：書林出版社		新詩
68	1990/10	林燿德	〈許悔之論〉	《台灣新世代詩人大系（上、下）》	台北：書林出版社		新詩
69	1990/10	簡政珍	〈陳克華論〉	《台灣新世代詩人大系（上、下）》	台北：書林出版社		新詩
70	1990/10	鄭明娳	〈溫瑞安論〉	《台灣新世代詩人大系（上、下）》	台北：書林出版社		新詩

71	1990/10	簡政珍	〈楊澤論〉	《台灣新世代詩人大系（上、下）》	台北：書林出版社		新詩
72	1990/10	林燿德	〈序：由這一代的詩論詩的本體〉	《台灣新世代詩人大系（上、下）》	台北：書林出版社		新詩
73	1990/10	林燿德	〈編後：新世代星空〉	《台灣新世代詩人大系（上、下）》	台北：書林出版社		新詩
74	1990/10	鄭明娳	〈林燿德論〉	《台灣新世代詩人大系（上、下）》	台北：書林出版社		新詩
75	1990/10	簡政珍	〈劉克襄論〉	《台灣新世代詩人大系（上、下）》	台北：書林出版社		新詩
76	1990/10	簡政珍	〈蘇紹連論〉	《台灣新世代詩人大系（上、下）》	台北：書林出版社		新詩
77	1990/10	游喚	〈王添源論〉	《台灣新世代詩人大系（上、下）》	台北：書林出版社		新詩
78	1990/10	徐望雲	〈與時間決戰：台灣新詩刊四十年奮鬥述路〉	《中外文學》19卷5期			新詩
79	1990/10	鄭明娳	〈簡政珍論〉	《台灣新世代詩人大系（上、下）》	台北：書林出版社		新詩
80	1990/10	林燿德	〈馮青論〉	《台灣新世代詩人大系（上、下）》	台北：書林出版社		新詩
81	1990/10	簡政珍	〈杜十三論〉	《台灣新世代詩人大系（上、下）》	台北：書林出版社		新詩
82	1990/10	游喚	〈白靈論〉	《台灣新世代詩人大系（上、下）》	台北：書林出版社		新詩
83	1990/10	林燿德	〈渡也論〉	《台灣新世代詩人大系（上、下）》	台北：書林出版社		新詩
84	1990/10	游喚	〈陳義芝論〉	《台灣新世代詩人大系（上、下）》	台北：書林出版社		新詩
85	1990/10	鄭明娳	〈方娥眞論〉	《台灣新世代詩人大系（上、下）》	台北：書林出版社		新詩
86	1990/12	陳昌明	〈談新詩中鏡子的意象〉	《中國現代文學理論》季刊第4期			新詩
87	1990/6	焦桐	《台灣戰後初期的戲劇》		台北：台原出版社		戲劇
88	1990/8	葛聰敏	〈「五四」話劇的美學特徵〉		台北：智燕出版社		戲劇
89	1990/10	馬森	〈演員與作家劇場：論二時年代的現代劇作〉	《中外文學》19卷5期			戲劇
90	1990/1	葉石濤	《台灣文學的悲情》		台北：派色文化出版社		理論批評
91	1990/3	林燿德	〈文學新人類與新人類文學〉	《聯合文學》總65期		又收於《重組的星空》	理論批評
92	1990/3	陳思和	《中國新文學整體觀》		台北：業強出版社		理論批評
93	1990/3	周玉山	《大陸文學論衡》		台北：三民書局		理論批評
94	1990/3	周玉山	〈中共「台港文學研究」的非文學意義〉	《大陸文學論衡》	台北：三民書局		理論批評
95	1990/3	周玉山	〈一九四九年以後中共的	《大陸文學論衡》	台北：三民書局		理論批評

			文藝政策〉				
96	1990/3	周玉山	〈三十年代的文學保衛戰〉	《大陸文學論衡》	台北：三民書局		理論批評
97	1990/3	周玉山	〈抗戰時期中共的文藝政策〉	《大陸文學論衡》	台北：三民書局		理論批評
98	1990/4	施淑	〈理想主義者的剪影—青年胡風〉	《理想主義者的剪影》	台北：新地出版社		理論批評
99	1990/4	中國古典文學研究會編	《五四文學與文化變遷》		台北：學生書局		理論批評
100	1990/4	施淑	《理想主義者的剪影》		台北：新地出版社		理論批評
101	1990/4	施淑	《理想主義者的剪影》		台北：新地出版社		理論批評
102	1990/4	施淑	〈中國社會主義文藝理論的發展（1923-32）〉	《理想主義者的剪影》	台北：新地出版社		理論批評
103	1990/4	施淑	〈中國社會主義文藝理論的發展〉	《理想主義者的剪影》	台北：新地出版社		理論批評
104	1990/4	施淑	〈歷史與現實—論路翎及其小說〉	《理想主義者的剪影》	台北：新地出版社		理論批評
105	1990/4	呂正惠	〈中國新文學傳統與現代台灣文學〉	《新地文學》1卷1期		又收於《戰後台灣文學經驗》	理論批評
106	1990/5	葉樨英	〈論大陸當代「女性文學」裡的「女性意識」〉	《大陸當代文學掃描》	台北：東大圖書股份有限公司		理論批評
107	1990/5	葉樨英	《大陸當代文學掃描》		台北：東大圖書股份有限公司		理論批評
108	1990/5	葉樨英	〈中國大陸「尋根文學」的探討〉	《大陸當代文學掃描》	台北：東大圖書股份有限公司		理論批評
109	1990/5	葉樨英	〈「傷痕文學」和「反思文學」淺探〉	《大陸當代文學掃描》	台北：東大圖書股份有限公司		理論批評
110	1990/5	葉樨英	〈由文學作品看大陸知識份子的歷史命運〉	《大陸當代文學掃描》	台北：東大圖書股份有限公司		理論批評
111	1990/5	李牧	《疏離的文學》		台北：黎明文化事業公司		理論批評
112	1990/6	張文智	〈從族類(ethnicity)的角度分析當代本土文學的「台灣意識」現象〉		清華大學社人所碩士論文	胡台麗指導	理論批評
113	1990/6	廖祺正	《三十年代台灣鄉土話文運動》		成功大學歷史語言研究所碩士論文	梁華璜指導	理論批評
114	1990/6	呂正惠	〈七、八〇年代台灣現實主義文學的道路〉	《新地文學》1卷2期		又收於《戰後台灣文學經驗》	理論批評
115	1990/7	彭瑞金	〈台灣客家文學的可能性及其以女性為主導的特質〉	《現代學術研究》3期			理論批評
116	1990/9	曾慶瑞	《中國現代文學史》學科論		台北：智燕出版社		理論批評
117	1990/9	蔡詩萍	〈八十年代台灣文學媒體與文化生態〉	八十年代台灣文學研討會	台北：時報文化出版公司		理論批評

					中國青年寫作協會		
118	1990/9	陳信元	〈八十年代大陸文學對台灣的影響〉	八十年代台灣文學研討會	台北：時報文化出版公司 中國青年寫作協會		理論批評
119	1990/9	吳潛誠	〈八十年代文學理論與實踐批評之變革〉	八十年代台灣文學研討會	台北：時報文化出版公司 中國青年寫作協會		理論批評
120	1990/9	林燿德	〈八十年代台灣都市文學〉	八十年代台灣文學研討會	台北：時報文化出版公司 中國青年寫作協會		理論批評
121	1990/10	廖炳惠	〈評呂正惠著《小說與社會》—作品裡是否有社會〉	《形式與意識型態》	台北：聯經出版事業公司	原載《台灣社會研究季刊》1卷4期	理論批評
122	1990/10	陳炳良	《中國現代文學新貌》		台北：學生書局		理論批評
123	1990/10	解志熙	《存在主義與中國現代文學》		台北：智燕出版社		理論批評
124	1990/12	孟樊、林燿德 編	《世紀末偏航》		台北：時報文化出版公司		理論批評
125	1990/12	孟樊	〈從醜的詩學到冷的詩學〉	《現代詩》復刊16期			理論批評
126	1990/12	林燿德	〈八〇年代台灣都市文學論〉	《香港文學》		又收於《重組的星空》	理論批評
127	1990/5	葉穉英	〈劉賓雁生平、作品及其思想之評述〉	《大陸當代文學掃瞄》	台北：東大出版社		作家集團
128	1990/5	葉穉英	〈「新三家屯」的王若望〉	《大陸當代文學掃瞄》	台北：東大出版社		作家集團
129	1990/6	陳明娟	《日治時期文學作品所呈現的台灣社會—賴和、楊逵、吳濁流的作品分析》	東吳大學社會學研究所碩士論文		張炎憲指導	作家集團
130	1990/11	劉春城	〈王禎和的文學生涯〉	王禎和作品研討會		文建會、聯合文學雜誌社主辦	作家集團
131	1990/12	鄭清文	〈鍾理和戰前戰後思想的探索〉	鍾理和文學研討會		高雄醫學院南杏社主辦	作家集團
132	1990/12	曾貴海	〈鍾理和對生與死的體驗〉	鍾理和文學研討會		高雄醫學院南杏社主辦	作家集團
133	1990/3	雷僑雲	〈中國兒童文學的教育性〉	《銘傳學報》27期			其他
134	1990/5	葉詠琍	《兒童成長與文學—兼論兒童文學創作原理》		台北：東大圖書公司		其他
135	1990/6	陳正治	《童話寫作研究》		台北：五南圖書出版公司		其他
136	1990/7	傅林統	《兒童文學的思想與技巧》		台北：富春文化事業股份有限公司		其他
137	1990/8	邱各容	《兒童文學史料初稿（1945—1989）》		台北：富春文化事業股份有限公司		其他
138	1990/11	蔡尚志	〈論兒童文學「淺語」的應用〉	《嘉義師院學報》4期			其他

時序進入九〇年代後,西元1990年（民國79年）是深具時代意義的。在這一年中,有關華文現代文學的研究趨勢即有下列幾點是頗貼合其時間意涵的。茲即分項勾勒出這年的研究特色如下:

一、在符合學術性的文學研究論述上,西元1990年（民國79年）的成果計有專書（含學位論文)31本、論文105篇,茲依文類列表如下:

	專書（含學位論文）	論文
小說	5(+5)	36
新詩	0	36
散文	0	2
戲劇	2	1
其他文類	4	2
文學批評（含理論）與文學史	12(+2)	23
作家及其集團	0(+1)	5
合計	23(+8)	105

就數量上來看,這年的華文現代文學研究在各領域間呈現出頗大的差距,亦即「小說」、「新詩」、「文學批評（含理論）與文學史」三者,在被研究的數量上以相當大的比例超出了「散文」、「戲劇」、「作家及其集團」、「其他文類」等方面。這也明確凸顯了近年來的文學研究對各文類不均衡的關注程度,尤其是散文、戲劇兩個一向被拿來與小說、新詩相提並論的項目,更是在近幾年裡以幾近於薄弱的成績表現著,或許游喚所著的〈現代散文研究的問題及其解決途徑〉一文,即或多或少說明了這種研究趨向的境況。

如果再深入觀察,我們可以發現「新詩」在這年中,雖然出現了36筆資料,但是其中有絕大部份（26筆）是出自於《台灣新世代詩人大系（上、下）》一書,因此,或可謂這年的新詩研究是以詩人專論為其大要。

二、在研究者方面,這一年的現代文學研究者重複出現的比例頗高,而且其成績在1本專書以上的即有30位,2本專書以上的2位。其中,葉石濤即以2本專書:《台灣文學的悲情》、《走向台灣文學》與2篇論文:〈論鍾理和的「故鄉」運作〉、〈接續祖國臍帶之後—從四〇年代台灣文學來看「中國意識」和「台灣意識」的消長〉,成為在這年近70位的研究者中成果相當突出的一位。尤其令人印象深刻的是,葉石濤同時也是包括西元1990年(民國79年)在內的、在近幾年中最常被討論的作家之一,譬如在這年出現的2筆以他為研究對象的論文中,即有一筆由成功大學歷史語言所余昭玟所撰寫的碩士論文:《葉石濤及其小說研究》(吳達芸指導),足見其不論在文學創作或研究論述上均有不容輕略的地位。此外,同時兼擅創作與研究的尚有:(一)林燿德,他不僅與鄭明娳等人共同策劃、主辦有計劃性的、一系列的主題研討會,在個人的學術研究上,亦與其創作一樣,兼跨了新詩、小說、文學批評(含理論)與文學史等多方領域,且都有不小的斬獲,可謂是一位相當積極的新生代文學評論者(與創作者)。(二)簡政珍在新詩領域上,創作與論述均擅長,亦與葉石濤、林燿德一樣展現了多面才能。

純就批評而言,游喚跨越新詩與散文;鄭明娳穿梭在新詩、散文與小說間;葉櫺英、呂正惠、陳思和、彭瑞金等人或作專人專論,或從事批評理論與文學史的建構,也都展現了多方面的觀照能力。

三、在激發當代華文現代文學研究的動力上,這年所舉辦的4場學術研討會,有綜議式的,亦有以特定作家為討論主題的,其名稱與主辦單位分別為:

	研討會名稱	主辦單位
6 月	第二屆當代中國文學國際會議	清華大學中研中語系、新地出版社
9 月	八〇年代台灣文學研討會	中國青年寫作協會、時報文化公司
11 月	王禎和作品研討會	文建會、聯合文學出版社
12 月	鍾理和文學研討會	高雄醫學院南杏社

　　我們從上列的主辦單位上可以發現，出版社與雜誌社在當代華文現代文學研究的推動上，並不僅止於扮演著被動的出版與刊登相關的論述文章而已；他們亦常積極主動的籌辦學術會議，進而結合兩者作有計劃性的推展工作。這也可以說是近幾年來一個頗為普遍，而且有其實際成效的方式。

　　四、綜觀西元1990年（民國79年）的資料，在研究對象上有幾個現象是值得提出的。首先，西元1990年（民國79年）在時間線性上代表了一個新階段的開始，因此，在其前的八○年代現代文學發展狀況的瞻顧與盤整，便成為這年一項重要的研究趨向，而這一點已很直接的反應在「八○年代台灣文學研討會」的舉辦上。會中不僅對於八○年代的新詩、散文、小說等文類有或統觀或專精的評論研究；另外在文學批評（含理論）與文學史方面，尤其針對台灣地區文學媒體生態、大陸地區對台灣現代文學的影響等，也均有甚具時代意義的分析。

　　與上述相呼應的，則是對於所謂「新世代」文學的關注。例如佔這年新詩研究數量大宗的《台灣新世代詩人大系（上、下）》一書，即是鎖定陳黎、楊澤、夏宇等二十幾位新一代詩人加以專文討論；而孟樊對於「後現代詩人」、陳思和對於「新世代小說家」、林燿德對於「新人類文學與文學新文類」的提出等，也都在致力探討正在文壇初露頭角或益趨成熟的新生代作家的特色與貢獻。只是若我們更深入尋繹，則可以發現：不同文類在「新世代」的定義上並不盡相同，亦即他們所指涉的作家群在出生年代的斷限上容有差異。

　　以文類做為觀察的基點，回顧西元1988年（民國77年）的嚴解到西元1990年（民國79年）間的研究趨勢，我們可以察覺到一個頗符合普遍印象的情況，即是在對於大陸地區現代文學的研究，新詩與小說等文類在西元1988年（民國77年）、西元1989年（民國78年）兩年較有蓬勃的發展，而到了西元1990年（民國79年）則稍稍持平，甚至呈現凝滯的狀態；然而，在文學批評（含理論）與文學史方面，則有關大陸文學的討論要遲到西元1990年（民國79年）才走到最為昌盛的階段。如兩本逕以大陸文學為題的專書：《大陸文學論衡》與《大陸當代文學掃描》，即都是對於大陸地區的文藝政策與「傷痕」、「尋根」等文學思潮作出全面性的省察。

這種現象或可詮解爲，文學批評的統整與文學史的建構，往往要比對作家與作品的實際評論要來得遲緩，它往往需要一段較長時間的沉積才能完成。

再就學位論文來看，在這年所提出的8本碩士論文中，有4本是出自成功大學歷史語言所，另外，輔仁大學德研所、東吳大學社會所、清華大學社人所都各有1本，而只有1本是出自於直接相關系所的東吳大學中文所。同時，在這些研究出發點兼跨多領域的成果中，顯然以文學與社會學、文學與台灣現實環境的相互聯繫爲最受關注的焦點，這似乎彰顯了台灣「華文現代文學」（與其研究）與現實社會環境間有不可分割的緊密關係。除此之外，鄉土色彩鮮明的作家，如賴和、楊逵、葉石濤等，也是這年的學位論文中是較受矚目的研究對象群；而兩本綜論性質的論文：《從族類（ethnicity）的角度分析當代本土文學的「台灣意識」現象》與《三十年代台灣鄉土話文運動》，同樣也都是以本土文化爲出發點，或以其爲討論的核心。

第十一章　1991 年的特色

　　台灣地區在西元1991年（民國80年）內，有關當代文學的研究論文與專著，其目錄如下：

編號	日期	作者	專著・論文	出處	出版者	備註	種類
1	1991/1	賴松輝	《李喬「寒夜三部曲」研究》		成功大學歷史語言所碩士論文	呂興昌指導	小說
2	1991/2	黃維樑	〈文化的吃—錢鍾書《圍城》中的一頓飯〉	《中外文學》19卷9期			小說
3	1991/2	張子樟	《走出傷痕—大陸新時期小說探論》		台北：三民書局		小說
4	1991/2	吳燕娜	〈《浮生六記》與《幹校六記》敘述風格之比較〉	《中外文學》19卷9期			小說
5	1991/2	鄭恆雄	〈論王禎和《美人圖》的意圖和文學效果〉	《中外文學》19卷9期			小說
6	1991/3	彭小妍	〈沈從文的鳥托邦世界：苗族故事及鄉土故事研究〉	《中國文哲研究集刊》1期	中央研究院中國文哲研究所籌備處		小說
7	1991/6	呂正惠	〈王安憶小說中的女性意識〉	第二屆當代大陸文學研討會	文訊雜誌社	又收於《文訊雜誌》編《苦難與超越—當前大陸文學二輯》	小說
8	1991/6	林明德	〈梁啓超與晚清小說界革命〉	《輔仁學誌》20期			小說
9	1991/6	魏美玲	《張恨水小說研究》		文化大學中文所碩士論文	王三慶指導	小說
10	1991/6	蔡淑娟	《張愛玲小說的諷刺藝術》		文化大學中文所碩士論文	金榮華指導	小說
11	1991/6	吳燕娜	〈辯証和想像—《男人的一半是女人》中蓄意的矛盾〉	《中外文學》20卷1期			小說
12	1991/6	許俊雅	《日據時期台灣小說研究》		師範大學國文所博士論文	李鍌、陳萬益指導 又由台北：文史哲出版社出版（1994年12月）	小說
13	1991/6	盧正珩	張愛玲小說的時代感研究		師範大學國文所碩士論文	楊昌年指導	小說

14	1991/6	林燿德	〈台灣新世代小說家〉	《重組的星空》	台北：業強出版社		小說
15	1991/6	林燿德	〈現實與意識之間的疊影－初窺一九八〇年代以前王禎和小說創作〉	《重組的星空》	台北：業強出版社		小說
16	1991/6	張郁琦	《龍瑛宗文學之研究》		文化大學日研所碩士論文	蔡華山指導	小說
17	1991/6	張子樟	〈殘酷：新時期小說中的一個主題〉	第二屆當代大陸文學研討會	文訊雜誌社	又收於《文訊雜誌》編《苦難與超越－當前大陸文學二輯》	小說
18	1991/6	林燿德	〈慾愛無岸－談當代兩岸小說中的愛情〉	《重組的星空》	台北：業強出版社		小說
19	1991/8	星名宏修	〈日據時代的台灣小說－關於皇民文學〉	二十世紀中國文學研討會	中國古典文學研究會師範大學		小說
20	1991/8	盧瑋鑾	〈蕭紅「呼蘭河傳」的另一種讀法〉	二十世紀中國文學研討會	中國古典文學研究會師範大學		小說
21	1991/8	黎活仁	〈錢鍾書「上帝的夢」的分析〉	二十世紀中國文學研討會	中國古典文學研究會師範大學		小說
22	1991/8	張素貞	〈沈從文小說中的黑暗面〉	二十世紀中國文學研討會	中國古典文學研究會師範大學		小說
23	1991/8	蔣英豪	〈成也蕭何、敗也蕭何－論吳趼人「恨海」與梁啓超的小說觀〉	二十世紀中國文學研討會	中國古典文學研究會師範大學		小說
24	1991/9	王德威	〈現代中國小說研究在西方－新方向、新方法的探索〉	《中國文哲研究通訊》1卷3期	中央研究院中國文哲研究所籌備處	演講記錄	小說
25	1991/9	王德威	《閱讀當代小說》		台北：遠流出版社		小說
26	1991/10	蔡詩萍	〈小說族與都市浪漫小說〉	當代台灣通俗文學研討會	台北：時報文化出版公司 中國青年寫作協會		小說
27	1991/10	齊隆壬	〈一九六三～一九七九瓊瑤小說中的性別與歷史〉	當代台灣通俗文學研討會	台北：時報文化出版公司 中國青年寫作協會		小說
28	1991/10	陳思和	〈可讀性與創意－試論台灣當代科幻與通俗文類的關係〉	當代台灣通俗文學研討會	台北：時報文化出版公司 中國青年寫作協會		小說
29	1991/10	葉洪生	〈當代台灣武俠小說的成人童話世界〉	當代台灣通俗文學研討會	台北：時報文化出版公司 中國青年寫作協會		小說
30	1991/10	錢虹	〈三毛的「故事」：閱讀的誤區－兼談讀者對三毛及其作品的接受反應〉	當代台灣通俗文學研討會	台北：時報文化出版公司 中國青年寫作協會		小說
31	1991/10	王溢嘉	〈論司馬中原的靈異小說〉	當代台灣通俗文學研討會	台北：時報文化出版公司 中國青年寫作協會		小說

32	1991/10	林佛兒	〈當代台灣推理小說之發展〉	當代台灣通俗文學研討會	台北：時報文化出版公司 中國青年寫作協會		小説
33	1991/10	顧曉鳴	〈瓊瑤小說的社會意義〉	當代台灣通俗文學研討會	台北：時報文化出版公司 中國青年寫作協會		小説
34	1991/10	黃子平	〈千古艱難唯一死—讀幾部寫老舍、傅雷之死的小説〉	《倖存者的文學》	台北：遠流出版社		小説
35	1991/10	黃子平	〈我讀《綠化樹》〉	《倖存者的文學》	台北：遠流出版社		小説
36	1991/10	黃子平	〈星光，從黑暗和血泊中升起—讀北島小説《波動》隨想錄〉	《倖存者的文學》	台北：遠流出版社		小説
37	1991/10	黃子平	〈語言洪水中的壩與碑—重讀中篇小説《小鮑莊》〉	《倖存者的文學》	台北：遠流出版社		小説
38	1991/10	黃子平	〈小説：「尋根」與「實驗」〉	《倖存者的文學》	台北：遠流出版社		小説
39	1991/10	黃子平	〈筆記人間—李慶西小説漫論〉	《倖存者的文學》	台北：遠流出版社		小説
40	1991/10	黃子平	〈論中國當代短篇小説的藝術發展〉	《倖存者的文學》	台北：遠流出版社		小説
41	1991/10	黃子平	〈小説與新聞：「眞實」向話語的轉換〉	《倖存者的文學》	台北：遠流出版社		小説
42	1991/10	黃子平	〈「革命歷史小説」：時間與敍述〉	《倖存者的文學》	台北：遠流出版社		小説
43	1991/11	何冠驥	〈浪漫的反烏托邦式的「成長小説」—論張賢亮《綠化樹》與《男人的一半是女人》〉	《中外文學》20卷6期			小説
44	1991/12	馬森	〈嘗試爲台灣小説定位〉	當前小説發展研討會	中國文藝協會		小説
45	1991/12	何寄澎	〈鄉土與女性—蕭虹筆下永遠的關懷〉	當前小説發展研討會	中國文藝協會	又刊於《中外文學》21卷3期	小説
46	1991/12	呂正惠	〈不由自主的小説家—論朱天心的四篇「政治小説」〉	當前小説發展研討會	中國文藝協會		小説
47	1991/12	季季	〈無涯的長路：論葉石濤的創作困境並簡析其小説特質〉	當前小説發展研討會	中國文藝協會		小説
48	1991/12	陳炳良	〈養龍人和大青馬——個心理與文化的比較分析〉	《中外文學》20卷7期			小説
49	1991/12	邱貴芬	〈當代台灣女性小説裡的孤女現象〉	《文學台灣》1期			小説
50	1991/6	李歐學	〈老舍倫敦書簡及其他〉	《中西文學因緣》	台北：聯經出版社	另收於《當代》20期（1987年12月）	散文
51	1991/6	陳信元	〈文革後的大陸散文〉	第二屆當代大陸文學	台北：文訊雜誌社		散文

				研討會			
52	1991/6	何寄澎	〈永遠的搜索者—論楊牧散文的求變與求新〉	《台大中文學報》4期			散文
53	1991/8	鄭明娳	〈台灣的散文研究〉	二十世紀中國文學研討會	中國古典文學研究會 台灣師範大學		散文
54	1991/8	黃坤堯	〈余光中詩文集的序跋〉	二十世紀中國文學研討會	中國古典文學研究會 台灣師範大學		散文
55	1991/12	鄭明娳	〈當代台灣女作家散文中的父親形象〉	當前新詩、散文發展研討會	中國文藝協會		散文
56	1991/12	陳信元	〈「文革」後的大陸散文〉	文訊雜誌社主編《苦難與超越—當前大陸文學二輯》	台北：文訊雜誌社		散文
57	1991/12	張曼娟	〈民國七八—八〇年暢銷散文析論〉	當前新詩、散文發展研討會	中國文藝協會		散文
58	1991/1	余翠如	《楊喚其人及其詩研究》		台灣師範大學國文研究所	王熙元指導	新詩
59	1991/1	李勇吉	《中國新詩論史》		台中縣立文化中心		新詩
60	1991/1	林燿德	《羅門論》		台北：師大書苑		新詩
61	1991/2	周偉民 唐玲玲	《日月的雙軌—羅門、蓉子創作世界評介》		台北：文史哲出版社		新詩
62	1991/4	潘亞墩	〈探茹者的足跡—洛夫詩集《愛的辯證》賞析〉	蕭蕭編《詩魔的蛻變—洛夫作品評論選集》	台北：詩之華出版社		新詩
63	1991/4	張春榮	〈姜夔《念奴嬌》與洛夫《眾荷喧嘩》的比較〉	蕭蕭編《詩魔的蛻變—洛夫作品評論選集》	台北：詩之華出版社		新詩
64	1991/4	李英豪	〈論《石室之死亡》〉	蕭蕭編《詩魔的蛻變—洛夫作品評論選集》	台北：詩之華出版社		新詩
65	1991/4	龍彼德	〈大風起於深潭—論洛夫的詩歌藝術〉	蕭蕭編《詩魔的蛻變—洛夫作品評論選集》	台北：詩之華出版社		新詩
66	1991/4	蕭蕭	〈那麼寂靜的鼓聲—《靈河》時期的洛夫〉	蕭蕭編《詩魔的蛻變—洛夫作品評論選集》	台北：詩之華出版社		新詩
67	1991/4	張春榮	〈洛夫詩中的色調：黑與白〉	蕭蕭編《詩魔的蛻變—洛夫作品評論選集》	台北：詩之華出版社		新詩
68	1991/4	崔滔焜	〈論《石室之死亡》詩的思想〉	蕭蕭編《詩魔的蛻變—洛夫作品評論選集》	台北：詩之華出版社		新詩
69	1991/4	許悔之	〈石室內的賦格—初探《石室之死亡》兼論洛夫的黑色時期〉	蕭蕭編《詩魔的蛻變—洛夫作品評論選集》	台北：詩之華出版社		新詩

70	1991/4	蕭　蕭	〈商略黃昏雨―初論《無岸之河》〉	蕭蕭編《詩魔的蛻變―洛夫作品評論選集》	台北：詩之華出版社		新詩
71	1991/4	李瑞騰	〈試探洛夫詩中的古典詩〉	蕭蕭編《詩魔的蛻變―洛夫作品評論選集》	台北：詩之華出版社		新詩
72	1991/4	劉　菲	〈洛夫的《長恨歌》與幾首古詩的比較〉	蕭蕭編《詩魔的蛻變―洛夫作品評論選集》	台北：詩之華出版社		新詩
73	1991/4	王　灝	〈變貌―洛夫詩情初探〉	蕭蕭編《詩魔的蛻變―洛夫作品評論選集》	台北：詩之華出版社		新詩
74	1991/4	翁光宇	〈《舞者》小評〉	蕭蕭編《詩魔的蛻變―洛夫作品評論選集》	台北：詩之華出版社		新詩
75	1991/4	李元洛	〈想的也妙，寫的也妙―讀洛夫的與《與李賀共飲》〉	蕭蕭編《詩魔的蛻變―洛夫作品評論選集》	台北：詩之華出版社		新詩
76	1991/4	張　默	〈我那黃銅色的皮膚―略談洛夫的《時間之傷》〉	蕭蕭編《詩魔的蛻變―洛夫作品評論選集》	台北：詩之華出版社		新詩
77	1991/4	掌　杉	〈綜論洛夫的《長恨歌》〉	蕭蕭編《詩魔的蛻變―洛夫作品評論選集》	台北：詩之華出版社		新詩
78	1991/4	任洪淵	〈洛夫的詩與現代創世紀的悲劇〉	蕭蕭編《詩魔的蛻變―洛夫作品評論選集》	台北：詩之華出版社		新詩
79	1991/4	李元洛	〈中西詩美的聯姻〉	蕭蕭編《詩魔的蛻變―洛夫作品評論選集》	台北：詩之華出版社		新詩
80	1991/4	張漢良	〈論洛夫後期風格的演變〉	蕭蕭編《詩魔的蛻變―洛夫作品評論選集》	台北：詩之華出版社		新詩
81	1991/4	余光中	〈用傷口唱歌的詩人〉	蕭蕭編《詩魔的蛻變―洛夫作品評論選集》	台北：詩之華出版社		新詩
82	1991/4	簡政珍	〈洛夫作品的意象世界〉	蕭蕭編《詩魔的蛻變―洛夫作品評論選集》	台北：詩之華出版社		新詩
83	1991/4	葉維廉	〈洛夫論〉	蕭蕭編《詩魔的蛻變―洛夫作品評論選集》	台北：詩之華出版社		新詩
84	1991/4	楊光治	〈奇異、鮮活、準確―淺論洛夫的詩歌語言〉	蕭蕭編《詩魔的蛻變―洛夫作品評論選集》	台北：詩之華出版社		新詩
85	1991/6	李正西	〈不滅的紗燈―梁實秋詩歌創作論〉		台北：貫雅文化公司		新詩

86	1991/6	趙天儀	〈新舊詩論爭的重點及其意義〉	現代詩研討會	南投縣立文化中心、中國文藝協會、笠詩刊		新詩
87	1991/6	陳明台	〈新詩精神的提倡與實踐〉	現代詩研討會	南投縣立文化中心、中國文藝協會、笠詩刊		新詩
88	1991/6	向　陽	〈從泥土中翻醒的聲音(新詩)〉	現代詩研討會	南投縣立文化中心、中國文藝協會、笠詩刊		新詩
89	1991/6	林亨泰	〈現代派運動的實質及影響〉	現代詩研討會	南投縣立文化中心、中國文藝協會、笠詩刊		新詩
90	1991/6	李敏勇	〈戰後詩的惡地形〉	現代詩研討會	南投縣立文化中心、中國文藝協會、笠詩刊		新詩
91	1991/6	陳千武	〈台灣新文學新詩的發軔〉	現代詩研討會	南投縣立文化中心、中國文藝協會、笠詩刊		新詩
92	1991/6	羊子喬	〈戰前台灣新詩的特性〉	現代詩研討會	南投縣立文化中心、中國文藝協會、笠詩刊		新詩
93	1991/6	陳玉玲	〈現代與現實融合的笠新詩精神活動及其影響〉	現代詩研討會	南投縣立文化中心、中國文藝協會、笠詩刊		新詩
94	1991/8	游　喚	〈台灣新世代詩學批判〉	二十世紀中國文學研討會	中國古典文學研究會台灣師範大學		新詩
95	1991/8	張大春	〈台灣的大眾詩學〉	當代台灣通俗文學研討會	台北：時報文化出版公司 中國青年寫作協會		新詩
96	1991/8	松浦恆雄	〈關於廢名的詩〉	二十世紀中國文學研討會	中國古典文學研究會台灣師範大學		新詩
97	1991/9	簡政珍	〈論朱湘的詩〉	《詩的瞬間狂喜》	台北：時報文化出版公司		新詩
98	1991/9	簡政珍	〈由這一代的詩論詩的本體〉	《詩的瞬間狂喜》	台北：時報文化出版公司		新詩
99	1991/9	簡政珍	〈詩和蒙太奇〉	《詩的瞬間狂喜》	台北：時報文化出版公司		新詩
100	1991/9	簡政珍	〈洛夫作品的意象世界〉	《詩的瞬間狂喜》	台北：時報文化出版公司		新詩
101	1991/11	簡政珍	〈放逐詩學－台灣放逐文學初探〉	《中外文學》20卷6期			新詩
102	1991/12	羅　青	〈羅門的「流浪人」〉	《門羅天下－當代名家論羅門》	台北：文史哲出版社		新詩
103	1991/12	張漢良	〈分析羅門的一首都市詩〉	《門羅天下－當代名家論羅門》	台北：文史哲出版社		新詩
104	1991/12	林文義	〈文字的藝術家〉	《門羅天下－當代名家論羅門》	台北：文史哲出版社		新詩
105	1991/12	張　健	〈評三首「麥堅利堡」〉	《門羅天下－當代名家論羅門》	台北：文史哲出版社		新詩
106	1991/12	張　健	〈評羅門的「都市之死」〉	《門羅天下－當代名家論羅門》	台北：文史哲出版社		新詩
107	1991/12	陳瑞山	〈意象層次剖析法－試解羅門的超現實詩之謎〉	《門羅天下－當代名家論羅門》	台北：文史哲出版社		新詩

108	1991/12	蕭 蕭	〈論羅門的意象世界〉	《門羅天下—當代名家論羅門》	台北：文史哲出版社		新詩
109	1991/12	林燿德	〈世界的心靈彰顯—羅門的時空與主題初探〉	《門羅天下—當代名家論羅門》	台北：文史哲出版社		新詩
110	1991/12	鄭明娳	〈比日月走的更遠〉	《門羅天下—當代名家論羅門》	台北：文史哲出版社		新詩
111	1991/12	古添洪	〈胡適白話詩運動——個影響研究的案例〉	陳鵬祥、張靜二編《從影響研究到中國文學》	台北：書林出版社		新詩
112	1991/12	蔡源煌	〈從顯型到原始基型—論羅門的詩〉	《門羅天下—當代名家論羅門》	台北：文史哲出版社		新詩
113	1991/12	蔡源煌	〈捕捉光的行蹤—《門羅天下—當代名家論羅門》代序〉	《門羅天下—當代名家論羅門》	台北：文史哲出版社		新詩
114	1991/12	簡政珍	〈詩的哲學內涵〉	當前新詩、散文發展研討會	中國文藝協會		新詩
115	1991/12	李豐楙	〈民國六十年前後新詩社的興起及其意義—兼談相關的一些現代評論〉	陳鵬祥、張靜二編《從影響研究到中國文學》	台北：書林出版社		新詩
116	1991/12	丁善雄	〈美國投射與中國現代詩〉	陳鵬祥、張靜二編《從影響研究到中國文學》	台北：書林出版社		新詩
117	1991/12	林燿德	〈火焚乾坤獵—讀羅門的時空奏鳴曲〉	《門羅天下—當代名家論羅門》	台北：文史哲出版社		新詩
118	1991/12	王振科	〈超越與回歸：從心靈到現實—對羅門都市詩的再認識〉	《門羅天下—當代名家論羅門》	台北：文史哲出版社		新詩
119	1991/12	陳 煌	〈「曠野」的演出〉	《門羅天下—當代名家論羅門》	台北：文史哲出版社		新詩
120	1991/12	李瑞騰	〈「曠野」精神〉	《門羅天下—當代名家論羅門》	台北：文史哲出版社		新詩
121	1991/12	蕭 蕭	〈尋找「人」的位置〉	《門羅天下—當代名家論羅門》	台北：文史哲出版社		新詩
122	1991/12	陳寧貴	〈向精神困境突圍〉	《門羅天下—當代名家論羅門》	台北：文史哲出版社		新詩
123	1991/12	林 野	〈回顧茫茫的「曠野」〉	《門羅天下—當代名家論羅門》	台北：文史哲出版社		新詩
124	1991/12	張雪映	〈透過美感—談羅門的悲劇感〉	《門羅天下—當代名家論羅門》	台北：文史哲出版社		新詩
125	1991/12	洛 楓	〈羅門的悲劇意識〉	《門羅天下—當代名家論羅門》	台北：文史哲出版社		新詩
126	1991/12	翁光宇	〈羅門的「流浪人」〉	《門羅天下—當代名家論羅門》	台北：文史哲出版社		新詩
127	1991/12	和 權	〈迷人的光輝〉	《門羅天下—當代名家論羅門》	台北：文史哲出版社		新詩

128	1991/12	蕭 蕭	〈略論現代詩人自我生命鑑照與顯影〉	當前新詩、散文發展研討會	中國文藝協會		新詩
129	1991/12	李 弦	〈評介「曠野」〉	《門羅天下—當代名家論羅門》	台北：文史哲出版社		新詩
130	1991/12	潘亞暾	〈向心靈世界掘進〉	《門羅天下—當代名家論羅門》	台北：文史哲出版社		新詩
131	1991/12	古繼堂	〈靜聽那心底的旋律〉	《門羅天下—當代名家論羅門》	台北：文史哲出版社		新詩
132	1991/12	王春煜	〈美的求索者〉	《門羅天下—當代名家論羅門》	台北：文史哲出版社		新詩
133	1991/12	汪 智	〈飛成一幅幅的風景—羅門詩歌生命主題論析〉	《門羅天下—當代名家論羅門》	台北：文史哲出版社		新詩
134	1991/12	古遠清	〈都市人深重孤寂感的生動展示—羅門三首詩賞析〉	《門羅天下—當代名家論羅門》	台北：文史哲出版社		新詩
135	1991/12	古遠清	〈刻畫都市人生的聖手羅門詩作賞析〉	《門羅天下—當代名家論羅門》	台北：文史哲出版社		新詩
136	1991/12	周 燦	〈詩人競技〉	《門羅天下—當代名家論羅門》	台北：文史哲出版社		新詩
137	1991/12	鹿 翎	〈二十世紀末的東方騎士〉	《門羅天下—當代名家論羅門》	台北：文史哲出版社		新詩
138	1991/12	紀少雄	〈山海浪與風雲鳥的對話〉	《門羅天下—當代名家論羅門》	台北：文史哲出版社		新詩
139	1991/12	俞兆平	〈歷史的悖論悲劇的趨升—「麥堅利論」〉	《門羅天下—當代名家論羅門》	台北：文史哲出版社		新詩
140	1991/12	丁 平	〈細聽羅門的「歲月的琴聲」〉	《門羅天下—當代名家論羅門》	台北：文史哲出版社		新詩
141	1991/12	徐望雲	〈與時間決戰：台灣新詩刊四十年奮鬥述路〉	《帶詩翹課去—詩學初步》	台北：三民書局		新詩
142	1991/12	葉立誠	〈以美學建築藝術殿堂的詩人〉	《門羅天下—當代名家論羅門》	台北：文史哲出版社		新詩
143	1991/12	劉龍勳	〈羅門詩兩首賞析〉	《門羅天下—當代名家論羅門》	台北：文史哲出版社		新詩
144	1991/12	陳寧貴	〈現代詩的新視野—羅門「麥當勞午餐時間」〉	《門羅天下—當代名家論羅門》	台北：文史哲出版社		新詩
145	1991/12	陳寧貴	〈爬這座大山—讀羅門的「週末旅途事件」〉	《門羅天下—當代名家論羅門》	台北：文史哲出版社		新詩
146	1991/12	陳寧貴	〈讀羅門的「窗」與「傘」〉	《門羅天下—當代名家論羅門》	台北：文史哲出版社		新詩
147	1991/12	陳 煌	〈戰爭之路—談羅門詩中的戰爭表現〉	《門羅天下—當代名家論羅門》	台北：文史哲出版社		新詩
148	1991/12	陳 煌	〈城市詩國的發言人—讀「羅門詩選」〉	《門羅天下—當代名家論羅門》	台北：文史哲出版社		新詩
149	1991/12	陳寧貴	〈羅門如何觀海〉	《門羅天下—當代名家論羅門》	台北：文史哲出版社		新詩

150	1991/12	陳寧貴	〈「曠野」中的羅門〉	《門羅天下—當代名家論羅門》	台北：文史哲出版社		新詩
151	1991/12	陳寧貴	〈月湧大江流—評介「羅門詩選」〉	《門羅天下—當代名家論羅門》	台北：文史哲出版社		新詩
152	1991/12	和　權	〈試論羅門的「週末旅途事件」〉	《門羅天下—當代名家論羅門》	台北：文史哲出版社		新詩
153	1991/12	陳慧樺	〈談羅門的三首詩〉	《門羅天下—當代名家論羅門》	台北：文史哲出版社		新詩
154	1991/12	陳寧貴	〈評余光中羅門的「漂水花」〉	《門羅天下—當代名家論羅門》	台北：文史哲出版社		新詩
155	1991/12	賀少陽	〈羅門詩的哲思〉	《門羅天下—當代名家論羅門》	台北：文史哲出版社		新詩
156	1991/12	林興華	〈向現代人內心世界探索的詩人—羅門〉	《門羅天下—當代名家論羅門》	台北：文史哲出版社		新詩
157	1991/12	周伯乃	〈錢，並非盆景—試論羅門的精神面貌及其創作動向〉	《門羅天下—當代名家論羅門》	台北：文史哲出版社		新詩
158	1991/12	周伯乃	〈論詩的境界〉	《門羅天下—當代名家論羅門》	台北：文史哲出版社		新詩
159	1991/12	呂錦堂	〈詩的三重奏—評介羅門的詩〉	《門羅天下—當代名家論羅門》	台北：文史哲出版社		新詩
160	1991/12	張　默	〈羅門及其「都市之死」〉	《門羅天下—當代名家論羅門》	台北：文史哲出版社		新詩
161	1991/12	苦　苓	〈羅門的「彈片・TRON的斷腿」〉	《門羅天下—當代名家論羅門》	台北：文史哲出版社		新詩
162	1991/12	方　明	〈超時空的呼喚—讀羅門的詩集「曠野」有感〉	《門羅天下—當代名家論羅門》	台北：文史哲出版社		新詩
163	1991/12	季　紅	〈詩人羅門—他的詩觀、表現觀與他的語言〉	《門羅天下—當代名家論羅門》	台北：文史哲出版社		新詩
164	1991/12	呂興昌	〈桓夫生平及其日據時期新詩研究〉	《文學台灣》1期			新詩
165	1991/4	馬　森	《當代戲劇》		台北：時報文化出版公司		戲劇
166	1991/7	馬　森	《中國現代戲劇的兩度西潮》		台南：文化生活新知出版社		戲劇
167	1991/8	馬　森	〈中國現代舞臺上的悲劇典範—曹禺的「雷雨」〉	二十世紀中國文學研討會	中國古典文學研究會、師範大學		戲劇
168	1991/1	陳思和	《筆走龍蛇》		台北：業強出版社		理論批評
169	1991/1	陳思和	〈「五四」與當代—對一種學術萎縮現象的斷想〉	《筆走龍蛇》	台北：業強出版社		理論批評
170	1991/1	陳思和	〈啟蒙與純美—中國新文學的兩種文學觀念〉	《筆走龍蛇》	台北：業強出版社		理論批評
171	1991/1	陳思和	〈當代文學中的文化尋根意識〉	《筆走龍蛇》	台北：業強出版社		理論批評
172	1991/1	陳思和	〈當代文學中的現代戰鬥	《筆走龍蛇》	台北：業強出版社		理論批評

			意識》				
173	1991/3	彭瑞金	《台灣新文學運動四十年》		台北：自立晚報文化出版部		理論批評
174	1991/3	林燿德	〈當代大陸文學中的女性意識—以五〇年代出生的女作家爲例〉	《中國論壇》31卷6期		又收於《重組的星空》	理論批評
175	1991/4	黎活仁	〈盧卡契對中國文學的影響〉	文學與美學研討會	淡江大學	又收於《盧卡契對中國文學的影響》	理論批評
176	1991/4	葉樨英	《中國大陸「尋根文學」（1983-86）之研究—傳統文化之失落與復歸》				理論批評
177	1991/5	李敏勇	〈檢視戰後文學的歷程與軌跡〉	《現代學術研究》4期			理論批評
178	1991/5	張錦忠	〈馬華文學：離心與隱匿的書寫人〉	《中外文學》19卷12期			理論批評
179	1991/5	高天生	〈多元社會的豐饒與貧瘠—八十年代台灣文學脈動和發展芻論〉	《現代學術研究》4期			理論批評
180	1991/5	彭瑞金	〈肅殺政治氣候中燃亮的台灣文學香火—戰後二十年間影響台灣文學發展的主要因素探討〉	《現代學術研究》4期			理論批評
181	1991/5	李瑞騰	《台灣文學風貌》		台北：三民書局		理論批評
182	1991/5	陳芳明	〈七〇年代台灣文學史導論—一個史觀的開展〉	《現代學術研究》4期			理論批評
183	1991/6	周玉山	〈大陸文學作品中的政治〉	第二屆當代大陸文學研討會	台北：文訊雜誌社		理論批評
184	1991/6	游勝冠	《台灣文學本土論的興起與發展》		東吳大學中研所碩士論文	呂正惠指導	理論批評
185	1991/6	洪鵬程	《戰前台灣文學所反映的農業社會》		文化大學中研所碩士論文	李瑞騰指導	理論批評
186	1991/6	黃德偉	〈兩年來中國大陸文學的變貌〉	第二屆當代大陸文學研討會	台北：文訊雜誌社	又收於《苦難與超越—當前大陸文學二輯》	理論批評
187	1991/6	林燿德	《重組的星空—林燿德評論選》		台北：業強出版社		理論批評
188	1991/6	李奭學	《中西文學因緣》		台北：聯經出版公司		理論批評
189	1991/6	李奭學	〈台灣比較文學與西方理論〉	《中西文學因緣》	台北：聯經出版公司	原刊於《當代》29期（1988年9月）	理論批評
190	1991/6	李奭學	〈托爾斯泰與中國左翼文人〉	《中西文學因緣》	台北：聯經出版公司	原刊於《當代》37期（1989年5月）	理論批評
191	1991/6	李奭學	〈從啓示文學到中國左翼文人—中國文人眼中的蕭伯納〉	《中西文學因緣》	台北：聯經出版公司	原刊於《當代》37期（1989年5月）	理論批評
192	1991/8	龔鵬程	〈「二十世紀中國文學」	二十世紀中國文學研	中國古典文學研究會、		理論批評

			概念之解析〉	討會	台灣師範大學		
193	1991/8	太田進	〈淪陷期上海的文學─特別是關於陶晶孫〉	二十世紀中國文學研討會	中國古典文學研究會、台灣師範大學		理論批評
194	1991/8	游勝冠	〈日據時代台灣新文學本土論的建構〉	二十世紀中國文學研討會	中國古典文學研究會、台灣師範大學		理論批評
195	1991/8	下村作次郎	〈台灣文學研究在日本〉	二十世紀中國文學研討會	中國古典文學研究會、台灣師範大學		理論批評
196	1991/8	孟 樊	〈台灣的新批評詩學〉	《現代詩》副刊17期			理論批評
197	1991/9	徐 訏	《現代中國文學過眼錄》		台北：時報文化出版公司		理論批評
198	1991/10	林燿德	〈「鳥瞰」文學副刊〉	當代台灣通俗文學研討會	台北：時報文化出版公司 中國青年寫作協會		理論批評
199	1991/10	黃子平	《倖存者的文學》		台北：遠流出版公司		理論批評
200	1991/10	鄭明娳	〈通俗文學與純文學〉	當代台灣通俗文學研討會	台北：時報文化出版公司 中國青年寫作協會		理論批評
201	1991/11	周玉明	《大陸當代文學界》		台北：博遠出版社		理論批評
202	1991/12	周玉山	〈大陸文學作品中政治的顯與隱〉	《苦難與超越─當前大陸文學二輯》	台北：文訊雜誌社		理論批評
203	1991/12	葉石濤	《台灣文學史綱》		高雄：文學界雜誌社出版		理論批評
204	1991/12	呂正惠	〈台灣文學的語言問題〉	《台灣社會研究季刊》12期		又收於《戰後台灣文學經驗》	理論批評
205	1991/12	陳慧樺	〈校園文學、小刊物、文壇─以《星座》和《大地》為例〉	陳鵬翔、張鏡二編《從影響研究到中國文學》	台北：書林出版公司		理論批評
206	1991/12	河原功作 葉石濤譯	〈台灣新文學運動的展開（上）〉	《文學台灣》1期			理論批評
207	1991/12	文訊雜誌主編	《苦難與超越─當前大陸文學二輯》		台北：文訊雜誌社		理論批評
208	1991/12	葉維廉	〈有效的歷史意識與中國現代文學〉	《中國文哲研究通訊》1卷4期			理論批評
209	1991/3	范伯群	〈通俗文壇上一顆早殞的星─畢倚虹評論〉	《中外文學》19卷10期		畢倚虹（1892─1926）清末民初小說家，著有《人間地獄》	作家集團
210	1991/4	黎活仁	〈福本主義對魯迅的影響〉	文學與美學研討會	淡江大學中文系		作家集團
211	1991/4	施 淑	〈理想主義者的剪影─青年胡風〉	《理想主義者的剪影》	台北：新地出版社		作家集團
212	1991/5	陳明台	〈戰後台灣本土詩運動的發展與成熟─以笠詩社為中心來考察〉	《現代學術研究》4期	現代學術研究基金會		作家集團
213	1991/6	李奭學	〈在東西方的夾縫中思考	《中西文學因緣》	台北：聯經出版社	原刊於《當代》25期	作家集團

			—傅斯年「西學爲用」的五四文學觀》			（1986年5月）
214	1991/6	陳姿夙	《林海音及其作品研究》		政治大學中研所碩士論文	李豐楙指導	作家集團
215	1991/6	袁良駿	《白先勇論》		台北：爾雅出版社		作家集團
216	1991/6	張郁琦	《龍瑛宗文學之研究》		文化大學日研所碩士論文	蔡華山指導	作家集團
217	1991/6	葉瓊霞	《王詩琅研究》		成功大學歷史研究所碩士論文	林瑞明指導	作家集團
218	1991/7	王昭文	《日治末期台灣的知識社群（1940—1945）—《文藝台灣》《台灣文學》及《民俗台灣》》		清大歷研所碩士論文	張炎憲、陳華指導	作家集團
219	1991/8	周行之	《魯迅與「左聯」》		台北：文史哲出版社		作家集團
220	1991/8	阪口直樹	〈「戰國派」雷海宗和雜誌「當代評論」〉	二十世紀中國文學研討會	中國古典文學研究會、師範大學主辦		作家集團
221	1991/8	王友琴	《魯迅與中國現代文化震動》		台北：水牛圖書公司		作家集團
222	1991/9	王宏志	《思想激流下的中國命運：魯迅與左聯》		台北：風雲時代出版公司		作家集團
223	1991/12	彭瑞金	《瞄準台灣作家》		高雄：派色文化出版	被研究者：賴和、鍾理和、施明正、林方年、鍾延豪、龍瑛宗、鍾肇政、陳千武、廖清秀、鄭煥、張彥勳、李篤恭、張良澤、鍾鐵民、東方白、鄭炯明、許振江、李敏勇、王幼華、吳錦發、廖清山、陌上塵、雪眸、拓跋斯等。	作家集團
224	1991/6	林燿德	〈台灣報導文學的成長與危機〉	《重組的星空》	台北：業強出版社		其他
225	1991/9	張情榮	《兒童文學創作論》		台北：富春文化事業股份有限公司		其他

　　西元1991年（民國80年）是解嚴後第四年，本年度關於華文現代文學的研究，共計有36本專著與183篇論文，成果頗為豐碩。為使其成果更為清楚的展現與便於分析，茲將其分類表列於下：

	專書（含學位論文）	論文
小說	7(+5)	41
新詩	5(+1)	100
散文	0	8
戲劇	2	1
其他文類	1	2
文學批評（含理論）與文學史	13	28
作家及其集團	8(+3)	6
合計	36(+9)	183

　　根據以上圖表所示：可以清楚的看出雖然新詩在一般印象之中並不被民眾所青睞，但本年度的研究中，關於新詩方面的論述卻是最多的，這主要是因幾本論文集的結集出版，如：《詩魔的蛻變─洛夫作品評論選集》共收了23篇論文、《門羅天下─當代名家論羅門》收錄了56篇，再加上學術研討會的舉辦，便形成了詩論欣欣向榮的景象。次為小說研究，主要得力於研討會的舉行，共計在研討會中發表的有19篇。至於戲劇與其他文類的研究則是敬陪末座，在數量上仍未有重大的突破。更值得注意的是，頗受一般讀者歡迎的散文，在研究中卻頗為冷清，本年度只有 8 篇單篇論文，沒有一本專論散文的著作。

　　在被研究對象上，我們可以看到大陸文學、現代中國文學的討論仍然方興未艾，值得注意的是「副刊」及小刊物，也受到研究者的關注，如林燿德的〈「鳥瞰」文學副刊〉與陳慧樺的〈校園文學、小刊物、文壇─以《星座》和《大地》為例〉等。另外，「台灣文學」一詞的使用已頗為普遍，而且研究者也關注文學

史的研究及文學與社會的相互關係，如：陳芳明〈七〇年代台灣文學史導論—一個史觀的建立〉、高天生〈多元社會的豐饒與貧瘠—八〇年代台灣文學脈動和發展特論〉、彭瑞金〈肅殺政治氣候中燃亮的台灣文學香火—戰後二十年間影響台灣文學發展的因素〉等等，而葉石濤的《台灣文學史綱》雖然內容言簡意賅，卻是台灣地區出現的首部台灣文學史專著。而詩人所受的注目，隨著論文集的出版，無疑是獨占鰲頭的，尤其以羅門為最，共計有56篇論文與2本專書研究，雖然這些並非全為本年度寫就的研究，但是，由其出版結集的狀況，也可知其成果的豐富。另外，文學中的女性意識、女性文學的提出，在本年度已可略見端倪，如林燿德〈當代大陸文學中的女性意識—以五〇年代出生的女作家為例〉、呂正惠〈王安憶小說中的女性意識〉、齊隆壬〈一九六三～一九七九瓊瑤小說中的性別與歷史〉、何寄澎〈鄉土與女性—蕭颯筆下永遠的關懷〉、邱貴芬〈當代台灣女性小說裡的孤女現象〉等等，這方面的討論，雖然尚未形成潮流，不過也已開展了文學中性別議題的討論，只不過，這些討論多集中於小說，對於小說之外的文類，尚未觸及。而值得一提的是，研究者並非以女性居多，這與後來的發展似乎略有不同。除了論文結集之外，研討會的舉辦在本年度也是不可忽視的，它扮演了論文催生的重要角色，本年度所舉辦的論文及主辦單位如下：

	研討會名稱	主辦單位
3 月	文學與美學研討會	淡江大學
6 月	現代詩研討會	南投縣立文化中心、中國文藝協會、笠詩刊
6 月	第二屆當代大陸文學研討會	文訊雜誌社
8 月	二十世紀中國文學研討會	中國古典文學研究會、台灣師範大學
10 月	當代台灣通俗文學研討會	時報文化公司、中國青年寫作協會
12 月	當前小說發展研討會	中國文藝協會

共計有6場研討會，主辦單位除了中國文藝協會重複以外，其他均只舉辦1場，

值得注意的是，中國古典文學研究會主辦了二十世紀中國文學研討會，這或許是
古典與現代文學相互瞭解、交流的一個嘗試。而在這六場研討會中，本研究則收
錄了其中的42篇論文，佔本年度研究的五分之一，可見研討會的舉辦，的確有助
於學術的交流與研究風氣的提昇。

另外，值得注意的還有學位論文，本年度完成的學位論文共有9篇，表列於
下：

日 期	作者	專著‧論文	出 版 者	備 註
1991/01	賴松輝	《李喬「寒夜三部曲」研究》	成功大學歷史語言所碩士論文	呂興昌指導
1991/06	張郁琦	《龍瑛宗文學之研究》	文化大學日研所碩士論文	蔡華山指導
1991/06	許俊雅	《日據時期台灣小說研究》	師範大學國文所博士論文	李鍌、陳萬益指導
1991/06	魏美玲	《張恨水小說研究》	文化大學中文所碩士論文	王三慶指導
1991/06	蔡淑娟	《張愛玲小說的諷刺藝術》	文化大學中文所碩士論文	金榮華指導
1991/01	余翠如	《楊喚其人及其詩研究》	台灣師範大學國文研究所碩士論文	王熙元指導
1991/06	葉瓊霞	《王詩琅研究》	成功大學歷史語言研究所碩士論文	林瑞明指導
1991/06	陳姿凰	《林海音及其作品研究》	政治大學中研所碩士論文	李豐楙指導
1991/07	王昭文	《日治末期台灣的知識社群（1940～1945）—《文藝台灣》《台灣文學》及《民俗台灣》》	清大歷研所碩士論文	張炎憲、陳華指導

在上表中，以日據時期的作家與作品的研究佔了4篇，將近二分之一的數量
最值得注意，而其中更有一篇爲博士論文，這顯示了日據時期作家與作品已逐漸
受到重視，並且擁有爲數可觀的成果。日據時期文學在受到長期的忽略後，經過
鄉土文學論戰與有心人的挖掘、討論，再加上因年代較遠，史料與作品的累積，
均已達一定的水準，故得以重獲學界的重視，這可由本年度學位論文的研究對象
及解嚴後舉辦過多場以日據時期作家、作品爲主題學術研討會來作印證。而經過
學者不斷的研究與對話後，日據時期文學在台灣文學史上的地位漸獲肯定，更值
得欣慰的是，日據時期文學出版品也逐漸增多，而使讀者有更多的機會與管道閱

　　讀到此期的作品、看到前輩作家在新文學中努力的成果,並一窺日據時期台灣人民生活的面貌。

　　若從研究對象來看,本年度研究生最主要的關注焦點可說是日據時期作家和作品,其次則是三○～五○年代等老一輩的作家,有關當代作家的研究尚未受到青睞。

　　至於本年度研究華文現代文學的研究生中,以出自中文(國文)研究所的學生居多,共有5位,但也不乏出自如日本文化(1篇)、歷史語言(3篇)等非中文研究所的學生投入這方面的研究,而這種從不同的面向去探討作家、作品成就與社群關係,使更多不同領域的研究者投入,這個領域的研究使現代文學研究的深度與廣度都大有進展;甚而獲得豐富研究的成果與文學的內涵,這種發展趨勢是值得肯定的。

　　若統計本年度從事華文現代文學研究的研究生之學校,則有如下的結果:

學校	篇數	研究院所	
成功大學	2	均是歷史語言所	碩士論文
文化大學	3	中文所2篇 日文所1篇	
台灣師範大學	2	均是國文研究所	1篇博士論文 1篇碩士論文
政治大學	1	中文研究所	碩士論文
清華大學	1	歷研所	

　　值得一提的是台灣師範大學國文研究所的許俊雅以日據時期台灣小說爲主題撰寫博士論文,打開了台灣文學研究的新頁,成爲台灣第一篇以台灣文學爲研究主題的博士論文。

　　在研究者方面,其特色乃是許多不同領域的專家學者,均投入華文現代文學的研究。以本年度學位論文爲例,中文所的研究生雖然仍居多數,有5位,但其他如:日文所、歷史所出身的研究者也佔有4位之多。不同領域的研究者,當然

會造就更多元的文學討論視角，而這樣的成果確實是我們所樂見的。

第十二章 1992 年的特色

台灣地區在西元1992年（民國81年）內，有關當代文學的研究論文與專著，其目錄如下：

編號	日期	作者	專著・論文	出處	出版者	備註	種類
1	1992/3	馬森	〈「台灣文學」的中國結與台灣結—以小說爲例〉	《聯合文學》總89期			小說
2	1992/3	張放	《大陸新時期小說論》		台北：三民書局		小說
3	1992/3	古繼堂	《台灣小說發展史》		台北：文史哲出版社		小說
4	1992/3	彭小妍	〈階級鬥爭與女性意識的覺醒—巴金《激流三部曲》中的無政府主義烏托邦理念〉	《中國文哲研究集刊》2期	中央研究院、中國文哲研究所籌備處		小說
5	1992/5	王德威	〈小說、清黨、大革命—茅盾、姜貴、安德烈馬・妻與一九二七年政治風暴〉	《中外文學》20卷12期		又收於《小說中國：晚清到當代的中文小說》	小說
6	1992/5	瘂弦等	《極短篇美學》		台北：爾雅出版社		小說
7	1992/6	宮以斯帖	《林語堂《京華煙雲》（張譯本）之研究》		文化大學中文所碩士論文	陳光憲指導	小說
8	1992/6	李金梅	〈從《雙鐲》的「姐妹夫妻」論有關女同性戀作品的閱讀與書寫〉		台灣大學社會所碩士論文	黃毓秀指導	小說
9	1992/6	廖淑芳	〈七等生作品中的個人觀、群體觀及其形成過程〉	《文學台灣》3期			小說
10	1992/6	趙天儀	〈少年小說的現實性與鄉土性〉	《文學台灣》3期			小說
11	1992/6	王悅眞	《蘇曼殊小說研究》		東海大學中文所碩士論文	李田意指導	小說
12	1992/6	盧正珩	《張愛玲小說的時代感研究》		師範大學國文所碩士論文	楊昌年指導	小說
13	1992/8	許素蘭	〈冷眼與熱腸—從「夾竹桃」、「故鄉」之比較看鍾理和的原鄉情與台灣愛〉	紀念鍾理和台灣文學學術研討會	高雄縣政府、台灣筆會、文學台灣雜誌社		小說

14	1992/8	黃重添	《台灣長篇小說論》		台北：稻禾出版社		小說
15	1992/8	葉石濤	〈新文學傳統的繼承者—鍾理和「笠山農場」裡的社會矛盾〉	紀念鍾理和台灣文學學術研討會	高雄縣政府、台灣筆會、文學台灣雜誌社		小說
16	1992/8	張恆豪	〈「奔流」與「道」的比較〉	紀念鍾理和台灣文學學術研討會	高雄縣政府、台灣筆會、文學台灣雜誌社	又刊於《文學台灣》4期	小說
17	1992/8	鄭麗玲	〈橋與壁—戰後台灣小說的兩個面向〉	紀念鍾理和台灣文學學術研討會	高雄縣政府、台灣筆會、文學台灣雜誌社		小說
18	1992/11	黃維樑	〈「重新發現中國古代文化的作用」—用《文心雕龍》「六觀」法評析白先勇的〈骨灰〉〉	《中外文學》21卷6期			小說
19	1992/11	王潤華	《魯迅小說新論》		台北：東大出版社		小說
20	1992/12	羅賓遜著傅光明、梁剛譯	《兩刃之劍：基督教與二十世紀中國小說》		台北：業強出版社		小說
21	1992/12	張惠娟	〈直道相思了無益—當代台灣女性小說的覺醒與徬徨〉	當代台灣女性文學研討會	台北：時報文化出版公司 中國青年寫作協會		小說
22	1992/12	林幸謙	《生命情結的反思：白先勇小說主題思想之研究》		政治大學中文所碩士論文	陳鵬翔指導	小說
23	1992/12	廖咸浩	〈在解構與解體之間徘徊—台灣現代小說中「中國身份」的轉變〉	《中外文學》21卷7期		又收於張京媛編《後殖民主義與文化認同》	小說
24	1992/12	黃毓秀	〈「迷園」裡的性與政治〉	當代台灣女性文學研討會	台北：時報文化出版公司 中國青年寫作協會		小說
25	1992/1	鄭明娳	《現代散文欣賞》		台北：三民書局		散文
26	1992/1	鄭明娳	《現代散文類型論》		台北：大安出版社		散文
27	1992/6	吳敏嘉	〈亦秀亦豪的健筆：張曉風抒情散文之翻譯與討論〉		輔仁大學翻譯所碩士論文	康士林指導	散文
28	1992/8	鄭明娳	〈當代台灣女作家散文中的父親形象〉	《人文及社會學科教學通訊》3卷2期			散文
29	1992/8	陳萬益	〈囚禁的歲月—論陳列的「無怨」與施明德的「囚室之春」〉	紀念鍾理和台灣文學學術研討會	高雄縣政府、台灣筆會、文學台灣雜誌社		散文
30	1992/8	鄭明娳	《現代散文現象論》		台北：大安出版社		散文
31	1992/12	何寄澎	〈當代台灣散文中的女性形象〉	當代台灣女性文學研討會	台北：時報文化出版公司 中國青年寫作協會		散文
32	1992/12	鄭明娳	〈一個女性作家的中性文體—徐鍾佩散文論〉	當代台灣女性文學研討會	台北：時報文化出版公司 中國青年寫作協會		散文

33	1992/3	莫 渝	〈陳秀喜的詩世界〉	《文學台灣》2期		新詩
34	1992/3	奚 密	〈中國現代詩十四行初探〉	《中外文學》20卷10期		新詩
35	1992/6	張芬齡	〈地上的戀歌－陳黎詩集《動物搖籃曲》試論〉	《現代詩啓示錄》	台北：書林出版社	新詩
36	1992/6	張芬齡	〈管窺管管的《荒蕪之臉》〉	《現代詩啓示錄》	台北：書林出版社	新詩
37	1992/6	李魁賢	〈台灣詩人的反抗精神〉	《詩的反抗－李魁賢詩論》	台北：新地文學出版社	新詩
38	1992/6	張芬齡	〈夐虹詩中的情緒經驗〉	《現代詩啓示錄》	台北：書林出版社	新詩
39	1992/6	張芬齡	〈賞析楊喚的四首詩〉	《現代詩啓示錄》	台北：書林出版社	新詩
40	1992/6	張芬齡	〈論白萩的詩〉	《現代詩啓示錄》	台北：書林出版社	新詩
41	1992/6	張芬齡	〈諷刺的藝術－以現代詩爲例〉	《現代詩啓示錄》	台北：書林出版社	新詩
42	1992/6	李魁賢	〈觀鳥的種種方式〉	《詩的反抗－李魁賢詩論》	台北：新地文學出版社	新詩
43	1992/6	張芬齡	〈台灣現代詩評論〉	《現代詩啓示錄》	台北：書林出版社	新詩
44	1992/6	張芬齡	〈賞析羅青的兩首詩〉	《現代詩啓示錄》	台北：書林出版社	新詩
45	1992/6	張芬齡	〈在時間的對面－陳黎、楊澤的兩首詩〉	《現代詩啓示錄》	台北：書林出版社	新詩
46	1992/6	李元貞	〈詩思深刻迷人的女詩人－杜潘芳格〉	《文學台灣》3期		新詩
47	1992/6	張芬齡	〈開闢一個蘋果園－論《傳說》以來楊牧的愛情詩〉	《現代詩啓示錄》	台北：書林出版社	新詩
48	1992/7	羅 青	《詩人之燈－詩的欣賞與評析》		台北：三民書局	1988年2月曾於光復書局出版	新詩
49	1992/8	龔顯宗	《現代文學研究論集－詩與小說》		台北：前程出版社		新詩
50	1992/8	呂興昌	〈四〇年代的林亨泰〉	紀念鍾理和台灣文學學術研討會	高雄縣政府、台灣筆會、文學台灣雜誌社	新詩
51	1992/9	李敏勇	〈台灣座標的新視野－評非馬選編《台灣現代詩選》〉	《文學台灣》4期		新詩
52	1992/12	鍾 玲	〈台灣女詩人作品中的女性主義思想，1986-1992〉	當代台灣女性文學研討會	台北：時報文化出版公司 中國青年寫作協會	新詩
53	1992/12	廖咸浩	〈女性氣質的迷思：以當代女詩人爲例〉	當代台灣女性文學研討會	台北：時報文化出版公司 中國青年寫作協會	新詩
54	1992/12	蕭 蕭	〈略論現代詩人自我生命的鑑照與顯影〉	《台灣詩學季刊》1期		新詩
55	1992/12	孟 樊	〈當代台灣女性主義詩學〉	當代台灣女性文學研討會	台北：時報文化出版公司	新詩

					中國青年寫作協會		
56	1992/12	白靈	〈隔海選詩—小評「台港百家詩選」〉	大陸的台灣詩學研討會		另收於《台灣詩學季刊》1期	新詩
57	1992/12	向明	〈不朦朧也朦朧—評古遠清的「台灣朦朧詩選析」〉	大陸的台灣詩學研討會		另收於《台灣詩學季刊》1期	新詩
58	1992/12	游喚	〈有問題的台灣新詩發展史〉	大陸的台灣詩學研討會		另收於《台灣詩學季刊》1期	新詩
59	1992/12	蕭蕭	〈隔著海峽搔癢—以「台灣現代詩歌賞析」談大陸學者對台灣詩壇的有心與無識〉	大陸的台灣詩學研討會		另收於《台灣詩學季刊》1期	新詩
60	1992/9	馬森	《東方戲劇、西方戲劇》		台南：文化生活新知出版社		戲劇
61	1992/1	李正治	〈四十年來台灣研究理論之探討〉	當前文藝評論發展研討會	中國文藝協會		理論批評
62	1992/1	孟樊、林耀德 編	《流行天下—當代台灣文學通俗論》		台北：時報文化出版公司		理論批評
63	1992/1	蔡源煌	〈文學評論何去何從？〉	當前文藝評論發展研討會	中國文藝協會		理論批評
64	1992/1	中國古典文學研究會 主編	《二十世紀中國文學》		台北：學生書局		理論批評
65	1992/1	潘向黎	《閱讀大地的女人》		台北：業強出版社		理論批評
66	1992/1	李瑞騰	〈一年來台灣出版的現代文學評論集〉	當前文藝評論發展研討會	中國文藝協會		理論批評
67	1992/1	游喚	〈八十年代台灣文學論述之變質〉	當前文藝評論發展研討會	中國文藝協會		理論批評
68	1992/2	洪惟仁	《台語文學與台語文字》		台北：前衛出版社		理論批評
69	1992/3	游勝冠	〈日據時代台灣文學本土論的興起〉	《文學台灣》2期			理論批評
70	1992/3	河原功作葉石濤譯	〈台灣新文學運動的展開（中）〉	《文學台灣》2期			理論批評
71	1992/3	黃重添、朱雙一等著	《台灣新文學概觀》		台北：稻禾出版社		理論批評
72	1992/4	欒梅健	《二十世紀中國文學發生論》		台北：業強出版社		理論批評
73	1992/5	呂正惠	〈從方言和普通話的辯證關係看台灣文學的語言問題〉	《台灣社會研究季刊》12期			理論批評
74	1992/5	張大春	《張大春的文學意見》		台北：遠流出版事業股份有限公司		理論批評
75	1992/5	呂正惠	〈台灣文學研究在台灣〉	《文訊》40期		又收於《戰後台灣文學經驗》	理論批評

76	1992/6	莊淑芝	《台灣新文學觀念的萌芽與實踐》		清華大學語言所碩士論文	施淑女指導	理論批評
77	1992/6	河原功作 葉石濤譯	〈台灣新文學運動的展開（下）〉	《文學台灣》3期			理論批評
78	1992/6	黃勁連 主編	南瀛文學選（九）—評論卷二		台南縣立文化中心		理論批評
79	1992/6	林瑞明	〈現階段台語文學之發展及其意義〉	《文學台灣》3期			理論批評
80	1992/6	周永芳	《七十年代台灣鄉土文學研究》		文化大學中研所碩士論文	尉天驄指導	理論批評
81	1992/6	藍博堂	《台灣鄉土文學論戰及其餘波》		台灣師範大學歷史所碩士論文	張玉法、尉天驄指導	理論批評
82	1992/7	鄭清文	《台灣文學的基點》		高雄：派色文化出版公司		理論批評
83	1992/7	劉春城	《台灣文學的兩個世界》		高雄：派色文化出版公司		理論批評
84	1992/7	葉石濤	《台灣文學的困境—葉石濤作品集（2）評論》		高雄：派色文化出版公司		理論批評
85	1992/8	彭瑞金	〈當前台灣文學本土化與多元化—兼論有關台灣文學本土化的界說〉	紀念鍾理和台灣文學學術研討會	高雄縣政府、台灣筆會、文學台灣雜誌社		理論批評
86	1992/8	陳芳明	〈白色歷史與白色文學—葉石濤和藍博洲筆下的台灣五〇年代〉	紀念鍾理和台灣文學學術研討會	高雄縣政府、台灣筆會、文學台灣雜誌社	又收於《文學台灣》4期	理論批評
87	1992/9	陳芳明	〈白色文學與白色歷史—葉石濤與藍博洲筆下的台灣五〇年代〉	《文學台灣》4期			理論批評
88	1992/9	彭瑞金	〈當前台灣文學本土化與多元化〉	《文學台灣》4期			理論批評
89	1992/10	向 陽	〈副刊學的理論建構基礎—以台灣報紙副刊之發展過程及其時代背景爲場域〉	《聯合文學》96期			理論批評
90	1992/10	陳子善	《遺落的明珠》		台北：業強出版社		理論批評
91	1992/10	龔鵬程	〈區域持性與文學傳統〉	《聯合文學》96期			理論批評
92	1992/10	李瑞騰	《文學關懷》		台北：三民書局		理論批評
93	1992/11	張漢良	《文學的迷思》		台北：正中書局		理論批評
94	1992/11	陳啓佑	《台灣民意與文學》		台中縣立文化中心		理論批評
95	1992/12	張啓疆	〈副刊裡的婦女版——份「副刊如何面對女性文學」的抽樣報告〉	當前台灣女性文學研討會	台北：時報文化出版公司 中國青年寫作協會		理論批評
96	1992/12	呂正惠	《戰後台灣文學經驗》		台北：新地文學出版社		理論批評
97	1992/12	李瑞騰	〈當代台灣女性的文學論述〉	當前台灣女性文學研討會	台北：時報文化出版公司		理論批評

					中國青年寫作協會		
98	1992/12	柯慶明	《現代中國文學批評述論》		台北：大安出版社		理論批評
99	1992/12	葉石濤	《台灣文學的悲情》		高雄：派色文化出版公司		理論批評
100	1992/12	李永熾	《歷史、文學與台灣—第三屆台中縣文學家作品集》		台中縣立文化中心		理論批評
101	1992/12	林燿德	〈文學副刊與女性作家生態〉	當前台灣女性文學研討會	台北：時報文化出版公司 中國青年寫作協會		理論批評
102	1992/12	邱貴芬	〈性別/權力/殖民論述：鄉土文學中的去勢男人〉	當前台灣女性文學研討會	台北：時報文化出版公司 中國青年寫作協會		理論批評
103	1992/12	李　喬	《台灣文學造型》		台北：前衛出版社		理論批評
104	1992/6	張志相	《張深切及其著作研究》		成功大學歷研所碩士論文	林瑞明指導	作家集團
105	1992/6	黃惠禎	《楊逵及其作品研究》		政治大學中研所碩士論文	李豐楙指導	作家集團
106	1992/7	周質平	《胡適叢論》		台北：三民書局		作家集團
107	1992/8	費秉勳	《賈平凹論》		台北：木牛出版社		作家集團
108	1992/8	湯哲聲	《中國現代滑稽文學史略》		台北：文津出版社		其他
109	1992/9	蔡尚志	《兒童故事寫作研究》		台北：五南圖書出版公司		其他
110	1992/10	趙天儀	《兒童詩初探》		台北：富春文化事業股份有限公司		其他

在西元1992年（民國81年）「華文現代文學」的研究成果，在數量上比去年少得多，但是，研究專書的出版仍然相當具有份量，茲將本年度各類研究專書與論文數量表列於下：

	專書（含學位論文）	論文
小說	11(+5)	13
新詩	2	25
散文	3	4
戲劇	1	0
其他文類	4	0
文學批評（含理論）與文學史	22	19
作家及其集團	4(+2)	0
合計	45	59

由上表中的數據可以看出，各類中「文學批評（含理論）與文學史」數量最多，主要得力於研討會的舉行，共有10篇，佔此類的四分之一；次為小說、新詩；而戲劇和散文研究則相對薄弱，這是現代文學研究長期以來的現象，亟需有志之士大力改進。但仍值得喝采的是，鄭明娳教授經年對散文研究的投入，於今年推出了3本散文專著，尤其是《現代散文類型論》與《現代散文現象論》二書，為一向缺乏系統化的散文研究，奠定了堅實的基礎，期待他日，能有更多學者在此基礎之上研究、開花結果。而在其他文類中，湯哲聲的《中國現代滑稽文學史略》為現代滑稽文學研究補白，也有不錯的成果。

本年度的研討會共有下列4場：

	研討會名稱	主辦單位
1 月	當前文藝評論發展研討會	中國文藝協會
8 月	紀念鍾理和台灣文學學術研討會	高雄縣政府、台灣筆會、文學台灣雜誌社
12 月	大陸的台灣詩學研討會	台灣詩學季刊
12 月	當代台灣女性文學研討會	時報出版公司、中國青年寫作協會

　　可以發現研討會的主題多集中於台灣文學上，而「女性文學」的蓬勃發展，也促使以此為主題的研討會召開，「女性文學」的熱潮一直延續至今，而且發展出更多元的面貌，值得觀察；而對日據時期台灣文學作家的關懷與注重仍延續著；而文藝評論的再研究也受到重視；值得注意的是，台灣詩學季刊召開有關大陸學者對台灣詩學研究的研討會，代表兩岸學術上的交流已受到重視，而且，大陸學者所做的台灣詩學研究，已累積了不少成果，足供專家學者討論交換意見。

　　本年度的學位論文共有7篇，且集中於小說及小說家的研究。日據時期作家仍是研究生關注的對象，如張志相的《張深切及其著作研究》、《楊逵及其作品研究》，而張愛玲、白先勇這兩位深受讀者喜愛的作家，也同樣的受到研究者的青睞，研究成果豐碩，本年度又有兩篇學位論文以此為主題，分別是盧正珩的《張愛玲小說的時代感研究》與林幸謙的《生命情節的反思：白先勇小說主題思想之研究》另外，值得注意的是李金梅的《從《雙鐲》的「姐妹夫妻」論有關女同性戀作品的閱讀與書寫》，可說是開近年來同志文學研究的先河，雖然作品數量並不多，但仍值得參考。而若從研究生科系背景而言，仍是中文（國文）所的學生居多，其他尚有社會所、歷史所的學生投入文學研究。以學校而言，政治大學中研所兩篇居多，台灣大學、台灣師範大學、文化大學、東海大學、成功大學各有一篇。

第十三章 1993 年的特色

　　台灣地區在西元1993年（民國82年）內，有關當代文學的研究論文與專著，其目錄如下：

編號	日期	作者	專著·論文	出處	出版者	備註	種類
1	1993/1	楊 義	《廿世紀中國小說與文化》		台北：業強出版社		小說
2	1993/1	陳鵬翔	〈姚拓小說裡的三個世界〉	《中外文學》21卷8期			小說
3	1993/2	梁明雄	〈論黃春明的鄉土小說〉	《文化大學中文學報》1期	文化大學中文系中文所		小說
4	1993/2	魏美玲	〈藝術還是宣傳？—略論趙樹理的《小二黑結婚》、《李有才板話》、《李家莊的變遷》〉	《文化大學中文學報》1期	文化大學中文系中文所		小說
5	1993/3	張素貞	《續讀現代小說》		台北：東大圖書公司		小說
6	1993/3	彭小妍	〈企業烏托邦的幻滅—茅盾《子夜》中的階級鬥爭〉	《中國文哲研究集刊》3期	中央研究院、中國文哲研究所籌備處		小說
7	1993/4	黃秋芳	〈解讀鍾肇政「怒濤」〉	台灣地區區域文學會議	台北：文訊雜誌社		小說
8	1993/5	張子樟主編	《眞實與虛幻》		花蓮師範、人文教育中心		小說
9	1993/6	王德威	《小說中國：晚清到當代的中文小說》		台北：麥田出版社		小說
10	1993/6	錢佩霞	《沈從文小說研究》		台灣大學中文所碩士論文	張健指導	小說
11	1993/6	傅怡禎	《五〇年代台灣小說中的懷鄉意識》		文化大學中文所碩士論文	李瑞騰指導	小說
12	1993/6	馬冬梅	《張愛玲小說中的女性世界》		政治大學中文所碩士論文	柯慶明指導	小說
13	1993/6	徐照華	〈「我的帝王生活」析論〉	中國現代文學與教學研討會	文化大學中文系文藝組		小說
14	1993/6	劉寶珍	〈老舍在新加坡的生活與作品初探〉	中國現代文學與教學研討會	文化大學中文系文藝組		小說
15	1993/6	陳海蘭	〈丁玲短篇小說「莎菲女	中國現代文學與教學	文化大學中文系文藝組		小說

			士的日記」的體會〉	研討會			
16	1993/6	皮述民	〈五四以來現代小說概觀〉	中國現代文學與教學研討會	文化大學中文系文藝組		小說
17	1993/6	楊　照	〈歷史小說與歷史民族誌—高陽作品中的傳承與創新〉	高陽小說研討會	文建會、聯合文學雜誌社		小說
18	1993/6	林燿德	〈從「紅頂商人」看清末政商關係〉	高陽小說研討會	文建會、聯合文學雜誌社		小說
19	1993/6	彭瑞金	〈戰後台灣新文學運動的路標—吳濁流《亞細亞的孤兒》〉	黃恆秋編《客家台灣文學論》	苗粟縣立文化中心		小說
20	1993/6	龔鵬程	〈論高陽說詩〉	高陽小說研討會	文建會、聯合文學雜誌社		小說
21	1993/6	康來新	〈新世界的舊傳統—高陽紅學初探〉	高陽小說研討會	文建會、聯合文學雜誌社		小說
22	1993/6	張大春	〈以小說造史—論高陽小說重塑歷史之企圖〉	高陽小說研討會	文建會、聯合文學雜誌社		小說
23	1993/6	蔡詩萍	〈「古為今用」的現實反諷—高陽筆下「紅頂商人」的政治處境〉	高陽小說研討會	文建會、聯合文學雜誌社		小說
24	1993/6	羅德湛	〈邁出小說課程教學的困境〉	中國現代文學與教學研討會	文化大學中文系文藝組		小說
25	1993/6	王德威	〈原鄉神話的追逐者—沈從文、宋澤萊、莫言、李永平〉	《小說中國：晚清到當代的中文小說》	台北：麥田出版社		小說
26	1993/6	王德威	〈從頭談起—魯迅、沈從文與砍頭〉	《小說中國：晚清到當代的中文小說》	台北：麥田出版社		小說
27	1993/6	王德威	〈蓮漪表妹—兼論三〇到五〇年代的政治小說〉	《小說中國：晚清到當代的中文小說》	台北：麥田出版社		小說
28	1993/6	王德威	〈華麗的世紀末—台灣·女作家·邊緣詩學〉	《小說中國：晚清到當代的中文小說》	台北：麥田出版社		小說
29	1993/6	德利士	《郁達夫的小說研究》		台灣大學中文所碩士論文	張健指導	小說
30	1993/6	王德威	〈出國·歸國·去國—五四與三、四〇年代的留學生小說〉	《小說中國：晚清到當代的中文小說》	台北：麥田出版社		小說
31	1993/6	王德威	〈現代中國小說研究在西方〉	《小說中國：晚清到當代的中文小說》	台北：麥田出版社		小說
32	1993/6	王德威	〈被遺忘的繆思—五四及三、四〇年代女作家鉤沈錄〉	《小說中國：晚清到當代的中文小說》	台北：麥田出版社		小說
33	1993/6	鄭明娳	《當代台灣文學評論大系3—小說批評》		台北：正中書局		小說
34	1993/6	胡馨丹	《林語堂長篇小說研究》		東海大學中文所碩士論文	李田意指導	小說

35	1993/6	王德威	〈世紀末的中文小說─預言四則〉	《小說中國：晚清到當代的中文小說》	台北：麥田出版社		小說
36	1993/6	閔惠貞	〈趙樹理及其小說之研究〉		文化大學中文所碩士論文	金榮華指導	小說
37	1993/6	吳婉茹	〈八○年代台灣女作家小說中女性意識之研究〉		淡江大學中文所碩士論文	李瑞騰指導	小說
38	1993/6	王德威	〈想像中國的方法─海外學者看現、當代中國小說與電影〉	《小說中國：晚清到當代的中文小說》	台北：麥田出版社		小說
39	1993/7	許俊雅	〈日據時代台灣小說中的愛情與婚姻〉	《文學台灣》7期			小說
40	1993/7	張寶琴 主編	《高陽小說研究》		台北：聯合文學出版社		小說
41	1993/7	徐進榮	〈李喬《寒夜三部曲》中「燈妹」的涵意〉	《文學台灣》7期			小說
42	1993/8	邱貴芬	〈想我（自我）放逐的兄弟（姐妹）們─閱讀第二代「外省」（女）作家朱天心〉	《中外文學》22卷3期			小說
43	1993/8	林瑞明	〈《富戶人的歷史》導言〉	《台灣文學與時代精神賴和研究論集》	台北：允晨出版社		小說
44	1993/10	陳萬益	〈吾土與吾民─初論洪醒夫小說〉	洪醒夫小說學術研討會	台灣磺溪文化學會		小說
45	1993/10	康原	〈卑微人物的高貴心靈─淺談洪醒夫的小說人物〉	洪醒夫小說學術研討會	台灣磺溪文化學會		小說
46	1993/10	呂興昌	〈悲憫與超越─論洪醒夫小說的人道關懷〉	洪醒夫小說學術研討會	台灣磺溪文化學會		小說
47	1993/10	羊子喬	〈歷史的悲劇、認同的盲點─讀周金波〈水癌〉、〈「尺」的誕生〉有感〉	《文學台灣》8期			小說
48	1993/11	龔鵬程	〈商戰歷史演義的社會思想史解析〉	近代台灣與社會研討會	中正大學歷史系		小說
49	1993/11	林燿德	〈八○年代台灣政治小說〉	近代台灣與社會研討會	中正大學歷史系		小說
50	1993/11	陳長房	〈八○年代台灣小說風貌與外國文學〉	近代台灣與社會研討會	中正大學歷史系		小說
51	1993/11	游喚	〈政治小說策略及其解讀─有關台灣主體之論述〉	近代台灣與社會研討會	中正大學歷史系		小說
52	1993/11	李豐楙	〈台灣鄉土小說中的社會變遷意識─60、70年代鄉土小說的主題：貧窮、命運與人性〉	近代台灣與社會研討會	中正大學歷史系		小說
53	1993/11	周慶華	〈台灣後設小說中的社會批判─一個本體論和方法論的反省〉	近代台灣與社會研討會	中正大學歷史系		小說

54	1993/11	李瑞騰	〈黃春明小說中的「廣告」分析〉	近代台灣與社會研討會	中正大學歷史系		小說
55	1993/11	彭小妍	〈陳映真作品中的跨國性企業─第三世界的後殖民論述〉	近代台灣與社會研討會	中正大學歷史系		小說
56	1993/11	施懿琳	〈白先勇小說中的死亡意識及其分析〉	近代台灣與社會研討會	中正大學歷史系		小說
57	1993/11	翁聖峰	〈下層社會的見證─試論宋澤萊的《蓬萊誌異》〉	近代台灣與社會研討會	中正大學歷史系		小說
58	1993/11	江寶釵	〈敘事實驗、失落感與宿命感─論李昂的《迷園》〉	近代台灣與社會研討會	中正大學歷史系		小說
59	1993/11	許俊雅	〈冷筆寫熱腸─論呂赫若的小說〉	近代台灣與社會研討會	中正大學歷史系		小說
60	1993/11	黃錦樹	〈從大觀園到咖啡館─閱讀／書寫朱天心〉	近代台灣與社會研討會	中正大學歷史系		小說
61	1993/12	林瑞明	〈不為人知的龍瑛宗─以女性角色的堅持和反抗〉	中國現代文學國際研討會	中研院文哲所籌備處	又刊於《文學台灣》12期	小說
62	1993/12	許俊雅	〈楊守愚小說的風貌及其相關問題〉	中國現代文學國際研討會	中研院文哲所籌備處		小說
63	1993/12	陳長房	〈後現代主義與當代台灣小說創作〉	四十年來中國文學會議	聯合報系文學基金會		小說
64	1993/12	黃子平	〈革命歷史小說〉	四十年來中國文學會議	聯合報系文學基金會		小說
65	1993/12	楊 照	〈歷史小說中的悲情〉	四十年來中國文學會議	聯合報系文學基金會		小說
66	1993/12	江建文	《詩筆寫人生─徐志摩小說、戲劇作品評析》		台北：開今文化公司		小說
67	1993/12	鍾 玲	〈女性主義與台灣女性作家小說〉	四十年來中國文學會議	聯合報系文學基金會		小說
68	1993/12	張啓疆	〈擁護李登輝？打倒蔣經國？─「無政府」政治小說的萌芽與發展〉	當代台灣政治文學研討會	台北：時報文化出版公司 中國青年寫作協會		小說
69	1993/12	是永駿	〈論《虹》─試探茅盾作品的「非寫實」因素〉	中國現代文學國際研討會	中研院文哲所籌備處		小說
70	1993/12	林燿德	〈八〇年代台灣政治小說中的意識型態光譜〉	當代台灣政治文學研討會	台北：時報文化出版公司 中國青年寫作協會		小說
71	1993/12	林明德	〈梁啓超與《新小說》〉	中國現代文學國際研討會	中研院文哲所籌備處		小說
72	1993/12	裴元領	〈權力運作與敘事功能─試析台灣九〇年代中期以後的小說現象〉	當代台灣政治文學研討會	台北：時報文化出版公司 中國青年寫作協會		小說
73	1993/12	陳萬益	〈于無聲處聽驚雷─析論台灣小說第一篇《可怕的沈默》〉	中國現代文學國際研討會	中研院文哲所籌備處		小說

74	1993/12	克拉兒	〈吳組緗的風格與結構〉	中國現代文學國際研討會	中研院文哲所籌備處		小說
75	1993/12	彭小妍	〈張資平的戀愛小說〉	中國現代文學國際研討會	中研院文哲所籌備處		小說
76	1993/2	盧斯飛	《春光與火焰—徐志摩散文評析》		台北：開今文化事業有限公司		散文
77	1993/4	范培松	《散文瞭望角》		台北：業強出版社		散文
78	1993/5	何寄澎	《當代台灣文學評論大系—散文批評卷》		台北：正中書局		散文
79	1993/5	何寄澎	〈當代台灣文學評論大系—散文批評卷·導論〉	《當代台灣文學評論大系—散文批評卷》	台北：正中書局		散文
80	1993/6	鄭明娳	〈六十年來的現代散文〉	中國現代文學與教學研討會	文化大學中文系文藝組		散文
81	1993/6	陳玉芬	〈余光中散文研究〉		台灣大學中研所碩士論文	梁榮茂指導	散文
82	1993/6	洪順隆	〈郁達夫作品中的感情世界〉	中國現代文學與教學研討會	文化大學中文系文藝組		散文
83	1993/6	沈 謙	〈現代散文中的反諷〉	中國現代文學與教學研討會	文化大學中文系文藝組		散文
84	1993/6	賴玲華	〈周作人前期散文之研究〉		文化大學中國文學研究所碩士論文	李瑞騰指導	散文
85	1993/12	徐 學	〈八〇年代台灣政治文化與台灣散文〉	當代台灣政治文學研討會	台北：時報文化出版公司 中國青年寫作協會		散文
86	1993/1	費 勇	〈洛夫詩中的莊與禪〉	《中外文學》21卷8期			新詩
87	1993/2	陳啓佑	〈新詩形式設計的美學：排比篇〉	《中外文學》21卷9期			新詩
88	1993/3	陳建民	〈詩的心相導向：論簡政珍的《歷史的騷味》〉	《中外文學》21卷10期			新詩
89	1993/3	陳啓佑	〈論對偶〉	《台灣詩學季刊》2期			新詩
90	1993/3	游 喚	〈大陸有關台灣詩詮釋手法之商榷〉	《台灣詩學季刊》2期			新詩
91	1993/4	趙天儀	〈白萩論—試論白萩的詩與詩論〉	台灣地區區域文學會議	台北：文訊雜誌社		新詩
92	1993/4	吳潛誠	〈政治陰影籠罩下的詩之景色—評介李敏勇詩集《傾斜的島》〉	《文學台灣》6期			新詩
93	1993/4	張芬齡	〈山風海雨詩鄉—花蓮三詩人楊牧、陳黎、陳克華〉	台灣地區區域文學會議	台北：文訊雜誌社		新詩
94	1993/4	孟 樊	〈當代台灣地緣詩學初論〉	台灣地區區域文學會議	台北：文訊雜誌社		新詩
95	1993/4	張星寰	〈在雨絲滋潤下的花朵—兼談幾篇與雨港有關的詩〉	台灣地區區域文學會議	台北：文訊雜誌社		新詩

			文〉				
96	1993/5	莫 渝	〈法國詩與台灣詩人（一九五〇～九〇年）〉	現代詩學研討會	彰師大國文系、台中縣立文化中心	另收於《台灣詩學季刊》3期	新詩
97	1993/5	孟 樊	〈《當代台灣文學批評大系：新詩批評》導論〉	《當代台灣文學評論大系：新詩批評》	台北：正中書局		新詩
98	1993/5	王溢嘉	〈集體潛意識之憂—林燿德詩集《都市之甍》的空間結構〉	《當代台灣文學評論大系：新詩批評》	台北：正中書局		新詩
99	1993/5	林燿德	〈前衛海域的旗艦—有關羅青及其錄影詩學〉	《當代台灣文學評論大系：新詩批評》	台北：正中書局		新詩
100	1993/5	蔡源煌	〈論探源式批評—兼評爾雅版《七十二年詩選》〉	《當代台灣文學評論大系：新詩批評》	台北：正中書局		新詩
101	1993/5	陳啓佑	〈聲韻學在新詩上的一項試驗—〈無調之歌〉的節奏〉	《當代台灣文學評論大系：新詩批評》	台北：正中書局		新詩
102	1993/5	張漢良	〈分析羅門的一首都市詩〉	《當代台灣文學評論大系：新詩批評》	台北：正中書局		新詩
103	1993/5	顏元叔	〈梅新的「風景」〉	《當代台灣文學評論大系：新詩批評》	台北：正中書局		新詩
104	1993/5	王 灝	〈不只是鄉音—試論向陽的方言詩〉	《當代台灣文學評論大系：新詩批評》	台北：正中書局		新詩
105	1993/5	石計生	〈布爾喬亞詩學論楊牧〉	《當代台灣文學評論大系：新詩批評》	台北：正中書局		新詩
106	1993/5	簡政珍	〈余光中：放逐的現象世界〉	《當代台灣文學評論大系：新詩批評》	台北：正中書局		新詩
107	1993/5	林燿德	〈環繞現代詩史的若干意見〉	現代詩學研討會	彰師大國文系、台中縣立文化中心	另收於《台灣詩學季刊》3期	新詩
108	1993/5	白 靈	〈九歌版藍星詩刊的歷史意義—間談「詩刊的迷思」〉	現代詩學研討會	彰師大國文系、台中縣立文化中心	另收於《台灣詩學季刊》3期	新詩
109	1993/5	李豐楙	〈中國純粹詩學與現代詩學、詩作的關係—以七十年代葉維廉、洛夫、瘂弦為主的考察〉	現代詩學研討會	彰師大國文系、台中縣立文化中心	另收於《台灣詩學季刊》3期	新詩
110	1993/5	也 斯	〈台灣與香港現代詩的關係—從個人的體驗說起〉	現代詩學研討會	彰師大國文系、台中縣立文化中心	另收於《台灣詩學季刊》3期	新詩
111	1993/5	盧斯飛	《愛的靈感—徐志摩詩歌評析》		台北：開今文化事業有限公司		新詩
112	1993/5	陳慧樺	〈從神話的觀點看現代詩〉	《當代台灣文學評論大系：新詩批評》	台北：正中書局		新詩
113	1993/5	張漢良	〈論台灣的具體詩〉	《當代台灣文學評論大系：新詩批評》	台北：正中書局		新詩
114	1993/5	古添洪	〈論桓夫的「泛政治詩」〉	《當代台灣文學評論大系：新詩批評》	台北：正中書局		新詩
115	1993/5	孟 樊	〈台灣後現代詩的理論與	《當代台灣文學評論	台北：正中書局		新詩

			實際〉	大系：新詩批評》			
116	1993/5	鍾 玲	〈試探女性文體與文化傳統之間的關係－兼論台灣及美國女詩人作品之特徵〉	《當代台灣文學評論大系：新詩批評》	台北：正中書局		新詩
117	1993/5	張漢良	〈都市詩言談－台灣的例子〉	《當代台灣文學評論大系：新詩批評》	台北：正中書局		新詩
118	1993/5	李瑞騰	〈說鏡－現代詩中的一個原型意象的試探〉	《當代台灣文學評論大系：新詩批評》	台北：正中書局		新詩
119	1993/5	楊文雄	〈「龍族詩社」在七〇年代現代詩史的地位〉	現代詩學研討會	彰師大國文系、台中縣立文化中心	另收於《台灣詩學季刊》3期	新詩
120	1993/5	焦 桐	〈八〇年代詩刊的考察〉	現代詩學研討會	彰師大國文系、台中縣立文化中心	另收於《台灣詩學季刊》3期	新詩
121	1993/5	孟樊編	《當代台灣文學評論大系：新詩批評》		台北：正中書局		新詩
122	1993/5	莊柔玉	《中國當代朦朧詩研究》		台北：大安出版社		新詩
123	1993/6	呂正惠	〈四〇年代的現代詩人穆旦〉	中國現代文學與教學研討會	文化大學中文系文藝組		新詩
124	1993/6	許世旭	〈延伸與多樣－台灣五〇年代新詩的重估〉	中國現代文學與教學研討會	文化大學中文系文藝組		新詩
125	1993/6	林明德	〈新詩中的台灣圖像－試以吳晟為例〉	中國現代文學與教學研討會	文化大學中文系文藝組		新詩
126	1993/6	黃恆秋	〈客家文學裡的客語詩〉	黃恆秋編《客家台灣文學論》	苗栗縣立文化中心		新詩
127	1993/6	何金蘭	〈洛夫詩試論〉	中國現代文學與教學研討會	文化大學中文系文藝組		新詩
128	1993/6	翁文嫻	〈「難懂的詩」解讀方法示例－黃荷生作品析論〉	中國現代文學與教學研討會	文化大學中文系文藝組		新詩
129	1993/6	陳啓佑	〈如何教學生寫詩〉	中國現代文學與教學研討會	文化大學中文系文藝組		新詩
130	1993/6	邱燮友	〈新詩概觀〉	中國現代文學與教學研討會	文化大學中文系文藝組		新詩
131	1993/7	黃錦樹	〈神州：文化鄉愁與內在中國〉	《中外文學》22卷2期			新詩
132	1993/7	陳秀貞	《余光中詩的語言風格研究》		中正大學中研所碩士論文	竺家寧指導	新詩
133	1993/7	王志健	《中國新詩淵藪》		台北：正中書局		新詩
134	1993/9	王浩威	〈一場未完成的革命－關於現代詩與現代主義的幾點想像〉	《台灣詩學季刊》4期			新詩
135	1993/9	徐望雲	〈悠悠飛越太平洋的愁予風－鄭愁予詩風初探〉	《台灣詩學季刊》4期			新詩
136	1993/9	孟樊	〈當代台灣地緣詩學初論〉	《台灣詩學季刊》4期			新詩

137	1993/9	張 健	〈由純詩到現代主義─彰化師大「現代詩學研討會」觀察報告〉	《台灣詩學季刊》4期			新詩
138	1993/10	莫 渝	〈熱血在我胸中沸騰─試析覃子豪的戰爭詩歌〉	詩人覃子豪先生作品研討會	台北：文訊雜誌社		新詩
139	1993/10	蕭 蕭	〈覃子豪的詩風與詩觀〉	詩人覃子豪先生作品研討會	台北：文訊雜誌社		新詩
140	1993/12	何金蘭	〈洛夫〈清明〉詩析論─高德曼結構主義詩歌分析方法之應用〉	《台灣詩學季刊》5期			新詩
141	1993/12	游 喚	〈台灣俳句理論介紹─精神與意象（中）〉	《台灣詩學季刊》5期			新詩
142	1993/12	吳潛誠	〈台灣在地詩人的本土意識及其政治涵義─以「混聲合唱─『笠』詩選」為討論對象〉	當代台灣政治文學研討會	台北：時報文化出版公司 中國青年寫作協會		新詩
143	1993/12	孟 樊	〈當代台灣政治詩學初探〉	當代台灣政治文學研討會	台北：時報文化出版公司 中國青年寫作協會		新詩
144	1993/12	游 喚	〈八〇年代台灣政治詩調查報告〉	當代台灣政治文學研討會	台北：時報文化出版公司 中國青年寫作協會	另刊於《台灣詩學季刊》5期	新詩
145	1993/12	蕭 蕭	〈論羅門的人文關懷〉	《台灣詩學季刊》5期			新詩
146	1993/2	姚一葦	《戲劇原理》		台北：書林出版有限公司		戲劇
147	1993/6	馬 森	〈五四以來中國現代戲劇概觀〉	中國現代文學與教學研討會	文化大學中文系文藝組		戲劇
148	1993/12	馬 森	〈哈哈鏡中的映象─三十年代中國話劇的擬寫實與不寫實：以曹禺的《日出》為例〉	百年來中國文學學術研討會	中央日報社		戲劇
149	1993/12	胡耀恆	〈半世紀來戲劇政策的回顧與前瞻〉	百年來中國文學學術研討會	中央日報社		戲劇
150	1993/12	高行健	〈中國現代戲劇的回顧與展望〉	百年來中國文學學術研討會	中央日報社		戲劇
151	1993/2	黎活仁	《現代中國文學的時間觀與空間觀》		台北：業強出版社		理論批評
152	1993/2	宋如珊	〈試論中共的文藝政策〉	《文化大學中文學報》1期			理論批評
153	1993/3	王建生	《建生文藝散論》		台北：桂冠圖書公司		理論批評
154	1993/4	楊子澗	〈沒有文化的泥土，那有文學的花樹─雲林區域文學的過去、現在和未來〉	台灣地區區域文學會議	台北：文訊雜誌社		理論批評
155	1993/4	李瑞騰	〈台北：一個文學中心的	台灣地區區域文學會	台北：文訊雜誌社		理論批評

			形成〉	議			
156	1993/4	黃子堯	〈台灣客家文學及其客籍作家「身份」特質〉	台灣地區區域文學會議	台北：文訊雜誌社		理論批評
157	1993/4	曾仕良	〈後農業時代邊緣地帶文學效應探討─南投地區文學環境總檢〉	台灣地區區域文學會議	台北：文訊雜誌社		理論批評
158	1993/4	呂興忠	〈從賴和到洪醒夫─台灣新文學的原鄉〉	台灣地區區域文學會議	台北：文訊雜誌社		理論批評
159	1993/4	羊子喬	〈從鹽分地帶文學看台灣農村的變遷〉	台灣地區區域文學會議	台北：文訊雜誌社		理論批評
160	1993/4	賴瑩蓉	〈企待拓荒的有情天地─淺談澎湖的文學因緣〉	台灣地區區域文學會議	台北：文訊雜誌社		理論批評
161	1993/4	王浩威	〈地方文學與地方社群認同─以花蓮文學為例〉	台灣地區區域文學會議	台北：文訊雜誌社		理論批評
162	1993/4	徐惠隆	〈蘭地文學的特質與開展〉	台灣地區區域文學會議	台北：文訊雜誌社		理論批評
163	1993/5	鄭明娳	《通俗文學》		台北：揚智文化公司		理論批評
164	1993/5	簡政珍 編	《當代台灣文學評論大系1─文學評論》		台北：正中書局		理論批評
165	1993/5	黃 娟	《政治與文學之間》		台北：前衛出版社		理論批評
166	1993/5	鄭明娳 編	《當代台灣女性文學論》		台北：時報文化出版公司		理論批評
167	1993/5	梁麗芳	《從紅衛兵到作家》		台北：萬象圖書公司		理論批評
168	1993/5	林燿德 編	《當代台灣文學評論大系2─文學現象》		台北：正中書局		理論批評
169	1993/6	林燿德	〈現行大學中文系現代文學教學方針之反思〉	中國現代文學與教學研討會	文化大學中文系文藝組		理論批評
170	1993/6	賴永忠	《台灣地區雜誌發展之研究─從日據時期到民國八十年》		政治大學新聞研究所碩士論文	李瞻指導	理論批評
171	1993/6	楊昌年	〈國內中（國）文學系中國現代文學教學之檢討〉	中國現代文學與教學研討會	文化大學中文系文藝組		理論批評
172	1993/6	王潤華	〈中國現代文學研究與教學困境與危機〉	中國現代文學與教學研討會	文化大學中文系文藝組		理論批評
173	1993/6	金榮華	〈中國文化大學中文系文藝組課程規劃的歷程與理想〉	中國現代文學與教學研討會	文化大學中文系文藝組		理論批評
174	1993/6	張 鑫	〈中國現代文學在法國的教學〉	中國現代文學與教學研討會	文化大學中文系文藝組		理論批評
175	1993/6	李福清	〈中國現代文學在俄國：翻譯、出版、研究〉	中國現代文學與教學研討會	文化大學中文系文藝組		理論批評
176	1993/6	唐翼明	〈文學的反叛─大陸新時期的三段主要思潮〉	中國現代文學與教學研討會	文化大學中文系文藝組		理論批評
177	1993/6	陳愛麗	〈文化認同的追尋：論七	中國現代文學與教學	文化大學中文系文藝組		理論批評

			○年代台灣鄉土文學》	研討會			
178	1993/6	陳萬益	〈台灣文學教學芻議〉	中國現代文學與教學研討會	文化大學中文系文藝組		理論批評
179	1993/6	應裕康	〈五四以來現代文學社團概觀〉	中國現代文學與教學研討會	文化大學中文系文藝組		理論批評
180	1993/6	施懿琳鍾美芳楊翠	《台中縣文學發展史—田野調查報告書》		台中縣立文化中心		理論批評
181	1993/6	石美玲	《閩南方言在光復前台灣文學作品中的運用》		台灣師範大學國文研究所碩士論文	姚榮松指導	理論批評
182	1993/6	舒坦	《對比與象徵》		台中市立文化中心		理論批評
183	1993/6	張文智	《當代文學的台灣意識》		台北：自立晚報社文化出版部		理論批評
184	1993/6	陳明柔	《日據時期台灣知識份子的思想風格及其文學表現之研究》		淡江大學中研所碩士論文	施淑女指導	理論批評
185	1993/6	林淇瀁	《文學傳播與社會變遷之關聯性研究—以七〇年代台灣報紙副刊的媒介運作為例》		文化大學新聞研究所碩士論文	關紹基指導	理論批評
186	1993/6	李權洪	《三〇年代革命文學論爭之研究》		政治大學中研所碩士論文	尉天驄指導	理論批評
187	1993/6	黃得時	《北台灣文學第一輯（5）評論輯》		台北縣立文化中心		理論批評
188	1993/6	游喚	《文學批評的實踐與反思》		台中縣立文化中心		理論批評
189	1993/6	黃碧端	《書香長短調》		台北：三民書局		理論批評
190	1993/6	秦賢次	《北台灣文學第一輯（4）評論輯》		台北縣立文化中心		理論批評
191	1993/7	林瑞明	〈國家認同衝突下的台灣文學〉	《文學台灣》7期			理論批評
192	1993/7	廖炳惠	〈寫實文學觀的洞見與不見—簡評《戰後台灣文學經驗》〉	《文學台灣》7期			理論批評
193	1993/8	林瑞明	《台灣文學與時代精神》		台北：允晨文化出版公司		理論批評
194	1993/9	廖炳惠	〈母語運動與國家文藝體制〉	《中外文學》22卷4期		又收於《回顧現代—後現代與後殖民論文集》	理論批評
195	1993/9	孟悅、戴錦華	《浮出歷史地表：中國現代女性文學研究》		台北：時報文化出版公司		理論批評
196	1993/10	呂興昌	〈台灣文學資料的蒐集整理及翻譯〉	《文學台灣》8期			理論批評
197	1993/10	林瑞明	〈台灣文學與時代精神—	《文學台灣》8期			理論批評

			賴和研究論集自序〉				
198	1993/11	彭小妍	《超越寫實》		台北：聯經出版公司		理論批評
199	1993/11	向 陽	《迎向眾聲一八〇年代台灣文化情境》		台北：三民書局		理論批評
200	1993/11	呂正惠	〈日據時代「台灣話文」運動平議〉	近代台灣小說與社會研討會	中正大學歷史系		理論批評
201	1993/12	單德興	〈試論華裔美國文學中的中國形象〉	四十年來中國文學會議	聯合報系文化基金會		理論批評
202	1993/12	余秋雨	〈世紀性的文化鄉愁—「台北人」出版二十年重新評價〉	《評論十家》	台北：爾雅出版社		理論批評
203	1993/12	蘇 煒	〈略論「社會主義現實主義」與文革前十七年大陸文學〉	四十年來中國文學會議	聯合報系文化基金會		理論批評
204	1993/12	高行健	〈沒有主義〉	四十年來中國文學會議	聯合報系文化基金會		理論批評
205	1993/12	向 陽	〈打開意識型態地圖—回看戰後台灣副刊的媒介運作〉	當代台灣政治文學研討會	台北：時報文化出版公司 中國青年寫作協會		理論批評
206	1993/12	鄭明娳	〈當代台灣文藝政策的發展、影響與沒落〉	當代台灣政治文學研討會	台北：時報文化出版公司 中國青年寫作協會		理論批評
207	1993/12	王幼華	〈政治與文學的分類詮釋—以中國與台灣爲例〉	當代台灣政治文學研討會	台北：時報文化出版公司 中國青年寫作協會		理論批評
208	1993/12	劉介民	〈政治互動下的海峽兩岸文學〉	當代台灣政治文學研討會	台北：時報文化出版公司 中國青年寫作協會		理論批評
209	1993/12	林燿德	《期待的視野：林燿德文學評論集》		台北：幼獅文化出版公司		理論批評
210	1993/12	李歐梵	〈四十年來的海外文學〉	四十年來中國文學會議	聯合報系文化基金會		理論批評
211	1993/12	齊邦媛	〈二度漂流的文學〉	《評論十家》	台北：爾雅出版社		理論批評
212	1993/12	齊邦媛	〈四十年來的台灣文學〉	四十年來中國文學會議	聯合報系文化基金會		理論批評
213	1993/12	尉天驄	〈談「自由文藝論辯」〉	中國現代文學國際研討會	中央研究院文哲所		理論批評
214	1993/12	陳清僑	〈論都市的文化想像〉	四十年來中國文學會議	聯合報系文化基金會		理論批評
215	1993/12	張系國	〈遊子文學的背棄與救贖〉	四十年來中國文學會議	聯合報系文化基金會		理論批評
216	1993/12	梁錫華	〈香港文學中的地域色彩〉	四十年來中國文學會議	聯合報系文化基金會		理論批評
217	1993/12	黃繼持	〈香港文學主體性的發	四十年來中國文學會議	聯合報系文化基金會		理論批評

			展〉	議			
218	1993/12	李 陀	〈對現代性的對抗〉	四十年來中國文學會議	聯合報系文化基金會		理論批評
219	1993/12	劉再復	〈絕對大眾原則與現代文學諸流派的困境〉	中國現代文學國際研討會	中央研究院文哲所		理論批評
220	1993/12	鄭樹森	〈四十年來的香港文學〉	四十年來中國文學會議	聯合報系文化基金會		理論批評
221	1993/12	王德威	〈一種逝去的文學？〉	四十年來中國文學會議	聯合報系文化基金會		理論批評
222	1993/12	張芬齡、陳黎	《四方的聲音》		花蓮縣立文化中心		理論批評
223	1993/12	劉再復	〈四十年來的大陸文學〉	四十年來中國文學會議	聯合報系文化基金會		理論批評
224	1993/12	程德培	〈消費文學〉	四十年來中國文學會議	聯合報系文化基金會		理論批評
225	1993/12	吳 亮	〈回顧先鋒文學〉	四十年來中國文學會議	聯合報系文化基金會		理論批評
226	1993/12	張大春	〈當代台灣都市文學興起〉	四十年來中國文學會議	聯合報系文化基金會		理論批評
227	1993/12	李子雲	〈女性話語的消失與復歸〉	四十年來中國文學會議	聯合報系文化基金會		理論批評
228	1993/12	李慶西	〈尋根：八十年代的反文化回歸〉	四十年來中國文學會議	聯合報系文化基金會		理論批評
229	1993/12	柯慶明	〈六十年代現代主義文學〉	四十年來中國文學會議	聯合報系文化基金會聯合報系文化基金會		理論批評
230	1993/12	李歐梵	〈現代性與中國現代文學〉	中國現代文學國際研討會	中央研究院文哲所		理論批評
231	1993/12	渡 也	〈文學在當代台灣選舉上的運用〉	當代台灣政治文學研討會	台北：時報文化出版公司 中國青年寫作協會		理論批評
232	1993/12	游 喚	《文學符號學及其實踐》		台中縣立文化中心		理論批評
233	1993/12	呂正惠	〈七、八十年代鄉土文學的源流與變遷〉	四十年來中國文學會議	聯合報系文化基金會		理論批評
234	1993/12	齊邦媛 編	《評論十家》		台北：爾雅出版社		理論批評
235	1993/1	許俊雅	〈「薄命詩人」楊華及其作品〉	《文學台灣》5期			作家集團
236	1993/1	陳芳明	〈魯迅在台灣〉	《文學台灣》5期			作家集團
237	1993/3	宋永毅	《老舍與中國文化觀念》		台北：博遠出版社		作家集團
238	1993/3	陳漱渝	〈關於評價魯迅的若干問題〉	《中國文哲研究所通訊》3卷1期	中央研究院中國文哲研究所籌備處		作家集團
239	1993/4	林柏燕	〈吳濁流的大陸經驗〉	台灣地區區域文學會議	文訊雜誌社主辦		作家集團
240	1993/4	彭瑞金	〈台灣社會轉型時期出現的工人作家〉	台灣地區區域文學會議	文訊雜誌社主辦		作家集團

241	1993/6	黃恆秋	〈台灣客家文學及其客籍作家「身份」特質〉	《客家台灣文學論》	苗栗：苗栗縣立文化中心		作家集團
242	1993/6	莊明萱	〈「倒在血泊裡的筆耕者」鍾理和〉	《客家台灣文學論》	苗栗：苗栗縣立文化中心		作家集團
243	1993/6	鍾肇政	〈時代脈動裡的台灣客籍作家〉	《客家台灣文學論》	苗栗：苗栗縣立文化中心		作家集團
244	1993/8	林瑞明	《台灣文學與時代精神—賴和研究論集》		台北：允晨文化公司		作家集團
245	1993/8	林瑞明	〈賴和與台灣新文學運動〉	《台灣文學與時代精神—賴和研究論集》	台北：允晨文化公司		作家集團
246	1993/8	林瑞明	〈賴和與台灣文化協會（1921—1931）〉	《台灣文學與時代精神—賴和研究論集》	台北：允晨文化公司		作家集團
247	1993/8	林瑞明	〈重讀王詩琅〈賴懶雲論〉〉	《台灣文學與時代精神—賴和研究論集》	台北：允晨文化公司		作家集團
248	1993/8	林瑞明	〈賴和的文學及其精神〉	《台灣文學與時代精神—賴和研究論集》	台北：允晨文化公司		作家集團
249	1993/8	林瑞明	〈石在，火種是不會絕的—魯迅與賴和〉	《台灣文學與時代精神—賴和研究論集》	台北：允晨文化公司		作家集團
250	1993/8	林瑞明	〈賴和〈獄中日記〉及其晚年情境〉	《台灣文學與時代精神—賴和研究論集》	台北：允晨文化公司		作家集團
251	1993/10	迲義男作 柳書琴譯	〈周金波論—以系列作品爲中心〉	《文學台灣》8期			作家集團
252	1993/12	楊澤	〈邊緣的抵抗—試論魯迅的現代性與否定性〉	中國現代文學國際研討會	中央研究院文哲所主辦		作家集團
253	1993/12	平路	〈留美作家的創作新路〉	四十年來中國文學會議	聯合報系文化基金會主辦		作家集團
254	1993/12	張琢	《中國文明與魯迅的批評》		台北：桂冠圖書公司		作家集團
255	1993/12	藤井省三	〈鉛筆的戀愛、汽車的共和國—胡適的留美經驗與《終身大事》〉	中國現代文學國際研討會	中央研究院文哲所主辦		作家集團
256	1993/12	黎活仁	〈海、母愛與自戀—關冰心的「前俄狄浦斯階段」〉	中國現代文學國際研討會	中央研究院文哲所主辦		作家集團
257	1993/12	盧瑋鑾	〈「南來作家」淺說〉	四十年來中國文學會議			作家集團
258	1993/5	杜萱	《童詩廣角鏡》		台北：正中書局		其他
259	1993/9	季慕如	《兒童文學綜論》		高雄：復文圖書公司		其他

　　在西元1993年（民國82年）中，華文現代文學研究的發展與特色，可以略分為下列數點：

　　一、在具有學術性的文學研究論述上，計有專書（含學位論文）53本、論文207篇，茲依文類列表如下：

	專書（含學位論文）	論文
小説	14(7)	61
新詩	4(1)	56
散文	3(2)	8
戲劇	1	4
其他文類	2	0
文學批評（含理論）與文學史	26(5)	58
作家及其集團	3	20
合計	53(14)	207

　　就各項的資料筆數來看，「文學理論與批評」的筆數最多，其次依序是「小說」、「新詩」、「作家及其集團」、「散文」、「戲劇」與「其他文類」；其中後三項的研究數量遠遜於其他領域。

　　就「專書」出版方面：就資料筆數來看仍是「文學理論與批評」最多，其次依序是「小說」、「新詩」，「散文」和「作家及其集團」再次之，「其他文類」和「戲劇」殿末。

　　從上兩項比較看來，在數量上粗略可呈現為三種等級：（一）「文學理論及批評」、「小說」與「新詩」。（二）「作家及其集團」與「散文」。（三）「戲劇」與「其他文類」。這三個等級的差距，我們或許可以從華文文學研究主力—「研討會」的趨勢得到一點說明。本年度的學術研討會共有：

	研討會名稱	主辦單位
4 月	台灣地區區域文學會議	文訊雜誌社
5 月	現代詩學研討會	彰師大國文系、台中縣立文化中心
6 月	中國現代文學與教學研討會	文化大學中文系文藝組
6 月	高陽小說研討會	文建會、聯合文學雜誌社
10 月	洪醒夫小說學術研討會	台灣礦溪文化學會
10 月	詩人覃子豪先生作品研討會	文訊雜誌社
11 月	近代台灣小說與社會研討會	中正大學歷史系
12 月	中國現代文學國際研討會	中央研究院文哲所
12 月	四十年來中國文學會議	辦聯合報系文化基金會
12 月	當代台灣政治文學研討會	時報出版公司、中國青年寫作協會

西元1993年（民國82年）共計有10場學術研討會。若不計其中舉辦月份的重疊性，就數量而言應可算是豐富，也是使西元1993年（民國82年）共計達260 筆資料的重要因素之一。

而以會議主題來看，數量上恰好是依照「文學理論及批評」（5場）、「小說」（3場）、「新詩」（2場）的順序。前兩者的受到重視並不令人意外，而向來屬於閱讀小眾的「新詩」文類則因為今年2場研討會—「現代詩學研討會」和「詩人覃子豪先生作品研討會」的舉辦，吸引了部份研究焦點。

另一則是重要的一套「文學評論大系」的出版。

二、在研究對象與主題來看，「小說」和「新詩」無疑是西元1993年（民國82年）著力最多的兩大文類範圍。縱覽其研究對象與角度，無疑可以「眾聲喧嘩」來形容。例如以其中常見的「作家作品」研究來看，「新詩研究」就涵蓋了19位詩人的作品，其中洛夫（4次）、余光中（2次）、羅門（2次）是重複被研究者。在「小說研究」中，更涵蓋29位作家，其中趙樹理（2次）、黃春明（2次）、沈從文（3次）、宋澤萊（2次）是重複被研究者。而其中詩人覃子豪、小說家高陽、洪醒夫各成為舉辦一個研討會的主題研討。這一類研究的眾多，以小說為例，被

研究者從梁啓超一直到到李昂、朱天心，可說有其在時間向度上的延伸。在西元1993年（民國82年）可觀的研究成績數量中，連帶亦能顯示整個華文研究的廣度已逐漸被開啓。未來這方面的研究趨勢與走向應是可以預期的成長。

　　而在廣度的開啓上，另一個面向的呈顯便是分析作品角度的多元，例如「女性」視角的研究在小說研究中有7篇，新詩研究有1篇。「現代/後現代（主義）」角度亦有6篇，其餘諸如文學史、政治、區域甚至是各類理論雛形的提出，都開出多元的方向，呈現一番氣象。

　　三、就學位論文數量來看，這一年的學位論文在分類上可用下表來呈現：

小說	7
新詩	1
散文	2
文學批評（含理論）與文學史	5
作家及集團	0
戲劇	0
其他文類	0
合計	15

　　因此，以「小說」研究數量最多，其次依序是「文學理論與批評」、「散文」與「新詩」，「作家及其集團」、「戲劇」、「其他文類」在此年是缺席的。「小說」在三大文類（小說、散文、新詩）之中，依舊是當代華文研究中的焦點所在，得到的注意往往遠勝過散文和新詩。

　　以西元1993年（民國82年）年來看，關於「小說」的7篇學位論文中就有5篇是以單一作家的小說成績作爲考察對象（張愛玲、林語堂、趙樹理、沈從文與郁達夫）的。至於新詩與散文的研究，則全是以單一作家爲對象（余光中、周作人）。湊巧的是當代台灣重要的詩人余光中，他的詩與散文在此年同時地受到注意，分

別各有1篇學位論文討論，若合觀之則可一窺這位當代文壇大家的文學成就。

　　而「作家及其集團」在此年研究掛零，主要應是在「作家研究」之中，研究生往往縮小其研究範圍，以作家的某一主要創作的文類作爲研究對象有關。至於「戲劇」類，不但被研究的對象「劇本」少，而且也在不停的變動之中，所以未成爲研究生的論文題目是可理解的。而「其他文類」—即不屬四大文類的作品，理論上也不適合研究生去作開創性的研究。

　　在研究對象和主題上，最突出的仍是前面已略指出的單一作家研究，而且此年所挑出作爲研究對象，恰恰集中於三〇、四〇年代裡，在文學史上具有一定的地位與成就的作家；他們優秀且有一定的作品數目，當然是使他們成爲適宜關注的有力背景。

第十四章 1994 年的特色

　　台灣地區在西元1994年（民國83年）內，有關當代文學的研究論文與專著，其目錄如下：

編號	日期	作者	專著‧論文	出處	出版者	備註	種類
1	1994/1	陳瑤華	《王文興與七等生的成長小說比較》		清華大學語言所中文組碩士論文	呂正惠指導	小說
2	1994/3	柯慶明導讀、湯芝萱記錄	〈迷途的兩代—情談王文興《家變》〉	《喂!你是那一派》	台北：幼獅文化公司		小說
3	1994/3	康來新、林水福主編	《喂!你是那一派》	幼獅文藝四十年大系‧文學評論／世界文學卷	台北：幼獅文化公司		小說
4	1994/3	彭小妍	〈無聲之惡：沈從文的《神巫之愛》〉	《中國文哲研究集刊》4期	中央研究院中國文哲研究所籌備處		小說
5	1994/3	藤井省三著、張季琳譯	〈日本版《殺夫》解說〉	《中國文哲研究通訊》4卷1期	中央研究院中國文哲研究所籌備處		小說
6	1994/3	周素鳳	〈林海音小說中的婚姻與禁錮主題〉	《台北工專學報》27卷1期			小說
7	1994/3	編輯委員會	《[台灣作家全集]短篇小說卷別冊》		台北：前衛出版社		小說
8	1994/4	游喚	〈政治小說策略及其解讀—有關台灣主體之論述〉	《文學台灣》10期			小說
9	1994/5	鍾玲	〈香港女性小說筆下的時空和感性〉	陳炳良編《香港文學探賞》	台北：書林出版社		小說
10	1994/5	阮桃園	〈當原鄉人遇上阿Q〉	台灣文學中的歷史經驗研討會	東海大學中文系		小說
11	1994/5	趙天儀	〈太平洋戰爭的歷史經驗〉	台灣文學中的歷史經驗研討會	東海大學中文系		小說
12	1994/5	張錦忠	〈黃凡與未來：兼註台灣科幻小說〉	《中外文學》22卷12期			小說
13	1994/5	羅貴祥	〈幾篇香港小說中表現的大眾文化觀念〉	陳炳良編《香港文學探賞》	台北：書林出版社		小說

14	1994/5	梁秉鈞	〈香港小說與西方現代文學的關係〉	陳炳良編《香港文學探賞》	台北：書林出版社		小説
15	1994/5	陳芳明	〈王詩琅小說與台灣抗日左翼〉	台灣文學中的歷史經驗研討會	東海大學中文系	又刊於《文學台灣》12期	小説
16	1994/6	江心	《《廢都》之謎》		台北：風雲時代出版社		小説
17	1994/6	林素娥	〈文本、閱讀與再現：魯迅〈藥〉的五種讀法〉	《中外文學》23卷1期			小説
18	1994/6	吳慧婷	《記實與虛構—陳千武自傳性小說「台灣特別志願兵的回憶」系列作品研究》		清華大學中文所碩士論文	呂興昌指導	小説
19	1994/6	諸昱志	《吳濁流小說之研究》		淡江大學中文所碩士論文	李瑞騰指導	小説
20	1994/6	魏福康	《郁達夫小說研究》		師範大學國文所碩士論文	楊昌年指導	小説
21	1994/6	江寶釵	《論《現代文學》女性小說家—從一個女性經驗的觀點出發》		師範大學國文所博士論文	楊昌年、陳鵬翔指導	小説
22	1994/6	楊淑雯	〈蕭紅小說的美學風格〉	《輔大中文所學刊》3期			小説
23	1994/7	陳彬彬	《瓊瑤的夢—瓊瑤小說研究》		台北：皇冠文化公司		小説
24	1994/7	黃惠禎	《楊逵及其作品研究》		台北：麥田出版社		小説
25	1994/7	李瑞騰	《情愛掙扎—柏楊小說析論》		台北：漢光文化公司		小説
26	1994/7	王淑雯	《大河小說與族群認同—以《台灣人三部曲》《寒夜三部曲》《浪淘沙》為焦點的分析》		台灣大學社會所碩士論文	蕭新煌指導	小説
27	1994/7	盧正珩	〈張愛玲小說的時代感〉			《台灣師範大學國文研究所集刊》37期	小説
28	1994/7	呂興昌	〈賴和〈富戶人的歷史〉初探〉	《文學台灣》11期			小説
29	1994/8	林芳玫	《解讀瓊瑤愛情王國》		台北：時報文化出版公司		小説
30	1994/8	彭瑞金	〈鍾理和文學的生活經驗和生命體驗〉	1994年台灣文化會議：南台灣文學景觀	高雄縣政府、民進黨中央黨部		小説
31	1994/8	林瑞明	〈葉石濤早期小說之探討〉	1994年台灣文化會議：南台灣文學景觀	高雄縣政府、民進黨中央黨部		小説
32	1994/8	余昭玟	〈從淪落到昇華論葉石濤小說中的象徵〉	1994年台灣文化會議：南台灣文學景觀	高雄縣政府、民進黨中央黨部		小説
33	1994/8	李元貞	〈論葉石濤小說中的「台灣女人」〉	1994年台灣文化會議：南台灣文學景觀	高雄縣政府、民進黨中央黨部	又刊於《文學台灣》12期	小説
34	1994/8	李瑞騰	〈盛開在苦難的土地上—葉石濤近期小說劄記〉	1994年台灣文化會議：南台灣文學景觀	高雄縣政府、民進黨中央黨部		小説
35	1994/9	傅林統	《少年小說初探》		台北：富春文化事業股		小説

					份有限公司		
36	1994/10	李鏡明	〈關於李榮春的短篇小說〉	《文學台灣》12期			小說
37	1994/10	陳碧月	《白先勇小說的人物及其刻劃》		文化大學中文所碩士論文	唐翼明指導	小說
38	1994/11	黃靖雅	《鍾肇政小說研究》		東吳大學中文所碩士論文	施淑女指導	小說
39	1994/11	岡崎郁子	〈孕育文學的土壤─在台灣文學史上的邱永漢和西川滿的地位〉	賴和及其同時代的作家：日據時期台灣文學國際學術研討會	文建會、清華大學中語系		小說
40	1994/11	張良澤	〈《亞細亞的孤兒》的版本與譯文之研究〉	賴和及其同時代的作家：日據時期台灣文學國際學術研討會	文建會、清華大學中語系		小說
41	1994/11	楊小濱	〈《酒國》盛大的衰頹〉	《中外文學》23卷6期			小說
42	1994/11	許俊雅	〈日據時代台灣小說中的婦女問題〉	賴和及其同時代的作家：日據時期台灣文學國際學術研討會	文建會、清華大學中語系		小說
43	1994/11	林明德	〈日據時代的台灣小說現象─以〈送報伕〉〈牛車〉〈植有木瓜樹的小鎮〉三篇爲例〉	賴和及其同時代的作家：日據時期台灣文學國際學術研討會	文建會、清華大學中語系		小說
44	1994/11	林至潔	〈呂赫若最後作品─〈冬夜〉之剖析〉	賴和及其同時代的作家：日據時期台灣文學國際學術研討會	文建會、清華大學中語系		小說
45	1994/11	垂水千惠	〈論〈清秋〉之遲延結構─呂赫若論〉	賴和及其同時代的作家：日據時期台灣文學國際學術研討會	文建會、清華大學中語系		小說
46	1994/11	馬漢茂	〈從賴和日據時代台灣小說的孤島狀態─兼論方才起步的西方研究和翻譯〉	賴和及其同時代的作家：日據時期台灣文學國際學術研討會	文建會、清華大學中語系		小說
47	1994/11	陳萬益	〈夢境與現實─重探〈奔流〉〉	賴和及其同時代的作家：日據時期台灣文學國際學術研討會	文建會、清華大學中語系		小說
48	1994/11	河原功	〈楊逵送報伕的成長背景從楊逵的處女作自由勞動者的生活剖面和義藤永之介總督府模範〉	賴和及其同時代的作家：日據時期台灣文學國際學術研討會	文建會、清華大學中語系		小說
49	1994/11	呂正惠	〈賴和三篇小說析論─兼論賴和作品的社會性格〉	賴和及其同時代的作家：日據時期台灣文學國際學術研討會	文建會、清華大學中語系		小說
50	1994/11	山田敬三	〈龍瑛宗論〉	賴和及其同時代的作家：日據時期台灣文學國際學術研討會	文建會、清華大學中語系		小說
51	1994/11	施 淑	〈書齋、城市與鄉村─日據時代小說中的左翼知識	賴和及其同時代的作家：日據時期台灣文	文建會、清華大學中語系		小說

				份子〉	學國際學術研討會			
52	1994/11	野間信幸	〈論張文環的〈父親的要求〉〉	賴和及其同時代的作家：日據時期台灣文學國際學術研討會	文建會、清華大學中語系		小說
53	1994/11	星名宏修	〈再論周金波─以〈氣候與信仰與老病〉爲主〉	賴和及其同時代的作家：日據時期台灣文學國際學術研討會	文建會、清華大學中語系		小說
54	1994/11	鍾美芳	〈呂赫若創作歷程初探─從〈柘榴〉到〈清秋〉〉	賴和及其同時代的作家：日據時期台灣文學國際學術研討會	文建會、清華大學中語系		小說
55	1994/11	張恆豪	〈蒼茫深邃的「時代之眼」─比較賴和〈歸家〉與魯迅〈故鄉〉〉	賴和及其同時代的作家：日據時期台灣文學國際學術研討會	文建會、清華大學中語系		小說
56	1994/11	塚本照和	〈談楊逵的〈田園小景〉和〈模範村〉〉	賴和及其同時代的作家：日據時期台灣文學國際學術研討會	文建會、清華大學中語系		小說
57	1994/12	王建元	〈當代台灣科幻小說中的都市空間〉	當代台灣都市文學研討會	台北：時報文化出版公司 中國青年寫作協會		小說
58	1994/12	馬 森	〈城市之罪─論現代小說的書寫心態〉	當代台灣都市文學研討會	台北：時報文化出版公司 中國青年寫作協會		小說
59	1994/12	許俊雅	《日據時期台灣小說研究》		台北：文史哲出版社	師範大學國文所博士論文	小說
60	1994/12	高天生	《台灣小說與小說家》		台北：前衛出版社		小說
61	1994/12	吳怡萍	《北伐前後婦女解放觀的轉變─以魯迅、茅盾、丁玲小說爲中心的探討》		政治大學中文所碩士論文	呂芳上指導	小說
62	1994/12	洪凌、紀大偉	〈當代台灣科幻小說的都會冷酷異境〉	當代台灣都市文學研討會	台北：時報文化出版公司 中國青年寫作協會		小說
63	1994/12	林燿德	〈空間剪貼簿─漫遊晚近台灣都市小說的建築空間〉	當代台灣都市文學研討會	台北：時報文化出版公司 中國青年寫作協會		小說
64	1994/12	陳崇祺	《傳統與原始大陸尋根小說的批評與省思》		台灣大學中文所碩士論文	蔡源煌葉慶炳指導	小說
65	1994/12	張啓疆	〈當代台灣小說中的都市「負負空間」〉	當代台灣都市文學研討會	台北：時報文化出版公司 中國青年寫作協會	又刊於《中外文學》24卷1期	小說
66	1994/12	夏志清	〈評析「靜靜的紅河」〉	現代文學討論會	文建會、中央日報		小說
67	1994/12	張素貞	〈李潼的《屏東姑丈》─一位新世代本土小說家的文學觀察〉	第一屆台灣本土文化國際學術研討會	台灣師範大學文學院‧人文中心		小說
68	1994/12	許俊雅	〈文化傳統與歷史選擇─談日據時期台灣小說中的	第一屆台灣本土文化國際學術研討會	台灣師範大學文學院‧人文中心		小說

			文化內涵〉				
69	1994/6	鄭明娳	〈從懷鄉到返鄉—台灣現代散文中的大陸意識〉	《中華文學的現在和未來》	香港：鑪峰學會		散文
70	1994/6	亮　軒	《從散文解讀人生》		台北：台灣新生報出版部		散文
71	1994/6	徐　學	〈當代台灣散文中的遊戲精神〉	《中華文學的現在和未來》	香港：鑪峰學會		散文
72	1994/6	沈　謙	〈眞誠關愛與粉飾自欺—評白樺的散文《我想問那月亮》〉	《中華文學的現在和未來》	香港：鑪峰學會		散文
73	1994/11	許達然	〈日據時期台灣散文〉	賴和及其同時代的作家：日據時期台灣文學國際學術研討會	文建會、清華大學中語系		散文
74	1994/12	陳萬益	〈原住民的世界—楊牧、黃春明與陳列散文的觀點〉	第一屆台灣本土文化國際學術研討會	台灣師範大學文學院・人文中心		散文
75	1994/12	鄭明娳	〈當代散文的兩種「怪誕」〉	當代台灣都市文學研討會	台北：時報文化出版公司 中國青年寫作協會		散文
76	1994/1	李子玲	《聞一多詩學論稿》		台北：文史哲出版社		新詩
77	1994/1	朱　徽	《羅門詩一百首賞析》		台北：文史哲出版社		新詩
78	1994/1	吳潛誠	〈台灣在地詩人的本土意識及其政治涵義—以《混聲合唱—「笠」詩選》爲討論對象〉	《文學台灣》9期			新詩
79	1994/3	王鎭庚	〈詩壇風雲四十年—簡論「現代主義」在台灣〉	《台灣詩學季刊》6期			新詩
80	1994/3	沈　奇	〈誤接之誤—談兩岸詩界的交流與對接〉	《台灣詩學季刊》6期			新詩
81	1994/3	葛乃福	〈我們期待怎樣的交流—海峽兩岸詩歌交流之檢討〉	《台灣詩學季刊》6期			新詩
82	1994/4	李春生	《唐突集》		屏東縣立文化中心		新詩
83	1994/5	葉維廉	〈自覺之旅：由裸靈到死—初論昆南〉	陳炳良編《香港文學探賞》	台北：書林出版社		新詩
84	1994/5	陳明台	〈論戰後台灣本土詩的發展和特質〉	台灣學中的歷史經驗研討會	東海大學中文系		新詩
85	1994/5	陳少紅	〈香港詩人的城市觀照〉	陳炳良編《香港文學探賞》	台北：書林出版社		新詩
86	1994/5	王建元	〈戰勝隔絕—馬博良與葉維廉的放逐詩〉	陳炳良編《香港文學探賞》	台北：書林出版社		新詩
87	1994/6	鄭慧如	《現代詩的古典觀照——一九四九～一九八九》		政大中研所博士論文	余光中指導	新詩
88	1994/6	金葉明	《中國新文學運動與俄國		政大中研所碩士論文	余光中指導	新詩

			啓蒙運動下浪漫詩發展的比較》				
89	1994/6	丁旭輝	《徐志摩新詩研究》		台灣師範國文研究所碩士論文	楊昌年指導	新詩
90	1994/6	湯玉琦	《詩人的自我與外在世界—論洛夫、余光中、簡政珍的詩語言》		清華大學文學研究所外文組碩士論文	鄭恆雄指導	新詩
91	1994/6	費勇	《洛夫與中國現代詩》		台北：三民書局		新詩
92	1994/8	陳芳明	〈台灣左翼詩學的掌旗者—吳新榮作品試探〉	1994年台灣文化會議：南台灣文學景觀	高雄縣政府 民進黨中央黨部		新詩
93	1994/8	呂興昌	〈巧妙的社會縮圖—郭水潭戰前新詩析述〉	1994年台灣文化會議：南台灣文學景觀	高雄縣政府 民進黨中央黨部		新詩
94	1994/8	陳鵬翔	〈論羅門的詩歌理論〉	《中外文學》23卷3期			新詩
95	1994/8	張健	〈小論當代詩與當代文學問題〉	《中外文學》23卷3期			新詩
96	1994/8	古洪添	〈理論、應用、「解」的詩想〉	《中外文學》23卷3期		評簡政珍「當代詩的當代性考察」	新詩
97	1994/8	吳潛誠	〈詩與土地—詩與山水平原景觀：〉	1994年台灣文化會議：南台灣文學景觀	高雄縣政府 民進黨中央黨部		新詩
98	1994/8	葉維廉	〈在記憶的文化空間裡歌唱—論瘂弦記憶塑像的藝術〉	《中外文學》23卷3期			新詩
99	1994/8	蔡振興	〈「作者已死」—信不信由你〉	《中外文學》23卷3期		評簡政珍「當代詩的當代性考察」	新詩
100	1994/8	簡政珍	〈當代詩的當代性省思〉	《中外文學》23卷3期			新詩
101	1994/8	施懿琳	〈周定山《一吼劫前集》中的大陸經驗與感時情懷〉	1994年台灣文化會議：南台灣文學景觀	高雄縣政府 民進黨中央黨部		新詩
102	1994/8	羅青	〈詩的照明禪〉	《從徐志摩到余光中·第二冊》	台北：爾雅出版社		新詩
103	1994/8	羅青	〈詩的風向球〉	《從徐志摩到余光中·第三冊》	台北：爾雅出版社		新詩
104	1994/9	瘂弦、簡政珍主編	《創世紀四十年評論選：一九五四～一九九四》		台北：創世紀雜誌社		新詩
105	1994/10	沈奇	〈對存在的開放和對語言的再創造—瘂弦詩歌藝術論〉	《幼獅文藝》80卷4期		又收於《中國現代文學理論季刊》2期	新詩
106	1994/11	沈奇	〈對存在的開放和對語言的再創造—瘂弦詩歌藝術論〉	《幼獅文藝》80卷5期		又收於《中國現代文學理論季刊》2期	新詩
107	1994/12	沈奇	〈對存在的開放和對語言的再創造—瘂弦詩歌藝術論〉	《幼獅文藝》80卷6期		又收於《中國現代文學理論季刊》2期	新詩

108	1994/11	梁景峰	〈台灣現代詩的起步—論賴和與楊華的新詩〉	賴和及其同時代的作家：日據時期台灣文學國際研討會	文建會、清華大學中語系		新詩
109	1994/11	呂興昌	〈吳新榮《振瀛詩集》初探〉	賴和及其同時代的作家：日據時期台灣文學國際研討會	文建會、清華大學中語系		新詩
110	1994/11	陳明台	〈楊熾昌、風車詩社和日本思潮—戰前台灣新詩現代主義之考察〉	賴和及其同時代的作家：日據時期台灣文學國際研討會	文建會、清華大學中語系		新詩
111	1994/11	葉笛	〈日據時期「外地文學」概念下的台灣新詩人〉	賴和及其同時代的作家：日據時期台灣文學國際研討會	文建會、清華大學中語系		新詩
112	1994/11	趙天儀	〈論賴和的新詩〉	賴和及其同時代的作家：日據時期台灣文學國際研討會	文建會、清華大學中語系		新詩
113	1994/12	林綠	〈文明與都市詩—論羅門的都市詩〉	當代台灣都市文學研討會	台北：時報文化出版公司 中國青年寫作協會		新詩
114	1994/12	羅門	〈都市與都市詩〉	當代台灣都市文學研討會	台北：時報文化出版公司 中國青年寫作協會		新詩
115	1994/6	李皇良	《李曼瑰和台灣戲劇發展之研究》		文化大學藝術研究所碩士論文	鍾明德指導	戲劇
116	1994/7	石宛舜	〈嘎然弦斷—林博秋與新劇〉	《文學台灣》11期			戲劇
117	1994/7	李慧薇	《曹禺：《北京人》研究—從主要人物看其戲劇藝術》		文化藝術研究所碩士論文	黃美序指導	戲劇
118	1994/8	楊渡	《日據時期台灣新劇運動（1923—1936）》		台北：時報文化公司		戲劇
119	1994/10	馬森	《西潮下的中國現代戲劇》		台北：書林出版有限公司		戲劇
120	1994/12	葉長海	《中國戲劇學史》		台北：駱駝出版社		戲劇
121	1994/1	魏貽君	〈反記憶、敘述與少數論述〉	《文學台灣》8期			理論批評
122	1994/1	黃祺椿	〈區域特性與土地認同—龔鵬程先生《區域特性與文學傳統》商榷〉	《文學台灣》9期			理論批評
123	1994/1	彭瑞金	〈台灣文學定位的過去與未來〉	《文學台灣》9期			理論批評
124	1994/2	陳芳明	《典範的追求》		台北：聯合文學出版社		理論批評
125	1994/2	吳東權	《文學境界》		台北：躍昇文化公司		理論批評
126	1994/2	余光中	《從徐霞客到梵谷》		台北：九歌出版社		理論批評
127	1994/2	鄭樹森	《從現代到當代》		台北：三民書局		理論批評

128	1994/2	周英雄	《文學與閱讀之間》		台北：允晨文化出版公司		理論批評
129	1994/3	文訊雜誌主編	《鄉土與文學—「台灣地區區域文學會議」實錄》		台北：文訊雜誌社		理論批評
130	1994/3	文訊雜誌主編	《藝文與環境》		台北：文訊雜誌社		理論批評
131	1994/3	張誦聖 高志仁 黃 素	〈朱天文與台灣文化及文學新動向〉	《中外文學》22卷10期			理論批評
132	1994/4	蕭毅虹	《蕭毅虹散文評論》		台北：絲路出版社		理論批評
133	1994/5	林明德	〈台灣文學中的歷史經驗〉	台灣文學中的歷史經驗研討會	東海大學中文系		理論批評
134	1994/5	陳炳良 編	《中國現當代文學探析》		台北：書林出版公司		理論批評
135	1994/5	陳炳良 編	《香港文學探賞》	台北：書林出版公司			理論批評
136	1994/5	劉以鬯	〈五十年代初期的香港文學—1985年4月27日在「香港文學研討會」上的發言〉	陳炳良編《香港文學探賞》	台北：書林出版公司		理論批評
137	1994/6	柳書琴	《戰爭與文壇—日據末期台灣的文學活動（1937.7-1945.8）》		台灣大學歷史研究所碩士論文	吳密察指導	理論批評
138	1994/6	慎錫讚	《中國大陸「傷痕文學」之研究》		文化大學中研所碩士論文	唐翼明指導	理論批評
139	1994/6	林倖妃	《日據時代台灣新文學運動中的台灣意識與中國意識》		東吳社會研究所碩士論文	張炎憲指導	理論批評
140	1994/6	沈靜嵐	《當西風走過—六〇年代《現代文學》派的論述與考察》		成功大學歷史研究所碩士論文	林瑞明指導	理論批評
141	1994/6	古遠清 章亞昕	《心靈的故鄉》		台北：業強出版社		理論批評
142	1994/6	葉維廉	《從現象到表象》		台北：東大圖書公司		理論批評
143	1994/6	李敏勇	《戰後台灣文學反思》		台北：自立晚報社文化出版部		理論批評
144	1994/7	李瑞騰	《文學尖端對話》		台北：九歌出版社		理論批評
145	1994/7	鄭炯明	〈穿越八〇年代的台灣文學—從《文學界》到《文學台灣》〉	《文學台灣》11期			理論批評
146	1994/7	莊淑芝	《台灣新文學觀念的萌芽與實踐》		台北：麥田出版公司		理論批評
147	1994/7	鄭明娳 編	《當代台灣政治文學論》		台北：時報文化出版公司		理論批評
148	1994/7	黃棋椿	《日治時期台灣新文學運動與社會主義思潮之關係初探（1927-1937）》		清華大學中研所碩士論文	呂興昌指導	理論批評

149	1994/8	吳潛誠	《感性定位》		台北：允晨文化出版公司		理論批評
150	1994/8	葉石濤	《展望台灣文學》		台北：九歌出版社		理論批評
151	1994/8	楊　照	〈「失語震撼」後的掙扎、尋覓—論葉石濤的文學觀〉	1994 年台灣文化會議：南台灣文學景觀	高雄縣政府、民進黨中央黨部		理論批評
152	1994/8	游勝冠	〈台灣本土殊性的彰揚—葉石濤的「台灣的鄉土文學」及「本省作家」〉	1994 年台灣文化會議：南台灣文學景觀	高雄縣政府、民進黨中央黨部		理論批評
153	1994/9	廖炳惠	《回顧現代—後現代與後殖民論文集》		台北：麥田出版公司		理論批評
154	1994/9	廖炳惠	〈新歷史主義與後殖民論述〉	《回顧現代—後現代與後殖民論文集》	台北：麥田出版公司		理論批評
155	1994/9	李瑞騰	《文學的出路》		台北：九歌出版社		理論批評
156	1994/9	王宏志	《文學與政治之間—魯迅、新月、文學史》		台北：東大圖書公司		理論批評
157	1994/10	孟　樊	《台灣文學輕批評》		台北：揚智文化公司		理論批評
158	1994/10	安煥然	〈殖民統治下所形成的兩個文字特區—論台灣文學和馬華文學的源起發展與中國新文學運動〉	《文學台灣》12期			理論批評
159	1994/10	黃維樑	《璀璨的五彩筆》		台北：九歌出版社		理論批評
160	1994/10	黃國彬	《文學札記》		台北：三民書局		理論批評
161	1994/11	許俊雅	《台灣文學散論》		台北：文史哲出版社		理論批評
162	1994/11	楊　澤	〈在台灣讀魯迅的國族文學〉	《中外文學》23卷6期			理論批評
163	1994/11	楊澤 編	《從四〇年代到九〇年代—兩岸三邊華文小說研討會論文集》		台北：時報文化出版公司		理論批評
164	1994/11	周慶華	《秩序的探索—當代台灣文學論述的考察》		台北：東大圖書公司		理論批評
165	1994/11	黃祺椿	〈日治時期社會主義思潮下之鄉土文學論爭與台灣話文運動〉	賴和及其同時代的作家：日據時期台灣文學國際學術研討會	文建會、清華大學中語系		理論批評
166	1994/11	柳書琴	〈大正義贊運動與日治末期台灣文學運動之復甦〉	賴和及其同時代的作家：日據時期台灣文學國際學術研討會	文建會、清華大學中語系		理論批評
167	1994/11	藤井省三	〈「大東亞戰爭」時期台灣讀書市場的成熟與文壇的成立—從皇民化運動到台灣國家主義之〉	賴和及其同時代的作家：日據時期台灣文學國際學術研討會	文建會、清華大學中語系		理論批評
168	1994/11	彭瑞金	〈日據台灣社會運動的勃發與新文學運動的興起〉	賴和及其同時代的作家：日據時期台灣文學國際學術研討會	文建會、清華大學中語系		理論批評

169	1994/11	中島利郎	〈在殖民地台灣的日本作家—西川滿的文學觀〉	賴和及其同時代的作家：日據時期台灣文學國際學術研討會	文建會、清華大學中語系		理論批評
170	1994/11	胡民祥	〈賴和的文學語言〉	賴和及其同時代的作家：日據時期台灣文學國際學術研討會	文建會、清華大學中語系		理論批評
171	1994/11	鄭穗影	〈賴和文學的現實與理想—台灣文學語言和精神之根源的思索〉	賴和及其同時代的作家：日據時期台灣文學國際學術研討會	文建會、清華大學中語系		理論批評
172	1994/12	向 陽	〈「台北的」與「台灣的」—初論台灣現代文學的「城鄉差距」〉	當代台灣都市文學研討會	台北：時報文化出版公司 中國青年寫作協會		理論批評
173	1994/12	黃英哲 編 涂翠花 譯	《台灣文學研究在日本》		台北：前衛出版社		理論批評
174	1994/12	王曉明	〈一份雜誌和一個「社團」—論「五四」文學傳統〉	《中國文學史的省思》	台北：書林出版公司		理論批評
175	1994/12	平 路	〈都會中沈淪的「名」〉	當代台灣都市文學研討會	台北：時報文化出版公司 中國青年寫作協會		理論批評
176	1994/12	呂興昌	〈白話字中的台灣文學資料〉	第一屆台灣本土文化國際學術研討會	台灣師範大學人文學院·人文中心		理論批評
177	1994/12	王潤華	〈從沈從文的「都市文明」到林燿德的「終端機文化」〉	當代台灣都市文學研討會	台北：時報文化出版公司 中國青年寫作協會		理論批評
178	1994/12	林以青	〈文學經驗中的都會情境—以七〇年代的台北為例〉	當代台灣都市文學研討會	台北：時報文化出版公司 中國青年寫作協會		理論批評
179	1994/12	王宏志	〈主觀願望與客觀環境之間—唐弢的文學史觀和他主編的《中國現代文學史》〉	《中國文學史的省思》	台北：書林出版公司		理論批評
180	1994/12	楊昌年	《有一種沁涼》		台北：幼獅文化公司		理論批評
181	1994/12	林淇瀁	〈戰後台灣文學的傳播困境初探〉	第一屆台灣本土文化國際學術研討會	台灣師範大學人文學院·人文中心		理論批評
182	1994/12	陳國球	《中國文學史的省思》		台北：書林出版公司		理論批評
183	1994/12	古繼堂	《台灣新文學理論批評史》		台北：文史哲出版社		理論批評
184	1994/12	陳思和	〈一本文學史的構想—《差圖本20世紀中國文學史》總序〉	《中國文學史的省思》	台北：書林出版公司		理論批評
185	1994/12	龔鵬程	〈「二十世紀中國文學」概念之解析〉	《中國文學史的省思》	台北：書林出版公司		理論批評
186	1994/12	陳平原	〈小說史研究方法散論〉	《中國文學史的省思》	台北：書林出版公司		理論批評

187	1994/1	錢理群	《周作人論》		台北：萬象圖書公司		作家集團
188	1994/4	羊子喬	〈橫看成嶺側成峰—試爲郭水潭造像〉	《文學台灣》10期			作家集團
189	1994/6	李奭學	〈周作人/布雷克/神秘主義〉	《中西文學因緣》	台北：聯經出版社	原刊於《當代》36期 1989年4月	作家集團
190	1994/7	下村作次郎 葉石濤譯	〈王詩琅的回顧錄〉	《文學台灣》11期			作家集團
191	1994/7	季篤恭	《磺溪一完人》		台北：前衛出版社		作家集團
192	1994/11	澤井律之	〈論在大陸時代的鍾理和〉	賴和及其同時代的作家：日據時期台灣文學國際學術研討會	文建會、清華大學中語系主辦		作家集團
193	1994/11	岡田英樹	〈在淪陷時期北京文壇的概況—關於台灣作家的三劍客〉	賴和及其同時代的作家：日據時期台灣文學國際學術研討會	文建會、清華大學中語系主辦	研究對象：張我軍、洪炎秋、張深切	作家集團
194	1994/11	下村作次郎	〈日本人印象中的台灣作家賴和—從戰前台灣文學的歷史性記述中思考起〉	賴和及其同時代的作家：日據時期台灣文學國際學術研討會	文建會、清華大學中語系主辦		作家集團
195	1994/11	陳芳明	〈賴和與台灣左翼作家系譜〉	賴和及其同時代的作家：日據時期台灣文學國際學術研討會	文建會、清華大學中語系主辦		作家集團
196	1994/11	費德廉	〈徵募之作家與被迫之言？決戰時期的報導文學與台灣作家〉	賴和及其同時代作家：日據時期台灣文學國際學術研討會	文建會、清華大學中語系主辦		作家集團
197	1994/12	陳炳良編	《魯迅研究平議》				作家集團
198	1994/6	林文寶	《楊喚與兒童文學》		台東師範學院語文教育系	後由台北：萬卷樓圖書有限公司出版	其他

在西元1994年（民國83年）中，華文現代文學研究的發展與特色，約可以括分為下列數點：

一、在具有學術性的文學研究論述上，若以專書（含學位論文）本和論文為計算單位，則其數目如下：

	專書（含學位論文）	論文
小說	21(10)	47
新詩	8(4)	28
散文	1	6
戲劇	0	0
其他文類	0	0
文學批評（含理論）與文學史	35(5)	31
作家及其集團	4	7
合計	66	125

就資料總筆數來看，西元1994年（民國83年）的「小說」和「文學批評（含理論）與文學史」兩類的研究顯然居於前兩個位置，再其次依序是「新詩」、「作家及其集團」和「散文」的研究。至於「戲劇」和「其他文類」兩類在此年則是缺席。而就「專書」數量來看：則以「文學批評（含理論）與文學史」居首，其次依序是「小說」、「新詩」、「作家及其集團」與「散文」。再就學位論文數量的來看：則以「小說」的數量最多，且和其他領域的差距頗大，接著依序是「文學批評（含理論）與文學史」和「新詩」，「散文」研究則在此年的學位論文中是缺席的；至於「作家及其集團」的情況則和西元1993年（民國82年）一樣，乏人問津。總的來看，「小說」和「文學批評（含理論）與文學史」同在西元1994年（民國83年）最受矚目；至於一向少人關注的「散文」和「戲劇」兩大文類，

在西元1994年（民國83年）更是不被重視。「戲劇」一項較難看出成績，可能的因素是「戲劇」一項著重的是「表演藝術」，和一般所認知的「文學研究」有段距離，而近年在台灣盛行的「（小）劇場」，其實並不重視「文本」的研究，而是關注於實際的演出成績，這或許是「戲劇」一項成績未見突出的原因。

　　二、在西元1994年（民國83年）的研究主題上，台灣早期的本土作家和作品，似已成為西元1994年（民國83年）研究者探索最力的對象。以研討會的舉辦為例來看，則其情況非常明顯，我們將它們依時間先後的順序可表列如下：

	研討會名稱	主辦單位
5 月	台灣文學中的歷史經驗研討會	東海大學中文系
8 月	1994 年台灣文化會議： 南台灣文學景觀	高雄縣政府、民進黨中央黨部
11 月	賴和及其同時代作家： 日據時期台灣文學國際學術研討會	文建會、清華大學中語系
12 月	當代台灣都市文學研討會	中國青年寫作協會、時報出版公司
12 月	第一屆台灣本土文化 國際學術研討會	台灣師範大學人文學院人文中心
12 月	現代文學討論會	文建會、中央日報

　　其中，尤以「賴和及其同時代作家：日據時期台灣文學國際學術研討會」的研究數量最受矚目，共計有34篇論文。至於在類別上，則「小說」方面有17篇，「文學理論（含批評）與文學史」有7篇，「新詩」和「作家及其集團」則各有5篇。這些研究論文由作家、作品以迄於整個文學運動和文學環境的不同面向去考察，因此它們可說是從點及面上去合力勾勒出台灣文學史上早期論述的一個整體的面貌。而若以此為中心，我們尚可發現，在其他的研討會裡，似也有不約而同地將焦點對準於此的研究趨勢，因此我們甚至可以說台灣文學本土化的研究已有成為顯學的趨勢；這在「散文」與「小說」兩個文類的研究上也可看出這樣的情

形：如「當代台灣散文中的遊戲精神」、「台灣現代散文的大陸意識」等題目，以及在小說研究中包括了王文興、七等生、黃凡、王詩琅、柏陽、瓊瑤、楊逵、葉石濤、鍾理和、張文環、呂赫若、龍瑛宗等等本土作家的作品研究。

　　本年中值得注意的研究者應屬李瑞騰。共有《文學尖端對話》、《文學的出路》和《情愛掙扎—柏陽小說研究》3本專著和1篇論文的發表，並指導1篇碩士論文。

　　三、在研究發表的刊物方面，則以《文學台灣》和《中外文學》為重鎮。兩者在西元1994年（民國83年）都有11篇關於「當代華文文學研究」的成績。而兩本刊物的出版地恰為一南一北，且發表論文的研究者（群）並未重複（縱觀其他年次亦是如此），而形成一個特殊「南北平衡」的情形。

第十五章 1995 年的特色

　　台灣地區在西元1995年（民國84年）內，有關當代文學的研究論文與專著，其目錄如下：

編號	日期	作者	專著・論文	出處	出版者	備註	種類
1	1995/1	林明德	〈台灣文學作品中的歷史經驗—以吳晟的作品爲例〉	《文學台灣》13期			小説
2	1995/1	劉玟玲	〈從同名人物談王禎和的系列小説〉	《文學台灣》13期			小説
3	1995/1	朱雙一	〈現代人的焦慮和生存競爭—東年論〉	《聯合文學》總123期			小説
4	1995/2	朱雙一	〈廣角鏡對準台灣都市叢林—黃凡論〉	《聯合文學》總124期			小説
5	1995/2	梅家玲	〈眾聲喧嘩中的《我妹妹》—論張大春《我妹妹》的多重解讀策略及其美學趣味〉	《聯合文學》總124期			小説
6	1995/2	王潤華	《老舍小説新論》		台北：三民書局		小説
7	1995/3	蘇麗明	〈冰心與盧隱的問題小説比較〉	《輔大中研所學刊》4期			小説
8	1995/3	朱雙一	〈吉陵和海東：墮落世界的合影—李永平論〉	《聯合文學》總125期			小説
9	1995/3	黃武忠	〈論洪醒夫的小説〉	《親近台灣文學》	台北：九歌出版社		小説
10	1995/3	黃武忠	〈日據下的小民悲歌—賴和新文學作品析論〉	《親近台灣文學》	台北：九歌出版社		小説
11	1995/3	黃武忠	〈心緒茫然蕭瑟裡—初探楊守愚的小説世界〉	《親近台灣文學》	台北：九歌出版社		小説
12	1995/4	王建元著 張錦忠譯	〈從美學到批判教育理論：後現代台灣小説與啓蒙小説嬗變〉	《中外文學》23卷11期			小説
13	1995/4	陳芳明	〈賴和與台灣左翼文學系譜—殖民地作家的抵抗與挫折〉	《聯合文學》總126期			小説
14	1995/4	津留信代作、陳千武譯	〈張文環作品裡的女性觀（下）—日本舊殖民地下的台灣〉	《文學台灣》14期			小説
15	1995/4	津留信代作、陳千武譯	〈張文環作品裡的女性觀（上）—日本舊殖民地下	《文學台灣》13期			小説

		武譯	的台灣〉				
16	1995/5	林明德	〈日據時代台灣人在日本文壇—以楊逵送報伕呂赫若牛車龍瑛宗植有木瓜樹的小鎮爲例〉	《聯合文學》總127期			小說
17	1995/6	劉亮雅	〈擺盪在現代與後現代之間—朱天文近期作品中的國族、性別、情欲問題〉	《中外文學》24卷1期			小說
18	1995/6	簡政珍	〈張系國：放逐者的存在探問〉	《中外文學》24卷1期			小說
19	1995/6	劉介民	〈《沈默之島》的嘉年華文體與「雌雄同體」的象徵〉	《中外文學》24卷1期			小說
20	1995/6	朱雙一	〈語言陷阱的顚覆—張大春論〉	《聯合文學》總128期			小說
21	1995/6	周 昆	〈維納斯的回聲—試論陳映眞小說的無意識〉	《聯合文學》總128期			小說
22	1995/6	廖品眉	《湯婷婷小說中後殖民文化誌的問題》		台灣大學外文所碩士論文	蔡源煌指導	小說
23	1995/6	黃錦樹	〈新／後殖民：漂泊經驗、族群關係與閩閱美感—論潘雨桐的小說〉	《中外文學》24卷1期			小說
24	1995/6	金仁喆	《巴金《激流三部曲》研究》		文化大學中文所碩士論文	金榮華指導	小說
25	1995/6	黃慧芬	《西西小說研究》		台灣大學中文所碩士論文	何寄澎指導	小說
26	1995/6	楊丕丞	《金庸小說《鹿鼎記》之研究》		東海大學中文所碩士論文	胡萬川指導	小說
27	1995/6	李圭禧	《「五四」小說中所反映的女性意識》		文化大學中文所碩士論文	唐翼明指導	小說
28	1995/6	李宜靜	《王禎和小說研究》		東吳大學中文所碩士論文	李瑞騰指導	小說
29	1995/6	鄭伊雯	《女性主義觀點的語藝批評—以幻想主題分析希代「言情小說」系列》		輔大大學大傳碩士論文	林靜伶指導	小說
30	1995/6	張韶筠	《日本統治時期戰時體制下有關台灣文學之考察—以陳火泉的「道」爲中心》		東吳大學日本文化所碩士論文	蜂矢宣朗指導	小說
31	1995/6	許琇禎	《沈雁冰(茅盾)及其文學研究》		師範大學國文所碩士論文	黃慶萱指導	小說
32	1995/6	曾恆源	《蘇童小說文本研究》		淡江大學中文研究所碩士論文	施淑女指導	小說
33	1995/6	李玉馨	《當代台灣女性小說七家論》		台灣大學中文所碩士論文	何寄澎指導	小說
34	1995/6	吳秀鳳	《中文報紙倡導文類之研究：以聯合報副刊「極短篇」爲例》		輔仁大學大傳碩士論文	李瑞騰、關紹箕指導	小說
35	1995/6	朱芳玲	《論六、七〇年代灣留學生文學的典型》		中正大學中文研究所碩士論文	謝大寧指導	小說

36	1995/7	孟悦	〈記憶與遺忘的置換—評張潔的《只有一個太陽》〉	張京媛編《後殖民主義與文化認同》	台北：麥田出版社		小說
37	1995/7	林靜茉	〈婦人真的殺夫了嗎—解構李昂《殺夫《中的女性主義〉	《文學台灣》15期			小說
38	1995/7	沈乃慧	〈日據時代台灣小說中的女性議題探析（上）〉	《文學台灣》15期			小說
39	1995/7	施淑	〈書齋城市與鄉村日據時代的左翼文學運動及小說中的知識份子〉	《文學台灣》15期			小說
40	1995/8	紀大偉	〈帶餓思潑辣：：《荒人手記》的酷兒關係〉	《中外文學》24卷3期			小說
41	1995/8	朱偉誠	〈受困主流的同志荒人—朱天文《荒人手記》的同志關係〉	《中外文學》24卷3期			小說
42	1995/9	謝瑤玲	〈《說服》與《妻妾成群》—社會規範與女性自覺的衝突〉	《中外文學》24卷4期			小說
43	1995/10	楊照	〈歷史大河中的悲情—論台灣的「大河小說」〉	《文學、社會與歷史想像—戰後文學史散論》	台北：聯合文學出版社		小說
44	1995/10	張大春	《文學不安—張大春的小說意見》		台北：聯合文學出版社		小說
45	1995/10	楊照	〈歷史小說與歷史民族誌—論高陽小說〉	《文學、社會與歷史想像—戰後文學史散論》	台北：聯合文學出版社		小說
46	1995/10	廖炳惠	〈近五十年來的台灣小說〉	《聯合文學》總132期			小說
47	1995/10	沈乃慧	〈日據時代台灣小說中的女性議題探析（下）〉	《文學台灣》16期			小說
48	1995/10	彭小妍	〈女作家的情慾書寫與政治—解讀《迷園》〉	《中外文學》24卷5期			小說
49	1995/10	林幸謙	〈張愛玲的臨界點閨閣話語與女性主體的邊緣化〉	《中外文學》24卷5期			小說
50	1995/10	應鳳凰	〈葉石濤的台灣意識與文學論述〉	《文學台灣》16期			小說
51	1995/11	周慶華	〈同情批判—八十年代小說中的街頭運動〉	50年來台灣文學研討會之二「台灣文學中的社會」	文建會、靜宜大學中文系		小說
52	1995/11	陳凌	〈論《寒夜三部曲—荒村》抗日運動與精神之本質〉	台灣文學研討會	淡水工商管理學院台灣文學系籌備處		小說
53	1995/11	游勝冠	〈台灣命運的深情凝視—論張文環的小說及其藝術〉	台灣文學研討會	淡水工商管理學院台灣文學系籌備處		小說
54	1995/11	張恆豪	〈比較楊逵與呂赫若的決戰小說〉	台灣文學研討會	淡水工商管理學院台灣文學系籌備處		小說
55	1995/11	陳偉智	〈混音多姿的台灣文學—賴和《一個同志的批信》的閱讀與詮釋〉	台灣文學研討會	淡水工商管理學院台灣文學系籌備處		小說

56	1995/11	林燿德	〈台灣小說中的上班族／企業文化〉	50年來台灣文學研討會之二「台灣文學中的社會」	文建會、靜宜大學中文系		小說
57	1995/11	許俊雅	〈戰前台灣小說的中國形象〉	台灣文學研討會	淡水工商管理學院台灣文學系籌備處		小說
58	1995/11	林至潔	〈呂赫若文學與志賀直哉文學之比較─試論《逃跑的男人》與《到網走》之作品探討〉	台灣文學研討會	淡水工商管理學院台灣文學系籌備處		小說
59	1995/11	鍾美芳	〈呂赫若的創作歷程再探〉	台灣文學研討會	淡水工商管理學院台灣文學系籌備處		小說
60	1995/11	李瑞騰	〈家的變與不變〉	50年來台灣文學研討會之二「台灣文學中的社會」	文建會、靜宜大學中文系		小說
61	1995/11	張啟疆	〈當代台灣小說裡的都市現象〉	50年來台灣文學研討會之二「台灣文學中的社會」	文建會、靜宜大學中文系		小說
62	1995/11	李豐楙	〈命與罪─六十年代台灣小說中的宗教意識〉	50年來台灣文學研討會之二「台灣文學中的社會」	文建會、靜宜大學中文系		小說
63	1995/11	黃元興	〈台語章回小說《彰化媽祖》之難題與解決〉	台灣文學研討會	淡水工商管理學院台灣文學系籌備處		小說
64	1995/11	楊澤	〈盜火者魯迅其人其文〉	《評論十家》	台北：爾雅出版社	原刊於魯迅小說集序台北洪範出版社	小說
65	1995/11	許素蘭	〈無聲的訊息─鄭清文小說的《靜默》的情節設計〉	台灣文學研討會	淡水工商管理學院台灣文學系籌備處		小說
66	1995/11	陳義芝	〈小說一九九三─台灣短篇小說年度觀察報告〉	《評論十家》	台北：爾雅出版社	非論文	小說
67	1995/12	林秀玲	〈李昂〈殺夫〉中性別角色的相互關係和人格呈現〉	婦女文學學術會議	東海大學中文系	又刊於《東海學報》	小說
68	1995/12	岡崎郁子著、鄭清文等譯	《台灣文學─異端的系譜》		台北：前衛出版社		小說
69	1995/12	葉德宣	〈陰魂不散的家庭主義魑魅：對詮譯葦子諸文的論述分析〉	《中外文學》24卷7期			小說
70	1995/12	馬森	〈邊陲的反撲─評三本「新感官小說」〉	《中外文學》24卷7期		紀大偉《感官世界》、洪凌《異端吸血鬼列傳》、陳雪《惡女書》	小說
71	1995/12	張瓊惠	〈誰怕趙健秀？─談華美作家趙健秀的女性觀〉	婦女文學學術會議	東海大學中文系		小說
72	1995/12	劉浚	《悲憫情懷─白先勇評傳》		台北：爾雅出版社		小說
73	1995/12	胡錦媛	〈多層折疊反轉的書信─《捕諜人》〉	婦女文學學術會議	東海大學中文系		小說

74	1995/12	林芳玫	〈《迷園》解析－性別認同與國族認同的弔詭〉	婦女文學學術會議	東海大學中文系		小說
75	1995/12	周芬伶	〈張愛玲小說的女性敘述〉	婦女文學學術會議	東海大學中文系		小說
76	1995/12	許俊雅	〈戰後台灣小說的階段性變化〉	50年來台灣文學研討會之三「台灣文學發展現象」	文建會、靜宜大學中文系		小說
77	1995/12	彭小妍	〈李昂小說中的語言－由《花季》到《迷園》〉	婦女文學學術會議	東海大學中文系		小說
78	1995/12	游勝冠	〈《春光關不住》的啓示〉	50年來台灣文學研討會之三「台灣文學發展現象」	文建會、靜宜大學中文系		小說
79	1995/12	楊 照	〈從「鄉土寫實」到「超越寫實」－八0年代的台灣小說〉	50年來台灣文學研討會之三「台灣文學發展現象」	文建會、靜宜大學中文系		小說
80	1995/12	江寶釵	〈台灣現代派女性小說的創作特色〉	50年來台灣文學研討會之三「台灣文學發展現象」	文建會、靜宜大學中文系		小說
81	1995/12	郭士行	〈從語用談李昂的〈殺夫〉〉	婦女文學學術會議	東海大學中文系		小說
82	1995/3	黃武忠	〈文學領域的拓寬者－子敏散文析論〉	收於黃武忠著《親近台灣文學》	台北：九歌出版社		散文
83	1995/3	黃武忠	〈人生的說理者－王鼎鈞的散文風貌〉	收於黃武忠著《親近台灣文學》	台北：九歌出版社		散文
84	1995/3	黃武忠	〈有個性而不耍個性－羅蘭的散文風貌〉	收於黃武忠著《親近台灣文學》	台北：九歌出版社		散文
85	1995/6	石曉楓	〈豐子愷散文研究〉		台灣師範大學國文研究所碩士論文	何寄澎指導	散文
86	1995/11	季 今	〈善與美的象徵－論琦君散文〉	收於《評論十家》	台北：爾雅出版社		散文
87	1995/1	林燿德	《世紀末現代詩論集》		羚傑出版社		新詩
88	1995/1	黃錦樹	〈內／外:錯位的歸返者－王潤華和他的（鄉土）山水〉	《中外文學》23卷8期			新詩
89	1995/1	陳啓佑	《新詩形式設計美學》		行政院國科會科資中心		新詩
90	1995/3	葉 笛	〈日據時代台灣詩壇的超現實主義運動－風車詩社的詩運動〉	台灣現代詩史研討會	文建會、文訊出版社主辦	另收於《台灣現代詩史論－台灣現代詩史研討會論文集》台北：文訊出版社	新詩
91	1995/3	陳啓佑	〈五十年代現代派中的古典〉	台灣現代詩史研討會	文建會、文訊出版社主辦	另收於《台灣現代詩史論－台灣現代詩史研討會論文集》台北：文訊出版社	新詩
92	1995/3	梁景峰	〈現代詩中的「橫的移植」－比較文學中的一個	台灣現代詩史研討會	文建會、文訊出版社主辦	另收於《台灣現代詩史論－台灣現代詩史	新詩

			案例〉			研討會論文集》台北：文訊出版社
93	1995/3	游　喚	〈大陸學者如何詮釋五十年代台灣詩〉	台灣現代詩史研討會	文建會、文訊出版社主辦	另收於《台灣現代詩史論—台灣現代詩史研討會論文集》台北：文訊出版社	新詩
94	1995/3	鴻　鴻	〈家園與世界—試論五十年代台灣詩壇語言環境〉	台灣現代詩史研討會	文建會、文訊出版社主辦	另收於《台灣現代詩史論—台灣現代詩史研討會論文集》台北：文訊出版社	新詩
95	1995/3	蕭　蕭	〈五十年代新詩論戰述評〉	台灣現代詩史研討會	文建會、文訊出版社主辦	另收於《台灣現代詩史論—台灣現代詩史研討會論文集》台北：文訊出版社	新詩
96	1995/3	林亨泰	〈台灣詩史上的一次大融合（前期）——一九五〇年代後半期的台灣詩壇〉	台灣現代詩史研討會	文建會、文訊出版社主辦	另收於《台灣現代詩史論—台灣現代詩史研討會論文集》台北：文訊出版社	新詩
97	1995/3	羊子喬	〈日據時代的台語詩〉	台灣現代詩史研討會	文建會、文訊出版社主辦	另收於《台灣現代詩史論—台灣現代詩史研討會論文集》台北：文訊出版社	新詩
98	1995/3	許俊雅	〈日治時期台灣白話詩的起步〉	台灣現代詩史研討會	文建會、文訊出版社主辦	另收於《台灣現代詩史論—台灣現代詩史研討會論文集》台北：文訊出版社	新詩
99	1995/3	陳明台	〈日據時代台灣民眾詩之研究〉	台灣現代詩史研討會	文建會、文訊出版社主辦	另收於《台灣現代詩史論—台灣現代詩史研討會論文集》台北：文訊出版社	新詩
100	1995/3	李瑞騰	〈詩的總體經驗，史的斷代敘述〉	台灣現代詩史研討會	文建會、文訊出版社主辦	另收於《台灣現代詩史論—台灣現代詩史研討會論文集》台北：文訊出版社	新詩
101	1995/3	鄭慧如	〈從敘事詩看七十年待現代詩的回歸風潮〉	台灣現代詩史研討會	文建會、文訊出版社主辦	另收於《台灣現代詩史論—台灣現代詩史研討會論文集》台北：文訊出版社	新詩
102	1995/3	莫　渝	〈六十年代的台灣鄉土詩〉	台灣現代詩史研討會	文建會、文訊出版社主辦	另收於《台灣現代詩史論—台灣現代詩史研討會論文集》台北：文訊出版社	新詩
103	1995/3	趙天儀	〈台灣新詩的出發—試論張我軍與王白淵的詩及風格〉	台灣現代詩史研討會	文建會、文訊出版社主辦	另收於《台灣現代詩史論—台灣現代詩史研討會論文集》台北：文訊出版社	新詩
104	1995/3	向　陽	〈微弱但是有力的堅持—七十年代台灣現代詩壇本	台灣現代詩史研討會	文建會、文訊出版社主辦	另收於《台灣現代詩史論—台灣現代詩史	新詩

			土論述初探〉			研討會論文集》台北：文訊出版社
105	1995/3	李豐楙	〈七十年帶新詩社的集團性格及其城鄉意識〉	台灣現代詩史研討會	文建會、文訊出版社主辦	另收於《台灣現代詩史論－台灣現代詩史研討會論文集》台北：文訊出版社	新詩
106	1995/3	徐望雲	〈渾「蛋」－多元而奇特的九十年代台灣現代詩壇〉	台灣現代詩史研討會	文建會、文訊出版社主辦	另收於《台灣現代詩史論－台灣現代詩史研討會論文集》台北：文訊出版社	新詩
107	1995/3	王浩威	〈肉身菩薩－九十年代台灣現代詩裡的性與宗教〉	台灣現代詩史研討會	文建會、文訊出版社主辦	另收於《台灣現代詩史論－台灣現代詩史研討會論文集》台北：文訊出版社	新詩
108	1995/3	陳健民	〈九十年代詩美學－語言與心境〉	台灣現代詩史研討會	文建會、文訊出版社主辦	另收於《台灣現代詩史論－台灣現代詩史研討會論文集》台北：文訊出版社	新詩
109	1995/3	杜十三	〈詩的「第三波」－從宏觀角度論詩的未來〉	台灣現代詩史研討會	文建會、文訊出版社主辦	另收於《台灣現代詩史論－台灣現代詩史研討會論文集》台北：文訊出版社	新詩
110	1995/3	吳潛誠	〈九十年代台灣詩（人）的國際視野〉	台灣現代詩史研討會	文建會、文訊出版社主辦	另收於《台灣現代詩史論－台灣現代詩史研討會論文集》台北：文訊出版社	新詩
111	1995/3	簡政珍	〈八十年代詩美學－詩和現實的辯證〉	台灣現代詩史研討會	文建會、文訊出版社主辦	另收於《台灣現代詩史論－台灣現代詩史研討會論文集》台北：文訊出版社	新詩
112	1995/3	葉振富	〈一場現代詩的街頭運動－試論台灣八十年代的政治詩〉	台灣現代詩史研討會	文建會、文訊出版社主辦	另收於《台灣現代詩史論－台灣現代詩史研討會論文集》台北：文訊出版社	新詩
113	1995/3	廖咸浩	〈離散與聚焦之間－八十年代後現代詩與本土詩〉	台灣現代詩史研討會	文建會、文訊出版社主辦	另收於《台灣現代詩史論－台灣現代詩史研討會論文集》台北：文訊出版社	新詩
114	1995/3	林燿德	〈八十年代現代詩世代交替現象〉	台灣現代詩史研討會	文建會、文訊出版社主辦	另收於《台灣現代詩史論－台灣現代詩史研討會論文集》台北：文訊出版社	新詩
115	1995/3	鍾 玲	〈追隨太陽的步伐－六十年代台灣女詩人的作品風貌〉	台灣現代詩史研討會	文建會、文訊出版社主辦	另收於《台灣現代詩史論－台灣現代詩史研討會論文集》台北：文訊出版社	新詩
116	1995/3	張 錯	〈抒情繼承：八十年代詩歌的延續與丕變〉	台灣現代詩史研討會	文建會、文訊出版社主辦	另收於《台灣現代詩史論－台灣現代詩史	新詩

					研討會論文集》台 北：文訊出版社	
117	1995/3	奚 密	〈邊緣、前衛、超現實： 對台灣五、六十年代現代 主義的反思〉	台灣現代詩史研討會	文建會、文訊出版社主 辦	另收於《台灣現代詩 史論－台灣現代詩史 研討會論文集》台 北：文訊出版社	新詩
118	1995/3	胡錦媛	〈主體、女性書寫與陰性 書寫－七、八十年代女詩 人的作品〉	台灣現代詩史研討會	文建會、文訊出版社主 辦	另收於《台灣現代詩 史論－台灣現代詩史 研討會論文集》台 北：文訊出版社	新詩
119	1995/3	楊文雄	〈風雨中的一絲陽光－試 論「陽光小集」在七、八 十年代台灣詩壇的意義〉	台灣現代詩史研討會	文建會、文訊出版社主 辦	另收於《台灣現代詩 史論－台灣現代詩史 研討會論文集》台 北：文訊出版社	新詩
120	1995/3	李瑞騰	〈六十年代台灣現代詩評 略述〉	台灣現代詩史研討會	文建會、文訊出版社主 辦	另收於《台灣現代詩 史論－台灣現代詩史 研討會論文集》台 北：文訊出版社	新詩
121	1995/4	陳明台	〈日據時期台灣民眾詩之 研究〉	《台灣詩學季刊》14 期			新詩
122	1995/4	非 馬	〈詩人與後現代〉	《文學台灣》14期			新詩
123	1995/6	黃郁婷	《現代詩論中「詩語言」 的探討》		文化中研所碩士論文	翁文嫻指導	新詩
124	1995/6	尹 玲	〈剖析向明〈門外的樹〉 之意涵建構〉	《台灣詩學季刊》11 期			新詩
125	1995/6	孟 樊	《當代台灣新詩理論》		台北：揚智出版社		新詩
126	1995/6	劉淑玲	《論現代詩中的工業化意 象》		輔大中研所碩士論文	羅青哲指導	新詩
127	1995/6	羅 門	〈詩眼中的宗教與靈思〉	《台灣詩學季刊》11 期			新詩
128	1995/6	蕭 蕭	〈向明的詩與生活美學〉	《台灣詩學季刊》11 期			新詩
129	1995/6	劉紀蕙	〈超現實的視覺翻譯：重 探台灣現代詩「橫的移 植」〉	《中外文學》24卷8 期			新詩
130	1995/6	王鎮庚	〈說中國文化的宗教觀與 詩〉	《台灣詩學季刊》11 期			新詩
131	1995/6	沈 奇	〈向明愈明－評向明和他 的詩集《隨身的糾纏》〉	《台灣詩學季刊》11 期			新詩
132	1995/6	翁文嫻	〈詩與宗教〉	《台灣詩學季刊》11 期			新詩
133	1995/6	王浩威	〈肉身菩薩－九十年代台 灣現代詩裡的性與宗教〉	《台灣詩學季刊》11 期			新詩
134	1995/6	游 喚	〈試用語言詩派解讀向明 的詩〉	《台灣詩學季刊》11 期			新詩

135	1995/6	劉淑玲	《論現代詩中的工業化意象》		輔仁大學中研所碩士論文	羅青哲指導	新詩
136	1995/7	廖炳惠	〈比較文學與現代詩篇：試論台灣的「後現代詩」〉	《中外文學》24卷2期			新詩
137	1995/7	洛　楓	〈香港現代詩的殖民地主義與本土意識〉	張京媛著《後殖民理論與文化理論》	麥田出版社		新詩
138	1995/7	陳玉玲	〈瘖啞的情節：《混聲合唱—「笠」詩選【趙天儀等編】的不平之鳴》〉	《台灣詩學季刊》15期			新詩
139	1995/10	廖咸浩	〈逃離國族—五十年來的台灣現代詩〉	《聯合文學》11卷132期			新詩
140	1995/11	陳芳明	〈日治時期台灣新詩運動之研究〉	台灣文學研討會	淡水工商管理學院台灣文學系籌備處		新詩
141	1995/11	施懿琳	〈從晦澀到清朝—試析施繼善的詩路歷程〉	台灣文學研討會	淡水工商管理學院台灣文學系籌備處		新詩
142	1995/11	林良雅	〈台灣散文詩形式的探討〉	台灣文學研討會	淡水工商管理學院台灣文學系籌備處		新詩
143	1995/11	李東慶	〈台灣詩歌的新草葉—走尋土地與人民的聲音〉	台灣文學研討會	淡水工商管理學院台灣文學系籌備處		新詩
144	1995/11	杜十三	〈詩的第三波—從宏觀的角度談詩的演變與未來〉	《台灣詩學季刊》12期			新詩
145	1995/11	蕭　蕭	〈現代詩的情色美學與性愛描寫〉	《評論十家》	台北：爾雅出版社		新詩
146	1995/11	呂興昌	〈王白淵《荊棘之路》詩集研究〉	台灣文學研討會	淡水工商管理學院台灣文學系籌備處		新詩
147	1995/11	廖瑞銘	〈論陳明仁詩作的三個面向〉	台灣文學研討會	淡水工商管理學院台灣文學系籌備處		新詩
148	1995/11	張崇實	〈紀弦論—但開風氣不爲師〉	《評論十家》	台北：爾雅出版社		新詩
149	1995/11	李敏勇	〈戰後台灣詩的縱座標與橫座標〉	台灣文學研討會	淡水工商管理學院台灣文學系籌備處		新詩
150	1995/11	葉寄民	〈燃燒的詩星—論鄭炯明〉	台灣文學研討會	淡水工商管理學院台灣文學系籌備處		新詩
151	1995/11	王振義	〈台語詩的回顧與前瞻〉	台灣文學研討會	淡水工商管理學院台灣文學系籌備處		新詩
152	1995/11	陳義芝	〈台灣戰後世代女詩人的兩性觀〉	50年來台灣文學研討會之二：「台灣文學中的社會」	文建會、中央大學中文系		新詩
153	1995/12	周世箴	〈由語言的魔鏡窺探女詩人作品研究：兼談古今、中西、性別的困惑〉	婦女文學學術會議	東海大學中文系		新詩
154	1995/12	呂興昌	〈張我軍新詩創作的再探討〉	張我軍學術研討會	中央研究院文哲所		新詩
155	1995/7	申正浩	《老舍劇作《茶館》研究》		成功大學歷史語言所碩士論文	馬森指導	戲劇

156	1995/10	馬 森	〈台灣現代戲劇五十年〉	《聯合文學》132期			戲劇
157	1995/1	楊 義 中井政喜 張 申	《二十世紀中國文學圖志》（上、下）		台北：業強出版社		理論批評
158	1995/1	李魁賢	〈我所知道的中國「台灣文學研究」簡報〉	《文學台灣》13期			理論批評
159	1995/2	陳芳明	〈百年來的台灣文學與台灣風格—台灣新文學運動史導論〉	《中外文學》23卷9期			理論批評
160	1995/2	陳昭瑛	〈論台灣的本土化運動—一個文化史的考察〉	《中外文學》23卷9期			理論批評
161	1995/2	黃祺椿	〈日治時期社會主義思潮下之鄉土文學論爭與台灣話文運動〉	《中外文學》23卷9期			理論批評
162	1995/3	黃武忠	〈日據時代台灣新文學運動的情愫〉	《親近台灣文學》	台北：九歌出版社		理論批評
163	1995/3	黃武忠	〈抗戰時期台灣地區的文學活動〉	《親近台灣文學》	台北：九歌出版社		理論批評
164	1995/3	黃武忠	〈日據時代台灣重要的文學社團〉	《親近台灣文學》	台北：九歌出版社		理論批評
165	1995/3	黃武忠	《親近台灣文學》		台北：九歌出版社		理論批評
166	1995/3	笠 征	〈九十年代大陸文學的基本態勢〉	《中國文哲研究通訊》5卷1期			理論批評
167	1995/3	黃慶萱	〈文學義界的探索—歷史、現象、理論的整合〉	《中國文哲研究集刊》5期			理論批評
168	1995/3	黃武忠	〈日據時代台灣新文學的特性—兼談研讀應有的認識〉	《親近台灣文學》	台北：九歌出版社		理論批評
169	1995/3	黃武忠	〈剪不斷的文化臍帶—五四運動與日據下台灣新文學的發展〉	《親近台灣文學》	台北：九歌出版社		理論批評
170	1995/4	呂正惠	〈七、八十年代台灣鄉土文學的源流與變遷—政治、社會及思想背景的探討〉	《文學經典與文化認同》	台北：九歌出版社		理論批評
171	1995/4	李麗玲	〈創造新文藝·發掘新作家—初探五〇年代初期的《野風》〉	《文學台灣》14期			理論批評
172	1995/4	呂正惠	〈「人的解放」？—論劉賓雁的報告文學〉	《文學經典與文化認同》	台北：九歌出版社		理論批評
173	1995/4	呂正惠	〈台灣文學與中國文學—台灣文學「主體性」平議〉	《文學經典與文化認同》	台北：九歌出版社		理論批評
174	1995/4	葉 笛	《台灣文學巡禮—南台灣文學（一）台南市籍作家作品集》		台南市立文化中心		理論批評

175	1995/4	呂正惠	《文學經典與文化認同》		台北：九歌出版社		理論批評
176	1995/4	呂正惠	〈戰後台灣知識份子與台灣文學〉	《文學經典與文化認同》	台北：九歌出版社		理論批評
177	1995/4	呂正惠	〈王安憶小說中的女性意識〉	《文學經典與文化認同》	台北：九歌出版社		理論批評
178	1995/5	陳芳明	〈殖民歷史與台灣文學研究－談陳昭瑛〈論台灣的本土化運動〉〉	《中外文學》23卷12期			理論批評
179	1995/5	楊照	《文學的原像》		台北：聯合文學出版社		理論批評
180	1995/6	羊子喬	《神秘的觸鬚－羊子喬文學評論集》		台南縣立文化中心		理論批評
181	1995/6	施懿琳 許俊雅 楊翠	《台中縣文學發展史》		台中縣立文化中心		理論批評
182	1995/6	李麗玲	《五〇年代國家文藝體制下台籍作家的處境及創作研究》		清華大學中研所碩士論文	呂正惠指導	理論批評
183	1995/6	邱茂生	《中國新文學現代主義思潮研究》		文化大學中研所碩士論文	金榮華指導	理論批評
184	1995/6	蘇裕玲	《社群社區與族群書寫－當代台灣客家意識展現的兩個面向》		台灣大學人類學研究所碩士論文	謝世忠指導	理論批評
185	1995/6	劉再復	《放逐諸神－文論提綱和文學史重評》		台北：風雲時代		理論批評
186	1995/6	邵玉銘 等	《四十年來中國文學》		台北：聯合文學出版社		理論批評
187	1995/6	郭紅丹	《一九七〇年代台灣左翼啓蒙運動－《夏潮》雜誌研究》		東海大學歷史語言研究所碩士論文	林瑞明指導	理論批評
188	1995/6	梁明雄	《日據時期台灣新文學運動研究》		文化大學中研所碩士論文	金榮華指導	理論批評
189	1995/6	周慶華	《台灣光復以來文學理論研究》		文化大學中研所博士論文	金榮華指導	理論批評
190	1995/6	何永慶	《七〇年代台灣鄉土文學論戰研究》		文化大學中研所碩士論文	陳愛麗指導	理論批評
191	1995/6	林積萍	《《現代文學》研究－文學雜誌的向量新探索》		淡江大學中研所碩士論文	李瑞騰指導	理論批評
192	1995/6	李歐梵	《鐵屋中的吶喊》		台北：風雲時代出版公司		理論批評
193	1995/6	梁景峰	〈日據時期台灣小說中的殖民者和被殖民者〉		台北縣立文化中心		理論批評
194	1995/6	林志旭	《知識遊戲場的誕生－從台灣文學論戰到台灣文化主體的探討》		輔仁大學大傳所碩士論文	陳儒修指導	理論批評
195	1995/6	梁景峰	《鄉土與現代－台灣文學		台北縣立文化中心		理論批評

			的片斷》				
196	1995/6	邱茂生	《中國新文學現代主義思潮》		文化大學中研所博士論文	金榮華指導	理論批評
197	1995/7	廖炳惠	〈在台灣談後現代與後殖民論述〉	張京媛《後殖民主義與文化認同》	台北：麥田出版公司	又收於《回顧現代—後現代與後殖民論文集》	理論批評
198	1995/7	陳曉明	〈「後東方」視點—穿越後殖民的歷史表象〉	張京媛《後殖民主義與文化認同》	台北：麥田出版公司		理論批評
199	1995/7	張京媛 編	《後殖民理論與文化認同》		台北：麥田出版公司		理論批評
200	1995/7	梁秉鈞	〈都市文化與香港文學〉	張京媛 編《後殖民主義與文化認同》	台北：麥田出版公司		理論批評
201	1995/7	莊麗莉	《文學出版事業產銷結構變遷之研究—文學商品化現象觀察》		政治大學新聞研究所碩士論文	林芳玫指導	理論批評
202	1995/7	邱貴芬	〈「發現台灣」—建構台灣後殖民論述〉	張京媛 編《後殖民主義與文化認同》	台北：麥田出版公司		理論批評
203	1995/7	張小虹	《性別的美學/政治：西方女性主義文學批評與當代台灣文學研究》		台北：國科會科資中心		理論批評
204	1995/7	張頤武	〈「人民記憶」與文化的命運〉	張京媛 編《後殖民主義與文化認同》	台北：麥田出版公司		理論批評
205	1995/9	陳萬益	〈台灣文學是什麼？〉	五〇年來台灣文學研討會之一「面對台灣文學」	文建會、文訊雜誌社		理論批評
206	1995/9	平 路	〈我對「台灣文學」的看法〉	五〇年來台灣文學研討會之一「面對台灣文學」	文建會、文訊雜誌社		理論批評
207	1995/9	柯慶明	〈台灣文學的未來發展〉	五〇年來台灣文學研討會之一「面對台灣文學」	文建會、文訊雜誌社		理論批評
208	1995/9	游 喚	〈台灣文學史怎麼寫？〉	五〇年來台灣文學研討會之一「面對台灣文學」	文建會、文訊雜誌社		理論批評
209	1995/9	張錦郎	〈台灣文學需要什麼樣的工具書？〉	五〇年來台灣文學研討會之一「面對台灣文學」	文建會、文訊雜誌社		理論批評
210	1995/9	張 健	〈台灣文學研究的問題〉	五〇年來台灣文學研討會之一「面對台灣文學」	文建會、文訊雜誌社		理論批評
211	1995/10	楊 照	〈歷史大河中的悲情—論台灣的「大河小說」〉	《文學、社會與歷史想像—戰後文學散論》	台北：聯合文學出版社		理論批評
212	1995/10	楊 照	〈歷史小說與歷史民族誌—論高陽小說〉	《文學、社會與歷史想像—戰後文學散論》	台北：聯合文學出版社		理論批評

213	1995/10	楊　照	《文學、社會與歷史想像─戰後文學散論》		台北：聯合文學出版社		理論批評
214	1995/10	張誦聖	〈當代台灣文學與文化場域的變遷〉	《中外文學》24卷5期			理論批評
215	1995/10	張大春	《文學不安》		台北：聯合文學出版社		理論批評
216	1995/10	廖咸浩	《愛與解構─當代台灣文學評論與文化觀察》		台北：聯合文學出版社		理論批評
217	1995/11	向　陽	〈台語文學傳播的意識型態建構：以日治時期台灣話文運動爲例〉	台灣文學研討會	淡水工商管理學院台灣文學系籌備處		理論批評
218	1995/11	鄭良偉	〈台語文學的可讀性及台華對譯〉	台灣文學研討會	淡水工商管理學院台灣文學系籌備處		理論批評
219	1995/11	林盛彬	〈二〇年代的台灣文藝思潮〉	台灣文學研討會	淡水工商管理學院台灣文學系籌備處		理論批評
220	1995/11	周　蕾	〈愛（人的）女人─被虐狂、狂想和母親的理想化〉	《婦女與中國現代性─東西方之間閱讀記》	台北：麥田出版公司		理論批評
221	1995/11	周　蕾	〈現代性和敘事─女性的細節描述〉	《婦女與中國現代性─東西方之間閱讀記》	台北：麥田出版公司		理論批評
222	1995/11	周　蕾	〈鴛鴦蝴蝶派─通俗文學的一種解讀〉	《婦女與中國現代性─東西方之間閱讀記》	台北：麥田出版公司		理論批評
223	1995/11	周　蕾	〈看現代中國─如何建立一個種族觀眾的理論〉	《婦女與中國現代性─東西方之間閱讀記》	台北：麥田出版公司		理論批評
224	1995/11	周　蕾	《婦女與中國現代性─東西方之間閱讀記》		台北：麥田出版公司		理論批評
225	1995/11	陳德錦	〈文學，文學史，香港文學〉	《中外文學》24卷6期			理論批評
226	1995/11	陳恆嘉	〈台灣作家的語言困境〉	台灣文學研討會	淡水工商管理學院台灣文學系籌備處		理論批評
227	1995/11	呂正惠	〈戰後台灣社會與台灣文學〉	五〇年來台灣文學研討會之二「台灣文學中的社會」	文建會、中央大學中文系		理論批評
228	1995/11	鄭明娳 編	《當代台灣都市文學論─以世紀末視角透視文學書寫中的都市現象》		台北：時報文化出版公司		理論批評
229	1995/11	康來新	〈感時憂國中的基督宗教─側談張系國、陳映眞的關心文學〉	五〇年來台灣文學研討會之二「台灣文學中的社會」	文建會、中央大學中文系		理論批評
230	1995/11	陳藻香	〈戰前台灣文學史初探〉	台灣文學研討會	淡水工商管理學院台灣文學系籌備處		理論批評
231	1995/11	陳明仁	〈台語文學的口語與書面語〉	台灣文學研討會	淡水工商管理學院台灣文學系籌備處		理論批評

232	1995/11	陳萬益	〈台灣文學系課程設計與規畫之研究〉	台灣文學研討會	淡水工商管理學院台灣文學系籌備處		理論批評
233	1995/11	梁明雄	〈由日據時期新舊文學之爭論看開創期的台灣新文學〉	台灣文學研討會	淡水工商管理學院台灣文學系籌備處		理論批評
234	1995/11	莊萬壽	〈中國的台灣文學史觀〉	台灣文學研討會	淡水工商管理學院台灣文學系籌備處		理論批評
235	1995/11	洪惟仁	〈台語文學之分期〉	台灣文學研討會	淡水工商管理學院台灣文學系籌備處		理論批評
236	1995/11	施炳華	〈台語文學的過去、現在與未來〉	台灣文學研討會	淡水工商管理學院台灣文學系籌備處		理論批評
237	1995/11	沈奇、席慕蓉 等著	《評論十家》（第二集）		台北：爾雅出版社		理論批評
238	1995/11	林央敏	〈台灣文學的兩條脈流—兼論台語文學的地位〉	台灣文學研討會	淡水工商管理學院台灣文學系籌備處		理論批評
239	1995/11	王若萍	〈一個反支配論述的形成—七〇年代台灣鄉土文學的論述與形構〉	台灣文學研討會	淡水工商管理學院台灣文學系籌備處		理論批評
240	1995/11	張堂錡	〈台灣客家文學中所反映的社會關係〉	五〇年來台灣文學研討會之二「台灣文學中的社會」	文建會、中央大學中文系		理論批評
241	1995/12	陳明柔	〈新與舊的變革：「祖國意象」內在意涵的轉化—是以張我軍文學理論為中心的探索〉	張我軍學術研討會	中央研究院文哲所		理論批評
242	1995/12	馬森	《台灣文學的地位》		台北：國科會科資中心		理論批評
243	1995/12	張小虹	〈性別的美學/政治：當代台灣女性主以文學研究〉	婦女文學學術會議	東海大學中文系		理論批評
244	1995/12	黃英哲	〈試論戰後台灣文學研究之成立與現階段日據時期台灣文學研究問題點〉	五〇年來台灣文學研討會之三「台灣文學發展現象」	文建會、靜宜大學中文系		理論批評
245	1995/12	林瑞明	〈戰後台灣文學的再編成〉	五〇年來台灣文學研討會之三「台灣文學發展現象」	文建會、靜宜大學中文系		理論批評
246	1995/12	陳芳明	〈台灣文學史分期的一個檢討〉	五〇年來台灣文學研討會之三「台灣文學發展現象」	文建會、靜宜大學中文系		理論批評
247	1995/12	林明德	〈文學奇蹟—《現代文學》的歷史意義〉	五〇年來台灣文學研討會之三「台灣文學發展現象」	文建會、靜宜大學中文系		理論批評
248	1995/12	彭小妍	〈「寫實」與政治寓言〉	五〇年來台灣文學研討會之三「台灣文學發展現象」	文建會、靜宜大學中文系		理論批評
249	1995/12	陶潔	〈新時期大陸女作家與女性文學〉	婦女文學學術會議	東海大學中文系		理論批評

250	1995/12	彭小妍	〈文學典律、種族階級與鄉土書寫—張我軍與台灣新文學的起源〉	張我軍學術研討會	中央研究院文哲所		理論批評
251	1995/12	林瑞明	〈張我軍的文學理論與小說創作〉	張我軍學術研討會	中央研究院文哲所		理論批評
252	1995/12	彭瑞金	〈從《台灣文藝》、《文學界》、《文學台灣》看戰後台灣文學理論的再建構〉	五〇年來台灣文學研討會之三「台灣文學發展現象」	文建會、靜宜大學中文系		理論批評
253	1995/5	孫乃修	《佛洛伊德與中國現代作家》		台北：業強出版社		作家集團
254	1995/6	林春蘭	《楊雲萍的文化活動及其精神歷程》		成功大學歷史語言研究所碩士論文	林瑞明指導	作家集團
255	1995/10	宋田水	〈吟誦見風雲—論李敏勇〉	《文學台灣》16期			作家集團
256	1995/10	張大春	〈搖落深知宋玉悲—悼高陽兼及其人其書其幽憤〉	《文學不安—張大春的小說意見》	台北：聯合文學出版社		作家集團
257	1995/11	陳恆嘉	〈台灣作家的語言困境〉	台灣文學研討會	淡水工商管理學院台灣文學系籌備處主辦		作家集團
258	1995/12	秦賢次	〈張我軍及其同時代的北京台灣留學生〉	張我軍學術研討會	中央研究院文哲所主辦		作家集團
259	1995/12	張光正	〈張我軍與中日文化交流〉	張我軍學術研討會	中央研究院文哲所主辦		作家集團
260	1995/12	林耀椿	〈錢鍾書在台灣〉	《中國文哲研究所通訊》5卷4期	中央研究院中國文哲研究所籌備處		作家集團
261	1995/12	呂興昌	〈日治時代台灣作家在戰後的活動〉	五十年來台灣文學研討會之三「台灣文學發展現象」	文建會、靜宜大學中文系主辦		作家集團
262	1995/12	彭小妍	〈張我軍的漂泊與鄉土〉	張我軍學術研討會	中央研究院文哲所主辦		作家集團
263	1995/6	張子樟	《閱讀與詮釋之間—少年兒童文學評論集》		花蓮縣立文化中心		其他
264	1995/6	陳正治	〈童詩的外型排列研究〉	《台北市立師範學院學報》26期			其他
265	1995/6	林淑娟	〈童詩語言研究—語意學角度的探討〉		東海中文研究所碩士論文	周世箴指導	其他
266	1995/10	張大春	〈逃家/回家的孩子—童話中所蘊藏的禁制與渴望〉	《文學不安—張大春的小說意見》	台北：聯合文學雜誌社		其他
267	1995/11	林文寶	《兒童詩歌論集》		台北：富春文化事業股份有限公司		其他
268	1995/11	蔡尚志	〈童話題材的擷取與運用〉	《嘉義師院學報》9期			其他

　　西元1995年（民國84年）是解嚴後第八年，本年度關於華文現代文學的研究，共計有48本專著，214篇論文，成果可謂豐碩。為使其成果更為清楚的展現與便於分析，茲將其分類表列於下：

	專書（含學位論文）	論文
小說	17(13)	64
新詩	6(3)	62
散文	0	7
戲劇	1(1)	1
其他文類	2(1)	3
文學批評（含理論）與文學史	20(11)	76
作家及其集團	2(1)	8
合計	48(30)	214

　　根據以上統計資料可以清楚看出，這一年研究資料最多是文學批評（含理論）及文學史研究共有96篇，由於專書數目及研討會論文持續增加，今年的成果明顯較去年豐碩許多。而小說研究數量為次多，共有81篇，再次則是新詩研究，共有68篇，而散文、戲劇及其他文類研究則數量亦較往年為多，總體而言，這一年的研究資料可謂相當豐富。以下就資料的性質來作分析：

　　首先就學位論文的類別、學校系所及數量製為圖表如下：

類別	學校系所	數量	共計
小說	東吳大學中研所（1）日本文化研究所（1）	2	13
	台灣大學中文所（2）外文所（1）	3	
	文化大學中研所（2）	2	
	輔仁大學大傳所（2）	2	
	台灣師範大學國研所（1）	1	
	淡江大學中研所（1）	1	
	東海大學中研所（1）	1	
	中正大學中研所（1）	1	
新詩	輔仁大學中研所（2）	2	3
	文化大學中研所（1）	1	
散文	0	0	0
戲劇	成功大學史研所（1）	1	1
文學批評（含理論）與文學史	文化大學中研所（5）	5	11
	台灣大學人類學研究所（1）	1	
	東海大學中研所（1）	1	
	清華大學中研所（1）	1	
	政治大學新研所（1）	1	
	淡江大學中研所（1）	1	
	輔仁大學中研所（1）	1	
作家及其集團	成功大學史研所（1）	1	1
其他文類	東海大學中研所（1）	1	1
共計	文化（8）台大（4）輔仁（4）東吳（2）東海（2）成大（2）淡江（2）師大（1）政大（1）清大（1）中正（1）		30

　　由以上的統計可以看出，在現代文學研究的篇數上，以文化大學中研所的8篇學位論文爲最多（其中有2本是博士論文），值得一提的是，其中金榮華所指導的學位論文則佔了5篇之多，可說最爲特出。而台灣大學的4篇學位論文中，小說研究則佔了3篇，但其中人類學研究所蘇裕玲的學位論文，由客家意識出發討論族群書寫的文學現象，則較爲特別。另外，輔仁大學亦有4篇現代文學的學位論文，但較爲突出的是，其中有2篇爲大眾傳播研究所的研究生所提出，其研究

方向則以文學界的出版傳播現象為主。

除了論文結集之外，研討會的舉辦在本年度也是不可忽視的研究趨勢，它扮演了論文催生的重要角色，本年度共有13場研討會，其會議名稱及主辦單位如下：

月份	研討會名稱	主辦單位
3月～5月	台灣現代詩史研討會（6場）	文建會、文訊雜誌社
9月～11月	50年來台灣文學研討會（4場）	文建會、文訊雜誌社
11月	台灣文學研討會	淡水工商台灣文學系籌備處
12月	張我軍學術研討會	中研院文哲所籌備處
12月	婦女文學學術會議	東海大學中文系

本年度的研討會特色在於對於現代文學史的整理，最為明顯的是6場「台灣現代詩史研討會」、4場「50年來台灣文學研討會」及「台灣文學研討會」，由於，台灣結束日本統治至西元1995年（民國84年）恰滿50年，所以淡水工商台灣文學系籌備處所舉辦的「台灣文學研討會」、以及由文建會及文訊雜誌社所舉辦的6場研討會，即是在這樣的時空因素下所促成，而由於張我軍將五四新文學思想引入台灣的第一人，故舉辦「張我軍學術研討會」亦可放入這個脈絡下來考察。另外，同樣為文訊雜誌社所舉辦的6場「現代詩史研討會」亦相當值得重視，此研討會不論在議題的設計上及論文的數量上，都是現代詩批評界的一大盛事。

另外，在本年度的研究者及研究對象的分析上，其特色大致可以歸納如下：

一、在小說的研究上，朱天文夾著百萬小說獎得主的聲勢，以小說《荒人手記》獲得了眾多批評者的重視，而李昂在情慾的議題上迭有發揮亦相當受到批評者的青睞。

二、日據時期：在研究主題上，「日據」時期的文學活動在本年再度受到了重視，經初步統計，關於此時期的研究即有41筆，日據時期的作家及其集團的研究、小說、新詩及文學史的研究，是本年度另一個相當受矚目的研究對象，賴和、楊雲萍、張我軍、鍾理和、陳火泉等人皆有一定的研究積累，其中以張我軍最為

豐碩，繼西元1994年（民國83年）「賴和即其同時代作家文學研討會」之後，張我軍是第二位以單一作家爲研討對象的研討會類型，由於張我軍的文學活動大多集中於新詩及文學理論的建構上，故其研究資料亦大都分佈於這兩個類別和作家及其集團的研究上。

　　三、性別、情慾論題：不論在小說批評、新詩批評及文學理論、文學史的討論上，情慾、性別等等議題，都是今年度相當受到矚目的研究論題，對於這個問題的討論，大多集中於幾個面向：女作家的情慾書寫、同志文學的研究等等其中最值得注意的是張小紅的專書《性別的美學／政治：西方女性主義文學批評與當代台灣文學研究》，結合了西方文學理論與台灣文學的研究是本年度在情慾、性別論題上一個重要的研究成果。

　　四、文學史的整理：6場「現代詩史研討會」及4場「50年來台灣文學研討會」及「台灣文學研討會」爲本年度的文學史研究累積豐碩的成果，其中以「現代詩史研討會」不論在質量上都有相當不錯的突破。

　　五、大陸文學：對於戰後大陸文學的研究上，今年的研究成果可說相當耀眼，巴金、茅盾、老舍、蘇童、錢鍾書等人，都有一定的研究成果，其中，前四位作家的研究更以學位論文的方式提出，其意義不可小覷。但是值得注意的是，對於大陸文學的研究，大都集中於「小說」此一文類之上，其他文類的成果則相當有限。

　　六、在特出的研究者上，朱雙一致力於新論題的開發。簡政珍及林燿德研究評論的文章跨越小說及新詩兩個文類。

第十六章 1996 年的特色

台灣地區在西元1996年（民國85年）內，有關當代文學的研究論文與專著，其目錄如下：

編號	日期	作者	專著・論文	出處	出版者	備註	種類
1	1996/1	彭瑞金	〈人、妖交纏，佛法解不開的人間情慾—解讀李喬的《情天無恨》〉	當代台灣情色文學研討會	台北：時報文化出版公司 中國青年寫作協會		小說
2	1996/1	王溢嘉	〈新感官小說的情色認知網路〉	當代台灣情色文學研討會	台北：時報文化出版公司 中國青年寫作協會		小說
3	1996/1	張啟疆	〈說不出的情話—晚近台灣小說裡的「愛情私語」〉	當代台灣情色文學研討會	台北：時報文化出版公司 中國青年寫作協會		小說
4	1996/1	紀大偉	〈台灣小說中男性戀的情慾與流放〉	當代台灣情色文學研討會	台北：時報文化出版公司 中國青年寫作協會		小說
5	1996/1	平 路	〈情色與死亡的抵死纏綿〉	當代台灣情色文學研討會	台北：時報文化出版公司 中國青年寫作協會		小說
6	1996/1	楊麗玲	〈性意識型態權力情色的邪現曲式—以九〇年代前期台灣文學媒體小說徵獎得獎作品為例〉	當代台灣情色文學研討會	台北：時報文化出版公司 中國青年寫作協會		小說
7	1996/1	洪 凌	〈蕾絲與鞭子的交歡—從當代台灣小說詮釋女同性戀的慾望流動〉	當代台灣情色文學研討會	台北：時報文化出版公司 中國青年寫作協會		小說
8	1996/2	王 寧	〈先鋒小說中的後現代性〉	《比較文學與中國文學闡釋》	台北：淑馨出版社		小說
9	1996/3	蔡鳳儀編	《華麗與蒼涼—張愛玲紀念文集》		台北：皇冠出版社		小說
10	1996/3	皮述民	〈小說裡的誇張與誇張型短篇小說〉	《中國現代文學理論季刊》1期			小說
11	1996/4	呂正惠	〈龍瑛宗小說中的小知識份子形象〉	第二屆台灣本土文化國際學術研討會：「台灣文學與社會」	台灣師範大學國文系・人文中心		小說

12	1996/4	陳藻香	〈西川滿台灣時代作品之河洛話〉	第二屆台灣本土文化國際學術研討會：「台灣文學與社會」	台灣師範大學國文系‧人文中心		小說
13	1996/4	柳書琴	〈謎一樣的張文環－日治末期張文環小說中的民俗風〉	第二屆台灣本土文化國際學術研討會：「台灣文學與社會」			小說
14	1996/4	楊千鶴	〈呂赫若及其日文小說之剖析〉	第二屆台灣本土文化國際學術研討會：「台灣文學與社會」	台灣師範大學國文系‧人文中心		小說
15	1996/4	下村作次郎	〈關於龍瑛宗的〈宵月〉－從《文藝首都》同人、金史良的信談起〉	第二屆台灣本土文化國際學術研討會：「台灣文學與社會」	台灣師範大學國文系‧人文中心		小說
16	1996/4	陳芳明	〈紅色青年呂赫若－以戰後四篇中文小說爲中心〉	第二屆台灣本土文化國際學術研討會：「台灣文學與社會」	台灣師範大學國文系‧人文中心		小說
17	1996/4	李瑞騰	〈老者安之？－黃春明小說中的老人處境〉	第二屆台灣本土文化國際學術研討會：「台灣文學與社會」	台灣師範大學國文系‧人文中心		小說
18	1996/4	江寶釵	〈論《紅樓夢》對當代台灣兩位小說家的影響及其所啓示的意義－白先勇與瓊瑤〉	第二屆台灣本土文化國際學術研討會：「台灣文學與社會」	台灣師範大學國文系‧人文中心		小說
19	1996/4	黃琪椿	〈社會變遷與小說創作－楊守愚作品析論〉	第二屆台灣本土文化國際學術研討會：「台灣文學與社會」	台灣師範大學國文系‧人文中心		小說
20	1996/4	彭瑞金	〈歷史文學的掙扎與蛻變－拒絕在虛構、眞實間擺盪的《埋冤‧一九四七埋冤》〉	第二屆台灣本土文化國際學術研討會：「台灣文學與社會」	台灣師範大學國文系‧人文中心		小說
21	1996/4	李喬	〈當代台灣小說的「解救」表現〉	第二屆台灣本土文化國際學術研討會：「台灣文學與社會」	台灣師範大學國文系‧人文中心		小說
22	1996/4	張恆豪	〈二二八的文學詮釋－比較〈泰姆山記〉與〈月印〉的主題意識〉	第二屆台灣本土文化國際學術研討會：「台灣文學與社會」	台灣師範大學國文系‧人文中心		小說
23	1996/5	李仕芬	《愛情與婚姻：台灣當代女作家小說研究》		台北：文史哲出版社		小說
24	1996/5	羅然	〈對「民族形式」小說的初步探討〉	第七屆中國社會與文化國際學術研討會：近現代中國文學與文化變遷	淡江大學中文系		小說
25	1996/5	呂正惠	〈日據時代的台灣小說〉	第七屆中國社會與文化國際學術研討會：近現代中國文學與文化變遷	淡江大學中文系		小說
26	1996/5	施淑女	〈感覺世界－三〇年代台灣另類小說〉	第七屆中國社會與文化國際學術研討會：	淡江大學中文系		小說

				近現代中國文學與文化變邊			
27	1996/5	梁麗芳	〈重看紅衛兵小說〉	第七屆中國社會與文化國際學術研討會：近現代中國文學與文化變邊	淡江大學中文系		小說
28	1996/5	郭玉雯	〈《紅樓夢魘》與紅學〉	張愛玲國際研討會	文建會、中國時報人間副刊		小說
29	1996/5	康來新	〈對照記－張愛玲與《紅樓夢》〉	張愛玲國際研討會	文建會、中國時報人間副刊		小說
30	1996/5	吳達芸	《南台灣文學(二)台南市籍作家作品集女性閱讀與小說評論》		台南市立文化中心		小說
31	1996/5	吳達芸	〈審視現代心靈－談小說與電影教學〉	現代文學教學研討會	台灣大學中文系		小說
32	1996/5	江寶釵	〈台灣當代小說中所呈現的環境及其變遷〉	台灣的文學與環境研討會	中正大學中文系		小說
33	1996/5	李漢偉	《台灣小說的三種悲情》		台南市立文化中心		小說
34	1996/5	王潤華	〈沈從文小說創作的理論架構〉	第七屆中國社會與文化國際學術研討會：近現代中國文學與文化變邊	淡江大學中文系		小說
35	1996/5	陳思和	〈民間和現代都市文化－兼論張愛玲現象〉	張愛玲國際研討會	文建會、中國時報人間副刊		小說
36	1996/5	池上貞子	〈張愛玲和日本－談談她的散文中的幾個事實〉	張愛玲國際研討會	文建會、中國時報人間副刊		小說
37	1996/5	周芬伶	〈在豔異的空氣中－張愛玲的散文魅力〉	張愛玲國際研討會	文建會、中國時報人間副刊		小說
38	1996/5	羅久蓉	〈張愛玲與她成名的年代（1943-1945）〉	張愛玲國際研討會	文建會、中國時報人間副刊		小說
39	1996/5	王德威	〈重讀張愛玲的《秧歌》和《赤地之戀》〉	張愛玲國際研討會	文建會、中國時報人間副刊		小說
40	1996/5	周蕾	〈技巧、美學時空、女性作家－從張愛玲的〈封鎖〉談起〉	張愛玲國際研討會	文建會、中國時報人間副刊		小說
41	1996/5	張小虹	〈戀物張愛玲：性、商品與殖民迷魅〉	張愛玲國際研討會	文建會、中國時報人間副刊		小說
42	1996/5	平路	〈傷逝的周期－張愛玲作品與經驗的母女關係〉	張愛玲國際研討會	文建會、中國時報人間副刊		小說
43	1996/5	胡錦媛	〈母親，妳在何方？張愛玲作品中的母親／兒女關係〉	張愛玲國際研討會	文建會、中國時報人間副刊		小說
44	1996/5	梅家玲	〈雌雄同體／女同志的文本解讀－從安卓珍妮談當代小說教學時的理論應用及其相關問題〉	現代文學教學研討會	台灣大學中文系		小說

45	1996/5	陳芳明	〈張愛玲與台灣文學史的撰寫〉	張愛玲國際研討會	文建會、中國時報人間副刊		小說
46	1996/5	金凱筠	〈張愛玲的「參差的對照」與歐亞文化的呈現〉	張愛玲國際研討會	文建會、中國時報人間副刊		小說
47	1996/5	蔡源煌	〈從後殖民主義的觀點看張愛玲〉	張愛玲國際研討會	文建會、中國時報人間副刊		小說
48	1996/5	廖朝陽	〈文明的野蠻：本外同體與張愛玲評論裡的壓抑說〉	張愛玲國際研討會	文建會、中國時報人間副刊		小說
49	1996/5	彭秀貞	〈殖民都會與現代敘述：張愛玲的細節描寫藝術〉	張愛玲國際研討會	文建會、中國時報人間副刊		小說
50	1996/5	李歐梵	〈不了情—張愛玲和電影〉	張愛玲國際研討會	文建會、中國時報人間副刊		小說
51	1996/5	陳傳興	〈子夜私語〉	張愛玲國際研討會	文建會、中國時報人間副刊		小說
52	1996/5	邱貴芬	〈從張愛玲談台灣女性文學傳統的建構〉	張愛玲國際研討會	文建會、中國時報人間副刊		小說
53	1996/5	廖炳惠	〈台灣的香港傳奇：從張愛玲到施叔青〉	張愛玲國際研討會	文建會、中國時報人間副刊		小說
54	1996/5	楊　照	〈透過張愛玲看人間：八〇年代前期台灣小說的浪漫轉向〉	張愛玲國際研討會	文建會、中國時報人間副刊		小說
55	1996/5	黃惠禎	〈楊逵小說中的土地與生活〉	台灣的文學與環境研討會	中正大學中文系		小說
56	1996/5	梅家玲	〈烽火佳人的出走與回歸：〈傾城之戀〉中參差對照的蒼涼美學〉	張愛玲國際研討會	文建會、中國時報人間副刊		小說
57	1996/6	楊政源	〈家，太遠—朱西甯懷鄉小說研究〉		成功大學中文所碩士論文	馬森指導	小說
58	1996/6	許俊雅	〈自焚的女人—袁瓊瓊的〈微笑〉〉	《中國現代文學理論季刊》2期			小說
59	1996/6	姜雲生	〈科普‧人生觀照‧宇宙全史—影響中國科幻創作的三種觀念〉	百年來中國文學學術研討會	中央日報社		小說
60	1996/6	林積萍	〈《現代文學》研究—文學雜誌的向量新探索〉		淡江大學中文所碩士論文	李瑞騰指導	小說
61	1996/6	羅尤利	〈鍾理和文學中的原鄉和鄉土〉		東海大學中文所碩士論文	陳萬益指導	小說
62	1996/6	童淑陰	〈姜貴長篇小說《旋風》與《重陽》研究〉		東吳大學中文所碩士論文	李瑞騰指導	小說
63	1996/6	劉叔慧	〈華麗的修行：朱天文的文學實踐〉		淡江大學中文所碩士論文	施淑女指導	小說
64	1996/6	鍾怡雯	〈莫言小說書：「歷史」的重構〉		師範大學國文所碩士論文	陳鵬翔、邱燮友指導	小說
65	1996/6	黃千芳	〈台灣當代女性小說中的		清華大學中文所碩士論	呂正惠指導	小說

			女性處境》		文		
66	1996/6	許佩馨	《錢鍾書小說《圍城》與《人獸鬼》研究》		東吳大學中文所碩士論文	柯慶明指導	小說
67	1996/6	林秀麗	《戰後台灣政治小說與政治文化》		政治大學中山人文社會科學研究所碩士論文	陳鴻瑜指導	小說
68	1996/6	丁鳳珍	《台灣日據時期短篇小說中的女性角色》		成功大學中文所碩士論文	吳達芸、林瑞明指導	小說
69	1996/6	梁明雄	《日據時期台灣新文學運動研究》		文化大學中文所博士論文	金榮華指導	小說
70	1996/6	許彙敏	《金庸武俠小說敘事模式研究》		中正大學中文所碩士論文	龔鵬程指導	小說
71	1996/6	鄭宜芬	《五四時期（1917-1927）的女性小說研究》		政治大學中文所碩士論文	何寄澎指導	小說
72	1996/6	陳錦玉	《紮根泥土的青年作家—洪醒夫及其文學研究》		成功大學中文所碩士論文	林瑞明、陳昌明指導	小說
73	1996/6	大藪久枝	《戰前日本文壇重視的三篇台灣小說研究》		東吳大學中文所碩士論文	林明德指導	小說
74	1996/6	鄭穎	《五四新文學時期的小品文研究》		文化大學中文所碩士論文	金榮華指導	小說
75	1996/6	范伯群	《都市通俗小說流派生存權與發展態勢》	百年來中國文學學術研討會	中央日報社		小說
76	1996/6	康正果	《在主流之外戲寫人生—論楊絳的小說及其他》	百年來中國文學學術研討會	中央日報社		小說
77	1996/6	陳丹橋	《戰後台灣農民小說的類型演變》		清華大學中文所碩士論文	呂興昌指導	小說
78	1996/6	陳萬益	《一個殖民地少年的啓蒙之旅—析論張文環的小說》	百年來中國文學學術研討會	中央日報社		小說
79	1996/6	顧曉鳴	《新時期大陸小說文學性的重建》	百年來中國文學學術研討會	中央日報社		小說
80	1996/6	金恆杰	《中國文學中的父子關係—談王文興的「家變」和奚淞的「哪吒」》	百年來中國文學學術研討會	中央日報社		小說
81	1996/6	黃子平	《「革命歷史小說」中的宗教修辭》	百年來中國文學學術研討會	中央日報社		小說
82	1996/6	張謙繼	《鍾肇政台灣人三部曲研究》		文化大學中文所碩士論文	陳愛麗指導	小說
83	1996/6	無名氏	《烽火狼煙中的玫瑰—論抗戰時期的小說》	百年來中國文學學術研討會	中央日報社		小說
84	1996/6	鄭恆雄	《林燿德的台灣歷史神話小說《1947—高砂百合》》	百年來中國文學學術研討會	中央日報社		小說
85	1996/6	許子東	《中國當代文學中的「紅衛兵心態」—從張承志的《金牧場》和《金草地》談起》	百年來中國文學學術研討會	中央日報社		小說

86	1996/6	王德威	〈罪與罰：現代中國小說的正義論述〉	百年來中國文學學術研討會	中央日報社		小說
87	1996/6	許俊雅	〈日據時期台灣小說家筆下的民俗風情〉	百年來中國文學學術研討會	中央日報社		小說
88	1996/7	冉然	〈中國現代文學與心理分析小說〉	《中外文學》24卷2期			小說
89	1996/7	林瑞明	〈戰爭的變調─論鍾肇政的《插天山之歌》〉	《台灣文學的本土觀察》	台北：允晨出版社		小說
90	1996/7	林瑞明	〈且看鷹隼出風塵─論鍾肇政的《沈淪》〉	《台灣文學的本土觀察》	台北：允晨出版社		小說
91	1996/7	林瑞明	〈人間的條件─論鍾肇政的《滄浪行》〉	《台灣文學的本土觀察》	台北：允晨出版社		小說
92	1996/7	林瑞明	〈越戰後遺症─論陳映眞的兩篇小說〉	《台灣文學的本土觀察》	台北：允晨出版社		小說
93	1996/7	林瑞明	〈悲憫與同情─鄭清文的小說主題〉	《台灣文學的本土觀察》	台北：允晨出版社		小說
94	1996/8	王德威	〈叫父親，太沈重─父權論述與現代中國小說戲劇〉	《聯合文學》總142期			小說
95	1996/9	林燿德	〈「她」的媒體與「她的媒體」─李元貞《愛情私語》實例探〉	《敏感地帶：探索小說的意識眞象》	台北：駱駝出版社		小說
96	1996/9	黎活仁	〈小說〈祝福〉與魯迅的地獄思想〉	《盧卡奇對中國文學的影響》	台北：文史哲出版社		小說
97	1996/9	唐翼明	《大陸「新寫實小說」》		台北：三民書局		小說
98	1996/9	林燿德	〈小說迷宮中的政治迴路─「八〇年代台灣政治小說」的內涵與相關課題〉	《敏感地帶：探索小說的意識眞象》	台北：駱駝出版社		小說
99	1996/9	林燿德	〈當代台灣小說中的上班族／企業文化〉	《敏感地帶：探索小說的意識眞象》	台北：駱駝出版社		小說
100	1996/9	許璧瑞	〈從人物性格與文學傳承話金庸〉	《中國現代文學理論季刊》3期			小說
101	1996/9	葉子銘	〈茅盾塑造的人物形象〉	《中國現代文學理論季刊》3期			小說
102	1996/9	皮述民	〈文化革命前的大陸現代小說（一九四九～一九六六）〉	《中國現代文學理論季刊》3期			小說
103	1996/9	林燿德	〈空間剪貼簿─漫遊晚近台灣都市小說的建築空間〉	《敏感地帶：探索小說的意識眞象》	台北：駱駝出版社		小說
104	1996/10	陳玉珍	〈孤兒的傷痕─吳濁流的台灣悲情〉	吳濁流學術研討會	新竹縣政府、台灣客家公共事務協會		小說
105	1996/10	王德威	〈腐朽的期待─鍾曉陽小說的死亡美學〉		台北：麥田出版社	鍾曉陽著《遺恨傳奇》	小說
106	1996/10	王德威	〈海派作家，又見傳人─		台北：麥田出版社	王安憶著《紀實與虛	小說

			論王安憶〉			構〉	
107	1996/10	王德威	〈以愛欲興亡爲己任，置個人死生於度外－試讀蘇偉貞的小說〉		台北：麥田出版社	蘇偉貞著《封閉的島嶼》	小說
108	1996/10	張國慶	〈殖民主義的異化與自我－吳濁流小說的歷史觀〉	吳濁流學術研討會	新竹縣政府、台灣客家公共事務協會		小說
109	1996/10	黃錦樹	〈神姬之舞－後四十回？（後）現代啓示錄？〉		台北：麥田出版社	朱天文著《花憶前身》	小說
110	1996/10	許俊雅	〈小說／歷史／自傳－談《無花果》、《台灣連翹》及禁書現象〉	吳濁流學術研討會	新竹縣政府、台灣客家公共事務協會		小說
111	1996/10	盧斯飛	〈吳濁流的知識份子體材小說〉	吳濁流學術研討會	新竹縣政府、台灣客家公共事務協會		小說
112	1996/10	張新穎	〈堅硬的河岸流動的水－《紀實與虛構》與王安憶寫作的理想〉		台北：麥田出版社	王安憶著《紀實與虛構》	小說
113	1996/10	王德威	〈從《狂人日記》到《荒人手記》－論朱天文兼及胡蘭成與張愛玲〉		台北：麥田出版社	朱天文著《花憶前身》	小說
114	1996/11	野間信幸	〈關於呂赫若作品〈一根球拍〉〉	呂赫若文學研討會	文建會、聯合文學出版社		小說
115	1996/11	施　淑	〈首與體－日據時代台灣小說中頹廢意識的起源〉	呂赫若文學研討會	文建會、聯合文學出版社		小說
116	1996/11	陳芳明	〈殖民地與女性－以日據時期呂赫若小說爲中心〉	呂赫若文學研討會	文建會、聯合文學出版社		小說
117	1996/11	陳萬益	〈蕭條異代不同時－從〈清秋〉到〈冬夜〉〉	呂赫若文學研討會	文建會、聯合文學出版社		小說
118	1996/11	陳映眞	〈激越的青春－論呂赫若的小說〈牛車〉和〈暴風雨的故事〉〉	呂赫若文學研討會	文建會、聯合文學出版社		小說
119	1996/11	林明德	〈呂赫若的短篇小說藝術〉	呂赫若文學研討會	文建會、聯合文學出版社		小說
120	1996/11	呂正惠	〈「皇民化」與「決戰」下的追索－論呂赫若決戰時期的小說〉	呂赫若文學研討會	文建會、聯合文學出版社		小說
121	1996/11	林載爵	〈呂赫若小說的社會構圖〉	呂赫若文學研討會	文建會、聯合文學出版社		小說
122	1996/11	柳書琴	〈再剝〈石榴〉－決戰時期呂赫若小說的創作母題（1942-1945）〉	呂赫若文學研討會	文建會、聯合文學出版社		小說
123	1996/11	張恆豪	〈日據末期的三對童眼－以〈感情〉、〈論語與雞〉、〈玉蘭花〉爲論析重點〉	呂赫若文學研討會	文建會、聯合文學出版社		小說
124	1996/11	林瑞明	〈呂赫若的「台灣家族史」與寫實風格〉	呂赫若文學研討會	文建會、聯合文學出版社		小說

125	1996/12	丁旭輝	〈張愛玲《傾城之戀》的意象設計〉	《中國現代文學理論季刊》4期			小說
126	1996/12	黃子平	《革命‧歷史‧小說》		香港：牛津大學出版社		小說
127	1996/12	皮述民	〈抗戰與內戰時期的現代小說(一九三七～一九四八)〉	《中國現代文學理論季刊》4期			小說
128	1996/4	陳萬益	〈隨風飄零的蒲公英—台灣散文的老兵思維〉	第二屆台灣本土文化國際學術研討會：「台灣文學與社會」	台灣師範大學國文系‧人文中心		散文
129	1996/6	方祖燊	〈中國散文小史—兼論古今作家的散文觀〉	《中國現代文學理論季刊》2期			散文
130	1996/6	鹿憶鹿	〈情痴與理悟—談李黎的《悲懷書簡》〉	《中國現代文學理論季刊》2期			散文
131	1996/6	亮軒	〈業餘散文初探—以九歌版年度散文選為例〉	百年來中國文學學術研討會	台北：中央日報社		散文
132	1996/9	方祖燊	〈現代作家的散文觀〉	《中國現代文學理論季刊》3期			散文
133	1996/9	潘麗珠	〈《文化苦旅》的人物美學探索〉	《中國現代文學理論季刊》3期			散文
134	1996/9	鹿憶鹿	〈海峽兩岸的現代散文研究〉	《中國現代文學理論季刊》3期			散文
135	1996/1	沈奇	《台灣詩人散論》		台北：爾雅出版社		新詩
136	1996/1	李勤岸	《台灣詩神》		台北：台笠出版社		新詩
137	1996/1	古繼堂	《台灣青年詩人論》		台北：人間出版社		新詩
138	1996/1	張默	〈新詩集自費出版的研究〉	50年來台灣文學研討會之四：「台灣文學出版」	文建會、文訊雜誌社		新詩
139	1996/1	陳義芝	〈從半裸到全開—台灣戰後世代女詩人的情慾表現〉	當代台灣情色文學研討會	中國青年寫作協會、中國時報、輔仁大學外語學院		新詩
140	1996/1	焦桐	〈身體的叛逆—試論當代台灣的情色詩〉	當代台灣情色文學研討會	中國青年寫作協會、中國時報、輔仁大學外語學院		新詩
141	1996/2	戴寶珠	《「笠詩社」詩作集團性之研究》		政治大學中研所碩士論文	李豐楙指導	新詩
142	1996/3	張默	〈偏頗、錯置、不實？—古繼堂著《台灣新詩發展史》初探筆記〉	《台灣詩學季刊》14期			新詩
143	1996/3	王志健	〈徐志摩的短詩及其生平〉	《中國現代文學理論季刊》1期			新詩
144	1996/3	龔顯宗	〈聞一多詩論初探〉	《中國現代文學理論》1期			新詩
145	1996/3	楊宗翰	〈擺盪：論楊牧近期的詩創作〉	《台灣詩學季刊》14期			新詩

146	1996/3	邱燮友	〈新詩：理論之建立及其發展〉	《中國現代文學理論季刊》1期			新詩
147	1996/3	夏明釗	〈魯迅文學中的象徵詩學〉	《中國文哲研究集刊》7期	中央研究院中國文哲研究所籌備處		新詩
148	1996/3	沈謙	〈從何其芳到鄭愁子─比較評析〈花環〉與〈錯誤〉〉	《中國現代文學理論季刊》1期			新詩
149	1996/4	呂興忠	〈吳慶堂戰後初期的五首新詩遺稿初探〉	《台灣新文學》4期			新詩
150	1996/4	許俊雅	〈從困境、求索到新生─談台灣新詩中的二二八〉	第二屆台灣本文化國際學術研討會：「台灣文學與社會」	台灣師範大學國文系‧人文教育中心		新詩
151	1996/4	趙天儀	〈個人意識與社會意識──試論九〇年代李魁賢的詩與詩論〉	第二屆台灣本文化國際學術研討會：「台灣文學與社會」	台灣師範大學國文系‧人文教育中心		新詩
152	1996/4	洪銘水	〈日據初期台灣的社會詩人〉	第二屆台灣本文化國際學術研討會：「台灣文學與社會」	台灣師範大學國文系‧人文教育中心		新詩
153	1996/5	游喚	〈台灣現代詩中的土地河流與海洋─七〇年代以前的現象考察〉	台灣的文學與環境研討會	中正大學中文系		新詩
154	1996/5	施懿琳	〈稻作文化的孕育下的農民詩人─試析吳晟新詩的性格特質與批判精神〉	台灣的文學與環境研討會	中正大學中文系		新詩
155	1996/5	李元貞	〈從「性別敘事」的觀點論台灣現代女詩人作品中「我」之敘事方式〉	第七屆中國社會與文化國際學術研討會：近現代中國文學與文化變遷	淡江大學中國文學系		新詩
156	1996/5	許世旭	〈從兩岸現代詩比較中國傳統文化〉	第七屆中國社會與文化國際學術研討會：近現代中國文學與文化變遷	淡江大學中國文學系		新詩
157	1996/6	洛夫 張默	《當代大陸新詩發展研究》		台北：文建會		新詩
158	1996/6	焦桐	〈台灣現代詩裡的鄉愁〉	百年來中國文學學術研討會	台北：中央日報社		新詩
159	1996/6	羅青	〈從浪漫、現代到後現代─中國新詩八十年〉	百年來中國文學學術研討會	台北：中央日報社		新詩
160	1996/6	奚密	〈跨越文化界域─論二十世紀中文詩的文化屬性〉	百年來中國文學學術研討會	台北：中央日報社		新詩
161	1996/6	劉登翰	〈中國新詩的「現代」潮流〉	百年來中國文學學術研討會	台北：中央日報社		新詩
162	1996/6	邱燮友	〈新詩的面貌及其類型〉	《中國現代文學理論季刊》2期			新詩
163	1996/6	王志健	〈朱湘詩中的古典意境與音韻〉	《中國現代文學理論季刊》2期			新詩

164	1996/6	沈 謙	〈有限語言的無窮奧秘—論朦朧詩人顧城的〈一代人〉〉	《中國現代文學理論季刊》2期			新詩
165	1996/6	游 喚	〈台灣當代山水詩論〉	百年來中國文學學術研討會	台北：中央日報社		新詩
166	1996/9	陳啓佑	〈詩的批評與欣賞〉	《中國現代文學理論季刊》3期			新詩
167	1996/9	龔顯宗	〈聞一多的詩律與創作〉	《中國現代文學理論》3期			新詩
168	1996/9	沈 奇	〈對存在的開放和對語言的再創造—瘂弦詩歌藝術論〉	《中國現代文學理論季刊》2期			新詩
169	1996/9	黎活仁	〈小詩運動〉	《盧卡其對中國文學的影響》	台北：文史哲出版社		新詩
170	1996/12	王志健	〈胡適的新詩〉	《中國現代文學理論季刊》4期			新詩
171	1996/4	馬 森	〈鄉土VS.西潮—八〇年以來的台灣現代戲劇〉	中國現代文學與教學研討會	文化大學中文系文藝組主辦		戲劇
172	1996/6	周美鳳	《易卜生戲劇作品中虛僞與眞實之探討並討論台灣文學中相同主題之作品》		輔大德國語文研究所碩士論文	裴德指導	戲劇
173	1996/6	吳祖光	〈《鳳凰城始末》—三十年代寫的頭一個劇本〉	百年來中國文學學術研討會	中央日報社		戲劇
174	1996/6	楊松年	〈講授新馬抗戰救亡時期戲劇的體會〉	中國現代文學與教學研討會	文化大學中文系文藝組		戲劇
175	1996/12	姜龍昭	〈反推理據「黑夜白賊」評介〉	《中國現代文學理論》4期			戲劇
176	1996/1	陳信元	〈解嚴後大陸文學在台灣出版狀況〉	五〇年來台灣文學研討之四「台灣文學出版」	文建會、文訊雜誌社		理論批評
177	1996/1	封德屏	〈試論文學雜誌的專題設計〉	五〇年來台灣文學研討之四「台灣文學出版」	文建會、文訊雜誌社		理論批評
178	1996/1	鍾麗慧	〈「五小」的崛起—文學出版社的個案研究〉	五〇年來台灣文學研討之四「台灣文學出版」	文建會、文訊雜誌社		理論批評
179	1996/1	呂正惠	〈西方文學翻譯在台灣〉	五〇年來台灣文學研討之四「台灣文學出版」	文建會、文訊雜誌社		理論批評
180	1996/1	沈 謙	〈台灣書評雜誌的發展〉	五〇年來台灣文學研討之四「台灣文學出版」	文建會、文訊雜誌社		理論批評
181	1996/1	邱炯友	〈從著作權糾紛看台灣的文學出版〉	五〇年來台灣文學研討之四「台灣文學出版」	文建會、文訊雜誌社		理論批評

182	1996/1	林慶彰	〈當代文學禁書研究〉	五〇年來台灣文學研討之四「台灣文學出版」	文建會、文訊雜誌社		理論批評
183	1996/1	吳興文	〈從暢銷書排行榜看台灣的文學出版〉	五〇年來台灣文學研討之四「台灣文學出版」	文建會、文訊雜誌社		理論批評
184	1996/1	王士朝	〈文學圖書印刷設計之演變〉	五〇年來台灣文學研討之四「台灣文學出版」	文建會、文訊雜誌社		理論批評
185	1996/1	應鳳凰	〈五十年代台灣文藝雜誌與文化資本〉	五〇年來台灣文學研討之四「台灣文學出版」	文建會、文訊雜誌社		理論批評
186	1996/1	林訓民	〈文學圖書的廣告與行銷〉	五〇年來台灣文學研討之四「台灣文學出版」	文建會、文訊雜誌社		理論批評
187	1996/2	王寧	《比較文學與中國文學闡釋》		台北：淑馨出版社		理論批評
188	1996/3	樊洛平	〈中國大陸現當代文學史的著作〉	《中國現代文學理論季刊》2期			理論批評
189	1996/3	蔡宗陽	〈思想與文學批評〉	《中國現代文學理論季刊》1期			理論批評
190	1996/3	周慶華	《文學圖繪》		台北：東大圖書公司		理論批評
191	1996/3	黃麗貞	〈「移覺」和「通感」的區別〉	《中國現代文學理論季刊》1期			理論批評
192	1996/3	許俊雅	〈再議三十年代台灣的鄉土文學論爭〉	《中國現代文學理論季刊》1期			理論批評
193	1996/4	馬漢茂	〈激進文學話語：本土評論家彭瑞金〉	第二屆台灣本土文化國際學術研討會：「台灣文學與社會」	台灣師範大學國文系・人文中心		理論批評
194	1996/4	余光中	〈論者的不休〉	《聯合文學》總138期			理論批評
195	1996/4	周慶華	〈反映現實／批判現實？—八〇年代文學文本的建構與解構觀點〉	第二屆台灣本土文化國際學術研討會：「台灣文學與社會」	台灣師範大學國文系・人文中心		理論批評
196	1996/4	陳玉玲	〈父權制的家園〉	第二屆台灣本土文化國際學術研討會：「台灣文學與社會」	台灣師範大學國文系・人文中心		理論批評
197	1996/4	林淇瀁	〈文學、社會與意識型態—以七〇年代「鄉土文學」論戰中的副刊媒介運作為例〉	第二屆台灣本土文化國際學術研討會：「台灣文學與社會」	台灣師範大學國文系・人文中心		理論批評
198	1996/4	呂興昌	〈頭戴台灣天・腳踏台灣地—論黃石輝台語文學分觀念與實踐〉	第二屆台灣本土文化國際學術研討會：「台灣文學與社會」	台灣師範大學國文系・人文中心		理論批評
199	1996/4	梁明雄	〈從日據初期的文學結社論台灣新文學的發展〉	第二屆台灣本土文化國際學術研討會：「台	台灣師範大學國文系・人文中心		理論批評

			灣文學與社會」			
200	1996/4	龔鵬程	〈本土化的迷思：文學與社會〉	第二屆台灣本土文化國際學術研討會：「台灣文學與社會」	台灣師範大學國文系‧人文中心		理論批評
201	1996/4	杜國清	〈台灣文學研究的國際視野〉	第二屆台灣本土文化國際學術研討會：「台灣文學與社會」	台灣師範大學國文系‧人文中心		理論批評
202	1996/4	鄭良偉	〈台語文學的可讀性及台華對譯人腦及電腦之間〉	第二屆台灣本土文化國際學術研討會：「台灣文學與社會」	台灣師範大學國文系‧人文中心		理論批評
203	1996/5	羅鳳珠	〈牽引台灣文學的藤蔓上全球資訊網〉	台灣文學與環境研討會	中正大學中文系		理論批評
204	1996/5	吳達芸	《女性閱讀與小說評論》		台南市立文化中心		理論批評
205	1996/5	陳萬益	《於無聲處 驚雷—南台灣文學（二）台南市籍作家作品集》		台南市立文化中心		理論批評
206	1996/5	黎活仁	〈外地學者於台灣文學史研究的發言空間〉	台灣文學與環境研討會	中正大學中文系		理論批評
207	1996/5	楊昌年	〈精緻文學的再現—戰後台灣文學的特色〉	台灣文學與環境研討會	中正大學中文系		理論批評
208	1996/5	王德威	〈沒有晚清，何來五四？—被壓抑的現代性〉	《聯合文學》總139期			理論批評
209	1996/5	曾珍珍	〈楊牧作品中的海洋意象〉	台灣文學與環境研討會	中正大學中文系		理論批評
210	1996/5	葉石濤	〈台灣文學五十年以後的新方向〉	台灣文學與環境研討會	中正大學中文系		理論批評
211	1996/5	王德威	〈如何現代，怎樣文學？—中國現代文學史教學的省思〉	現代文學教學研討會	台灣大學中文系		理論批評
212	1996/5	林載爵	《台灣文學的兩種精神—南台灣文學（二）台南市籍作家作品集》		台南市立文化中心		理論批評
213	1996/5	彭小妍	〈認同、族群與女性—台灣文學七十年〉	第七屆中國社會與文化國際學術研討會：近現代中國文學與文話變遷	淡江大學中文系		理論批評
214	1996/5	黎活仁	〈樹的聯想—席慕蓉、尹玲、洪素麗、零雨和簡媜等的想像力研究〉	台灣文學與環境研討會	中正大學中文系		理論批評
215	1996/5	林載爵	〈五四與台灣新文化運動〉	《台灣文學的兩種精神—南台灣文學（二）台南市籍作家作品集》			理論批評
216	1996/5	林載爵	〈忍看蒼生含辱—賴和先生的文學〉	《台灣文學的兩種精神—南台灣文學（二）台南市籍作家			理論批評

				作品集》			
217	1996/5	沈 謙	〈戰後台灣文壇主流之遞嬗〉	台灣文學與環境研討會	中正大學中文系		理論批評
218	1996/5	笠 征	〈傳統文化與當代大陸文學—新時期文學的回歸傳統傾向與傳統文化在大陸的消長〉	第七屆中國社會與文化國際學術研討會：近現代中國文學與文話變遷	淡江大學中文系		理論批評
219	1996/6	唐翼明	《大陸新時期的文學理論與批評》		文建會		理論批評
220	1996/6	施 淑	《大陸新時期文學概況》		文建會		理論批評
221	1996/6	應鳳凰	《大陸新時期文學概況史料卷》		文建會		理論批評
222	1996/6	陳昭瑛	〈文學的原住民與原住民的文學〉	百年來中國文學學術研討會	中央日報社		理論批評
223	1996/6	沈 謙	〈中國現代文學史的著作（台港）〉	《中國現代文學理論季刊》2期			理論批評
224	1996/6	陳志堅	《佐藤春夫之閩南文學》		文化大學日本研究所碩士論文	劉崇稜指導	理論批評
225	1996/6	黃麗貞	〈意義豐贍雋永的「轉品」修辭〉	《中國現代文學理論季刊》2期			理論批評
226	1996/6	周慶華	《台灣光復以來文學理論研究》	文化中研所博士論文		金榮華指導	理論批評
227	1996/6	陳思和	〈共名與無名：百年中國文學發展管窺〉	百年來中國文學學術研討會	中央日報社		理論批評
228	1996/6	呂正惠	〈台灣鄉土文學綜論〉	百年來中國文學學術研討會	中央日報社		理論批評
229	1996/6	劉再復	〈中國現代文學的整體維度及其侷限〉	百年來中國文學學術研討會	中央日報社		理論批評
230	1996/6	謝 冕	〈文學滄桑一百年〉	百年來中國文學學術研討會	中央日報社		理論批評
231	1996/6	李瑞騰	〈二十世紀中文文學的空間分佈〉	百年來中國文學學術研討會	中央日報社		理論批評
232	1996/6	唐翼明	〈從反叛異化到回歸本體—論大陸文學從「新時期」到「後新時期」的演變〉	百年來中國文學學術研討會	中央日報社		理論批評
233	1996/6	尼 洛	〈中國近代文學的糾纏—淺析「共」文學與「反共」文學〉	百年來中國文學學術研討會	中央日報社		理論批評
234	1996/6	彭小妍	〈認同、族群與女性—台灣文學七十年〉	百年來中國文學學術研討會	中央日報社		理論批評
235	1996/6	葉石濤	〈四十年代的台灣文學〉	百年來中國文學學術研討會	中央日報社		理論批評
236	1996/6	趙毅衡	〈中國現當代文學中的文化批判〉	百年來中國文學學術研討會	中央日報社		理論批評

237	1996/6	沈　謙	〈中國現代文學史的分期〉	百年來中國文學學術研討會	中央日報社		理論批評
238	1996/6	劉樹森	〈清末民初的外國文學翻譯對中國近現代文學的初始影像〉	百年來中國文學學術研討會	中央日報社		理論批評
239	1996/6	平　路	〈想像她，否定他，要她不說話─中文女作家筆下的母親形象〉	百年來中國文學學術研討會	中央日報社		理論批評
240	1996/6	林　崗	〈二十世紀「現實傾向」文學的歷史回顧〉	百年來中國文學學術研討會	中央日報社		理論批評
241	1996/6	賈植芳	〈中國近現代留日學生與中國文學運動〉	百年來中國文學學術研討會	中央日報社		理論批評
242	1996/6	古　華	〈我所認知的中國新鄉土文學〉	百年來中國文學學術研討會	中央日報社		理論批評
243	1996/6	蔡其昌	《戰後（1945-1959）台灣文學發展與國家角色》		東海大學歷史研究所碩士論文	吳文星指導	理論批評
244	1996/6	江寶釵施懿琳曾　珍	《台灣文學與環境》（論文集）		高雄：麗文文化公司		理論批評
245	1996/6	文訊雜誌社編	《五十年來台灣文學研討會論文集》（三本）		台北：行政院文化建設委員會		理論批評
246	1996/6	張　錯	〈自強與啓蒙：前五四文學轉型心態與現象〉	百年來中國文學學術研討會	中央日報社		理論批評
247	1996/6	龔鵬程	〈啓蒙之旅─從國民教育到國民文學〉	百年來中國文學學術研討會	中央日報社		理論批評
248	1996/6	李細梅	《一九四九年到一九九二年台灣文學的發展》	文化東方與文學系碩士論文		卜洛夫指導	理論批評
249	1996/7	林瑞明	〈日據時期的台灣文學精神〉	《台灣文學的本土觀察》	台北：允晨文化出版公司		理論批評
250	1996/7	張良澤 著廖為智 譯	《台灣文學・語文論集》		彰化縣立文化中心		理論批評
251	1996/7	游勝冠	《台灣文學本土論的興起與發展》		台北：前衛出版社		理論批評
252	1996/7	林瑞明	〈日本統治下的台灣新文學精神─文學結社及其精神〉	《台灣文學的本土觀察》	台北：允晨文化出版公司		理論批評
253	1996/7	張小虹	《性與認同政治：台灣的同性戀論述（I）》		台北：國科會科資中心		理論批評
254	1996/8	周慶華	《台灣當代文學理論》		台北：揚智文化公司		理論批評
255	1996/9	黎活仁	《盧卡契對中國文學的影響》		台北：文史哲出版社		理論批評
256	1996/9	李歐梵	〈現代中國文學中的浪漫個人主義〉	《現代性的追求》	台北：麥田出版公司		理論批評
257	1996/9	譚汝為	〈論比喻型成語〉	《中國現代文學理論季刊》3期			理論批評

258	1996/9	古遠清	〈評《中華民國作家・作品目錄》〉	《中國現代文學理論季刊》3期			理論批評
259	1996/9	李歐梵	《現代性的追求》		台北：麥田出版公司		理論批評
260	1996/9	李歐梵	〈「批評空間」的開創―從《申報》「自由談」談起〉	《現代性的追求》	台北：麥田出版公司		理論批評
261	1996/9	李歐梵	〈來自鐵屋子的聲音〉	《現代性的追求》	台北：麥田出版公司		理論批評
262	1996/9	李歐梵	〈在中國話語的邊緣―關於邊界的文化意義〉	《現代性的追求》	台北：麥田出版公司		理論批評
263	1996/9	李歐梵	〈中國馬克思主義文學批評的幾個問題〉	《現代性的追求》	台北：麥田出版公司		理論批評
264	1996/9	李歐梵	〈文化的危機〉	《現代性的追求》	台北：麥田出版公司		理論批評
265	1996/9	李歐梵	〈孤獨的旅行者―中國現代文學中自我的形象〉	《現代性的追求》	台北：麥田出版公司		理論批評
266	1996/9	李歐梵	〈情感的歷程〉	《現代性的追求》	台北：麥田出版公司		理論批評
267	1996/9	李歐梵	〈中國現代小說的先驅者―施蟄存、穆時英、劉吶鷗〉	《現代性的追求》	台北：麥田出版公司		理論批評
268	1996/9	李歐梵	〈台灣文學中的「現代主義」和「浪漫主義」〉	《現代性的追求》	台北：麥田出版公司		理論批評
269	1996/9	李歐梵	〈漫談中國現代文學中的「頹廢」〉	《現代性的追求》	台北：麥田出版公司		理論批評
270	1996/9	李歐梵	〈追求現代性(一八九五―一九二七)〉	《現代性的追求》	台北：麥田出版公司		理論批評
271	1996/9	李歐梵	〈走上革命之路（一九二七―一九四九)〉	《現代性的追求》	台北：麥田出版公司		理論批評
272	1996/9	李歐梵	〈中國當代文化、文學和知識份子的堅韌面〉	《現代性的追求》	台北：麥田出版公司		理論批評
273	1996/9	李歐梵	〈技巧的政治―中國當代小說中之文學異議〉	《現代性的追求》	台北：麥田出版公司		理論批評
274	1996/10	簡義明	〈吳濁流研究現況的評介與反思〉	吳濁流學術研討會	新竹縣政府、台灣客家公共事務協會		理論批評
275	1996/12	尹雪曼	〈七十年來的台灣文學界〉	《中國現代文學理論季刊》4期			理論批評
276	1996/12	邱燮友	〈把握現在・創造明天―迎接新世紀的來臨〉	《中國現代文學理論季刊》4期			理論批評
277	1996/12	黃麗貞	〈神奇妙變的「數字修辭」〉	《中國現代文學理論季刊》4期			理論批評
278	1996/1	徐嘉陽	〈情色內外：初探新人類作家的文學空間〉	當代台灣情色文學研討會	中國青年寫作協會、時報文化出版公司、輔仁大學外語學院主辦。	研究對象：紀大偉、洪凌、陳雪、曾陽晴	作家集團
279	1996/5	廖咸浩	〈迷蝶：張愛玲傳奇在台灣〉	張愛玲國際研討會	文建會主辦、中時人間副刊承辦		作家集團
280	1996/6	常小菁	《周作人研究―「叛徒」	中正大學中文研究所		李立信指導	作家集團

			與「隱士」二重風貌》	碩士論文			
281	1996/6	虹 影	〈女性作家與女「性」作家〉	百年來中國文學學術研討會	中央日報社主辦		作家集團
282	1996/6	王瑞達	《魯迅與五四反傳統精神》	輔仁大學西班牙語文研究所碩士論文		白安茂指導	作家集團
283	1996/6	莊信正	〈沈從文、張愛玲與生命的玄密〉	百年來中國文學學術研討會	中央日報社主辦		作家集團
284	1996/10	葉 笛	〈吳濁流創辦《台灣文藝》之意義與影響〉	吳濁流學術研討會	新竹縣政府、台灣客家公共事務協會主辦		作家集團
285	1996/10	施正鋒	〈吳濁流的民族認同〉	吳濁流學術研討會	新竹縣政府、台灣客家公共事務協會主辦		作家集團
286	1996/10	范振乾	〈吳濁流與其筆下的台灣人〉	吳濁流學術研討會	新竹縣政府、台灣客家公共事務協會主辦		作家集團
287	1996/11	藤井省三	〈呂赫若與東寶國民劇——自入學東京聲專音樂學校到演出「大東亞歌舞劇」〉	呂赫若文學研討會	文建會、聯合文學雜誌社主辦		作家集團
288	1996/11	垂水千惠	〈初期呂赫若的足跡——以一九三○年代日本文學為背景〉	呂赫若文學研討會	文建會、聯合文學雜誌社主辦		作家集團
289	1996/11	藍博洲	〈呂赫若的黨人生涯〉	呂赫若文學研討會	文建會、聯合文學雜誌社主辦		作家集團
290	1996/12	龔顯宗	〈徐志摩的文學觀〉	《中國現代文學理論》4期			作家集團
291	1996/12	王明仁	〈辛亥革命時期的魯迅〉	《中國現代文學理論》4期			作家集團
292	1996/3	方祖燊	〈論「報告文學」〉	《中國現代文學理論》1期			其他
293	1996/6	陳信元文 鈺	《大陸新時期報告文學概況》		文建會		其他
294	1996/6	陳信元	〈兩岸環保文學的初步考察〉	百年來中國文學學術研討會	中央日報社		其他
295	1996/6	林煥彰	《大陸新時期兒童文學》		文建會		其他
296	1996/6	吳宜婷	《台灣當代兒歌研究(1945—1995)》		文化大學中文研究說碩士論文	許瑞容指導	其他
297	1996/6	傅林統	《美麗的水鏡—從多方位探究童話的創作和改寫》		桃園縣立文化中心		其他

　　西元1996年（民國85年）是解嚴後第九年，也是本研究的最後一個年度。本年度關於「華文現代文學」的研究，共計有56本專著，242篇論文，成果可謂豐碩。爲使其成果更爲淸楚的展現與便於分析，茲將其分類表列於下：

	專書（含學位論文）	論文
小說	25(18)	103
新詩	6(1)	30
散文	0	7
戲劇	1(1)	4
其他文類	4(1)	2
文學批評（含理論）與文學史	18(2)	84
作家及其集團	2(2)	12
合計	56(25)	242

　　根據以上統計資料可以淸楚看出，這一年研究資料最多是小說，共有25本專著，103篇論文，由於專書數目及研討會論文的持續增加，使得此文類的研究成果明顯較去年豐碩許多。而「文學批評（含理論）與文學史」的研究數量爲次多，總共有專著18本，論文84篇，總體而言，這一年的研究資料可謂相當豐富。以下就資料的性質來作進一步的分析：

　　首先要看的是學位論文的資料，從上表我們得知，在本年度中，總共有25篇的博碩士論文的研究成果，這個數字跟西元1995年（民國84年）的30篇比起來雖然稍嫌退步，但亦可說「華文現代文學」的研究，在當前的學院建制中已經站穩了腳步，尤其不只是中文研究所的學生在關心這個焦點而已，連歷史研究所、社會學研究所、新聞研究所的學生也對這個領域的議題保持著高度的興趣，相信這一批新的研究生力軍在日後當會對「華文現代文學」的研究注入高度的活力。

　　除了學位論文這項研究成績之外，研討會中的學術論文，在本年度也是不

可忽視的研究成果，本年度共舉行了10場會議，其名稱及主辦單位如下：

日期	研討會名稱	主辦單位
2 月	當代台灣情色文學研討會	中國青年寫作協會
4 月	第二屆台灣本土文化國際學術研討會：台灣文學與社會	台灣師大國文系‧人文中心
5 月	台灣文學與環境	中正中文系
5 月	現代文學教學研討會	台大中文系
5 月	台灣現代劇場研討會	文建會、中外文學月刊社
5 月	第七屆中國社會與文化國際學術研討會：近現代中國文學與文化變遷	淡江中文系
5 月	張愛玲國際研討會	文建會、中時人間副刊
6 月	百年來中國文學學術研討會	中央日報社
10 月	吳濁流學術研討會	新竹縣政府、台灣客家公共事務協會
11 月～12 月	呂赫若文學研討會	文建會、聯合文學雜誌社

　　本年度的研討會特色有三點，第一是總論式的大型研討會的舉行，如「第二屆台灣本土文化國際學術研討會：台灣文學與社會」、「第七屆中國社會與文化國際學術研討會：近現代中國文學與文化變遷」和「百年來中國文學學術研討會」等；第二則是與上述相反，將研討會鎖定在特殊的議題上，希望藉此開發出新的研究向度，如「當代台灣情色文學研討會」、「台灣文學與環境」等；第三個特點則是重要作家的回顧與整理，張愛玲在西元1995年（民國84年）的過世，確實引起了台灣文壇的轟動，因此，由中國時報人間副刊主導的「張愛玲國際研討會」便可說是今年度文壇的一件大事，當前在台灣文學界活躍的研究者與作家幾乎都出席了這場會議，主辦單位藉由各種面向的議題的交叉設計，似乎有為張愛玲蓋

棺論定的企圖。此外,「吳濁流學術研討會」和「呂赫若文學研討會」的舉行,則是近幾年台灣文學的研究特色之延續,那就是對前輩作家的整理與回顧,相信此後這類的研討會仍然會持續舉行。

若從文類的角度而言,研究者似乎仍然把焦點鎖定在「小說」和「文學批評(含理論)與文學史」這兩大範疇上,學位論文的寫作與研討會議題的擬定似乎也有這種傾向‧這對於其他的文類而言並不是一件好事,畢竟還有很多議題與素材被研究者忽略了。

另外,在本年度的研究者及研究對象的分析上,其特色大致可以歸納如下:

一、在小說的研究上,在這年的1本博士論文與17本碩士論文中,我們不難發現一個共同特色,即研究生所擇定的批評對象越來越趨近於當代小說家。除了東吳大學中文所童淑蔭的《姜貴長篇小說《旋風》與《重陽》研究》(李瑞騰指導)外,成功大學中文所陳錦玉的《紮根泥土的青年作家—洪醒夫及其文學研究》(林瑞明、陳昌明指導)、文化大學中文所張謙繼的《鍾肇政《台灣人三部曲》研究》(陳愛麗指導)、成功大學中文所楊政源的《家,太遠—朱西甯懷鄉小說研究》(馬森指導)、中正大學許彙敏的《金庸武俠小說敘事模式研究》(龔鵬程指導)、淡江大學中文所劉叔慧的《華麗的修行:朱天文的文學實踐》(施淑女指導)與台灣師範大學國文所鍾怡雯的《莫言小說:「歷史」的重構》(陳鵬翔、邱燮友指導)等,皆分別論及當代兩岸仍務力於創作的小說家,縮短了作品創作與批評間的時間距離。此外,五四與日據時期都分別有兩篇論文是以其為研究斷限;而以女性書寫或女性角色的塑造為討論主題的則有3篇論文,它們所綜觀述及的時期則分別是五四、日據與台灣當代。

二、日據時期:延續著這幾年的風潮,在研究主題上,「日據」時期的文學活動在本年亦受到了重視,這明顯的表現於「吳濁流學術研討會」和「呂赫若文學研討會」的舉行上,繼西元1994年(民國83年)「賴和即其同時代作家文學研討會」、西元1995年(民國84年)「張我軍文學研討會」之後,另外兩件文壇大事。

三、性別、情慾論題依舊被研究者重視,然而,「後現代」、「後殖民」與「生

態環境」等議題亦逐漸的浮現在「華文現代文學」的研究焦點中，這應該跟外文學界的研究者致力於相關理論的引介與闡述這一項原因有密切的關係。

　　四、在以往比較被研究者忽視的戲劇，在今年度有比較令人欣喜的成績，一共有5篇論文與1本專書。專著為周美鳳《易卜生戲劇作品中虛偽與真實之探討並兼論台灣文學中相同主題之作品》，作者嘗試將台灣文學中與易卜生作品相比較，分析台灣作家對環境的觀察及真偽的觀點是否與易卜生有相同之處。而馬森仍然繼續針對西潮對現代系劇的影響發表論文—〈鄉土 VS.西潮—八〇年以來的台灣現代戲劇〉。另外，現代戲劇的發展也已快一個世紀了，因此，歷時性從縱向回顧的文章有2篇，分別是胡耀恆的〈半世紀來戲劇政策的回顧與前瞻〉與高行建的〈中國現代戲劇的回顧與展望〉。

　　五、大陸文學：在大陸文學的研究上，今年的研究成果可說有著突破性的視野，不同於以往大都集中於「小說」此一文類之上，這一年度的成果則轉向新詩，這一年出現了一本專書：洛夫、張默的《當代大陸新詩發展研究》，值得注意的是這一本對於大陸新詩的研究專書，是台灣學界另一本較為專門的大陸新詩發展研究，自解嚴以來至西元1996年（民國85年）已有一段時間，台灣學界對大陸新詩的研究並沒有成為相當熱門的學術研究論題，而這本專書的出現稍可彌補這個研究空白之處。此外，三〇年代的新詩也有不錯的研究成果，如聞一多、徐志摩、何其芳、朱湘和胡適等人皆是研究者所關注的作家。

　　六、在特出的研究者上，這年較值得提及的研究者是王德威，他仍繼續保持其研究路徑，而在這年中發表9篇論文（其中包括收錄在由他所主編的麥田「當代小說家」系列中的4篇論文），俱有可觀之處。此外，陳芳明、皮述民與許俊雅等人也都各有3篇論文發表，成果可謂豐實。尤其是許俊雅，其自西元1993年（民國82年）起，每年均有2篇以上的文章發表，可說是新進評論家中最具有持續力的一位。

結　　論

綜觀西元1988年（民國77年）至西元1996年（民國85年）這九年中的台灣地區現代文學的研究，在特色上當然有許多令人印象深刻之處，不過，若將焦點集中到「趨勢」上，則下列三大項特點似乎值得我們特別的注意：

一、類別趨勢

在研究「類別」的趨勢上，我們分成的七個類大致趨向如下：

（一）小說

綜觀西元1988年（民國77年）到西元1996年（民國85年）這9年之間的華文現代小說研究的趨勢，我們可以總結幾項較顯著的特色，茲分述如下：

1、就研究論題言

（1）對大陸小說的討論，是解嚴以降一個具有明顯階段性的研究現象。我們可以發現自西元1988年（民國77年）到西元1991年（民國80年）間，關於大陸作家作品的論述曾在所有的研究成果中佔有相當的比例，但在西元1992年（民國81年）時，其研究數量迅即減少為1筆，並在隨後的幾年間僅維持在3筆左右。由此可見，解除戒嚴和開放兩岸交流，在初期中對於現代小說的研究確然有一定的刺激效應，但其後卻呈現滯緩的狀況，並未形成一個穩定發展的研究路向。

（2）相形之下，對台灣本土小說的研究則以益形熱絡的趨勢在發展著。特別是自西元1990年（民國79年）第一場「鍾理和文學研討會」之後，以日據時期為主要斷限的本土小說論述，在所有研究成果的數量與比重上一直逐年增加。

（3）女性小說研究是一個持續在發展的領域，同時隨著研究方法與相關議題的影響，從西元1988年（民國77年）到西元1996年（民國85年）間，它所呈現出來的面貌有變，亦有其不變。其中，針對特定時期如五四、日據、二、三〇年

代與當代等作橫面的觀察討論，即是在這九年中一個持續被從事的研究方式。至於在其整個發展流變上，誠如前面曾經述及的，承接對小說女性角色塑造與自覺意識的討論，將女性書寫與情慾、弱勢、族群、國家認同等時代議題作聯繫，則是近年來一個值得注意的研究新方向。

（4）通俗、政治、都市、歷史、情色小說等，也都是近幾年來不容忽視的幾個研究領域。而其彼此間的依倚消長與交替，也昭示出小說（創作與）評論的潮流與階段性。

（5）若就個別作家作品言，張愛玲無疑是被討論最多的一位，不僅在西元1995年（民國84年）有一場歷年來發表論文數量最多的「張愛玲國際研討會」，在學位論文上亦有4本碩士論文以她爲研究對象。其次則是同樣被做爲專門性研討會主題的呂赫若與王禎和等人。

2、就研究者言

（1）純粹就發表數量來看，在這九年中，發表小說評論超過5筆以上的計有17位：王德威42筆；嚴家炎16筆；林燿德14筆；黃子平12筆；許俊雅11筆；呂正惠與林瑞明9筆；施淑與彭小妍8筆；齊邦媛、林明德、陳萬益與楊照6筆；江寶釵、李瑞騰、張恆豪與陳芳明5筆等等。可見王德威不論就專書或單篇論文方面，都在研究數量上表現相當突出；其次，如嚴家炎、林燿德、黃子平、許俊雅、齊邦媛，江寶釵、李瑞騰等人也都有專書或學位論文發表，頗值得肯定。

（2）再進一步觀察評論者的學養背景，則會發現相較於其它文類，尤其是現代詩的研究者情況，從事現代小說研究的仍大多出自學院，而且以任教於中文、外文等相關系所者佔有最多的數量。相較之下，幾位身跨創作與評論的研究者，如林燿德、彭小妍、楊照、張啓疆乃至於更新世代的洪凌、紀大偉等人，都是屬於較年輕一輩的新進。

3、就發表媒介言

（1）此可以分爲學術刊物與研討會議兩方面來談。首先，回顧這九年的幾份較重要的文學性雜誌，我們可以發現緣於刊物本身的性質取向、研究者的習慣

與考量，乃至於整個時代潮流的影響，各個刊物雜誌間不僅展現了迥異的風格面貌，即便是每個刊物自身，也都在這九年間呈現了量與質上的流變。其中較具特色的，如《中外文學》以專題的方式集中討論具時代性的議題，而促使華文現代小說研究與西方文學理論、思潮有更進一步的對話空間。《文學台灣》則本土色彩鮮明，從其西元1991年（民國80年）創刊迄西元1996年（民國85年）爲止，學術性文章日益增加，這不但透露出本土作家作品的廣受討論，另一方面也展現了研究縱深度的累進等等。

（2）除了學術性刊物外，學術研討會顯然是另一個更具指標性、更能看出從西元1988年（民國77年）到西元1996年（民國85年）間小說研究整個發展脈絡的角度。統括來看，可以發現歷年來的的學術會議大致分爲兩種類型：一種是貫時、一般性的會議，這類研討會以較平均的場數出現在每一年中；而另一種則是焦點集中、主題式的研討會，之類的研討會在數量上有逐年增加的現象，尤其是針對某一特定小說家所籌辦的討論會，更是在近幾年間頻繁出現。

4、就學位論文言

（1）以現代小說爲研究對象的學位論文，在這九年間也是呈現一種數量逐年遞增的趨勢。但是頗值得注意的是，中文或國文研究所雖然在研究總量上明顯超過其它的系所，並且以一直保持逐年增加的態勢，然而往前回顧西元1988年（民國77年）到西元1990年（民國79年）間的情形，卻發現它其實是比語言所、史語所稍晚關注到現代小說研究的。兩相比較，曾在西元1990年（民國79年）與西元1991年（民國80年）間出現4本碩士論文的成功大學歷史語言所，卻自西元1992年（民國81年）後即未見相關的學位論文提出。

（2）就學位論文的研究對象來看，最常被探索的主題有二，一是台灣本土性的作家作品，共有15篇以上的博碩士論文是以其爲研究範域；另一則是小說中的女性意識，有7本博碩士論文是分別以不同時期的女性小說爲討論重心。而最常被專門研究的小說家則是張愛玲，出現了4本碩士論文，各自從不同的面向切入其作品。就此看來，學位論文與其它的現代小說研究，仍具有某種程度的契合

度。

（3）學位論文的指導教授，儘管在研究趨勢上並不具有顯著的指標意義，但卻是一個可以觀照出學院中推展現代小說研究現況的參考角度。在所有的指導教授中，李瑞騰是最爲突出的一位，由他指導寫就的學位論文有7本之多，其次是金榮華的5本，而柯慶明、施淑女、馬森、何寄澎與呂興昌等人也都各有3本。

（二）新詩

綜觀西元1988年（民國77年）至西元1996年（民國85年）台灣新詩研究的發展趨勢，大致可以從下列面向來勾勒出這九年的新詩研究特色：

1、就研究論題言

（1）大陸新詩、大陸學界與台灣新詩界的交流問題：對關於這個議題的討論共有2本專書及6篇單篇論文的資料，然而有趣的是，對於大陸詩的評介以解嚴後幾年（集中於 1988、89 兩年）爲多，而大致是概略式的評介。然而，對於大陸新詩的研究並未持續深掘下去，至西元1996年（民國85年）洛夫與張默所著的《當代大陸新詩發展研究》一書的出版，台灣新詩批評界對大陸新詩仍未有更細緻的發展，對於大陸較著名詩人的研究仍嫌不足。另外，更由於政治因素，兩岸新詩批評交流卻有著詮釋權的爭奪問題，因此而有「大陸的台灣詩學研討會」的舉辦，及陸續發表於《台灣詩學季刊》的幾篇單篇論文。

（2）性別論題的開發：對於台灣女性詩人的討論，早期是以鍾玲、李元貞兩位學者爲主，配合女性主義批評理論對台灣女詩人的作品做亦主題式的分析，西元1992年（民國81年）年之後，有更多批評者加入這個議題的探討，並擴及現代詩中的情慾、性及情色的語言、意象的討論。

（3）政治論題及本土詩、本土觀點的發展趨勢：對於政治詩的提出及探討大致於西元1993年（民國82年）之後成爲一個重要的議題，有趣的是，對於這個論題的討論多與「本土觀點」有著一定程度的關係，如：吳潛誠的〈台灣在地詩人的本土意識及其政治涵義—以《混聲合唱—「笠」詩選》爲討論對象〉或〈政治陰影籠罩下的詩之景色—評介李敏勇詩集《傾斜的島》〉等論文，另外一個值

得觀察的研究對象是對於「本土詩」、「鄉土詩」的討論，如：廖咸浩的〈離散與聚焦之間—八十年代後現代詩與本土詩〉、陳明台的〈論戰後台灣本土詩的發展和特質〉與莫渝的〈六十年代的台灣鄉土詩〉等文，便是從政治詩的討論中延伸出來的另一個重要論題。

（4）都市詩：對於這個議題的討論，大多以羅門與林燿德的詩作爲討論的焦點，而研究的論文篇數於西元1991年（民國80年）達至最大量，觀察論文發表出處，則與羅門研究有相當密切的關係。但觀察西元1994年（民國83年）「台灣都市文學研討會」中發表的論文，僅有兩篇論文討論這個議題，雖然西元1995年（民國84年）劉淑玲的碩士論文《論現代詩中的工業化意象》亦可說是都市詩研究的一個取向，但大致而言，關於都市詩的研究並未有更進一步的開發，可說呈現凝滯狀態。

（5）散文詩：對於這個文類的討論，經過商禽、蘇紹連、渡也等人的創作及討論之後，雖於詩壇上引起不少討論，但由於嚴肅的學術性論文並不多，故並未成爲一個研究的趨勢。

（6）在詩人研究上，對於三〇年代新文學初始時期的詩人研究成果上是較爲豐碩的，其中以徐志摩最爲受到學院研究者的青睞，包含了1篇學位論文（丁旭輝《徐志摩新詩研究》）及1本專書（盧斯飛《愛的靈感—徐志摩詩歌評析》）的份量，胡適、聞一多及朱湘則次之；而台灣日據時期的詩人研究，則以賴和、張我軍、吳新榮等人爲主，另外，楊熾昌及風車詩社由於風格的特殊，在台灣日據時期的新詩研究上，亦是一個十分受到注意的研究對象；另外，戰後的詩人研究以楊喚、余光中、洛夫、羅門、楊牧等人的研究爲最多，其中楊喚、余光中已有學位論文作專門的研究，而洛夫、羅門則有評論專書的結集；另外對於新世代詩人的研究，大多以詩人的作品或詩集爲研究單位，其中以羅青、林燿德、楊澤、陳克華、陳黎、夏宇等新世代詩人受到的討論較多。而大陸詩人的研究成果並不多，其中以顧城與北島討論的篇章較多。

　　2、就研究者言

（1）林燿德：林燿德無疑是新詩批評界中一位相當重要的評論家，自西元1988年（民國77年）至西元1995年（民國84年）止，林燿德共計發表了3本新詩批評的專書及16篇單篇論文，不論數量及質量皆上十分可觀。大致而言其關注的焦點主要於「新世代詩人」及「羅門都市詩」的研究之上，透過對於這兩個議題的研究分析，林燿德試圖找尋後現代或者是世紀末的台灣新詩發展趨勢。

（2）簡政珍：發表的論文數量亦不少，其關懷角度大致與林燿德相近，但其所著《詩的瞬間狂喜》一書，以詩的美學及哲學思考為理論的重心，可說是解嚴初期較早企圖建構個人詩學理論的專書。

（3）鍾玲及李元貞：兩位批評家的關心焦點較為相近，皆以女詩人為切入台灣新詩的角度。而通過兩位批評家持續性的論文發表，「性別議題」亦逐漸受到台灣新詩批評界的重視，此一趨勢的形成二者可說是居功厥偉。

（4）孟樊：孟樊於九年的資料當中，曾著有1本專書《當代台灣新詩理論》及編輯《當代台灣文學評論大系：新詩批評》一書。而其關注的焦點在於新詩批評的理論建構，觸及女性主義詩學、政治詩學、地緣詩學及後現代主義詩學等各個面向。

（5）陳明台、趙天儀、呂興昌：三位研究者的關懷面皆集中於日據時期台灣新詩發展及詩人作品的探討，對於日據時期新詩發展的了解有著相當大的幫助。而陳明台更特別提出「日據時期的民眾詩」這個研究議題，可說相當特殊。

（6）游喚：發表的論文大多集中於研究「大陸的台灣詩學」及「新世代詩人、詩學」及「八〇年代台灣新詩發展現象」之上。

（7）奚密：發表的論文多集中於現代主義時期的作品或詩人研究上，近幾年所發表的文章則多從國際觀點探討華文現代詩的特質。

（8）陳啓佑：曾發表專著《新詩形式設計美學》一書，而批評的焦點在於探討新詩的形式與技巧問題，並涉及新詩教學與鑑賞。

（9）蕭蕭：於西元1987年（民國76年）曾出版《現代詩學》一書，從現象論、方法論、人物論三個面向探討台灣現代詩。解嚴之後大抵以詩人專論為其研

究重點。

（10）李瑞騰：其所策畫的「台灣現代詩史研討會」可說是台灣新詩批評界的一次大集結，不論是在會議的規模或是規畫上，皆可說對台灣新詩研究有著重要的貢獻。

（11）鄭明娳：所著大多集中於討論新世代詩人之詩人專論。

（12）李敏勇、施懿琳：本土詩人及詩作的討論是此兩位研究者著力較多之處。

（13）龔顯宗：對聞一多的詩論有較多的討論。

（14）邱燮友：主要研究的方向在於新詩理論、類型的討論之上。

當然尚有許多研究者對於新詩研究的貢獻亦不可小覷，如：王志建、王浩威、古遠清、古繼堂、李豐楙、杜十三、吳潛誠、林亨泰、李魁賢、葉維廉、張健、陳寧貴、焦桐、沈奇、蔡源煌等人，但由於其發表的論文數量較少，無法以依「趨勢」的觀點加以討論，或是較不具備嚴肅的學術論文要求，故不在本計畫的資料收集範圍之內，在此則不予以討論。

3、就發表媒介言

（1）研討會的發展趨勢：在議題的設定上，早期並沒有專以新詩為會議重點的研討會，新詩研究的論文大多發表於一個相當大的會議名稱之下，如：「當代中國文學（一九四九以後）研討會」（西元1988年，民國77年）或「八〇年代台灣文學研討會」（西元1990年，民國79年）之下，而自西元1992年（民國81年）的「現代詩研討會」之後，研討會的議題設定逐漸聚焦於一特定議題，如：「大陸台灣詩學研討會」（西元1992年，民國81年）、「台灣現代詩史研討會」（西元1995年，民國84年）、「當代台灣女性文學研討會」（西元1992年，民國81年）等等，這種會議議題集中有助於更細緻的討論，而不論是專為新詩批評所舉辦的研討會，或是涵蓋各個文類的研討會皆有議題設定逐漸集中的趨勢。

（2）主辦單位：研討會的主辦單位性質各異，其中文訊雜誌社、時報文化出版公司、中國青年寫作協會、中國古典文學會、笠詩刊、台灣詩學季刊等等為

主辦常客；學院則以淡江大學、文化中文文藝組、彰師大國文系、清華大學中語系為主；而各地的文化中心：如台中縣及南投縣立文化中心，亦曾與其他單位合辦。不過研討會的主辦單位大致上仍是以民間團體為多（如文訊雜誌社、中國青年寫作協會等等）。

4、就學位論文言

（1）論文方向：早期的學位論文幾乎皆為詩人作品專論，而研究對象大多為詩壇上的幾位大家如：徐志摩、楊喚、余光中等人為主，後期則逐步有議題取向的趨勢，如：詩語言、意象的探討及詩人集團研究等等。然而，大致而言論文數量並不多，而且僅出現1篇博士論文，做為現代文學相當重要的一種文類，新詩批評仍未受到學院應有的重視。

（2）發表系所：論文的發表系所皆為文學研究所或語文學系，而僅有1篇碩士論文出自清華大學文學研究所外文組，其他皆為中文研究所或國文研究所。共有9篇碩士論文及1篇博士論文，其中以政治大學中國文學研究所發表的3篇學位論文（包含1篇博士論文）為最多，而以台灣師範大學國文研究所及輔仁大學中國文學研究所分別發表的2篇學位論文為次多。

（三）散文

綜觀西元1988年（民國77年）至西元1996年（民國85年）的九年間，「散文研究」的成績只能算是差強人意，因為研究者不多，被研究的對象，包括作家、作品、風格、內容、主題、技巧等，尚待開發和掘深的地方仍有很多。不過，從上述逐年摘出之特色看，散文研究的趨勢雖然很難勾勒出來，但仍可大致描述如下：

在西元1988年（民國77年），也許是湊巧，但也可能是受到解嚴的影響，「散文研究」主要在探討其「文類」的特性，但結果是莫衷一是：散文仍然難以取得一致的明確定義。此外，也針對當時在台灣地區早就享有盛名的散文作家做了些研究。到了西元1989年（民國78年），則更進一步產生了對「散文」形成一套理論體系的計畫；同時，大陸五四到三〇年代的散文也成了被研究的對象。而於西元1990年（民國79年），「綜論長時期和大地區」的散文論述成了主流，而呈現出

一種鳥瞰和回顧的風尚。西元1991年（民國80年），研究重點又回到台灣。西元1992年（民國81年），出現了第一本散文研究的碩士學位論文，不過卻出自翻譯研究所，而非中文研究所，但也已標誌出學院開始重視散文研究了。另外則是研究重點不但更為明確，而且更與時代風氣、社會脈動相關─即「女性」作家、和作品中的女性隨著女性主義的風行而成研究重點。到了西元1993年（民國82年），出現了2本大學裡中文研究所的碩士論文，同時，也出版了「散文研究」的編選集。前者標示出中文研究所不但已開始重視散文研究，而且也有了初步成果；後者則可視為一個階段的「散文研究」之水準和成績。西元1994年（民國83年），可說是研究焦點最有創意的一年：一反過去論大事件、或作家的習慣，而專注到原住民的世界、怪誕的風格、懷鄉和返鄉的主題，與遊戲的精神、關愛與自欺的對比內容等。西元1995年（民國84年）只有1篇學位論文，成果最單薄。而到了西元1996年（民國85年），情況也並未好轉，只有2篇論文。但亮軒針對「年度散文選」提出評論，則在隱約中顯現出「散文研究」的變相─只重選、編，再附上導讀或緒論，可說是一針見血的做法。「研究」比選、編雖然辛苦，但卻更有深度。

此外，這九年中的「散文研究」現象，仍有二點不能不提：

其一，是鄭明娳教授的努力。她嘗試建構一套完整的「現代散文」理論體系，不但規模宏大，且已依計畫逐步實踐中。然而，令人惋惜的是，一來，並未有人對其理論體系提出評論，二來，也未見有人依其理論體系去從事散文作品的實際批評。因此，此套理論的「影響」似乎尚未彰顯，有心之士似可朝此做更進一步的努力。

其二，是解嚴之後，不但以往被禁的大陸和台灣作品已可重見天日，因此，使得我們可以研究的對象大為增加；同時，外國各種有關散文的理論和大陸有關的譯述和研究也不少，這些，也都值得我們去研究和參考的。

（四）戲劇

綜觀九年來的華文現代戲劇研究，針對戲劇文學性或劇本所做的研究在數量上並不多，共計有專書14本（包括5本碩士論文）與12篇單篇論文而已，其中，

馬森個人就發表了4本書與6篇論文，並指導1篇碩士論文，而且幾乎年年都有著作發表，他近十年來筆耕不輟的努力，對現代戲劇研究的貢獻可謂良多。至於撰寫現代戲劇論文的研究生則以文化大學藝術研究所學生最多（3位），另外兩位則是成功大學歷史語言所與輔大德國語文研究所研究生。

至於在研討會上發表的論文則有7篇，佔了所有相關研究的近三分之一。因此，研討會的舉辦對研究實有長足的貢獻，它們不僅提供研究者論文發表的園地，也讓研究者們有對話討論的機會。

最後，在研究主題上，三〇年代作家—曹禺的劇作、台灣光復初期的戲劇與西潮東漸下的中國戲劇發展，乃是兩個最受研究者持續關心與分析研討的焦點。在戲劇方面，總的來說，戲劇研究上值得開拓的主題仍然很多，希望在未來有更多研究者加入戲劇研究的行列。

（五）其他文類

1、兒童文學

在本研究蒐集的範圍中，兒童文學的研究者共計有44位，其中發表2篇以上論文者有雷僑雲、林文寶、林良、林鍾隆、洪文瓊、林守為、趙天儀、馬景賢、葉詠琍、陳正治、傅林統、蔡尚志等。而這些論文以綜論式的性質居多，專論者以探討兒童詩歌為主。另外，兒童文學與兒童教育相關性強，如何聯繫也是研究者關注的焦點。此外，由兒童文學研究所的設立、研究者的投入與學位論文的選裁，可以發現兒童文學的研究已逐漸獲得重視並有初步的開展，這是個寬廣的天地，可探討的面向仍十分豐富，值得更多學者投入研究。

2、報導文學

在本研究所蒐集的斷代中（1988 年至 1996 年），九年來共只有5篇論文與1本專著，且有4篇是西元1996年（民國85年）所出版或發表。大多數的篇章都是綜論，僅有呂正惠〈「人的解放」與社會主義制度的矛盾—論劉賓雁的報告文學〉一篇是對特定的作家進行討論。在綜論性的文章當中，比較重要的是林燿德的〈台灣報導文學的成長與危機〉和須文蔚的〈報導文學在台灣 1949—1994〉，林燿德的

文章的貢獻主要在「反省」的方面，藉由歷史回顧，指出當前「報導文學」的諸多限制與問題，並以此提出「報導文學」未來可能的發展方向，而須文蔚之論文的主要貢獻在於從「新聞學」的專業角度提出「報導文學」的發展脈絡與相關問題。另外，值得一提的是，陳信元、文鈺合著的《大陸新時期報告文學概況》是台灣初步對大陸報告文學所做的研究成果。此外，值得注意的是「環保文學」、「自然寫作」此類名詞的出現，廣義的來說，此類作品亦屬於「報導文學」的一支，只是其描寫的焦點更加著重於人與自然的相處關係上，這類作品在近年來的書市上相當活躍，其後續發展值得密切觀察。

　　總之，「報導文學」的意義莫過於，促成了一批憂民淑世的新生代知識份子紛紛走出學院，成為文化界的尖兵，他們的熱情與理想匯聚成一股道德勇氣，以一切可能的形式投射在他們所生存的空間。對文學工作者而言，透過這種服務於現實人生的良心作業，文字工作已經不是純粹的創作，更包含了追求真實與推動變遷的目的性了。可惜的是，目前對此文類的研究成果不甚豐碩，相信研究者如能多著力於此，日後當有不錯的發展潛力。

（六）文學批評和文學史

綜觀這九年來的研究狀況和成果，有下列幾點值得我們觀察：

1、就研究者言

　　在「文學批評（含理論）與文學史」這一項目中這九年最值得肯定的研究者有呂正惠（3本專著、18篇論文）、李歐梵（2本專著、17篇論文）、林燿德（編3本書、1本專著、11篇論文）、李瑞騰（編1本書、4本專著、6篇論文）。（註：我們的統計數字是以出現於資料表中的次數為主，故專著和論文均算是各佔有1筆資料。）其中，除了林燿德已過世外，其餘三人現時在此領域中仍都有著持續展延的成績。

2、就發表媒介言

　　在「文學批評（含理論）與文學史」這一項目中，我們可發現「學術研討會」的舉辦，乃是一個主要的推動力。研討會論文共計有177筆，佔總資料筆數（515）

的三分之一。除了以「現代文學」、「台灣文學」爲主題外，其中又有以單一作家、特殊焦點（都市、女性、政治、通俗、區域等）、年代區分爲主題的研討會，這些種類研討會的出現，也透露出當代華文文學的研究中，學者專家，甚至所有的關心人士對「文學」是採取怎樣的角度去觀照。而研討會的主辦單位則以學校機構爲主力，民間團體亦有參與。這自然是學校本身不但具備有人力與場地的優勢，而且相關專業科系也有意願積極去配合與投入。民間團體以報系（中國時報3次，聯合報、中央日報各1次）、雜誌（《文訊》雜誌4次）和民間學會組織（中國古典文學研究會、中國文藝協會、中國青年寫作協會、台灣筆會等）爲主力。

3、就學位論文言

若我們以「學位論文」作爲一項指標之觀察來看，解嚴後第一本有關「文學批評（含理論）與文學史」的學位論文（廖祺正的《三十年代台灣鄉土話文運動》，台南：成功大學歷史語言研究所碩士論文）於西元1990年（民國79年）出現。此後，每年的數量分別如下：

1990	2
1991	2
1992	3
1993	5
1994	5
1995	11
1996	3

顯然從西元1990年（民國79年）到西元1995年（民國84年）所呈現出的是逐年遞增之趨勢，足見此領域之問題有愈來愈受到學院關心的傾向，值得注意的倒是在西元1996年（民國85年）又減爲3篇，在數量上呈現一個逆向的情況，這在台灣文學逐漸受到重視與注目的同時，「理論與批評」的探討這種冷卻的趨勢，是否僅爲一偶發現象，尚待持續觀察。

至於在學位論文的系所出處方面，我們可依下列發現其分佈情形：

	中文所	歷史所	新聞、大傳所	社會所	語言所	人類學所	東方語文所	日本所
1990		1		1				
1991	2							
1992	1	1			1			
1993	3		2					
1994	2	2		1				
1995	7	1	2			1		
1996		1					1	1
合計	15	6	4	2	1	1	1	1

　　這裡凸顯的是，有關文學理論與批評的研究，實以傳統中文系為主力，計有15篇，佔全數的48%，但我們亦可反觀此一現象，而將之視為「文學」之研究已不再侷限於傳統的中文所，各種學系都曾進入這個領域共同進行探索，換言之，就「文學批評（含理論）與文學史」之範圍而言，其他學系的論文總和數量，已與中文所平起平坐，其中尤其以歷史所（6篇，佔 19.35%）為台灣文學研究領域中的一支生力軍。而學系總類多達七種的情況，更讓我們以預見未來的文學理論研究，將是「眾聲喧嘩」的局面，而「科際整合」也更將是文學理論與批評研究的未來趨勢。

　　再就論文的執筆者「研究生」來看：在31篇論文之中，只有2篇是「博士論文」，皆來自文化大學中文所（周慶華：《台灣光復以來文學理論研究》，1995；邱茂生：《中國新文學現代主義思潮》，1995），其餘29篇皆是碩士論文。

　　又若從「論文題目」的方向來看：首先讓人注意的是以「年代」區分作為研究對象的總計有8篇，佔 25%，表列如下：

三〇年代	2
四〇年代	0
五〇年代	1
六〇年代	1
七〇年代	4
八〇年代	0

　　顯然，其中又以七〇年代最受大家注目，而佔有此方面研究的50%。七〇年代正是戰後台灣文學蓬勃發展的年代，吸引眾研究生之目光並不令人意外。不過我們在此同時，也可發現到四〇年代是被跳過的，而距離我們最近的八〇年代也尚未有研究生予以注意到。相對於學院的忽視，我們其實可發現在西元1990年（民國89年）時報文化公司和中國青年寫作協會已主辦過「八十年代台灣文學研討會」，而這九年中重要的研究者呂正惠教授，更早在西元1988年（民國77年）已提出一篇對於八〇年代文學的考察論文，所以對文學市場更形蓬勃與變化的八〇年代，似乎研究生尚未能取得一個適當的距離予以觀照。

　　另外較受到重視的主題上，大致的特色是：以「新文學」為研究對象的有5篇（其中「台灣新文學」有4篇，「中國新文學」有1篇）；關於「鄉土文學論戰」的研究有3篇；關於「文學與社會」的研究有3篇；關於「文學媒介」研究有5篇（其中「雜誌」研究有4篇—「《現代文學》」2篇，「《夏潮》」1篇，「雜誌發展」1篇；「報紙副刊」1篇）。

　　4、就文學史的研究而言

　　在觀察過學位論文的現象之後，我們再來審視這9年裡關於「文學史」的討論。在這9年裡共出現43筆資料是以「年代」作為研究主題者，其中絕大部份是以單篇論文形式來探討，其次便是學位論文，而這9年裡只出現了向陽的《迎向眾聲—八〇年代台灣文化情境》（台北：三民書局）1本專著而已。但這一本恰好彌補了學位論文尚未碰觸的「八〇年代」。而且包含此書在內，共有16筆資料是討論關於「八〇年代」的，佔了超過三分之一的比例。其中於西元1990年（民國

79年）更以「八〇年代」爲主題舉辦研討會，而且從西元1988年（民國77年）開始到西元1996年（民國85年），幾乎每年都有針對「八〇年代」所作的研究與討論（僅西元1989年除外）。由上可見，「八〇年代」已成爲解嚴後華文「文學史」研究最有成績的部份。至於在學位論文中亦是缺席的「四〇年代」，在單篇論文方面則有台灣文學研究前輩葉石濤對其進行討論，分別是〈接續祖國臍帶之後─從四〇年代台灣文學來看「中國意識」和「台灣意識」的消長〉和〈四十年代的台灣文學〉二文。接續了學位論文的一個空白，而未使其成爲共同的「遺忘的記憶」。至於其他「年代」研究的論文，則依序是是「七〇年代」12篇；「六〇年代」8篇；「三〇年代」7篇；「四〇年代」和「六〇年代」則同爲2篇和「二〇年代」1篇（其中亦有交疊者，如以「七、八〇年代」合觀之研究）。不過最接近現實的「九〇年代」，在資料中除了楊澤於西元1994年（民國83年）編有《從四〇年代到九〇年代─兩岸三邊華文小說研討會論文集》外，就是笠征於西元1995年（民國84年）發表於《中國文哲研究通訊》的〈九十年代大陸文學的基本態勢〉了，台灣文學部份則尚未見到有初步的研究與觀察，值此九〇年代末，未來的研究值的重視。

此外，在「文學史」研究上最值的注意的研究學者爲呂正惠（5篇），他的重心是在「七、八〇年代」的研究（4篇）。其餘除了林燿德、葉石濤、陳芳明、林淇瀁等人有2篇的成績外，其餘諸研究者皆只有1篇的成果（其中8篇爲學位論文），可見得多數研究者皆具有對「文學史」範疇的關心與注意。

5、其他方面

值得注意的焦點尚有二，一是對彼岸大陸文學的考察，自西元1988年（民國77年）開始便很少缺席（只有1992年此項資料爲0）。二是「女性」角度的研究自西元1990年（民國89年）開啓後，亦只有西元1994年（民國83年）是空白的。

（七）作家及其集團

總計九年來，在「作家及其集團」的研究中，共有72篇論文，12本專書。研究者爲數頗多，重複者少，僅有林瑞明由於論文集的出版，在此收有其7篇論文，

爲數最多。次爲葉樨英、李奭學、陳芳明、黎活仁等各有2篇。

　　九年來，以作家或其文學集團爲主的學位論文共有7篇（均是碩士論文），值得注意的是，研究對象除了陳姿夙的《林海音及其作品研究》是以當代作家爲主外，其餘6篇均是以日治時期作家、作品爲主。研究生涵蓋了中文、社會、歷史等系所。若以學校觀之，則東吳、成功、政治大學各有2篇，清華大學1篇。指導教授亦多重疊，張炎憲、林瑞明、李豐楙各指導了2篇學位論文。

　　以研討會的舉行而言，爲數頗多，不但提供了研究者發表的園地以及和其他研究者對話的空間與機會。值得注意的是，研討會的主題由綜論式到專論式，且目前被列爲討論對象的作家，計有：鍾理和、賴和、張我軍、吳濁流、呂赫若、王禎和等，以日治時期作家爲主，討論甚爲踴躍。而主辦單位跨政府部門（如文建會）、文化團體（基金會）、雜誌社、社團、大專院校、中研院、研究院等學術團體等等，眾多單位共襄盛舉。

二、每一年的研究趨勢與特點

西元 1988 至 1996 年間，每一年的研究趨勢與特點：

（一）西元1988年（民國77年）的研究趨勢

　　在具有學術性的文學研究論述上，本年計有專書16本與論文90篇。若從「分類」的角度來觀察，則在本年中，「新詩」、「小說」和「文學批評與理論」等三類的份量最重。然而，如前所述，這三者的數量乃是彙集各該類前數年的諸多研究成果而成，所以嚴格來說，並非研究的真正成果；但儘管如此，它們仍可意味著這一年中，學者對它們的重視情況。換言之，它們也都是甚受關注的。其次爲「散文」和「作家及其集團」。但最應該注意的是「戲劇」類竟然沒有出現任何嚴肅的學術性研究，這或許是因本研究計畫認爲「劇場」乃「表演藝術」，而非「文學」，所以將「劇場」的研究排除在「文學」的範疇之外所致。

　　在有關研究的對象上，本年似呈現出以下的特色：

1、綜合性的論述佔有頗大的分量，以「名稱」來看則有「大陸當代詩」、「大

陸新詩」、「當代大陸小說」、「大陸新時期文學」、「大陸新生代現代派作家」、「台灣新文學運動」、「當代台灣作家」、「八十年代台灣寫實文學的道路」等。上述這類研究的特色，即是其涵蓋面爲綜括方式的。雖然，它們也都有頗具深度的探討，但其性質則顯然以描繪輪廓爲基，因此，可說具有強烈的介紹性。而這是否與文化思想的開放有必然的關係呢？如果我們把「文學理論和批評」視爲當代學人亟想找出一些可釐清文學觀念的依據，以及能深刻而有條理地探討文學的方法之渴望來做輔證，則李正治編輯的《政府遷台以來文學研究理論及方法之探索》毫無問題的可做爲有力的注腳。此外，在內容的主題上，則以「兒童文學」、「鄉土文學」、「政治小說」被明白提出，並做爲研究對象和焦點，最值得注意。其中，尤以向被忽視的「兒童文學」一口氣出現了兩本書，應受到肯定和注意，因它透露出這是一個亟需開發的領域。

2、若再從文類來區分，則這一年中最受到關注的3種文類應爲新詩、小說和散文。這情況和一般人眼中的散文和小說乃是大眾關注的焦點頗爲吻合。不過，卻也突顯出「新詩」是最受學者和專家關注的對象；細究其原因，則或許是因爲這一文類乃是本世紀的文學史中一項嶄新的創造，故不論在形式、內容上，而且也在表達方法上都有甚大的探討空間之故吧。而這一現象，似也指出了一個事實：學者專家和一般大眾所關注的對象顯然並不完全相同。至於在被專注研討的對象上，這一年中其實並不少。其中以「詩人」最多，有25家；這當然是因林燿德在他的書《不安海域—台灣新世代詩人試探》中一口氣即論述了15位詩人之故。而詩人中，則以洛夫被2篇論文做爲探討對象較爲突出。其次爲散文家有4位，而若加上鄭明娳的《現代散文縱橫論》中所論及的8位未重出的散文家，則共有12位。小說家有3位。而在此也值得一提的是，余光中的詩和散文都有專文論述，這顯示出其詩文都頗受重視。

3、至於在被討論的作品上，因「新詩」和「散文」篇幅較短，所以沒有任何一篇獲得一整篇論文的研究。相對的，對作品的專注研究都偏重在小說上。在本年中，獲得專注研究的小說計有：《大時代》、《寒夜三部曲》、《靜靜的紅河》、

《蓮漪表妹》、《馬蘭的故事》、《未央歌》、《人子》、《從香檳來的人》等，此外，被合論的則有：《靜靜的紅河》、《魔鬼樹》、《阿Q正傳》、《鑼》、《火宅》、《女女女》、《爸爸爸》等。這些小說中受到專篇論述者，可說都是屬於篇幅較長、內容較豐富，以及寓意較深遠的作品。而合論的小說，則或者篇幅較短，如最後3篇《火宅》、《女女女》、《爸爸爸》，或者小說之間有可比較或共通處，如《阿Q正傳》與《鑼》、《靜靜的紅河》與《魔鬼樹》等。其中，當然以《靜靜的紅河》最顯突出了。

（二）西元1989年（民國78年）的研究趨勢

在具有學術性的文學研究論述上，本年中計有專書（含學位論文）18本、論文99篇。就數量上來看，這年的研究成果較諸西元1988年（民國77年）是有所成長的。而且，如果就文類的角度加以觀察，又以「其他文類」、「小說」、「文學批評（含理論）與文學史」三者在數量上的表現較為突出。然而針對這樣量化的統計結果，有兩點是必須加以說明的，亦即由林文寶所編的《兒童文學論述選集》，共收有34篇論文；而小說文類中，嚴家炎所著的《論中國現代文學及其他》也收有5篇論文，這是我們在解讀「其他文類」與「小說」這兩個看似在研究數量比其他類別多的時候，所不能忽略的。而在如此的權衡之下，出現8本專書與17篇論文的「文學批評（含理論）與文學史」一類，在量與質兩方面也就呈現不遑多讓的態勢了。在上列三類之後的，依次是「新詩」、「作家及其集團」、「散文」三類。而「戲劇」類仍是以1筆資料，在所有研究成果中敬陪末座。惟這本由文化大學藝術史研究所葉振富所撰寫的碩士論文──《台灣光復初期的戲劇》（閻振瀛指導），不但已突破了前一年（西元1988年，民國77年）在戲劇研究上繳交白卷的局面；且是少數以戲劇為研究主題的學位論文，因此甚具意義。同時，這也彰顯了戲劇研究在歸屬上的問題，其究竟是應該劃歸為文學研究，或是（表演）藝術，恐怕是難以在現階段完全釐正的。

在研究者方面，在本年近90位的研究者中，計有17位研究者呈現了1本專書以上的研究成績；24位研究者發表了2篇以上的論文（含前述專書）。除此之外，

這年有2位研究者明顯身跨不同的批評領域，一是鄭明娳著有《現代散文構成論》與〈新感覺派小說中的意識流特色〉；另一則是林文寶編有《兒童文學論述選集》並發表〈楊喚研究〉，他們均展現了多方面的學術研究專長。

至於在研究的對象上，誠如前述，學術研討會是促發文學研究的一大動力，因此，這年便舉辦了有關五四與三〇年代的兩場學術研討會，而帶動了相當程度的研究趨向。其中，尤其以五四時期的新詩發萌、文學理論與其對文學傳統的影響兩項為最被討論的重點；此外，嚴家炎與劉再復等人，也都不約而同地針對五四的時代背景、文學特色等論題加以探索，這一現象也顯示出五四的代表性與特殊性，它一直在文學研究上佔有相當的份量。

女性書寫則是現代文學不能漠視的一個重點。而在這年中，小說與新詩兩種文類的研究成果，尤其表現了對於女性創作的關注。其中有綜論性質的論文，如關於女詩人的自我觀照、台灣女詩人與女小說家作品析論等；亦有針對特定作家與作品作深入的討論，如舒婷、林泠、鍾曉陽、蘇偉貞等人均有專文論述。

再就各文類而言，這年的研究狀況除了向來即較受青睞的小說與新詩，以及甚為難得的戲劇研究外，「兒童文學」接續了前一年的發展，仍是一個頗值得觀察與挖掘的領域。《兒童文學論述選集》裡的論文，觸及了寓言、童謠、圖畫書、兒童戲劇與少年小說等範疇；而《兒童詩歌的原理與教學》則是兼及創作與教學，且均頗有份量。

（三）西元1990年（民國89年）的研究趨勢

在符合學術性的文學研究論述上，西元1990年（民國89年）的成果計有專書（含學位論文）31本、論文105篇。至於在數量上，則這年的現代文學研究在各領域間呈現出頗大的差距，亦即「小說」、「新詩」、「文學批評（含理論）與文學史」三者，在被研究的數量上以相當大的比例超出了「散文」、「戲劇」、「作家及其集團」、「其他文類」等方面。這也明確凸顯了近年來的文學研究對各文類不均衡的關注程度，尤其是散文、戲劇兩個一向被拿來與小說、新詩相提並論的項目，更是在近幾年裡以幾近於薄弱的成績呈現著；這一情況，在游喚所著的〈現代散

文研究的問題及其解決途徑〉一文中，即多少點明了這種研究的趨向。如果再深入觀察，我們可以發現「新詩」在這年中，雖然出現了36筆資料，但是其中有絕大部份（26筆）是出自於《台灣新世代詩人大系（上、下）》一書，因此，這或可視為這年的新詩研究是以「詩人」專論為其特色。

　　在研究者方面，這一年的現代文學研究者重複出現的比例頗高，而且其成果在1本專書以上的即有30位，2本專書以上的有2位。其中，葉石濤即以2本專書：《台灣文學的悲情》、《走向台灣文學》與2篇論文：〈論鍾理和的「故鄉」運作〉、〈接續祖國臍帶之後—從四○年代台灣文學來看「中國意識」和「台灣意識」的消長〉，成為在本年中近70位研究者內成果最突出的一位。尤其令人印象深刻的是，葉石濤其實也是在近幾年中包括西元1990年（民國89年）在內最常被討論的作家之一，譬如在這年出現的2筆以他為研究對象的論文中，即有1筆由成功大學歷史語言所余昭玟所撰寫的碩士論文：《葉石濤及其小說研究》（吳達芸指導），足見其不論在文學創作或研究論述上均有不容輕忽的地位。此外，同時兼擅創作與研究的尚有：

　　1、林燿德，他不僅與鄭明娳等人共同策劃、主辦一系列有計劃性的主題研討會，在個人的學術研究上，亦與其創作一樣，兼跨了新詩、小說、文學批評（含理論）與文學史等多方領域，且都有不小的斬獲，可謂是一位相當積極的新生代文學評論者（與創作者）。

　　2、簡政珍在新詩領域上，他的創作與論述兼擅，而與葉石濤、林燿德一樣展現了多面才能。

　　在西元1990年（民國89年）內，有關研究對象上有下列幾個現象值得特別提出。首先，九○年在時間線性上代表了一個新階段的開始，因此，位於其前的八○年代之現代文學發展狀況的瞻顧與盤整，便成為這年一項重要的研究趨向，而這一點卻也已很直接的反應在「八○年代台灣文學研討會」的舉辦上。會中不僅對於八○年代的新詩、散文、小說等文類有或統觀或專精的評論研究；另外在文學批評（含理論）與文學史方面，尤其針對台灣地區文學媒體生態、大陸地區對

台灣現代文學的影響等，也均有甚具時代意義的分析。而與上述相呼應的，則是對於所謂「新世代」文學的關注。例如佔這年新詩研究數量大宗的《台灣新世代詩人大系（上、下）》一書，即是鎖定陳黎、楊澤、夏宇等二十幾位新一代詩人加以專文討論；而孟樊對於「後現代詩人」、陳思和對於「新世代小說家」、林燿德對於「新人類文學與文學新文類」的提出等，也都在致力探討正在文壇初露頭角或益趨成熟的新生代作家的特色與貢獻。只是若我們更深入尋繹，則可以發現：不同文類對於「新世代」的研究者而言，其定義並不盡相同，亦即他們所指涉的作家群在出生年代的斷限上頗有差異。

　　若以文類做為觀察的基點，當回顧西元1988年（民國77年）的解嚴到西元1990年（民國89年）間的研究趨勢時，我們可以察覺到一個頗符合普遍印象的情況，即是在對於大陸地區現代文學的研究，新詩與小說等文類在西元1988年（民國77年）、西元1989年（民國78年）兩年較有蓬勃的發展，而到了西元1990年（民國89年）則稍稍持平，甚至呈現凝滯的狀態；然而，在文學批評（含理論）與文學史方面，則有關大陸文學的討論要遲到西元1990年（民國89年）才走到比較昌盛的階段。如2本逕以大陸文學為題的專書：《大陸文學論衡》與《大陸當代文學掃描》，即都是對於大陸地區的文藝政策與「傷痕」、「尋根」等文學思潮作出全面性的省察。這種現象或可詮解為，文學批評的統整與文學史的建構，往往要比對作家與作品的實際評論要來得遲緩，它往往需要一段較長時間的沉積才能完成。

　　再就學位論文來看，在這年所提出的8本碩士論文中，有4本是出自成功大學歷史語言所，另外，輔仁大學德研所、東吳大學社會所、清華大學社人所都各有1本，而只有1本是出自於文學研究的系所（東吳大學中文所）。同時，在上述這些研究出發點實兼跨多領域的成果中，顯然以文學與社會學、文學與台灣現實環境的相互聯繫為最受關注的焦點，這似乎彰顯了台灣「現代文學」（與其研究）與其現實社會環境間有著一種不可分割的緊密關係。除此之外，鄉土色彩鮮明的作家，如賴和、楊逵、葉石濤等，也是這年的學位論文中是較受矚目的研究對象群；而兩本綜論性質的論文：《從族類（ethnicity）的角度分析當代本土文學的「台

灣意識」現象》與《三十年代台灣鄉土話文運動》，同樣地若不是以本土文化爲出發點，即以其爲討論的核心。

（四）西元1991年（民國80年）的研究趨勢

西元1991年（民國80年）是解嚴後第四年，在本年中關於現代文學的研究，共計有36本專著與183篇論文，成果頗爲豐碩。其中，關於新詩方面的論述最多，這主要是因幾本論文集的結集出版，如：《詩魔的蛻變—洛夫作品評論選集》共收了23篇論文、《門羅天下—當代名家論羅門》收錄了56篇，再加上學術研討會的舉辦，便形成了詩論欣欣向榮的景象。其次爲小說研究，主要得力於研討會的舉行，共計在研討會中發表的有19篇。至於戲劇與其他文類的研究則是敬陪末座，在數量上仍未有重大的突破。但值得注意的是，頗受一般讀者歡迎的散文，在研究中卻頗爲冷清，本年度只有8篇單篇論文，連1本專論散文的著作都付諸闕如。

在被研究對象上，我們可以看到大陸文學、現代中國文學的討論仍然方興未艾，值得注意的是「副刊」及小刊物，也受到研究者的關注，如林燿德的〈「鳥瞰」文學副刊〉與陳慧樺的〈校園文學、小刊物、文壇—以《星座》和《大地》爲例〉等。另外，「台灣文學」一詞的使用已頗爲普遍，而且研究者也開始關注文學史的研究及文學與社會的相互關係，如：陳芳明〈七〇年代台灣文學史導論—一個史觀的建立〉、高天生〈多元社會的豐饒與貧瘠—八〇年代台灣文學脈動和發展特論〉、彭瑞金〈肅殺政治氣候中燃亮的台灣文學香火—戰後二十年間影響台灣文學發展的因素〉等等，而葉石濤的《台灣文學史綱》雖內容過於言簡意賅，但卻是台灣地區出現的首部台灣文學史專著。而詩人所受的注目，隨著論文集的出版，無疑是獨占鰲頭的，而尤其以羅門爲最，共計有56篇論文與2本專書在研究他，雖然這些並非全爲本年度寫就的研究，但是，由其出版結集的狀況，也可知其成果的豐富。另外，文學中的女性意識、女性文學的提出，在本年度已可略見端倪，如林燿德〈當代大陸文學中的女性意識—以五〇年代出生的女作家爲例〉、呂正惠〈王安憶小說中的女性意識〉、齊隆壬〈一九六三～一九七九瓊瑤小說中的性別與歷史〉、何寄澎〈鄉土與女性—蕭虹筆下永遠的關懷〉、邱貴芬〈當

代台灣女性小說裡的孤女現象〉等等，這方面的討論，雖然尚未形成潮流，不過也已開展了文學中性別議題的討論，只不過，這些討論多集中於小說，對於小說之外的文類，尚未觸及。但是，在此最值得一提的是，研究者並非以女性居多，這一情況與後來的發展似乎略有不同。

以學位論文而言，日據時期的作家與作品的研究佔了4篇，將近有二分之一的數量，可說最值得注意，而其中更有1篇爲博士論文，這顯示了日據時期作家與作品已逐漸受到重視，並且擁有爲數可觀的研究成果。日據時期文學在受到長期的忽略後，先經過鄉土文學論戰與有心人的挖掘、討論，然後再加上因年代較遠，史料與作品的累積，均已達一定的水準，所以乃逐漸獲得學界的重視，這可由本年度學位論文的研究對象及解嚴後舉辦過多場以日據時期作家、作品爲主題學術研討會來作印證。而經過學者不斷的研究與對話後，日據時期文學在台灣文學史上的地位已漸獲肯定；更值得欣慰的是，日據時期文學出版品也逐漸增多，而使讀者有更多的機會與管道閱讀到此期的作品、看到前輩作家在新文學中努力的成果，並一窺日據時期台灣人民生活的面貌。因此，若從研究對象來看，本年度研究生最主要的關注焦點可說是日據時期作家和作品，其次則是三〇～五〇年代等老一輩的作家；至於有關當代作家的研究，則尚未受到青睞。

（五）西元1992年（民國81年）的研究趨勢

在本年中具有學術性的文學研究論述，計有專書（含學位論文）45本、論文59篇。其中，「文學批評（含理論）與文學史」的數量最多，主要得力於研討會的舉行，共有10篇，約佔此類的四分之一；次爲小說、新詩；而戲劇和散文研究則顯得較爲薄弱，這是現代文學研究長期以來的現象，亟需有志之士大力改進。但仍值得喝采的是，已對散文研究投入多年的鄭明娳教授，於今年推出了3本散文專著，其中，尤其以《現代散文類型論》與《現代散文現象論》二書，爲一向缺乏系統化的散文研究，奠定了堅實的基礎，我們也期待他日，能有更多的學者在此基礎之上繼續研究，使它能開花結果。至於在其他文類中，有湯哲聲的《中國現代滑稽文學史略》爲現代滑稽文學研究補白，並獲得不錯的成果，甚值肯定。

　　本年度的學位論文共有7篇，且集中於小說及小說家的研究。日據時期作家仍是研究生關注的對象，如張志相的《張深切及其著作研究》、黃惠禎的《楊逵及其作品研究》，此外，張愛玲、白先勇這兩位深受讀者喜愛的作家，本年度也同樣的受到研究者的青睞，有2篇學位論文以他們爲主題，分別是盧正珩的《張愛玲小說的時代感研究》與林幸謙的《生命情節的反思：白先勇小說主題思想之研究》。另外，值得注意的是李金梅的《從《雙鐲》的「姐妹夫妻」論有關女同性戀作品的閱讀與書寫》，可說是開近年來同志文學研究的先河。而若從研究生科系背景而言，仍是中文（國文）所的學生居多，其他尚有社會所、歷史所的學生也投入文學研究。以學校而言，政治大學中研所2篇居多，台灣大學、台灣師範大學、文化大學、東海大學、成功大學各有1篇。

（六）西元1993年（民國82年）的研究趨勢

　　在具有學術性的文學研究論述上，計有專書（含學位論文）53本、論文207篇。就各項的資料筆數來看，「文學理論與批評」的筆數最多，其次依序是「小說」、「新詩」、「作家及其集團」、「散文」、「戲劇」與「其他文類」；其中後三項的研究數量遠遜於其他領域。若以比較具有份量的「專書」出版方面而言：從資料筆數來看仍是「文學理論與批評」最多，其次依序是「小說」、「新詩」，「散文」和「作家及其集團」再次之，「其他文類」和「戲劇」殿末。

　　在研究對象與主題來看，「小說」和「新詩」無疑是西元1993年（民國82年）獲得研究者著力最多的兩大文類範圍。縱覽其研究對象與角度，無疑可以「眾聲喧嘩」來形容。例如以其中常見的「作家作品」研究來看，「新詩研究」就涵蓋了19位詩人的作品，其中洛夫（4次）、余光中（2次）、羅門（2次）是重複被研究者。又如在「小說研究」中，更涵蓋了29位作家，其中沈從文（3次）、趙樹理（2次）、黃春明（2次）、宋澤萊（2次）是重複被研究者。更值得一提的是，其中詩人覃子豪、小說家高陽、洪醒夫都各成爲一個研討會的研討主題。這一類研究的眾多，以小說爲例，被研究者從梁啓超一直到李昂、朱天心，可說具有其在時間向度上延伸的傾向。這一情況顯示整個華文研究的廣度已逐漸被開啓。此外，

另一個面向的呈現便是分析作品角度的多元，例如「女性」視角的研究在小說研究中有7篇，新詩研究有1篇。「現代／後現代（主義）」角度研究亦有6篇，其餘諸如文學史、政治、區域甚至是各類理論雛形的提出，都開出多元的方向，呈現一番氣象。

在學位論文方面，以「小說」研究的數量最多，其次依序是「文學理論與批評」、「散文」與「新詩」，而「作家及其集團」、「戲劇」、「其他文類」等在此年是缺席的。「小說」在三大文類（小說、散文、新詩）之中，依舊是當代華文研究中的焦點所在，得到的關注往往遠勝過散文和新詩。以西元1993年（民國82年）來看，關於「小說」的7篇學位論文中就有5篇是以單一作家的小說成績作為考察對象（即：張愛玲、林語堂、趙樹理、沈從文與郁達夫）的。至於新詩與散文的研究，則全是以單一作家為對象（如：余光中、周作人）。湊巧的是當代台灣的重要詩人余光中，他的詩與散文在本年同時受到注意，分別各有1篇學位論文討論，因此，若將它們合觀之，則可一窺這位當代文壇大家的文學成就。至於「作家及其集團」在此年的研究中掛零，主要應是在「作家研究」之中，研究生往往縮小其研究範圍，以作家的某一主要創作的文類作為研究對象有關。至於「戲劇」類，這可能是由於被研究的對象—「劇本」少，而且也在不停的變動之中，所以未能成為研究生的論文題目是可理解的。而「其他文類」—即不屬上述四大文類的作品，在理論上即不適合研究生去作開創性的、有體系性的研究。在研究對象和主題上，最突出的仍是前面已略指出的單一作家研究，而且，此年被挑出作為研究的對象者，恰好都集中於三〇、四〇年代裡、在文學史上具有一定的地位與成就的作家；他們優秀且有一定的作品數目，當然是使他們成為適宜關注的有力背景。

（七）西元1994年（民國83年）的研究趨勢

本年度關於「現代文學」的研究，共計有66本專著，125篇論文，成果可謂豐碩。就資料總筆數來看，在西元1994年（民國83年），「小說」和「文學批評（含理論）與文學史」兩類的研究顯然居於前兩個位置，其次依序是「新詩」、「作家

及其集團」和「散文」的研究。至於「戲劇」和「其他文類」兩類在這一年則是缺席。而就「專書」數量來看：則以「文學批評（含理論）與文學史」居首，其次依序是「小說」、「新詩」、「作家及其集團」與「散文」。若就學位論文的數量來看：則以「小說」的數量最多，且和其他領域的差距頗大，接著依序是「文學批評（含理論）與文學史」和「新詩」，「散文」研究則在此年的學位論文中是缺席的；至於「作家及其集團」的情況則和西元1993年（民國82年）一樣，乏人問津。總的來看，「小說」和「文學批評（含理論）與文學史」同在西元1994年（民國83年）最受研究者青睞；至於一向即甚少人關注的「散文」和「戲劇」兩大文類，在西元1994年（民國83年）更是不被重視。「戲劇」一項較難看出成績，這可能乃是因為「戲劇」著重的是「表演藝術」，和一般所認知的「文學研究」有段距離；而近年在台灣盛行的「（小）劇場」，其實並不重視「文本」的研究，它們所關注的是實際的演出，這或許是「戲劇」文類的研究成績未見突出的原因。

在西元1994年（民國83年）的研究主題上，台灣早期的本土作家和作品，似已成為西元1994年（民國83年）研究者探索最力的對象。以研討會的舉辦為例來看，則其情況非常明顯。其中，尤以「賴和及其同時代作家：日據時期台灣文學國際學術研討會」的研究數量最受矚目，共計發表了34篇論文。至於在類別上，則「小說」方面有17篇，「文學理論（含批評）與文學史」有7篇，「新詩」和「作家及其集團」則各有5篇。這些研究論文的切入點，或由作家、或由作品甚至於從整個文學運動和文學環境的不同面向出發去考察，因此可說是包括了點、線及面，而合力勾勒出台灣文學史上早期論述的一個比較整體的面貌。而若以此為中心，我們尚可發現，在其他的研討會裡，似也有不約而同地將焦點對準於本土的研究傾向，因此我們或者可以說台灣文學本土化的研究已有成為顯學的趨勢；這在「散文」與「小說」兩個文類的研究上也可看出這樣的情形：如「當代台灣散文中的遊戲精神」、「台灣現代散文的大陸意識」等題目，以及在小說研究中包括了王文興、七等生、黃凡、王詩琅、柏楊、瓊瑤、楊逵、葉石濤、鍾理和、張文環、呂赫若、龍瑛宗等等，均是對本土作家或其作品的研究。

　　本年中值得注意的研究者應屬李瑞騰。共有《文學尖端對話》、《文學的出路》和《情愛掙扎—柏陽小說研究》3本專著和1篇論文的發表，並指導1篇碩士論文。在研究發表的刊物方面，則以《文學台灣》和《中外文學》為重鎮。兩者在西元1994年（民國83年）都刊出了11篇關於「當代華文文學研究」的論文。湊巧的是，這兩本刊物的出版地恰為一南一北，且發表論文的研究者（群）並未重複（縱觀其他年次亦是如此），因此乃形成一個特殊的「南北平衡」。

（八）西元1995年（民國84年）的研究趨勢

　　西元1995年（民國84年）是解嚴後第8年，本年度關於「現代文學」的研究，共計有48本專著，214篇論文，成果可謂豐碩。這一年研究成果最多是文學批評（含理論）及文學史研究共有96篇，不論在專書數目上亦或是研討會論文上均持續增加。其次是小說的研究數量，共有81篇，再次則是新詩研究，共有68篇；值得注意的是，散文、戲劇及其他文類研究在數量亦較往年為多。總體而言，這一年的研究成果可謂相當豐富。

　　研討會的舉辦在本年度也是不可忽視的研究趨勢，它扮演了論文催生的重要角色，本年度共有13場研討會。本年度的研討會特色在於對於現代文學史的整理，最為明顯的是6場「台灣現代詩史研討會」、4場「50年來台灣文學研討會」及「台灣文學研討會」。細究其背景，當與台灣結束日本統治至西元1995年（民國84年）恰滿50年有關，因此在這一年內，淡水工商學院台灣文學系籌備處所舉辦的「台灣文學研討會」、以及由文建會及文訊雜誌社所舉辦的6場研討會；而由於張我軍是將五四新文學思想引入台灣的第一人，故舉辦「張我軍學術研討會」亦可放入這個脈絡下來考察。

　　另外，同樣為文訊雜誌社所舉辦的6場「現代詩史研討會」亦相當值得重視，此研討會不論在議題的設計上及論文的數量上，都是現代詩批評界的一大盛事。

　　另外，在本年度的研究者及研究對象的分析上，其特色大致可以歸納如下：

　　1、在小說的研究上，朱天文夾著百萬小說獎得主的聲勢，以小說《荒人手記》獲得了眾多批評者的重視，而李昂在情慾的議題上迭有發揮亦相當受到批評

者的青睞。

2、日據時期：在研究主題上，「日據」時期的文學活動在本年再度受到了重視，經初步統計，關於此時期的研究即有41筆；而在細部研究內容上，則包括了日據時期的作家及其集團、小說、新詩及文學史的研究，以作家爲例，賴和、楊雲萍、張我軍、鍾理和、陳火泉等人皆有一定的研究成果，其中以張我軍最爲顯目，成爲繼西元1994年（民國83年）「賴和及其同時代作家文學研討會」之後的第二位以單一作家爲研討對象的研討會主題，由於張我軍的文學活動大多集中於新詩及文學理論的建構上，故其研究資料亦大都分佈於這兩個類別和作家及其集團的研究上。

3、性別、情慾論題：不論在小說批評、新詩批評及文學理論、文學史的討論上，情慾、性別等等議題，都是今年度相當受到矚目的研究論題，對於這個問題的討論，大多集中於幾個面向：女作家的情慾書寫、同志文學的研究等等其中最值得注意的是張小紅的專書《性別的美學／政治：西方女性主義文學批評與當代台灣文學研究》，結合了西方文學理論與台灣文學的研究是本年度在情慾、性別論題上的一個重要研究成果。

4、文學史的整理：6場「現代詩史研討會」及4場「50年來台灣文學研討會」及「台灣文學研討會」爲本年度的文學史研究累積豐碩的成果，其中以「現代詩史研討會」不論在質量上都有相當不錯的突破。

5、大陸文學：對於戰後大陸文學的研究上，今年的研究成果可說相當耀眼，傑出的作家如巴金、茅盾、老舍、蘇童、錢鍾書等人，都獲得了研究者們一定程度的青睞，其中，前四位作家的研究更以學位論文的方式提出，其意義不可小覷。但是值得注意的是，對於大陸文學的研究，大都集中於「小說」此一文類之上，其他文類的成果則相當有限。

6、在特出的研究者上，朱雙一致力於新論題的開發。簡政珍及林燿德研究評論的文章跨越小說及新詩兩個文類。

（九）西元1996年（民國85年）的研究趨勢

　　本年度關於「現代文學」的研究，共計有56本專著，242篇論文，成果可謂豐碩。這一年研究資料最多是小說，共有25本專著，103篇論文；細究其原因乃是由於專書數目及研討會論文的持續增加，使得此文類的研究成果明顯較去年豐碩許多。而「文學批評（含理論）與文學史」的研究數量爲次多，總共有專著18本，論文84篇。在本年度中，總共有25篇的博碩士論文的研究成果，這個數字跟西元1995年（民國84年）的30篇比起來雖然稍嫌退步，但我們也可將它視爲「現代文學」的研究，在當前的學院建制中已經站穩了腳步，尤其值得注意的是，不只是中文研究所的學生在關心這個焦點而已，連歷史研究所、社會學研究所、新聞研究所的學生也對這個領域的議題保持著高度的興趣，相信這一批新的研究生力軍在日後當會對「現代文學」的研究注入高度的活力。除了學位論文這項研究成績之外，研討會中的學術論文，在本年度也是不可忽視的研究成果，本年度共舉行了十場次的會議。而總括本年度的研討會，其特色有三點：

　　第一是總論式的大型研討會的舉行，如「第二屆台灣本土文化國際學術研討會：台灣文學與社會」、「第七屆中國社會與文化國際學術研討會：近現代中國文學與文化變遷」和「百年來中國文學學術研討會」等；

　　第二則是與上述相反，將研討會鎖定在特殊的議題上，希望藉此開發出新的研究面向，如「當代台灣情色文學研討會」、「台灣文學與環境」等；

　　第三個特點則是重要作家的回顧與整理，譬如，張愛玲在西元1995年（民國84年）的過世，確實引起了台灣文壇的轟動，因此，由中國時報人間副刊主導的「張愛玲國際研討會」便可說是當年度文壇的一件大事，這可由台灣文學界活躍的研究者與作家幾乎都出席了這場會議，主辦單位藉由各種面向的議題的交叉設計，似乎有爲張愛玲蓋棺論定的企圖。

　　此外，「吳濁流學術研討會」和「呂赫若文學研討會」的舉行，則是近幾年台灣文學的研究特色之延續，而這類對前輩作家及其作品的整理、回顧與探索，相信此後這類的研討會仍然會持續舉行。

　　若從文類的角度而言，研究者似乎仍然把焦點鎖定在「小說」和「文學批評

（含理論）與文學史」這兩大範疇的傾向，學位論文題目的選擇與研討會議題的擬定，似乎也有這種傾向，這對於其他的文類而言並不是一件好事，因為還有很多深具意義的議題與素材尚未受到研究者的重視。

　　另外，在本年度的研究者及研究對象的分析上，其特色大致可以歸納如下：

　　1、在小說的研究上，在這年的1本博士論文與17本碩士論文中，我們不難發現一個共同特色，即研究生所擇定的論述對象越來越趨近於當代小說家為焦點的傾向。在這點上，除了東吳大學中文所童淑蔭的《姜貴長篇小說《旋風》與《重陽》研究》（李瑞騰指導）外，成功大學中文所陳錦玉的《紮根泥土的青年作家—洪醒夫及其文學研究》（林瑞明、陳昌明指導）、文化大學中文所張謙繼的《鍾肇政《台灣人三部曲》研究》（陳愛麗指導）、成功大學中文所楊政源的《家，太遠—朱西甯懷鄉小說研究》（馬森指導）、中正大學許彙敏的《金庸武俠小說敘事模式研究》（龔鵬程指導）、淡江大學中文所劉叔慧的《華麗的修行：朱天文的文學實踐》（施淑女指導）與台灣師範大學國文所鍾怡雯的《莫言小說：「歷史」的重構》（陳鵬翔、邱燮友指導）等，論述的範圍與主題皆屬於當代兩岸仍務力於創作的小說家，而這種特色顯然即在於縮短了作品創作與批評間的時間距離，使兩者間的互動性大增。此外，五四與日據時期都分別有2篇論文是以其為時間範圍；而以女性書寫或女性角色的塑造為討論主題的則有3篇論文，它們所綜觀述及的時期則分別是五四、日據與台灣當代。

　　2、日據時期：延續著這幾年的風潮，在研究主題上，「日據」時期的文學活動在本年亦受到了相當程度的重視，這明顯的表現於「吳濁流學術研討會」和「呂赫若文學研討會」的舉行上，繼西元1994年（民國83年）「賴和即其同時代作家文學研討會」、西元1995年（民國84年）「張我軍文學研討會」之後，另外兩件文壇大事。

　　3、性別、情慾論題依舊受到研究者的重視；但我們也觀察到，「後現代」、「後殖民」與「生態環境」等議題亦逐漸的浮現在「現代文學」的研究焦點中，這些情形跟外文學界的研究者致力於將西方的相關理論引介入本地有密切的關係。

4、在以往比較被研究者忽視的戲劇，在今年度有比較令人欣喜的成績，一共有5篇論文與1本專書。專著為周美鳳《易卜生戲劇作品中虛偽與真實之探討並兼論台灣文學中相同主題之作品》，作者嘗試將台灣文學中與易卜生作品相比較，分析台灣作家對環境的觀察及真偽的觀點是否與易卜生有相同之處。另外，馬森仍然繼續針對西潮對現代戲劇的影響發表論文：〈鄉土 VS.西潮—八〇年以來的台灣現代戲劇〉。另外，現代戲劇的發展也已快一個世紀了，因此，歷時性從縱向回顧的文章有2篇，分別是胡耀恆的〈半世紀來戲劇政策的回顧與前瞻〉與高行健的〈中國現代戲劇的回顧與展望〉，都提出了令人值得深思的課題。

5、大陸文學：在大陸文學的研究上，今年的研究成果可說有著突破性的視野，不同於以往大都集中於「小說」此一文類之上，這一年度的成果則轉向新詩，這一年出現了1本專書：洛夫、張默的《當代大陸新詩發展研究》，值得注意的是，自解嚴以來至西元1996年（民國85年）已有一段時間，台灣學界對大陸新詩的研究並沒有成為相當熱門的學術研究論題，而這本專書的出現稍可彌補這個研究空白之處。此外，三〇年代的新詩也有不錯的研究成果，如聞一多、徐志摩、何其芳、朱湘和胡適等人皆是研究者所關注的作家。

6、在特出的研究者上，本年度較值得注目的研究者仍是王德威，他仍繼續保持原有的研究路徑，而在這年中發表九篇論文（其中包括收錄在由他所主編的麥田「當代小說家」系列中的4篇論文），俱有可觀之處。此外，陳芳明、皮述民與許俊雅等人也都各有3篇論文發表，成果可謂豐實。尤其是許俊雅，其自西元1993年（民國82年）起，每年均有兩篇以上的文章發表，可說是新進評論家中最具有持續力的一位。

若我們將上述九年的「現代文學」的研究成果，作一整體性的統計與考察，則會得到下列的表格：

		1988	1989	1990	1991	1992	1993	1994	1995	1996
小說	專　書（含學位論文）	2	4	5(5)	7(5)	11(5)	14(7)	21(10)	17(13)	25(18)
	論　文	37	30	36	41	13	61	47	64	103
新詩	專　書（含學位論文）	2	2	0	5(1)	2	4(1)	8(4)	6(3)	6(1)
	論　文	33	11	36	100	25	56	28	62	30
散文	專　書（含學位論文）	2	1	0	0	3	3(2)	1	0	0
	論　文	6	3	2	8	4	8	6	7	7
戲劇	專　書（含學位論文）	0	1	2	2	1	1	0	1(1)	1(1)
	論　文	0	0	1	1	0	4	0	1	4
其他文類	專　書（含學位論文）	2	2	4	1	4	2	0	2(1)	4(1)
	論　文	2	34	2	2	0	0	0	3	2
文學批評（含理論）與文學史	專　書（含學位論文）	8	8	12(2)	13	22	26(5)	35(5)	20(11)	18(2)
	論　文	10	17	23	28	19	58	31	76	84
作家及其集團	專　書（含學位論文）	0	0	1(1)	8(3)	4(2)	3	4	2(1)	2(2)
	論　文	2	4	5	6	0	20	7	8	12

　　於是這9年來7類範疇的研究狀況及成果大致可呈現出來，姑且不以研究的質來論，我們可以發現，小說確實是當前研究者的最愛，其次是「文學批評（含理論）與文學史」，至於「新詩」在進入西元1990年（民國79年）以後，研究的數量有逐漸衰退的現象。

　　比較可喜的是，在進入西元1990年（民國79年）之後，學位論文的數量漸漸增加，甚至逐漸成為「現代文學」的研究主力，這應當跟「解嚴」這道關卡的突破有密切的關係，這也是本研究欲證明的一個論點，那即是透過研究成果與數量

的具體分析，來說明自由的學術環境，當是促成「現代文學」蓬勃發展的首要條件。

三、在現代文學研究的推動者上

由上面的論述，我們知道各學術研討會的舉辦、學報以及學術性刊物的印行、學位論文的逐年增加，以及各出版社出版現代文學學術性論著的努力，均是促成現代文學研究得以蓬勃發展的重要因素，底下便依據這四點列出我們的觀察：

（一）學術研討會：

	時　間	會議名稱	主辦單位
1	1988.5.22	當前大陸文學研討會	文訊雜誌社
2	1988.6.24～1988.6.25	第一屆當代中國文學國際學術會議	清大文研所‧中語系 新地文學基金會
3	1988.11.18～1988.11.19	當代中國文學（1949以後）研討會	淡江大學
4	1988.12.29～1991.11.8	現代文學討論會	文建會 中央日報
5	1989.4.23	三十年代文學研討會	淡江中文系 海風出版社
6	1989.4.29～1989.4.30	五四文學與文化變遷學術研討會	中國古典文學會
7	1990.6.24～1990.6.26	第二屆當代中國文學國際會議─1949年以前之兩岸小說	清大文研所‧中語系 新地文學基金會
8	1990.9.29～1990.10.1	八〇年代台灣文學研討會	時報公司 中國青年寫作協會
9	1990.11.5～1990.11.6	王禎和作品研討會	文建會 聯合文學雜誌社
10	1990.12.8～1990.12.9	鍾理和文學研討會	高雄醫學院南杏社
11	1991.6.16～1991.6.17	現代詩研討會	南投縣立文化中心 笠詩刊
12	1991.6.22	第二屆當代大陸文學研討會	文訊雜誌社
13	1991.8.20～	二十世紀中國文學研討會	中國古典文學研究會

	1991.8.22		台灣師大
14	1991.10.25～ 1991.10.28	當代台灣通俗文學研討會	時報公司 中國青年寫作協會
15	1991.12.18	當前小說發展研討會	中國文藝協會
16	1991.12.27	當前新詩、散文發展研討會	中國文藝協會
17	1992.1.11	當前文藝評論發展研討會	中國文藝協會
18	1992.8.2	紀念鍾理和台灣文學學術研討會	高雄縣政府 台灣筆會 文學台灣雜誌社
19	1992.12.19	大陸的台灣詩學研討會	台灣詩學季刊
20	1992.12.25～ 1992.12.27	當代台灣女性文學研討會	時報公司 中國青年寫作協會
21	1993.4.10～ 1993.6.26	台灣地區區域文學會議（六次）	文訊雜誌社
22	1993.5.15	現代詩學研討會	彰師大國文系 台中縣立文化中心
23	1993.6.4～ 1993.6.6	高陽小說研討會	文建會 聯合文學雜誌社
24	1993.6.5～ 1993.6.6	中國現代文學與教學研討會	文化中文系文藝組
25	1993.10.13	洪醒夫小說學術研討會	台灣磺溪文化協會
26	1993.10.9	詩人覃子豪先生作品研討會	文訊雜誌社等
27	1993.11.5～ 1993.11.6	近代台灣小說與社會研討會	中正大學歷史系
28	1993.12.16～ 1993.12.19	四十年來中國文學會議	聯合報系文化基金會
29	1993.12.20～ 1993.12.21	中國現代文學國際研討會	中研院文哲所
30	1993.12.31～ 1994.1.2	當代台灣政治文學研討會	時報公司 中國青年寫作協會
31	1994.1.8～ 1994.1.9	兩岸三邊華文小說研討會	中國時報人間副刊
32	1994.5	台灣文學中的歷史經驗	東海大學中文系
33	1994.8	1994年台灣文化會議： 南台灣文學景觀	高雄縣政府 民進黨中央黨部

34	1994.11.25~ 1994.11.27	賴和及其同時代的作家： 日據時期台灣文學國際學術會議	清華中語系文建會
35	1994.12.10~ 1994.12.11	第一屆台灣本土文化國際學術研討會（文學、藝術組）	台灣師大文學院・人文中心
36	1994.12.25~ 1994.12.27	當代台灣都市文學研討會	時報公司 中國青年寫作協會
37	1995.3.4~ 1995.5.27	台灣現代詩史研討會 （六場）	文建會 文訊雜誌社
38	1995.9~ 1996.1	50年來台灣文學研討會（四場）	文建會 文訊雜誌社
39	1995.11.4~ 1995.11.5	台灣文學研討會	淡水工商台灣文學系籌備處
40	1995.12.9~ 1995.12.10	張我軍學術研討會	中研院文哲所
41	1995.12.16	婦女文學學術會議	東海大學中文系
42	1996.2	當代台灣情色文學研討會	中國青年寫作協會
43	1996.4.20~ 1996.4.21	第二屆台灣本土文化國際學術研討會：台灣文學與社會	台灣師大國文系・人文中心
44	1996.5	台灣文學與環境	中正中文系
45	1996.5	現代文學教學研討會	台大中文系
46	1996.5.2~ 1996.5.5	台灣現代劇場研討會	文建會 中外文學月刊社
47	1996.5.24~ 1996.5.25	第七屆中國社會與文化國際學術研討會：近現代中國文學與文化變遷	淡江中文系
48	1996.5.25~ 1996.5.27	張愛玲國際研討會	文建會 中時人間副刊
49	1996.6.1~ 1996.6.3	百年來中國文學學術研討會	中央日報社
50	1996.10.5	吳濁流學術研討會	新竹縣政府 台灣客家公共事務協會
51	1996.11.30~ 1996.12.1	呂赫若文學研討會	文建會 聯合文學雜誌社

　　從上表我們可以發現主辦現代文學學術研討會的機構有以下5類，分別是：

　　1、雜誌社與出版社：包括文訊雜誌社、聯合文學雜誌社、笠詩刊、文學台灣雜誌社、台灣詩學季刊、中外文學月刊社、時報出版公司、海風出版社等。

　　2、報紙副刊：包括中央日報副刊、中國時報人間副刊、聯合報副刊等。

　　3、大學系所及研究機構：包括清大中文系、淡江大學中文系、彰師大國文系、中正大學歷史系、文化中文系文藝組、中研院文哲所、中央中文系、靜宜中文系、東海大學中文系、台灣師大文學院、台灣師大國文系、台灣師大人文教育研究中心、台大中文系、中正中文系等。

　　4、政府機關：包括文建會、南投縣立文化中心、台中縣立文化中心、高雄縣政府、新竹縣政府等。

　　5、民間基金會與社團：包括新地文學基金會、中國古典文學會、中國青年寫作協會、高雄醫學院南杏社、中國文藝協會、台灣筆會、台灣磺溪文化協會、聯合報系文化基金會、台灣客家公共事務協會等。

　　上述這些單位與機構便是我們當前推動現代文學研討會的主力，近年來在研討會的舉辦上雖然已有日漸蓬勃的趨勢，但議題設定的廣度上與深度上如能再加以著重，相信研討會的學術論文將會是現代文學研究的主力。

　　（二）學位論文：

　　首先就學位論文的類別、學校系所及數量製為圖表如下：

類別	學校系所	數量	共計
小說	文化大學中文所（碩10博1）日研所（碩1）	12	64
	台灣大學中文所（碩5）外文所（碩1）社會所（碩2）	8	
	東吳大學中文所（碩6）日本文化研究所（碩1）	7	
	成功大學史語所（碩4）中文所（碩3）	7	
	台灣師範大學國研所（碩4博2）	6	
	淡江大學中文所（碩5）	5	
	政治大學中文所（碩4）中山人文社會所（碩1）	5	
	清華大學中文所（碩4）	4	
	輔仁大學大傳所（碩2）德文所（碩1）語言所（碩1）	4	
	東海大學中文所（碩4）	4	
	中正大學中文所（碩2）	2	
新詩	政治大學中文所（碩2博1）	3	8
	輔仁大學中文所（碩1）	1	
	中正大學中文所（碩1）	1	
	台灣師大國文所（碩1）	1	
	清華大學外文所（碩1）	1	
	文化大學中文所（碩1）	1	
散文	台灣師大國文所（碩1）	1	4
	輔仁大學翻譯所（碩1）	1	
	文化大學中文所（碩1）	1	
	台灣大學中文所（碩1）	1	
戲劇	輔仁大學德文所（碩1）	1	1
文學批評（含理論）與文學史	文化大學中文所（碩6博2）新聞所（碩1）日研所（碩1）	10	30
	清華大學中文所（碩3）社人所（碩1）	4	
	政治大學新聞所（碩2）中文所（碩1）	3	
	東海大學歷史所（碩2）	2	
	台灣大學人類學研究所（碩1）歷史所（碩1）	2	
	淡江大學中文所（碩2）	2	
	台灣師大國文所（碩1）歷史所（碩1）	2	
	成功大學史語所（碩2）	2	
	東吳大學中文所（碩1）社會所（碩1）	2	
	輔仁大學大傳所（碩1）	1	
作家及其集團	成功大學史語所（碩1）	1	1
其他文類	東海大學中文所（碩1）	1	1
共計	文化（24）台大（11）政大（11）成大（10）師大（10）清大（9）東吳（9）輔仁（8）東海（7）淡江（7）中正（3）		109

　　從以上的統計圖表即可看出各校研究所對「現代文學」的投入狀況，可以說主要的學位論文都是出自於中文研究所，但可喜的是，其他人文方面的相關系所，亦有許多研究生投入這個領域的研究，相信以他們特殊的學術訓練背景，當然替「現代文學」帶來新的研究方法與成果。

　　以時間序列來說，西元1990年（民國79年）之後，投入「現代文學」研究的學位論文篇數，大抵呈現著穩定成長的局面，這個現象如能繼續維持下去，蓬勃的、百家爭鳴的學術研究氛圍將是指日可待的。

　　（三）學報（學校、刊物）：

　　底下我們將本研究最後有蒐集到的重要學報與刊物詳列出來，以供參考，並且表示我們的敬意，因為有這些發表園地，「現代文學研究」才得以如此蓬勃地發展，要說明的是，沒有被我們羅列在下面的刊物，並不是我們未曾查閱，而是極可能這些刊物中的文章不符合本研究所強調的學術性精神，故未收錄其中。

　　《人文及社會學科教學通訊》、《文訊》、《文學台灣》、《文化大學中文學報》、《文學界雜誌》、《中外文學》、《中國文哲研究通訊》、《中國現代文學理論季刊》、《中國論壇》、《台大中文學報》、《台東師院學報》、《台灣社會研究季刊》、《台北市立師範學院學報》、《台灣新文學》、《台北工專學報》、《台灣詩學季刊》、《自由青年》、《現代詩》、《現代學術研究》、《新地文學》、《嘉義師院學報》、《銘傳學報》、《輔大中研所學刊》、《輔仁學誌》、《聯合文學》。

　　（四）各出版社：

　　各出版單位的刊印書籍，亦使得「現代文學」有著暢通的發表與閱讀管道，底下我們依政府的出版單位與民間的出版社兩部份，列出這些極有貢獻的出版單位。

　　1、政府出版單位：

　　文化大學中文系中文所、文史哲出版社、文建會、中央研究院中國文哲研究所籌備處、中正大學中文系、中正大學歷史系、中央大學中文系、台北縣立文化

中心、台東師範學院語文教育系、台中縣立文化中心、台南市立文化中心、花蓮師範人文教育中心、花蓮縣立文化中心、南投縣立文化中心、屏東縣立文化中心、苗栗縣立文化中心、彰化縣立文化中心。

2、民間出版社：

九歌出版社、大安出版社、三民書局、文訊雜誌社、文化生活新知出版社、中央日報社、五南圖書出版公司、允晨文化公司、木牛出版社、牛津大學出版社、台原出版社、台笠出版社、正中書局、幼獅文化公司、自立晚報社文化出版部、東大出版社、前衛出版社、派色文化出版社、詩之華出版社、皇冠文化公司、風雲時代出版公司、師大書苑、書林出版公司、唐山出版社、桂冠圖書公司、麥田出版公司、富春文化事業股份有限公司、揚智出版社、智燕出版社、新地出版社、新學識文教出版中心、業強出版社、萬象圖書公司、漢光文化公司、爾雅出版社、遠流出版社、稻禾出版社、黎明文化事業公司、學生書局、駱駝出版社、聯合文學出版社、聯經出版公司、躍昇文化公司。

臺灣當代文學研究之探討

著　　　者：羅宗濤、張雙英
發　行　人：許錟輝
責　任　編　輯：萬卷樓叢書編輯部
出　版　者：萬卷樓圖書有限公司
　　　　　　台北市和平東路一段 67 號 14 樓之 1
　　　　　　電話(02)23216565・23952992
　　　　　　FAX(02)23944113
　　　　　　劃撥帳號 15624015
出版登記證：新聞局局版臺業字第 5655 號
網　站　網　址：http://www.books.com.tw/
E　　-mail：wanjuan@tpts5.seed.net.tw
經　銷　代　理：紅螞蟻圖書有限公司
　　　　　　台北市內湖區文德路 210 巷 30 弄 25 號
　　　　　　電話(02)27999490
　　　　　　FAX(02)27995284
承　印　廠　商：晟齊實業有限公司
定　　　價：600 元
出　版　日　期：民國 88 年 5 月初版

ISBN 957-739-209-1